Barbara Wood, 1947 in England geboren, wuchs in Kalifornien auf. Ihr Vater stammt aus Polen und war bei Kriegsbeginn nach England geflohen. Von daher rührt Barbara Woods Interesse an der Vergangenheit des Heimatlandes ihres Vaters, das unter der deutschen Besatzung während des Zweiten Weltkrieges ein schreckliches Schicksal zu erleiden hatte. Insofern ist dieser Roman, in dem sie ihren polnischen »Landsleuten« ein literarisches Denkmal setzt, ein sehr persönliches Buch. Barbara Wood arbeitete zehn Jahre in Kalifornien als OP-Schwester, bevor sie ihr Hobby zum Beruf machte und Schriftstellerin wurde.
Der Koautor dieses Romans, *Gareth Wootton*, wurde in Utah geboren. Er ist Arzt und Universitätsdozent. Die Verbindung zu Barbara Wood stammt aus ihrer gemeinsamen Arbeit im Krankenhaus.

Nachtzug. In der von Deutschen besetzten Kleinstadt Sofia in Polen nimmt der Naziterror immer brutalere Formen an. Dr. Jan Szukalski und Dr. Maria Duszynska, zwei polnische Ärzte, denken sich einen genialen Widerstandsplan aus, um die Stadt vor den Übergriffen des SS-Kommandanten Dieter Schmidt zu schützen. Sie wollen eine Fleckfieberepidemie vortäuschen, um die Deutschen zum Abzug aus Sofia zu zwingen. Als erster Proband bei diesem äußerst riskanten Vorhaben stellt sich ihnen ein junger Wehrmachtssoldat zur Verfügung, der in den Konzentrationslagern bereits die Verbrechen des Regimes erkannt hat.
Torpediert wird dieser Plan jedoch auf tragische Weise von einer jüdischen Partisanengruppe, deren Mitglieder genau wissen, was in den düsteren, nachts vorbeirollenden Zügen gen Osten transportiert wird ...
Dieser Roman beruht auf einer wenig bekannten Episode aus dem Zweiten Weltkrieg. Aktiver und passiver Widerstand, Mitmenschlichkeit und Unmenschlichkeit sind die Themen der hochdramatischen Handlung.
Von Barbara Wood erschienen bisher: »Seelenfeuer« (Bd. 8367), »Herzflimmern« (Bd. 8368), »Sturmjahre« (Bd. 8369), »Lockruf der Vergangenheit« (Bd. 10186), »Bitteres Geheimnis« (Bd. 10623), »Haus der Erinnerungen« (Bd. 10974), »Rote Sonne, Schwarzes Land« (Bd. 10897), »Traumzeit« (Bd. 11929), »Der Fluch der Schriftrollen« (Bd. 12031), »Spiel des Schicksals« (Bd. 12032) und »Das Paradies« (Bd. 12466).

Barbara Wood
Gareth Wootton

Nachtzug

Roman

Aus dem Amerikanischen von
Martin Schoske und Xénia Gharbi

Fischer Taschenbuch Verlag

Deutsche Erstausgabe
Veröffentlicht im Fischer Taschenbuch Verlag GmbH,
Frankfurt am Main, Februar 1995

© Fischer Taschenbuch Verlag GmbH, Frankfurt am Main 1995
Die amerikanische Originalausgabe erschien
unter dem Titel »Night Trains«
bei William Morrow and Company, Inc., New York 1979
Copyright © 1979 by Barbara Wood and Gareth Wootton
Published by Arrangement with Authors
Gesamtherstellung: Clausen & Bosse, Leck
Printed in Germany
ISBN 3-596-12148-5

Gedruckt auf chlor- und säurefreiem Papier

Dieses Buch ist gewidmet Alfons Lewandowski:
der dort war, als es passierte,
und dessen Erfahrungen uns
etwas vermittelten, was nicht
in Geschichtsbüchern steht;
und Papst Johannes Paul II.;
und den Tausenden von Namenlosen, die wie er
im polnischen Widerstand kämpften.
Dies zu ihrem Gedenken.

Buenos Aires – Die Gegenwart

Adrian Hartmann verließ seine palastartige Villa an der Avenida del Libertador Nr. 3600 durch den Nebeneingang und trat hinaus an die frische Morgenluft. Er war ein begeisterter Jogger und Fitneß-Fanatiker, der sich eine strenge Disziplin auferlegte und stets zur gleichen Zeit seine Streckübungen begann, bevor er den Lauf gegen die Stoppuhr aufnahm. Er wurde unruhig und konnte es nicht mehr abwarten.
»Mein Gott, Ortega«, drängte er seinen Leibwächter, »wo bleiben Sie denn?«
Er hüpfte auf seinen Fußballen auf und ab und streckte seine Arme nach hinten, während er die kühle Luft begierig aufsog. Was für ein herrlicher Morgen! Aber wo blieb denn nur Ortega? Er rief noch einmal durch die halb geöffnete Tür.
»Wo bleiben Sie denn, Mensch?« Widerlich, dachte Hartmann. Vor zehn Jahren noch war Ortega einer der besten Fußballspieler in Argentinien gewesen, und nun mußte man ihn förmlich aus dem Bett zerren, damit er seinen Arbeitgeber beim morgendlichen Lauftraining begleitete.
Adrian Hartmann setzte seine Aufwärmübungen fort. Er spielte mit dem Gedanken, ohne seinen Leibwächter loszulaufen, aber in letzter Zeit hatte es in Buenos Aires einige Entführungsfälle gegeben, und er war einer der reichsten Juwelenhändler Südamerikas. Der Gedanke an eine Entführung behagte ihm nicht sonderlich.
Endlich erschien Ortega an der Tür und schickte sich an, die Laufschuhe, die er noch in den Händen hielt, anzuziehen. Der Anblick seines übergewichtigen Leibwächters, für den es schon eine Mühe bedeutete, wenn er sich bücken mußte, um sich die Schuhe anzuziehen, machte Hartmann noch ungeduldiger. Er beugte sich hinunter, zog die Reißverschlüsse seines Jogginganzugs über den Fußknöcheln zu und wandte sich dann an Ortega. »Ich laufe jetzt los. Die gleiche Strecke wie immer, durch den Park und um den See herum. Fünf Kilometer.« Er blickte auf die Uhr, die Viertel vor sechs anzeigte. Er drückte den Knopf seiner Stoppuhr und joggte den serpentinenartigen Weg von der Villa zur Avenida del Libertador hinunter, in die er nach rechts einbog.

Hartmann hatte schon ungefähr dreihundert Meter auf der Straße zurückgelegt, als Ortega das Tor zum Anwesen erreichte. Er legte sein Pistolenhalfter um und verstaute seine schwere Neun-Millimeter-Waffe gewissenhaft, damit sie ihm unterwegs nicht herausfiel. »Verrückter Alter«, murmelte Ortega vor sich hin, als er sah, daß er Hartmann nur noch dann einholen konnte, wenn er quer durch den Park lief. Dieses Wagnis aber wollte er nicht eingehen, denn es hätte bedeutet, seinen Arbeitgeber aus den Augen zu verlieren.
Die Sonne, die noch nicht aufgegangen war, färbte den Himmel im Osten bereits feuerrot. Hartmann, dessen Laufstil etwas Verkrampftes an sich hatte und von seinem ungeduldigen Wesen und seiner Härte gegen sich selbst zeugte, bemerkte, daß die Eukalyptusbäume ein frisches Grün anlegten. Er lebte nun schon so lange in Buenos Aires, und doch hatte er sich nie daran gewöhnen können, daß der Oktober hier ein Frühlingsmonat war.
An der Avenida Sarmiento bog er nach links ab und lief in die ausgedehnte Parkanlage, wo Wiesen und Büsche in üppiger Blüte standen. Er lief jetzt etwas schneller und sah in der Ferne das Klubhaus am Ufer des Sees, das erst kürzlich wieder eröffnet worden war. Unter der Militärjunta war es geschlossen worden, kurz nachdem der Jokkey-Klub durch Brandstiftung in Schutt und Asche gelegt worden war. Hartmann kochte vor Wut und dachte: Diese verdammten Kommunistenschweine haben wirklich allen nur Probleme bereitet!
Während er weiterlief, drückte Hartmann seine Hand an den Hals und warf einen Blick auf die Stoppuhr, um seinen Puls zu messen. Er zählte zehn Sekunden lang. »Zweiundzwanzig«, murmelte er und atmete dabei aus. Einhundertzweiunddreißig Pulsschläge pro Minute, das war gar nicht übel. Mit diesem Herz konnte er gut und gerne hundert Jahre alt werden. Vielleicht sogar einhundertundfünfzig, wie einige dieser Bauern im Kaukasus, von denen er gehört hatte. Unsinn, sagte er sich, während er weitertrabte. Das Geheimnis ihrer einhundertundfünfzig Jahre liegt darin, daß sie jedes Jahr doppelt zählen!
Hartmann bog nach links ab, als er die Avenida Infanta Isabel erreichte, eine kleine, staubige Straße, die noch weiter in den Park hin-

einführte. Er warf einen Blick zurück in Richtung Avenida Sarmiento und bemerkte den keuchenden Ortega, der sich immer noch knapp dreihundert Meter hinter ihm abquälte. Mit seinen mechanischen Armbewegungen erinnerte er ihn an eine Dampflokomotive, die unter Höchstleistung den Kampf mit einer Steigung aufnimmt.
Die Sonne ging inzwischen über dem Horizont auf und erhellte den Himmel mit einem Licht, das einen für diese Jahreszeit ungewöhnlich heißen Tag verhieß. Als er sich dem See näherte, ließ Hartmann den Blick kurz über den gesamten Park schweifen und stellte zu seiner Zufriedenheit fest, daß er noch fast menschenleer war. Außer ihm war nur noch eine weitere Person zu sehen, auch ein Jogger mit seinem Hund, der auf der anderen Seite des Sees in die entgegengesetzte Richtung lief. Ein einziges Auto befand sich auf der Straße außerhalb des Parks. Es stand auf der Avenida del Libertador an der Abzweigung zur Avenida Sarmiento; anscheinend saß niemand darin. Am See wandte er sich nach rechts und warf einen kurzen Blick hinter sich, während er in gleichmäßigem Tempo weiter an der Avenida Infanta Isabel am Ufer des Sees entlanglief.
Der Mann mit dem Hund hatte inzwischen den See umrundet und joggte nun ebenfalls an der Avenida Infanta Isabel entlang, ungefähr einhundert Meter hinter Hartmann und zweihundert Meter vor Ortega.
Der Hund, ein riesiger Dobermann, trottete neben seinem Herrn her und zerrte gelegentlich voller Ungeduld so kräftig an der Leine, daß er diesen fast aus dem Gleichgewicht riß.
»Ruhig, Drum.« Der Mann versuchte, den Hund zu beruhigen und faßte die Leine fester. »Ganz ruhig.«
Die Straße, die hier von ziemlich dicht hintereinander stehenden Eukalyptusbäumen gesäumt war, verlief am anderen Ende des Sees in einem Bogen. Als Hartmann diese Kurve erreichte, schloß der Jogger mit dem Hund um fünfzig Meter zu ihm auf. Hartmann schaute nach rechts hinüber und erblickte den »Hipodrómo de Palermo«, wo die Pferde gerade ihr Morgentraining absolvierten. Es war so ruhig, daß er ihre Hufschläge hören konnte, während sie ihre erste Runde vollendeten.
Als der Mann mit dem Hund hinter Hartmann in die Kurve lief, blickte er nach hinten. Ortega war nicht zu sehen. Dann hob er den

Arm, als wolle er jemandem ein Zeichen geben, und befreite, immer noch im gleichen Rhythmus weiterlaufend, seinen Hund von der Leine. »Los, Drum, faß ihn!«
Der Dobermann hechtete in gewaltigen Sätzen los und näherte sich Hartmann. Währenddessen setzte sich der in der Kurve auf der Avenida del Libertador geparkte Wagen in Bewegung, beschleunigte und raste Richtung Parkeingang. Die Reifen quietschten beim Einbiegen in die scharfe Rechtskurve.
Hartmann hörte, wie der Hund über das Pflaster auf ihn zustürmte, konnte das Geräusch aber zunächst nicht von den Hufschlägen der Pferde in der Ferne unterscheiden. Als er den Hund endlich bemerkte, war es bereits zu spät, denn das schwere Tier hatte schon Anlauf genommen und sprang ihm mit der Wucht seiner dreißig Kilogramm in Höhe der Schultern auf den Rücken, während es gleichzeitig seine mächtigen Kiefer in sein Genick grub.
Durch den kräftigen Stoß des Hundes geriet Hartmann ins Straucheln, fiel mit ausgestreckten Armen vornüber und schlug mit dem Kopf auf dem Weg auf.
Der Hundehalter hatte inzwischen zu Hartmann und dem Dobermann aufgeschlossen. Er hielt eine großkalibrige Pistole in der rechten Hand und befahl seinem Hund: »Faß ihn, Drum, faß ihn!«
Adrian Hartmann, der immer noch unter dem Dobermann lag, fuhr den Mann eher wütend als verängstigt an: »Nehmen Sie endlich diese Bestie weg. Sie bringt mich noch um!«
Doch plötzlich wurde Hartmann klar, daß es sich nicht um einen Unfall handelte.
Inzwischen hatte der Wagen die Kurve hinter sich gebracht und befand sich ungefähr siebzig Meter hinter Hartmann. Ortega war völlig überrascht, als er sah, was sich vor seinen Augen abspielte. Dann blieb er stehen und griff mit einer raschen, aber ruhigen Bewegung nach seiner Waffe. Schwer atmend, bemühte er sich, genau zu zielen, und es gelang ihm noch, einen Schuß abzugeben, bevor er durch zwei Gewehrschüsse in die Brust getötet wurde, die aus dem Wagen abgefeuert wurden. In dem Augenblick als die Gewehrschüsse peitschten, lockerte der Hund seine Kiefer, und Hartmann nutzte sofort die Gelegenheit, um nach seinem handlichen kleinen Revolver zu greifen, den er hinten an der Hüfte trug. Er feuerte wahllos auf die beiden Män-

ner, die auf ihn zurannten, und auf den Hundehalter, den er am Knie verwundete. Doch schon hatte ihn der Angreifer mit dem Gewehr erreicht und schoß direkt auf seinen Kopf. Hartmanns Blut zerfloß im Straßenstaub zu einer grauroten Lache.
Nachdem sie einen raschen Blick über den menschenleeren Park geworfen hatten, bestiegen die drei Männer den Wagen. Der Verwundete hielt sein Knie, während die beiden anderen ihm halfen. Der Dobermann kletterte hinten hinein. Noch bevor die Türen richtig zugeschlagen waren, jagte der Wagen schon los und raste aus dem Park.
»Hier, nimm!« sagte der Gewehrschütze und langte unter den Sitz, wo er ein Tuch hervorzog. Er reichte es dem Hundehalter, der sein Bein krampfhaft umfaßt hielt. »Das muß als Verband reichen, es wird noch eine Weile dauern, bis uns ein Arzt helfen kann.«
»Du hast es vermasselt, Mann!« rief einer der anderen Männer und griff nach dem Tuch. »Warum mußtest du ihn gleich erschießen? Ihn zu verletzen hätte doch gereicht!«
Der Mann mit dem Gewehr strich sich mit der Hand über seine schweißnasse Stirn. Das noch friedlich und ruhig im Morgenschlaf liegende Buenos Aires zog rasch an ihnen vorbei. »Ich mußte irgendwas unternehmen. Noch ein Schuß, und einer von uns wäre vielleicht tot gewesen. Betrachte es mal so rum. Wir haben allen die Mühe des Prozesses erspart. In sechs Monaten wäre er doch sowieso hingerichtet worden.«
»Da ist was dran«, brummte der andere Mann, der dabei war, das Knie seines Freundes provisorisch zu verbinden. »Aber jetzt können wir der Welt nichts vorweisen. Wir hätten jedem zeigen können, was für ein Schwein er war. Wir brauchen doch die Publicity.«
»Zumindest wird die Polizei in diesem Fall Terroristen aus der linken Szene verdächtigen«, meinte der Fahrer mit tiefer Stimme. »Hartmann war ein Konservativer. An uns wird dabei keiner denken.«
»Ist das wirklich so vorteilhaft?«
Die Frage blieb unbeantwortet, denn die Männer konzentrierten sich nun auf ihr Ziel.
Als sie mit quietschenden Reifen auf dem Vorfeld des *Aeroparque Ciudad de Buenos Aires* angekommen waren, stürmten sie Hals über Kopf aus dem Wagen und eilten zu einem wartenden DC-3-Fracht-

flugzeug. Zuerst ließen sie den Hund über die Gangway hochlaufen, dann folgten sie ihm ins Flugzeug. Als die Luke verschlossen war, verließ das Flugzeug das Vorfeld, rollte auf die Startbahn und beschleunigte rasch.

*

Bevor er das Sprechzimmer betrat, um seinen letzten Patienten an diesem Tag zu untersuchen, machte Dr. John Sukow am Fenster seines kleinen Labors eine Pause und blickte hinaus, um die Stimmung dieses Spätnachmittags auf sich wirken zu lassen. Für einen Oktobertag war es sehr angenehm: Die Sonne lachte, Kinder spielten vergnügt im Central Park. Es war ein wunderschöner Tag, eigentlich viel zu schön, um sich in geschlossenen Räumen aufzuhalten. Der Sommer schien New York etwas länger als sonst verwöhnen zu wollen.
An der Tür klopfte es leise. Eine grauhaarige Frau in weißem Kittel sagte lächelnd: »Sie wissen doch, daß in Ihrem Sprechzimmer noch jemand auf Sie wartet, Dr. Sukow?« Er drehte sich um und erwiderte ihr Lächeln. »Ja, danke, Natascha. Ich habe es nicht vergessen. Aber heute ist es so wunderschön da draußen. Schauen Sie nur über den Park. Jeder genießt das wunderbare Wetter.«
Der Doktor begab sich nach draußen ins Vorzimmer. Er blickte auf die Uhr, es war fast vier. Vielleicht würde diese Untersuchung nicht zu lange dauern, und er könnte anschließend unten im Park einen Spaziergang machen. Wie oft bot sich ihm schon die Gelegenheit dazu? Dr. Sukow strich das Revers seines Arztkittels glatt und machte sich leicht humpelnd zu seinem Sprechzimmer auf. Bevor er eintrat, verweilte er kurz, um die Krankenkartei zu studieren, die Natascha für ihn bereitgelegt hatte.
Die Kartei enthielt nur einen Auskunftsbogen, der unvollständig ausgefüllt war und keine Eintragung im Feld »Anlaß des Arztbesuchs« aufwies. Name: Mary Dunn. Angaben zum Personenstand: keine. Geburtsdatum: 22.02.1916. Anschrift: Americana Hotel. Beruf: Verwaltungsangestellte im Krankenhaus. Geburtsland: Polen.
Die letzte Angabe ließ Dr. Sukow aufmerken, denn sie rief für einen kurzen Moment eine verschwommene Erinnerung in ihm hervor. Dann steckte er den Auskunftsbogen in die Kartei zurück und betrat das Sprechzimmer.

»Guten Tag, Mrs. Dunn«, wandte er sich an die Dame und reichte ihr die Hand. Die gutgekleidete, sehr rüstig wirkende Frau ergriff seine Hand und drückte sie kräftig: »Guten Tag, Herr Doktor.«
»Nehmen Sie doch bitte Platz.« Sukow zog einen Stuhl unter seinem Schreibtisch vor und faltete die Hände. »Wie kann ich Ihnen helfen?«
»Es fällt mir etwas schwer, es zu sagen, Herr Doktor. Einen Augenblick, bitte.« Sie sprach mit leichtem Akzent. »Darf ich das hier ablegen?« Sie wies auf ihre Handtasche und eine zusammengefaltete Zeitung.
»Selbstverständlich.«
Sie legte die Handtasche und die Zeitung auf den Tischrand. Als sie die Hand zurückzog, faltete sich die Zeitung auf, und das Titelblatt kam zum Vorschein. »Ich bin mir nicht sicher, ob Sie mir überhaupt helfen können, Dr. Sukow«, sprach sie ruhig und blickte ihn dabei an. »Mein Problem ist etwas ungewöhnlich, und ich bin schon bei so vielen Ärzten gewesen.«
John Sukow nickte. Diese Art von Einleitung kannte er von unzähligen Patienten. »Ich werde sehen, was ich für Sie tun kann. Sprechen Sie nur weiter.« Bei diesen Worten schweifte sein Blick zu der Zeitung, an der ihm plötzlich etwas auffiel. Er beugte sich leicht nach vorne.
»Man hat Sie mir empfohlen, Dr. Sukow«, fuhr sie im gleichen Tonfall fort. »Und ich weiß auch gar nicht, wo ich eigentlich beginnen soll.«
»Ja, und was...?« Das Foto auf der Titelseite interessierte ihn. Unwillkürlich runzelte er die Stirn. »Entschuldigen Sie bitte, dürfte ich einen kurzen Blick in Ihre Zeitung werfen?«
»Aber sicher.«
Er griff nach der Zeitung und betrachtete das Foto ganz genau. Dann las er die Bildunterschrift: »Adrian Hartmann, ein prominenter Juwelenhändler aus Buenos Aires, wurde am frühen Morgen von unbekannten Tätern erschossen.«
»Entschuldigen Sie bitte«, meinte Dr. Sukow. »Einen Augenblick dachte ich, daß...« Erneut richtete er seinen Blick auf die Zeitung und las genau jedes Wort des Artikels, der unter der Abbildung stand.

Der Artikel war ziemlich lang und beschrieb größtenteils die Geschäfte Hartmanns in Südamerika sowie das, was man über die mehr als zwanzig Jahre wußte, die er in Buenos Aires verbracht hatte. Der Bericht endete mit der Feststellung, daß sein Tod höchstwahrscheinlich in Zusammenhang mit den jüngsten Terroranschlägen in Argentinien gesehen werden müsse, da Hartmann weithin als Erzkonservativer bekannt gewesen sei.

»Interessant...«, murmelte John Sukow.

»Wie bitte?«

Er wandte sich wieder Mrs. Dunn zu. »Oh, entschuldigen Sie bitte. Es kommt nur selten vor, daß man in New York auf ein Exemplar des *Buenos Aires Herald* stößt. Kommen Sie gerade von da unten?«

»Nun...« Sie wählte ihre Worte mit Bedacht, »das Problem, das ich habe, hat damit zu tun... Wissen Sie..., ich suche jemanden, der...«

John Sukow lehnte sich wieder zurück und studierte das Gesicht der Frau, die ihm gegenübersaß. Irgendwie war alles merkwürdig. Ihre Züge waren ihm ebenfalls auf unbestimmte Weise vertraut und riefen dieselben beklemmenden Erinnerungen in ihm hervor wie die Abbildung in der Zeitung. Vertraut und doch nicht...

Während er das Bild noch einmal ganz genau betrachtete, es in sich aufnahm und jede Einzelheit von Hartmanns Gesicht analysierte, spürte er, wie er unwillkürlich erschauerte. Nein! durchfuhr es ihn panikartig. Es ist unmöglich! Nicht nach all den Jahren!

Schließlich legte er die Zeitung wieder hin und beugte sich über den Schreibtisch. Er faltete die Hände. »Mrs. Dunn«, fragte er ohne Umschweife, »kennen wir uns?«

Polen, Dezember 1941

1

Um sechs Uhr früh stand SS-Rottenführer Hans Keppler auf dem Bahnsteig des Bahnhofs von Oświęcim und wartete auf seinen Zug. Dem jungen Unteroffizier, der an diesem bitterkalten Morgen auf die Schneeflocken starrte, die auf dem feuchten Holz der Gleisbohlen zusammenschmolzen, wurde die Zeit allmählich zu lang. Seit fast drei Stunden befand er sich nun schon auf dem Bahnsteig und blickte durch den gleichmäßig rieselnden Schnee die Gleise entlang. Wann würden die Lichter der Lokomotive endlich auftauchen? Er lauschte gespannt auf das ersehnte Pfeifen aus der Ferne.

Weihnachten stand vor der Tür, doch dem jungen Soldaten war nach Feiern nicht zumute. Der Gedanke an die vor ihm liegenden freien Tage bedrückte ihn genauso wie die Stimmung auf diesem tristen Bahnhof. Den einzigen Bezug zu der festlichen Zeit bildeten hier die protzigen Büschel aus Kiefernzweigen, mit denen man jede Hakenkreuzfahne behängt hatte. Die anderen Wartenden, die zum Fest verreisen wollten, schlichen stumm durch den Bahnhof; man hatte sich inzwischen daran gewöhnt, daß die Züge keinen Fahrplan mehr einhielten; die Menschen ließen ihre Blicke wie geistesabwesend durch das fahle Morgenlicht schweifen.

Hans Keppler, dessen Nase und Wangen vor Kälte rot angelaufen waren, stampfte kräftig mit den Füßen auf dem Bahnsteig auf, um sich zu wärmen. Dies war wirklich der schlimmste Winter, den er je erlebt hatte, und nicht einmal sein schwerer Militärmantel konnte die Kälte von ihm fernhalten. Keppler reckte noch einmal den Hals, um die Gleise entlangzublicken. Möglicherweise war es ja auch gar nicht die eisige Morgenluft, die ihn frösteln ließ, dachte er, sondern die Kälte, die sich in seiner Seele ausbreitete. Dies war nicht der erste harte Winter in Polen, aber SS-Rottenführer Hans Keppler hatte niemals zuvor einen Wintertag als eisiger empfunden.

Man hörte ein Pfeifen aus der Ferne, und kurz darauf ließ sich schon das gepreßte Zischen einer Lokomotive vernehmen, die langsam in den Bahnhof ratterte. Während die Scheinwerfer der Lokomotive all-

mählich den Schleier des niederrieselnden Schnees durchbrachen, überlegte Keppler, warum der Zug mit Verspätung eintraf. Vielleicht hatte man ihn auf ein Nebengleis umgelenkt, um andere Züge, die aus dem Norden kamen, durchzulassen. Während er auf dem Bahnhof gewartet hatte, hatte er drei Güterzüge aus Richtung Krakau durchfahren sehen. Mit ihren versiegelten Waggons waren sie durch den Bahnhof gerumpelt, unterwegs zu Orten der Hoffnungslosigkeit und Verzweiflung, wovon das schrille Pfeifen der Lokomotive unheilvoll kündete. Das einzige, was sie zurückgelassen hatten, waren die Schneehaufen neben den Gleisen, die durch den beiseite gepflügten Schnee entstanden waren.
Von den wenigen schweigsamen Reisenden, die auf dem eisigen Bahnsteig warteten, wußte Keppler als einziger, was in den finsteren Zügen transportiert wurde.
Als der Zug in den Bahnhof einfuhr, nahm SS-Rottenführer Keppler seinen Koffer und ging schnell zur Waggontür, wo er dem Schaffner seine Papiere zeigte. Dieser forderte ihn nach sorgfältiger Prüfung zum Einsteigen auf. Während er sich mit seinem sperrigen Koffer durch den engen Gang zwängte, warf Keppler einen kurzen Blick in jedes der Abteile. Er wollte unbedingt ein Abteil für sich alleine und zweifelte gleichzeitig, ob die Ablenkung durch andere nicht doch der Beschäftigung mit seinen eigenen Gedanken vorzuziehen war. Beim vorletzten Abteil blieb er kurz stehen und ließ seinen Koffer los, um ihn in die andere Hand zu nehmen. Drinnen saßen sich vier Wehrmachtssoldaten auf zwei Holzbänken gegenüber. Sie hatten es sich bequem gemacht und ließen leise eine Flasche kreisen.
Als er den zögernden Keppler auf dem Gang bemerkte, riß einer der Soldaten, der gerade seine Stiefel polierte, den Arm hoch und rief: »Heil Hitler!«
Keppler blickte nun ebenfalls den Soldaten an und starrte auf das zarte Gesicht, das so jung war wie das seine, und erwiderte murmelnd: »Hitler!«
»Wollen Sie sich zu uns setzen, Herr Rottenführer?«
Keppler schüttelte den Kopf. »Nein, danke, es warten noch ein paar Freunde auf mich...«
»Sind Sie auch auf dem Weg an die Front?«
Keppler hob sein schweres Gepäck hoch, trat einen Schritt zurück und

entgegnete dann mit schwacher Stimme: »Nein, ich habe Urlaub. In Krakau werde ich umsteigen und den Zug nach Sofia nehmen.« Während er sich entfernte, konnte er den Blick nicht von dem Gesicht des jungen Soldaten lösen. An die Front, hatte er gesagt. Die Front! Mit welch einem Stolz hatte er dieses Wort ausgesprochen! Der Gedanke an den Ruhm hatte seine Augen leuchten lassen! Hans Keppler erkannte sein eigenes Gesicht wieder, wie es vor achtzehn Monaten wohl gewirkt haben mußte. Seinen Idealismus. Seine Begeisterung.
Er machte kehrt und taumelte zum nächsten Abteil, das zu seiner unendlichen Erleichterung leer war.
Dort nahm er Platz und legte seinen Koffer neben sich auf die Bank. Er drückte die Stirn gegen das Fenster. Dann vernahm er das Zischen der Luftdruckbremse, und mit einem Ruck setzte sich der Zug in Bewegung. Der Aufenthalt war überraschend kurz gewesen, und es waren nur wenige Passagiere zugestiegen. Es war eben nicht die Zeit für große Reisen. Wohin hätte man auch fahren sollen?
Während der Zug langsam beschleunigte, drückte Keppler sein Gesicht weiter gegen das kalte Glas und starrte immer noch durch das Fenster in den finsteren Morgen. Er bemühte sich, seine Gedanken auf Sofia zu richten, seine Geburtsstadt, in der er seine Kindheit und die schönsten Jahre seines Lebens verbracht hatte. Er versuchte, sich den Anblick der Weichsel im Sommer ins Gedächtnis zurückzurufen, in der er immer mit anderen Spielkameraden geschwommen war. Die Weichsel im Frühjahr, deren anschwellendes Hochwasser stets für helle Aufregung gesorgt hatte, trat vor sein geistiges Auge und die Weichsel im Winter in dem Zustand, in dem sie sich nun wohl befand: zugefroren, von einer dicken Eisschicht bedeckt, so daß man darauf Schlittschuh laufen konnte. Dann dachte er an seine Großmutter, eine herzliche alte Dame, eine Polin, die eine kleine Backstube besaß und in deren Herz ihr Enkel stets einen besonderen Platz einnahm – egal, welche Uniform er trug. Hans Keppler seufzte auf. Welche Ironie, dachte er, daß er zwei Jahre zuvor noch geglaubt hatte, das Anlegen dieser Uniform bedeute einen Höhepunkt in seinem Leben. Und nun mußte er feststellen, daß die Totenkopfinsignien ihm eigentlich nur ängstliche Blicke oder Gelächter hinter seinem Rücken einbrachten und eine unüberbrückbare Kluft zu den anderen darstellten, die jede Freundschaft ausschloß.

Er kniff die Augen zusammen, um die Erinnerungen zu vertreiben, die er mit sich trug, und wußte doch, daß es vergebens war. In seinem Ringen mit sich selbst fühlte Keppler sich wie ein angeketteter Hund, der immer wieder dieselben Runden dreht. All sein Grübeln und Sinnen in den letzten, für ihn so schweren Monaten hatte ihn nicht einen Schritt weitergebracht. Es gab keine Lösung, und immer wieder drängte sich ihm die Frage auf: Wie hatte es dazu kommen können?

Stets kehrte er an den Ausgangspunkt seiner Überlegungen zurück und begann dann erneut, sich die letzten zwei Jahre seines Lebens mit allen Etappen vor Augen zu führen, so als hoffte er, auf den Moment zu stoßen, ab dem das Verhängnis seinen Lauf genommen hatte.

Als Kind eines deutschen Vaters und einer polnischen Mutter war er vor zweiundzwanzig Jahren in Sofia zur Welt gekommen, einer kleinen Stadt genau zwischen Warschau und der tschechoslowakischen Grenze gelegen, und hatte die ersten zwölf Jahre seines Lebens in dieser ländlichen Gegend an der Weichsel verbracht. Dann war sein Vater, ein Hüttingenieur, mit seiner Familie nach Essen in Deutschland gezogen, wo er eine bedeutende Position bei Krupp bekleidete, so daß er seinem einzigen Sohn das behagliche Leben des gehobenen Mittelstands bieten konnte. Einige Zeit nachdem Hans in die Hitlerjugend eingetreten war, hatte er den Wunsch geäußert, später zur Wehrmacht zu gehen, und sich dabei von allerlei Gedanken an das Eiserne Kreuz und andere ruhmreiche Auszeichnungen leiten lassen, die ihn in seinem patriotischen Idealismus noch bestärkten. Doch sein Vater, der mit seinem Sohn Höheres im Sinn führte, hatte darauf bestanden, daß Hans weiterhin zur Schule ging, bis sich ihm eine bessere Perspektive bot.

Und diese »bessere Perspektive« hatte sich ihm auch schon bald eröffnet, indem er sich zur SS gemeldet hatte und angenommen worden war, jedoch nicht in der Schutzstaffel, dieser Eliteeinheit in ihren schicken schwarzen Uniformen, deren Anblick bei jedermann Schaudern und Bewunderung zugleich hervorrief, sondern in der kurz zuvor gebildeten Verfügungstruppe, deren Verbände später im bewaffneten Zweig der SS aufgingen. Diese dann als Waffen-SS bekannte Untergliederung war gerade erst durch Freiwilligenanwerbung verstärkt worden, um den zunehmend steigenden Bedarf an Kämpfern an der unlängst eröffneten russischen Front zu decken. Und auch wenn Hans Keppler nicht die begehrte schwarze Uniform trug und er sich in der Rangordnung relativ weit unten befand, so zierte ihn immerhin doch das Totenkopfemblem an der Mütze, und er war dem »Reichsführer SS« Himmler unterstellt.

Wie stolz war er gewesen, als er den Gestellungsbefehl erhalten hatte, ein unbekümmerter, von Selbstvertrauen überschäumender junger Mann mit hohen Stiefeln, von Idealen bewegt und darauf brennend, dem Führer zu dienen. Er sah sie noch vor sich, seine Eltern, wie sie sich achtzehn Monate zuvor mit einem strahlenden Lächeln am Bahnhof von ihm verabschiedet, ihn umarmt und getröstet hatten. Hans hatte an diesem sonnigen Tag seinem Vater und seiner Mutter immer wieder beteuert, daß er mit dem Eisernen Kreuz zurückkehren und es einen Ehrenplatz über dem Kamin einnehmen werde, um dort die Bewunderung von Freunden und künftigen Generationen auf sich zu ziehen.

Während er, dem gleichmäßigen Holpern des Zuges folgend, sanft hin und her schaukelte, starrte er unbewegt auf den Schnee, der sich wie ein Vorhang am Abteilfenster niedergeschlagen hatte. Hans spürte, wie sein Herz von Traurigkeit und Reuegefühlen erfaßt wurde.

Er schloß die Augen. Nein... Kein Eisernes Kreuz... Seine »Belohnung« aus Oświęcim war lediglich eine goldene Uhr, die er einem toten Juden abgenommen hatte.

»O mein Gott!« flüsterte er und entfernte sich vom Fenster. Er fuhr sich über die Stirn und stellte fest, daß er stark schwitzte. Die Erinnerungen stiegen wieder in ihm auf, sie waren zu bewegend für ihn. Wenn er doch nur mit jemandem sprechen könnte! Aber mit wem denn? Wer im Reich hätte ihm denn geglaubt, hätte ihn verstanden, wenn er ihm das furchtbare Geheimnis anvertraut hätte, das er kannte? Und selbst wenn es jemanden gäbe, wie sollte er, der SS-Rottenführer Hans Keppler, sich denn offenbaren, ohne damit zum Verräter an seinem Vaterland zu werden?

»O mein Gott!...« seufzte er erneut.

Der Zug stampfte weiter durch den schneeverhangenen Morgen, und Keppler, immer noch alleine in seinem Abteil, schwitzte und fröstelte zugleich in seiner Uniform. Zwei Wochen, dachte er bedrückt. Zwei Wochen nicht mehr an diesem Ort. Zwei Wochen, um über alles nachzudenken und wieder zu mir zu finden.

Die Bremsen des Zuges kreischten entsetzlich, und der junge Rottenführer erinnerte sich an ein anderes, ebenso entsetzliches Kreischen, da unten. Da unten in Oświęcim, in Auschwitz...

Auch in Sofia rieselte der Schnee in dichten Flocken, so daß die menschenleeren Straßen in ein besänftigendes Weiß gehüllt wurden, was diesem Vorweihnachtstag eine eigenartige Stille verlieh. Aber die Stille war trügerisch, denn an diesem Morgen war nicht jeder damit beschäftigt, Christbaumkerzen aufzustecken oder eine Weihnachtsgans zu braten. Ein Getreidebauer namens Milewski trieb hastig sein Pferd über das glatte Kopfsteinpflaster, und die Eile, die er dabei an den Tag legte, schien nicht zu dieser friedlichen Morgenstunde zu passen. Offensichtlich war die Eile aber angebracht, denn auf seinem Karren transportierte er einen Mann mit fürchterlichen Wunden.

Als er am Nebeneingang des Krankenhauses von Sofia, einem imposanten grauen Gebäude, ankam, sprang er von seinem Karren herunter in den Schnee und versuchte, sein Pferd zu besänftigen. Das Tier, das den Blutgeruch witterte, der von seiner Fracht ausströmte, gebärdete sich aufgeregt in seinem Geschirr. Gleich darauf tauchten auch schon zwei ältere Männer in weißen Sanitäteruniformen aus dem Gebäudeinnern auf und legten den Verletzten sofort auf eine Trage, ohne ein Wort dabei zu verlieren. Milewski, dem der Schrecken ins Gesicht geschrieben stand, tastete unruhig nach einer Zigarette und beobachtete schweigend, wie der in ein blutbeflecktes Leinentuch eingehüllte Mann hinten von seinem Wagen heruntergeholt und auf die Trage gelegt wurde. Er sah den beiden Sanitätern nach, wie sie, Spuren im Schnee hinterlassend, mit ihrer Last zum Eingang zurückeilten und schließlich im Gebäude verschwanden. Während er mit einer gewissen Gleichgültigkeit die Stelle betrachtete, an der der Verletzte gelegen hatte, zog er an seiner Zigarette und dachte, daß er einige der Blutflecken wohl niemals mehr würde entfernen können.

Als er aufblickte, bemerkte er plötzlich einen anderen Mann neben sich, der einen weißen Arztkittel trug und sich unvermittelt an ihn wandte.

»Der Junge, den Sie da für uns gebracht haben«, fragte er mit distanzierter, von beruflichem Interesse zeugender Stimme, »ist das Ihr Sohn?«
»Ja, Herr Doktor.«
»Es war gut, daß Sie ihn gebracht haben. Der Operationssaal ist vorbereitet. Sie haben richtig gehandelt.«
»Ja, Herr Doktor.«
Beide Männer starrten auf den Wagen, auf dessen Ladefläche sich die Blutlache immer noch ausbreitete. Nach einem weiteren kurzen Schweigen meinte der Arzt: »Ihr Sohn hat uns etwas Interessantes berichtet. Eine ziemlich ungewöhnliche Geschichte. Über diesen Mann.«
Der Bauer blickte das erste Mal richtig zu dem großen Arzt auf, der so vieldeutig mit ihm sprach. Dann schüttelte er seinen kantigen Kopf und entgegnete: »Es ist eine ungewöhnliche Geschichte, Doktor, aber sie stimmt. Und das ist noch nicht alles.«
In dem reglosen Gesicht des Arztes zuckte es kurz. »Erzählen Sie mir, was geschehen ist.«

Als er zwei Stunden später in Krakau ankam, erfuhr Hans Keppler zu seiner Erleichterung, daß der Anschlußzug nach Sofia in Kürze eintreffen werde. Es schneite immer noch, und das graue, metallisch schimmernde Morgenlicht verhieß beständigen Schneefall für den ganzen Tag. Man konnte dem jungen SS-Mann, der mit den wenigen anderen Passagieren auf dem Bahnsteig stand, deutlich anmerken, daß er schnell weiterreisen wollte. Ein paar Meter von Keppler entfernt, der ungeduldig die Gleise beobachtete, befand sich eine junge Frau, die ihn mit flüchtigen Blicken bedachte. Irgend etwas an dem jungen Soldaten rief ihre Aufmerksamkeit hervor. Seine unstet hin und her schweifenden Blicke, das nervöse Spiel seiner Hände, und – noch ungewöhnlicher – seine schlaff herabhängenden Schultern vermittelten ihr den Eindruck unendlicher Müdigkeit, was ihr um so mehr auffiel, als es sich doch um einen Mann handelte, dessen Gang kerzengerade und aufrecht hätte sein müssen. Sie hatte in dieser Gegend Polens viele der überaus selbstbewußten, ja oftmals großspurig auftretenden Mitglieder des Schwarzen Ordens gesehen, wie sie zu zweit oder grüppchenweise einherstolzierten wie paradierende

Pferde, und selbst wenn ein SS-Mann einmal alleine unterwegs war, nahm er stets eine arrogante, abweisende Haltung ein. Aber nicht dieser Soldat. Er wirkte völlig erschöpft, als seien ihm jede Kraft und Energie verlorengegangen.
Ein Pfeifen aus der Ferne verkündete den Wartenden, daß der Zug sich näherte. Die junge Frau langte nach ihren vielen Paketen, die sie alle auf ihren Armen zu verstauen versuchte, und Keppler griff rasch nach seinem Koffer.
Als die Lok sich in den Bahnhof schob und pfeifend anhielt, bemerkte Keppler zu seiner Bestürzung, daß der Zug hoffnungslos überfüllt war, vor allem mit Soldaten der Wehrmacht, die sich auf dem Weg an die Ostfront befanden. Plötzlich stürmten ein paar Soldaten aus dem Bahnhofsgebäude heraus, um zu ihren Kameraden im Zug zu stoßen, und drängten dabei die junge Polin beiseite, so daß ihre Gepäckstücke auf den Boden fielen. Als sie aufschrie, wandte Keppler sich um, und da er sah, wie sie verzweifelt über den Boden kroch und ihre Pakete zusammensuchte, ließ er seinen Koffer los, um ihr zu helfen.
»Diese Mistkerle!« zischte sie auf polnisch und versuchte, die verstreut umherliegenden Päckchen wieder auf ihren Armen zu verstauen.
»Die haben Sie eben nicht gesehen«, sagte Keppler ebenfalls auf polnisch und hob ein eingewickeltes Päckchen vom Boden auf. Dabei bemerkte er, wie sich ein Fleck auf dem braunen Packpapier ausbreitete.
»Natürlich haben sie mich gesehen!« gab sie zurück. »Diese Hunde. Die sind doch alle gleich!«
Hans hielt das feuchte Paket, bei dessen Geruch er die Nase verzog, auf Armlänge von sich. »Es tut mir leid, aber irgend etwas muß zerbrochen sein.«
Sie blickte auf das Päckchen und schrie erneut. »O nein! Ein halber Liter! Und es war doch so schwer, daranzukommen! Lassen Sie nur, Sie können nichts tun.«
Sie richteten sich gleichzeitig wieder auf. Während Keppler schweigend die übrigen Päckchen festhielt, wischte sie ihre Knie ab und brachte ihr Haar wieder in Ordnung.
»Danke schön«, keuchte sie, völlig außer Atem, und strich sich noch eine Strähne aus dem Gesicht. »Ich hätte bestimmt den Zug verpaßt,

wenn Sie mir nicht...« Plötzlich hielt sie inne und starrte auf seine Uniform.
Keppler entfernte sich rasch und ging zu seinem Koffer zurück, den er mit seiner freien Hand ergriff, und bestieg dann den Zug. Bevor er die erste Stufe betrat, hielt er kurz inne und blickte sich um. Die junge Frau war wie angewurzelt stehengeblieben. »Los, kommen Sie!« rief er ihr zu. »Schnell!« Das Pfeifen erklang, und der Zug fuhr ruckend an. Plötzlich stürzte die junge Frau auf Keppler zu, und es gelang ihr trotz der Pakete, die sie auf den Armen trug, auf den anfahrenden Zug zu springen. Gemeinsam schafften sie es gerade noch in den Waggon.
Um Atem zu holen und sich sicheren Stand zu verschaffen, ließ sich Keppler leicht gegen eine Wand im Zuginnern fallen. Dabei schaute er unentwegt die junge Frau an und dachte: Ich habe dich schon vorher gesehen.
Auch die junge Frau hatte sich an die Wand gelehnt. Sie erwiderte jedoch seine Blicke nicht, sondern schaute auf die an ihr vorbeiziehende Landschaft hinaus.
Keppler starrte sie immer noch an. Er betrachtete ihr dickes braunes Haar, das in der Mitte gescheitelt war und auf ihre Schultern herabfiel. Er registrierte ihre großen braunen Augen, die gezupften, bogenförmig verlaufenden Augenbrauen, die kleine, wohlgeformte Nase und ihren vollen Mund. Ja, er hatte sie schon vorher gesehen, bestimmt hundertmal. Sie war eine Polin bäuerlicher Abstammung, genauso wie die, die er von Oświęcim her kannte. Aber diese jungen Frauen da unten waren mit ihren leeren Blicken und ihren dünnen, leblosen Mündern nur gespenstische Abbilder der Person gewesen, die ihm hier gegenüberstand. So wie sie hatten sie wohl einst auch ausgesehen. Diese jungen Frauen da unten...
Plötzlich blickte er in eine andere Richtung.
Als sie murmelte: »Danke schön für Ihre Hilfe«, wandte er sich ihr wieder zu und zwang sich zu einem Lächeln.
»Wir wollen einen Sitzplatz suchen«, schlug er vor und löste sich von der Wand.
Er führte sie durch die zweite Klasse des Zuges, gegen dessen unruhige Bewegungen er anzukämpfen hatte. Die meisten Abteile waren von deutschen Soldaten besetzt, die sangen, Zeitschriften lasen und

ihren Zigarettenqualm in die Luft bliesen. Als er schließlich am Ende des Waggons ankam und keine Lust mehr hatte, sich mit seinem schweren Koffer und den Päckchen der jungen Frau durch die Gänge zu zwängen, blieb er am Eingang zum letzten Abteil stehen, in dem ein älteres polnisches Ehepaar saß. Es handelte sich um einen weißhaarigen Mann mit seiner rundlichen Frau. Beide reagierten mit einem nervösen Lächeln und nahmen hastig ihre Sachen von der Bank herunter, als sie den Soldaten sahen.
Keppler trat ein, ließ sich auf den Sitz am Fenster fallen und legte die Päckchen neben sich ab. Dann bat er die junge Frau, auch einzutreten.
Sie setzte sich ihm gegenüber hin und preßte die Sachen, die sie bei sich trug, weiterhin krampfhaft gegen ihre Brust.
»Legen Sie doch alles da oben hin«, schlug Keppler ihr vor und zeigte auf das Gepäcknetz.
Doch die junge Frau schüttelte nur den Kopf.
Er zuckte mit den Schultern. Dann blieb er ruhig auf seinem harten Platz sitzen.
Die anderen Fahrgäste im Abteil beäugten ihn argwöhnisch.
»Was war denn in dem Päckchen, in dem etwas zerbrochen ist?« wandte er sich mit einemmal an die junge Frau. »Dieser Geruch war ganz neu für mich.«
Sie antwortete ihm mit unsicherer Stimme: »Es war Äther.«
»Äther!«
»Ja, für das Krankenhaus in Sofia.«
»Und die anderen Päckchen?«
»Alle fürs Krankenhaus, vor allem Sulfonamide, ein halber Liter Äther und Verbandsmaterial. Es ist heutzutage wirklich nicht leicht, solche Dinge zu besorgen.«
Er nickte und beobachtete ihr Gesicht, auf dem er Besorgnis, Angst, aber auch eine gewisse Neugierde ausmachte. Daneben haftete diesem anziehenden bäuerlichen Gesicht aber noch etwas anderes an, etwas, was unter der Oberfläche verblieb, so als wolle sie es verbergen. War es Widerstand? Oder Haß? »Sie sprechen sehr gut Polnisch«, wagte sie zu bemerken.
»Ich bin in Sofia geboren und aufgewachsen. Ich heiße Hans Keppler.«
»Sehr erfreut, Anna Krasinska. Fahren Sie nach Sofia?«
Er nickte.

»Ich dachte, Sie sind auf dem Weg an die Front – wie die anderen hier im Zug.«
Keppler lächelte düster. »Die Waffen-SS hat noch anderes zu tun, als die Rote Armee zu bekämpfen. Ich habe zwei Wochen Urlaub. Wohnen Sie in Sofia?«
»Ja, bei meinen Eltern. Mein Vater ist Schulrektor, und ich arbeite als Schwester im Krankenhaus.«
Während er sich mit Anna Krasinska unterhielt, blickte Keppler kurz zu dem älteren Paar hinüber. Als das Gespräch einen normalen Verlauf nahm, hatten der Mann und die Frau sich entspannt. Sie hatten sich zurückgelehnt und hielten die Augen geschlossen.
Überall war es das gleiche. Unzählige Male hatte er sich schon diesem Blick gegenübergesehen, den er auch bei Anna Krasinska festgestellt hatte, als er ihr das tropfende Päckchen mit der Äther-Flasche gereicht und sie bemerkt hatte, wer, oder besser, was er war. Diese Angst, diese plötzliche Zurückhaltung, das Mißtrauen. Und am liebsten hätte er herausgeschrien: Diese Uniform ist doch nicht meine Haut! Seht doch, darunter bin ich, Hans Keppler!
Genau wie am Bahnhof konnte Anna Krasinska auch nun nicht umhin, ständig den Soldaten zu mustern, der inzwischen seine Blicke nach draußen über die winterliche Landschaft schweifen ließ. Er schien nicht alt genug für diese Uniform, und die jugendlich unschuldigen Züge auf seinem Gesicht paßten nicht zu dem Totenkopf-Emblem auf seiner Mütze. Keppler hatte lockeres, blondes, zu einer knabenhaften Frisur gekämmtes Haar und kornblumenblaue Augen, doch die Unruhe seines Blicks, das Ausdruckslose darin, vermittelten ihr auch hier einen zwiespältigen Eindruck von ihm.
Der Zug nach Lublin schaukelte und wackelte, während er durch das schneebedeckte Weichseltal stampfte. Erneut mußte er auf ein Nebengleis ausweichen, um einem aus Norden kommenden Zug Platz zu machen, dessen versiegelte geheimnisvolle Güterwaggons an ihnen vorbeirumpelten. Es galt, unbedingt die unheilvollen Termine einzuhalten.
Hans Keppler schloß die Augen, um sich den Anblick zu ersparen. Warum konnte der Zug nicht schneller fahren? Bis nach Sofia würde es noch eine Ewigkeit dauern. Eine Ewigkeit...

Der große Arzt stand auf der anderen Seite der Glasscheibe, die den Operationssaal vom Waschraum abtrennte. Er hatte sich einen weißen Kittel übergezogen und eine Maske angelegt, aber er gehörte nicht zum Operationsteam. Vielmehr war er ein Zuschauer, der abseits stand und die Vorbereitungen beobachtete.
Der Patient auf dem Tisch, der von Milewski schwerverwundet ins Krankenhaus gebracht worden war, hatte seit seiner Aufnahme das Bewußtsein nicht mehr wiedererlangt. Wie eine Leiche lag er unter den weißen, sterilen Abdecktüchern. Alles Leben schien aus ihm gewichen zu sein.
Heilige Jungfrau Maria, dachte der Doktor hinter der Scheibe, während er die präzisen Handgriffe des Chirurgen verfolgte. Bitte laß ihn leben, wenigstens so lange, bis er mir erzählt hat, was passiert ist.
Er kämpfte gegen das unerträgliche Verlangen nach einer Zigarette an und biß sich krampfhaft auf die Unterlippe. Was der Bauer ihm erzählt hatte, diese unglaubliche Geschichte, die der verblutende Mann noch hatte stammeln können, bevor er ohnmächtig geworden war, war das Schrecklichste, was er je gehört hatte.
Ohne auch nur einmal zu blinzeln, blickte er auf das Skalpell, das im Lichte der OP-Scheinwerfer aufblitzte. Und immer wieder durchfuhr es ihn: »Heilige Jungfrau Maria, laß ihn leben. Die Geschichte kann nicht wahr sein. Sie kann einfach nicht stimmen.«

»Darf ich Ihnen etwas zu essen anbieten?«
Keppler blickte ruckartig auf. Er musterte die alte Polin, die auf ihrem breiten Schoß ein paar Essenssachen vor ihm ausbreitete. Sie bot ihm ein Stück Hartkäse an.
»Danke, nein.«
Keppler blickte wieder aus dem Fenster. Draußen war es inzwischen heller. Der Tag brach an. Wie spät war es wohl? Hatte er geschlafen?
Plötzlich wurde er unruhig und schaute auf die junge Frau ihm gegenüber. Ihr Gesicht war ausdruckslos, und ihr Blick versicherte ihm, daß kein Anlaß zur Sorge bestand. Wenn er aufgeschrien hätte, wenn ihm im Schlaf nur ein Wort über die furchtbare Last, die er in sich trug, über die Lippen gekommen wäre, dann hätte er ihr den Schrecken unweigerlich ansehen müssen.

»Ich habe selber...«, erklärte er und bückte sich nach dem Koffer, der neben seinen Füßen auf dem Boden lag. Nachdem er kurz am Verschluß herumgenestelt hatte, holte er eine lange Wurst und ein Stück Schokolade hervor. Sofort sah er sich drei weit aufgerissenen Augenpaaren gegenüber.
Keppler nahm nun ebenfalls ein Messer aus der Tasche und schnitt mehrere Scheiben von der Wurst ab, die er dem staunenden alten Pärchen anbot. Der Mann, schüchtern und begierig zugleich, nahm die Scheiben mit einem gemurmelten »*Dziekuje*« entgegen, um dann verlegen lächelnd die Scheiben noch dünner zu schneiden.
Als er Anna ein Stück anbot, willigte sie wortlos, aber mit einem Lächeln ein und begann sofort, daran zu knabbern.
Nun wurde die Schokolade in Portionen geschnitten, und als er dem Pärchen einige Stücke reichte, reagierte es mit echter Begeisterung. »Lange schon haben wir keine Schokolade mehr gesehen, mein Herr. Wir werden sie für die Bescherung unserer Enkelkinder aufbewahren.«
Anna Krasinska, die ihr eigenes Stück Schokolade in ein Taschentuch einwickelte und es in die Jackentasche steckte, freute sich: »Ich kann mich gar nicht erinnern, wann ich das letzte Mal Schokolade bekommen habe. So viel, wie sie kostet, kann man gar nicht arbeiten.«
»Dann nehmen Sie das auch noch«, meinte Keppler und legte die übrige Schokolade, ein großes Stück, in ihren Schoß und machte sich daran, für sich selbst ein Stück Wurst abzuschneiden. Anna schaute ihn voller Verwunderung an. »Ich kann es nicht fassen! Warum geben Sie mir denn Ihre ganze Schokolade?«
Keppler mied ihren Blick und ließ ein Stück von der krümeligen Wurst in seinem Mund verschwinden. »Ich sagte Ihnen doch, ich habe genug. Und wenn ich in zwei Wochen auf meinen Posten zurückkehre, werde ich noch mehr bekommen.«
Während sie die Leckerei in der Tasche verstaute, fragte die junge Frau unbefangen: »Ist Ihr Posten hier in der Nähe, Herr Keppler?«
Ja, dachte er bitter, ich bin Aufseher in einem Konzentrationslager, doch der jungen Frau entgegnete er: »Dreißig Kilometer von Krakau. Ich sitze an einem Schreibtisch und bearbeite Akten.«
Sie lächelte erneut, die erste warme Geste, die Keppler in achtzehn Monaten erfahren hatte.

Plötzlich blieb ihm die Wurst beinahe im Hals stecken, er mußte würgen, um sie herunterzubringen. Er dachte an den unermeßlichen Preis des Essens, das zu verschlingen er sich anschickte. Was er verteilte, war Teil der Ration der Insassen, genauso wie die goldene Uhr und die Seidenstrümpfe, die er seiner Großmutter brachte.
Er konnte nichts mehr essen und wandte sich zum Fenster. Ein paar flüchtige Blicke auf sein Spiegelbild reichten ihm, um die Schweißperlen auf seiner Stirn zu bemerken.
Zur Verwunderung seiner Mitreisenden schnellte er plötzlich hoch und warf die restliche Wurst in Annas Schoß. »Geben Sie dies Ihrem Vater, dem Rektor. Ich habe noch viel mehr davon und bin überhaupt nicht hungrig.« Er stieß diese Worte voller Anspannung aus, als müsse er sich zusammenreißen. Dann torkelte er über die Beine der Anwesenden hinweg, rannte den Gang hinunter und stürzte zur Toilette, die glücklicherweise nicht besetzt war.
Er hielt seinen Kopf über die Toilettenschüssel und wartete geduldig, bis die schwankende Bewegung des Zuges ihm half, die Wurst herauszuwürgen. Schließlich kam sie hoch und quoll aus seinem Mund und wurde sogleich durch die Toilette auf die Gleise gespült.
Hans Keppler richtete sich wieder auf und begab sich an das Ende des Waggons, wo eisige Windböen und ein paar Schneeflocken durch geöffnete Fenster in das Innere des Zuges hineinwehten. Dort geriet er erneut ins Grübeln: Warum soll es denn in Sofia anders sein? Dort geht es mir bestimmt genauso schlecht. Die Alpträume werden mir keine Ruhe lassen. Und nach zwei Wochen muß ich dann wieder zurück.
Im Abteil ließ er sich wieder in seinen Sitz fallen und wich den neugierigen Blicken seiner Begleiter aus. Er schaute nach draußen auf den Schnee und fühlte, wie Sofia näher und näher kam. Es ging kein Weg daran vorbei: Er würde irgend jemandem erzählen müssen, was er wußte. Es wurde ihm jetzt immer deutlicher, daß er sein Gewissen von der schrecklichen Last befreien mußte, wenn er nicht ganz dem Wahn verfallen wollte. Hans Keppler wußte in seinem Herzen, daß er ein Verräter war, und diese Einsicht zusammen mit dem Geheimnis, das er in sich barg, wurde eine Qual für ihn. »Eine Zigarette, Herr Keppler?« wandte sich Anna Krasinska an ihn.
Er schaute auf die Zigaretten. Es handelte sich um Damske, die jeweils

zur Hälfte aus Tabak und Baumwollfiltern bestanden und eigentlich nur von Frauen geraucht wurden, doch in dieser Zeit waren es die einzigen Zigaretten, die man sich überhaupt leisten konnte. Keppler dachte an die Zigaretten in seiner Tasche, die begehrten, veredelten Plaske mit ihrer runden Form, in Schachteln, die sich auf einen leichten Fingerdruck öffnen ließen und nur noch in privilegierten Kreisen zu finden waren. Doch er akzeptierte bereitwillig, tief bewegt, daß die junge Frau ihre letzten beiden Zigaretten mit ihm teilen wollte.
Die letzten Kilometer der Reise verbrachten sie rauchend und ohne ein Wort zu wechseln. Schließlich fuhr der Zug in den Bahnhof von Sofia ein.
Anna Krasinska sammelte alle ihre Päckchen zusammen, und diesmal gelang es ihr, sie auf den Armen zu verstauen. Sie bedankte sich noch einmal bei Hans Keppler für die Hilfe und den Proviant und stieg dann eilig aus. Während er langsam seinen Militärmantel zuknöpfte, blickte Keppler noch einmal aus dem Fenster und sah der hübschen jungen Frau nach, die sich stürmisch in die Arme eines Mannes warf, der auf dem schneebedeckten Bahnsteig auf sie wartete.
Als Keppler schließlich selbst den Zug verlassen hatte und die Bahnhofshalle betrat, war er froh, daß niemand ihn abgeholt hatte. Es war Heiligabend, und bevor er das Haus seiner Großmutter betrat, mußte er noch unbedingt eine Pflicht erfüllen. Der Gedanke daran war ihm gekommen, als er sich seiner Heimatstadt näherte.
Die Sankt-Ambroż-Kirche befand sich im Stadtzentrum am einen Ende des gepflasterten Marktplatzes, gegenüber dem örtlichen Hauptquartier der Deutschen. Bei der Kirche handelte es sich um ein beeindruckendes gotisches Bauwerk mit gleich hohen, in die schneeverhangene Luft hineinragenden Türmen, dessen Portale mit Heiligenfiguren geschmückt waren und das an den Dächern ringsherum von Wasserspeiern umgeben war.
Hans Keppler blickte zu dem geschnitzten Eichenportal auf. Obwohl er in seiner Kindheit ein gläubiger Katholik gewesen war, hatte er viele Jahre lang keine Kirche mehr besucht. Aber nun, da er sich das erste Mal seit langem wieder anschickte, die Kirche zu betreten, in der er getauft worden war und seine erste heilige Kommunion empfangen hatte, fühlte er eine innere Ruhe in sich, die er seit Monaten nicht mehr gekannt hatte.

Während er die Stufen hinaufstieg, zog er seine Mütze ab. Dann öffnete er das Portal und betrat die Kirche, wo er sofort von Wärme und dem Duft von Weihrauch eingehüllt wurde. Schließlich stellte er seinen Koffer in einem finsteren Winkel ab und verharrte einen Augenblick wie gebannt. Keppler ließ den Blick durch das Kirchenschiff schweifen und gewahrte hinten zu seiner Linken die Beichtstühle aus Holz, in denen, durch einen Vorhang abgeschirmt, der Priester saß, der die Beichte abnahm. Einige wenige Gläubige standen schweigend an, während ein paar andere Kirchenbesucher vor dem Altar ihre Bußgebete murmelten.

Keppler tauchte die Finger in die Weihwasserschale, die sich rechts von ihm befand, machte das Kreuzzeichen und ließ sich mit Blick auf den Altar auf ein Knie fallen. Als er den sterbenden Jesus am Kruzifix über dem Tabernakel gewahrte, fühlte er, wie seine Handflächen feucht wurden und ihm wieder Schweißperlen auf Gesicht und Hals traten, die den Kragen seines Mantels rasch durchnäßten. Dann erhob er sich. Als er sah, daß der Beichtstuhl leer war, fühlte er, wie ihm die Knie weich wurden. Schließlich begab er sich zu dem arkadenförmigen Gang hinüber.

Er schob den Vorhang beiseite und betrat den Beichtstuhl. Dann ließ er sich auf die Knie fallen, bekreuzigte sich und berührte mit einem Finger das Kruzifix, das über der schmalen, noch verschlossenen Luke hing, hinter der sich der unbekannte Priester verbarg.

Als er noch klein war, hatte er genau hier seine erste Beichte abgelegt.

Sein Herz pochte so laut, daß er kaum wahrnahm, wie das Gitter quietschend beiseite geschoben wurde und der Priester sich ihm zuwandte. Hinter dem engmaschigen Gitterwerk, das sie voneinander trennte, vermochte Keppler gerade die Umrisse eines menschlichen Gesichts wahrzunehmen. Der Priester flüsterte die Beichtformel.

Nach nicht enden wollenden Sekunden, während derer er seine schweißnassen Hände fest zusammenballte, hörte Keppler, wie der Priester murmelte: »Ja?«

Keppler wollte sprechen, doch seine Kehle war wie zugeschnürt.

»Stimmt irgend etwas nicht mit Ihnen, mein Sohn?« flüsterte der Priester.

»Vater, ich...«

Er fuhr sich mit den Händen über seinen Mantel. Er zitterte so fürchterlich, daß er Angst hatte, den ganzen Beichtstuhl zum Beben zu bringen. »Erteilen Sie mir Absolution, Vater. Und bitte fragen Sie nicht, warum!«
»Bist du krank?« erkundigte sich der Priester mit sanfter Stimme. »Möchtest du lieber in meinem Arbeitszimmer mit mir sprechen?«
»Vater!« sprudelte es aus ihm heraus. »Vater... Ich habe schon so lange nicht mehr gebeichtet. Vater, ich muß Ihnen etwas gestehen...«
Keppler, der sich jetzt endlich überwunden hatte, fühlte, wie es ihm auf einmal leichter fiel zu sprechen.
Der Priester hörte geduldig und mit immer größer werdender Anspannung zu. Schließlich murmelte er ein Gebet.

2

Dr. Jan Szukalski ging langsam die Treppe vom zweiten Stock des Krankenhauses hinunter. Er war alleine, und das Geräusch seiner schwerfälligen Schritte hallte in dem kahlen Treppenhaus wider. Seit er sich als Kind am Bein verletzt hatte, humpelte er, und seine Behinderung machte sich besonders dann bemerkbar, wenn er müde und von Sorgen geplagt war, und dann wirkte er auch älter als seine dreißig Jahre. Unten am Treppenabsatz angekommen, blieb er eine Weile stehen und blickte den langen, düsteren Gang entlang, an dessen Ende sein Büro lag. Obwohl alle fünfzig Betten belegt waren, war das Krankenhaus an diesem Heiligabend des Jahres 1941 geheimnisvoll ruhig. Jan Szukalski wäre jetzt gerne mit Frau und Sohn zu Hause gewesen. Aber er konnte nicht einfach heimgehen. Jetzt noch nicht und in den nächsten Stunden wahrscheinlich auch nicht. Der Zigeuner war noch nicht wieder zu Bewußtsein gekommen.
Er schaute auf die Uhr, und lief dann weiter den Gang entlang, betrat sein Büro und drückte auf den Lichtschalter. Eine einzige Birne beleuchtete die wenigen Möbel, einen einfachen Schreibtisch, einen Drehstuhl mit einer hohen Rückenlehne, zwei weitere Stühle und einen Aktenschrank aus Holz. In eine Wand war ein Marmorkamin eingebaut, den man jedoch mit Brettern abgedeckt hatte. Statt dessen

hatte man eine moderne Heizung installiert, die für wohlige Wärme sorgte. Er saß müde hinter dem Schreibtisch und rieb sich die Augen. Seine Gedanken kreisten um den Zigeuner... Er starrte an die feuchte Decke. Nein, das alles ergab einfach keinen Sinn. Diese merkwürdige Geschichte, die der Bauer Milewski aus den bruchstückhaften Äußerungen des fabulierenden Verwundeten zusammengesponnen hatte, konnte einfach nicht stimmen. Aber wie waren der Zustand des Mannes zu erklären und die Umstände, unter denen Milewski ihn gefunden hatte? Und, noch verwunderlicher: Warum war der Mann alleine gewesen?
Szukalski hatte noch nie einen Zigeuner gesehen, der alleine unterwegs war. Zigeuner pflegten ausnahmslos in Gruppen zu reisen, und wenn das nicht möglich war, dann wenigstens zu zweit. Aber alleine? Niemals! Und doch hatte dieser Zigeuner bei Milewskis Hof ganz alleine im Schnee gelegen, im Kopf eine Schußwunde von einer einzigen Kugel, und hatte Unglaubliches über seine fiebrigen Lippen gebracht.
Irgendwo sollte ein Massaker stattgefunden haben...
Szukalski bewegte den Kopf hin und her, als wolle er seine Gedanken abschütteln, und wandte sich dem Radio zu, das auf dem anderen Ende seines Schreibtisches stand. Er überlegte, ob er es einschalten sollte, um die bedrückende Stille zu vertreiben und etwas Freude in sein Büro zu bringen, aber dann erinnerte er sich, daß man ja seine Lieblingssendung abgeschafft hatte. Die polnischen Tangos, komponiert und dirigiert von den großen zeitgenössischen Musikern Gold und Petersburg, wurden nicht mehr gesendet. Wahrscheinlich waren Gold und Petersburg Juden. Als er seine Hand vom Radio zurückzog, hörte er, wie es klopfte. »Ja?« rief er.
Die Tür ging langsam auf, und das vertraute Gesicht seiner Stellvertreterin, Dr. Duszynska, erschien im Türspalt. »Störe ich?«
»Nein, überhaupt nicht. Treten Sie nur ein.«
»Jan, ich komme gerade von oben. Der Zigeuner ist eben für einen Augenblick zu sich gekommen.«
Szukalski schnellte sofort hoch. »Wie bitte? Und warum hat man mich nicht gerufen?«
»Dazu reichte die Zeit nicht«, entgegnete Dr. Duszynska. »Ich war gerade dabei, nach einem Patienten im Bett nebenan zu sehen, als er

die Augen aufschlug und zu sprechen anfing. Nur ein paar Sekunden später fiel er wieder ins Koma zurück.«
»Und?«
Szukalskis Stellvertreterin starrte ihn durch das fahle Licht des Büros an und bemerkte, wie sich die Furche zwischen seinen Augenbrauen vertiefte. Dann sagte sie mit ernster Stimme: »Alles, was der Bauer erzählt hat, stimmt.«
Szukalski ließ sich wieder zurückfallen und bat Dr. Duszynska, sich ebenfalls zu setzen. »Wie ist sein Zustand?«
»Nicht besonders, leider. Es blutet zwar nicht mehr aus der Kopfwunde, aber ich bin sicher, daß er eine Pneumonie hat.«
»Sie haben Ihr Bestes gegeben«, erklärte Jan. »Mehr war nicht möglich. Wie lange hat er denn eigentlich so im Schnee gelegen?«
»Vom Augenblick des Massakers bis zu dem Zeitpunkt, als Milewski ihn fand, hatte der Zigeuner fast zwölf Stunden im Schnee gelegen. Jan, kann das alles wirklich wahr sein?«
Dr. Duszynska, die auf ihre Frage keine Antwort erhielt, lehnte sich in einen Holzstuhl zurück und studierte einen Moment lang das Gesicht ihres Vorgesetzten.
»Lassen Sie uns diese unglaubliche Angelegenheit, diese Geschichte des Zigeuners, noch einmal von Anfang an durchgehen«, schlug Szukalski plötzlich vor. »Er und seine Sippe, insgesamt ungefähr hundert Männer, Frauen und Kinder, hatten in dem Wald ihr Lager aufgeschlagen, als plötzlich ein Trupp deutscher Soldaten auftauchte. Vorher war nichts Besonderes vorgefallen, sagte er. Die deutschen Soldaten seien einfach aufgetaucht, hätten ihre Gewehre auf sie gerichtet und sie gezwungen, sich in Gruppen zusammenzufinden, und sie dann zum Waldrand getrieben. Dort habe man die Zigeuner gezwungen, im Schnee einen langen, tiefen Graben zu schaufeln, eine Art Grube, an deren Rand sie sich anschließend aufstellen mußten. Dann habe man sie gezwungen, sich auszuziehen und die Kleider im Schnee sorgfältig zu Haufen zusammenzulegen. Dann hätten die Deutschen sie alle, Männer, Frauen und Kinder, einen nach dem anderen durch einen Schuß in den Hinterkopf getötet und sich dabei vergewissert, daß auch alle in die Grube fielen. Unser Zigeuner gehörte zu den letzten, die erschossen werden sollten. Wenn wir glauben können, was er sagt, dann lebte er noch, als die Deutschen anfingen, die Grube

mit Erde und Schnee aufzufüllen, um ein Massengrab daraus zu machen, und daß sie gegen Ende, als eigentlich unser Zigeuner dran gewesen wäre, nachlässig geworden seien und ihn nur halb bedeckt hätten. Er erzählte, daß er unter der Leiche einer Frau gelegen und sich nicht gerührt habe, um nicht zu zeigen, daß er noch lebte. Als die Deutschen fortgegangen seien, habe er noch lange gewartet, und dann sei er unter den Leichen hervorgekrochen und habe sich durch den Schnee fortgeschleppt. Schließlich ist er dann irgendwie beim Milewski-Hof gelandet. Haben Sie seine Geschichte so verstanden?«
Maria Duszynska flüsterte zuerst, dann bejahte sie mit kräftigerer Stimme und meinte: »Aber warum? Warum sollten die Deutschen so etwas tun? Soldaten kämpfen gegen Soldaten, so ist es eben im Krieg. Aber diese sinnlosen Greueltaten an Unschuldigen?«
Jan Szukalskis Gesicht verzog sich vor Zorn. »Ich habe es auch nicht geglaubt, meine werte Duszynska, aber es gibt keinen Grund, die Geschichte des Mannes anzuzweifeln.«
Sie schwiegen eine ganze Zeitlang, dann begann Szukalski als erster wieder zu sprechen: »Ich glaube, wir stehen erst am Anfang einer Entwicklung, der wir nur ohnmächtig zusehen können.« Die Schatten in dem kargen Büro schienen sich zu verdüstern. »Ich möchte nach Hause«, äußerte schließlich der abgespannt wirkende Szukalski und starrte auf seine Hände.
Dr. Duszynska erhob sich und verließ wortlos den Raum.
Szukalski blieb noch ein paar Minuten sitzen und dachte über die Ironie des Lebens nach, wie er, durch die Umstände bedingt, seinen langjährigen Stellvertreter verloren hatte, wie ihn die Deutschen einfach entfernt und ihn vor knapp einem Jahr durch Dr. Duszynska ersetzt hatten, und darüber, wie schwer es ihm gefallen war, die Vorbehalte gegen seine neue Stellvertreterin aufzugeben. Es war eben nicht so einfach, sich von Vorurteilen zu lösen.
Szukalski ging noch einmal am Bett des Zigeuners vorbei und betrachtete ihn genau. Ein solches Gesicht hatte er schon viele Male zuvor auf Seziertischen gesehen. Eine eigenartige Mischung aus weißen, grauen und gelben Farbtönen lag vor ihm, und die purpurfarben angelaufenen Lippen und tief eingefallenen Wangen ließen eigentlich keinen anderen Schluß zu, als daß es sich um eine Leiche handeln mußte. Als er aber die schlaffe Hand ergriff und den Puls fühlte, dia-

gnostizierte er einen Puls, der zwar nur schwach war, aber mit einer regelmäßigen Frequenz von achtzig pro Minute schlug. Der Zigeuner hatte den Kampf gegen den Tod noch lange nicht verloren. Jan Szukalski schaute den Bewußtlosen näher an und dachte wehmütig über die Grenzen der Heilkunst nach, die ihm, wie allen anderen Ärzten auch, gesetzt waren. Nachdem er die Hand des Zigeuners behutsam unter die Decke zurückgelegt hatte, verließ Szukalski den Krankensaal. Auf dem Gang stieß er auf Dr. Duszynska, die ihm entgegeneilte. Diesmal war seine Stellvertreterin nicht alleine. Ein Unbekannter begleitete sie.
Er versuchte sich ein Lächeln abzuringen, als sie ihn erreichten, aber da er eigentlich gerne alleine sein wollte, war ihm nicht daran gelegen, noch jemanden zu sehen. Doch Dr. Duszynska zuliebe wollte er sich bemühen, ein guter Schauspieler zu sein.
»Jan«, keuchte Maria Duszynska, »so eine Überraschung! Ich wußte ja gar nicht, daß Max nach Sofia kommen wollte, aber als ich das Krankenhaus verließ, da stand er plötzlich vor mir!« Szukalski wandte sich lächelnd an den Fremden. »Sehr erfreut«, begrüßte er ihn und reichte ihm die Hand.
»Maximilian Hartung«, stellte die aufgeregte Dr. Duszynska ihren Begleiter vor. »Wir haben zusammen studiert. Darf ich vorstellen: Jan Szukalski, der Leiter dieses Krankenhauses. O Jan, Max und ich haben uns schon so lange nicht mehr gesehen. Es ist bestimmt zwei Jahre her!«
Szukalski spürte, wie ihm das Lächeln zunehmend schwerfiel. Er bemerkte auch, daß die beiden Hand in Hand gingen, was ihn störte. Szukalski musterte vorsichtig den Freund von Maria Duszynska. Hartung hatte etwas Aristokratisches an sich, seine Gesichtszüge waren etwas zu scharf geschnitten, als daß man sie als fein hätte bezeichnen können, aber nichtsdestoweniger mußte man zugeben, daß er mit seiner stattlichen Größe und seinen blauen Augen ein attraktiver Mann war, dessen Lächeln von echter Freundlichkeit zu zeugen schien. Als er auf seine Studienfreundin aus alten Tagen hinabblickte, die um einen Kopf kleiner war als er, blitzten seine Augen fast schelmisch auf.
»Ich habe ein Zimmer im Hotel ›Weißer Adler‹ gemietet«, erklärte Hartung mit tiefer Stimme. »Bevor ich losging, habe ich dem Besitzer

einen Zloty gezahlt, damit er uns für heute abend einen Tisch freihält. Möchten Sie uns begleiten, Herr Doktor?«
Szukalski lehnte dankend ab. Dann fragte er: »Wie lange werden Sie in Sofia bleiben, *Panie* Hartung?« Er bemühte sich, freundlich zu bleiben und Interesse zu zeigen, während er gleichzeitig darüber nachdachte, wie er sich einen eleganten Abgang verschaffen konnte. Was seine Stellvertreterin nach ihrem Dienst tat und von wem sie sich dabei begleiten ließ, Mann oder Frau, interessierte ihn nicht im geringsten.
»Ich bin eigentlich geschäftlich unterwegs und stehle meiner Firma Zeit«, meinte Hartung mit einem verschmitzten Grinsen. »Ich mußte dringend eine Ladung Kugellager zu einer Fabrik in Lublin bringen, und übermorgen kehre ich wieder nach Danzig zurück.«
»Jan«, erkundigte sich Dr. Duszynska und starrte auf die Tür, die zur Krankenabteilung führte, »wie geht es ihm?«
»Sein Zustand ist stabil. Gehen Sie nur. Sie haben sich wohl eine Menge zu... erzählen.«
Nachdem man sich gegenseitig frohe Weihnachten gewünscht und sich voneinander verabschiedet hatte, verharrte Dr. Jan Szukalski noch eine Weile auf der Stelle und blickte den beiden nach, wie sie den Gang hinuntereilten. Bevor sie den Ausgang erreichten, sah er, wie Hartung und Dr. Duszynska sich in die Arme fielen und sich innig küßten. Dann traten sie hinaus ins Freie und verschwanden in der schneeverhangenen Nacht. Szukalski schaute ihnen noch einen Augenblick hinterher, dann wandte er sich um und humpelte, mit anderen, wichtigeren Dingen beschäftigt, in sein Büro zurück.

Hans Keppler, der seinen Kragen gegen den Wind hochzog, wußte nicht, wohin er gehen sollte. Er befand sich auf dem unteren Absatz der Treppe, die in die Kirche führte, und starrte ins Leere.
Tief in seiner Seele, dort wo einst das Licht, die Hoffnung und der Mut eines stolzen Soldaten ihren Platz gehabt hatten, breiteten sich nur noch Öde und Finsternis aus. Er hatte sein Vaterland verraten.
Er wußte, daß seine Großmutter mit den Weihnachtsüberraschungen auf ihn wartete, mit denen sie ihn schon als Kind verwöhnt hatte, doch er war nicht in der Lage, die paar Schritte bis dorthin zu gehen. Er verspürte das Bedürfnis nach einem längeren Spaziergang.

Am anderen Ende des Platzes, genau gegenüber der Kirche, befand sich das düster wirkende Hauptquartier der Deutschen, von Hakenkreuzflaggen umweht und von zwei schwer bewaffneten Soldaten bewacht. Die Deutschen waren jetzt die Herren in Sofia, und sie regierten mit unerbittlicher Härte. Obwohl die Sperrstunde noch nicht angebrochen war, ließen die jeweils zu zweit patrouillierenden Soldaten den abendlichen Spaziergängern keine Ruhe. Jeder, der sich nach Anbruch der Dunkelheit auf der Straße befand, wurde angehalten und ausgefragt. Aber Keppler wußte, daß man ihn nicht ausfragen würde. Das einzige, womit man ihn bedenken würde, wäre der deutsche Gruß, so daß er, SS-Rottenführer Hans Keppler, im Gegensatz zu den anderen zehntausend Einwohnern von Sofia als einziger das Privileg genießen durfte, unbehelligt die Straßen zu durchstreifen und seinen Gedanken nachzuhängen.
Als er seinen Koffer hochhob, überlegte der junge Soldat, ob es in der Hölle genauso kalt war.

Szukalski genoß seinen schwachen Kaffee, denn er wußte, daß die Vorräte langsam zu Ende gingen und keiner sagen konnte, wann es in Sofia wieder Kaffee gäbe.
Er dachte über seine Stellvertreterin nach, eine Ärztin aus Warschau, die vor genau einem Jahr nach ihrer Abschlußprüfung an sein Krankenhaus gekommen war und nun mit Maximilian Hartung einen privaten Abend verbrachte. Szukalski ärgerte sich darüber, daß er seine Vorurteile in seine Bewertung einfließen ließ, und konnte es doch nicht verhindern. Er war stets der Auffassung gewesen, daß Dr. Duszynska niemals eine gute Ärztin sein konnte, aber genau das Gegenteil hatte sich als richtig herausgestellt. Maria Duszynska hatte sich als überraschend intelligente, kompetente und tüchtige Ärztin erwiesen, doch trotz dieser Einsichten bezüglich ihrer Fähigkeiten fiel es Jan Szukalski schwer, sie als ebenbürtig zu akzeptieren.
Vielleicht war ihre Schönheit der Grund dafür.
Szukalskis Gedanken schweiften zu dem Tag zurück, als sie sich im Krankenhaus vorgestellt hatte, und wie enttäuscht er gewesen war, als er sah, daß es sich um eine Frau handelte. Sein einziger Gedanke war damals gewesen, wie eine so junge, schöne und anmutige Frau die hohen Ansprüche eines Mannes würde erfüllen können. Und auch

seine Mitarbeiter im Krankenhaus hatten die junge Frau mit gemischten Gefühlen aufgenommen. Maria Duszynska mit ihrem weizenblonden Haar und ihrer milchigweißen Haut hatte sich mit ihren sechsundzwanzig Jahren gegen viele Widerstände durchsetzen müssen.
Und sie hat es auch geschafft, mußte Jan sich eingestehen, während er im düsteren Licht seines Büros seinen Gedanken nachhing. Dennoch wäre alles viel besser, wenn sie ein Mann wäre...
Seine Gedanken gerieten aus ihren geordneten Bahnen, wurden zunehmend konfuser. Er war damit überfordert, all die Dinge abzuwägen, die bedacht werden mußten. Irgend etwas tief in ihm ließ ihn spüren, daß das, was er in den letzten beiden Jahren vorhergesehen und immer befürchtet hatte, womöglich wirklich eingetreten war, und dieser Zigeuner mit seiner furchtbaren Geschichte bestärkte ihn nur noch in seinen Vorahnungen. Und neben all diesen Sorgen setzten ihm auch noch seine patriotischen Empfindungen zu, die immer nur enttäuscht worden waren, insbesondere als er sich vor vier Jahren als Freiwilliger bei der polnischen Armee gemeldet und man ihn wegen seiner Behinderung abgelehnt hatte. Als die Deutschen 1939 in Polen einmarschierten, hatte Szukalski untätig bleiben und das Debakel als Außenstehender miterleben müssen.
Er erhob sich aus seinem Sessel und begann, auf und ab zu gehen. Seine Gedanken überschlugen sich fast. Als würde dieses Debakel nicht genügen, hatte man noch irgendwelche sadistischen Schweine zu seinen Herren gemacht, die ihre eigenen Gesetze schufen, das ganze Leben mit Angst erfüllten, einen jeden beobachteten, drangsalierten und ihn zum Sklaven in seiner eigenen Stadt machten. Aufgeblasene Mistkerle wie dieser Dieter Schmidt, die Furcht und Schrecken verbreiteten und ihm sagen wollten, wie er sein Krankenhaus zu leiten hatte! Und wie sollte er, bitte schön, ein Krankenhaus führen, wenn sie ihm seinen besten Arzt wegnahmen, nur weil er Jude war, und ihn durch eine Frau ersetzten? Und was war mit der Versorgung des Krankenhauses? War es nicht eine Zumutung, Krankenschwestern mit Listen in die Städte schicken zu müssen, um dort die simpelsten Dinge wie Äther und Verbandsmaterial zu besorgen, die selbst das ärmste Krankenhaus vorrätig haben sollte!
Jan Szukalski, dreißig Jahre alt, von der Welt enttäuscht, ein hum-

pelnder Krüppel, beschloß, der erdrückenden Enge seines Büros zu entfliehen und sich im Schnee die Füße zu vertreten.

Maria Duszynska und Maximilian Hartung kicherten leise, während sie Arm in Arm die Straße hinunterschlenderten. Sie genossen diesen Spaziergang zur Weichsel, an deren Ufer der Weiße Adler, das einzige Hotel der Stadt, lag, und sie sprachen nur wenig, um diesen wunderbaren Augenblick gänzlich auszukosten.
Zweimal hatten die Soldaten des örtlichen SS-Kommandanten Dieter Schmidt sie angehalten und ausgefragt; zweimal hatten sie den Soldaten ihre Papiere vorzeigen und ihre Anwesenheit auf der Straße zu dieser Tageszeit erklären müssen; und genauso oft hatte man sie brüsk an die Ausgangssperre nach zehn Uhr erinnert. Aber diese Unterbrechungen hatten ihrer guten Stimmung nichts anhaben können.
»In einem Monat«, murmelte sie ihm zu, während der vom Fluß kommende Wind ihnen ins Gesicht schnitt, »du hast damals gesagt, daß du in einem Monat zurück seist. Und das ist jetzt schon zwei Jahre her. Was ist bloß geschehen, Max?«
Hartung blinzelte gegen den Wind und kniff die Augen zusammen. Seine Lippen wurden bleich und schmäler. Während er nach Worten für seine Antwort suchte, studierte Maria sein Gesicht.
Er hatte sich in diesen zwei Jahren nicht verändert, wirkte immer noch äußerst nobel. Sein markantes Kinn und seine große, schmale Nase waren immer noch seine hervorstechendsten Merkmale, und auch die stechenden Augen, die sie immer an einen Raubvogel erinnert hatten, waren die gleichen geblieben. Wie komisch, daß ausgerechnet dieser Mann mit seiner imposanten Statur und seinen schieferblauen Augen eine Persönlichkeit in sich barg, die man hinter seinem äußeren Schein kaum vermutet hätte. Maximilian Hartung, der achtundzwanzig Jahre alt war und durch seine strenge Ausstrahlung stets Ehrfurcht gebot, war ein Mann, der über die Dinge des Lebens lachend hinwegzugehen pflegte. Und genau das war es gewesen, was sie so an ihm gemocht hatte, damals an der Universität von Warschau: Diese Leichtigkeit, mit der er den harten Realitäten des Lebens begegnete und sie so erträglicher machte.
»Maria, erinnerst du dich, daß mein Vater in Danzig eine Gießerei

besaß?« Er sprach nun gegen den Wind. »Wir stellten unter anderem Kugellager für schwere Maschinen her. Ziemlich oft auch für deutsche Panzer. Damals, also in diesem Sommer, bin ich nach Danzig gereist, um meine Eltern zu besuchen. Ich hatte wirklich vor, in einem Monat zu dir zurückzukehren, Maria.«
Er senkte den Blick und lächelte. »Ich habe nicht vergessen, daß wir damals heiraten wollten.«
»Ja, ich...«
»Wie dem auch sei, *kochana* Maria, jedenfalls war mein Vater zwischenzeitlich an einem Herzanfall gestorben. Als ich heimkehrte, wurde er gerade beerdigt, und ich mußte sofort die Geschäfte in der Gießerei übernehmen. Ich hatte mich so schnell wie möglich einzuarbeiten, und genau zu dieser Zeit fielen die Deutschen in Polen ein. Die Gießerei war so ausgelastet wie noch nie, der Betrieb lief Tag und Nacht. Es gab keine Möglichkeit für mich, wieder an die Universität zurückzukehren, Maria. Und aus den gleichen Gründen trage ich auch keine Uniform.« Er grinste erneut und bemühte sich diesmal nicht, seinen Zynismus zu verhehlen. »Ich glaube, den Deutschen sind die Kugellager für ihre Panzer wichtiger als ein weiterer Soldat.«
Maria musterte seinen dicken Mantel, seine Lederhandschuhe und den Wollschal, den er um den Hals gewickelt hatte. Daran hatte sie gar nicht mehr gedacht. Als sie ihn getroffen hatte, hatte sie in ihrer anfänglichen Aufregung ganz vergessen, daß sie sich im Krieg befanden.
»Ich bin froh, daß du kein Soldat bist. Ich hätte es nicht ertragen, dich in einer deutschen Uniform zu sehen, nicht nach dieser schönen Zeit, die wir in Warschau verbracht haben.«
Hartung schaute ihr ins Gesicht, seine sonst so wölfisch funkelnden Augen blickten plötzlich ernst.
»Stört dich das mit meiner Gießerei? Die Kugellager, die ich herstelle, waren in den deutschen Panzern, die nach Polen rollten. Aber du mußt verstehen, mir bleibt nichts anderes übrig! Entweder zeige ich mich den Deutschen gegenüber gefügig, oder sie stecken meine Familie und mich in eines dieser geheimnisvollen Lager; dann würden irgendwelche anderen Deutschen die Fabrik übernehmen. Bitte, du mußt verstehen, ich habe all das nur getan, um zu überleben! Jeder,

der nicht bereitwillig für das Reich arbeitet, wird sofort aus dem Weg geräumt. Was hätte es denn meiner Familie genützt, wenn ich Widerstand geleistet hätte? Bevor am Ende jemand anders diese Kugellager herstellt, warum dann nicht gleich ich? Ich will doch nur überleben und meinen Frieden. Und wenn ich deshalb den Deutschen helfen muß, ihre Panzer zu bauen, dann...«
Sie drückte ihm sanft einen Finger auf den Mund. »Bitte, Max, kein Wort mehr über den Krieg.«
Max und Maria betraten den Weißen Adler, und ihre Schwermut wurde sofort von der heiteren, ausgelassenen Atmosphäre zerstreut, zu der eine Tanzkapelle und das helle Licht beitrugen. Die Hakenkreuzfahnen über den Türen vermochten nicht im geringsten die Stimmung zu trüben.
Der Hotelbesitzer, der über das ganze Gesicht strahlte und einen festlich-eleganten Anzug trug, ließ es sich nicht nehmen, das junge Paar persönlich zu einem Tisch im Speisesaal zu geleiten. Dort legten sie ihre Mäntel ab und hängten sie an einem Kleiderständer auf. Als Maria den Mantel abgelegt hatte, musterte Max sie noch eine Weile mit einem breiten Lächeln. Er wollte ihren Anblick ganz und gar auskosten.
Trug sie nicht denselben marineblauen Rock, der sie damals in ihrem ersten Studienjahr so anziehend gemacht hatte? Und ihre Bluse, die sie neu gekauft hatte und die mit ihren im Schiaparelli-Stil ausgepolsterten Schultern zum Gewagtesten an Mode zählte, was es damals gegeben hatte? Heute lief jede Frau damit durch die Straßen. Ihr maskulines Äußeres, das zu seinem Bedauern so sehr in Mode war, tat Marias weiblicher Ausstrahlung keinen Abbruch. Ihre eckigen Schultern und der bis zu den Waden reichende Rock betonten nur noch mehr ihre langen Beine, ihre schmale Taille und die diskreten Andeutungen ihrer Brüste unter der dünnen Bluse. Genau so hatte er sie in Erinnerung. Sie hatte sich nicht verändert.
Weil es keinen Importwein gab, hatten sie sich mit einem polnischen Wein aus der Region zu begnügen, der, obwohl aus Pflaumen hergestellt und etwas herb, ausgezeichnet zu dem Mahl paßte, das die Frau des Hotelbesitzers in der Küche zubereitete. Als erster Gang war eine kräftige Kartoffelsuppe mit Lauch vorgesehen, auf die eine dampfende *Kapusta*-Platte mit Schweinshaxen folgen sollte.

»Erzähl mir von dir. Wie ist es dir ergangen, seit wir uns das letzte Mal gesehen haben, Maria?«

Der Violin-Solist im Hintergrund spielte »Ostatnia Niedziela«. Maria, gleichsam im Einklang mit der Musik, flüsterte sanft: »Ich habe nach dem letzten Jahr an der medizinischen Fakultät meine Abschlußprüfung abgelegt und bin dann ans Hygiene-Institut in Warschau gegangen, eine ausgezeichnete Forschungsstätte, die mit Unterstützung der Amerikaner aufgebaut wurde. Dort habe ich sechs Monate verbracht, habe Vorlesungen besucht und vor allem viel im Labor gearbeitet, meistens im Bereich der Hygiene und Seuchenbekämpfung. Ich glaube, daß man mich wegen meiner guten Ausbildung auf dem Gebiet der Sera und Impfstoffe hierher geschickt hat. Das größte Problem, das wir in diesen ländlichen Gebieten Polens haben, besteht darin, die Bauern davon zu überzeugen, daß Unsauberkeit Krankheiten hervorruft.«

»Du klingst nicht gerade glücklich.«

Sie nippte am Wein und entgegnete gleichgültig. »In dieser Zeit, in der ich mir nicht aussuchen kann, wo ich arbeiten will, ist Sofia gar nicht so übel. Die Stadt hat genau die richtige Größe, und das Krankenhaus ist akzeptabel.«

»Und wie ist dieser Typ, den du mir gerade vorgestellt hast, dieser Szukalski? Wirkt irgendwie etwas mürrisch.«

»Jan ist gar kein übler Kerl, er ist eben ziemlich still und nimmt die Dinge immer sehr ernst. Professionalität geht ihm über alles, aber die Patienten mögen ihn, denn er ist ein guter Arzt und genießt hohes Ansehen.« Marias Blick schweifte zu dem Violinisten, der den Geräuschpegel im Speisesaal mit seinem Lied übertönt hatte. Einen Augenblick dachte sie wehmütig an das Polonia-Hotel in Warschau zurück, in dem sie und Max damals ihre Nächte verbracht hatten. »Jan ist... wirklich nicht übel, ich meine, er mag zwar keine Frauen als Ärzte, aber das gilt wohl für viele Männer. Na ja, er schadet sich selbst, wenn er meint, so denken zu müssen... Aber die Arbeit lenkt ab, deshalb bin ich wohl meistens schon glücklich.«

Max schob seine Hand über die Tischdecke vor und umfaßte Marias Finger. »Worin besteht denn deine Arbeit als Stellvertreterin?«

»Oh, ich helfe ihm bei der Leitung des Krankenhauses. Und bei seinen Forschungen natürlich.«

»Was für Forschungen?«
Der Violonist hatte aufgehört zu spielen, und die gesamte Kapelle stimmte eine *Bajka* an, eine Art Tango. Bald wirbelten mehrere Pärchen über das Parkett.
»Was für Forschungen, meinst du? Oh, in erster Linie geht es um Infektionskrankheiten wie Typhus, Fleckfieber, Hepatitis und dergleichen. Sein Labor ist ziemlich gut ausgestattet.«
»Und, hat er schon ein paar große Entdeckungen gemacht?«
Sie beobachtete die Hand, die ihre Finger umfaßte, betrachtete ihre Größe, die Sanftheit ihres Rückens, die zarten Haare, die darauf sprossen. Plötzlich wurde sie melancholisch. »Nein«, erklärte sie, »vor einiger Zeit glaubte er zwar, er habe einen Impfstoff gegen Fleckfieber entdeckt, aber dann mußte er erkennen, daß er sich auf einer falschen Fährte befand. Wenn es etwas gibt, wozu Jan Szukalski fest entschlossen ist, dann ist es, Seuchen wie Fleckfieber von Sofia fernzuhalten.«
Dann verfiel sie einen Augenblick in Schweigen und musterte den Mann vor sich, in dessen wunderbaren Blicken sie sich, wie damals schon, zu vergessen schien. »Max, du mußt mir etwas sagen.«
»Ja?«
»Wenn dein Vater nicht gestorben wäre, wenn es keinen Krieg gegeben hätte, und wenn all diese Dinge nicht... Du mußt es mir sagen: Hättest du mich dann geheiratet?«
Er drückte ihre Hand fest und grinste schelmisch. »Wer behauptet denn, daß ich es nicht noch tue?«
Maria setzte sich in ihrem Stuhl zurück und schaute im Saal umher, in dem inzwischen eine gelöste Stimmung herrschte. Die Besucher hatten ihr Mahl beendet und tranken Wodka, sangen, lachten. »Jetzt spüre ich auch, daß Weihnachten ist. Ich bin so glücklich, daß du hier bist, Max.«
»Und wenn nicht? Was wäre dann gewesen? Hättest du eine triste Nacht im Krankenhaus verbracht und fiebrige Stirnen betastet?«
Sie lächelte und schlug den Takt mit dem Fuß.
»Warum hängt Szukalski dort rum, anstatt nach Hause zu gehen? Für ihn ist doch auch Weihnachten.«
»Wir haben einen ziemlich schweren Fall, auf den wir aufpassen müssen.«

»Ist es dieser Zigeuner, den er erwähnt hat?«
Sie nickte. Dabei hielt sie den Blick auf die Tanzenden gerichtet. Eine flotte Polka ließ nun jeden übers Parkett wirbeln, so daß es im Saal donnernd widerhallte.
»Was ist denn mit ihm passiert?«
»Das Thema ist nicht gerade angenehm.«
»Mein Gott, er hat doch wohl keine ansteckende Krankheit?«
»O Max.« Sie wandte sich ihm wieder zu und lächelte. »Jan kümmert sich nicht nur um solche Patienten. Dieser Fall ist..., sagen wir mal, anders.« Maria beugte sich vor und erzählte Max leise die merkwürdige Geschichte des Zigeuners. Als sie geendet hatte, schwieg sie kurz und fügte dann hinzu: »Ich hoffe, daß er überlebt. Wir wollen ganz genau wissen, was da draußen im Wald vorgefallen ist.«
»Mein Gott«, flüsterte Max, »was haben die Deutschen bloß vor! Das ist ja unglaublich!«
In diesem Augenblick war die Polka zu Ende, und die Kapelle stimmte sofort einen flotten und vertrauten Takt an. Die Pärchen auf dem Parkett verteilten sich sofort wieder, um sich aufzustellen, und klatschten nach dem schnellen Dreiertakt in die Hände.
»Eine Mazurka!« entfuhr es Max. Er griff nach ihren Händen. »Maria, erinnerst du dich noch?«
Sie riß die Augen weit auf. »Oh, ich weiß nicht, ob...«
Maria konnte ihren Satz nicht beenden, denn schon hatte Max sie von ihrem Stuhl gerissen und wirbelte mit ihr über die Tanzfläche.

Pfarrer Piotr Wajda streifte müde seinen schweren Chorrock ab und hängte ihn vorsichtig in den Kleiderschrank auf einen Bügel. Er bewegte sich langsam, denn seine Gelenke und Muskeln schmerzten ihn.
Die Sakristei war in dieser Nacht besonders kalt, aber Pfarrer Wajda spürte von alldem nichts. Er trug schwer an der Last eines gequälten Gewissens und war so sehr damit beschäftigt, daß er seine Umgebung gar nicht mehr wahrnahm. Mit mechanischen Bewegungen streifte er seine Kleider ab, zog das weiße Chorhemd über den Kopf und legte es akkurat gefaltet in die Schublade. Dann verschloß er die Schränke, in denen sich die wenigen Meßgeräte befanden, die zwischen den Gottesdiensten in der Sakristei aufbewahrt wurden. Der andere Priester,

der ihm geholfen hatte, die Mitternachtsmesse zu zelebrieren, hatte zu einem abgelegenen Gehöft eilen müssen, um dort einem sterbenden Gemeindemitglied die Sterbesakramente zu spenden, so daß Pfarrer Wajda nun ganz alleine war. Und diese Einsamkeit war es, die er, mehr noch als die durchdringende Kälte und Feuchtigkeit, in dem kleinen Raum neben dem Altar verspürte. Pfarrer Wajda vergewisserte sich noch kurz, daß er nichts vergessen hatte. Dann verließ er den Raum gerade so weit, daß er die Kirche überblicken konnte, und stellte fest, daß sie leer war. Aus der Finsternis vernahm er das scharrende Geräusch, das sein mißgebildeter alter Küster Żaba verursachte, der sich mühselig an den Kirchenbänken vorbeischleppte.
Zuverlässig wie immer, drehte Żaba seine Runde und überzeugte sich, daß in der Kirche alles seine Ordnung hatte.
Pfarrer Wajda blickte zum Altar auf. Er betrachtete das weiße, von einer Borte gesäumte Tuch, die Kerzen und den Tabernakel, der den Leib Christi enthielt, und er überlegte, wohin der junge deutsche Soldat wohl gegangen war.
Plötzlich fiel ihm etwas ein, so daß er kehrtmachte und schnell nach hinten lief. Er hatte doch die Aufgabe bekommen, das Krankenhaus aufzusuchen und den Kranken die heilige Kommunion zu spenden, und die Morgenstunden des ersten Weihnachtstages rückten immer näher. Er wußte, daß jetzt Eile geboten war.
Doch die Trübsal, die ihn nicht mehr losließ, seit er die unglaubliche Beichte abgenommen hatte, zehrte an seinen Kräften, lähmte seinen Tatendrang und hielt ihn davon ab, sich konzentriert seinen Aufgaben zu widmen. Piotr Wajda fühlte sich wie der einsamste Mensch auf Gottes Erde. Nachdem er die notwendigen Utensilien in einer Tasche verstaut hatte, setzte er seinen viereckigen Hut mit der schwarzen Quaste auf und trat nach draußen in den Schnee.
Sein Gang war schwerfällig; die schwere Verantwortung, die auf ihm als Träger eines solchen Geheimnisses lastete, schien ihn tiefer in den feuchten Schnee zu drücken. Sein halbes Leben lang war Piotr Wajda jetzt schon Priester in dieser Pfarrei, doch trotz seiner vierzig Jahre hatte er noch nie eine solche Angst gekannt.
Er war so sehr in seine Sorgen und Gedanken vertieft, daß er nicht bemerkte, wie sich ihm auf der dunklen Straße ein Schatten näherte, und erst als die andere Person ihn fast umrannte und »Frohe Weih-

nachten, Herr Pfarrer« murmelte, löste er seinen Blick vom Boden und schaute verwirrt auf.

»Jan«, entfuhr es ihm leise, denn es war höchst ungewöhnlich, nach Mitternacht noch jemanden auf der Straße zu treffen. SS-Hauptsturmführer Dieter Schmidt, der Ortskommandant von Sofia, war unerbittlich, was die Durchsetzung der Ausgangssperre anbetraf, und achtete sorgsam darauf, daß seine Soldaten sie rücksichtslos durchsetzten. Zwei Ausnahmen jedoch hatte er, wenn auch widerwillig, zugelassen, und zwar für Priester und Ärzte, denn es lag im Wesen ihres Berufs, daß sie auch nachts oft herausgerufen wurden.

Die Unruhe seiner Seele spiegelte sich auf dem Gesicht des Priesters wider, was der scharfen Beobachtungsgabe Dr. Szukalskis nicht entging. »Pfarrer Wajda, ich habe den Eindruck, daß es Ihnen nicht gutgeht.«

»Nein, nein, mir geht es gut, wirklich. Was treibt Sie denn um diese Zeit auf die Straße, Jan? Es ist schon nach Mitternacht.«

»Nun...« Er seufzte tief und blies eine kleine Dampfwolke in die kalte Luft. »Ich habe gerade erst die Klinik verlassen, und jetzt vertrete ich mir etwas die Beine und ordne meine Gedanken. Aber ich glaube, ich gehe doch besser nach Hause zu meiner Frau und meinem Sohn. Wenn mein Sorgenkind aufwacht, werde ich vom Krankenhaus gerufen.«

Pfarrer Wajda nickte. Auch er hatte Szukalski eingehend gemustert und erkannt, daß seinen Freund etwas bewegte. »Und Sie, Jan, geht es Ihnen gut?«

Der Arzt lachte leise. »Sie sorgen sich um meine Seele, Herr Pfarrer?«

»Ja, denn ich habe den Eindruck, daß Sie irgend etwas bedrückt, Jan«, gab der Priester ernst zurück.

Das Lächeln wich von Szukalskis Gesicht.

»Jan«, fuhr der Priester mit sanfter Stimme fort, »werden Sie gleich noch auf sein? Ich muß mich erst noch um meine Schäfchen im Krankenhaus kümmern, aber danach...«

»Ich werde noch nicht ins Bett gehen, Herr Pfarrer. Aber es ist wirklich nicht nötig, daß Sie vorbeikommen. Mir geht es gut, wirklich. Ich glaube, ich bin nur ein bißchen überarbeitet...«

»Nein, Jan, ich will nicht Ihretwegen kommen; es geht um mich.«

Damit hatte Szukalski nicht gerechnet. Erneut forschte er im Gesicht seines Freundes, und der Ausdruck seiner weit aufgerissenen grauen Augen alarmierte ihn sehr. »Was ist denn los, Herr Pfarrer?«
»Nicht hier, Jan, jetzt nicht. Besser später. Wenn..., ich meine, wenn ich überhaupt vorbeikomme, was ich ja eigentlich nicht...« Seine Stimme verlor sich.
»Sie sind bei mir jederzeit willkommen, das wissen Sie doch, Herr Pfarrer.«
»Ja, ja, natürlich. Also bis später dann. Jetzt muß ich aber wirklich los. Gute Nacht, Jan.«
Jan Szukalski blieb noch eine Weile im Schnee stehen und sah dem Priester nach, der die Straße hinunterhastete. Pfarrer Wajda hatte ihm nicht einmal eine frohe Weihnacht gewünscht.

Sie hatten sich immer wieder in Hauseingänge geflüchtet, um nicht von den patrouillierenden Soldaten ertappt zu werden, und waren schließlich unbemerkt an ihrer Wohnung angelangt.
»Du hättest das Zimmer im Weißen Adler gar nicht mieten sollen«, murmelte Maria, während sie in ihrer Handtasche herumwühlte.
»Hier ist doch genug Platz für dich.«
Maximilian drückte sie gegen sich und legte sein Gesicht auf ihren Nacken. »Ich wußte doch nicht, was sich hier ergeben würde, *kochana* Maria. Das einzige, was ich herausfinden konnte, war, wohin man dich versetzt hatte. Ich sah dich vor mir als fette Mutter von sechs Kindern.«
»In zwei Jahren?« Sie kicherte. »Ah, endlich!« Sie hatte die Schlüssel gefunden.
Max, der betrunken war, nahm sie ihr ab, und es gelang ihm nach einigen Versuchen, die Tür zu öffnen. Als Maria Licht machen wollte, zog Max sie plötzlich an sich und küßte sie. Während er in der Dunkelheit einen Schritt von ihr wich, flüsterte er: »Ich hätte Warschau niemals verlassen sollen.«
»Vergiß die Vergangenheit«, wisperte sie zurück.
»Von mir aus, *moja kochana*. Von mir aus denken wir nur an den Augenblick, an dich und mich, an Weihnachten, an Champagner und an die Liebe.«
»Wir haben keinen Champagner.«

»Wie bitte? Aber das geht doch nicht, die Tradition will es so! Was hast du denn im Haus?«
»Bier.«
»Bier! Da können wir ja gleich Wasser trinken! Wir brauchen unbedingt Champagner; ich werde sehen, ob ich irgendwo welchen auftreiben kann.«
»Um diese Zeit? Max, sei doch nicht verrückt.«
»Ach...« Zärtlich legte er ihr eine Hand auf die Wange. »Ich meine, vielleicht können wir den Besitzer des Weißen Adlers überzeugen, eine Flasche rauszurücken. Vorausgesetzt er hat welchen.«
»Aber es ist doch schon so spät!«
»Keine Sorge«, murmelte er und schlich zur Tür, »ich werde ganz vorsichtig sein. Heute abend soll eben alles ganz perfekt sein. Wir sehen uns schließlich das erste Mal seit zwei Jahren. Mach bitte Feuer. Einverstanden?«
Er spürte, wie sie im Dunkeln nickte, und so wandte er sich um und schlüpfte schnell nach draußen.

Die Krankenabteilung war um diese Zeit dunkel und still, die Patienten schliefen friedlich, behütet und bewacht von einer einzigen diensthabenden Schwester, die am Ende der Bettenreihen hinter einer Trennscheibe aus Glas saß.
Sie bemerkte nicht die finstere Gestalt am anderen Ende des Krankensaals, die sich hereinschlich und dann reglos im Schatten verharrte. Von hier aus konnte man leicht die Patienten in ihren Betten überblicken, und man sah auch, daß die Schwester den Kopf über ein Buch gebeugt hatte und las. Die einzige Lichtquelle in dem langen Saal war eine trübe Lampe, die das Buch der Schwester beleuchtete.
Die finstere Gestalt suchte die beiden Bettreihen ab und erspähte das bandagierte Haupt des reglosen Zigeuners. Die Dunkelheit begünstigte den Eindringling, da sie ihm eine natürliche Deckung bot. Auf diese Weise verborgen, konnte er rasch und geräuschlos von Bett zu Bett huschen, bis er den Zigeuner erreicht hatte.
Die schemenhafte Gestalt blickte den Krankensaal entlang. Die Krankenschwester hatte nichts bemerkt.
Der Mann lag in bequemer, entspannter Haltung im Bett, sein Gesichtsausdruck war friedlich und sanft. Die finstere Gestalt schwebte

über ihm und musterte neugierig sein Gesicht, während sie dem zarten Geräusch der Schneeflocken lauschte, die sanft gegen das Fenster prallten und sich dort auflösten. Der Eindringling beugte sich vor, und es gelang ihm geschickt, das Kissen unter dem Kopf des Mannes wegzuziehen. Die Gestalt, die jetzt nervös den Atem anhielt, blickte noch einmal zum Dienstzimmer. Die Schwester las weiter still in ihrem Buch. Als er sich jedoch wieder dem Zigeuner zuwandte, bemerkte er, daß dieser durch die leichte Störung aufgeweckt worden war und nun mit panischem Blick in die Finsternis starrte.
Der schwarze Schatten über ihm zögerte noch und wartete den rechten Augenblick ab, um...
»Ihr!« entfuhr es dem Zigeuner heiser, und er riß die Augen weit auf.
»Ja, richtig«, murmelte die Gestalt und drückte dem Mann das Kopfkissen fest und präzise auf sein entsetztes Gesicht.

3

David Ryż gab dem großen grauen Pferd die Sporen und trieb es durch das Schneegestöber. Es war schon spät in der Nacht, und da sie den ganzen Tag lang immer wieder Straßen und Feldwege hatten meiden müssen, war ihnen viel Zeit verlorengegangen. Pferd und Reiter befanden sich nun, als sie sich der Weichsel näherten, am Rande der Erschöpfung.
Während die Beine des Pferdes in den Schneeverwehungen einsanken, beugte David sich vor und streichelte seine Mähne. Dabei flüsterte er ihm auf jiddisch zarte Worte zu, mit denen er es schon auf dem Hof stets bedacht hatte, wenn sie die Felder pflügten. »Bis nach Hause ist es nicht mehr weit«, beruhigte er das Tier, »und eine Decke und Heu warten schon auf dich. Es dauert nicht mehr lange...«
David Ryż setzte sich auf und blinzelte gegen den eisigen Wind an, der ihm mit voller Wucht ins Gesicht blies. Da er unter einigen Bäumen entlangritt, mußte er sich jetzt ducken, um sich vor tief hängenden Ästen zu schützen. Dabei preßte er seine kräftigen Beine gegen den wuchtigen Leib des Pferdes, denn er ritt ohne Sattel. Obwohl es

schon nach Mitternacht war und heftig schneite, fror David, der nur eine dünne Schaffelljacke über seinem Hemd trug, nicht.
In seinem Herzen loderte das Feuer des Zorns und der Leidenschaft und ließ seinen Leib glühen.
Bald ritt er an weiten Feldern und Weiden vorbei, die sich von der Weichsel bis zu den in der Ferne liegenden Bauernhöfen erstreckten, und legte ein langsameres Tempo vor. Schließlich erreichte er ein dichtes Waldgebiet, das bis ans Flußufer heranreichte.
Jetzt blieb er mit seinem Pferd endgültig stehen und lauschte. Mit seinen vor Kälte geröteten und kribbelnden Ohren hörte er, wie der heulende Wind den skelettartigen Bäumen zusetzte. Aber das Geräusch, das ihn eigentlich interessierte, vernahm er nicht. Die knirschenden Schritte blieben aus.
Schließlich beugte sich David auf dem Pferd ganz weit vor und pfiff dreimal.
Sofort darauf hörte er ein kurzes, schrilles Pfeifen.
David erkannte das Signal und gab dem Pferd wieder die Sporen, das jetzt gemächlich weitertrabte. Er mußte in der Dunkelheit gut aufpassen und seine fünf Sinne zusammennehmen, um den richtigen Weg zu finden. Nach einiger Zeit bildeten die Bäume dann eine Schneise, so daß sich ihm ein schmaler Pfad eröffnete.
David, für den der Gedanke, daß man ihn beobachtete, beruhigend war, trieb sein Pferd den Pfad hinunter, der von einer steilen Felsklippe zur zugefrorenen Weichsel führte. Die Klippe, die sich vom Kiesufer des Flusses erhob und eine dichte Espen- und Birkenkrone trug, war nicht sehr hoch, aber schroff und abweisend, und die schmale Höhlenöffnung an ihrem unteren Ende entzog sich von oben jedem Blick. Es gab nur diesen einen Weg, um zu der Höhle zu gelangen.
Auf halbem Weg hielt David noch einmal an, pfiff dreimal und erhielt erneut die knappe, aus einem Signal bestehende Antwort. Kurz darauf erreichte er den Höhleneingang, stieg vom Pferd ab und ließ, bevor er hineinschlüpfte, seinen Blick rasch über den geisterhaften Fluß schweifen.
»David!« hallte es ihm aus dem finsteren Innern der Höhle entgegen. Dann tauchte im Schein einer Fackel auch schon das lächelnde und aufgeregte Gesicht Abrahams auf, dem die Tränen in den Augen stan-

den. »David«, wiederholte er, umarmte seinen Freund und zog ihn in die behagliche Höhle.
Auch andere erschienen nun, um ihn zu begrüßen: Esther Bromberg eilte ihm mit einem Handtuch entgegen, um sein Haar trockenzureiben, das von den schmelzenden Schneeflocken ganz naß geworden war, und schließlich huschten noch zwei weitere Männer an ihm vorbei, um sich um sein Pferd zu kümmern. Insgesamt dreiundzwanzig Augenpaare richteten sich nun auf ihn und blickten ihn gespannt und hoffnungsvoll an.
»Ich habe mir solche Sorgen gemacht!« meinte Abraham Vogel und zog ihn nahe an das Feuer, das die weite Höhle mit einem beruhigenden Licht erfüllte und breite Schatten auf die Felswände warf. Mehrere Meter über ihnen verflüchtigte sich der Rauch des Feuers und verschwand langsam durch Spalten, die zum oberen Teil der Klippe führten. »Du warst so lange weg! Setz dich doch, David, nimm Platz und iß etwas!« Doch David wehrte mit einer Handbewegung ab. »Mir ist jetzt nicht nach Essen zumute. Ich muß euch berichten, was ich gesehen habe.«
»David«, erklang eine tiefe, volle Stimme, die Moisze Bromberg gehörte, einem fünfundvierzigjährigen polnischen Juden, der früher als Metzger ganz Sofia mit koscherem Fleisch versorgt hatte. Es handelte sich um einen vierschrötigen, kräftigen Mann mit breiten Händen und einer tönenden Stimme. In dem einen Jahr, da die Höhle für die dreiundzwanzig allmählich zu ihrem Heim geworden war, hatte Moisze nach und nach die Führungsrolle übernommen. Er trat mit einer Tasse dampfender Hühnersuppe vor und drückte sie David in die steifgefrorenen Hände. »David, zuerst mußt du essen und dich ausruhen. Du bist ja fast zu Eis erstarrt!«
David hob die Tasse, um sich an ihren Dämpfen das Gesicht zu wärmen. David Ryż, bei Ausbruch des Krieges achtzehn Jahre alt und Student, war ein stattlicher, leidenschaftlicher junger Mann mit dunklen, temperamentvollen Augen und dichten schwarzen Locken. Er war berüchtigt für sein stürmisches Wesen und seine Ungeduld, Eigenschaften, die ihn kennzeichneten, seit die Deutschen seine Eltern verschleppt hatten.
»Moisze, ich muß erst erzählen. Ich muß unbedingt berichten, was ich gesehen habe!«

Abraham setzte sich neben David ans offene Feuer und beugte sich gespannt vor. »Wir haben nicht gedacht, daß du so lange fortbleiben würdest, David. Wir haben uns alle sehr um dich gesorgt.«
»Das tut mir leid, meine Freunde, aber ich mußte etwas herausfinden.«
Moisze war völlig überrascht. »Herausfinden? Was denn herausfinden? Du bist doch losgezogen, um zu erkunden, ob sich die Deutschen in der Nähe des Flusses herumtreiben. Was gab es denn sonst noch zu entdecken?«
David starrte aus seinen dunklen, fiebrig funkelnden Augen vor sich hin und sagte mit gedämpfter Stimme: »Ich mußte herausfinden, wohin die Nachtzüge rollen.«
»O David...«, seufzte Abraham Vogel bedrückt. Der zwanzigjährige Berufsgeiger, ein sanfter Mensch von schmächtiger Statur mit verträumten Zügen, war Davids bester Freund.
»Und weißt du jetzt, wohin die Nachtzüge fahren?« erkundigte sich Moisze.
»Ja, und ich weiß auch, was sie transportieren.«
Esther Bromberg, eine magere Frau, die gerade etwas heiße Suppe aus dem brodelnden Topf über dem Feuer schöpfte und die Schale dem jungen Mann reichte, fragte: »Wo bist du denn gewesen, David?«
Er blickte weiter Moisze an. »Ich war in Oświęcim.«
»Oświęcim!« entgegneten ihm mehrere Stimmen gleichzeitig. »Aber warum denn gerade dort?«
»Weil dort die Züge hinfahren, Moisze. Dort werden sie entladen.«
»Und was transportieren sie, David?« erkundigte sich Abraham sanft.
»Menschen, Abraham. In den Zügen befinden sich Menschen, alle möglichen Menschen, darunter auch Kinder, Schwangere und alte Menschen, und die meisten von ihnen sind Juden.«
»Klar«, überlegte Moisze Bromberg und fuhr sich mit seinen dicken Fingern durch das graumelierte Haar, »in Oświęcim befindet sich ja ein Arbeitslager. Außerdem werden auch Juden dorthin umgesiedelt. Sie sollen dort ihre neue Heimat bekommen.«
David schüttelte energisch den Kopf: »Nein, Moisze, es ist ein Todeslager, in dem man alle hinrichtet oder Hungers sterben läßt! Und

Birkenau dient ausschließlich als Vernichtungslager! Dort gibt es Gaskammern und Krematorien und...«
»Das kann nicht wahr sein!« flüsterte Esther Bromberg.
»David«, fragte Moisze mit immer noch unerschütterter Stimme, »wie kannst du dir so sicher sein?«
Das Gesicht des Jungen verfinsterte sich. Er starrte auf seine Hände.
»Ich war nahe genug dran, um alles zu beobachten. Die Gleise teilen das Lager. Auf der einen Seite, die sie Auschwitz nennen, befinden sich mehrere Fabriken und große Gebäude, die wie Kasernen aussehen.« Davids Stimme wurde ruhig und ernst. »Es war nicht einfach, zu erkennen, was dort genau vor sich geht, aber ich sah viele Gefangene in gestreifter Lagerkleidung draußen im Schnee. Viele von ihnen lagen auf dem Boden, sie waren offensichtlich tot.«
»Wie nahe bist du rangekommen?« wollte Moisze wissen.
»Bis auf ungefähr dreihundert Meter, nahe genug, um mit diesem Feldstecher alles genau beobachten zu können. Noch näher ranzugehen habe ich mich nicht gewagt, denn an den Zäunen liefen SS-Männer mit Hunden Patrouille.«
Einige Augenblicke kehrte ein bedrücktes Schweigen ein, bis es von einer sanften Stimme unterbrochen wurde, die vom Rande der Fläche her kam, welche durch das Feuer beleuchtet wurde: »Hast du meinen Mann gesehen, David?«
Er blickte auf und gewahrte die ältere Frau, die sich an ihn gewandt hatte und die sich, auf einem Felsen hockend, in den Armen wiegte. David konnte sich nicht genau erinnern, warum sie sich ihrer Gruppe angeschlossen hatte. Alle Geschichten waren sich so ähnlich. Man war halt vor den Deutschen geflüchtet.
»Nein, *Pani* Duda«, entgegnete er behutsam. »Ich habe deinen Mann nicht gesehen.« David wandte sich wieder dem früheren Metzger zu.
»Ich habe niemanden erkannt, Moisze, aber bei der Entfernung und der gestreiften Kleidung, die sie alle trugen, war es auch unmöglich. Moisze, wir müssen unbedingt etwas unternehmen!«
Der ältere Mann schüttelte fassungslos den Kopf. »Ich kann es kaum glauben, David. Ein Todeslager! Das scheint mir ein Ding der Unmöglichkeit. Bestimmt irrst du dich...«
»Was er sagt, stimmt.«
Die drei Juden wandten sich in die Richtung, aus der die letzten Worte

gekommen waren. Eine hünenhafte Gestalt baute sich vor ihnen auf und schien die ganze Höhle auszufüllen.
Moisze erhob sich sofort. »Ah, David, in meiner Aufregung über unser Wiedersehen habe ich ganz unsere Gäste vergessen. Komm her zu mir, damit ich dich vorstellen kann.«
David musterte die Fremden voller Mißtrauen. »Laß sie hierherkommen und sich bei mir vorstellen. Sie sind Gäste und sollen sich entsprechend benehmen.«
Moisze erklärte auf jiddisch: »Die Gois sind unsere Freunde, mein heißblütiger Zionist. Sie sind genauso Opfer wie wir.«
»Er hat recht«, bekundete der Fremde und näherte sich dem Feuer, »es ist an uns, das Benehmen eines Gastes zu zeigen.« Er streckte ihm seine kräftige, schwielige Hand entgegen. »Brunek Matuszek, Hauptmann der polnischen Armee.«
David musterte ihn weiterhin argwöhnisch, ohne die Tasse und die Schale abzustellen, die er in den Händen hielt. Aber der Fremde lächelte. »Und leider muß ich bestätigen, daß das mit Oświęcim stimmt.« Er setzte sich dem Jungen gegenüber und sah ihn durch das glühende Feuer an. »Oświęcim ist ein Todeslager.« Zwei andere Unbekannte erschienen hinter dem Offizier, dessen Name Brunek war. Bei dem einen handelte es sich um einen jüngeren Mann, der sich als Antek Wozniak, Gefreiter bei der polnischen Armee vorstellte und dem David kaum Aufmerksamkeit schenkte. Aber als er die dritte Person registrierte, wurde sogleich sein Interesse geweckt, und er setzte sich auf.
Vor ihm stand eine junge Frau von ungefähr fünfundzwanzig Jahren, die Männerkleider trug und deren bleiche Haut im Schein des Feuers schimmerte. Als Moisze sie als Leokadja Ciechowska vorstellte, nickte David langsam und registrierte dabei ihre auffallend grünen Augen und die Schönheit, die von ihrem ungekämmten, rabenschwarzen Haar ausging. Unbeeindruckt, fast herausfordernd, trotzte sie seinem Blick und setzte sich dann auf einen Hocker neben Brunek.
»Sie sind vor einiger Zeit zu uns gestoßen, David«, erklärte Moisze, der Sprecher der Gruppe in allen Angelegenheiten.
»Freunde in Lublin haben ihnen gesagt, sie sollen sich an Dolata in Sofia wenden, und er hat sie dann zu uns geschickt.«

»Was wollen sie?« fragte er bitter. »Sich mit uns verstecken?«
»Kämpfen«, warf Leokadja ein.
David musterte sie erneut. Dann erwiderte er: »Laßt mich eins klarstellen: Ich kämpfe nicht gegen die Deutschen, weil ich Polen liebe, sondern deshalb, weil sie mein Volk in Lager stecken und vernichten. Die Heimat meines Volkes ist Zion, und Gott hat Israel aufgerufen, sich zu vereinen. Aus diesem Grund kämpfe ich.«
»David«, versetzte Moisze geduldig, »die Haltung eines Zeloten, der andere nicht braucht, ist oft nicht realistisch. Unsere Gruppe ist viel zu klein, und wir haben viel zu wenig Waffen, als daß wir uns erlauben können, eine helfende Hand zurückzuweisen. Diese Menschen sind zu uns gestoßen, um gemeinsam mit uns zu kämpfen. Also heiße sie willkommen, David!«
Der junge Mann nickte wieder und brummte, ohne daß die Feindseligkeit aus seinem Blick wich: »Um Moiszes willen, so seid denn willkommen.«
Der Metzger wandte sich den drei Neuen zu und erklärte: »David war gerade in der Schule, als man seine Eltern abholte. Als er nach Hause kam, lag der Hof in Schutt und Asche, und Nachbarn berichteten ihm, daß man seine Mutter und seinen Vater in einen Viehwagen gesteckt habe. Das war vor etwa anderthalb Jahren. Bis heute weiß er nicht, wohin man sie verschleppt hat. David hat nichts gegen Sie oder Ihre Freunde persönlich, Brunek. Es liegt an dieser Vorgeschichte, daß in seinem Herzen nur wenig Platz für Zuneigung und Vertrauen ist.«
»Wir verstehen«, meinte der Hauptmann und starrte in das Feuer. »Antek und ich sind auf uns alleine gestellt gewesen, seit unsere Einheit vor zwei Jahren aufgelöst wurde. Auch wir haben unsere Familien verloren, und keiner weiß, was aus unseren Kameraden geworden ist. Es heißt, daß viele von ihnen über Rumänien geflohen sind. Antek und ich sind seitdem immer einen Schritt schneller gewesen als die Deutschen.«
»Auf der Flucht!«
Der polnische Hauptmann lächelte milde. »Von mir aus magst du so denken, David; aber wir kämpfen auch. In Polen gibt es eine breite, organisierte Widerstandsbewegung, für die wir kämpfen, wo es geht. Vielleicht denkst du, wir sind Feiglinge, aber unser Ziel ist es, zu überleben und zum Kampf für unser Vaterland beizutragen.«

David warf einen längeren und genaueren Blick auf das Gesicht ihm gegenüber und gewahrte die breite Hakennase, die hohe Stirn und das glatte schwarze, nach hinten gekämmte Haar. Dann erklärte er leise: »Sie haben recht, Brunek Matuszek: Wer immer gegen die Deutschen kämpft, ist ein Verbündeter der Juden. Zumindest im Augenblick.«
Der Hauptmann lächelte erneut. »Wenn wir hier helfen können, dann werden wir es tun, und wir werden so lange bleiben, wie es möglich ist. Aber die Deutschen fahnden ständig nach uns, denn jeder Soldat, der in der polnischen Armee war, wird in die Wehrmacht eingezogen und muß gegen die Russen kämpfen.« Brunek drehte sich um und blickte zu der jungen Frau, die neben ihm saß. »Leokadjas Mann hatte nicht soviel Glück wie wir. Die Deutschen haben ihn geschnappt und ihm ihre Uniform übergezogen.« David konnte nicht den Blick von ihrer einnehmenden Schönheit lösen.
»Woher bekommt ihr eure Verpflegung?« wollte Brunek Matuszek von Moisze Bromberg wissen.
»Von den Leuten in Sofia, Sie wissen doch, Dolata. Er war früher Bürgermeister und kümmert sich mit ein paar anderen Dorfbewohnern um uns. Aber das ist sehr gefährlich, denn die Deutschen überwachen das ganze Gebiet sehr genau.«
»Seid ihr alle Juden?«
Moisze schüttelte den Kopf. »Nur acht von uns. Als die Deutschen vor achtzehn Monaten die Juden von Sofia abholten, gelang es einigen von uns, in diese Höhle zu flüchten. Die übrigen hier haben sich uns nach und nach angeschlossen; jeder von ihnen hat gute Gründe, sich vor den Deutschen zu verbergen.«
Brunek ließ seinen Blick langsam durch die Höhle schweifen. Die dreiundzwanzig Gesichter, die in dem flackernden Feuerschein bleich und verstört wirkten, gehörten jungen wie auch alten Menschen, Männern und Frauen. Einige von ihnen lächelten.
»Sie sehen, daß wir nicht gerade über große Kräfte verfügen«, erklärte Moisze. »Wir haben weder genug Leute noch Waffen, um die Deutschen wirkungsvoll zu bekämpfen. Wir tun, was wir können, etwas Sabotage hier und dort, um ihnen das Leben schwer zu machen, aber...« Er breitete seine Hände hilflos aus.
»Wir wollen kämpfen«, warf Abraham Vogel ein, der sich bis zu diesem Zeitpunkt nicht geäußert hatte. Das leidenschaftliche Wesen, das

sich hinter seinem schmalen, beinahe zarten Gesicht und seinen großen, sanften Augen verbarg, kam deutlicher zum Vorschein, wenn er in der ihm eigenen, entschlossenen Weise redete. »Aber es ist nur möglich, wenn wir eine Armee werden.«
»Eine Armee«, wehrte Moisze ab, »eine Armee ohne Waffen kann höchstens als Kanonenfutter dienen; je größer unsere Gruppe ist, desto mehr Kanonenfutter werden wir abgeben.«
Abraham öffnete den Mund, um etwas dagegenzuhalten, aber Brunek kam ihm zuvor. »Euer Anführer hat recht, ihr könnt so viele Mitglieder rekrutieren, wie ihr wollt, und werdet dennoch nur eine hilflose Masse sein. Was ihr braucht, sind Waffen. Kann Sofia uns helfen?«
Moisze schüttelte den Kopf. »Sofia ist in erster Linie eine Bauernstadt.«
»Und doch gibt es dort etwas sehr Interessantes für uns«, bemerkte David ernst.
Alle Gesichter wandten sich ihm zu.
»Das Munitionslager.«
Brunek musterte ihn verwundert. Dann schaute er Moisze an.
»Stimmt das?«
»Wir können uns nicht mal in die Nähe wagen«, beteuerte der Anführer. »Wir wären Narren, wenn wir...«
»Waffen!« rief David. »Ein Depot voll deutscher Artillerie!« Er überschlug sich fast beim Sprechen. »Dies ist ein Hauptdurchgangsgebiet für die Deutschen auf dem Weg nach Osten. Sie kommen hier vorbei und werden von dem Munitionslager am Rande von Sofia versorgt. Es ist eine riesige Anlage, Brunek, mit Benzintanks, Vorratslagern, Lastern und Panzern, einfach allem! Wenn wir dieses Lager in die Luft jagen würden, daran hätten die Deutschen eine Zeitlang zu knakken.«
»Nein, David«, widersprach ihm Moisze mit ruhiger Stimme. »Es ist zu gefährlich. Unser Ziel ist es, zu überleben, und nicht, Selbstmord zu begehen.«
Jetzt stand der junge Mann auf und blickte von oben auf die Gruppe herab. Seine Augen blitzten. »Meine Freunde«, begann er, »letztes Jahr haben wir nichts anderes getan, als immer nur unsere eigene Haut zu retten. Wir haben den Deutschen allenfalls ein paar Nadelstiche versetzt und gerade mal ein paar Posten niedergestreckt und ein

oder zwei Laster lahmgelegt. Hört mich wohl an, denn ich sage euch: Wenn die Deutschen diesen Krieg gewinnen, dann wird dies auf dem ganzen Kontinent kein einziger Jude überleben, und wenn wir nicht den Kampf aufnehmen, dann bedeutet das unseren sicheren Tod. Vielleicht leben wir ein paar Wochen länger, wenn wir uns auf diese Weise verkriechen, aber letztlich werden wir so sterben. Ist das nicht auch eine Art von Selbstmord?«
Er blickte in die schweigsamen Gesichter, die auf ihn gerichtet waren.
»Alles, was wir unternehmen, um den Vormarsch der Deutschen zu verlangsamen, wird ihren Feinden nützlich sein. Und wir können uns selbst helfen. Mein Gott!« rief er aus und hob die geballte Faust, »ihr habt nicht gesehen, was ich in Oświęcim gesehen habe! Kleine Kinder, die man in Gaskammern zusammenpferchte! Selbst von da wo ich stand, konnte man noch ihre flehenden Schreie hören, daß man sie freilassen möge...«
»David!«
Er blickte auf Moisze herab und fügte dann, etwas ruhiger, hinzu: »Warum soll man den Deutschen ihre Eroberungen erleichtern? Warum sind wir denn hier, wenn nicht um zu kämpfen?«
»Ich stimme David zu«, sagte Brunek, »aber ich glaube trotzdem, daß es töricht wäre, wenn wir ohne ausreichende Waffen versuchten, das Depot der Deutschen in die Luft zu jagen. Wenn wir wirklich was erreichen wollen, dann müssen wir zuerst versuchen, an Waffen zu kommen. Was habt ihr denn zu bieten?«
»Ein paar Gewehre, nicht sehr viele, fünf Pistolen und weniger als zweihundert Schuß Munition, Ihre zwei Gewehre und Granaten nicht eingerechnet«, faßte Esther Bromberg zusammen, die gerade ans Feuer zurückkehrte, nachdem sie ein paar Schalen mit heißer Suppe verteilt hatte.
Brunek überlegte. »Nicht gerade viel, um damit was Vernünftiges anzufangen. Wir brauchen mehr Waffen, und, wichtiger noch, Sprengstoff. Moisze, gibt es hier in der Nähe nicht ein paar Minen, wo etwas Dynamit gelagert sein könnte?«
»Nein, leider nicht. Die meisten Minen befinden sich östlich von hier, in dieser Gegend gibt es nur Landwirtschaft und ein paar kleine Fabriken. Ja, und dann noch dieses Depot, von dem David gesprochen hat. Die Deutschen haben in dieser Einrichtung ihren ganzen Treib-

stoff, ihre Munition, ihre Ersatzteile und Reparaturwerkstätten, die sie in diesem Teil Polens brauchen. Aber das ganze Areal ist riesig und, wie gesagt, schwer bewacht.«
»Dann werden wir uns die Waffen eben von den Deutschen selbst besorgen«, schlug Brunek vor.
»Und was soll das Ganze«, warf David voller Bitternis ein, »wenn wir nicht genug Leute haben, um sie zu benutzen? Wir brauchen Nachschub! Wir müssen eine ganze Armee aufstellen!«
Erneut meldete sich Abraham Vogel, der leise die Frage aufwarf: »Und wo, bitte schön, sollen wir diese Armee hernehmen, David?«
»Aus den Nachtzügen.«
»Das kann unmöglich dein Ernst sein!« entfuhr es Moisze entsetzt.
»In diesen Zügen sind Hunderte von Menschen, Moisze! Wenn wir einen stoppen und alle befreien, dann haben wir unsere Armee.« Der Metzger blickte zu dem polnischen Hauptmann hinüber, dessen Skepsis unverkennbar war. »Das wäre nicht sehr klug«, bemerkte er, »denn das Risiko ist zu groß. Zuerst einmal müssen wir alles tun, um Waffen aufzutreiben, dann können wir uns um die Größe unserer Armee kümmern.«
David öffnete den Mund, um etwas einzuwenden, besann sich dann aber eines besseren und schwieg. Trotz seiner Vorbehalte gegenüber dem Neuen mußte er einräumen, daß Brunek Matuszek ein Mann der Tat war. David war einstweilen bereit, sich zurückzuhalten.
Eine einzelne Windböe hatte den Weg durch die enge Höhlenöffnung gefunden und blies nun durch das weite Steingewölbe, so daß jeder erschauerte. Die Flammen des Lagerfeuers begannen zu tanzen, Schatten waberten unruhig an den felsigen Wänden. Moisze Bromberg brach als erster das Schweigen: »Was schlagen Sie denn vor, Brunek?«
»Ich denke, wir sollten abwarten, bis wir die Gelegenheit haben, eine Brücke hochzujagen, wenn ein Versorgungszug mit Waffen und Munition drüberfährt. Wir müssen nur die Züge beobachten, die im Depot von Sofia beladen werden, dann wissen wir, wann und gegen welchen Zug wir losschlagen müssen.«
»Und dann?«
»Dann haben wir erst einmal die Waffen, die wir benötigen. Später können wir uns dann Gedanken machen, wie wir noch mehr Kämpfer

rekrutieren können. Und erst danach ist es angebracht, zu überlegen, wie wir die Sache mit dem Depot angehen. Wenn es für die Deutschen so wichtig ist, wie du sagst, dann sollte es unser vorrangiges Ziel sein.«
Erneut hauchte ein eisiger Wind durch die Höhle und erinnerte einige der Partisanen daran, daß es draußen Winter und Heiligabend war. Aber was bedeutete für sie schon Heiligabend? Christbaum, Geschenke, Weihnachtsgans und Festlichkeiten waren kein Thema, und sie würden diese Nacht wie jede andere verbringen. Ihre einzigen Gedanken galten dem Kampf ums Überleben.
Nun gesellte sich ein weiterer Mann zu ihrer Runde. Er hatte die ganze Zeit in der Ecke gesessen und einen Greis gefüttert, der nicht mehr selbst essen konnte. Es handelte sich um Ben Jakobi, der auch schon ein fortgeschrittenes Alter erreicht hatte, aber widerstandsfähig genug war, um dem harten Winter zu trotzen und das spartanische Dasein in der Höhle zu ertragen. Der nicht sehr große, zerbrechlich wirkende Jude mit weißem Haarschopf, vormals Apotheker von Sofia und fünfundsechzig Jahre alt, trat nun vor, um sich am Feuer die Hände zu wärmen und etwas von der wäßrigen Hühnersuppe zu sich zu nehmen. »Ich habe Ihnen zugehört, Herr Hauptmann«, erklärte er, »und würde gerne von Ihnen erfahren, wie Sie es sich vorstellen, einen Zug anzuhalten, insbesondere wenn er so schwer bewacht ist wie diese für die Deutschen so kostbaren Güterzüge.«
Brunek, der Ben Jakobi vorher schon kurz kennengelernt und mit dem Apotheker ein paar Worte gewechselt hatte, entgegnete mit einem Lächeln: »Ich habe bereits einen Plan, aber ich brauche Ihre Hilfe.«
Ben Jakobi zeigte sich überrascht: »Meine Hilfe?«
»Um einen Zug zu stoppen, werden wir wirkungsvollen Sprengstoff benötigen, und ich denke, das beste für unsere Zwecke wird Nitroglyzerin sein.«
»Nitroglyzerin!« entfuhr es Moisze, »das soll wohl ein Scherz sein! Das ist viel zu gefährlich, und außerdem: Wo wollen Sie es auftreiben?«
Brunek blickte weiter Jakobi an, der bereits ahnte, was der Hauptmann antworten würde. »Wir werden es selbst herstellen.«

»Und uns dabei selbst in die Luft jagen«, murmelte Abraham Vogel.
»Es ist die einzige Möglichkeit«, fuhr Brunek betont ernst fort. »Es ist ganz einfach herzustellen, wenn man nur die einzelnen Bestandteile hat. Ich war Chemieingenieur in Warschau und habe in den vergangenen zwei Jahren genug Erfahrung in Handhabung und Herstellung dieses Stoffes erworben. Mit der Hilfe von *Pan* Jakobi dürfte es keine allzu großen Probleme geben.«
»Aber wie...?«
»Erst einmal müssen wir nach Sofia, um festzustellen, was von der Apotheke noch übrig ist. Wenn die Deutschen so vorgegangen sind wie in den anderen Städten, die ich kenne, dann werden sie nur genommen haben, was sie brauchen, und den Rest zerstört haben. Es besteht die Möglichkeit, daß noch etwas übriggeblieben ist, zum Beispiel Chemikalien, die wir brauchen.«
»Nach Sofia gehen!« Moisze Bromberg verlor jetzt das erste Mal die Fassung. »Das Risiko ist doch viel zu groß!«
»Moisze, wir sind im Krieg. Risiken gehören einfach dazu.«
David stellte plötzlich fest, wie er Matuszek zulächelte. »Ich werde Ihnen helfen, Hauptmann«, erklärte er lakonisch. »Was genau haben Sie vor?«
Brunek begann zu flüstern, und jeder in der Runde beugte sich vor. »Es gibt da eine breite Brücke über die Weichsel auf der Strecke nach Lublin. Diese Brücke ist für die Deutschen von enormer Bedeutung. Ich schlage vor, daß wir die Brücke in die Luft jagen, wenn ein Munitionszug rüberfährt.«
»Ein Munitionszug?«
»Ja.«
»Sollen wir denn alle in Stücke zerrissen werden?«
»Nein, Moisze, nicht wenn wir genau nach meinem Plan vorgehen. Hört gut zu, diese Züge sind sehr schwer bewacht, und die Deutschen kontrollieren stets die Brücke, bevor sie sie überqueren. Ich habe persönlich beobachtet, wie die Wachen die Brücke abgehen und nach versteckten Sprengstoff suchen. Der Zug muß fünf bis zehn Minuten warten, bevor er weiterfahren darf.«
»Was bedeutet, daß es unmöglich ist, die Brücke hochzujagen«, meinte Moisze.

»Ich habe ja auch gar nicht vor, den Sprengstoff an der Brücke selbst anzubringen; ich will ihn am Zug anbringen.«
»Wie bitte?« platzte David heraus. »Das ist unmöglich! Diese Züge wimmeln doch von Soldaten, wie soll man sich denn da einem Zug nur nähern? Und dann auch noch mit einer Ladung Nitroglyzerin! Man würde uns sofort entdecken!«
»O nein, junger Freund, ganz falsch«, lächelte Brunek in die Runde. »Es kann gar nicht schiefgehen; ich habe einen Plan, wie ich mich unsichtbar machen werde.«

4

Jan Szukalski saß in seinem Lehnstuhl und starrte, das Kinn auf die verschränkten Hände gestützt, in die züngelnden Flammen im Kamin. Als er nach Hause gekommen war, hatten Katarina und der Junge oben schon geschlafen, und da er sie nicht in ihrem friedlichen Schlummer hatte stören wollen, herrschte nun im ganzen Haus Stille. Seine verwirrten Gedanken kreisten um die Frage, wie lange seine Familie wohl noch einen solchen Frieden und diese Ruhe genießen konnte.
Plötzlich knackte es im Feuer, Funken schossen sprühend in die Höhe und holten Jan Szukalski in die Gegenwart zurück. Er ließ sein Buch sinken und schüttelte den Kopf. Er wollte jetzt nicht an Frau und Kind denken, und auch nicht an seinen Bruder, diesen liebenswürdigen, sanften jungen Mann, der während der Invasion von 1939 in der polnischen Kavallerie gekämpft hatte.
Als Ryszards lächelndes Gesicht sich gar nicht mehr aus seiner Vorstellung vertreiben ließ, erhob sich Jan abrupt aus dem Sessel und begab sich zum Kamin: Dort blieb er vor den beiden Gemälden über dem Kaminsims stehen: Das eine stellte den knienden Jesus in Gethsemane dar, bei dem anderen handelte es sich um ein Porträt von Adam Mickiewicz, dem polnischen Nationaldichter. Beide genossen im Hause Szukalskis höchste Verehrung.
Ein leises Klopfen riß Szukalski aus seinen Betrachtungen, und er humpelte langsam zur Tür.

Piotr Wajda stand schlotternd auf der Schwelle und blies sich in die Hände. Während er sich mit einem Lächeln für die späte Störung entschuldigte, schlüpfte er rasch in die Wärme des engen Korridors. »Guten Abend, Jan«, murmelte er und schüttelte wie ein Hund die Schneeschicht ab, die ihn bedeckte. »Oder sollte ich besser sagen: ›Guten Morgen‹?«
»Nur zu, Herr Pfarrer, treten Sie ein. In meiner Eigenschaft als Arzt würde ich Ihnen erst einmal empfehlen, etwas zu trinken.«
Er führte den Priester in das behagliche Wohnzimmer. Auf dem Weg vom Krankenhaus war er von den Schergen Dieter Schmidts angehalten worden, verkniffen dreinblickenden Gestalten in schwarzen Ledermänteln, die ihn in der Kälte festgehalten und ihn mit ihren nicht enden wollenden Fragen traktiert hatten. Immer dieselben Fragen, immer dieselben Antworten. Als er schon glaubte, seine Füße würden festfrieren, hatte man ihn endlich gehen lassen.
Pfarrer Wajda legte seinen Priesterhut ab, schnippte den Schnee von der Quaste und nahm das Glas, das Szukalski ihm reichte. Es handelte sich um eine starke, mit Zimt und Gewürznelken angereicherte Honig-Wodka-Mischung, die er mit einem heißen Schürhaken aus dem Kamin erhitzt hatte. Sein Gastgeber goß sich ebenfalls ein und ließ sich dann in seinen Lehnstuhl fallen. Der Priester nahm gegenüber dem Arzt vor dem Kamin Platz und stürzte einen kräftigen Schluck hinunter. Eine Zeitlang schwiegen die beiden, blickten in den Kamin und ließen den Alkohol seine Wirkung entfalten. Schließlich eröffnete der Priester das Gespräch: »Jan... Heute nacht trage ich viele Sorgen mit mir.«
Szukalski musterte seinen Freund besorgt und bemerkte, wie belastet die kräftige Gestalt wirkte und wie sich sein breiter Rücken unter einer unsichtbaren Bürde zu beugen schien.
»Ich weiß nicht, wo ich anfangen soll«, erklärte er ruhig, »oder ob ich überhaupt anfangen sollte. In meinen zwanzig Jahren als Gemeindepriester habe ich noch nie das Beichtgeheimnis gebrochen, ja, ich habe eine solche Pflichtverletzung kein einziges Mal auch nur erwogen. Aber Jan, ich...« Piotr Wajda nahm einen weiteren kräftigen Schluck zu sich und starrte wieder ins Feuer. »Heute abend habe ich etwas erfahren, was...«
Szukalski griff nach der Karaffe, die das heiße Gebräu enthielt, und

schenkte seinem Freund nach. Dabei sagte er: »Ich glaube, ich verstehe, worauf Sie hinaus wollen. Für uns Ärzte gelten dieselben Regeln bezüglich der Schweigepflicht. Ich bin moralisch und juristisch verpflichtet, Informationen, die die Patienten betreffen, für mich zu behalten, so wie Sie an das Beichtgeheimnis gebunden sind.«
»Stimmt!« pflichtete ihm der Priester mit einem gewissen Enthusiasmus in der Stimme bei. »Aber dennoch ist es nicht das Gleiche, Jan. Wenn ein Patient Ihnen anvertrauen würde, was ich heute abend gehört habe, dann würden Sie die Geschichte bereitwillig erzählen. Ich dagegen kann es nicht.«
Der Doktor gab einen Seufzer von sich und leerte sein Glas. »Trinken Sie nur, Pfarrer Wajda. Sie und ich tragen am meisten an dem Joch, das man dieser Stadt auferlegt hat.«
Der Priester lachte kurz und heiter auf. »Ja, ich weiß. In diesen Zeiten gibt es genug zerstörte Leiber und Seelen.« Piotr Wajda leerte nun ebenfalls sein Glas und lehnte sich im Sessel zurück. »Ich weiß, daß ich mit Ihnen sprechen kann, Jan; ja, Sie sind sogar der einzige, mit dem es mir möglich ist. Aber Sie müssen verstehen, wie schwierig dies alles für mich ist, denn es bedeutet, daß ich mein heiliges Gelübde breche, und dafür kann man mich exkommunizieren. Aber es geht kein Weg daran vorbei, ich muß Ihnen anvertrauen, was ich heute abend erfahren habe, und ich tue es nur, weil davon das Überleben vieler anderer Menschen abhängt. Ja, es geht um Leben und Tod.«
Szukalski nickte, sein Gesicht nahm einen ernsten Ausdruck an. Beunruhigt stellte er fest, daß Pfarrer Wajda trotz seines pechschwarzen Haars und seines jugendlichen, kräftigen Körpers an diesem Abend wie um Jahre gealtert wirkte.
»Aber irgendwie kommt es mir vor«, fuhr der Priester etwas ruhiger fort, »daß ich das, wovon ich im Beichtstuhl Kenntnis erlangt habe, weitererzählen kann, ohne eine Sünde zu begehen.« Dann setzte er sich auf, und Szukalski sah zu seinem Entsetzen, wie bleich er im Gesicht war. »Das Konzentrationslager in Oświęcim«, erklärte der Priester, »ist ein Todeslager.«
Jan Szukalski saß in seinem Sessel, ohne sich zu rühren. Das einzige, was er wahrnahm, waren das Knacken des Feuers und die intensiven, grauen Augen des Mannes ihm gegenüber. Langsam und bedächtig versetzte er: »Ich verstehe Sie so, daß die Menschen wegen der

furchtbaren Umstände sterben, die dort herrschen. Wollen Sie das sagen, Herr Pfarrer?«

»Was ich meine«, entgegnete der Priester, »ist, daß die Menschen dort systematisch vernichtet werden. Zugladung um Zugladung, Jan. Sechstausend jeden Tag.«

»Heilige Maria«, entfuhr es Szukalski leise, »das kann unmöglich Ihr Ernst sein!«

Die beiden Männer starrten einander an. Um sie herum schienen die Wände einzustürzen, die Luft wurde ihnen zum Ersticken heiß. Schließlich fuhr Szukalski fort: »Das ist unmöglich, Herr Pfarrer, allein schon aus organisatorischen Gründen. Es ist unmöglich, so viele Menschen pro Tag umzubringen und es zu verbergen. Und warum denn?« Er hob die Stimme: »Warum denn, Pfarrer Wajda? Und wen töten sie?«

»Was die Organisation betrifft, mein lieber Herr Idealist, kann ich Ihnen sagen, daß die Deutschen in Oświęcim riesige Gaskammern errichtet haben, die Duschräumen gleichen, in denen man die Gefangenen unter dem Vorwand zusammentreibt, sie reinigen und entlausen zu müssen. Aber statt Wasser strömt aus den Hähnen Gas. Die Menschen werden vergast. Später werden sie in gewaltigen Öfen verbrannt, nachdem man ihnen das Gold aus den Zähnen gebrochen hat...«

»Nein, das glaube ich nicht!«

»Und was die Frage angeht, welche armen Geschöpfe es dabei trifft, so handelt es sich meistens um Juden, Zigeuner, Tschechen und Polen, Kinder, Krüppel oder alte Menschen, eben jeden, der nicht Hitlers wirren Vorstellungen von rassischer oder physischer Reinheit entspricht. Diejenigen, die arbeiten müssen, kommen nur in den Genuß eines Aufschubs, denn sobald sie ausgehungert und vor Schwäche nicht mehr brauchbar sind, steckt man auch sie in die Gaskammern.«

»O mein Gott...«

»Ganz zu schweigen von den medizinischen Versuchen, die man dort...«

»Herr Pfarrer!« Szukalski sprang, sichtbar erschüttert, aus dem Sessel. »Das ist nicht wahr, es darf einfach nicht stimmen! Sie sagen, das hat man Ihnen gebeichtet?«

»Ja, heute abend.« Piotr Wajda schaute zu seinem Freund auf, nacktes Entsetzen im Blick. »Ein junger Mann aus Sofia, der in dem Lager Aufseher ist, hat beobachtet, wie einige Einwohner aus seiner Heimatstadt dort auf diese Weise umgebracht wurden.«
Als wolle er verhindern, daß die Knie unter ihm nachgeben, verschränkte Jan Szukalski seine Arme auf dem Kaminsims und legte seinen Kopf darauf, um sein Gesicht zu verbergen. »Oświęcim ist nur ein Konzentrationslager für politische Gegner und eine Umsiedlungsstätte für Kriegsflüchtlinge«, murmelte er in die Beuge seines Ellenbogens.
»Es ist mehr als das, Jan. Es ist ein Todeslager.« Piotr Wajda hatte gedacht, daß sein Schmerz irgendwie gelindert würde, wenn er ihn mit seinem engsten Freund teilte. Aber dies war nicht der Fall.
Bedrückt fuhr der Priester fort: »Hitler hat letztlich vor, Polen in ein Sklavenreservoir für sein Reich umzuwandeln; die Intelligenz, den Klerus und jeden, der irgendwie Einfluß hat, wird er deshalb beseitigen. Und ich glaube«, erklärte er mit angespannter Stimme, »daß sie uns schon alle aus dem Weg geräumt hätten, wenn sie nicht so sehr damit beschäftigt wären, gegen die Russen zu kämpfen.«
Dr. Szukalski richtete sich auf und betrachtete den im Gebet versunkenen Christus auf dem Gemälde. »Kann es sich nicht nur um ein geschicktes Propagandagerücht handeln, Herr Pfarrer?«
»Wenn Sie dabei gewesen wären, Jan, dann wüßten Sie, daß der Junge die reine Wahrheit gesagt hat.«
»Junge?«
»Ein junger Soldat aus der Waffen-SS. Ich kann Ihnen seinen Namen nicht nennen, aber er ist jung und sensibel genug, um die Verbrechen zu erkennen, an denen er durch seine Tätigkeit mitschuldig wird. Er dient nicht freiwillig, Jan, man hat ihn zwangsverpflichtet. Seit über einem Jahr ist er Aufseher in Oświęcim, und er hat mir die... unglaublichsten Dinge gestanden.«
»Ja..., was er sagt, ist wahr.« Szukalskis Stimme wirkte entrückt. »Sie müssen wissen..., es ist gerade drei Wochen her, da ist ein Freund von mir durch Oświęcim gekommen, und er hat den fürchterlichen Gestank erwähnt, der über dem Ort liegt, und daß die Einwohner sich darüber beklagen. Es habe nach verschmortem Fleisch gerochen. Damals habe ich seinem Bericht nur wenig Beachtung

geschenkt. Aber jetzt, wo...« Jan Szukalski bedeckte sein Gesicht mit den Händen und rieb sich die Augen. »Juden und Zigeuner, sagen Sie...« Jetzt wandte er sich um und schaute den Priester an. »Herr Pfarrer, wir haben da gerade einen Patienten, der...«
Szukalski erzählte ihm die Geschichte des Zigeuners, den man bei Milewskis Hof gefunden hatte, und fügte schließlich hinzu: »Bevor er in Ohnmacht fiel, hat der Mann dem Bauern noch verraten, daß die Männer, die das Gemetzel begingen, einen Totenkopf auf ihrer Uniform trugen.«
»Die SS? Aber warum denn, warum um Himmels willen?«
Jan Szukalski rang seine Hände. »Ich weiß es nicht, Herr Pfarrer, ich weiß nicht, was vor sich geht.«
Und während er, von Entsetzen gezeichnet, in das Gesicht seines Freundes starrte, vernahm Szukalski, ganz beiläufig, ein gedämpftes Kratzen. Als er erkannte, woher es kam, entfernte er sich langsam vom Feuer und humpelte zur Küchentür, die er einen Spalt breit öffnete. Dort gewahrte er das kleine Gesicht seines Hundes Djapa, der gespannt zu ihm aufblickte. Jan Szukalski betrachtete den Hund, sah seine feuchten braunen Augen und die nasse Nase, und dachte: was für ein unschuldiges Geschöpf. Dann öffnete er die Tür ganz weit, und der junge Hund machte einen Satz aus der Küche, hüpfte ungestüm über den Fußboden und landete schließlich auf dem Schoß des Priesters.
»Djapa, Djapa«, murmelte Piotr Wajda, während der Hund ihm mit seiner nassen Zunge die Wangen leckte.
Als Jan Szukalski zum Kamin zurückkehrte, meinte er: »Ich glaube, ich habe das alles kommen sehen. Man muß schon sehr naiv sein, wenn einen die finsteren Wolken am Horizont nicht an ein Gewitter denken lassen.«
Wajda nickte nachdenklich, während er den zottigen Hund auf seinem Schoß streichelte. »Deswegen mußte ich Ihnen ja auch erzählen, was ich bei der Beichte erfahren habe, Jan. Ich wollte, daß Sie wissen, was uns möglicherweise in Zukunft bevorsteht. Aber ich wollte auch aus einem anderen Grund, daß Sie es wissen.« Er hob den Kopf und blickte seinen Freund an. »Der Soldat, der mir das alles gebeichtet hat, will Selbstmord begehen.«

Hans Keppler stand vor einer Tür, das Gewehr in der Hand. Aus irgendeinem Grund hatte sich der blaue Himmel bedeckt und war von einer metallisch schimmernden Wolkenschicht überzogen. Das Warten zog sich hin. Er konnte hören, wie sich ein SS-Lagerwärter auf der anderen Seite des Gebäudes vergeblich bemühte, den Motor des Diesel-Lkw anzuwerfen. Unablässig bemühte er sich, es kreischte und knirschte, während man aus den Betonkammern auf Kepplers Seite unterschwellig und schwach das Schluchzen und Schreien der Menschen vernahm, die darum flehten, freigelassen zu werden.
Die Verzögerung machte Keppler nervös. Die Auspuffgase aus dem Lkw mußten endlich in die Kammern dieses Gebäudes eingeleitet werden, um zu verhindern, daß sich unter den Eingeschlossenen Panik ausbreitete. Sie warteten genauso ungeduldig wie er, denn man hatte sie schon vor mehr als einer Stunde in diese Kammer gedrängt, in der sie so eng zusammengepfercht waren, daß nicht ein einziger Gefangener mehr hineingepaßt hätte und niemand sich auch nur rühren konnte. Männer, Frauen, Kinder, alle hatten sie ihre Kleider ablegen müssen, und einige von ihnen hielten krampfhaft ein Stück Seife umklammert.
Keppler bohrte unruhig die Spitze seines Stiefels in den Boden. Nachdem er zweieinhalb Stunden vor dieser Tür gestanden und immer wieder versucht hatte, die dumpfen Schreie von drinnen zu überhören, vernahm er jetzt endlich, wie der Dieselmotor ansprang. Zuerst bemerkte Keppler lediglich die fernen, von Panik zeugenden Schreie, die ihm durch den kalten Wind von ganz weit her zugetragen wurden, aber er wußte, daß sie in Wirklichkeit von jenseits der Betonmauer stammten. Ein Wimmern und Stöhnen drang zu ihm herüber, eine seltsame Mischung von Zorn und Schock, Empörung und Angst, ein gespenstischer, von Menschen angestimmter Choral von Klageliedern. Und dann verstummte dieser eigenartige Choral langsam und löste sich, gleich einem unheilschwangeren Abgesang, auf.
Insgesamt hatte alles zweiunddreißig Minuten gedauert. Und nun ging es für Keppler daran, eine Pflicht zu erfüllen, die er verabscheute.
Während sich einige jüdische Lagerinsassen neben den Türen postierten, schlossen sich Keppler andere Soldaten an, das Gewehr im Anschlag. Als die Türen geöffnet wurden, strömte ihnen ein unerträg-

licher Geruch entgegen, ein fauler Gestank, der in den Augen brannte und ihnen gleich so sehr die Tränen in die Augen trieb, daß sie kaum noch etwas sahen.
Achthundert Menschen, Männer, Frauen und Kinder, standen, Marmorsäulen gleich, vor ihnen, erstarrt im Angesicht des Todes, kirschrot angelaufen infolge der Kohlenmonoxidvergiftung, schweißtriefende, gleichsam in Urin, Kot und Monatsblut schwimmende Leiber. Die jüdischen Sklaven, die bereitstanden, stürzten sich nun in dieses Inferno und warfen die Leichen nach draußen, wo andere Arbeiter schon warteten und ihnen mit Eisenhaken die Münder aufrissen, um darin nach Gold zu suchen. Andere wiederum inspizierten die Anal- und Genitalbereiche nach verstecktem Geld oder Diamanten. Die ganze Zeit stand Hans Keppler daneben, das Gewehr stets im Anschlag.
Teilnahmslos, so als lenke er seine Gedanken in eine andere Richtung und sehe andere Szenen vor sich als die, die sich vor seinen Augen abspielten, verfolgte der junge SS-Rottenführer das finstere Geschehen. Einige der Leichen, die nacheinander an ihm vorbeigetragen wurden, wirkten im Tod auf fast traurige Weise glücklich, bei anderen wiederum waren die Mundpartien zu einer unheimlichen Grimasse verzerrt. Die anscheinend gleichgültige Haltung des SS-Mannes schien davon zu zeugen, daß er von den Vorgängen vollkommen unberührt war.
Nach einigen Minuten hatte sich die Luft mit einem säuerlichen Gestank durchsetzt, der so unerträglich war, daß man sich daranmachte, die Leichen in die Verbrennungsöfen zu zerren. Da fiel Hans Kepplers Blick plötzlich auf das Gesicht einer alten Frau, die man ihm vor die Füße geschleudert hatte. Wie gebannt starrte er auf den leblosen Körper.
Das Aussehen der alten Frau, ihre Pausbacken, die kurze Nase mit den weiten Öffnungen und ihre unterschiedlich tief hängenden Mundwinkel waren ihm auf seltsame Weise vertraut. Plötzlich zeigte sich bei der Frau ein Reflex, wie er kurz nach dem Eintritt des Todes manchmal auftritt, und sie schlug ihre tiefgrünen Augen auf, den Blick starr auf den jungen Mann gerichtet.
Hans Keppler hörte, wie er aufschrie.
Dann schrie er noch einmal.
Wie von der Tarantel gestochen, am ganzen Leib zitternd und bebend,

fuhr der junge Soldat aus dem Schlaf auf und stellte mit klappernden Zähnen fest, daß er durch sein heftiges Schwitzen das Bettzeug völlig durchnäßt hatte.
Während er sich selbst in seinen schweißnassen Armen wiegte und versuchte, das Zittern unter Kontrolle zu bekommen, das das Bett erschütterte, hörte er Schritte auf dem Flur. Dann wurde das Licht eingeschaltet, und er nahm schemenhaft eine Gestalt wahr, die sich über ihn beugte.
»Hansi!« flüsterte sie.
Er öffnete den Mund, um etwas zu sagen, aber der einzige Laut, den er zustande brachte, war ein würgendes, heiseres Röcheln. Im nächsten Augenblick setzte sich die Großmutter zu ihrem Enkel aufs Bett und tastete nach seinen Händen. Aufmerksam studierte sie sein Gesicht. Dann tupfte sie ihm den Schweiß von der Stirn, während ihr Mund, dessen einer Winkel leicht herunterhing, beruhigende Worte murmelte.
»Hansi«, säuselte sie und schaute ihn sanft aus ihren tiefgrünen Augen an, »hast du schlecht geträumt?«
Nun konnte er nicht mehr an sich halten. »*Babka!*« brach es plötzlich aus ihm heraus, und dann warf er sich mit einem unterdrückten Schluchzen in die trostbietenden Arme seiner Großmutter, wo er hemmungslos zu weinen begann.

»Warum sollte er das tun?« überlegte Szukalski und griff erneut nach der Karaffe. Die Wodkamischung war inzwischen lauwarm geworden, so daß er noch einmal den Schürhaken aus dem Feuer nahm und ihn kurz in das Gefäß steckte. Dann goß er sich noch ein heißes Glas ein. »Warum sollte er sich umbringen wollen?«
»Weil ihm das lieber ist, als ins Lager zurückzukehren«, entgegnete Wajda bedrückt.
»Und warum soll ich mir Sorgen machen, ob sich ein SS-Mann umbringt oder nicht? Wieder ein Bastard weniger! Wenn er sich so verdammt schuldig fühlt, warum desertiert er dann nicht einfach und flieht irgendwohin?«
Mit ruhiger Stimme erklärte der Priester: »Sie wissen, daß das ebenfalls auf Selbstmord hinauslaufen würde, Jan. Er wäre sofort ein toter Mann. Wohin könnte er denn fliehen?«

»In die Hölle!« Szukalski führte das Glas an die Lippen und warf den Kopf in den Nacken. »Dann lassen Sie ihn doch ins Todeslager zurückkehren und mit seiner verfluchten Schuld leben; meinetwegen kann er sich auch umbringen, wenn ihm danach ist. Wenn ich wüßte, daß ich es tun könnte, ohne dabei erwischt zu werden, dann...«
»Jan«, besänftigte Piotr Wajda ihn.
Dr. Szukalski blickte in die grauen Augen seines Freundes. »Wie ich die Nazis kenne, würden sie die ganze Stadt auslöschen, wenn wir nur einen ihrer Leute ermorden. Und wenn ich es recht bedenke, dann täten sie wahrscheinlich das gleiche, wenn ein SS-Mann hier Selbstmord beginge, denn sie würden einfach annehmen, daß wir ihn umgebracht haben, und uns zur Strafe alle hinrichten. Hat das Oberkommando nicht einen Befehl erlassen, daß für jeden Deutschen, der von Widerstandskämpfern getötet wird, hundert von uns sterben müssen?«
»Ich denke, wir sollten ihm helfen«, versetzte der Priester ruhig. Seine kräftigen Hände streichelten sanft Djapas Fell. »Ihm helfen! Damit er zurückgeht und noch mehr Unschuldige schlachtet? Gaskammern, Herr Pfarrer!« Er knallte sein Glas auf den Kaminsims, so daß Djapa aufschreckte. »Sechstausend jeden Tag! Herr im Himmel! Was für ein Wahnsinn!«
»Er konnte es nicht verhindern, Jan; es ist nicht seine Schuld.«
»Natürlich nicht, keine Schneeflocke fühlt sich für die Lawine verantwortlich. Er tut Ihnen also leid?«
Piotr Wajda blickte auf das Hündchen, das sich in seinem Schoß genüßlich räkelte, und entgegnete leise: »Ich habe ihm die Absolution erteilt.«
Erneut breitete sich Schweigen aus, diesmal von Bitternis und Unbehagen erfüllt.
»Ich würde ihm gern irgendwie helfen, Jan. Ich möchte nicht, daß er wieder zurück muß.«
»Wie bitte? Einem SS-Mann helfen? O du meine Güte, Sie müssen ja verrückt sein! Außerdem, was wollen Sie denn ausrichten? Oder ich? Alles, was wir für ihn tun könnten, wäre nur vorübergehend hilfreich. Ein medizinischer Vorwand, von mir geliefert, könnte seinen Aufenthalt hier in Sofia sicherlich verlängern, aber am Ende müßte er doch wieder zurück.« Jan Szukalski stellte sich auf und fragte den Priester ohne Umschweife: »Gibt es noch andere Todeslager?«

»Ich habe von einem gehört, das Majdanek heißt, in der Nähe von Lublin, und ich glaube, daß es noch viele andere gibt. Es wird Zeit, daß wir uns wehren, Jan.«
»Denken Sie etwa, das täte ich nicht gerne!« ereiferte sich Szukalski fast brüllend. »Meinen Sie denn, ich habe nicht alles unternommen, um von der Armee akzeptiert zu werden, auch wenn man mich schließlich wegen meines lahmen Beines ablehnte? Polen geht vor die Hunde, und ich muß ohnmächtig dabeistehen und es mir mitansehen. Und da kommen Sie her und werfen mir vor, daß . . .«
»Ich werfe Ihnen gar nichts vor, Jan.«
»Ihre Sorgen gelten auf einmal nur so einem verdammten, dahergelaufenen Nazi . . .«
»Jan«, erwiderte der Priester milde, »meine Sorgen gelten nur den anderen, den Menschen in Oświęcim. Auch ich habe nicht am Krieg teilnehmen können, Jan, aber wenn mir Gott diese eine Aufgabe zugewiesen hat, nämlich den Soldaten davon abzubringen, noch mehr Menschen zu töten, dann werde ich sie annehmen.«
»Heilige Maria Mutter Gottes, Pfarrer Wajda, stellen Sie sich den Tatsachen! Rühren Sie nur einen Finger zum Widerstand, und Sie werden für die Zerstörung ganz Sofias verantwortlich sein!«

Im Schutze der Dunkelheit, kurz vor der Dämmerung, huschten David Ryż und Abraham Vogel wie Schatten durch Sofia. Die beiden jungen Zionisten, stets auf der Hut vor patrouillierenden Soldaten, mieden beleuchtete Straßenzüge und schlichen zu dem kleinen Backsteingebäude am Rande der Stadt, in dem sich eine Farben- und Lackfabrik befand.
Die Fabrik war von den Deutschen übernommen worden und diente ihnen als Werkstatt für ihre Militärfahrzeuge. David und Abraham versuchten schnell und leise, die Tür zu öffnen, und als sie sich schließlich Zugang verschafft hatten, machten sie sofort die zwei Dinge ausfindig, deretwegen sie gekommen waren. Nachdem sie alles verstaut hatten, eilten die beiden jungen Juden aus der Fabrik und tauchten schnell in der Dunkelheit unter, ohne eine Spur hinterlassen zu haben. Dann rannten sie mit den beiden kostbaren Funden, Salpeter und Schwefelsäure, in Windeseile zur Höhle zurück.

Hauptsturmführer Dieter Schmidt betrachtete sich ein letztes Mal im Spiegel. Sein Abbild stellte für Schmidt, dem Bescheidenheit ein Fremdwort war und der sich nur von sich selbst beeindrucken ließ, einen ehrfurchtgebietenden Anblick dar. Er liebte es über alle Maßen, sich selbst im Spiegel zu betrachten.

Seine tadellose Uniform, deren Schwarz furchteinflößend schimmerte, war ein Produkt exzellenter Schneiderkunst und bezeugte seine Zugehörigkeit zur Elitetruppe des Reichs. Die subtile Wirkung des Totenkopfs, die aufblitzenden Runen auf den Kragenspiegeln und das schimmernde Koppelschloß mit dem stolzen Wahlspruch der SS »Meine Ehre heißt Treue«, die glänzenden schwarzen Stulpenstiefel, die Binde mit den Hakenkreuzen am linken Arm, die polierten Knöpfe sowie das makellos weiße Hemd mit der schwarzen Krawatte und – zur Abrundung des Gesamteindrucks – der bis zu den Knöcheln reichende Ledermantel und die schwarzen Handschuhe, ebenfalls aus Leder, all diese Einzelheiten fügten sich zu einem Gesamtbild, dessen Anblick Dieter Schmidt vor Freude und Erregung jedesmal den Atem verschlug.

Was er indes nicht bemerkte, als er sich von allen Seiten im Spiegel betrachtete, war, daß weder sein Gesicht noch seine Figur mit dieser Uniform harmonierten.

Obwohl er nach eigener Auffassung zu den Größeren im Lande zählte, gebrach es dem achtunddreißigjährigen Dieter Schmidt an zu vielem, als daß er als Inbegriff eines hünenhaften teutonischen Rekken hätte gelten können, den das Reich von seinen SS-Führern hegte und pflegte. Dieter Schmidt war nämlich nur ein etwas zu kurz geratener, stämmiger Mann mit einem eckigen, blassen Gesicht und kleinen listigen, wäßrigen Augen. Das hervorstechendste Merkmal seines Gesichts indes war eine tief eingekerbte Narbe, die quer über seine linke Wange verlief. Er rühmte sich, sie bei einem erfolgreich geführten Fechtduell in Heidelberg erhalten zu haben, während sie in Wirklichkeit von einer zerbrochenen Bierflasche anläßlich einer gewöhnlichen Wirtshauskeilerei herrührte.

Jetzt suchte er nach seiner Stockpeitsche.

Dieter Schmidt pflegte die Askese. Nachdem er im November 1939 Quartier im Rathaus von Sofia bezogen hatte, war Hauptsturmführer Schmidt in den ehemaligen Sitzungssaal des Stadtrates eingezogen, in dem er sogleich ein Bett, einen Tisch und eine Waschschüssel hatte aufstellen lassen. Er gehörte nicht zu jenen, die auf großem Fuß zu leben pflegten, zumindest seit einigen Jahren nicht mehr, da er gehört hatte, daß sein oberster Vorgesetzter, der Reichsführer SS Himmler, trotz seiner großen Macht und seines Einflusses privat nach wie vor ein spartanisches Leben führte. Schmidt, stets darauf bedacht, es seinen Vorgesetzten gleichzutun, lebte seitdem entsprechend anspruchslos.

Auch sein Führungsstil orientierte sich an solchen Beispielen, und so leitete er sein Hauptquartier, wie er es im SS-Hauptquartier in Berlin gelernt hatte, wo er sich vor seinen Vorgesetzten hatte bewähren können und ihm infolgedessen die Herrschaft über dieses reiche, ländliche Gebiet in Südostpolen übertragen worden war. Dabei war es für ihn eigentlich recht einfach gewesen, von seinen Vorgesetzten belobigt und befördert zu werden, irgendein Routineverhör, bei dem er Glück gehabt hatte, einen politischen Gefangenen von der Notwendigkeit des Redens zu »überzeugen«. Schmidt jedoch hatte sich insofern hervorgetan, als es niemandem vor ihm gelungen war, *diesen* Gefangenen zum Reden zu bringen.

Und eben diese Gabe, nämlich das hartnäckigste Schweigen zu brechen, machte Schmidts besonderen Wert aus. Aber natürlich gehörten solche Banalitäten wie tägliche Verhöre inzwischen nicht mehr zu den persönlichen Pflichten eines Dieter Schmidt, der ja mittlerweile eine bedeutende Persönlichkeit geworden war, die über einen eigenen Stab gebot, eine ganze Stadt regierte und für den Schutz einer wichtigen militärischen Einrichtung die Verantwortung trug. Die routinemäßigen Angelegenheiten wie Verhöre hatte er seinen Untergebenen anvertraut, die er vorher in die Kunst des Folterns und des hartnäckigen Befragens eingewiesen hatte. Und so war seine Sondereinheit an diesem wunderbaren Weihnachtsmorgen gerade mit einem Mann beschäftigt, der jeden Augenblick unter der Folter zusammenzubrechen drohte. Es handelte sich um einen Bauern namens Milewski.

Als er endlich die Stockpeitsche auf dem Tisch neben seinem Bett gefunden hatte, trat Schmidt noch einmal vor den Spiegel, um sich einmal mehr an seinem Abbild zu weiden. Zweifellos setzte die lederbesetzte Weidenrute mit ihrem Hirschhorngriff, die er sich in Berlin als persönliche Marotte einmal zugelegt hatte, in seinen Augen sei-

nem beeindruckenden Erscheinungsbild noch das I-Tüpfelchen auf. Als es klopfte, fuhr er herum und erteilte mit bellender Stimme die Erlaubnis zum Eintreten. Ein SS-Rottenführer schlug die Hacken zusammen, hob die Hand zum Hitler-Gruß und unterrichtete den Kommandanten, daß der polnische Bauer inzwischen unter dem Verhör zusammengebrochen war. Der Rottenführer fuhr fort und berichtete in allen Einzelheiten, was der Bauer über seine verdächtigen Aktivitäten vom Vortag gestanden hatte und was es mit dem blutbefleckten Wagen auf sich hatte.
Dieter Schmidt nahm den Bericht mit finsterer Befriedigung entgegen. Die Sache war wirklich brisant und eröffnete ihm die Möglichkeit, eine bestimmte Person diesmal endgültig an den Galgen zu bringen.
Er entließ den Mann und postierte sich noch einmal vor dem Spiegel. Mit einem zweideutigen Lächeln sprach er sich leise Lob zu und schwor sich, das Komplott, das er aufgedeckt hatte, rücksichtslos zu ahnden. Diesen Verstoß gegen seine Anordnungen würde er nicht hinnehmen, Recht und Gesetz mußten unerbittlich Geltung verschafft werden. Schließlich erließ er, Dieter Schmidt, in dieser Gegend die Anordnungen und verkörperte das Gesetz.
In letzter Zeit hatte es zu wenige Hinrichtungen gegeben.
Vergangenes Jahr hatten noch sechsundneunzig Partisanen am Galgen auf dem Marktplatz gebaumelt, aber dieses Jahr waren es nur peinlich wenige gewesen. Die Menschen benahmen sich gut, zu gut. Und leider viel zu vorsichtig. Irgend jemand mußte hinter den gelegentlichen Sabotageakten stecken, die hier und da in der Umgebung und ab und zu auch in der Stadt selbst begangen wurden, doch bis jetzt hatte Schmidt nicht herausgefunden, wer es war. Es gab in dieser Gegend eine aktive Widerstandsbewegung, und es ärgerte ihn, daß er bis dahin auch nicht den kleinsten Anhaltspunkt für deren Mitglieder und Hintermänner hatte finden können.
Doch nun, dachte er glücklich und schlug sich mit dem Stock gegen den Oberschenkel, nun schien es, als habe sich ihm eine Tür geöffnet. Und wie konnte man die Widerstandskämpfer besser einschüchtern als dadurch, daß man ein Exempel an einem angesehenen Bürger von Sofia statuierte?
An dem ehrwürdigen Dr. Szukalski beispielsweise...

5

Als Alexander in der ihm eigenen, unnachahmlichen Art die Treppe bäuchlings und rückwärts zugleich hinunterkrabbelte, war das Wohnzimmer hell erleuchtet, ein soeben entfachtes Feuer ließ den Herd bullern, die Kerzen am Weihnachtsbaum brannten. Die einladend verpackten Geschenke unter dem Baum ließen ihn vor Vergnügen kreischen, und er watschelte so schnell ihn seine Füße zu tragen vermochten durch das Zimmer. Und für einen Zweijährigen war er recht schnell.
Kurz hinter ihm folgte Jan Szukalski, der nur langsam die Treppe hinunterging und den Gürtel seines Morgenmantels stramm zog. Er versuchte, die Gedanken zu vertreiben, die schwer auf ihm lasteten. Dann blieb er kurz stehen und beobachtete seinen kleinen Sohn voller Stolz. Alexander stand mit seinem goldenen Haar, seinen blauen Augen und seiner kräftigen, stämmigen Figur für die Erfüllung des sehnlichsten Wunsches, den Jan in seinem Leben gehabt hatte. Es handelte sich um einen hübschen kleinen Burschen, einen wahren Engel, der die nordischen Züge seiner Mutter besaß und in keiner Weise etwas von dem dunklen Typus an sich hatte, wie er in der Familie Szukalskis anzutreffen war. Aber vom Charakter und Temperament her war er ganz der Vater, ein ruhiges, eher in sich gekehrtes Kind, dem es wahrscheinlich bestimmt war, später einmal Dichter oder Philosoph zu werden.
Unter dem Weihnachtsbaum befanden sich die Geschenke. Szukalski hatte das Glück gehabt, das Spielzeug von einem befreundeten Zimmermann zu bekommen. Es handelte sich um seltene Gegenstände, die schwer aufzutreiben waren und die es den Szukalskis ermöglichten, das Weihnachtsfest würdig zu begehen und die sonst so allgegenwärtigen Sorgen wenigstens dieses eine Mal zu vergessen.
Es gab einen kleinen Holzschlitten und ein Schaukelpferd mit einer langen geflochtenen Mähne und lackierten blauen Augen sowie ein Regiment von Spielzeugsoldaten, die Jan von überallher aufgetrieben und mit einem neuen Anstrich versehen hatte. Alexander war gerade damit beschäftigt, sein molliges Hinterteil auf den aufgemalten Sattel des Schaukelpferdes zu schwingen und voll wilder Verzückung davonzugaloppieren. Während er sich seinem Vergnügen hingab und

das ganze Haus mit seinem begeisterten Kreischen erfüllte, verharrte sein Vater auf der letzten Stufe der Treppe. Er spürte, wie sich sein Gesicht verfinsterte. Die Worte, die Piotr Wajda gerade vor ein paar Stunden gesprochen hatte, hallten in ihm wider: »Und die Kinder bringen die Nazis sofort um, da sie für sie keine Verwendung haben.«

Als Katarina, ebenfalls in einen Morgenmantel gehüllt, oben vom Schlafzimmer herunterkam, saß Jan auf dem Boden neben seinem Sohn und versuchte, die aufgeregte kleine Djapa davor zu bewahren, unter die Kufen des Pferdes zu geraten. Er hörte, wie Katarina durch den Raum streifte und geweihte Kerzen vor dem Porträt der Mutter Gottes entzündete, das in einer eigenen Nische hing, wie sie das Feuer schürte, bevor sie sich schließlich zu ihren beiden Männern unter den Weihnachtsbaum gesellte. Seine Frau, eine stille Person mit von der Hausarbeit rauhen Händen, reichte ihm sein Geschenk, das in buntes Papier eingewickelt war, wofür er sich wiederum mit einem Kuß und einer kleinen Kamee-Brosche bedankte, die einst seiner Großmutter gehört hatte. Als er das helle Gelächter Alexanders und das zarte Japsen und Knurren Djapas hörte, wünschte sich Jan Szukalski, daß dieser Augenblick kein Ende mehr nähme. Aber er besaß diese Macht nicht. Die friedliche Stunde verstrich rasch, dann wurde gefrühstückt und bald schon, viel zu schnell, hatte ihn die Realität wieder eingeholt. Warm angezogen und mit dem Versprechen, nicht zu lange im Krankenhaus zu bleiben, verließ er die behagliche Atmosphäre seines Heims und begab sich nach draußen in die beißende Kälte.

Der Dienst im Krankenhaus begann mit einem Schrecken. Die Oberschwester, eine Frau mit üppigen Hüften unter einem steifen weißen Kittel, kam ihm in der Eingangshalle mit einem Klemmbrett auf den Armen entgegen, das einen ganzen Stapel von Unterlagen zusammenhielt. Die Aufregung stand ihr ins Gesicht geschrieben.

»Der Zigeuner, Herr Doktor, er ist letzte Nacht gestorben.«

»Wie bitte? Aber als ich ging, war sein Zustand doch stabil! Hat ihn schon jemand untersucht?«

»Dr. Duszynska. Sie ist heute morgen früher gekommen.«

»Und was hat sie gesagt?«

»Daß entweder eine Pneumonie oder eine Hirnblutung die Ursache ist. Jedenfalls ist er gestorben, ohne das Bewußtsein wiederzuerlan-

gen, Herr Doktor, die diensthabende Nachtschwester hat es mir erzählt. Sie sagte, sie sei die ganze Nacht auf der Krankenabteilung gewesen. Er habe nicht einen Ton von sich gegeben.«
Szukalski kratzte sich nachdenklich am Kinn. Natürlich war er überaus enttäuscht, hatte er doch so sehr gehofft, von dem Zigeuner noch weitere Informationen über das Massaker zu erhalten.
»Er ist in der Leichenhalle, Herr Doktor. Wollen Sie eine Autopsie vornehmen?«
Szukalski überlegte, dann antwortete er: »Nein, ich glaube nicht. Dr. Duszynska hat bestimmt recht, es wird eine Lungenentzündung oder eine Hirnblutung gewesen sein. Oder auch...« Er schüttelte den Kopf. »Vielleicht wollte der arme Kerl einfach nicht mehr aufwachen, nicht nach alldem, was er durchgemacht hat. Rufen Sie den Bestatter an und lassen Sie ihn alles für die Beerdigung vorbereiten. Ich gehe nicht davon aus, daß jemand nach der Leiche fragen wird.«
Sie nickte kurz, wandte sich um und überließ dem Doktor das Klemmbrett. Er verweilte einen Augenblick und blätterte die Unterlagen durch, dann ging er weiter zur ersten Krankenabteilung.
Auf dem Weg dorthin wurde er zu seiner Überraschung von Dieter Schmidt angehalten. Szukalski blieb sofort stehen. Es war nicht üblich, daß der SS-Kommandant sein Krankenhaus aufsuchte, handelte es sich doch um einen Ort, an den er gewöhnlich seine Untergebenen entsandte. Szukalski staunte nicht schlecht, als sich der stämmige Mann in seiner schwarzen Uniform mit gespreizten Beinen vor ihm postierte, um ihm den Weg zu versperren. »Guten Morgen, Herr Doktor«, wandte Schmidt sich in ruhigem Ton an ihn und betonte dabei das letzte Wort spöttisch.
»Guten Morgen.« Szukalski warf einen Blick auf die drei Männer mit Maschinenpistolen, die hinter Schmidt standen und deren Gesichter aussahen, als wären sie aus Roheisen geschmiedet. »Womit kann ich Ihnen dienen, Herr Hauptmann?«
»Hauptsturmführer«, korrigierte Schmidt spitz.
»Natürlich, ich bitte vielmals um Entschuldigung. Was kann ich also für Sie tun, Herr Hauptsturmführer?«
Dieter Schmidt ließ jetzt absichtsvoll ein Lächeln über sein Gesicht huschen. »Ich bitte Sie, mein werter Herr Doktor, dies ist lediglich

ein Höflichkeitsbesuch. Schließlich haben wir doch Weihnachten, oder nicht?«
Sie unterhielten sich auf deutsch, denn Schmidt verabscheute die slawischen Sprachen, die eine Beleidigung für sein germanisches Empfinden darstellten; außerdem war es ihm immer zu schwergefallen, eine andere Sprache als seine Muttersprache zu lernen. Jan Szukalski dagegen beherrschte Deutsch hervorragend, da er während seines Medizinstudiums ausgiebig deutsche Fachliteratur hatte lesen müssen, und so entgingen ihm auch nicht die hinterlistigen Spitzfindigkeiten des Kommandanten.
»Wie geht es Ihrer Familie?« erkundigte sich Schmidt, »Ihrer wunderbaren Frau und diesem hübschen kleinen Knaben? Sind sie wohlauf? Keine Probleme?«
Szukalski fühlte, wie sein Mundwinkel zuckte. »Es geht ihnen ausgezeichnet, danke schön.«
»Gut, sehr gut. Und das Krankenhaus? Alles wie gewohnt? Nichts, was Ihnen Probleme bereitet, Herr Doktor?«
»Alles funktioniert reibungslos, Herr Hauptsturmführer.«
Dieter Schmidts Augen blitzten auf. »Keine ungewöhnlichen Vorgänge?«
»Nein, Herr Hauptsturmführer.«
»Gut, sehr gut.« Schmidt verlagerte leicht seinen Schwerpunkt und zog seine Hände hinter dem Rücken hervor, in denen er die Stockpeitsche hielt. Er schlug sich mit dem Griff auf eine Handfläche, umgriff dann den Schaft mit den Fingern und bewegte ihn mehrmals nachdenklich in der geschlossenen Faust hin und her. Dabei hielt er den Blick die ganze Zeit fest auf Szukalski gerichtet.
Plötzlich meinte der SS-Kommandant: »Sagen Sie, Herr Doktor, haben Sie jemals etwas von dem Begriff ›Nacht-und-Nebel-Aktion‹ gehört? Bestimmt doch, oder nicht? Sie sind doch ein informierter Mensch, nicht wahr?«
Szukalski nickte finster und spürte, wie sich eine unangenehme Starre in ihm ausbreitete. Jeder wußte, was »Nacht-und-Nebel-Aktion« bedeutete: Festnahmen in der Nacht, nach denen der Verhaftete für gewöhnlich verschwand, ohne daß man je wieder von ihm hörte. Seinem ehemaligen Assistenten war vor anderthalb Jahren dieses Schicksal widerfahren.

»Sie verstehen doch, Herr Doktor, daß ein jeder jederzeit von der Gestapo aufgesucht und abgeführt werden kann, und zwar ohne die üblichen schwerfälligen Formalitäten und Verhöre. Denken Sie mal darüber nach, Herr Doktor, denken Sie daran, wie Ihre wunderbare kleine Familie vielleicht in der Nacht geweckt und aus ihren warmen Betten gerissen wird. Stellen Sie sich vor, wie Sie, nur im Nachthemd, aus dem Haus gezerrt und in einen Wagen geschleppt werden.« Er setzte ein schiefes Lächeln auf. »Ohne daß man je wieder von Ihnen hört.«
Szukalski verzog keine Miene. Als er spürte, daß seine Finger das Klemmbrett auf seinem Arm umkrampften, zwang er sich, sie zu entspannen. Und als er fühlte, daß sich sein Kiefer in ähnlicher Weise verkrampfte und ihm die Schläfenadern anschwollen, da griff er auf seine letzten Kraftreserven zurück, um diese Symptome der Anspannung vor Dieter Schmidt zu verbergen.
Schmidt mochte nicht über größere geistige Fähigkeiten verfügen als viele andere, aber er war ein Meister in der Kunst, Angst einzuflößen, und allein schon aus diesem Grund nahm Szukalski ihn ernst. Während Dieter Schmidt unter anderen Umständen und zu einer anderen Zeit allenfalls sein Mitleid gefunden hätte, war er jetzt der mächtigste Mann weit und breit, und deshalb mußte man sich vor ihm in acht nehmen.
Schmidt spielte mit den Fingern an seinem Stock und sagte: »Oh, übrigens, Herr Doktor, ich glaube, man wird Sie heute zu einem Hof hier in der Nähe rufen. Offenbar hat dort jemand schwerste Verletzungen erlitten.«
Szukalski stockte das Blut in den Adern.
»Er heißt Milewski. Ein armes Schwein, er muß einen fürchterlichen Unfall gehabt haben. Ja, es ist wirklich schrecklich. Ist es nicht komisch, daß eine so simple Vorrichtung wie ein Mund ein Menschenleben retten kann? Aber der arme, dumme Milewski, ganz polnischer Esel, hat zu lange den Mund gehalten. Und als er ihn endlich öffnete..., na ja.« Dieter Schmidt seufzte, und Szukalski konnte das schwache Knirschen seines schwarzen Ledermantels hören. »Ein Auge hat er verloren, es ist ihm direkt aus dem Schädel gefallen, wie eine reife Tomate. Und dann diese merkwürdigen Male überall auf seinem Körper, vor allem zwischen den Beinen. Armer Kerl, aber ich

glaube, daß er wohl schon genug Kinder hat. Ihr Polen vermehrt euch ja wie die Karnickel, nicht wahr?« Er genoß es, den Arzt unverhüllt hämisch angrinsen zu können. »Wie auch immer, Herr Doktor«, fuhr er fort und betonte seine Anrede erneut verächtlich, »es betrübt mich jedenfalls, daß ihr immer noch Verbrechen gegen das Reich begeht. Ihr kämpft immer noch, als ob ihr eine Chance hättet. Ja wissen Sie denn nicht, wie vergeblich das ist, Herr Doktor? Dabei bitten wir doch nur um so wenig, wirklich ganz wenig. Beispielsweise um Ihren täglichen Bericht, der jeden Morgen an mich zu ergehen hat.« Er schüttelte den Kopf und schnalzte mit der Zunge. »Es ist doch so einfach: Jeder in Sofia muß mir einen solchen Bericht vorlegen, jedermann in Sofia, der eine amtliche Funktion hat. Selbst der Feuerwehrmann, der nun wirklich nichts Bedeutendes beizutragen hat, ist darauf bedacht, seine Berichte zu meiner Zufriedenheit zu gestalten. Das Gesetz ist für alle gleich. Es ist unabdingbar, daß ich darüber auf dem laufenden gehalten werde, was in dieser Gegend vor sich geht, und vor allem Ihre Berichte sind von entscheidender Bedeutung, da sie aus dem Krankenhaus kommen. Sie als Leiter des Krankenhauses sollten mehr als jeder andere wissen, wie wichtig es ist, daß die Aufzeichnungen vollständig sind.«

Szukalski mußte schlucken und erklärte so beiläufig er konnte: »Sie können versichert sein, Herr Hauptsturmführer, daß ich diese Anordnungen beachte.« Er sprach gleichmäßig und kontrolliert. Sein würdiger Gesichtsausdruck verriet nichts von dem, was in ihm vorging. »Soll ich aus Ihrem Besuch schließen, Herr Hauptsturmführer, daß Sie von jetzt an jeden Tag persönlich kommen werden, um die Berichte abzuholen?«

Einen kurzen Augenblick drohte der SS-Kommandant fast die Beherrschung zu verlieren, sein Gesicht schien vor Zorn zu glühen. Doch dann verschwand diese Regung, und Dieter Schmidt zeigte sich wieder genauso gefaßt wie sein Widerpart. »Ich bin hier, Herr Doktor, um Sie daran zu erinnern, daß jeder, der in seinen Berichten an mich irgendwelche Informationen ausläßt, von mir als Feind betrachtet wird.«

Szukalski blickte Dieter Schmidt ruhig und fest in die Augen und entgegnete unbewegt: »Habe ich Informationen ausgelassen, Herr Hauptsturmführer?«

Nun war das Spiel an dem Punkt angelangt, wo Dieter Schmidt es am meisten genoß, und er wollte sein Vergnügen etwas verlängern. So sehr er Jan Szukalski auch haßte, mußte er doch einräumen, daß es sich um einen würdigen Gegner handelte. Dieser Mann wand sich nicht wie ein Aal, es lief ihm nicht eine einzige Schweißperle übers Gesicht, und er zuckte auch nicht vor Nervosität. Und deshalb würde er seinen Sieg um so mehr auskosten.
»Ich spreche von dem Zigeuner, Herr Doktor.«
»Und?«
Szukalski hielt Schmidts Blick mit unerschütterlichem Gleichmut stand.
»Er wurde in Ihrem Bericht von gestern nicht erwähnt.«
»Natürlich nicht, Herr Hauptsturmführer. Der Mann kam ja erst, nachdem ich den Bericht bereits zu Ihnen geschickt hatte.«
Die beiden Männer waren inzwischen so sehr aufeinander fixiert, als würden sie ihre Umgebung gar nicht mehr wahrnehmen. Schmidt bemühte sich, gegen die Wut anzukämpfen, die langsam in ihm aufstieg, denn dieser hartnäckige Pole stellte seine Geduld wirklich auf die Probe. Aber sein Ton blieb gesetzt, als er fragte: »Wo ist der Zigeuner?«
Szukalski war es zwar gelungen, sich nach außen zu kontrollieren, aber gegen das heftige Pochen seines Herzens hatte er nichts auszurichten vermocht, und so fürchtete er fast, daß Dieter Schmidt es hören könnte, als er antwortete: »In der Leichenhalle, Herr Hauptsturmführer!«
»Ist er tot?«
»Ja.«
»Wie günstig für Sie.«
»Wie belieben, Herr Hauptsturmführer?«
»Jetzt werde ich den Mann nicht mehr befragen können. Sagen Sie mir nur, Herr Doktor«, Schmidt hob jetzt die Stimme, »haben Sie wirklich geglaubt, Ihnen könnte es gelingen, die Sache geheimzuhalten? Und haben Sie etwa wirklich angenommen, daß ich nichts über seinen Fall erfahren würde, wenn Sie ihn in Ihren Berichten nicht erwähnen? Szukalski, es war wirklich töricht, davon auszugehen, daß ich nichts herausbekomme, wenn Sie von dem Vorfall nichts berichten.«

»Ich weiß nicht recht, was Sie meinen, Herr Hauptsturmführer.«
Szukalski drängte es verzweifelt, sich mit der Zunge über die trockenen Lippen zu fahren, doch er unterdrückte sein Verlangen. »Der Tod des Mannes ist nicht günstig für uns, und wir haben wirklich alles getan, um ihn zu retten.«
»Lügen Sie mich nicht an, Szukalski! Sie haben den Zigeuner ausgeschaltet, weil Sie nicht wollten, daß ich ihn verhöre!«
»Aber das stimmt ni...«
»Was für ein Glück für mich, daß Milewski Angst um seine Eier hatte! Ich mußte gar nicht viel tun, um ihn zum Reden zu bringen. Deshalb ist Ihr Plan, von dem Zigeuner nichts zu berichten, fehlgeschlagen, Herr Doktor!«
»Entschuldigen Sie bitte, Herr Hauptsturmführer, aber ich verstehe wirklich nicht, worauf Sie hinauswollen.« Mit ruhigen Fingern blätterte Szukalski die Unterlagen auf seinem Klemmbrett durch. »Aha, hier ist es«, meinte er schließlich und zückte ein Blatt Papier. »Ich nehme an, das ist, wonach Sie suchen, Herr Hauptsturmführer.«
Als er Schmidt das Dokument reichte, war er dankbar, daß seine Hand nicht zitterte. »Wie Sie sehen, ist der Bericht auf heute, den fünfundzwanzigsten Dezember datiert. Ich wollte ihn gerade durch einen Boten an Sie schicken.«
Dieter Schmidt nahm das Blatt Papier langsam an sich, um es zu studieren. Sein Blick schien nicht über die Zeilen zu wandern, sondern stets auf derselben Stelle zu verharren. Aber Szukalski spürte, daß der Kommandant das Geschriebene durchaus wahrnahm und gerade las, wie Milewski den Zigeuner bei seinem Hof gefunden und ihn ins Krankenhaus nach Sofia gebracht hatte, wie der Zigeuner dem Bauern seine Geschichte hatte erzählen können, nach der seine Wunde Folge eines Angriffs durch eine Gruppe von SS-Soldaten war, daß neben ihm hundert Menschen erschossen worden waren, daß Dr. Duszynska ihm in einer Operation die Kugel entfernt hatte und daß der Zigeuner in der Nacht verstorben war, ohne wieder zu Bewußtsein zu kommen.
In dem Bericht fehlte nicht ein einziges Detail. Was Jan Szukalski über diese Angelegenheit wußte, war nun auch Dieter Schmidt bekannt, der alles durch die äußerst gewissenhaften handschriftlichen Notizen von Dr. Maria Duszynska bestätigt fand.

Auch als er die Überprüfung des Schriftstücks beendet hatte, blieb der Blick des Kommandanten noch lange auf dem Bericht haften, und es gelang ihm ebenso wie Szukalski, sich bemerkenswert zusammenzureißen. Aber einem erfahrenen Arzt wie Jan Szukalski blieben die Hinweise auf seinen wahren Zustand wie die heftig pochenden Halsschlagadern, die erweiterten Pupillen und die eigenartig aschfarbene Haut nicht verborgen. Als Dieter Schmidt ihn schließlich wieder ansah, war sein Blick kalt und durchdringend, sein Gesichtsausdruck nachdenklich. Dann nickte er langsam und erklärte freundlich: »Der Bericht ist vollständig, Herr Doktor, Sie haben sich wie gewöhnlich selbst übertroffen.«
»Danke schön, Herr Hauptsturmführer.«
»Ja...«, meinte Schmidt, der immer noch nachdenklich nickte, »ein sehr interessanter Bericht.« So als müsse er sich selbst an etwas erinnern, stellte sich der Kommandant plötzlich kerzengerade hin und schlug sich mit dem Stock gegen seinen Oberschenkel. »Von jetzt an möchte ich zwei Berichte von Ihnen, Herr Doktor, morgens und abends. Ist das klar?«
»Jawohl, Herr Hauptsturmführer.«
»Und wenn Ihnen irgend etwas Besonderes auffällt, dann müssen Sie mir sofort Bericht erstatten. Haben Sie das auch verstanden, Szukalski. Sofort!«
»Ja, Herr Hauptsturmführer.«
Nachdem er einem seiner Bewacher das Blatt Papier in die Hand gedrückt hatte, machte Hauptsturmführer Schmidt rasch kehrt und hastete zum Ausgang.

Für einen Weihnachtstag war es in der Stadt merkwürdig still. Oder bildete er es sich nur ein? Hatte das, was der Priester ihm vergangene Nacht gesagt hatte, ihn schon so weit gebracht, daß er die Wirklichkeit anders wahrnahm als sie tatsächlich war?
Nein, entschied Szukalski, als er die Treppe zu seinem Haus hinaufstieg, er bildete sich nichts ein. Wenn er seinen eigenen Wahrnehmungen nicht mehr traute, wem dann sonst?
Alexander wollte unbedingt hinausgehen, um seinen neuen Schlitten auszuprobieren, und da Katarina noch mit der Weihnachtsgans beschäftigt war, beschloß Jan Szukalski, sich die Zeit mit seinem Sohn

im Schnee zu vertreiben. Er packte den Jungen so ein, daß nur noch seine kleinen Augen zu sehen waren, und setzte ihn auf den Schlitten zu Djapa, die sich sofort an den Jungen schmiegte. Dann ergriff Jan Szukalski die dünne Leine und zog den Schlitten auf die Straße.
Dankbar registrierte er, daß ihm etwas Zeit vergönnt war, in der er nicht an den toten Zigeuner und Dieter Schmidt und Piotr Wajda mit seinen grausamen Enthüllungen denken mußte. Bald rannte er die Straßen hinunter, angefeuert von seinem vor Vergnügen jauchzenden Sohn, während Djapa kläffend zwischen seinen Beinen herumhüpfte.
Plötzlich mußte er das Tempo verlangsamen, da er außer Atem war, und er betrat den wie von einem weißen Tuch bedeckten Marktplatz, auf dem ein Denkmal des polnischen Freiheitskämpfers und Nationalhelden Kosciuszko stand, dessen Schultern mit Epauletten aus Schnee bedeckt waren. Djapa gebärdete sich immer noch wie wild und grub jetzt Löcher in den Schnee.
Doch die trügerische Idylle, dieser Augenblick der Freiheit, den Jan Szukalski auskostete, wurde schnell durch die schrillen Schreie des kleinen Alexander gestört, der mit seinem dick verhüllten Arm zur anderen Seite des Platzes wies und rief: »Tatü! Tatü!«
Szukalski wandte sich rasch um. Am anderen Ende des Platzes tauchte ein deutscher Konvoi von Lastwagen, Panzern und gepanzerten Truppenfahrzeugen auf, der sich durch das Geschäftsviertel gewälzt hatte. Dieser Prozessionszug wirkte makaber, wie er langsam und leise die Straße hinunterrollte, und seine martialische Bedrohlichkeit stand in ausgesprochenem Kontrast zu dem winterlich märchenhaften Anblick des Platzes.
Obwohl sich Jan Szukalski in den letzten zwei Jahren an den Anblick der Besatzungstruppen gewöhnt hatte, war er durch diese Machtdemonstration und die Waffen, die er sah, so sehr beeindruckt, daß er sich rasch bückte und Alexander schützend umarmte. Auch Djapa spürte diese plötzliche Veränderung der Atmosphäre und das Vordringen einer unerwünschten Kraft und hüpfte instinktiv zu ihrem Herrchen, zwischen dessen Beinen sie Schutz suchte.
Während er die vorbeirollenden Panzer beobachtete, preßte Jan den kleinen Alexander gegen sich, bis das Kind vor Unbehagen schrie. Jan Szukalski bemerkte, daß es sich bei vielen Soldaten um junge Männer

mit sanften Zügen handelte, in deren Augen eine Art verstörtes Erstaunen zu erkennen war und die sich mit antrainierter Entschlossenheit eine steife Haltung auferlegten. Ja, es waren wirklich hübsche Jungen mit milchweißer Haut, geröteten Wangen und eisblauen Augen.
Plötzlich erkannte Szukalski, was er bis dahin verdrängt hatte. Noch einmal hörte er, wie die Melodie eines Liedes, das man nicht vergessen kann, die Worte Piotr Wajdas: »Und er hat mir noch etwas erzählt, dieser Soldat aus dem Beichtstuhl. Er hat einen sogenannten ›Lebensborn‹ erwähnt.«
Jan Szukalski preßte die Augen zusammen, aber immer noch hallte in seinem Geist das Echo des Priesters wider, der ihm in der vergangenen Nacht, bevor er heimkehrte, noch zugeflüstert hatte: »Es handelt sich um einen Plan der SS, in Deutschland eine rein arische Rasse aufzuziehen. Deshalb entführt die SS die blonden und blauäugigen Kinder aus eroberten Staaten und bringt sie in deutschen Familien unter, wo sie als Deutsche aufwachsen. Es ist egal, ob sie Polen, Holländer oder Tschechen sind. Wenn ein Kind nur Hitlers Ansprüche an physische Perfektion erfüllt, dann wird es seinen leiblichen Eltern geraubt und...«
»Tatüs!« jammerte der kleine Alexander mit gedämpfter Stimme. Szukalski blickte nach unten. Er hielt das Kind so fest umklammert, daß es fast erstickte.
»Alex...«, flüsterte er.
Dann sah er wieder zur anderen Seite des Platzes. Der Konvoi war vorbeigezogen, hatte die Stadt durchfahren und bewegte sich nun weiter Richtung russische Front.
Szukalski vergeudete keine Zeit. Bevor er zum Weihnachtsmahl heimkehrte, mußte er noch etwas erledigen. Es würde nur ein paar Minuten dauern. Er ergriff die Leine des Schlittens, rief Djapa und machte sich dann rasch auf den Weg zur Kirche.
Pfarrer Wajda bereitete gerade einen Gottesdienst vor.
»Herr Pfarrer«, murmelte er und setzte Alexander sanft ab.
Der Priester drehte sich schnell um und lächelte sogleich. »Jan! Und der kleine Alex!« Wajda beugte sich hinunter und streichelte dem Kind über den Kopf. »Fröhliche Weihnachten und Gott segne dich, Alexander.« Als er sich wieder aufrichtete, bemerkte er den ernsten Gesichtsausdruck des Arztes. »Das ist also kein Freundschaftsbesuch?«

Szukalski bemühte sich zu lächeln, doch es gelang ihm nicht.
»Kommen Sie rein, und setzen Sie sich, die nächste Zeit findet keine Messe statt. Ich bewege mich nur ein bißchen, um mich warm zu halten.«
Piotr Wajda steckte die Hände in die Taschen seiner langen schwarzen Soutane und lehnte sich gegen einen Tisch. »Was ist los, Jan?«
»Pfarrer Wajda, ich habe nachgedacht, und obwohl ich Ihnen noch nichts versprechen kann, werde ich es versuchen. Ich werde versuchen, einen medizinischen Vorwand zu finden, damit der Deutsche nicht in das Lager zurückkehren muß.«
Piotr Wajda schloß die Augen und nickte erleichtert. »Ich danke Ihnen«, murmelte er.
»Pfarrer Wajda, ich möchte, daß Sie wissen, daß ich nicht aus Nächstenliebe handle. Ich habe andere Gründe als Sie; ich will nur verhindern, daß unsere Stadt zerstört wird.«
»Ihre Beweggründe mögen ruhig anders sein.«
»Sie müssen wissen, daß es mir wirklich völlig egal ist, ob er vor die Hunde geht oder nicht. Ich will nur nicht, daß er Selbstmord verübt und damit Tod und Zerstörung über diese Stadt bringt. Ich versuche nur, alles zu tun, daß er seinen Urlaub verlängern kann. Dann hat er wenigstens Zeit, sich einen Fluchtplan auszudenken.«
Der Priester nahm Szukalskis Hand und drückte sie. »Danke schön für das, was Sie tun, Jan. Letztlich haben wir doch die gleichen Gründe, denn wir beide kämpfen für Polen. Also, was haben Sie vor?«
»Schicken Sie mir den Soldaten morgen ins Krankenhaus, und dann werden wir weitersehen.«
Dann stand Dr. Jan Szukalski schnell auf, nahm den kleinen Alexander an die Hand und eilte aus der Sakristei nach draußen in das Licht der frühen Nachmittagssonne.

6

Der leichte Schneefall tarnte die beiden dunklen Gestalten, die spät in der Nacht durch die verlassenen Straßen von Sofias jüdischem Viertel schlichen. Als sie sich durch die dunklen Türen und zerborstenen

Fensterscheiben stahlen, fiel es Ben Jakobi schwer, seine Furcht zu verdrängen. Zwar vermochte der energische Matuszek mit seiner Entschlossenheit den ihm folgenden alten Apotheker etwas zu beruhigen, aber gegen die fürchterlichen Erinnerungen des alten Juden war auch er machtlos.
Das Getto war jetzt still und einsam, aber achtzehn Monate zuvor war es noch mit Betriebsamkeit und Leben erfüllt gewesen. An diesem Tag – ein paar Monate nach dem Blitzkrieg – waren die deutschen Soldaten in das Judenviertel einmarschiert, hatten alle Juden zusammengetrieben und dann systematisch das Hab und Gut der Bewohner zerstört. Ben Jakobi, der damals gerade ein abgelegenes Gehöft mit Medikamenten versorgt hatte, war erst spätabends zurückgekehrt und hatte gesehen, wie der Schein der Flammen den Frühlingshimmel erhellte. Dabei waren aus der Ferne die verzweifelten Schreie seiner Nachbarn zu ihm herübergedrungen, die von den Soldaten verschleppt wurden. Ben Jakobi erinnerte sich gut an jene Nacht, denn es war ihm damals noch gelungen, zu seiner Apotheke zu schleichen, wo er unter dem Schutt seine tote Frau gefunden hatte. Was in der Folge geschehen war, wußte er nicht mehr. Moisze und Esther Bromberg hatten ihn auf der Flucht vor den Deutschen aufgegriffen, und in den achtzehn Monaten seitdem war Jakobi nicht ein einziges Mal zurückgekehrt.
Doch nun kam er zurück und schlich sich mitten in der Nacht durch die Stadt. Obwohl in Sofia um diese Zeit kein Laut zu vernehmen war, hallten in den Ohren des alten Mannes die ängstlichen Schreie wider, die damals die Ereignisse begleitet hatten.
Eigentlich hatte David Ryż Brunek bei diesem Einsatz begleiten wollen, doch Ben Jakobi hatte darauf bestanden, unbedingt dabei zu sein. Nur er wußte, wo sich die begehrten Vorräte befanden, und er alleine war in der Lage, Nitroglyzerin herzustellen. Außerdem war er fest entschlossen, an den Schauplatz der schlimmsten Ereignisse seines Lebens zurückzukehren und sich der Erinnerung zu stellen.
Und so hatten sich Matuszek und der eisern entschlossene alte Ben Jakobi nach dem Sonnenuntergang zu Fuß auf den Weg gemacht und waren kurz nach Mitternacht im jüdischen Viertel angelangt. Ein paar Weihnachtskerzen in fernen Fenstern stellten das einzige Zeichen von Leben dar. Außer den zwei Partisanen und den wie ge-

wöhnlich patrouillierenden deutschen Soldaten war um diese Zeit niemand auf der Straße.

Als sie die ausgeplünderte Apotheke erreichten, blieb Jakobi stehen und lehnte sich gegen eine Wand. »Ich muß nur etwas Luft holen«, keuchte er.

»Haben Sie Probleme?«

Jakobi nickte. Der kalte Schweiß, der ihm über Gesicht und Hals lief, gerann langsam zu Eisperlen, doch er machte keine Anstalten, ihn abzuwischen. Seine Erschöpfung rührte nicht von der physischen Beanspruchung her, sondern von dem Schrecken, der ihn ergriffen hatte. Auch wenn sein Leid ihm den Mut und den Willen gegeben hatte, Matuszek zu begleiten, so zerrte es doch an seinen Kräften. Begierig sog er die schneidende kalte Winterluft ein.

»Nein, nein, es geht schon«, flüsterte er. »Wir können rein.« Der eigentliche Apothekenraum war bis auf ein paar leergefegte Regale völlig zerstört. Die beiden Männer stiegen über den Schutt in den hinteren Teil des Geschäfts. Hier hatte Ben Jakobi die meisten seiner Vorräte untergebracht, und hier hatten die Deutschen ihr Vernichtungswerk präziser betrieben. Brunek entzündete ein Streichholz und leuchtete die Schränke ab. Er stellte fest, daß die besten Vorräte schon vor längerer Zeit entfernt worden waren.

»Aber ein paar Sachen haben sie trotzdem zurückgelassen«, flüsterte er und winkte den alten Mann zu sich, der sich wie in Trance bewegte. »Was ist das?«

Der Apotheker entzündete ebenfalls ein Streichholz und suchte den Vorratsschrank genau ab. Ein paar staubige Fläschchen und Zinndosen reflektierten hier und da das Licht des Streichholzes. »Abführmittel«, flüsterte er, »und ein Magenmittel, aber hier...« Er streckte seine zitternde Hand aus, hielt ein Gefäß in die Höhe und jubelte: »Glyzerin!«

Brunek nahm das Gefäß an sich und blickte sich rasch um. An einer Wand befand sich ein Labortisch, der mit den Scherben der zerschlagenen Gefäße übersät war.

Die beiden Männer huschten zu dem Tisch und wühlten schnell zwischen den Überresten, unter denen sie ein Becherglas, ein paar intakte Flaschen und ein verstaubtes Thermometer fanden. »Jetzt können wir loslegen«, flüsterte Matuszek.

Jakobi benutzte seinen Wollschal, um das Becherglas vom Staub zu reinigen, während Brunek zwei abgedichtete Gefäße unter seinem Mantel hervorzog. »Es wäre wohl am besten, wenn wir jetzt gleich etwas Sprengstoff herstellen würden und ihn vor der Stadt ausprobieren«, meinte er. »So wissen wir wenigstens, daß wir wirklich haben, was wir brauchen. Die restlichen Sachen packen wir ein, so daß wir später, wenn es an der Zeit ist, größere Mengen Nitroglyzerin herstellen können. Außerdem lassen sich die Chemikalien getrennt besser lagern.«
Brunek öffnete die beiden Gefäße, die kleine Mengen der Chemikalien enthielten, die David und Abraham in der kleinen Farben- und Lackfabrik gestohlen hatten und auf deren Etiketten »Salpetersäure« und »Schwefelsäure« stand.
»Wir haben wirklich Glück gehabt, daß wir das alles auftreiben konnten«, flüsterte der Hauptmann. »Jetzt brauchen wir eine Art Eisbad. Funktioniert das Themometer noch?«
Jakobi testete es mit Hilfe eines Streichholzes. »Ja, und hier werden wir das Wasser einlassen«, sagte er und wies auf ein Spülbecken.
Während der Apotheker das Becken füllte, machte sich Matuszek daran, das Becherglas mit wohlbemessenen Mengen der beiden Säuren zu füllen. »Wenn ich das Glyzerin hinzufüge, müssen wir darauf achten, daß die Temperatur zehn Grad nicht übersteigt.« Jakobi blickte zu dem Soldaten auf, der im Dunkeln stand. »Ich glaube, wir sind soweit«, sagte er leise.
Dem großen Mann rannen Schweißperlen über die Stirn, als er sich anschickte, den Säuren langsam Glyzerin hinzuzufügen. »Vorsicht«, flüsterte er rauh, »mit dem Thermometer nicht das Becherglas erschüttern. Sie wissen ja, wie instabil Nitroglyzerin ist.«
»Ja, das weiß ich, machen Sie sich nur keine Sorgen, Hauptmann. Ich will genausowenig zerfetzt werden wie Sie.«
Die beiden Männer arbeiteten konzentriert weiter, bis die Chemikalien sich miteinander vermischt hatten. Die durchsichtige, tranige Flüssigkeit wirkte in dem Becherglas so harmlos wie Zuckersirup vor dem Kristallisieren. Brunek tauchte seine Fingerkuppe in den Sirup und leckte daran. Der süßliche, brennende Geschmack war ihm vertraut, und der Kopfschmerz, der unmittelbar darauf einsetzte, bestätigte ihm, daß es sich um ein starkes Nitrat handelte.

»Für mich schmeckt es wie Nitroglyzerin«, meinte er leise und versuchte seine mächtigen Hände zu beruhigen, »aber wir müssen es erst testen, bevor wir sicher sein können. Auf dem Weg zur Höhle werden wir versuchen, es zum Explodieren zu bringen. Hier, helfen Sie mir, es in eine dieser Flaschen umzufüllen. O Gott, jetzt nur die Ruhe bewahren...«

Die zwei Männer steckten die übrigen Vorräte und leeren Flaschen, die sie gefunden hatten, in den mitgebrachten Tornister und schlichen dann durch den Hinterausgang der Apotheke nach draußen, wo es immer noch schneite. Matuszek trug die kleine Flasche mit Nitroglyzerin in seinen Händen, die er durch dicke Handschuhe vor der Kälte schützte.

Da sie wußten, daß es bald dämmern würde, eilten sie rasch, aber überlegt durch die schlafende Stadt. Dabei richteten sie ihr Augenmerk ständig auf Patrouillen, vor allem aber auf die Flüssigkeit in Bruneks Händen, die auf keinen Fall erschüttert werden durfte. Sie hofften, sich in die Wälder durchschlagen zu können, ohne entdeckt zu werden.

Als sich am Stadtrand ein offenes Feld vor ihnen erstreckte, drängte es Brunek und Ben Jakobi, schnell den Schutz der Kiefern zu suchen, die das Flußufer säumten. Da sie das Nitroglyzerin bei sich trugen, konnten sie aber nicht rennen. Deshalb marschierten sie äußerst vorsichtig, aber so rasch wie möglich über das Ufergestrüpp.

Beide Männer atmeten schwer, ihre Tritte knirschten und knackten, und ihr Geräusch schien sich in der Finsternis noch zu verstärken. Matuszek, der das tödliche Gemisch trug, spürte, wie ihm sein Unbehagen auf den Magen schlug.

Als sie gerade die schützenden Bäume erreichten, durchschnitt eine Stimme die Nacht: »Halt, ihr beiden da! Sofort anhalten!«

Brunek und Ben Jakobi erstarrten zu Eissäulen.

»Nicht bewegen oder ich schieße!« Die Befehle erfolgten auf deutsch, einer Sprache, die beide Männer verstanden. Die Stimme kam näher. »Fritz, hol das Motorrad.«

Der alte Jakobi wagte es, seinen Kopf etwas zu drehen, so daß er über die Schulter zwei deutsche Soldaten erkannte, die mit dem Gewehr im Anschlag auf sie zutraten.

»Schau an«, meinte einer von ihnen, der sich in einigem Abstand vor den zwei Partisanen aufbaute, wen haben wir denn da? Befinden sich die beiden Herren etwa auf einem gemütlichen Abendspaziergang? Oder sollte ich nicht besser von einem Morgenspaziergang sprechen? Nehmt eure Hände über den Kopf, daß ich sie sehen kann!« Der Soldat machte eine Drohgebärde mit dem Gewehr.
Nun stellte sich auch der andere Soldat vor den beiden auf und erklärte mit harter Stimme: »Ihr wißt doch, daß ihr gegen die Ausgangssperre verstoßt, oder nicht? Was ist in dem Tornister?«
»Vorräte«, entgegnete Ben Jakobi mit schwacher Stimme, »wir haben einige Kranke und...«
»Und was ist das?« fuhr sie der erste Soldat an, der auf die Flasche in Bruneks Händen aufmerksam geworden war.
»Medizin«, erwiderte Matuszek ruhig und in perfektem Deutsch. »Auf unserem Hof sind einige Kinder krank. Wir brauchten die Medizin sofort und konnten nicht warten, bis...«
»Ruhe! Euer Gefasel interessiert mich nicht die Bohne! Und ob eure Brut abkratzt, schon gar nicht! Um was für Arzneien handelt es sich?«
Brunek Matuszek musterte die beiden Soldaten, die mehrere Schritt von ihm entfernt waren, und versuchte rasch, die Situation einzuschätzen. Er spürte, wie Ben Jakobi neben ihm langsam nervös wurde.
»Arzneien gegen Husten«, erklärte er ruhig, »unser Hustensaft ist alle.«
»Ich glaube euch nicht! Was ist es? Wodka? Oder Rattengift? Ist ja auch egal; los zeig her!«
Ben Jakobi kam ein Wimmern über die Lippen. Der zweite Soldat brachte sein Gewehr in Anschlag.
Brunek hielt die Flasche von sich und trat einen Schritt vor.
»Bleib wo du bist!« schrie der erste Soldat. »Ich mag es nicht, wenn Schweine mir zu nahe kommen. Los, wirf die Flasche zu mir rüber.«
Brunek zwinkerte Ben Jakobi kurz zu. Dann versetzte er sanft: »Bitte schön...«
Der große Pole schleuderte die Flasche plötzlich hoch in die Luft und hoffte, daß er sich nicht verrechnet hatte und die Flasche genau hinter den Soldaten aufschlug. Aber als die Deutschen sahen, daß das Wurf-

geschoß hinter ihnen aufprallen würde, sprangen sie zurück, und es gelang einem von ihnen, die Flasche sanft aufzufangen.
Ben Jakobi wimmerte erneut, und Brunek spürte, wie er vor Anspannung wankte.
Der Soldat hielt die Flasche in der Dunkelheit vor seine Augen und musterte sie sorgfältig. »Hustenmedizin also? Da habe ich aber einen ganz anderen Eindruck. Scheint mir eher Wodka zu sein. Wollt ihr beiden etwa ein Fest feiern?«
»Bitte, bitte«, flehte Brunek leise, »es ist wirklich Medizin, und wir haben kranke Kinder, die sie sofort brauchen.«
Der deutsche Soldat verzog sein Gesicht zu einem hämischen Grinsen, beugte sich vor und legte die Flasche auf einen großen, flachen Stein. »Schau her, was ich von deiner Medizin halte!«
Voller Entsetzen starrten die beiden Polen auf den Deutschen, der den Fuß über die Flasche hob, um sie zu zertreten, und als der schwere Stiefel sich senkte, warf sich Brunek auf Jakobi und riß ihn zu Boden, bevor eine Explosion die Nacht zerriß. Für einige Augenblicke lagen sie reglos auf dem Boden, dann, noch leicht taumelnd, erhoben sie sich und erblickten zu ihren Füßen den Krater im Schnee, den eine Korona aus Staub, Steinen und blutigen Fleischfetzen umrandete.
Ben Jakobi torkelte vorwärts und drückte sich rasch eine Hand vor den Mund, aber Brunek ergriff ihn und hielt ihn fest.
»Nun«, atmete der Hauptmann erleichtert durch und kämpfte gegen seine eigene Übelkeit, »wir scheinen auf dem richtigen Weg zu sein...«
Sie verharrten noch eine kurze Zeit schweigend am Ort der Explosion, um ihre Kräfte wieder zu sammeln und sich von dem Schrecken zu erholen. Sie konnten ihren Blick nicht von der tiefen, blutdurchtränkten Grube lösen, in der die Fetzen grauer Uniformen verstreut lagen.
»Ich kann einfach nicht glauben, daß so wenig Nitroglyzerin so viel anrichten kann«, staunte Jakobi.
»Warten Sie nur, was es bei einer Brücke anrichten kann. Kommen Sie, wir nehmen das Motorrad der Soldaten. Es wird nicht lange dauern, bis es hier von Deutschen nur so wimmelt. Bestimmt hat jemand die Explosion gehört.«
Er startete den Motor und ließ ihn warmlaufen, während der Apotheker in den Beiwagen stieg und den Tornister auf seinem Schoß ver-

staute. Dann entfernten sich die beiden Partisanen durch den knirschenden Schnee und verließen den Ort, an dem nur noch ein roter Krater an die beiden deutschen Soldaten erinnerte, die dort kurz zuvor noch gestanden hatten.

7

Als Jan Szukalski am nächsten Morgen in aller Frühe durch den weichen Schnee schlurfte, versuchte er sein Gesicht durch den hochgestellten Kragen seines langen Mantels vor der Kälte zu schützen. Es schneite ungewöhnlich heftig, die Flocken fielen heimtückisch schräg vom Himmel und wehten ihm, zu scharfen Eiskristallen gefroren, entgegen. Es war ihm schwergefallen, die wohlige Wärme unter seiner Daunendecke zu verlassen und das Frühstück, das Katarina zubereitet hatte, so rasch zu beenden. Gerne noch hätte er etwas länger den starken Kaffee, die Hühnerbrühe und den Haferbrei genossen, doch es gab im Krankenhaus eine Menge zu erledigen. Neben den üblichen Patienten wartete diesmal ein ungewöhnlicher Fall auf ihn, dieser junge deutsche Soldat, den Pfarrer Wajda ihm vorbeischicken wollte.
Auf dem Weg zum Krankenhaus ließ Szukalski sich den vergangenen Abend noch einmal durch den Kopf gehen.
Nach dem Mittagessen war Maria Duszynska unerwartet mit Max Hartung, ihrem Freund aus Warschau, aufgetaucht. Sie hatten eine Flasche echten französischen Wein dabeigehabt und ein größeres Stück Kuchen. Außerdem hatte Alexander von Maria ein kleines Geschenk bekommen.
Als er seinem Sohn zugesehen hatte, wie dieser versuchte, seine kleine, wulstige Hand in die Handpuppe zu stecken, die ein von Maria genähtes Frottee-Kleid trug, da mußte er lachen, bis ihm die Tränen übers Gesicht liefen, und als er sich bei Maria Duszynska bedankte, da hatte dieser Dank mehr dem Lachen gegolten, das sie ihm geschenkt hatte, als dem eigentlichen Spielzeug.
»Das war wirklich nett von Ihnen«, hatte Jan zu ihr gesagt und bereute, daß er sich keine Gedanken über ein Geschenk für seine Stell-

vertreterin gemacht hatte. In der ganzen Zeit ihrer Zusammenarbeit war über das rein Berufliche hinaus kaum eine Beziehung zwischen ihnen entstanden, und so war Maria Duszynska an diesem Abend erst das dritte Mal bei ihm zu Gast gewesen.
Katarina hatte den Kuchen auf einem Tablett serviert, während er die Weingläser füllte. Maximilian Hartung hatte es sich wie ein alter Freund der Familie in einem Sessel vor dem Kamin bequem gemacht und alle mit seinen Witzen und lustigen Geschichten unterhalten.
Doch die Stimmung, zuerst heiter und von Weinseligkeit geprägt, war im Laufe des Abends umgeschlagen, und als die Flasche Wein geleert war, da war das Lachen vollkommen verstummt und jeder hatte begonnen, in das Feuer zu starren. Das lange Schweigen war dann von Maximilian Hartung unterbrochen worden, der die beiden Gemälde über dem Kamin betrachtet und plötzlich mit weihevoller Stimme ein Gedicht vorgetragen hatte: »Nun geht meine Seele in meinem Land auf, seine Seele weilt in meiner Brust. Mein Vaterland und ich, ein großes Ganzes. Mein Name ist Million, denn ich liebe wie Millionen, fühle ihre Schmerzen, ihre Leiden...«
Sowohl Maria als auch Katarina hatten Maximilian Hartung verwundert und gerührt angestarrt. Jan Szukalski dagegen, den diese Worte an seinen Schmerz erinnerten, hatte weiter ins Feuer geblickt, bevor er als erster kommentierte: »Aus dem Epos Konrad Wallenrod...«
»Wie ich sehe, Dr. Szukalski, ist Ihnen Mickiewicz bekannt.«
Jetzt wandte Szukalski endlich den Blick vom Kamin. »Er ist mir nicht nur bekannt, *Panie* Hartung, sondern wie Sie sehen, habe ich ihm sogar einen Platz neben Jesus Christus eingeräumt. In meinem Leben wie auch über dem Kamin. ›Mein Name ist Million, denn ich liebe wie Millionen...‹ Adam Mickiewicz ist der größte Dichter aller Zeiten...«
»Dem will ich nicht widersprechen, Dr. Szukalski. Ich würde sogar sagen, daß er das wahre Symbol für den polnischen Patriotismus ist und daß er jetzt, da man unser wunderschönes Land besetzt hat, ein...«
»Ihr Name ließ mich annehmen, *Panie* Hartung, daß Sie Deutscher sind.«
Max zeigte sich keineswegs beleidigt. »Ich bin Deutscher väterlicherseits. Aber was bedeutet schon ein Name? Verlassen Sie sich auf einen Namen, wenn sie die Loyalität eines Menschen bemessen wollen?«

»Sie erwähnten eine Fabrik in Danzig.«
»Stimmt, aber als mein Vater noch lebte, da war Danzig neutral, etwas Deutsch, etwas Polnisch.« Ein entwaffnendes Lächeln huschte über sein Gesicht. »Und bitte, sagen Sie nicht mehr *Panie*, reden Sie mich einfach mit Max an.«
Szukalski hatte nachdenklich genickt. Die aufrüttelnden Worte von Adam Mickiewicz hatten seine übliche Reserviertheit etwas gelokkert. Er, der gewöhnlich die förmliche Anrede bevorzugte und vor zu großer Nähe zurückschreckte, hatte daraufhin erwidert, daß er gerne mit »Jan« angeredet würde, was ihn selbst am meisten überraschte.
»Gegen einen gemeinsamen Feind gibt es nicht länger einen Herrn oder einen Doktor, keine Männer oder Frauen, sondern nur Polen, und um Polens willen müssen wir in Treue und Freundschaft zueinander stehen. Zu meinem Bedauern muß ich Sofia morgen verlassen, Jan Szukalski, jetzt, wo ich gerade Freunde gefunden habe, und außerdem...«, er griff nach Marias Hand, »und außerdem ist Maria ja noch hier. Eigentlich möchte ich sie nicht wieder verlassen, aber leider muß ich...«
»Zurückkkehren, um Kugellager für die Deutschen herzustellen?« versetzte Jan Szukalski spitz.
Aber Hartung reagierte nur mit einem unschuldigen Lächeln: »Es handelt sich nicht gerade um die besten Kugellager.«
Alle lachten, und als das Gelächter verstummte, da beteuerte Max mit ganzem Ernst: »Ich bin genauso betrübt wie Sie, wenn ich sehe, was mit diesem Land geschieht. Und nun passiert Rußland dasselbe. Kann denn keiner die Deutschen aufhalten?«
Szukalski hatte sich über diese Äußerungen sehr gewundert. »Max, Sie sprechen zu freimütig«, hatte er gesagt, »in den letzten zwei Jahren ist man schon für weniger erschossen worden.«
Aber Max hatte sich unbeeindruckt gezeigt. »Und wer sollte mich verraten? Sie etwa?«
»Jeder könnte ein Verräter sein, Max. Woher wollen Sie wissen, daß Sie mir trauen können?«
Hartung grinste nur verschmitzt. »Na, wer schon ein Porträt von Adam Mickiewicz über dem Kamin hat, der wird wohl...«
»Ich meine es ernst, Max. Wenn man so spricht wie Sie, wie ein Par-

tisan oder Aufständischer, dann ist das gefährlich. Man muß heutzutage sehr vorsichtig sein.«
Maximilian zeigte sich unbeeindruckt. »Wer vorsichtig ist, gewinnt nicht den Krieg. Ich habe keine Angst, zuzugeben, daß ich viele Freunde habe, die subversiv gegen die Deutschen arbeiten. Überall gibt es Widerstand, Jan; ich wette, sogar hier in Sofia.«
Szukalski lehnte sich in seinem Sessel zurück und musterte Marias Freund mißtrauisch. Diese Unterhaltung behagte ihm nicht, denn in den zwei Jahren seit der Invasion hatte er keine Worte von solcher Sprengkraft gehört. Obwohl er in seinem Empfinden Patriot war, glaubte Jan Szukalski, daß der Schlüssel zum Überleben – zu seinem Überleben und dem seiner Familie – in einer friedlichen Koexistenz mit der Besatzungsmacht lag. Widerstand kam einem Selbstmord gleich. Und obgleich Jan sich nichts sehnsüchtiger gewünscht hätte, als Polen von der Tyrannei befreit zu sehen, war er nicht bereit, diesen hohen Preis zu zahlen.
Seufzend antwortete er: »Manchmal denke ich, daß mir eine Epidemie lieber wäre als dieser Krieg; so könnten wir wenigstens die Deutschen fernhalten. Und was die Juden betrifft, so sind sie meines Wissens alle in Gettos umgesiedelt oder mit Schiffen außer Landes gebracht worden.« Und bei diesen Worten hatte er sich bemüht, das Bild vom Lager in Oświęcim zu verdrängen, von dem Piotr Wajda ihm erzählt hatte. »Wir hier in Sofia wünschen uns nichts als Frieden.«
Maximilian Hartung hatte seinen bohrenden Blick nicht vom Doktor abgewandt. Mit einem schrägen Lächeln um die Mundwinkel hatte er schließlich das Glas zu einem Trinkspruch erhoben: »Also auf den Frieden, Doktor.«
Als er die Treppe zum Krankenhaus erreichte, blieb Jan Szukalski stehen und blickte zum Eingang auf.
»Auf den Frieden«, hatten sie alle beigepflichtet und die letzten Weinreste aus ihren Gläsern geleert. Aber auch als die Gespräche sich dann wieder unverfänglicheren Themen zuwandten, war die Spannung zwischen ihnen nicht gewichen, und den ganzen Abend hatte ihn der schaurige Gedanke beschäftigt, der ihn auch nun wieder einholte, da er sich anschickte, das Krankenhaus zu betreten: Wenn die Bedrohung durch die Deutschen wirklich so echt war, wie Pfarrer Wajda annahm, und wenn sich ihre schlimmsten Befürchtungen bewahrhei-

ten sollten, welche Zukunft würde dann ihn, den Krüppel, oder seinen kleinen Sohn mit seinen blonden Locken erwarten? Würde alles bleiben, wie es war?

Oben auf der Treppe hörte er leise Schritte, dann huschte eine schemenhafte Gestalt an ihm vorbei. Ein hastig gemurmeltes »Guten Morgen, Herr Doktor« holte Szukalski in die Wirklichkeit zurück und lenkte seinen Blick auf die Person, die an ihm vorbeieilte. Er erkannte den schlanken Rudolf Bruckner, einen Laboranten, und Szukalski verdrängte seine finsteren Befürchtungen und rannte die Stufen hinauf.

Zu seiner Freude stellte er fest, daß die Heizungen an diesem kalten Morgen funktionierten und daß es im Krankenhaus angenehm warm war. Während er durch den Korridor zu seinem Büro ging, kam ihm eine Schwester entgegen und gab ihm einen kurzen Bericht über den Zustand seiner Patienten. Als er an seiner Bürotür anlangte, beendete sie ihren Rapport: »Der Bauernjunge, der eine Hand verloren hat, wurde heute morgen von seinem Vater abgeholt, der unserer Medizin nicht mehr vertraut und es mit ein paar alten Hausrezepten versuchen will.«

Szukalski lächelte resigniert. »Die Bauern werden noch lange brauchen, bis sie endlich verstehen. Ich kann jetzt schon sagen, was passieren wird. Eine Zeitlang wird es dem Knaben mit diesen alten Hausmittelchen besser gehen, aber am Ende wird alles schlimmer, und ich werde ihm den ganzen Arm abnehmen müssen.« Er schüttelte traurig den Kopf.

»Noch etwas, Herr Doktor. Pfarrer Wajda ist heute morgen mit einem neuen Patienten gekommen. Ich habe ihn in Ihr Büro geschickt.«

Jan schaute auf die Tür. »Sehr gut, Schwester, ich danke Ihnen.«

Bevor er eintrat, zögerte er noch einen Augenblick und versuchte noch einmal an sein gestriges Versprechen dem Priester gegenüber zu denken.

Dann betrat er ruhig sein Büro und schloß leise die Tür hinter sich. Der junge Mann sprang sofort auf und rief: »Entschuldigen Sie bitte die Störung, Herr Doktor, aber der Herr Pfarrer hat mir gesagt, daß...«

»Schon gut. Setzen Sie sich nur.«

Sie musterten sich gegenseitig. Als Szukalski hinter seinen Schreibtisch ging, versuchte er plötzlich zu verbergen, daß er humpelte. Er war

überrascht, wie jung der Soldat war. Zwar hatte der Priester ihm schon davon erzählt, aber trotzdem hatte Szukalski sich jemanden vorgestellt, der kräftiger war als dieser Junge, jemanden, der härter und älter wirkte. Statt dessen sah er sich einem runden, sanften Gesicht, weit aufgerissenen blauen Augen und einem Schmollmund gegenüber, der etwas Unschuldiges an sich hatte.
Dr. Szukalski fühlte, wie sich seine reservierte Haltung etwas lokkerte. Es handelte sich nicht um die Art von Gegner, mit der er gerechnet hatte.
»SS-Rottenführer Hans Keppler«, stellte sich der junge Mann nervös vor.
Es fiel ihm nicht schwer, das Unbehagen des jungen Mannes zu erfühlen und seine Verlegenheit zu erkennen, und so eröffnete Jan Szukalski das Gespräch: »Pfarrer Wajda und ich hatten vorletzte Nacht eine längere Unterredung.«
Keppler nickte.
Szukalski nahm sich noch einmal einen Augenblick Zeit, um den Jungen zu mustern. Sein streng geschnittenes blondes Haar, der tadellose Sitz seiner Uniform – genau diese Art von Uniform hatte Hitler getragen, als er Polen den Krieg erklärte –, die Luger im Halfter an seinem Gürtel und die glänzenden schwarzen Stiefel fügten sich zu einem sehr soldatisch wirkenden Gesamteindruck. Nur dieses Gesicht paßte nicht dazu. Und der ängstliche, unstete Blick.
»Hat er Ihnen von dem Lager erzählt?«
»Ja, das hat er. Auch wenn einiges unglaubwürdig klang...«
»Alles ist wahr, alles, Dr. Szukalski!« Keppler rutschte auf seinem Stuhl hin und her. »Ich weiß, daß ich mein Vaterland verraten und die Ehre meiner Familie beschmutzt habe, aber ich konnte nicht mehr damit leben. Einigen, den meisten sogar, glaube ich, macht die Arbeit im Lager Spaß. Diese Grausamkeit, dieser Sadismus... Aber ich kann es nicht mehr aushalten. Mehr als ein Jahr habe ich es jetzt mitansehen müssen, aber jetzt... Und dann...«
»Sie haben einen zweiwöchigen Urlaub.«
»Der Lagerarzt hat gesagt, daß ich Urlaub brauche. Ich leide unter furchtbaren Alpträumen, ich schreie im Schlaf. Und ich kann nichts mehr essen, Doktor. Die Übelkeit hat sich in meine Eingeweide gewühlt.«

Die ersten Worte sprudelten förmlich aus ihm heraus, dann stockte er wieder, redete ungeordnet wie schon zuvor im Beichtstuhl, doch bald fiel ihm das Sprechen leichter. »Bestimmt werden Sie mir nicht glauben, denn keiner kann so etwas glauben, selbst ich nicht am Anfang. Aber vor sechs Monaten erging dann ein direkter Befehl von...« Keppler hielt plötzlich inne und blickte zur Tür.
»Machen Sie sich keine Sorgen«, beruhigte Szukalski ihn, »hier kann uns niemand hören. Sprechen Sie nur.«
Keppler fuhr sich mit der Zunge über die Lippen und setzte dann seinen Bericht, jetzt etwas beruhigter, fort: »Vor sechs Monaten wurde dem Lagerkommandanten Höß von Himmler persönlich befohlen, die Gaskammern und Öfen zu bauen und eine umfassende Liquidierungsaktion einzuleiten. Meine Aufgabe bestand darin, die Neuankömmlinge, die keine Kleidung am Leib hatten und wie Vieh zusammengepfercht waren, zu beruhigen und ihnen zu versichern, daß ihnen nichts geschehen werde, daß sie nur zum Duschen und zur Entlausung geschickt und später dann neue Kleidung erhalten würden. Und da standen sie dann, die wimmernden Alten, die weinenden Kinder, die zornigen, von Angst erfüllten Männer und unschuldigen jungen Frauen... O mein Gott!«
Plötzlich vergrub Hans das Gesicht in den Händen, und seine Finger glitten über seine Stirn, die inzwischen schweißnaß war. Sein Mageninhalt kam ihm hoch, füllte seinen Mund mit dem ihm vertrauten säuerlichen Geschmack von Galle, und sein Herz pochte wie wild in seiner Brust. Durch den Nebel, der vor ihm aufzog, hörte er eine Stimme: »Stimmt etwas nicht mit Ihnen?« Hans Keppler nahm alle seine Kräfte zusammen und setzte sich auf. Dabei fuhr er sich mit seiner feuchten Hand durchs Haar. »Es wird schon vorbeigehen«, flüsterte er, »so wie immer.«
»Falls es Ihnen hilft«, erklärte Szukalski ruhig, »ich glaube Ihnen.«
Keppler nickte.
»Erzählen Sie mir«, erkundigte sich Szukalski vorsichtig und wägte seine Worte, »gibt es noch andere Lager wie dieses?«
»O ja, Auschwitz ist nicht das einzige. Es gibt da einen Plan.« Keppler blickte wieder schnell zur Tür und sprach jetzt noch leiser als zuvor. »Bevor ich nach Auschwitz ging, gab man mir eine Schrift mit dem Titel *Der Untermensch*, in dem die Slawen als ›Abschaum der Mensch-

heit‹ bezeichnet werden. Auf Hitlers Untermenschenskala rangieren sie nur knapp über den Zigeunern und Juden, und man hält sie nur für gut genug, ihren deutschen Herren als Sklaven zu dienen.«
»Gott stehe uns bei«, murmelte Szukalski.
»Die Nazis wollen ganz Polen versklaven, nicht nur die Juden, Doktor, sondern jeden. Und sie planen, die, die ihnen nichts nützen, wie Krüppel, Schwachsinnige, Alte und Kinder, zu beseitigen... Sie können sich nicht vorstellen, was in Auschwitz passiert. Wissen Sie, was das Leben eines Insassen wert ist? Den Wächtern ist es ausdrücklich untersagt, nur einen einzigen zu erschießen, da jede Kugel das Reich drei Pfennig kostet. Drei Pfennig, Herr Doktor! Also werden sie vergast. Sie kommen in Zügen, und viele von ihnen sind schon tot, weil sie tagelang wie Vieh transportiert wurden, ohne Wasser, ohne Essen. Dann werden von den Lagerärzten diejenigen ausgewählt, die sich als Arbeiter eignen. Frauen, die schwanger sind oder schon Kinder haben, werden sofort in die Gaskammern geschickt, weil sie als rebellisch gelten und den Wärtern immer nur Scherereien gemacht haben. Familien werden auseinandergerissen und Ehepaare getrennt unter dem Vorwand, daß man sie nach dem Duschen wieder zusammenführt.« Während Keppler sprach, wurde er leiser und leiser, so als hauche er sein Leben aus. »Wir vergasen sie zu Tausenden, Herr Doktor, jeden Tag. Zuerst haben wir Kohlenmonoxyd aus Dieselmotoren eingesetzt, aber mit dieser Methode ging es nicht schnell genug, es dauerte immer zu lange, bis die Motoren richtig liefen. Die Gefangenen wurden so eng zusammengepfercht, daß nicht ein einziger nach seinem Tod zu Boden fiel. Draußen konnten wir ihr Wimmern hören und wie sie um Gnade flehten. Manchmal dauerte es mehr als eine Stunde, bis sie schwiegen. Und dann öffneten wir die Türen...«
»O mein Gott!«
»Aber dann entschied man sich für ein Gas namens Zyklon B, das aus Blausäure hergestellt wird. Haben Sie jemals erlebt, wie jemand durch Blausäure stirbt?«
»Aber das ist doch unmö...!«
»Ja, zweifeln Sie ruhig und machen Sie es sich nur leicht! Aber wie soll ich meine Gedanken, meine Erinnerung abschalten? Herr Doktor, ich bin halber Pole, ich bin hier zur Welt gekommen, und doch habe ich den Deutschen dabei geholfen, das Volk meiner Mutter zu ver-

sklaven. Ich kann nicht zurückkehren! Allein bei dem Gedanken wird mir schon übel! Ich habe sogar schon daran gedacht, mich dem polnischen Widerstand anzuschließen, aber wer würde mir denn schon trauen? Es ist hoffnungslos...«

»Gibt es keine Möglichkeit für Sie, eine Versetzung zu beantragen?«

»Dann wird man mich an die Ostfront schicken.«

»Das heißt, Sie wollen ein ärztliches Attest von mir.«

»Wenn das nicht geht, dann geben Sie mir wenigstens genug Schlaftabletten, damit ich für immer Schlaf finde. Und machen Sie sich keine Sorgen wegen Vergeltungsmaßnahmen, Herr Doktor, ich werde Sie weit genug von Sofia einnehmen, an einem Ort, wo mich niemand findet.«

»Ich weiß nicht, ob es mir gelingen wird, irgendeinen plausiblen Grund vorzutäuschen. Wenn wir den Deutschen erzählen, daß irgend etwas mit Ihnen nicht stimmt, dann werden Sie darauf bestehen, daß Sie in eines ihrer Krankenhäuser kommen, es sei denn, es handelt sich um eine schwere Infektionskrankheit. Das ist die einzige Möglichkeit, wie wir Sie hier halten können.«

»Welche Infektion meinen Sie genau?«

»Das weiß ich noch nicht, aber man kann alle Diagnosen durch Blutuntersuchungen überprüfen, und es gibt keine Möglichkeit, diese zu fälschen.«

»Es besteht also keine Hoffnung?«

Szukalski blickte Keppler in seine weit aufgerissenen blauen Augen und spürte, was in ihm vorging. »Geben Sie mir ein oder zwei Tage Zeit, vielleicht fällt mir ja irgendwas ein.«

Als Keppler aufstand und sich zum Gehen wandte, fügte Szukalski hinzu: »Ich glaube, es wäre am besten, Herr Keppler, wenn Sie von jetzt an Zivil tragen würden. Ist es gestattet, wenn Sie im Urlaub sind?«

»Ja, ich habe noch ein paar andere Sachen bei meiner Großmutter. Ich werde mich vorher umziehen, wenn ich das nächste Mal wieder zu Ihnen komme, Herr Doktor.«

Das kleine, aber gut ausgestattete Krankenhaus von Sofia versorgte die Stadt und die umliegenden Höfe und Dörfer, insgesamt etwa dreißigtausend Menschen. Das Haus wurde seit 1936 von Jan Szukalski geleitet, der mit fünfundzwanzig Jahren und nach zweijähriger Aufsichts- und Forschungstätigkeit an einem Krankenhaus in Krakau die Nachfolge des mit achtunddreißig Jahren verstorbenen vormaligen Krankenhausdirektors angetreten hatte.

Das Pflegepersonal arbeitete gerne unter Szukalski und schätzte seine Gerechtigkeit und Leidenschaft, mit der er seinen medizinischen Scharfsinn einsetzte. Obwohl Jan Szukalski von Natur aus eher zu nüchtern und distanziert war, um viele Freunde zu gewinnen, galt er dennoch als freundlich und überaus großmütig, und eben weil ihm dieser Ruf als reservierter, über den Dingen schwebender Mensch vorauseilte, bemerkte an diesem Morgen niemand, daß der Krankenhausdirektor ungewöhnlich besorgt war.

Niemand bis auf seine Stellvertreterin.

Maria Duszynska hatte während der Visite, als sie gemeinsam mit ihm Verbände wechselte, Pflegeanweisungen erteilte, Medikamente verordnete und genesene Patienten entließ, deutlich gespürt, daß ihr Chef sich nicht wohl fühlte, und deshalb war sie auch nicht überrascht gewesen, als er sie nach der Visite zu sich ins Büro bat.

Nachdem er die Tür abgeschlossen hatte, damit sie während ihrer Unterredung nicht gestört würden, schickte er seiner Erklärung warnende Worte voraus, mit denen er die Notwendigkeit absoluter Diskretion betonte. »Maria, niemand, keiner der anderen Ärzte, keine Schwester und nicht einmal Ihr Freund Max, nicht eine einzige Person darf etwas von dem erfahren, was ich Ihnen anvertrauen werde.«

Zuerst hatte sie sein ernster Tonfall gewundert, doch als sie die vollständige Geschichte von Hans Keppler und Szukalskis Problem, einen geeigneten medizinischen Vorwand für ihn zu finden, gehört hatte, da begriff Maria das Ausmaß seiner Besorgnis.

Fast eine Stunde war sie nun seinem Bericht gefolgt, und ihr Gesicht war dabei immer mehr erbleicht.

Nachdem sie eine Weile geschwiegen hatten, beugte Szukalski sich über den Tisch und blickte sie eindringlich an. »Wenn mir nicht eine hundertprozentig sichere Entschuldigung für Keppler einfällt, werde ich es nicht versuchen. Aber bitte denken Sie darüber nach, Maria. Ich vertraue Ihnen und bin auf jede Hilfe angewiesen.«

Sie starrte ihn grübelnd an, ihre Gesichtszüge wirkten angespannt.
»Es gibt eine Menge Krankheiten, die einen ausreichenden Grund darstellen, um jemanden vom Militärdienst freizubekommen, aber alle lassen sich durch Laboranalysen überprüfen. Eine Krankheit können wir vortäuschen, nicht aber Laboruntersuchungen manipulieren.«
»Das ist auch meine Auffassung.«
Als Maria aufstand, entdeckte sie, wie sehr diese unheimliche Geschichte sie bewegt hatte, denn ihre Beine drohten unter ihr nachzugeben, und sie mußte sich auf dem Schreibtisch abstützen. Während sie Szukalskis Gesicht genau musterte und feststellte, wie wenig sie ihn, selbst nach einem Jahr der Zusammenarbeit, kannte, versicherte sie ihm: »Natürlich werde ich Ihnen helfen.«

Doch Maria Duszynska hatte auch andere Sorgen. Dies war ihr letzter Abend mit Maximilian, der am folgenden Tag mit dem Zug abfahren wollte, und so hatte sie, als ihr Abendessen beendet war, die mißliche Lage verdrängt, in der Hans Keppler sich befand.
Und wie es so ist, wenn man versucht, einen Augenblick in die Länge zu ziehen und ihn bis in die Ewigkeit zu dehnen, war dieser Abend schneller verstrichen, als sie es wünschte, und hatte mit einer letzten, verzweifelten Umarmung unter ihrer warmen Daunendecke seinen Ausklang gefunden.
Alte Versprechungen waren erneuert worden, neue Schwüre bekräftigt, aber der Krieg mit seinen Unwägbarkeiten hatte Marias Hoffnungen schon einmal zunichte gemacht und ließ sie nun ruhelos in Max' Armen liegen, dessen friedlichen Schlaf sie nicht zu teilen vermochte. Und während sie im Dunkeln an die Decke starrte und die gemeinsame Zeit an der Universität von Warschau vor ihrem geistigen Auge Revue passieren ließ, dachte sie selbstvergessen an die zarten Worte, die er ihr in dieser Nacht zugeflüstert hatte. Doch auch das ungelöste Problem Hans Kepplers fraß sich nun allmählich wieder in ihre Gedanken und nahm sie in Beschlag. Der bestürzende Bericht über die Konzentrationslager, die tragische Zerstörung seiner Illusionen, seine Scham vor sich selbst, sein Schwur, eher Selbstmord zu begehen als sich dem Alptraum noch einmal zu stellen. Und doch standen sie vor einer unlösbaren Aufgabe. Wie sollten sie die deut-

schen Laboratorien denn hinters Licht führen, wie eine schwere Erkrankung vortäuschen und damit durchkommen? Welcher Weg würde sich als...?
Plötzlich fiel es ihr wie Schuppen von den Augen.
»Fleckfieber!« entfuhr es ihr laut, »Flecktyphus!« und als sie hörte, wie ihre Stimme die Dunkelheit erfüllte, hielt sie sich schnell eine Hand vor den Mund, um die Worte zurückzuhalten, die ihr schon über die Lippen gekommen waren.
»Wie bitte?« brummte Max schläfrig. »Was hast du gesagt?«
»Oh, ich...« Sie rollte die Augen aufgeregt hin und her. »›Fleckfieber‹ habe ich gesagt. Ich bin wohl ganz woanders gewesen, muß von einem Fall geträumt haben, mit dem ich heute zu tun hatte... Es tut mir leid. Habe ich dich geweckt?«
Max öffnete ein Auge, und sie erkannte in der Dunkelheit, wie er schelmisch grinste. »Hast du denn wirklich gedacht, ich schlafe, wenn ich so neben dir liege?«
Er streckte seine Arme nach ihr aus, zog sie auf sich und bedeckte ihren Mund mit einem fordernden Kuß. Unter seiner Hand, die sanft die Umrisse ihrer Brüste abtastete, fühlte er ihren rasenden Herzschlag und dachte, er sei der Grund dafür. Womit er allerdings nur zur Hälfte recht hatte.

Edmund Dolata war ein kleiner, schmächtiger Mann mit schütterem Haupt und runden Schultern. Es gab eine Zeit, da war er als Bürgermeister der mächtigste und einflußreichste Mann von Sofia gewesen, aber nun war er nichts anderes als ein gewöhnlicher Bürger.
Während er nervös auf den Kommandanten wartete, erkannte er sein altes Büro kaum wieder. Dieser Raum war einst sein Privatzimmer im Rathaus gewesen; inzwischen diente er Dieter Schmidt als Büro.
Die gesamte Einrichtung war bis auf den Schreibtisch und den Sessel verschwunden, und es gab keine Sitzgelegenheit für Besucher. Dolatas Fotos und Gemälde waren durch ein einziges, riesiges Bild von Adolf Hitler ersetzt worden, das hinter dem Schreibtisch hing und von zwei breiten Hakenkreuzfahnen seitlich umrahmt wurde.
Dolata nahm ein Taschentuch aus der Tasche und wischte sich den Schweiß von der Stirn. Er ahnte, warum Schmidt ihn vorgeladen hatte, denn er war kurz vor dem Morgengrauen, wie viele andere

Dorfbewohner auch, durch den dumpfen Knall einer Explosion in der Ferne aus dem Schlaf gerissen worden.
Plötzlich trat Schmidt ein und schlug sich mit dem Peitschenstock, den er immer mitführte, gegen den Oberschenkel. Dolata zuckte zusammen und ließ sein Taschentuch fallen. »Dolata, ich habe Sie schon einmal gewarnt«, legte der Kommandant unvermittelt los. »Als ich in diese elende Stadt kam, habe ich Ihnen deutlich gesagt, daß ich keinen Widerstand von seiten der Bevölkerung dulden werde. Ich bitte Sie lediglich um Zusammenarbeit, und wie bedankt man sich dafür?« Dolatas Augen traten hervor.
»Minen!« bellte Schmidt. »Man hat die Felder vor der Stadt vermint!«
Dolata riß den Mund vor Staunen weit auf. »Ich weiß nicht, was...«
»Heute morgen sind zwei meiner Leute von explodierenden Minen zerrissen worden!«
»O mein G...«
»Wer, glauben Sie, steckt dahinter, Dolata?«
»Oh, Herr Hauptsturmführer, Sie nehmen doch hoffentlich nicht an, daß jemand aus Sofia das getan hat. Wo, um Himmels willen, sollten wir denn solche Minen auftreiben? Und selbst wenn jemand dazu in der Lage wäre, dann würde er es nicht wollen, das schwöre ich!«
»Lügenbold! Ihre Leute werden dafür zahlen, Dolata.«
»O bitte, Herr...«
»Was schlagen Sie denn vor, was ich tun soll?« Schmidts Gesicht verzog sich zu einem hämischen Grinsen.
Edmund Dolata versuchte rasch zu überlegen. Wenn Dieter Schmidt die Wahrheit sagte, dann konnte die Mine nur von jemandem gelegt worden sein, der um jeden Preis gegen die Deutschen kämpfte. Und der alte Bürgermeister hatte auch eine Vorstellung, um wen es sich handeln könnte.
»Es gibt nur einen Weg, um gegen solche Aktivitäten vorzugehen, Dolata. Ihre Leute sollen spüren, was es bedeutet, auf eine Tretmine zu laufen.«
»Bitte, warten Sie...« Der eingeschüchterte kleine Mann dachte an die Menschen, die sich in der Höhle versteckt hatten, und er wägte einen Augenblick zwischen dem Wert ihres Lebens und dem Tausen-

der Einwohner von Sofia ab. Dann bedachte er aber auch, was Schmidt mit ihm anstellen würde, wenn er jetzt erst enthüllte, was er schon länger wußte, und deswegen verwarf er jeden Gedanken, die Höhle zu erwähnen.
»Was werden Sie jetzt tun, Herr Hauptsturmführer?«
»Ich möchte, daß Sie die Einwohner zu einer Versammlung bei dem Feld im Nordosten der Stadt zusammenrufen. Sorgen Sie dafür, daß jeder hingeht, Dolata, auch die Kinder. Ich werde alle über das Feld laufen lassen.«
»Aber wieso denn?«
Ein schmutziges Lächeln huschte über Schmidts Gesicht. »Wüßten Sie einen besseren Weg, um herauszufinden, ob dort noch Minen vergraben sind? Und nun hören Sie mir gut zu: Ich will, daß jeder Quadratzentimeter dieses Feldes begangen wird, ist das klar! Wenn es dort also noch irgendwelche Minen gibt, dann werden sie wenigstens von denen zur Detonation gebracht, die sie dort versteckt haben!«
»Aber Herr Hauptsturmführer!...«
»Heute mittag, Dolata! Jeder Mann, jede Frau und jedes Kind hat heute mittag bei dem Feld zu sein. Und Sie, Herr Bürgermeister, werden den Inspektionstrupp anführen!«

Maria und Max brachen frühmorgens zum Bahnhof auf. Mit dem Versprechen, in ein paar Monaten zurückzukehren und ihr zwischendurch zu schreiben, stieg er bedrückt in den Zug nach Lublin. Als er schließlich losfuhr, sah er Maria noch lange nach. Auch Maria blieb noch eine Weile stehen und blickte das Gleis entlang, bis sich die letzten Rauchwolken des Zuges in der Ferne aufgelöst hatten. Dann machte sie sich entschlossen auf den Rückweg durch den tiefen Schnee.
Auf dem Weg zum Krankenhaus erinnerte sie sich an den Einfall, den sie letzte Nacht plötzlich gehabt hatte, und spürte noch einmal, wie ihr Herz bei dem Gedanken zu rasen begann.
Fleckfieber.
Sie beschleunigte ihre Schritte, bis sie fast rannte. Sie mußte unbedingt mit Szukalski sprechen. Es gab jetzt nichts Wichtigeres.
Ihr Plan war weit hergeholt, das Risiko unermeßlich, aber es war möglich, daß er funktionierte. Ja, vielleicht war es möglich...

8

Als sie im Krankenhaus eintraf, war Dr. Szukalski schon auf Visite gegangen. Maria zog sich schnell ihren weißen Kittel über, und als sie ihren Chef bei dem Aktenschrank in der ersten Etage traf, gab sie ihm kaum Gelegenheit, sie zu begrüßen. Er war sichtlich überrascht, als sie seinen Arm ergriff und ihm aufgeregt, aber beherrscht zuflüsterte: »Ich muß Ihnen etwas erzählen. Kann ich Sie bitte sofort in Ihrem Büro sprechen?« Seine Überraschung war noch größer, als sie das Büro betraten und Maria sogleich die Tür hinter ihnen verschloß und plötzlich ausrief: »Fleckfieber!«
Er schaute sie fragend an: »Wie bitte?«
»Fleckfieber!« rief sie noch einmal, völlig außer Atem.
»Wie meinen Sie das? Hat etwa ein Patient...?«
»Nein, nein, Jan. Ihr junger Soldat. Er könnte Fleckfieber haben. Und damit würden wir verhindern, daß er wieder ins Lager zurückkehren muß. Fleckfieber, Jan!«
Er wägte eine Zeitlang ihre Worte und erwiderte dann langsam: »Schön, Sie würden ihn wahrscheinlich nicht zum Dienst zurückhaben wollen, wenn er eine so ansteckende und gefährliche Krankheit wie Fleckfieber hat. Aber die Diagnose läßt sich durch die Weil-Felix-Reaktion einfach überprüfen. Es wäre unmöglich, diese Krankheit vorzutäuschen, wo sie nicht vorhanden ist.«
Maria lächelte wie eine Sphinx. »Gestatten Sie mir eine Frage, Jan. Haben Sie mir nicht erzählt, daß Sie vor zwei Jahren Experimente mit einem Fleckfieberimpfstoff durchführten, den Sie aus Proteus-Bakterien herstellen wollten?«
»Ja«, entgegnete er langsam, »so ist es.«
»Und zu welchen Ergebnissen waren Sie gekommen?«
»Daß dieser Impfstoff sich als Schutz gegen Fleckfieber nicht eignet.«
»Und was hatte es sonst noch damit auf sich, Jan?«
»Was sonst noch?« Szukalski überlegte angestrengt. »Nun, das Ergebnis der Weil-Felix-Reaktion wurde durch den Impfstoff beeinflußt...« Seine Stimme verlor sich, ein Ausdruck des Erstaunens legte sich auf sein Gesicht. »Maria«, erklärte er voller Aufregung, »mein Testimpfstoff beeinflußte die Weil-Felix-Reaktion so, daß sie falsch positive Resultate ergab!«

»Haben Sie sich jemals über die Ergebnisse Ihrer Forschungen mit jemandem unterhalten?«
Szukalski sprach jetzt schneller. »Nein, ich habe nie ein Wort darüber verloren. Mir erschien es damals nicht wichtig, daß ich zufällig ein Mittel entdeckt hatte, das eine ernsthafte Erkrankung fälschlicherweise positiv anzeigte und sich als Impfstoff nicht eignete.« Er verzog sein Gesicht zu einem schiefen Grinsen. »Und außerdem war es genau zu der Zeit, als die Deutschen einfielen, so daß ich meine Forschungen abrupt beenden mußte. Maria, das ist ja unglaublich!«
»Noch eins, Jan«, fuhr sie überstürzt fort. »Verstehe ich recht? Wenn wir einen Impfstoff auf der Basis von Proteus-Bakterien herstellen und ihn jemandem verabreichen, dann wird eine Untersuchung seines Bluts nach ungefähr einer Woche ergeben, daß er Fleckfieber hat, auch wenn er in Wirklichkeit gesund ist. Stimmt das so?«
»Ja, das ist richtig«, murmelte er, während er sich von ihr abwandte und sich mit der Hand durchs Haar fuhr.
»Und niemand außer uns weiß, daß es möglich ist, Jan?«
Szukalski ließ sich in den Sessel zurückfallen und breitete die Arme auf dem Schreibtisch aus. »Ja, niemand sonst weiß von dieser Entdeckung, es sei denn, daß man sie gleichzeitig irgendwo anders gemacht hat, was ich allerdings bezweifle. Aber eines haben Sie vergessen.«
Maria setzte sich ihm gegenüber hin und verschränkte die Hände. »Und was, bitte schön?«
»Die Ergebnisse sind noch nie an Menschen überprüft worden. Alle meine Resultate basieren auf Tierversuchen.«
»Gibt es irgendeinen Grund für Sie, anzunehmen, daß Menschen anders reagieren würden?«
»Nein, eigentlich nicht. Ich bin mir fast sicher, daß die Antigen-Antikörper-Reaktion die gleiche wäre. Ich habe aber niemals erwogen, meine Ergebnisse an Menschen zu überprüfen, da sich schon bei den Tieren herausgestellt hatte, daß der Impfstoff nicht wirkte.«
»Ich denke, Sie sollten einen Versuch wagen, Jan.«
Er strich sich mit der Hand über die Stirn. »Mein Gott, was für eine Idee, Maria! Jetzt haben Sie mich wirklich neugierig gemacht.«
»Na, dann los. Es ist unsere einzige Hoffnung. Vorausgesetzt, der Proteus-Impfstoff führt wirklich zu falsch positiven Ergebnissen, wie Sie behaupten.«

»O ja, das tut er.« Er lächelte spitzbübisch. »Ich weiß noch genau, wie ich mich über die falsch positiven Resultate ärgerte.«
»Wann besucht der Soldat Sie wieder?«
»Morgen früh.«
Maria nickte und entspannte sich nun spürbar. Da wurde ihr plötzlich ein Problem deutlich, das sie bisher nicht bedacht hatte. »Jan, können Sie diesem Soldaten trauen? Woher wollen Sie wissen, daß es sich nicht um einen Spion handelt, der uns aufstacheln und so Dieter Schmidt einen Vorwand liefern will, uns auszuschalten?«
»Wissen Sie, Maria, genau das gleiche habe ich auch überlegt, als mir Pfarrer Wajda das erste Mal von dem Jungen berichtete. Aber wenn Sie ihn gesehen hätten, Maria, als er seine Geschichte erzählte...« Jan erhob sich aus dem Sessel, ging zu dem Kaminsims und lehnte sich dagegen. »Wie dem auch sei, jedenfalls ist es einen Versuch wert. Eigentlich haben wir jeden Anlaß, davon auszugehen, daß es funktioniert. Nur...«
»Nur was?«
»Ich könnte Schwierigkeiten damit haben, noch einmal die richtigen Bakterien zu isolieren, denn ich habe alle Proben verloren, als die Deutschen vor zwei Jahren das Krankenhaus plünderten. Sie haben alle meine Reagenzgläser mit den Bakterien zerstört, um zu verhindern, daß ich das Trinkwasser vergifte, wie sie behaupteten.«
»Um welchen Proteus-Stamm handelte es sich?«
»OX-19.«
»Wie gedenken Sie, ihn zu isolieren?«
»So wie ich es vorher schon gemacht habe: indem ich ihn dem Urin eines echten Fleckfieberkranken entnehme und anzüchte. Aus nicht näher bekannten Gründen findet man das Proteus-Bakterium im Urin von Fleckfieberkranken, auch wenn es nicht die Ursache der Erkrankung darstellt. Mein Plan ist so gedacht, daß wir Keppler einen Impfstoff auf Proteus-Basis verabreichen, ohne ihm die Erkrankung selbst zu übertragen.«
»Es gibt da einen Fall von Fleckfieber auf einem Hof hier in der Nähe.«
»Ja, er ist mir bekannt. Wir werden heute noch jemanden hinschikken, um eine Urinprobe des Kranken zu bekommen. Wenn wir Glück haben, enthält sie Proteus-Bakterien.«

»Sie können Rudolf Bruckner schicken, denn im Labor ist heute nicht viel los. Und er wird sich auch nichts dabei denken. Wir werden so tun, als handle es sich um eine routinemäßige Urinuntersuchung.«
Szukalski nickte. »Und wenn er schon mal dabei ist, soll er auch gleich eine Blutprobe entnehmen; wir müssen nämlich sicher sein, daß der alte Mann auch wirklich Fleckfieber hat. In der Zwischenzeit werde ich etwas Bouillon und den Nährboden vorbereiten, damit wir die Kulturen anzüchten können.«
Sie erhob sich und ging ein paar Schritte zur Tür, dann blieb sie noch einmal stehen, drehte sich um und meinte: »Jan, Sie müssen mir etwas erklären.«
»Ja bitte?«
»Nehmen wir mal an, wir kommen weiter, und Sie erinnern sich, wie Sie den Impfstoff gewannen, und Sie injizieren ihn Keppler.«
»Ja und?«
»Was ist, wenn es nicht klappt?«

Rudolf Bruckner kehrte am frühen Nachmittag mit den Urin- und Blutproben des kranken Milchbauern zurück und berichtete, daß es sehr schlecht um den alten Mann bestellt sei.
»Ich werde heute abend mal bei ihm reinschauen«, sagte Szukalski, während er die Proben für die Routineuntersuchung vorbereitete. »Ich glaube kaum, daß er eine Chance hat. Fleckfieber verläuft bei über Sechzigjährigen fast immer tödlich. Denken Sie daran, die Kleidung, die Sie da draußen getragen haben, zu wechseln und richtig zu waschen. Sie könnten sich bei dem alten Mann oder in seinem Haus Läuse geholt haben, und Läuse sind die Überträger.«
»Ich werde darauf achten, Doktor«, entgegnete Bruckner.
Bruckner, ein schlanker junger Mann mit schmalem Gesicht und klugem Blick, hatte nur widerwillig die Aufgabe übernommen, das Blut und den Urin des polnischen Bauern zu besorgen. Obwohl in Polen geboren, war er rein deutscher Abstammung und hielt sich daher für etwas »Besseres« als die anderen in Sofia.
»Übrigens, Rudolf, ich werde mich um die Urinprobe kümmern; und Sie schicken bitte das Blut ins Warschauer Zentrum für Infektionserkrankungen mit der Bitte um einen Weil-Felix-Test.«
»Ja, Doktor.« Der Laborassistent machte mit einer steifen Bewegung

kehrt und verließ den Raum. Szukalski war froh, daß man ihm einen so fleißigen jungen Laborassistenten zugewiesen hatte, obwohl es ihm gelegentlich doch merkwürdig vorkam, daß Bruckner nicht zum Militär eingezogen worden war.
Kurz darauf verschloß er das Labor. Als er sicher war, daß Bruckner nicht zurückkehren würde, ließ Szukalski Maria zu sich kommen. Sie beobachtete ihn, wie er die Urinprobe in die von ihm vorbereitete Bouillon-Lösung und anschließend auf einen Agar-Nährboden inokulierte. Dann stellte er beide Kulturen in den Inkubator.
»Wir werden ihn auf siebenunddreißig Grad stellen. Bis morgen abend müßten dann ausreichend Bakterien herangewachsen sein, um zu beurteilen, ob Proteus darunter ist.«

Nach dem Abendessen fuhr Jan Szukalski mit seinem Chevrolet Baujahr 1929 zu Piotr Wajda, der in einem kleinen Häuschen nicht weit vom Kirchhof entfernt wohnte. Normalerweise kam die Haushälterin an die Tür, aber diesmal öffnete ihm der Priester persönlich.
»Jan«, begrüßte er ihn leise.
»Ich bin auf dem Weg zum Wilk-Hof, Herr Pfarrer, der alte Mann liegt im Sterben. Wollen Sie mich begleiten? Ich muß mit Ihnen über dieses, äh..., Problem sprechen.«
»Ja, ja, natürlich. Die guten alten Wilks. Ich hatte sowieso vor, bei ihnen vorbeizuschauen, um ihnen geistlichen Beistand zu leisten. Ich glaube, Sie haben mir neulich noch gesagt, daß es sich um Fleckfieber handelt, nicht wahr? Ich hole nur noch schnell meine Sachen.«
Szukalski wartete vor der Tür, während Pfarrer Wajda die Gegenstände zusammensuchte, die er für die Letzte Ölung benötigte, und nach kurzer Zeit saßen beide im Auto.
»Ich bin froh, daß Sie bei mir reingeschaut haben, Jan«, meinte der Priester, während der Wagen knallend ansprang und schlingernd losfuhr. »Das war heute kein guter Tag für mich.«
»Ich habe von dieser Sache auf dem Feld gehört.«
»Sie und Maria hatten Glück, daß man Ihnen erlaubte, weiter Ihrem Dienst nachzugehen und der Aktion fernzubleiben. So verrückt ist Schmidt auch wieder nicht, daß er die beiden einzigen Ärzte der Stadt tötet.«
»Auch Deutsche werden krank.«

»Ich mußte mit Dolata an der Spitze gehen, und als ich durch den Schnee stapfte, dachte ich jeden Augenblick, daß es der letzte Schritt in meinem Leben sein könnte. Ich werde wohl mindestens hundertmal ein Ave Maria gebetet haben, als ich dieses Feld überquerte.«
Szukalski nickte ernst. »Und es waren keine Minen vergraben?«
»Nicht eine einzige. Wer auch immer diese zwei Soldaten in die Luft gejagt hat, jedenfalls hat er keine Hinweise hinterlassen, auf welche Art und Weise er es geschafft hat.«
»Widerstandskämpfer«, überlegte Jan. »Und sie werden jeden Tag mutiger.«
»Um wen handelt es sich, Jan? Und wo verstecken sie sich?«
Szukalski schüttelte den Kopf und umkrampfte das Lenkrad so fest, daß er das Blut aus seinen Fingern preßte. »Ich wünschte, ich wüßte es, Herr Pfarrer, denn dann würde ich ihnen sagen, daß sie die ganze Angelegenheit falsch angehen. So können sie nicht gewinnen, sie werden die Nazis nur noch wütender machen.«
Den Rest des Weges waren die zwei Männer nachdenklich und schweigsam. Um diese späte Uhrzeit wirkte die Umgebung kalt und geheimnisvoll, die Baumskelette, die an Wogen gemahnenden Schneeverwehungen und die flüchtigen Schatten vermittelten ihnen den Eindruck einer fremdartigen, außerirdisch wirkenden Landschaft. Als Dr. Szukalski auf dem Hof der Wilks ankam, hatten die beiden längere Zeit kein Wort mehr gewechselt.
Das Häuschen der Wilks, mit einem Reetdach gedeckt und aus Kalkstein erbaut, stand am Rande eines langen, schmalen Streifens Ackerland und war typisch für die Bauernhäuser in diesem Teil Polens. In dem schlichten Haus, das von Kümmelgeruch erfüllt war und über dessen schmutzigen Boden man Sand gestreut hatte, lebten sieben Menschen in einem einzigen Raum. Daneben stand ihnen nur noch der Heuboden zur Verfügung. Als er an der massiven Tür anklopfte, erinnerte sich Szukalski an die Zeit, als die Wilks noch angesehene, gesunde und wohlhabende Bauern gewesen waren, die von ihrem Land lebten und ihre Überschüsse für ein paar Annehmlichkeiten des Lebens ausgaben. Aber dann war der Krieg angebrochen, und die Deutschen hatten den gesamten Besitz beschlagnahmt, der ihrer Familie seit Generationen gehört hatte. Von einem Tag auf den anderen waren die Wilks auf den Stand von Leibeigenen degradiert worden,

die den Deutschen den größten Teil ihrer Ernte und all dessen ausliefern mußten, was sie produzierten, und seitdem fristeten sie dieses Dasein in bitterster Armut.

Man führte den Priester und den Arzt in den hinteren Teil des engen Raumes, wo man auf einem provisorischen Altar über dem Kamin eine Marienstatue aus Gips aufgestellt hatte, die von vielen Kerzen beleuchtet wurde. Und in diesem finsteren, abgeschiedenen Winkel lag der alte Wilk auf dem Boden; nur eine Decke verhinderte, daß er gänzlich dem Staub ausgesetzt war. Dr. Szukalski kniete als erster nieder, während die übrige Familie, Sohn Wadek, seine Frau und ihre vier gähnenden Kinder, ihm zuschauten. Doch unmittelbar darauf erhob er sich schon wieder und trat einen Schritt zurück. »Meine Kunst wird hier nicht länger benötigt, Herr Pfarrer. Jetzt sind Sie gefragt.«

Wajda nickte und bat die Familie höflich, aber bestimmt, oben auf dem Heuboden zu warten, um dann das heilige Sakrament zu verabreichen. Während er die Augenlider, die Nase, Mund, Ohren, Hände und Füße mit heiligem Öl benetzte, murmelte er: »Gehe in Frieden, o christliche Seele«, und machte das Kreuzzeichen. Nachdem der Priester sich wieder aufgerichtet hatte, kam Wadek Wilk wie auf ein Signal vom Heuboden herunter, von wo Klagelaute herunterdrangen. Als er die Tränen in den Augen des großen Mannes sah, fiel es Szukalski schwer, das in dieser Situation Notwendige zu sagen.

In möglichst einfachen Worten erklärte er dem ungebildeten Mann, daß die Krankheit, an der sein Vater gestorben war, auch seine Familie treffen könnte. Sie sei von einem Erreger verursacht, der von Läusen übertragen werde. Das gesamte Bettzeug und die Kleidung des Verstorbenen wie auch das gesamte übrige Bettzeug und die Kleidung sollten sofort behandelt werden.

»Nehmen Sie ein Faß, *Panie* Wilk, und bohren Sie Löcher in den Boden. Stecken Sie alle Ihre Kleider rein, und dichten Sie es dann mit einem Deckel ab. Und dieses Faß stellen Sie dann über einen Bottich mit kochendem Wasser und setzen es eine Stunde dem Dampf aus. Verstehen Sie, was ich meine?«

Der Bauer nickte dumpf, Tränen rannen ihm übers Gesicht. Jan sah sich um. Natürlich. Es gab keine Uhren. Wieso sollte ein Milchbauer seine Zeit auch nach etwas anderem als der auf- und untergehenden Sonne bemessen?

»Setzen Sie es sehr, sehr lange unter Dampf, *Panie* Wilk. Sie müssen alle Läuse töten. Suchen Sie Ihr Haar und das Ihrer Kinder ab. Wenn Sie verhindern wollen, daß Sie dieselbe Krankheit bekommen wie Ihr Vater, dann müssen Sie sauber sein. Haben Sie das verstanden?«
Der Mann nickte erneut.
Dann sprach Szukalski sein Beileid aus und versicherte dem Bauern, daß er sofort kommen würde, wenn jemand anderes auf dem Hof erkrankte.
Bald nachdem sie ihre Pflicht erfüllt hatten, stapften der Priester und der Arzt durch den Schnee zu dem alten Chevrolet. Während der Motor warmlief, meinte Piotr Wajda: »Ist eine Epidemie zu befürchten?«
»Nein, sie leben ja isoliert. Niemand wird während des Winters den Hof betreten oder verlassen, so daß sich die Krankheit nicht ausbreiten kann. Aber achten Sie darauf, daß Sie Ihre Soutane und den Inhalt Ihrer Tasche nachher gründlich reinigen.«
»Und was ist mit der übrigen Familie?«
Jan dachte an die bis auf die Knochen abgemagerten Kinder, ihre tiefliegenden Augen, den leeren Blick. »Wahrscheinlich werden sie auch erkranken, und wenn sie Glück haben, dann sterben sie daran.«
»Jan! Wie können Sie nur so etwas...?«
Szukalski blickte ein letztes Mal zu dem kleinen Häuschen, das friedlich vom gespenstischen Licht des Mondes beschienen wurde. Er dachte an Auschwitz.
Auf dem Rückweg erklärte er seinem Freund den Plan, den er und Maria für Keppler ausgeheckt hatten. Die Aussichten ließen den Priester fast überschwenglich werden, doch Jan beschwichtigte: »Ich habe diese Experimente vor zwei Jahren durchgeführt und die falsch positive Reaktion nur zufällig entdeckt. Ich weiß nicht genau, ob es mir gelingen wird, das Experiment noch einmal zu wiederholen. Und an Menschen habe ich gar keine Versuche gemacht. Ich kann nicht sagen, wie das Ergebnis in diesem Fall wäre.«
»Aber..., wenn Sie doch Erfolg haben, dann wird dieser falsche Impfstoff irgendwie bewirken, daß Kepplers Blut so aussieht, als habe er Fleckfieber, obwohl dies nicht der Fall ist, richtig?«
»Ich hoffe, daß eine Injektion des harmlosen Proteus-Bakteriums in Kepplers Blut nach einer Woche zu einer Reaktion führt, die den

Weil-Felix-Test in dem von den Deutschen kontrollierten Labor als Fleckfieber-positiv ausfallen läßt. Auf diese Weise werden es die Deutschen selbst sein, die Keppler von Amts wegen vom Dienst freistellen.«
»Aber das ist ja...«
»Doch jetzt weiß ich noch nicht einmal, ob uns Proteus-Bakterien zur Verfügung stehen, mit denen wir loslegen können. Alles hängt davon ab, ob wir sie aus dem Urin des Mannes anzüchten können.«
Szukalski brachte den Priester nach Hause und kehrte dann ins Krankenhaus zurück, das er durch einen Hintereingang betrat. In seinem Büro angekommen, zog er sich rasch um und legte die Kleider, die er auf dem Wilk-Hof getragen hatte, in einen Wäschesack, den er gründlich zuband und dann von einem diensthabenden Krankenpfleger abholen ließ. Diesen wies er an, den Inhalt des Sacks gründlich und von anderer Wäsche getrennt zu reinigen.
Dann trat Jan Szukalski wieder nach draußen in die Winternacht. Auf dem Heimweg blieb er kurz stehen und schaute die düster beleuchtete Straße entlang. Ein deutscher Soldat, der ein Gewehr über die Schulter gestreift hatte und sich in die kalten Hände blies, näherte sich ihm, aber dadurch, daß er berufsbedingt zu allen möglichen und unmöglichen Tageszeiten unterwegs war, hatte Szukalski sich in den letzten zwei Jahren an den Anblick patrouillierender Soldaten gewöhnt und schenkte ihnen kaum noch Beachtung. Er war eher aus einem anderen Grund stehengeblieben.
Die Priester hatte irgend etwas gesagt, woran er sich nicht mehr erinnern konnte. Aber er wußte, daß es etwas Wichtiges gewesen war, und deshalb überlegte er angestrengt. Doch alle seine Bemühungen, die Erinnerungslücke zu schließen, waren vergeblich.
Der deutsche Soldat erkannte den Direktor des Krankenhauses von Sofia und nickte ihm freundlich zu. Szukalski, der seinen Gruß kaum erwiderte, drehte sich langsam um und beschleunigte jetzt wieder seine Schritte. Er wollte noch nicht heimkehren.
Über eine Stunde streifte er durch die Straßen, doch er konnte sich einfach nicht erinnern. Schließlich blieb er vor einem der zwei Kinos in der Stadt stehen, und da die Sperrstunde noch nicht angebrochen war, war das Kino, in dem gerade das Programm lief, hell erleuchtet.

Jan blickte auf die bunte Anzeigetafel: *Biała Sniegowica i Siedem Karzełków*. Unwillkürlich mußte er lächeln. Es handelte sich um keinen neuen Film, denn er hatte ihn schon vor drei Jahren in Krakau gesehen, als er für die Vorstellung zwei Stunden im Regen angestanden hatte. Der Film wurde diese Woche wegen der Weihnachtsferien gezeigt, mit besonderer Rücksicht auf die Familien. Jan Szukalski nahm einen Zloty und kaufte eine Eintrittskarte.
Drinnen gab es erstaunlich wenige freie Plätze. Die Einwohner von Sofia suchten in diesem warmen, dunklen Kino ein oder zwei Stunden Zuflucht und Vergnügen.
Jan ließ sich in einen harten Holzstuhl im Parkett zurückfallen und starrte auf die Leinwand. Der Film war bereits zur Hälfte gelaufen, doch machte es ihm nichts aus. Er war hierher gekommen, um nachzudenken und einen Versuch zu unternehmen, seinem Gedächtnis durch Ablenkung auf die Sprünge zu helfen und ihm den quälenden Gedanken zu entreißen. Er blickte auf das Feuerwerk aus karmesinfarbenen, magentaroten und zitronengelben Farbtönen und bestaunte das tiefe Blau des Wassers. Genauso wie vor drei Jahren konnte er auch diesmal nicht umhin, das Genie, die Kunst, ja die Magie eines Walt Disney zu bewundern. Und als nach einigen Minuten die sieben Zwerge in einer Reihe und singend zu ihrem Häuschen zurückkehrten, da schossen ihm die Worte, die Piotr Wajda vor kurzem gesprochen hatte, plötzlich wieder durch den Kopf: »Ist eine Epidemie zu befürchten?«
Jan Szukalski riß die Augen weit auf.
»Ist eine Epidemie zu befürchten?«
Eine Fleckfieberepidemie.
Er starrte weiter auf die Leinwand, aber er sah weder die polnischen Untertitel noch gewahrte er die leuchtenden Farben oder die schwungvolle Musik. Statt dessen sah er den Hof der Wilks vor sich, der von den Deutschen wegen der ansteckenden Erkrankung gemieden wurde. Er hatte gesagt, daß sie Glück hätten, denn es sei besser, Fleckfieber zu haben, als ein Sklave des Reiches zu werden. Und da tauchte auch schon Hans Keppler vor seinem geistigen Auge auf, dem von deutschen Stellen selbst ein Freibrief ausgestellt wurde.
Und plötzlich spürte Jan Szukalski, wie er, unkontrollierbar, innerlich zu beben begann.

»Das ist die Brücke, an die ich gedacht habe«, erklärte Brunek Matuszek und bezeichnete mit einem Stock einen Punkt auf der Rohskizze, die er in den Staub gemalt hatte. Vier Gesichter blickten auf die bezeichnete Stelle: Moisze Bromberg, Antek Wozniak, David Ryż und Leokadja Ciechowska.
»Diese Brücke über die Weichsel gehört zu der Hauptbahnverbindung zwischen Krakau und Lublin. Wenn wir einen Munitionszug ausmachen, der aus Krakau kommt und im Depot von Sofia nicht entladen wird, oder wenn ein Zug in Sofia beladen wird und nach Norden losfährt, dann wissen wir, daß er nach Lublin unterwegs ist. Dann werden wir hier den Fluß überqueren.«
David Ryż blickte gespannt auf die Skizze, die die Örtlichkeiten darstellte. Aber er kannte sich gut aus, denn da er ein Pferd besaß, hatte die Gruppe in den vergangenen zwei Jahren hauptsächlich ihn als Späher ausgeschickt. Und er kannte sich auch mit Zügen aus.
»Wir werden jemanden benötigen, der das Depot von Sofia beobachtet und unser Ziel auskundschaftet. David?«
Der Junge blickte auf. »Wollen Sie mir Befehle erteilen, Herr Hauptmann?«
Brunek schüttelte geduldig den Kopf. »Ich erteile niemandem Befehle, David, und ich beanspruche auch keine Befehlsgewalt über dich oder andere. Bei diesem Plan müssen wir alle zusammenarbeiten, oder er wird scheitern.«
»Ich werde das Depot beobachten«, sagte David und konzentrierte sich wieder auf die Karte. Er hätte sich gewünscht, dem kräftigen Polen mit mehr Sympathie begegnen zu können. Seine Hingabe an die Sache des Zionismus verhinderte aber, daß David den Goi in seinem Herzen als Freund betrachten konnte. Dennoch mußte er immerhin einräumen, daß Brunek die Gruppe endlich zum Handeln bewegte, worum er selbst sich lange Zeit vergeblich bemüht hatte. David sehnte sich endlich nach Taten. Er wollte das schnelle Erfolgserlebnis, den Sieg des Widerstands jetzt und sofort. Langfristige Pläne waren mit seiner Ungeduld nicht vereinbar. »Wenn wir das hier schaffen«, fuhr Brunek fort, »dann haben wir Gewehre und Munition im Überfluß.«
»Und keinen, der damit umgehen kann«, entgegnete David.
Nun mischte sich Moisze Bromberg ein: »Alles zu seiner Zeit, David. Zuerst die Waffen, dann, vielleicht, eine Armee.«

Davids Gesicht verfinsterte sich. Er war ungeduldig. Er wollte diese Armee, und zwar sofort. Und er wußte, wo er sie herbekommen würde.
»Leider werden wir keine Gelegenheit zum Üben haben«, hörte er Brunek sagen. »Mit diesem einen Versuch müssen wir es schaffen, denn ich bezweifle sehr, daß es einen zweiten geben wird. Wenn wir uns nun die Brücke anschauen, die sich hier befindet«, er wies mit dem Stock auf die Stelle, »also genau unterhalb von Sandomierz, dann hält der Zug dort, während die Soldaten die Brücke betreten und sie auf Sprengstoff oder andere Sabotagevorbereitungen inspizieren. Sowohl im Zug als auch in der Lok und im Dienstabteil sind bewaffnete Männer, so daß alle Zugänge zum haltenden Zug genau beobachtet und abgesichert werden. Bis auf einen.«
Die vier Gesichter blickten zu ihm auf.
Brunek grinste. »Ich habe euch doch gesagt, daß ich einen Plan habe, wie ich mich unsichtbar mache. Ich werde aus einer Richtung kommen, die von den Deutschen nicht beobachtet wird. Ich werde mich unter dem Zug befinden.«

9

Um sechs Uhr morgens kam Dr. Jan Szukalski im Krankenhaus an und begab sich gleich in sein Büro. Kurz entschlossen verließ er jedoch bald darauf wieder seinen Schreibtisch und ging zum Labor hinunter, um nach seinen Proben im Inkubator zu sehen. Im Labor schaltete Szukalski die Leuchtstofflampe ein, und das Licht flackerte kurz auf, bevor es beständig zu glühen begann. Sogleich öffnete er die Tür des Inkubators, nahm das Teströhrchen mit der Bouillon heraus, in der sich das Inokulum befand, und hielt es gegen das Licht. Die Flüssigkeit war recht trübe.
»Gut«, dachte er zufrieden, »zumindest liegt bakterielles Wachstum vor. Jetzt bleibt nur noch zu hoffen, daß der alte Mann nicht schlicht und einfach eine chronische Prostataentzündung hatte.«
Vorsichtig entfernte er den Pfropfen und schnüffelte am Röhrchen. Noch niemals hatte Dr. Szukalski den schwachen Duft von Ammo-

niak so gerne gerochen wie diesmal, denn es handelte sich um eine Substanz, die als Nebenprodukt des Proteus-Stoffwechsels anfiel.
Er stellte das Rörchen wieder in den Inkubator und entnahm nun die Petri-Schale, die den Agar-Nährboden enthielt. Er hob den Deckel an und beobachtete genau die Oberfläche der gallertartigen Masse, auf der sich Bakterienkolonien genau an jenen Stellen gebildet hatten, die inokuliert worden waren. Die Bakterienkolonien sahen wie kleine weiße Perlen aus, die in der karamelfarbenen, spiegelnden Oberfläche des Nährbodens halb zu versinken schienen. Er dachte kurz an die Möglichkeit, daß es sich um Koli- oder Staphylokokkenstämme handeln könnte, und runzelte die Stirn. Dann hielt er die Schale gegen das Licht, betrachtete sie von allen Seiten und versuchte, die Reflexion der Lichtstrahlen von der Schalenoberfläche eingehend zu untersuchen.
Die Kolonien sahen bis auf wenige Ausnahmen alle gleich aus, das Wachstum war daher vorwiegend auf eine einzige Erregerart zurückzuführen. Da sich keine Überdeckungen gebildet hatten, mußte es ein nicht schwärmender Stamm sein, und der Proteusstamm OX-19 war nicht schwärmend. Er stellte die Schale zurück in den Inkubator.
Als Jan Szukalski nach ein paar Minuten wieder sein Büro betrat, befand sich dort bereits Hans Keppler, der auf ihn wartete.
»Guten Morgen«, begrüßte der Arzt ihn und prüfte kurz, ob die Heizung funktionierte. Sie schien keine Wärme abzustrahlen. Keppler, der am Fenster stand, trug einen Seemannspullover, eine schwere Wolljacke und dunkle Hosen. Nervös drückte er eine Mütze in seinen Händen. Sofort fuhr er herum und fragte ungeduldig: »Werden Sie mir helfen, Herr Doktor?«
Szukalski setzte sich langsam hin. Er stellte fest, daß Hans Keppler im faden Morgenlicht und ohne Uniform sehr verletzlich wirkte.
»Bitte nehmen Sie Platz, Herr Rotten...« Szukalski hielt inne und räusperte sich. »Ja, *Panie* Keppler, ich werde versuchen, Ihnen zu helfen.«
Der junge Mann starrte den Arzt an.
»Bitte setzen Sie sich«, wiederholte Szukalski. »Nun, ich muß Ihnen aber gleich sagen, daß ich Ihnen keine Garantien geben kann. Und, wichtiger noch, ich kann gar nicht genug betonen, daß dieses, nun ja, Experiment völlig unter uns bleiben muß. Was ich mit Ihnen versu-

chen werde, ist höchst riskant, für uns beide. Nur ein Wort davon an andere und...«
»Ich schwöre, daß ich niemandem davon erzählen werde.«
»Was ist mit Ihrer Familie hier in Sofia?«
»Ich wohne bei meiner Großmutter.«
»Sie darf nichts erfahren.«
»Sehr wohl.«
»Also, *Panie* Keppler, ich habe Ihnen folgendes vorzuschlagen: Ich werde den deutschen Gesundheitsbehörden einen Bericht schicken, daß Sie sehr krank sind und daß ich Fleckfieber bei Ihnen vermute.«
»Fleckfieber! Aber wie soll...?«
»Ich werde Ihnen eine Injektion verabreichen, die so wirkt, daß sich nach einer Woche in Ihrem Blut ein Faktor nachweisen läßt, der auch in den von den Deutschen kontrollierten Labors zu einer falsch-positiven Diagnose auf Fleckfieber führen wird. Verstehen Sie, was ich Ihnen erkläre?«
»Ich glaube schon, Herr Doktor. Aber wie wollen Sie sie hinters Licht führen? Wird man meine Blutprobe nicht auf diese... Substanz untersuchen, die Sie mir verabreichen wollen?«
Szukalski schüttelte den Kopf und griff in seine Tasche nach einer Packung Zigaretten, von denen er Keppler eine anbot. Während er sich und Keppler die Zigarette ansteckte, erklärte der Arzt weiter:
»Ich habe allen Anlaß, anzunehmen, daß ich der einzige bin, dem die Möglichkeit bekannt ist, ein falsch positives Ergebnis vorzutäuschen. Diese Substanz, dieser Impfstoff, ist meine eigene Entdeckung.«
»Verstehe...«
»Nun ist es aber so, daß dieser Impfstoff niemals an Menschen ausprobiert worden ist, und deshalb kann ich nicht sicher vorhersagen, was in einem solchen Fall geschehen wird. Der Impfstoff, den ich noch herstellen muß, ist anderen, bereits bewährten Impfstoffen sehr ähnlich; allerdings bedient man sich für seine Gewinnung eines Bakterienstammes, den man für solche Zwecke bisher nicht benutzt hat. Ich habe ihn an Tieren ausprobiert, aber immer nur an kleinen wie Meerschweinchen. Selbst an großen Tieren habe ich noch keine Versuche gemacht. Die harmloseste Komplikation bestünde darin, daß das Mittel nicht so wirkt, wie ich es mir wünsche, die schlimmste, daß Sie auf

irgendeine Weise allergisch reagieren und an der Injektion sterben.«
»Verstehe...«, murmelte Keppler wieder, dem seine Gedanken ins Gesicht geschrieben standen. »Ich will es mal so sagen, Herr Doktor: Ich habe nichts zu verlieren, und wenn es schiefgeht, dann stehe ich eben wieder am Anfang meiner Bemühungen. Wenn ich sterbe, dann...« Er schien sich in sein Schicksal zu fügen. »Dann werden mir halt weitere Probleme erspart. Wann können wir beginnen?«
»Der Impfstoff muß noch hergestellt werden, ich hoffe, daß ich in sechs Tagen soweit bin. Wie lange haben Sie Urlaub? Zwei Wochen? Dann haben wir noch Zeit. Schauen Sie in vier Tagen wieder rein, und ich werde Ihnen sagen, wie ich vorankomme.«
Keppler erhob sich und setzte sich ungelenk und verkrampft die Wollmütze auf. Während er seine Hand rasch vorstreckte, um sich von Szukalski zu verabschieden, stieß er angespannt aus: »Ich kann Ihnen gar nicht genug danken, Herr Doktor.«
»Danken Sie mir nächste Woche, Keppler. Einen schönen Tag noch.«
Hans Keppler war so sehr mit der Möglichkeit beschäftigt, daß der polnische Arzt ihm helfen könnte, daß er die junge Frau, die ihm auf den vereisten Stufen des Krankenhauseingangs begegnete, kaum bemerkte.
Doch plötzlich blieb er stehen und drehte sich um. »Hallo!« rief er. Anna Krasinska blickte sich ebenfalls um, und als sie ihn winken sah, ging sie die Stufen wieder hinunter, bis sie ihn erreicht hatte. Ihr hübsches Gesicht wirkte zuerst skeptisch, aber als sie Hans Keppler erkannte, hellte sich ihre Miene auf. »Ach, Sie sind es!«
Keppler lächelte sie an und erfreute sich an ihren liebenswürdigen Zügen, an ihrem geschmeidigen braunen Haar, das auf ihre Schultern herabfiel und sich an den Spitzen kräuselte. Ihre großen braunen Augen und die dünnen, spitz zulaufenden Augenbrauen hätte er überall wiedererkannt. Als er sie anlächelte, bemerkte er, daß sie knapp einen Kopf kleiner war als er. »Haben Sie mich nicht erkannt?«
»Weil Sie keine Uniform tragen«, entgegnete sie zögerlich. Anna versuchte sich zu einem Lächeln zu zwingen. »Aber eigentlich bin ich sehr froh, daß ich Ihnen noch einmal begegnet bin. Ich wollte mich noch für die Schokolade und die Wurst bedanken, die Sie mir im Zug

gegeben haben. Meine Familie hat sich über die Leckerbissen wirklich gefreut. Ich glaube, unser Weihnachtsmahl wäre ohne Ihr Geschenk recht karg ausgefallen.«
»Ich habe es Ihnen gerne gegeben.« Keppler lächelte sie weiter an und fühlte sich so frei wie lange nicht mehr. »Würden Sie heute abend bei mir essen?« erkundigte er sich hastig. »Bei meiner Großmutter?«
»Oh!...« Sie trat einen Schritt zurück. »Ich glaube nicht, daß das...«
»Bitte, vergessen Sie, daß ich deutscher Soldat bin. Ich weiß, daß es Ihnen schwerfällt, aber ich habe Urlaub und bin jetzt nur ein einfacher Bürger von Sofia. Immerhin bin ich hier zur Welt gekommen.«
»Unter der Woche esse ich gewöhnlich im Krankenhaus.«
»Bitte. Ich werde Sie abholen, wenn Ihre Arbeit zu Ende ist. Um wieviel Uhr?«
»Ich weiß wirklich nicht, ob...«
»Wieviel Uhr?« fragte er nun sanfter.
»Um acht.«
»Gut, genau hier also.«
»Einverstanden«, gab sie nach und neigte den Kopf zur Seite. »Letztlich dürften wir ja sogar alte Freunde sein.«
»Auf unsere alte Freundschaft dann«, sagte er und hob triumphierend seine Mütze. »Bis heute abend also! Auf Wiedersehen!«

Maria Duszynska traf etwas später im Krankenhaus ein und ging sofort zu Szukalski, der die Ellbogen auf den Schreibtisch stützte und sein Gesicht in den Händen verbarg.
»Ich habe den deutschen Jungen fortgehen sehen, als ich zur Arbeit kam«, sagte sie. »Ich nehme an, daß Sie mit ihm über Ihren Plan gesprochen haben, Fleckfieber vorzutäuschen.«
»Ich habe ihm alles erklärt, Maria, einschließlich der möglichen Folgen. Er schien es gelassen aufzunehmen. Und wenn man bedenkt, was ihm passieren würde, wenn er der Gestapo in die Hände fiele, dann glaube ich auch, daß er ganz gut wegkommt. Ich halte Hans Keppler für eine starke, mutige Persönlichkeit. Er ist kein Feigling.«

»Aber Sie mögen ihn nicht.«
Szukalski staunte, daß seine Stellvertreterin eine so genaue Beobachtungsgabe besaß. »Ja, das stimmt. Merkt man es mir an?«
Sie nickte. »Es würde mich auch sehr wundern, wenn er Ihnen gefiele. Nach allem, woran er beteiligt war, mag ich ihn nämlich auch nicht. Aber wir müssen ihm helfen.«
»Verstehen Sie mich nicht falsch, Maria. Ich helfe nicht Keppler, sondern den Polen, die er in Oświęcim vielleicht wieder umbringen würde. Kommen Sie, lassen Sie uns auf Visite gehen.«
Um zehn Uhr hatten die beiden Ärzte ihre regulären Pflichten erfüllt und begaben sich ins Labor, in dem Rudolf Bruckner mit den Untersuchungen beschäftigt war, die an diesem Morgen erledigt werden mußten. Er begrüßte sie wie immer, mit undurchdringlicher, gleichgültiger Miene und setzte seine Arbeit an den Reagenzgläsern und Teströhrchen fort. Dr. Duszynska betrachtete die Schale mit dem Nährboden im Inkubator und war sofort überzeugt, daß es sich bei den dichten, runden, halbkugelförmigen Ansiedlungen am Rande um Proteus-Bakterien handelte. Szukalski nahm ihr die Schale ab und zündete den Bunsenbrenner auf dem Labortisch an. Dann nahm er einen frischen Agar-Boden aus dem Kühlschrank und legte ihn neben den Brenner auf den Tisch. Danach erhitzte er die Spitze einer dünnen Drahtschlinge, bis sie weißglühend war, und ließ sie anschließend wieder abkühlen. Damit war der Draht desinfiziert, und Szukalski öffnete die Petri-Schale mit den Bakterien und führte die Schlinge vorsichtig zu der Stelle, von der Maria und er annahmen, daß sie von Proteus-Bakterien besiedelt war. Schließlich inokulierte er die Probe mit der Schlinge auf den frischen Nährboden. Zufrieden verschloß er die Petri-Schale und stellte sie in den Inkubator.
»Das muß ja wirklich ein wichtiger Patient sein, wenn es Sie beide für ihn ins Labor verschlägt.«
Sie starrten Rudolf Bruckner an.
»Nein, er ist nicht besonders wichtig«, entgegnete Szukalski beiläufig, denn er bemerkte erst jetzt, wie unvorsichtig er und Dr. Duszynska sich verhalten hatten. »Es ist nur unser wissenschaftliches Interesse.« Schnell setzte er ein möglichst harmlos wirkendes Grinsen auf. »Sie wissen doch, wie wir Ärzte sind.«

Auf Bruckners schmalem Gesicht zeigte sich keine Regung, und er fuhr mit seiner Arbeit fort.

Dr. Duszynska, die sich vor dem Laboranten bei ihrer Tätigkeit abschirmen wollte, wandte ihm den Rücken zu und machte von ihrer Bakterienprobe einen Ausstrich auf einem Objektträger, den sie durch die Flamme des Bunsenbrenners zog und auf diese Weise fixierte. Während sie beschäftigt war, trat Szukalski neben Bruckner und beobachtete kurz, woran der Laborant arbeitete. Um ihn abzulenken, verwickelte er ihn dann in ein Gespräch über den Patienten, dessen Blut er gerade analysierte.

Maria legte den Objektträger unter das Mikroskop und blickte durch das Okular, während sie das Licht und den Fokus einstellte. Als sie das Mikroskop scharf eingestellt hatte und die Mikroben deutlich zur Darstellung gelangten, war ihr die Aufregung anzusehen.

»Dr. Szukalski«, rief sie mit großer Selbstbeherrschung. »Könnten Sie bitte mal kurz schauen?«

»Aber natürlich.«

Als er durch das Mikroskop starrte und die rotgefleckten und leicht gebogenen, stäbchenförmigen Organismen entdeckte, hüpfte sein Herz vor Freude.

»Anscheinend alles, wie wir vermutet haben«, murmelte er.

Die beiden Ärzte räumten schnell die Arbeitsfläche auf, stellten dann ihre Probe wieder in den Inkubator und wünschten Bruckner noch einen guten Tag.

Als die beiden Szukalskis Büro erreichten, brachen sie ihr Schweigen nicht, bevor sie die Tür hinter sich verschlossen hatten.

Jan Szukalski räusperte sich und sagte: »Leider war meine Neugierde größer, als es ratsam gewesen wäre. Von jetzt an müssen wir viel, viel vorsichtiger sein.«

Maria nickte, und beide fielen in ein nachdenkliches Schweigen. Szukalski bemerkte, wie die Idee, die Pfarrer Wajda ihm in den Kopf gesetzt hatte, ihn zunehmend beschäftigte. Und je mehr Szukalski sich bemühte, seinen unglaublichen Einfall von sich fernzuhalten, desto mehr drängte sich dieser ihm auf.

Eine Fleckfieberepidemie!

»Jan«, meinte Maria auf einmal, »ich habe über etwas nachgedacht.«

»Ja?«
»Das mit Keppler könnte wirklich klappen, ich meine, es ist wirklich möglich, daß Sie die Deutschen zu der Annahme bringen, daß er Fleckfieber hat. Und wahrscheinlich wüßten sie zunächst wirklich nicht, was sie mit ihm anfangen sollen. Deshalb habe ich überlegt, ob nicht...«
»Sprechen Sie nur weiter.«
»Der Gedanke ist mir heute morgen gekommen, als ich auf dem Weg zum Krankenhaus war. Ich dachte darüber nach, wie einfach es sein könnte, Keppler zu retten, und da habe ich überlegt: Könnten wir das gleiche nicht auch für andere tun?«
Szukalski konnte seine Verwunderung nicht verbergen: »Für andere?«
»Ich weiß ja, daß es verwegen klingt, aber was wäre, wenn wir andere Einwohner von Sofia impfen würden und so von Warschau bestätigte positive Resultate erhielten? Wir könnten sogar eine Epidemie vortäuschen.«
»Maria...«
»Ich weiß, daß es sich verrückt anhört, Jan, und ich habe den ganzen Morgen mit mir gerungen, ob ich Sie damit überhaupt belästigen soll. Aber überlegen Sie doch: Wenn der Impfstoff bei Keppler wirkt, dann könnte er doch auch bei anderen wirken.«
»Um Gottes willen, Maria! Genau das gleiche geht mir seit letzter Nacht auch durch den Kopf.«
Szukalskis Erleichterung wurde jetzt nur noch durch seine Aufregung übertroffen. Erleichterung deshalb, weil Maria selbst ihn aus dem Dilemma befreit hatte, ob er seine Idee vorbringen sollte oder nicht, und Aufregung, weil sein Gedanke, wie weit hergeholt er auch immer erscheinen mochte, endlich ausgesprochen war. Plötzlich schien sich eine atemberaubende Perspektive abzuzeichnen.
»Und warum sollte es nicht gelingen?« fuhr er fort. »Wenn wir nur genügend positive Ergebnisse hätten, einhundert oder dreihundert, so viele wie wir für angebracht halten, dann würden die Deutschen selbst unsere Gegend zu einem Quarantänegebiet erklären. Und würde sie das nicht von uns fernhalten, Maria?« Das grausige Bild von Oświęcim, das Keppler gezeichnet hatte, tauchte vor ihm auf. »Sie wissen doch, wie anspruchsvoll die Deutschen sind, Maria, wie verwöhnt

und für wieviel *zivilisierter* sie sich halten als uns Polen. Als Volk hatten sie noch nicht so viel mit Fleckfieber zu tun wie wir, und deswegen ist ihre Abwehrkraft von Natur aus der unseren unterlegen, was heißt, daß die Krankheit, wenn sie einmal davon befallen sind, bei ihnen viel schwerer verläuft und mit einer höheren Sterblichkeit einhergeht.«

Während er sprach, stellte Maria an Szukalski Eigenschaften fest, die sie vorher nie bemerkt hatte. Der Mann, dessen inneres Wesen nun zum Vorschein kam, war von tiefen Gefühlen bewegt, voller Leidenschaft, von einer Vision geleitet.

»Sie wissen ja selbst, daß die Deutschen sich an der russischen Front augenblicklich in einer ähnlichen Situation befinden wie damals Napoleon. Ihr Nachschub fließt nur spärlich, sie hocken in engen Bunkern, und ihre Kleidung ist so schmutzig, daß sie wahrscheinlich schon völlig verlaust sind. Das einzige, was jetzt noch fehlt, ist, daß die Läuse den Fleckfiebererreger übertragen. Dann dürfte es zu einer so schweren Epidemie kommen wie damals, als Napoleons Armee dezimiert wurde. Und deshalb hat die Wehrmacht auch eine Heidenangst vor Fleckfieber. Sie würden eine Epidemie nur schwer überstehen.«

Er kam um den Schreibtisch herum und fuhr, sichtbar um Beherrschung bemüht, ruhig fort: »Fleckfieber ist bei uns eine gefürchtete Krankheit, für die Deutschen wäre es eine Katastrophe. Wenn ein Gebiet zu einem Seuchengebiet erklärt und unter Quarantäne gestellt würde, dann würden sie es in Ruhe lassen.«

Maria Duszynska öffnete den Mund, um etwas zu sagen, doch bis auf: »Ich weiß«, brachte sie kein Wort heraus.

»Die Deutschen würden uns im wahrsten Sinne des Wortes meiden wie die Pest, und die, die bereits hier sind, würden zum größten Teil das Gebiet verlassen. Ihre Angst wäre unermeßlich, vor allem wenn sie von ihren eigenen Labors unsere Verdachtsdiagnosen bestätigt bekämen. Sie würden nicht einmal mehr Lebensmittel von uns wollen, und unsere Bauern müßten endlich nicht mehr unter der Plünderungen der Deutschen leiden, die sie fast Hungers sterben lassen.«

Während seine Worte verhallten, trafen sich ihre Blicke, und sie sahen sich lange eindringlich an. Schließlich meinte Szukalski leise: »Das wäre ja wirklich zu schön, wenn wir die ganze Stadt mit ein paar Mikroben vor den Nazis retten würden. Wir wissen ja bis jetzt noch

nicht einmal, ob wir den Impfstoff herstellen können oder wie er auf Menschen wirkt. Allein deshalb ist es schon verrückt, an die Verbreitung einer Epidemie zu denken. In der Theorie sieht alles einfach aus, aber tatsächlich... Was muß man tun, um eine ganze Stadt krank erscheinen zu lassen? Und was ist mit der Geheimhaltung? Wir müßten jeden einweihen, und wenn die Deutschen Kontrollen machen, dann stoßen sie auf normale, gesunde...« Er gab einen tiefen Seufzer von sich. »Es scheint, daß mir die Phantasie durchgegangen ist vor... vor...«
»Vor dem Bedürfnis, für Ihr Land zu kämpfen«, entgegnete sie sanft.
»Ihr Freund Hartung hatte recht, Maria, wir müssen irgendwie kämpfen, und zwar jeder nach seinen Möglichkeiten. Bisher sind wir wie Schafe gewesen, aber ich will richtig leben. Und auch meine Frau und mein Sohn sollen leben. Seit der Besetzung Polens habe ich nur ans Überleben gedacht, selbst wenn das bedeutet, daß ich ein Leben nach den Wünschen der Nazis führte. Aber damit ist ab jetzt Schluß!«
Er streifte den Ärmel zurück und schaute auf die Uhr. »Ich werde jetzt Pfarrer Wajda besuchen. Warten Sie heute abend im Labor auf mich?«

Nachdem sie sich im Haus des Priesters getroffen hatten, marschierten die beiden Männer durch den Schnee zur Kirche zurück, wo sie den Küster Żaba antrafen, der in der Sakristei eine kleine Kohlenpfanne anzündete. Żaba, ein Mensch, dessen Herkunft man nicht kannte und der selbst nicht wußte, wie alt er war, stellte durch sein vertrauenerweckendes Wesen und seine ungelenken Bewegungen genau das dar, was sein Name bedeutete, denn Żaba hieß soviel wie »der kleine Frosch«. Als er sich vor fünfzehn Jahren am Hintereingang zur Kirche vorgestellt hatte, war er vor allem durch seine alkoholischen Ausdünstungen und sein schwerfälliges Polnisch aufgefallen, wie es in den Karpaten gesprochen wird. Da er fürchtete, daß er einen weiteren harten Winter nicht mehr überstehen würde, und da Pfarrer Wajda damals gerade einen Totengräber suchte, hatte dieser den mißgebildeten Mann eingestellt, ihn mit Essen und ein paar Zloty versorgt und ihm einen alten Schuppen als Unterkunft zugewiesen, der sich hinter der Kirche befand. Und in diesen fünfzehn Jahren hatte

der gute alte Żaba, mit dem die Kinder gerne ihre Scherze trieben, dem Priester seinen Dank bezeugt, indem er ihm mit der unerschütterlichen Treue eines Hundes gedient und seine Arbeit stets mit besonderem Eifer verrichtet hatte. Doch nach Wodka roch er noch immer.
»Ich danke dir, Żaba«, sagte der Priester und wartete ab, bis der Küster den Raum verlassen hatte.
Szukalski nahm Platz und deutete an, daß er es vorzog, mit der Unterredung noch etwas zu warten. Darauf erklärte Pfarrer Wajda deutlich hörbar: »Ich würde Ihnen gerne etwas Wein anbieten, mein Freund, aber die Meßdiener haben sich leider wieder einmal reichlich bedient. Wenn unsereins den Meßwein nicht sorgfältig einschließt, dann kommen diese Teufel in Menschengestalt und stehlen ihn. Und ich glaube nicht einmal, daß sie ihn mit nach Hause nehmen. Letzten Sommer hat Żaba eine leere Flasche in *Pani* Kowalskis Kürbisfeld gefunden.«
Szukalski lachte aus Höflichkeit. Er hatte die Geschichte schon früher einmal gehört. Nachdem einige Augenblicke verstrichen waren, stand er auf, ging zur Tür, die zum Altar führte, und spähte den Innenraum der kalten und grauen Kirche sorgfältig und lange aus, doch bis auf die unheimliche Stille fiel ihm nichts auf. »Wir müssen sehr vorsichtig sein.«
»Auf Żaba ist Verlaß.«
»Nein, Herr Pfarrer, diesmal geht es um etwas anderes. Ich muß Ihnen etwas Neues erzählen, und auch wenn es Ihnen schwerfällt, bleiben Sie bitte geduldig und lassen Sie mich zu Ende sprechen. Und bedenken Sie, daß es bis jetzt nur eine Idee ist.«
Inmitten des Dunstes, der aus der Kohlenpfanne aufstieg und sich im fahlen Licht der Sakristei mit den Geruchsspuren von Weihrauch vermischte, machte sich Jan Szukalski daran, in wenigen Worten die Möglichkeit einer Ausweitung des Experiments mit Keppler und des Vortäuschens einer Epidemie zu erläutern. Als der Doktor geendet hatte, blieb der Priester schweigend sitzen und betrachtete seine kräftigen Hände. Den Kopf leicht nach vorne gebeugt, schien er den Plan Szukalskis in allen Einzelheiten abzuwägen. Schließlich meinte er: »Jan, das ist zu riskant.«
»Ich weiß.«

»Und dennoch haben Sie vor, es zu versuchen?«
»Ich bin mir noch nicht sicher. Es hängt alles davon ab, welche Erfahrungen wir bei dem Versuch an Keppler machen werden. Ich bin nur deshalb jetzt mit dieser Angelegenheit zu Ihnen gekommen, weil Sie mir etwas sagen müssen. Etwas, was ich unbedingt wissen muß, bevor ich einen solchen Plan auch nur erwäge.«
»Und das wäre?«
»Werden Sie uns helfen?«
»O Jan...« Piotr Wajda erhob sich langsam und richtete sich in seiner ganzen imponierenden Größe auf. »Jan, ich kann nicht. Es ist zu..., zu...«
»Was, Herr Pfarrer?«
»Sie sind ja noch nicht einmal sicher, ob Sie die Voraussetzungen schaffen können.«
»Ich behaupte ja auch gar nicht, daß wir es schaffen. Alles, was ich von Ihnen wissen will, ist: Wollen Sie uns helfen?«
Der Priester wich zurück und vergrub seine Hände tief in der Tasche seiner langen schwarzen Soutane. Szukalski sah, wie er die breiten Schultern unentschlossen auf und ab bewegte und schwer atmete.
»Sie wissen doch genauso gut wie ich, was uns bevorsteht, Herr Pfarrer. Krüppel, Priester, Zigeuner: alles Untermenschen. Und was wird mit meinem kleinen Alex? Wenn er Glück hat, kommt er in den Lebensborn! Und meine liebe Frau? Schleppt man sie in die Gaskammern nach Oświęcim? Und was ist mit Ihren Meßdienern? Was wird die Gestapo mit ihnen anstellen, was mit Żaba? Gestern abend sagte ich Ihnen, daß die Wilks Glück haben, weil die Krankheit ihnen die Deutschen vom Hals hält. Besser Fleckfieber, als die Qualen erleiden zu müssen, deren Zeuge Keppler war. Und dann das Schicksal des Zigeuners! Wenn mein Versuch an Keppler gelingt, dann kann er auch an einer anderen Person erfolgreich sein. Und an vielen anderen auch, bis wir die Deutschen überzeugt haben, daß wir alle so verseucht sind, daß sie die Finger ganz von uns lassen!«
Szukalski trat einen Schritt näher. »Pfarrer Wajda«, erklärte er langsam, »Maria Duszynska und ich sind gerade dabei, die Bakterien im Krankenhauslabor zu isolieren, und heute nacht werden wir uns an die Zubereitung der Kultur machen.«
»Es kann nicht klappen, Jan!« rief der Priester.

»Warum denn nicht? Genau in diesem Augenblick gibt es in Polen auch andere Städte, die wegen Fleckfieber unter Quarantäne stehen. Nur daß es sich dabei um echte Fleckfieberfälle handelt. Ich bin verpflichtet, alle fleckfieberverdächtigen Blutproben an das von den Deutschen kontrollierte Zentrallabor in Warschau zu schicken, und wenn ich ein paar Proben dorthin...«
»Nein, Jan.«
»Warum nicht?«
»Weil wir für das Leben dieser Stadt verantwortlich sind, Sie und ich. Wir können die Sache mit Keppler riskieren, weil Hoffnung besteht, daß nur wir bestraft werden, wenn wir scheitern und Dieter Schmidt alles herausfindet. Aber um Gottes willen, Jan, wenn wir die ganze Stadt in die Sache mit hineinziehen, dann wird das die Vernichtung von ganz Sofia zur Folge haben!«
Jan Szukalski blickte zu Piotr Wajda auf und erwiderte dann: »Und was, glauben Sie, wird die Stadt für ein Schicksal erwarten, wenn die Deutschen herkommen, um ihre Endlösung durchzuführen?«
Piotr Wajda zuckte zurück, als habe man ihm eine Ohrfeige gegeben.
»Jan, ich weiß nicht, was ich darauf entgegnen soll.«
»Ich werde Ihnen eins sagen: Wenn Keppler aufgrund meiner Impfung eine Verlängerung seines Urlaubs aus medizinischen Gründen ermöglicht wird, dann werde ich weitermachen und noch andere impfen. Alles, was ich weiß, ist, daß die Deutschen, wenn sie Keppler wegen dieser Krankheit in Ruhe lassen, auch andere in Ruhe lassen werden, und das ist ein Risiko wert. Sie sprechen vom Schicksal, Herr Pfarrer, welches Schicksal ziehen Sie denn eigentlich vor? Wollen Sie wie Insekten von den Deutschen vertilgt werden, oder nehmen Sie lieber das Risiko auf sich, als Partisan enttarnt und wie ein echter Widerständler getötet zu werden?«
Die schwere Luft senkte sich auf sie nieder, legte sich wie ein Schleier über sie und verdrängte alles aus dem Raum – bis auf die letzte, unausgesprochene Antwort.
Als Piotr Wajda zu seinem Freund aufschaute, standen ihm Tränen in den Augen. »Wenn Sie es tun, Jan, werde ich Ihnen helfen. Aber Sie dürfen niemand sonst hineinziehen. Der andere Priester, Żaba, meine Haushälterin: Keiner darf etwas davon erfahren. Die Konsequenzen müssen wir alleine tragen.«

»Dazu bin ich bereit.«
»Was brauchen Sie von mir?«
»Zwei Dinge, Herr Pfarrer. Wenn mein Experiment mit Keppler gelingt, dann werden wir einen geheimen Ort brauchen, an dem wir ein kleines Labor einrichten können, denn im Krankenhaus ist es nicht sicher genug. Aber lassen Sie sich ruhig Zeit bei Ihren Überlegungen, Herr Pfarrer, die Entscheidung muß erst in ein paar Tagen fallen. Vielleicht aber auch dann nicht.«
Piotr Wajda nickte ernst. »Und das andere?«
»Ich brauche ein Kilo Kalbfleisch, und zwar bis acht Uhr heute abend.«
»Kalbfleisch?«
»Ich werde es Ihnen später erklären.«
»Gut. Ich vertraue Ihnen, Jan. Und hören Sie endlich auf, mich ›Herr Pfarrer‹ zu nennen. Ich heiße Piotr.« Und er streckte ihm die Hand hin, die Jan Szukalski dankbar ergriff.

»Hauptmann« Matuszek blickte seine Freunde an und sagte: »Schaut her, das ist der Plan.«
Die Gruppe scharte sich eng um ihn. Sie bestand aus zwanzig Bewohnern der Höhle, die körperlich in der Lage waren, an der Mission teilzunehmen. David Ryż, der neben dem hünenhaften Polen stand und spürte, wie er vor Aufregung nahezu erstarrte, ließ seinen Blick über die Runde schweifen, bis er auf Leokadja fiel, und einmal mehr stellte er fest, daß er zu viel über sie nachdachte. In den drei Tagen, die sie sich nun in der Höhle befand, hatte sie kaum ein Wort von sich gegeben und sich von den anderen ferngehalten. Niemand wußte, wie es sie überhaupt zu den umherziehenden Brunek und Antek verschlagen hatte, und da sie ihre Gedanken für sich behielt, stellte sie für David ein Rätsel dar, das ihn zunehmend beschäftigte.
Aber als seine Gedanken über das sachlich Begründete hinauszugehen begannen, da erinnerte er sich wieder daran, daß sie eine Goi war, sieben Jahre älter als er, und daß sie einen Mann hatte, der irgendwo in der Wehrmacht mitkämpfte. Doch auch als er sich zwang, seinen Blick von ihrem unerhört schönen Gesicht abzuwenden, fiel es David schwer, sich zu konzentrieren.
»Wir haben pro Person gerade ein Gewehr für die Männer und die

Frauen«, hörte er Brunek leise sagen, »und es wird nötig sein, daß wir alle mitmachen, wenn wir erfolgreich sein wollen.« Dann hielt er einen seltsamen Gegenstand hoch. »Das ist eine Feldflasche, eine von denen, die wir mit Nitroglyzerin füllen werden, das wir erst bei der Brücke zusammenmischen. Ihr seht, daß sie mit einer Schnur und einer Fahrradklammer verbunden ist. Ich werde unter dem Zug sein und die Klammer an der Achse eines Waggons befestigen. Ich werde auch versuchen, eine weitere Flasche unter der Lok anzubringen.«
»Aber du wirst sofort in die Luft gejagt, wenn der Zug anfährt. Es gibt immer einen Ruck, bevor er startet, und gerade dann bist du unter dem Zug.«
»Ja, Moisze, das weiß ich, und deswegen darf ich diese Kanister auch erst dann anbringen, wenn der Zug schon in Fahrt ist. Es vergeht immer eine kurze Zeit, bis der Zug nach dem Anrucken richtig beschleunigt. Eine kurze Zeit fährt er ganz ruhig, ja er gleitet fast, und genau dann werde ich das Nitro anbringen. Sobald er eine normale Geschwindigkeit erreicht hat, werden diese Kanister wie Pendel an den Achsen schwingen, und wenn er dann plötzlich abrupt anhält, werden sie ganz hoch schwingen und gegen den Boden des jeweiligen Eisenbahnwaggons schlagen. Und dann... Bumm!«
»Warum sollte der Zug abrupt anhalten?«
»Das erkläre ich später, zuerst einmal haben wir heute nacht etwas zu erledigen. Moisze, du und Antek und noch ein paar andere, ihr werdet mich zur Brücke begleiten, um ein paar Vorarbeiten zu leisten. Zuerst müssen wir eine Schwelle entfernen, ungefähr da, wo die Lok stehen wird, wenn der Zug vor der Überquerung der Brücke anhält, und dann graben wir ein Loch für dieses Ölfaß.«
Die Kandidaten für den Einsatz starrten das große Metallfaß an und musterten es argwöhnisch.
»Nachdem wir es in das Loch gesteckt haben, werden wir die Schwelle wieder darüberlegen. Ihr seht ja, daß man den Deckel heben und ein Mann bequem in das Faß schlüpfen kann. Ich gedenke, darin zu warten, bis der Zug nach der Inspektion der Brücke anfährt, und während er langsam über mir vorbeirollt, werde ich die Behälter mit Nitroglyzerin an den Achsen anbringen.«
»Und der abrupte Halt danach?«
»Am Angriffstag werden wir auch auf der anderen Seite der Brücke,

ungefähr fünfzig Meter davor, ebenfalls ein Loch unter eine Schwelle graben, einen kleinen Nitro-Kanister verstecken und dann einen Bolzen entfernen, damit die Gleise richtig vibrieren und die kleine Ladung explodiert. Weil der Zug daraufhin sofort abbremsen dürfte, müßten dann die anderen Ladungen darunter in die Luft gehen, die Brücke wird einstürzen, und der Zug fällt in die Weichsel. Ich bete nur, daß das Eis dick genug ist, damit nicht die gesamte Ladung untergeht. Wenn wir den richtigen Zug ausgewählt haben, dann haben wir nachher genug Gewehre und Munition, um eine ganze Armee auszurüsten.«

David blickte zu Abraham, seinem empfindsamen jungen Freund, hinüber und nickte ihm zu. Abraham Vogel, der die meiste Zeit seines zwanzigjährigen Lebens damit verbracht hatte, sich auf eine Laufbahn als Konzertviolinist vorzubereiten, schien nicht zu diesem Haufen hartgesottener Aufständischer zu passen. Er war eher ein schüchterner, ruhiger junger Mann mit schwermütigem, grüblerischem Blick und dem Lächeln eines Träumers. Aber David Ryż wußte, was in Abraham wirklich vorging, denn die beiden waren die besten Freunde, einander so nahe wie Brüder, und Abraham hatte David seine geheimsten Gedanken anvertraut. Auch Abraham träumte von einer Armee, die sich gegen die Deutschen erhob, und seine Vision war nicht weniger idealistisch als Davids. Beide wußten, daß es nur eine Frage der Zeit war, bis sie einen der Nachtzüge stoppen und aus den darin transportierten Gefangenen eine Armee bilden würden. Aber zunächst einmal benötigten sie Waffen.

Brunek Matuszek fuhr fort: »Ich habe heute morgen im Wald mit Edmund Dolata gesprochen. Er machte sich Sorgen wegen der Sache auf dem Feld, aber er hat sich bereiterklärt, uns fünf Pferdewagen und zuverlässige Männer zu besorgen, die uns helfen werden. Wir müssen ihm nur rechtzeitig Bescheid geben. Esther, ich denke, das wäre genau die richtige Aufgabe für dich.«

Esther blickte unwillig. »Ich würde lieber den Zug in die Luft jagen.«

»Esther...«, wandte sich Moisze an sie, aber sie unterbrach ihn mit einer Handbewegung.

»Ihr werdet euer Bestes geben müssen, damit die Nazis nicht fliehen können. Wenn irgendwer von euch Angst hat zu schießen oder sonst

nicht weiß, ob er...« Brunek blickte in die Runde der Versammelten. Keiner rührte sich.
»Was wir vorhaben, ist gefährlich«, erklärte er voller Pathos, »und ich kann nicht garantieren, daß ihr lebend davonkommt. Aber ich bin stolz auf euch alle. In ganz Polen machen Partisanen wie wir den Nazis das Leben schwer, aber noch nicht schwer genug. Die Truppen der Wehrmacht schaffen es immer noch bis zur Ostfront, und die Deutschen herrschen weiterhin über uns.«
»Aber nicht mehr lange«, murmelte Leokadja, und David sah in dem finsteren Licht der Höhle, daß die Flammen der Leidenschaft in ihren Augen loderten.

10

Als Piotr Wajda ins Labor kam, waren Szukalski und Dr. Duszynska schon bei der Arbeit. Sie säuberten und sterilisierten Glasgefäße als Vorbereitung auf die Herstellung des Impfstoffs.
»Ich bringe mit, worum Sie mich gebeten haben«, sagte der Priester und blickte sich argwöhnisch um.
»Danke schön, Piotr, vielen Dank. Und machen Sie sich keine Sorgen, wir sind ganz alleine. Nach sechs Uhr ist das Labor menschenleer; Bruckner, der Laborant, ist zu Hause, so daß wir es ganz für uns alleine haben. Kommen Sie nur her und schauen Sie, was wir tun.«
Der Priester zog seine Baskenmütze ab und legte sie auf die Hutablage. Dann folgte er Jan, der zu Maria ging.
»Guten Abend, Herr Pfarrer«, begrüßte sie ihn mit einem freudigen Lächeln.
»Dr. Duszynska.«
Szukalski nahm das Päckchen, das der Priester mitgebracht hatte, und legte es auf den Labortisch. »Wunderbar«, freute er sich, während er es öffnete, »ich möchte Sie bitten, das Fleisch zu nehmen und alles Fett und Gewebe von der Art, wie Sie es hier sehen, abzuschneiden.« Er zeigte auf die faserigen Sehnen, welche die einzelnen Bereiche des Fleisches zusammenhielten. »Und danach drehen Sie das Fleisch bitte durch den Fleischwolf.«

Piotr Wajda starrte voller Verwunderung auf die geheimnisvollen Apparaturen, die überall herumstanden, und fragte: »Jan, was geht hier vor sich?«

Maria, die am Spülbecken des Labors fleißig Teströhrchen und Kolle-Schalen ausgewaschen hatte, wandte sich jetzt dem Priester zu und erklärte, was sie vorhatten. »Heute abend werden wir einen Kalbfleischaufguß zubereiten, der den grundlegenden Bestandteil des Nährbodens darstellt, auf dem wir Proteus-Bakterien züchten werden. Wenn wir fleißig arbeiten, werden wir morgen abend unser Nährmedium inokulieren und in der Nacht darauf die gezüchteten Bakterien ernten und den Impfstoff herstellen können.« Sie zeigte auf ein großes Küchenmesser, das der Priester für die Bearbeitung des Fleisches verwenden sollte. »Heute nacht bereiten wir die Glasgefäße, die Gaze und die Baumwollpfropfen für die Kolle-Schalen vor«, erklärte sie weiter und hielt ein kleines Gefäß in die Höhe, das wie eine Birne mit flacher Basis und kurzem Hals aussah.

Während der Priester sich daranmachte, das Fleisch zurechtzuschneiden, beobachtete Szukalski konzentriert die Schale mit dem Nährboden, den er und Maria schon früher am Tag vorbereitet hatten.

»Ich bin immer wieder erstaunt, wie schnell Bakterien wachsen. Kein Wunder, daß manche Krankheiten so rasch voranschreiten... Ich glaube, es gibt keine Zweifel, daß es sich bei unseren Bakterien hier um Proteus handelt.« Er reichte die Schale Maria, die sie hochhielt und das Wachstum der Bakterien genau analysierte. Eine Reinkultur dichter, runder halbkugelförmiger Erreger. »Sie haben recht, Jan. Aber...« Sie blickte auf. »Ist es auch der OX-19-Stamm?«

»Das können wir nicht wissen, bevor wir unser Serum an Keppler ausprobiert und seine Blutprobe ins Zentrallabor geschickt haben, um den Weil-Felix-Test vornehmen zu lassen. Wie auch immer, Piotr«, Szukalski wandte sich jetzt dem Priester zu und zeigte sich erfreut über die ordentliche Arbeit, die dieser an dem Kalbfleisch verrichtete, »haben Sie sich schon Gedanken gemacht, wo wir ungestört arbeiten können?«

Pfarrer Wajda legte sein Messer hin und schaute ihn an. »Mir ist nur ein Ort eingefallen, und es ist wirklich der geeignetste von ganz Sofia. Einen besseren gibt es nicht.«

»Wunderbar! Und wo ist er?«

»Es handelt sich um die Krypta unter der Kirche.«
Szukalski zog ein langes Gesicht. »Oh, ich weiß nicht, ob...«
»Nun hören Sie mich doch erst einmal an«, versetzte der Priester lächelnd, »Sie brauchen einen Ort, an dem Sie vollkommen ungestört und gefahrlos arbeiten können. Es gibt in Sofia aber keinen solchen Ort. Bis auf diesen einen.«
»Aber Żaba, die Meßdiener...«
Wajda schüttelte den Kopf. »Żaba ist der abergläubischste alte Mann von ganz Polen. In den fünfzehn Jahren, die er mir jetzt dient, ist er nicht ein einziges Mal in die Krypta hinuntergegangen. Sogar als ich einmal einen Wasserschaden am Fundament befürchtete und ihn bat, unten nachzuschauen, da weigerte er sich. Jan, dies war überhaupt das einzige Mal, daß er sich einer Anordnung von mir widersetzte. Und die Meßdiener? Sie fürchten die Krypta. Dort sind alte Priester begraben, mittelalterliche Sarkophage und die mumifizierten Leichen meiner Vorgänger sind allgegenwärtig. Dieser Ort ist tabu, Jan, man meidet ihn, und zwar nicht wegen irgendwelcher Vorschriften oder Gesetze, sondern weil man sich fürchtet und abergläubisch ist. Seit Jahren ist niemand in der Krypta gewesen, dann wird uns jetzt auch niemand dort stören. Jan, Sie sind ein regelmäßiger Kirchgänger, und Dr. Duszynska ebenso. Deshalb ist es auch nichts Ungewöhnliches, wenn man Sie in der Umgebung der Kirche sieht. Die Deutschen würden niemals etwas erfahren, und selbst, wenn es so wäre, die Krypta ist sehr gut verborgen. Ich glaube nicht, daß es viele gibt, die wissen, daß sie überhaupt existiert.«
»Aber wir werden Licht benötigen.«
»Daran habe ich schon gedacht. Wir können elektrische Leitungen von der Sakristei verlegen. Glauben Sie mir, Jan, es ist der sicherste Ort.«
Jan Szukalski blickte zu Maria, die noch nicht restlos überzeugt wirkte. Auch seine Skepsis war nicht völlig gewichen. »Sehr schön, Piotr. Hören Sie mir bitte gut zu: Im Lagerraum unseres Labors steht ein alter Inkubator, und er befindet sich schon so lange dort, daß niemand ihn vermissen wird. Können wir ihn heute nacht zur Kirche bringen und ihn anschließen, damit er morgen nacht benutzt werden kann?«
»Ich wüßte nicht, was dagegen spräche.«

»Wir brauchen Kühlkapazitäten«, meinte Maria.
»Ich habe einen zweiten Eisschrank«, erklärte der Priester. »Meine Haushälterin wird froh sein, wenn sie ihn los ist.«
»Hervorragend, den werden wir heute nacht gleich mit hinuntertragen. Ausnahmsweise freut es mich einmal, daß Sie der kräftigere von uns beiden sind.«
Wajda lächelte verschmitzt. »Das Werk des Herrn erfordert breite Schultern.«
Szukalski lachte und half seinem Freund, das Fleisch durch den Fleischwolf zu drehen. Als sie fertig waren, meinte der Priester: »Wenn wir jetzt Kohl hätten, dann könnten wir einen gefüllten Kohlkopf machen!«
Dann kehrte Schweigen ein. Maria nahm das Fleisch, legte es in ein Becherglas und schüttete einen Liter destilliertes Wasser dazu. Dann verrührte sie den Inhalt zu einem dünnen Fleischbrei. Danach goß sie den Brei in einen großen Erlenmeyer-Kolben, den sie mit einem Gummipfropfen verschloß. »Ich denke, es wäre besser, wenn Sie den Fleischaufguß mit zu sich nehmen, um ihn dort kalt zu halten«, schlug Szukalski vor. »Ich möchte nicht in die Verlegenheit kommen, Bruckner Erklärungen geben zu müssen. Ich will, daß alles so aussieht, als handle es sich um ganz normale Vorgänge in einem Krankenhaus.«
Nachdem sie die Glasgefäße sorgfältig versteckt hatte, wickelte Maria den Kolben mit dem Kalbfleischaufguß in einen Kopfkissenbezug und verbarg ihn unter ihrem Mantel. Dann verließ sie das Krankenhaus durch den Vordereingang. Szukalski und Piotr Wajda nahmen vorsichtig den Inkubator aus dem Lagerraum. Sie kamen mit dem Gerät nur langsam voran, und zwischen der Sankt-Ambroż-Kirche und dem Krankenhaus lagen zehn Querstraßen. Doch sie hatten Glück und konnten den Weg zurücklegen, ohne von patrouillierenden deutschen Soldaten gesehen zu werden. Schließlich betraten sie die Kirche durch die Hintertür, die von Dieter Schmidts Hauptquartier aus nicht einsehbar war.
Das Quietschen des alten Eisentores, das sich am Fuße einer steilen Wendeltreppe befand, hallte durch das ganze Gebäude und wurde von den Gewölbedecken und den gotischen Pfeilern als Echo zurückgeworfen. Aber die Kirche war leer.

Der Geruch von Moder und Fäulnis, der in Szukalskis Nase drang, als sie eine weitere Wendeltreppe hinunterstiegen, vermittelte ihm das Gefühl, daß er sich in die Vergangenheit zurückbewege. Und auch die Sarkophage mit ihren Reliefplatten, in die Bildnisse der Verstorbenen eingraviert waren, bestärkten ihn in diesem Gefühl.
»Schon seit langer Zeit wird hier unten niemand mehr bestattet«, flüsterte Wajda, der Szukalskis Unbehagen spürte.
»Darüber können wir wirklich froh sein«, versetzte Szukalski. Piotr Wajda brauchte nicht lange, um die Kabel, die er unter den Teppichen versteckte, von der Sakristei in die Krypta zu verlegen. Dann schlossen sie den Inkubator an.
»Wir werden den Thermostat auf siebenunddreißig Komma fünf Grad einstellen«, bestimmte Szukalski, der immer noch flüsterte. In dem engen Raum wurde selbst der leiseste Schritt viele Male verstärkt. Sie verließen die Krypta, stiegen wieder in die Kirche mit ihrer relativ frischen Luft hinauf und begaben sich direkt zur Wohnung des Priesters, wo sie den kleinen Eisschrank abholten.
Gegen ein Uhr nachts waren sie fertig. Als Szukalski nach Hause kam, ging er gleich zu Bett und legte sich neben Katarina, die schon schlief. Als er sich die Daunendecke bis zum Kinn hochzog, war er dankbar für die Wärme, die der Kachelofen in der Ecke spendete. Er starrte an die dunkle Decke und dachte über die Wendung nach, die sein Leben allmählich nahm, und während er langsam einschlief, überlegte er, ob er nicht am nächsten Morgen beim Aufwachen feststellen würde, daß alles nur ein Traum gewesen war.

»Werden deine Eltern böse auf dich sein?« fragte Hans Keppler, und legte den Arm um Anna.
»Du bist sehr verständnisvoll. Ich bin schon lange nicht mehr ausgegangen, denn wie du ja weißt, haben die meisten jungen Männer Sofia vor längerer Zeit verlassen und sind entweder im Blitzkrieg gestorben oder irgendwie aus Polen geflüchtet. Ich hatte einen Freund bei der Luftwaffe. Drei Wochen nach der Besetzung erhielt er einen falschen Paß, einen neuen Namen, er ließ sich einen Bart wachsen und ist über Rumänien geflohen. Man hat mir erzählt, daß er jetzt bei der englischen Luftwaffe dient.«
Sie blieben im Licht einer Straßenlaterne auf dem Bürgersteig vor

Annas Elternhaus stehen. Um acht Uhr hatten sie sich bei Hans' Großmutter eingefunden und ihre vorzügliche heiße Schokolade und den leckeren Kuchen genossen, der eine Spezialität des Hauses war. Das junge Pärchen hatte gelacht und sich unterhalten, und der Abend, der viel zu schnell vergangen war, näherte sich nun, zu dieser frostigen, mitternächtlichen Stunde, seinem Ende. Anna hatte sich schutzsuchend an Hans geschmiegt, und während sie im Schnee standen, versuchten beide, diesen letzten Moment ihres Zusammenseins immer wieder zu verlängern.
Hans Keppler hatte Anna Krasinska bis dahin nur erzählt, was er für richtig befunden hatte. Daß er bei der Waffen-SS war, daß man ihn eingezogen hatte und er seinen Dienst irgendwo in der Nähe von Oświęcim versah. Von seinem Verrat an seinem Land, seiner seelischen Not und dem, was er gemeinsam mit dem Krankenhausdirektor vorhatte, hatte er nichts erwähnt.
Annas Gesichtsausdruck war so unschuldig, von so jugendlicher Unbefangenheit und Gutgläubigkeit, daß nichts in der Welt ihn dazu hätte bewegen können, sie mit den harten Realitäten des Lebens zu konfrontieren.
»Du hast Babka gefallen«, sagte er und blickte in ihr zartes Rehgesicht.
»Deine Großmutter ist sehr lieb. Ich mag es, wenn sie dich Hansi nennt.«
Keppler lachte. Sein Arm um Annas Schulter, die Schneeflocken, die sanft um sie herum niederrieselten, und seine Zukunft, die jetzt dank Jan Szukalski etwas freundlicher aussah, alles bewirkte, daß der junge Deutschpole das Leben so unbeschwert nahm wie lange nicht mehr.
»Ich würde dich gerne meiner Familie vorstellen, aber...« brach sie ab.
»Ich verstehe, Anna, es ist schon in Ordnung. Was könntest du ihnen auch sagen? Doch nur die Wahrheit. Ich bin eben ein SS-Mann, und sie hätten sofort Angst vor mir. Und wahrscheinlich würden sie dir sofort verbieten, mich noch einmal zu treffen.« Er starrte durch den weißen Schleier, den der fallende Schnee bildete, und fügte traurig hinzu: »Bevor sie auf den Gedanken kommen, mich kennenlernen zu wollen, werde ich schon wieder im Dienst sein.«
Als Anna lächelte, war diese Geste so ehrlich und so voller Wärme,

daß sein Herz raste. »Weißt du«, sprach sie, ohne zu ihm aufzublikken, »ich will einfach nicht an das Ende deines Urlaubs denken. Ich habe schon so viele Menschen an den Krieg verloren, und wenn mein Vater nicht so alt gewesen wäre, hätte bestimmt auch er am Krieg teilgenommen und wäre gestorben wie alle anderen. Man hat mir die Zukunft genommen, Hans, und ich lebe immer nur für den jeweiligen Tag. Ich denke, daß es so am besten ist.«
»Verstehe«, murmelte er und neigte seinen Kopf, so daß er seine Wange gegen ihr Haar drücken konnte, »aber der heutige Tag ist vorbei; wir müssen über morgen nachdenken.«
»Morgen...«, hauchte sie. »Ich habe dich gerade vor vier Tagen im Zug kennengelernt und hatte Angst vor dir. Und jetzt sieh uns beide an.«
Er legte den Arm noch fester um sie und dachte über die wunderbare Fügung des Schicksals nach, durch die er Anna Krasinska kennengelernt hatte. Würde sein Glück fortdauern? Hatte er es überhaupt verdient? »Morgen wird im Kino *Dick und Doof* anlaufen. Sollen wir reingehen?«
»O ja«, antwortete sie kichernd. »Ich habe schon so lange keinen Film mehr mit den beiden gesehen. Es würde mir sehr gefallen.«
»Morgen abend?«
»Morgen kann ich nicht, aber übermorgen wäre ich einverstanden. Es wäre sehr schön. Hans...?«
»Ja?«
»Ich habe den ganzen Abend über etwas nachgedacht. Vielleicht sollte ich auch nicht fragen, aber ich bin eben neugierig.«
»Weswegen?«
»Es ist nicht gerade üblich, daß ein deutscher Soldat, äh..., Freundschaft mit uns schließt. Die Deutschen behandeln uns gewöhnlich wie Dreck. Ich bin neugierig...«
»Aber ich wurde doch in Sofia geboren, Anna. Ich bin mehr Pole als Deutscher.«
»Das meine ich nicht. Ich habe überlegt... Was werden wohl deine Kameraden sagen? Die anderen haben doch gewiß eine Meinung dazu.«
Obwohl es von der Straßenlaterne beleuchtet wurde, verfinsterte sich Hans Kepplers Gesicht, und er stellte sich seine »Kameraden« im La-

ger vor. Drei von ihnen hatten, um sich die Zeit zu vertreiben, aufs Geratewohl einen Insassen geschnappt, einen Juden mit kahlgeschorenem Schädel, der den demütigenden gestreiften »Lagerpyjama« trug, hatten ihm dann die Hosenstulpen zugebunden und ihm von oben eine Ratte in die Hose gesteckt, um sich anschließend frenetisch lachend an seinen Qualen zu weiden. Seine Gedanken schweiften auch zu Helmut Schneider zurück, dem Sadisten, der eines Nachmittags einen Insassen zu Schießübungen verwendet hatte, indem er dem armen Kerl nach Art Wilhelm Tells eine Flasche auf den Kopf gestellt und aus ungefähr fünfzig Metern Entfernung auf sein Ziel gefeuert hatte. Der Häftling hatte dabei vor lauter Panik einen Herzschlag erlitten und Helmut Schneider auf diese Weise um seinen Spaß gebracht.
Das war es, was Keppler zu seinen Kameraden einfiel.
»Anna, ich trage jetzt Zivil, und ich glaube, daß keiner von ihnen ahnt, daß ich Soldat bin. Wenn sie mich fragen, werde ich ihnen meine Papiere zeigen.«
Nun drehte sich die junge Frau zu ihm um und neigte ihren Kopf zur Seite. »Weißt du«, meinte sie ruhig, »du bist nicht wie die anderen; du hast irgend etwas Besonderes an dir.«
Er beugte sich ein wenig vor, um sich ihrem Mund zu nähern, und entgegnete: »Auch du bist nicht wie die anderen, Anna. Übermorgen abend gehen wir in *Dick und Doof*. Ich will wieder mit dir zusammen lachen, wie heute abend. Bist du einverstanden?«
Sie antwortete ihm mit einem kaum wahrnehmbaren Nicken.
Dann ließ er sie plötzlich los und machte sich auf den Heimweg. Anna Krasinska blieb trotz der Sperrstunde noch einige Zeit stehen und sah ihm nach, während er in die eisige Nacht verschwand.

Als Dr. Szukalski und Piotr Wajda am nächsten Abend um acht Uhr zu ihr kamen, hatte Dr. Duszynska im Krankenhauslabor schon mit der Arbeit begonnen. Sie hatte den Kalbfleischaufguß aus ihrem Kühlschrank mitgebracht, um ihn unter dem Bunsenbrenner langsam zu erhitzen. Der Priester, angeleitet von Dr. Szukalski, holte die Glasgefäße aus dem Lagerraum und stellte sie in den Sterilisator. Danach bestimmte Szukalski sorgfältig die Menge der Zutaten, die nötig waren, um den flüssigen Kalbfleischaufguß in den gallertartigen

Nährboden zu verwandeln, auf dem er die Proteus-Bakterien ansiedeln wollte.
Pepton, zehn Gramm.
Natriumchlorid, fünf Gramm.
Agar-Pulver, achtzehn Gramm.
Szukalski bemaß die Bestandteile gewissenhaft und schüttete sie dann alle in einen Zwei-Liter-Kolben.
Maria rührte weiter den Aufguß an, der jetzt anfing zu kochen. »Er muß fünfundvierzig Minuten kochen«, erklärte Szukalski dem staunenden Piotr Wajda, »dann können wir die Bouillon in den Kolben mit den Chemikalien geben und alles zusammenmischen.«
Während sie Maria zusahen und jeder dabei seinen Gedanken nachhing, meinte der Pfarrer: »Jan, was glauben Sie, würde Dieter Schmidt mit uns anstellen, wenn er entdeckte, was wir hier tun?«
»Zuerst würden wir ihm erzählen, daß wir einen Fleckfieberimpfstoff herstellen, aber wahrscheinlich wäre es nach ein paar Stunden ziemlich schwierig, ihm zu erklären, wofür wir die Proteus-Bakterien brauchen. Und was er mit uns anstellen würde, das weiß...«
Maria rief nach hinten: »Ist der Inkubator bereit?«
»Ja, Piotr und ich haben uns letzte Nacht darum gekümmert. Und der Eisschrank steht auch bereit.«
Szukalski grinste unwillkürlich: »Mein neues Labor wird Ihnen gefallen, Maria.«
Als der Zeitgeber klingelte und anzeigte, daß die fünfundvierzig Minuten vorbei waren, stellte Maria den Bunsenbrenner aus. Dr. Szukalski legte eine Gazeschicht über einen breiten Trichter, den er in den Kolben mit den Chemikalien gesteckt hatte, und hielt ihn fest, während Maria die heiße Flüssigkeit einfüllte.
»Die Kolle-Schalen sind fertig«, meldete der Priester, dessen Aufgabe es gewesen war, sich um die Sterilisation zu kümmern.
»Gut, stellen Sie sie nebeneinander auf, und dann werden wir diese Brühe hineinfüllen.«
»Glauben Sie, wir würden hingerichtet, wenn sie rauskriegen, daß wir sie an der Nase herumführen wollen?« überlegte Piotr Wajda, während er zusah, wie die bräunliche, durchscheinende Flüssigkeit in die Schalen floß.
Szukalski beobachtete weiterhin alle Vorgänge sorgfältig.

»Beten wir, Piotr, daß sie nur das mit uns tun«, entgegnete er. »Es ist gerade ein paar Wochen her, da haben sie uns eine Frau zur Behandlung gebracht, weil sie an Unterernährung und völliger Entkräftung litt, und sie hat uns, genauso wie der Zigeuner, etwas erzählt. Vor einem Monat waren die Deutschen in ihr Dorf gekommen, das hier in der Nähe liegt, Sie verstehen, Piotr? Sie hatten die Juden auf dem Dorfplatz zusammengetrieben. Dann haben sie alle arbeitsfähigen Männer auf einen Lastwagen geladen und sind mit ihnen fortgefahren, Gott weiß, wohin. Als die Männer weg waren, haben die Deutschen die jammernden und um Gnade flehenden Frauen genommen und sie in den Dorfbrunnen geworfen, insgesamt siebenundzwanzig. Danach haben sie den Brunnen mit Kieselsteinen aufgefüllt, bis alle lebend begraben waren. Deshalb glaube ich, mein Freund, daß es keine Frage ist, was die Nazis mit uns anstellen würden, wenn sie unser Geheimnis entdecken. Die einzige Frage ist: Wie würden sie es mit uns anstellen?«

Maria blickte von ihrer Arbeit auf, und Jan bemerkte, daß sie ganz blaß geworden war. »Jetzt kämpfen wir auch«, dachte er.

»In einer Stunde müssen wir soweit sein. Dann können unsere Nährböden inokuliert werden«, meinte Maria. »Und morgen um diese Zeit werden wir den Impfstoff haben.«

Szukalski betrachtete seine Stellvertreterin nachdenklich. Sie hatte wirklich eine hervorragende Ausbildung erfahren. Ihre Kompetenz in der Labormedizin war unverkennbar.

Szukalski nahm die abgedeckte Petri-Schale aus dem Inkubator und prüfte sie eingehend. »Ich habe mal von biologischer Kriegsführung gehört, aber ich muß schon sagen, daß ich mich etwas unwohl fühle, wenn ich bedenke, daß unser Leben tatsächlich von den Mikroben in der Schale abhängt. Wenn das Experiment mit Keppler schiefgeht...«

Maria beendete den Erhitzungsvorgang und saugte den Dampf ab. Dann nahm sie die Kolle-Schalen aus dem Sterilisator und stellte sie auf den Tisch, damit sie abkühlten und der Agar-Boden sich festigen konnte. Danach verwendete sie eine sterile Pipette und trug auf das gallertartige Medium einen ein Kubikzentimeter dicken Tropfen der Proteus-Suspension auf, der sich sogleich über die Oberfläche verteilte.

Nachdem alle Kolle-Schalen mit Pfropfen versehen waren, sammelte Piotr Wajda sie in einem Pappkarton, um sie zu dem Inkubator in der unterirdischen Krypta der Kirche zu tragen. »Passen Sie auf, daß Sie ihn genau auf siebenunddreißig Komma fünf Grad einstellen«, ermahnte Maria ihn, »und lassen Sie die Schalen die ganze Nacht und morgen im Inkubator.«
»Es ist furchtbar riskant«, bekundete der Priester und wiegte die Schachtel, als enthalte sie eine kostbare heilige Reliquie.
»Es geht leider nicht anders«, stellte Jan fest. »Leider brauchen wir die ganze Ausrüstung in diesem Labor. Bis morgen abend dann, Piotr.«
Als er gegangen war, blieben die beiden Ärzte zurück, um das Labor aufzuräumen, und warfen die übriggebliebene Bouillon samt Petri-Schale und Teströhrchen in ein irdenes Abfallgefäß, das unter einem der Spülbecken stand. Dann verließen sie eilig das Krankenhaus.
Der im Schatten kauernde Rudolf Bruckner schaute von der Treppe aus zu, wie alle drei Verschwörer das Krankenhaus nacheinander verließen. Schließlich löste er sich aus seinem Versteck, von wo aus er den Eingang zum Labor so vorzüglich hatte beobachten können.

Fünf Minuten nachdem die Ärzte und der Priester gegangen waren, trieb Rudolf Bruckner die Neugierde ins Labor zurück. Als er das Labor verlassen hatte und gerade heimkehren wollte, war er überrascht gewesen, als er plötzlich Stimmen hörte. Daraufhin hatte er sich rasch versteckt, um zu erspähen, was vor sich ging. Unglücklicherweise waren die Stimmen zu gedämpft gewesen, als daß er hätte mithören können, was besprochen wurde. Es war zwar nichts Ungewöhnliches, daß die Ärzte auch nach Dienstschluß im Labor arbeiteten, aber daß sich der Priester bei ihnen befand und plötzlich mit einer Schachtel fortging, kam ihm doch merkwürdig vor.
Bruckner schlich ins Labor und wartete einen Augenblick, bevor er das Licht anschaltete. Dann sah er sich langsam um. Alles war sauber und aufgeräumt, nichts deutete darauf hin, womit sie sich beschäftigt hatten. Als er den Deckel des irdenen Gefäßes anhob, erkannte er die benutzte Petri-Schale und ein Teströhrchen. Die Schale lag ungeöffnet und unbeschädigt über ein paar Glasscherben. Er nahm sie vorsichtig an sich, betrachtete sie von allen Seiten im Licht, musterte die

bestrichene Oberfläche des Agars und wunderte sich, daß nichts beschriftet worden war.
Bruckner wußte, wie er ganz einfach feststellen konnte, was er vor sich hatte. Mit seinem Feuerzeug zündete er den Bunsenbrenner an, erhitzte eine Drahtschlinge und inokulierte, nachdem er einen Überrest von Proteus-Bakterien auf dem Agar gefunden hatte, dieselben auf eine frische Schale mit Nährboden. Dann etikettierte er den Deckel mit »L. B., 29. Dezember 1941« und stellte sie hinten in den Inkubator.
Daraufhin schaltete er das Licht aus, verschloß sorgfältig die Tür und nahm sich vor, die Schale in ein oder zwei Tagen noch einmal zu kontrollieren.

11

David ritt auf seinem grauen Ackergaul voraus. Brunek folgte dicht hinter ihm auf dem Motorrad der Deutschen. Weit hinter ihnen marschierten achtzehn bewaffnete Männer und Frauen, die den gesamten Weg zu Fuß zurücklegten und sich dabei am Flußlauf orientierten. Einer von ihnen, Antek Wozniak, trug die Chemikalien, mit denen man an der Brücke den Sprengstoff herstellen wollte.
Dieser fünfzehnte Tag nach Weihnachten war bitterkalt, stürmische Winde heulten über den zugefrorenen Fluß, ein metallgrauer Himmel spannte sich über die mühselig vorwärts stapfende Schar von Partisanen, denen immer wieder der Schnee ins Gesicht geweht wurde. Dennoch hatten sich alle bereitwillig zu diesem Einsatz eingefunden und waren überzeugt, daß die einzige Antwort auf die Greueltaten der Deutschen im Handeln bestand.
David wandte sein Gesicht vor dem unbarmherzigen Wind nicht ab. Der Gedanke, daß jetzt endlich etwas unternommen wurde, ließ ein Hochgefühl in ihm aufsteigen. Sobald sie die Waffen aus dem Zug besorgt hätten, gäbe es nichts mehr, was die Gruppe nicht erreichen konnte. In der vergangenen Nacht hatten sie sich sogar über die Möglichkeit unterhalten, das für die Deutschen so wichtige Depot zu zerstören, ohne das Sofia für die Deutschen jeden Wert verlor.

Zu seinem Leidwesen hatte Brunek dagegengehalten, daß sie für die Zerstörung der Einrichtung Artillerie und ausreichend Leute bräuchten, denn es handle sich um eine große Anlage, die sorgfältig bewacht werde. Dabei hatte David erneut seinen Wunsch geäußert, einen der nächtlichen Züge nach Auschwitz zu stoppen und aus den Gefangenen eine Armee zu bilden, aber Brunek und Moisze hatten ihn einmal mehr vor einer solchen Wahnsinnstat gewarnt. »Wo sollten wir denn so viele Leute verstecken? Wie könnten wir sie ernähren?« Doch David wollte nichts einsehen. Er wußte, daß die Zeit kommen würde, wo sie auf die Insassen der Nachtzüge zurückgreifen müßten, um eine Armee zu bilden. Er und Abraham wären dann vorbereitet.

Die von Neuschnee bedeckte Brücke, die sich über das weiße Flußbett erstreckte, fügte sich unauffällig in ihre trügerisch friedliche Umgebung. Die allgegenwärtigen Kiefern trugen schwer an ihrem Kleid aus weißem Pulver, so daß ihre Zweige tief herabhingen.

Nach kurzer Zeit hatten die Partisanen die Stellungen bezogen, die ihnen David, Brunek und Antek, nach letzten ermutigenden Worten, zugewiesen hatten. So hatte es nicht lange gedauert, bis sich an der Weichsel wieder eine friedliche Atmosphäre verbreitet hatte. Nichts deutete darauf hin, daß sich im Wald zwanzig bewaffnete und kampfbereite Partisanen verbargen. Außerdem waren fünf Wagen sowie Pferde am Flußufer versteckt und getarnt worden. Edmund Dolata wiederholte noch einmal die Instruktionen an die acht Männer aus Sofia, die sich unbemerkt aus der Stadt hatten schleichen können und deren Aufgabe es war, die Ladung des Güterzuges zu einem vorbereiteten Depot bei der Höhle zu transportieren. Es handelte sich um zuverlässige treue Männer, die sich ihrer Aufgabe mit Entschlossenheit stellten.

David Ryż, der am selben Tag nach Dabrowa hinuntergeritten war und beobachtet hatte, wie ein Teil des Zuges entladen wurde, war daraufhin zur Höhle zurückgeeilt, um seine Kameraden über seine Erkenntnisse zu informieren. Zwei Güterwaggons, einer voller Gewehre, Maschinenpistolen und Munition, sowie ein zweiter mit Handgranaten und Mörsern gehörten zu dem Zug, der zudem noch auf Tiefladern Panzer für die Ostfront transportierte. Ungefähr fünfzig Soldaten bewachten den Zug. David hatte Dolata unterrich-

tet, der daraufhin die Wagen aufgetrieben und zum Fluß gebracht hatte, ohne daß Dieter Schmidt etwas merkte.
So wartete nun eine Handvoll Widerstandskämpfer und blickte, zwischen Hoffen und Bangen hin und her gerissen, durch den Schleier, den der fallende Schnee bildete.
Leokadja Ciechowska, die ihr dickes schwarzes Haar zusammengebunden hatte und darüber eine Strickmütze trug, spielte am Drücker ihres Gewehrs und hielt geduldig ihre Stellung auf einer Erhebung über den Gleisen. Zwanzig Meter weiter beobachtete sie Abraham Vogel, den jungen Violinisten, der geistesabwesend das Gewehr auf seinen Fuß richtete. Leokadja lächelte. Nein, sie sah keinen Soldaten vor sich, eher einen jungen Mann, der zum Träumen neigte und wie ein Dichter sprach, jemand, der nicht in diese Welt zu gehören schien. Und doch hatte er Mut, und dafür bewunderte sie ihn. Irgendwie wirkte er deplaziert, was aber für den Rest des versprengten Haufens, dessen Kämpfer sie im Dickicht des Waldes beobachtete, ebenso galt. Wenn es nicht um Leben und Tod gegangen wäre, hätte man meinen können, alles sei nur ein Spiel.
Die fünfundzwanzigjährige Partisanin war unendlich stolz auf ihre Kameraden, auf Esther Bromberg zum Beispiel, die, in einen Männermantel gekleidet, der ihr bis zu den Füßen reichte, fröstelnd in einer Schneewehe kauerte. Wenn man sie so betrachtete, mußte man befürchten, daß sie dort vornüber hinfiel, wenn sie das Gewehr nur leicht anhob. Oder auf den alten Ben Jakobi, der Soldat spielte und Bruneks Anordnungen mit militärischem Gehorsam befolgte: Seine Knie zitterten, während er geduldig unter den Kiefern wartete.
Leokadja hegte für alle großen Respekt, bemitleidete, liebte sie und bewunderte ihren Kampfeswillen, obwohl sie doch, wie der gesamte Widerstand in Polen, so wenige Vorteile auf ihrer Seite hatten.
Seit sie ihren Mann an die Wehrmacht verloren hatte, war die junge Frau aus Torun zu einer aktiven Widerständlerin geworden, die wie ein Mann kämpfte, die Gefahren mit ihren Landsleuten teilte und wild entschlossen war, Polen vor einer totalen Eroberung durch die Deutschen zu bewahren.
Sie hatte niemals die Hoffnung aufgegeben, daß ihr Mann noch irgendwo lebte, und trug sein Andenken und die Liebe zu ihm, aus der sie Kraft schöpfte, in ihrem Herzen. Seit zwei Jahren kämpfte sie nun

schon im polnischen Widerstand, zog von einem Gebiet ins andere und schlug Schlachten, um sich gleich darauf wieder einem anderen Kampf anzuschließen. Manchmal hatte sie sich auch organisierten Überresten der polnischen Armee angeschlossen, Luftwaffenpiloten, Marinesoldaten, Infanteristen und Kavalleristen, die sich als flexibel und kampferprobt erwiesen und mit fürchterlicher Macht zugeschlagen hatten. An anderen Orten war sie auf Gruppen gestoßen wie der, der sie gerade angehörte, ein Sammelsurium von Zivilisten, Alten und Jungen, von denen keiner für den Kampf ausgebildet war, die aber alle von einem glühenden Patriotismus getrieben wurden.
Wind kam auf und ließ Leokadja schaudern. Aus der Ferne drang das Heulen eines einsamen Wolfes durch den Wald. Die Temperatur schien zu fallen, offensichtlich braute sich ein Schneesturm zusammen.
Doch dies tat der friedlichen Atmosphäre keinen Abbruch. Leokadja blickte die Gleise entlang und entdeckte, ungefähr dreißig Meter von ihr entfernt, den leidenschaftlichen jungen Juden David Ryż.
Er musterte sie, wie es oft der Fall war, aus seinen feurigen, schwarzen Augen, sein edles Gesicht finster verzogen. Das Gewehr unter dem Arm, hatte er sich mit gespreizten Beinen angriffsbereit im Schnee postiert und blickte die junge Frau, die sich ihm quer gegenüber befand, mit einem undurchdringlichen, intensiven Gesichtsausdruck an. Leokadja stellte fest, daß sie einmal mehr über ihn nachdachte. Seit sie vor fünf Tagen in die Höhle gekommen war, hatten sie nur wenige Worte gewechselt, aber wenn sie aufblickte, hatte sie oft bemerkt, wie er sie anstarrte. Leokadja wußte, welche Leidenschaften in seinem Herzen wüteten, weil sie eine gewisse Seelenverwandtschaft mit ihm erkannte. Die junge Frau spürte, daß sie David vielleicht besser verstand als jeder andere, und sie fühlte auch, daß er es wußte. Aber David Ryż war ein zorniger junger Mann, voller Mißtrauen gegenüber Nicht-Juden, der das Leben nur mit Bitternis betrachtete. In einer anderen Zeit, unter anderen Umständen, hätte sie jemanden wie David vielleicht lieben können...
Leokadja schüttelte den Kopf, um diese Gedanken zu vertreiben. Seit der Trennung von ihrem Mann hatte sie sich von niemandem mehr berühren lassen. Es war jetzt keine Zeit für Liebe oder Zärtlichkeit, kein Anlaß – nicht in diesen Tagen des Krieges und des Blutvergie-

ßens. Brunek und Antek waren freundlich zu ihr gewesen, hatten sie beschützt und ihr Essen mit ihr geteilt, aber sie hatten von Anfang an gewußt, daß sie sich von Leokadja als Frau nichts erwarten durften, und so hatten sie es sich angewöhnt, sie wie einen gewöhnlichen Kameraden zu behandeln.
Und genauso wünschte sie es sich auch. Bis der Krieg vorbei war und sie ihren Mann wiederhatte.
Leokadja wandte ihren Blick von David ab und konzentrierte sich wieder auf die Gleise.
Matuszek, der vor Angst und Anspannung schwitzte, versuchte sich in dem engen Ölfaß nicht zu bewegen. Er mußte sich immer wieder an die drei Kanister mit Nitroglyzerin erinnern, die er bei sich hatte, denn er wußte, daß er durch eine plötzliche, unkontrollierte Bewegung die ganze Mission zerstören und sich selbst in einer Wolke aus Dampf und Staub auflösen würde. Das Warten kam ihm vor wie eine Ewigkeit, aber schließlich ließ sich das regelmäßige Stampfen des Zuges vernehmen, der sich aus der Ferne näherte.
Die Lokomotive und die zwanzig von ihr gezogenen Waggons hielten vor der Brücke an, und die Partisanen, die sich im Wald versteckt hatten, sahen, daß die Lok unmittelbar über Brunek Matuszek zum Stillstand gekommen war.
Brunek, der das knirschende Geräusch hörte, als die Soldaten mit ihren Stiefeln durch den Schnee zur Brücke stapften, hob vorsichtig den Deckel des Ölfasses an und schob ihn leise beiseite. Er betrachtete die Unterseite der Lok, deren massive Stößelstange und Feuerungsraum aus seinem Blickwinkel seltsam aussahen. Er inspizierte die riesige Radachse und hoffte, daß sie nicht zu dick für die Fahrradklammer war.
Die Soldaten gingen langsam über die Brücke und untersuchten sie sorgfältig auf mögliche Anzeichen von Sabotageversuchen, und während sie damit beschäftigt waren, wurden sie von zwanzig Augenpaaren beobachtet.
Nach zehn langen Minuten machten sie kehrt und gaben dem Lokomotivführer ein Zeichen, daß er losfahren könne. Er setzte etwas zurück, um die Kupplung lösen zu können, dann fuhr er vorwärts. Matuszek wartete ab, bis die rumpelnden Waggons gleichmäßig rollten. Schnell und geschickt nutzte er die knappe Zeit, die ihm zur Ver-

fügung stand, um den Sprengstoff an der Lok anzubringen, bevor diese sich entfernte.

Die nächsten Kanister brachte er an einem großen Plattformwaggon an, der mit schwerer Artillerie beladen war, und den letzten an einem anderen Waggon am Ende des Zuges, der über seinen Kopf hinwegrumpelte. Nachdem er den letzten Spengstoffbehälter mit inzwischen geübter Hand befestigt hatte, verkroch er sich wieder ins Faß und schob den Deckel zurück. Dann kauerte er sich zusammen und wartete ab. Dabei rann ihm der Schweiß in Strömen übers Gesicht.

Von einer schwarzen Rauchwolke begleitet, die sie in die unberührte Wildnis ausstieß, ratterte die Lok über die Brücke und verließ die andere Seite. Nach einigen weiteren Sekunden, die sich zu Ewigkeiten zu dehnen schienen, brachten die gigantischen Räder der Lokomotive endlich den Gleisabschnitt zum Vibrieren, unter dem die erste Nitroglyzerinladung lag, und erschütterten die stoßempfindliche Flüssigkeit bis zur Detonationsschwelle.

Der Explosion unter dem Gleis folgte den Bruchteil einer Sekunde später eine weitere Explosion unter der Lok selbst, die dann wiederum die Ladungen unter den zwei anderen Waggons detonieren ließ. Funken sprühten, Wolken stiegen auf, Metallstücke flogen hoch durch die Luft – ein beeindruckendes Feuerwerk bot sich über der Winterlandschaft dar, bevor die Brücke an zwei Stellen zerbarst und sich ihre Mitte, die von keiner Konstruktion abgestützt wurde, bedenklich nach einer Seite neigte, um einen Augenblick später vollständig in sich zusammenzubrechen und den Zug samt Panzern und Waggons mit sich in die Tiefe zu reißen. Das Krachen und Bersten des Eises erfüllte den Wald mit einem ohrenbetäubenden Lärm, bis der Zug, halb im Wasser versunken, liegenblieb und wieder völlige Stille einkehrte.

Die Partisanen lösten sich jetzt rennend aus ihrer Deckung, feuerten auf alles, was sich bewegte, und töteten die Soldaten, die den Anschlag überlebt hatten und sich zu retten versuchten. Nach zehn Minuten waren alle Soldaten tot.

Brunek, der ein Gewehr über seinem Kopf schwenkte und seinen Kameraden Befehle zurief, führte den Trupp an, der zum Fluß hinabstieg und über das schneebedeckte Ufer auf die zerrissene Eisdecke des Flusses stürmte.

Dann blieb er stehen, um eine Signalpistole abzuschießen und Edmund Dolata mitzuteilen, daß er die Wagen aus dem Versteck bringen sollte.

Die nächsten Minuten vergingen im Nu. Wie entfesselt plünderten die Männer den Zug aus, luden Kisten mit Gewehren und Munition auf die Wagen. Die Pferde bäumten sich auf und bockten, vor Panik die Augen rollend. Die Partisanen kämpften gegen die Tücken des Eises, auf dem sie immer wieder ausrutschten, so daß viele in dem eiskalten Wasser durchnäßt wurden, während sich um sie herum der heftige Wind zu einem Schneesturm entwickelte, der die gespenstische Szene umtoste.

Nachdem die Wagen beladen und alle brauchbaren Waffen aus dem Wrack entfernt waren, gab Dolata den Befehl zum Abzug. Die Einwohner von Sofia, die zu Hilfe gekommen waren, führten ihre Pferde mit erstaunlicher Sicherheit zum Flußufer zurück und machten sich dann auf den Weg.

Die übrigen Partisanen zerstreuten sich wie geplant in alle Himmelsrichtungen und schlugen unterschiedliche Rückwege zur Höhle ein. Brunek Matuszek und Antek Wozniak benutzten das Motorrad.

David Ryż, der völlig durchnäßt und von der Kälte blaugefroren war, packte Leokadja am Arm und riß sie von dem zugefrorenen Fluß herunter, dessen Eisdecke gerade ganz aufzubrechen drohte. Dann führte er sie rasch zu der Stelle, wo er sein Pferd angebunden hatte. Ohne ein Wort zu sagen, stieg sie hinter ihm auf und schlang die Arme um seine Hüften, als das Tier davongaloppierte.

Nur kurz darauf schlug der Schneesturm in einen wahren Blizzard um, der die Spuren der abziehenden Partisanen so vollständig beseitigte, als hätten sie seine Hilfe einkalkuliert. Das glühende Zugwrack fror nach und nach fest und blieb als schneebedecktes Denkmal zurück, das von dem Zorn und dem Mut eines bunt zusammengewürfelten Trupps von Amateur-Soldaten zeugte.

12

Die letzten Vorbereitungen für die Herstellung des Impfstoffs waren für neun Uhr vorgesehen. Maria Duszynska traf zuerst ein und hängte gerade ihren Mantel auf, als Piotr Wajda mit dem Karton eintrat, in dem er die Kolle-Schalen transportierte.
»Diesmal war es nicht einfach«, stieß er etwas atemlos aus und stellte den Karton auf den Labortisch. »Ich bin auf dem Weg von der Kirche hierher zweimal angehalten worden. Heute morgen hat man in der Nähe von Sandomierz eine Brücke in die Luft gejagt, und Dieter Schmidt ist völlig außer sich. Alle seine Leute sind heute abend ausgeschwärmt, und sie verhören jeden und schleppen viele in ihr Hauptquartier. Ich habe fast eine halbe Stunde gebraucht, um hierher zu kommen.« Er nahm seinen Hut ab und fuhr sich mit den Händen durchs Haar. »Dr. Duszynska, zweimal hätte man mich fast erwischt.«
Die Ärztin nickte nachdenklich. »Auch mich haben Dieter Schmidts Leute auf dem Weg zur Arbeit mehrmals angehalten. Dieser Überfall war die bisher spektakulärste Aktion des Untergrunds.« Maria überfuhr eine Gänsehaut, und sie rieb sich die Arme. »Wenn sie so weitermachen, dann werden die Partisanen noch erreichen, daß ganz Sofia hingerichtet wird.«
»Zum Glück befand sich die Brücke knapp außerhalb seines Bezirks«, meinte Wajda, der zur Tür ging, »denn ich glaube, er hätte sonst die ganze Stadt sofort mit einer Strafaktion überzogen.«
In diesem Augenblick wurde die Tür aufgestoßen, und Jan Szukalski, völlig blaß im Gesicht, eilte herein. Als sie seine auffällige Blässe bemerkten, starrten Maria und Piotr Wajda ihn wortlos an.
Als wären seine Arme und Hände aus Blei, zog Szukalski langsam und schwerfällig seinen Mantel aus, schüttelte den Schnee ab und hängte ihn dann an den Kleiderständer neben der Tür. Bevor er sich an seine Freunde wandte, fuhr er sich mit den Fingern durchs Haar und atmete tief durch. »Sie haben meinen Hund getötet. Vor genau einer Stunde, sie haben die kleine Djapa...«
»Jan«, sagte der Priester und trat einen Schritt vor.
Aber Szukalski hieß ihn mit einer Geste schweigen. »Ich war zum Abendessen nach Hause gegangen und wollte gerade ins Kranken-

haus zurückkehren, da haben zwei von Dieter Schmidts Leuten mich auf der Treppe zu meinem Haus festgehalten. Katarina verabschiedete mich noch an der Tür, auch Alexander war dabei. Die Soldaten stellten sich auf einmal vor mich und wollten wissen, wohin ich gehe. Bevor ich etwas erwidern konnte, packte mich einer von ihnen schon am Arm. Da kam plötzlich die kleine Djapa angerannt und schnappte nach dem Bein des Soldaten. Er...«

Szukalski fuhr sich mit der Hand übers Gesicht. »Der Soldat zog seine Waffe und schoß sofort. Es ging alles so schnell, ich konnte kaum reagieren und blieb einfach stehen. Alexander begann zu weinen, und der andere Soldat lachte nur. Der Soldat, der Djapa erschossen hatte, versetzte ihr einen Tritt, daß sie die Treppe hinunter auf die Straße flog. Und der andere, der lachte, er..., er fragte mich, ob Alexander etwa deshalb weine, weil man gerade seinen Bruder getötet habe. Es war wie ein... Alptraum.«

»Jan, setzen Sie sich erst einmal, und beruhigen Sie sich.« Pfarrer Wajda erhob sich und schaute Maria ernst an. In dem milchigen Neonlicht des Labors wirkte ihr Gesicht totenblaß. Angst, ja Entsetzen waren ihr deutlich anzusehen. »Er weiß, daß wir etwas vorhaben!« flüsterte sie. »Dieter Schmidt weiß es!«

»Nein, das tut er nicht«, erwiderte der Priester rasch und versuchte, gegen seine eigenen Panikgefühle anzukämpfen. »Wir sollen nur denken, daß er etwas weiß. Schauen Sie sich doch nur um, Frau Doktor, schauen Sie nur!«

Sie ließ den Blick rundum schweifen, und mit weit aufgerissenen Augen gewahrte sie die verschiedenen Laborapparaturen, die Kolben und Schläuche, die teils hell beleuchtet waren, teils sich in der Dunkelheit verloren. Alles wirkte mit einemmal fremd auf sie, der Raum machte einen finsteren, fast bedrohlichen Eindruck.

»Wir sind allein«, flüsterte der Priester, »und wir sitzen hier, ohne daß uns jemand stört. Wenn Schmidt nur die leiseste Ahnung hätte, dann wäre er jetzt schon hier und würde dieses Labor zu seinem Zeitvertreib demolieren und uns in seinen Keller schleppen. Noch sind wir sicher, Frau Doktor, noch. Aber bestimmt nicht mehr lange.«

Szukalski faltete die Hände und drückte sie so fest zusammen, bis das Blut aus ihnen wich. »Ich muß Ihnen beiden gestehen, daß ich bisher zweifelte, ob wir es schaffen könnten, eine Epidemie vorzutäuschen,

aber jetzt glaube ich, daß wir keine andere Wahl mehr haben. Manchmal denke ich, wir hätten es schon lange versuchen sollen.«
Die drei blickten einander in dem unheimlichen Licht des Labors an und nickten zustimmend. »Wer ist es?« fragte Maria. »Wer in Sofia steckt hinter dem Widerstand, Jan?«
»Das kann ich auch nicht sagen, sie haben sich sehr gut abgeschottet. Ich glaube nicht, daß sie ihr Hauptquartier in der Stadt haben, aber ganz sicher bin ich mir da auch nicht.«
»Vielleicht sollten wir ihnen helfen, Jan«, schlug der Priester mit bedrückter Stimme vor.
Szukalski starrte seinen Freund überrascht an. »Wie bitte?«
»Immerhin kämpfen sie, Jan, sie riskieren ihr Leben und erreichen etwas. Vielleicht sollten auch wir allmählich anfangen, gegen die Nazis zu kämpfen, und zwar in der Sprache, die sie verstehen.«
Szukalski ließ sich den Vorschlag einen Augenblick durch den Kopf gehen, dann schüttelte er den Kopf.
»Dieser Weg kann nicht besser sein, Piotr. Ja, die Partisanen erzielen schon gewisse Erfolge, aber immer nur kurzfristig. Am Ende werden sie jedoch unterliegen und so viele ihrer Leute verlieren, wie sie Deutsche töten. Wir gehen den besseren Weg, Piotr, und wir drei, wir werden mit unserem passiven Widerstand Erfolg haben. Wir werden viele Menschenleben retten, ohne einen Tropfen Blut zu vergießen.«
»Er hat recht«, pflichtete Maria ihm bei. »Es mag für die Deutschen unangenehm sein, wenn man eine Brücke hochjagt, doch letztlich wird es sie nicht aufhalten. Unsere Methode ist besser.«
Pfarrer Wajda nickte resigniert.
Die zwei Ärzte machten sich an die Arbeit. Unterdessen beobachtete der Priester aufmerksam, was sich unten auf der Straße abspielte. Auf dem Bürgersteig patrouillierten Soldaten in Zweiergruppen, die Gewehre über den Schultern. Er wandte sich ab und musterte die beiden Ärzte, die sich konzentriert ihrer Arbeit widmeten. Ihre Art zu kämpfen ist nicht weniger tapfer und gefährlich als die, für die man sich an der Weichsel entschieden hat, dachte er. Man kann die Nazis nur besiegen, wenn man schlauer ist als sie.
»Sind wir bald fertig?« erkundigte er sich leise.
Jan nickte.

Piotr Wajda schüttelte den Kopf. »Ich sehe immer noch nicht, wie Sie es anstellen wollen, Jan. Es ist nicht möglich, eine Epidemie vorzuspielen; irgend jemand würde es am Ende wahrscheinlich verraten.«
»Wer denn? Von uns dreien bestimmt keiner. Und Keppler auch nicht, für ihn steht genausoviel auf dem Spiel wie für uns. Wer käme denn noch in Frage?«
»Einer von denen, die Sie impfen werden.«
Ein listiges Lächeln huschte über Jan Szukalskis Gesicht. »Sie unterschätzen mich, mein Freund. Ich gedenke nicht, auch nur eine weitere Person in unser Geheimnis einzuweihen.«
Der Priester blickte skeptisch. »Wie stellen Sie sich denn vor, so vielen Menschen die Bakterien zu übertragen, ohne ihnen zu sagen, was Sie anstellen?«
»Sie werden sich wundern, aber das ist noch das einfachste an der ganzen Sache. Das, was nachher geschieht, wird viel Arbeit erfordern. Aber um Ihre Frage zu beantworten, Piotr: Mein Plan ist, daß Maria und ich die Impfung an jedem vornehmen, der das Krankenhaus auch nur mit den entferntesten Symptomen von Fleckfieber aufsucht. Wir werden einfach sagen, daß wir Proteine verabreichen, und jeder, der mit Schüttelfrost, Fieber, Rückenbeschwerden oder Gliederschmerzen zu uns kommt, wird diese Proteinbehandlung bekommen – zumindest wird er es annehmen.«
»Und warum nur diese Patienten?«
»Damit ich später, wenn ich Blutproben an das Zentrallabor in Warschau schicke, nachweisen kann, daß der Patient ursprünglich mit Fleckfiebersymptomen zu mir kam. Können Sie mir folgen? Nehmen wir mal an, es kommt ein Patient zu mir und beklagt sich über Kopfschmerzen. Ich werde ihm sagen, daß er Fleckfieber hat, und ihm unsere Spritze verabreichen und erklären, daß es sich um Proteine handelt. Nach sieben Tagen werde ich ihm die übliche Blutprobe entnehmen und diese an das Zentrallabor schicken. Wenn unser Plan funktioniert, dann wird das Labor unsere Verdachtsdiagnose bestätigen, und der Patient, ohne es selbst zu wissen, wird von den Behörden in Warschau als Fleckfieberfall in den Akten geführt. Und ich werde anhand meiner Aufzeichnungen nachweisen können, daß er tatsächlich mit Fleckfiebersymptomen zu mir gekommen ist.«

Piotr Wajda war immer noch nicht völlig überzeugt: »Aber er wird nicht wirklich Fleckfieber haben.«
»Nein, aber seine Blutprobe zeigt an, daß er Fleckfieber hat. Und wenn wir genug Ergebnisse dieser Art erzielen, dann werden die Deutschen dieses Gebiet unter Quarantäne stellen. Sie werden nicht kommen, um Nachforschungen anzustellen, weil sie die Krankheit so sehr fürchten, und außerdem werden ihnen ihre eigenen Laboruntersuchungen als Beweis genügen, daß es hier wirklich eine Epidemie gibt. Ich habe auch vor, auf so vielen Todesurkunden wie möglich Fleckfieber als Todesursache anzugeben.«
»Und was ist mit Dieter Schmidt?«
Jetzt verschwand Szukalskis Lächeln, und seine Miene verfinsterte sich.
»Er könnte ein Problem werden. Worauf wir bauen müssen, das ist seine eigene Angst vor der Krankheit. Wenn er so bequem ist, wie ich annehme, dann wird er nicht persönlich auf der Isolierstation des Krankenhauses erscheinen, um zu überprüfen, ob die Berichte stimmen; ich denke auch nicht, daß er sich die Mühe machen wird, die Höfe und Dörfer näher zu untersuchen, die von den deutschen Behörden selbst unter Quarantäne gestellt werden. Wie Sie sehen, Piotr, werden nicht Maria oder ich die Diagnosen stellen, sondern die deutschen Gesundheitsbehörden. Und warum sollten wir diese Ergebnisse anzweifeln?«
»Aber er wird keine Kranken antreffen.«
»Er wird gar nicht nach ihnen schauen. Sie werden alle im Krankenhaus oder daheim sein; zumindest wird er es annehmen.«
Der Priester blickte die beiden an. Allmählich erschien Szukalskis Plan auch seinem skeptischen Verstand nachvollziehbar.
»Wir können nur hoffen, Jan, daß die Partisanen, die die Brücke in die Luft gejagt haben, nicht noch eine andere Wahnsinnstat begehen und jeden Deutschen in Polen gegen uns aufhetzen. Das würde unser Ende bedeuten, bevor wir überhaupt angefangen haben.«
Szukalski lächelte düster. »Deshalb müssen wir uns beeilen. Es scheint, daß wir im Augenblick nicht nur im Wettlauf mit der Zeit stehen, sondern auch mit unseren eigenen Landsleuten.«
Piotr Wajda schüttelte erneut den Kopf. »Und alle Überlegungen basieren darauf, daß der Versuch mit Keppler gelingt«, sagte er, wäh-

rend er alles einpackte und sich anschickte zu gehen. »Ja, darauf«, bestätigte Szukalski, »darauf allein. Wenn Kepplers Ergebnis negativ ist, dann können wir die ganze Idee vergessen.«
»Und deshalb werde ich heute nacht ein Extragebet für uns sprechen. Ich glaube, wir können jede Unterstützung gut gebrauchen.«
»Und würden Sie bitte Keppler sagen, daß er morgen früh in der Krypta der Kirche erscheinen soll.«
Was nun noch zu tun übrigblieb, war, den gesamten Impfstoff in saubere kleine Phiolen abzufüllen und diese so abzupacken, daß sie in dem Eisschrank in der Krypta gelagert werden konnten.
Szukalski, ganz Wissenschaftler, klebte schließlich noch ein Etikett auf den Kartondeckel:

>
> PROTEUS-FAKTOR
> Stapel Nummer: I
> Volumen: 1000 cm^3
> Datum: 30. Dezember 1941

Der Gestapo-Mann, der Hans und Anna anhielt und sie nach ihrem Ziel und ihren Papieren fragte, bemühte sich nicht, seine Verachtung zu verbergen, und erst, als er den Rang und Status von Keppler erfuhr, sah er sich unwillig zu einem gebührenden Verhalten gezwungen und ließ die beiden weitergehen.
Doch Keppler hatte sich seine gute Stimmung nicht verderben lassen, und während sie weiter die Straße hinunterschlenderten, sagte Anna bedrückt: »Sie fragen sich, warum du dich mit mir rumtreibst; sie glauben, daß ich nicht der richtige Umgang für dich bin.«
Hans zwang sich zu einem Lächeln und griff nach ihrer Hand. »So etwas darfst du nicht denken, *kochana* Anna! Sie waren eifersüchtig, das ist alles; sie wundern sich wohl, wer ich bin, daß ich mit dem hübschesten Mädchen der Stadt ausgehe!«
Sie lief rot an. »Du bist wirklich lieb, Hans Keppler.«
»Hast du das auch deinen Eltern gesagt?«
»Ich habe ihnen nur sehr wenig erzählt, und sie bedrängen mich auch nicht. Sie wollten nicht einmal wissen, warum ich dich ihnen nicht

vorgestellt habe. Sie scheinen zu spüren, was in diesen Zeiten das Richtige ist.«
Trotz der ungewöhnlich vielen Deutschen, die in den Straßen patrouillierten, war der Winterabend wunderbar und angenehm. Die Luft war kalt und klar, der tiefrote Himmel dunkelte rasch und wurde allmählich von Sternen überzogen. Während er Hand in Hand mit Anna durch den Schnee stapfte, versuchte Hans verzweifelt, sich an diesen Augenblick zu klammern, aber es fiel ihm überaus schwer. Irgend etwas beschäftigte ihn.
»Anna, wir müssen uns eins klarmachen. In sieben Tagen ist mein Urlaub hier zu Ende, und es gibt keine Möglichkeit, ihn zu verlängern. Ich kann dir auch nicht sagen, wann und ob ich nach Sofia zurückkehren werde. Wer weiß, was in diesem Krieg noch...«
»Ich will nicht, daß du davon sprichst, nicht heute abend. Du hast mir versprochen, wir würden einen heiteren Abend verbringen.«
Er blickte auf ihr Gesicht hinab und fühlte, wie es ihm fast das Herz zerriß. Es war ihm so leichtgefallen, sich in sie zu verlieben, aber daß es ihm untersagt war, ihr seine Geheimnisse anzuvertrauen, konnte er nur schwer ertragen. Erst als er sich selbst versicherte, daß sein Schweigen für sie am besten war und ihrer Sicherheit diente, gelang es ihm, seine plötzliche Vertrauensseligkeit zu unterdrücken und zu verhindern, daß er ihr alles erzählte.
Mit schweren Schritten gingen sie die Straße zum Kino hinunter. »Da ist ja eine Schlange!« rief Anna.
»Bei *Dick und Doof* immer.«
Sie stellten sich an und gingen mit den übrigen Besuchern langsam weiter. Dann kauften sie ihre Karten und setzten sich in eine der vorderen Reihen. Während sie beobachteten, wie das übrige Publikum die Plätze vorne und im Parkett besetzte oder sich entlang der Wände aufstellte, neigte sich Hans Keppler zu Anna hinunter und murmelte: »Morgen abend gibt es eine Neujahrsfeier im Weißen Adler, und die Sperrstunde wird aufgehoben. Willst du mich begleiten?«
Er sah, wie sie mehrmals nickte. Dann gingen im Saal die Lichter aus.
Keppler richtete den Blick auf die Leinwand und lehnte sich zurück, während der Vorspann vor seinen Augen ablief. Er versuchte die bedrückenden Gedanken zu vertreiben: das bevorstehende Ende seines

zweiwöchigen Urlaubs, die geheimnisvolle Injektion, die Szukalski ihm verabreichen wollte, die Tage des Wartens danach...
Plötzlich hatte er das Gefühl, es nicht mehr aushalten zu können. Seine Probleme drohten ihn zu überwältigen, er wollte gerade aufspringen und aus dem überfüllten Kino stürzen, da flimmerte plötzlich die erste Szene des Films über die Leinwand. Hans Keppler fühlte, wie er, gemeinsam mit dem übrigen Publikum, beim Anblick des fetten Mannes und des dürren Hänflings mit ihren Melonenhüten zu kichern anfing und sein Gewissen sich allmählich beruhigte. Und es gelang ihm, für den Rest des Abends in die verrückte Welt des liebenswerten, schlanken und unbekümmerten Laurel und seines fetten, mürrischen Freundes Hardy einzutauchen.

Es war genau acht Uhr, als Hans Keppler am nächsten Morgen die mittelalterlichen Stufen der Sankt-Ambroż-Kirche hinaufstieg. Da er nicht genau wußte, wohin er gehen sollte, schlüpfte er leise in die Kirche, zog seine Wollmütze ab und kniete vor dem fernen Altar nieder. Dann wartete er ab.
Bald hörte er Schritte und sah Pfarrer Wajda aus dem Schatten auftauchen. »Guten Morgen«, begrüßte ihn der Priester freundlich, als handle es sich um einen ganz gewöhnlichen Tag.
»Guten Morgen, Vater. Bitte sagen Sie mir etwas.«
»Was denn?«
»Glauben Sie, daß es für mich noch einmal eine Zeit geben wird, wo ich in einer Kirche nicht nervös bin?«
Wajda blickte auf einmal hilflos und antwortete in einem tröstenden Ton: »Wenn Sie nach und nach Frieden mit sich selbst schließen, mein Freund, werden Sie auch Ihren Frieden mit Gott finden. Folgen Sie mir jetzt bitte.«
Pfarrer Wajda öffnete eine kleine Pforte in der Apsis der Kirche, und Hans Keppler fand sich plötzlich in dem erhöhten, mit geschnitztem Chorgestühl und Skulpturen versehenen Chorraum wieder.
»Man hat natürlich hier geplündert«, flüsterte der Priester, während er über die Altarstufen voranging und schließlich einen Abgang betrat, der im Dunkeln verborgen war. »Als die Nazis vor zwei Jahren kamen, haben sie die Kirche ausgeraubt und fast alle Goldgeräte und sonstigen wertvollen Gegenstände mitgenommen. Aber die Schnitz-

figuren, die Sie in den Seitenflügeln des Hauptaltars sehen, sind echt und wurden bereits 1407 dort aufgestellt. – Wir sind da.«
Er zog einen Schlüssel aus der Tasche seiner Soutane und steckte ihn in das Eisenschloß, das an der Tür zur Krypta angebracht war. Die Angeln, inzwischen geölt, gaben kein Geräusch von sich, als die Tür sanft geöffnet wurde – im Gegensatz zum ersten Mal, als Wajda mit Szukalski hier den Inkubator hinuntergetragen hatte. Er zog die Tür hinter sich zu und verschloß sie. »Seien Sie ab jetzt vorsichtig«, ermahnte er ihn flüsternd, »diese Stufen sind stark ausgetreten, so daß man leicht ausgleitet.«
Sie stiegen langsam in die unterirdische Kammer hinab, die direkt unter dem Altar lag, und Keppler spürte, wie sich seine Augen an das Dunkel gewöhnen mußten.
Schließlich kamen sie unten an, und Keppler rümpfte die Nase, als ihm die unangenehm stickige, nach Moder riechende Luft entgegenströmte. Er dachte daran, daß sie dieselbe Luft einatmeten wie die Priester im Mittelalter, die dort vor langer Zeit ihre Toten bestattet hatten.
Dann erblickte er Dr. Szukalski und Dr. Duszynska, die in einer Ecke an einem kleinen Tisch arbeiteten.
»Sie brauchen nicht nervös zu sein, Keppler«, meinte Szukalski, der erkannte, daß der junge Mann durch die ungewohnte Umgebung etwas von seiner Selbstsicherheit verlor. »Wir haben diesen besonderen Ort nicht Ihretwegen für unsere Arbeit ausgewählt, sondern weil wir vielleicht unser Experiment etwas ausdehnen.« Jan Szukalski bemühte sich, ihn zu beruhigen. »Glauben Sie mir: Was Sie sehen, haben wir nicht Ihretwegen aufgebaut. Wenn es nur um Sie ginge, dann hätten wir auch alles im Krankenhaus versuchen können.«
»Das Experiment ausdehnen?«
»Ja, auf andere ausdehnen. Wenn wir Sie vor den Deutschen retten können, warum sollten wir es dann nicht auch mit anderen schaffen?«
Obwohl er flüsterte, hatte die Stimme des Arztes in der Krypta eine eigenartige Resonanz.
»Setzen Sie sich«, forderte Jan ihn auf und wies auf einen der Klappstühle, die zu der spartanischen Ausstattung gehörten. »Wir haben den Impfstoff, von dem ich Ihnen erzählte, zubereitet, aber es gibt

noch ein paar Dinge, auf die ich Sie hinweisen möchte, bevor wir die Injektion vornehmen.«
»Sie erwähnten, mit der Spritze sind ein paar Risiken verbunden.«
»Ja, es bestehen Risiken. Ich denke, daß sich Ihr Arm an der Injektionsstelle wahrscheinlich entzünden wird und daß Sie ein oder zwei Tage leichtes Fieber haben werden. Nichts Ernstes also, zumindest hoffen wir es. Aber ich habe Sie ja vorher schon darüber aufgeklärt, daß es zu einer völlig unerwarteten und nicht kontrollierbaren Reaktion kommen und diese tödliche Folgen haben kann.«
»Sie haben recht, Doktor, dies wäre wirklich eine ernsthafte Komplikation; aber immerhin würde mir so die Rückkehr ins Lager erspart.«
Szukalski lächelte nicht über diese Bemerkung, sondern erwiderte düster: »Sie könnte den Tod für uns alle bedeuten; nichts wäre Dieter Schmidt lieber, als uns den Tod eines SS-Mannes in die Schuhe zu schieben.«
»Doktor, wie wollen Sie weiter vorgehen, wenn Ihr Impfstoff so wirkt, wie Sie es sich vorstellen?«
»Wenn es klappt, Keppler, dann werden wir versuchen, bei anderen Menschen hier in der Umgebung von Sofia ebenfalls eine Krankheit vorzutäuschen, so daß am Ende der Eindruck entsteht, als wäre eine Epidemie ausgebrochen. Wir hoffen, daß daraufhin eine Quarantäne verhängt wird.«
Keppler nickte. Er blickte Maria Duszynska an, deren Gesicht leichenblaß war, als wäre sie einem der Sarkophage entstiegen. Schließlich wandte er sich Pfarrer Wajda zu, der sehr ernst wirkte. »Die Idee ist nicht uninteressant. Aber die Deutschen reinlegen?« Keppler schüttelte den Kopf. »Vielleicht eine Woche oder auch einen Monat, aber am Ende würden sie die Wahrheit herausfinden und jeden in der Stadt erschießen. Sofia ist für die Deutschen wichtig, Herr Doktor, aber nicht seine Einwohner.«
»Wir müssen es versuchen«, entgegnete Szukalski sanft, »so wie Sie es versuchen müssen. Wir müssen auch sicher sein, daß wir Ihre völlige Unterstützung haben, wenn wir beschließen, den Plan umzusetzen. Wir werden Ihre Hilfe benötigen.«
»Natürlich werde ich Ihnen helfen. Ich werde tun, was immer Sie von mir verlangen.«

»Dann wollen wir weitermachen. Erinnern Sie sich, Keppler: Ich werde mich in fünf oder sechs Tagen an die deutschen Behörden wenden müssen und ihnen mitteilen, daß Sie krank sind und daß ich Fleckfieber bei Ihnen vermute. In sieben Tagen werde ich Ihnen Blut abnehmen und es an das von den Deutschen kontrollierte Zentrallabor in Warschau schicken. Sie werden mich dann informieren, ob Ihre Weil-Felix-Reaktion positiv ausgefallen ist, was meine Diagnose bestätigen würde, oder negativ, woraus ich schließen müßte, daß es sich bei den Proteus-Bakterien nicht um den OX-19-Stamm handelt oder daß die Reaktion bei Menschen nicht die gleiche ist wie die bei Meerschweinchen. Um jeden Verdacht zu vermeiden, sollten Sie die Symptome von Fleckfieber kennen, so daß Sie sie vortäuschen und wir Sie in unser Krankenhaus aufnehmen können.«

Szukalski wandte sich von ihm ab und bat Maria: »Würden Sie ihm bitte erklären, was Fleckfieber ist und welche Symptome bei ihm auftreten müßten?« Dann machte er sich wieder an dem Tisch zu schaffen, öffnete die erste Phiole mit dem Impfstoff, zog einen Kubikzentimeter in eine Spritze auf, hielt sie hoch und drückte die kleinen Luftbläschen durch die Kanüle.

Keppler legte seinen Mantel ab und streifte den Ärmel seines Hemdes hoch, um den Oberarm freizulegen. Szukalski reinigte die Haut mit einem in Alkohol getränkten Wattetupfer und injizierte dann den Impfstoff tief in den Armmuskel. Keppler zuckte kurz zusammen.

»Das hätten wir«, meinte Szukalski, während er die Nadel zurückzog und die Injektionsstelle mit dem Wattebausch rieb. »Das war unser erster Schritt.«

»Dr. Duszynska, Sie wollten mir doch erklären, welche...«

»Ja, stimmt.« Sie wandte ihren Blick von der Injektionsnadel ab und hob den Kopf. »Ein typischer Fleckfieberfall beginnt ziemlich akut mit Schüttelfrost und Fieber, das recht schnell auf Werte zwischen neununddreißig und vierzig Grad steigt. Kopf- und Muskelschmerzen, Schwindelgefühl und Schlaflosigkeit treten hinzu. Sie müssen diese Symptome vorspielen, und dann werden wir Sie ins Krankenhaus aufnehmen, wahrscheinlich morgen. Sie müssen Ihre Großmutter davon überzeugen, daß Sie krank werden, so daß sie einen Arzt ruft. Wenn es Ihnen möglich ist, dann legen Sie sich eine Zeit-

lang ein sehr heißes Handtuch auf die Stirn, bevor Sie ihr sagen, daß Sie sich krank fühlen. Wenn sie Ihnen dann eine Hand auf die Stirn legt, was bestimmt der Fall ist, wird sie den Eindruck haben, daß Sie wirklich hohes Fieber haben.«
»Muß es noch heute nacht sein?«
Die beiden Ärzte nickten.
»Ich werde es versuchen; ich gehe in den Weißen Adler zum Neujahrsball.«
»Um so besser. Klagen Sie vor jedem, mit dem Sie zusammenkommen. Aber da gibt es noch eine Sache, die wir klarstellen müssen«, Szukalski räusperte sich, und das Geräusch hallte von den alten Wänden zurück. »Wenn die Weil-Felix-Reaktion negativ ausfällt, dann werden wir die Diagnose für Sie einfach in eine Grippe umwandeln, und Sie sind wieder sich selbst überlassen. Wir werden nicht genug Zeit haben, um einen neuen Impfstoff an Ihnen auszuprobieren, bevor Ihr Urlaub zu Ende ist.«
»Dann werde ich heute nacht richtig feiern, Doktor. Morgen beginnt das neue Jahr und möglicherweise ein neues Leben für mich. Ich werde mir diesen Abend festlich gestalten.« Er setzte ein schiefes Grinsen auf. »Ich bin mit einer Ihrer Krankenschwestern verabredet.«
Szukalski, der sich am Tisch angelehnt hatte, zuckte plötzlich zusammen. »Wie bitte? Wer ist es?«
»Anna Krasinska.«
»Sie haben doch wohl nicht...«
»Nein, Doktor, ich habe ihr nichts erzählt. Glauben Sie mir, die Notwendigkeit von absolutem Stillschweigen ist mir ebenso bewußt wie Ihnen.« Er streifte seinen Ärmel zurück und zog wieder seinen Mantel an. »Sie werden morgen von mir hören.«
Als er sich schon auf den Weg gemacht hatte, blieb SS-Rottenführer Hans Keppler noch einmal kurz stehen und schaute Piotr Wajda an, der in dem finsteren Licht nur schemenhaft zu erkennen war. »Herr Pfarrer, beten Sie für mich«, bat er ihn ernst und verließ dann den unheimlichen Ort.

13

Sie arbeiteten still und unermüdlich, um die Waffen zu verstecken, die sie aus dem Zug geholt hatten. Als Lagerräume dienten ihnen die kleinen Kammern und Nischen, die sich überall in den Seitenwänden der Höhle befanden, und so hatten sie bald jede Einbuchtung mit Waffen und Munition angefüllt und durch Felsblöcke und Gesteinsschutt getarnt. Alles war so gewissenhaft verstaut, daß nur eine genaueste Inspektion zur Entdeckung der geheimen Lager hinter den Steinwällen geführt hätte.

Dann ruhten sich die Partisanen in der warmen Haupthöhle aus, einige aßen, viele schliefen. Die Alten, die zurückgeblieben waren, hatten ein herzhaftes Schmorgericht zubereitet, das die müden Partisanen nun verschlangen.

»Ich kann es noch gar nicht fassen!« staunte Moisze und seufzte.

»Wir haben es wirklich versucht – und geschafft!« Esther nickte mehrmals und wies mit ihrem Löffel zum Lagerfeuer. »Und alles verdanken wir Brunek. Ohne ihn hätten wir eine so große Aktion niemals gewagt.«

»Wir haben weit über tausend Pistolen und Gewehre jeder Bauart«, freute sich Antek, der mit einer Brotrinde seine Schale auswischte. »Genug für eine Armee.«

»Eine Armee von zwanzig Mann«, hörte man eine finstere Stimme murmeln. Ihr Blick richtete sich auf David, der sein Essen nicht angerührt hatte.

Moisze Bromberg wollte etwas sagen, aber David fuhr fort: »Jetzt ist die Zeit gekommen, unsere Kräfte zu vereinen! Wenn die Deutschen eine Armee im Rücken haben und die Russen vor sich, dann können wir sie erdrücken! Wir würden es endlich schaffen, sie aus Polen zu vertreiben. Und unsere Armee wird wachsen, wir werden immer mehr Waffen anhäufen und Kämpfer für unsere Sache rekrutieren.«

Moisze schüttelte den Kopf. »Es würde nicht funktionieren, David. Man hat den Juden, die man in den Zügen transportiert, gesagt, daß sie an einen Ort gebracht würden, wo sie arbeiten und eine neue Heimat finden können. Glaubst du etwa, sie würden dir ohne weiteres folgen?«

»Aber wenn wir ihnen sagen, was los ist!« David hob die Stimme, seine Schläfenadern traten hervor. »Sie würden uns glauben, wir sind doch auch Juden. Wir müssen sie darüber aufklären, was sie in Auschwitz erwartet, dann werden sie aus den Zügen schwärmen und zu den Waffen greifen, um mit uns zu kämpfen!«
»Du hast recht«, meinte nun Brunek Matuszek mit ruhiger Stimme. »Wir brauchen eine Armee, aber nicht so eine, wie du sie dir vorstellst. Wir müssen die Reste der polnischen Armee zusammenbringen und sie organisieren; die Soldaten sind über das ganze Land verstreut und verstecken sich oder kämpfen im Widerstand. Das ist es, was notwendig ist; nur dann können wir die Bastionen der Deutschen systematisch zerstören, wie zum Beispiel dieses Munitionsdepot vor Sofia.«
»Stimmt«, pflichtete Antek bei, bevor David etwas erwidern konnte, »wir sollten noch einmal richtig zuschlagen, und zwar bald. Die Deutschen sollen glauben, daß wir eine große, schlagkräftige Truppe sind. Hast du die Mörser in den Kisten gesehen? Es sind perfekte Waffen, die sich gegen das Depot einsetzen lassen. Noch ein großer Schlag, und dann verlassen wir die Höhle und verstecken uns in den Bergen, bevor sie uns entdecken.«
Brunek nickte nachdenklich. »Besser noch als eine einzige, große Armee zu bilden, ist es, mehrere kleine, überall einsetzbare Sabotagetrupps zusammenzustellen, die hart und schnell zuschlagen und dann wieder verschwinden, bevor die Deutschen sich ihnen an die Fersen heften können. So machen sie es im Norden, um Warschau. Diese Methode ist wirklich die beste gegen die Nazis.«
Doch David blieb weiterhin bei seiner Meinung: »Gut, aber auch dafür kann man die Leute aus den Zügen nehmen. Sie würden gerne Ihren Befehlen folgen, wenn Sie ihnen Waffen geben und sagen, was sie tun sollen. Bilden Sie aus ihnen kleine, organisierte Gruppen, die sich gut führen lassen. Sie würden schon kämpfen, wenn sie wüßten, wohin die Deutschen sie bringen.«
Moisze schüttelte traurig den Kopf. »Sie würden dir niemals glauben, David. Die Nazis sind geschickte Lügner, und unsere Leute steigen ruhig und friedlich in die Züge ein. Ich glaube nicht, daß du sie überreden könntest, zu flüchten und zu den Waffen zu greifen.«
David ließ seinen Blick über die Runde schweifen und verharrte zu-

erst bei Abraham, auf dessen Gesicht sich seine Leidenschaft widerspiegelte. Schließlich blieb sein Blick an der Schönheit Leokadjas haften, deren Augen, schimmernd wie ein Malachit, ins Feuer starrten. »Sie weiß, was ich fühle, sie gibt mir recht«, dachte er.
Brunek, den die Verzweiflung in der Stimme des Jungen betrübte, entgegnete sanft: »Wir wissen, daß die Juden den Kampf nicht fürchten, aber was wir brauchen, ist eine starke Einheit ausgebildeter Leute. Was du vorschlägst, wäre ein aufs Geratewohl zusammengestellter, unorganisierter...«
David sprang auf. »Das ist Unsinn«, zischte er mit angespannter Stimme, »ihr habt alle unrecht.« Er machte auf dem Absatz kehrt und hechtete, nach seiner Schafswolljacke greifend, zum Ausgang.
»David!« rief ihm Moisze hinterher und erhob sich ebenfalls. Aber Brunek legte eine Hand auf die Schulter des Metzgers und schüttelte den Kopf. »Auch du warst doch einst jung, mein Freund«, hielt er ihn zurück. »Hast du vergessen, welches Feuer in deiner Seele brannte? Er ist ein guter Kämpfer mit dem Mut von hundert Mann. Laß ihn über deine Worte nachdenken, bedränge ihn nicht. Wir müssen zusammenhalten.«
Sobald der junge Mann durch die kleine Öffnung in der Klippe geschlüpft war, stand Leokadja unvermittelt auf und eilte ihm nach.
Die anderen um das Feuer Versammelten sahen sie wegrennen, ohne etwas zu sagen. Sie wußten alle, ein jeder von ihnen, welche Qualen David durchmachte.
David zerrte an seinem Mantel und seinen Handschuhen, während er im Schnee über den engen Pfad nach oben stapfte. Die beiden verborgenen Posten, die die Höhle bewachten, beobachteten, wie Leokadja David hinterherrannte und dann zu ihm aufschloß.
Als sie oben ankamen, blieb David stehen und blickte über die unberührte Schneelandschaft, deren Ruhe fast wie ein Hohn auf ihn wirkte. Er drehte sich zu der jungen Frau um, als er hörte, wie sie ihn sanft fragte: »Wohin gehst du?«
»Als ich noch auf dem Hof meines Vaters arbeitete«, sagte er entrückt, »bin ich immer mit meinem Pferd ausgeritten, wenn ich nachdenken wollte.«
»Möchtest du alleine sein?«

Er blickte in ihre Augen, die grün wie das Moos des Frühlings waren, überlegte einen Augenblick und sagte dann: »Nein.«
Darauf setzten die beiden schweigend ihren Spaziergang unter den Bäumen fort. Schließlich gelangten sie zu dem Pferd, das auf einem schneefreien Stück Rasen weidete, und sie stiegen, wie am Tag zuvor bei der Brücke, auf und ritten in die Wälder. Dabei schlang Leokadja die Arme eng um seine Hüften.

Die Schultern hochgezogen, um sich vor der Kälte zu schützen, eilte Rudolf Bruckner durch den weichen Schnee und blieb immer wieder stehen, um seine Füße aufzustampfen und den Kreislauf anzuregen. Er hatte den Mantelkragen bis zu den Ohren hochgezogen und seine durch Handschuhe geschützten Hände tief in den Taschen vergraben. Bruckner haßte die Kälte; es schien ihm im Winter nicht ein einziges Mal richtig warm zu werden. Als der Laborant mit verkniffenem Gesicht an dem zweigeschossigen Backsteingebäude ankam, in dem er über einem Textilgeschäft eine Zweizimmerwohnung hatte, erkannte er an den Spuren im Schnee, daß sein Mitbewohner vor ihm heimgekehrt war. Als er eintrat und in dem kleinen Flur anlangte, den er mit dem Geschäft teilte, bemerkte er zu seiner Verärgerung auch, daß Sergej wieder einmal Schnee nach oben geschleppt hatte. Wütend trat er sich die Füße auf der kleinen Matte ab, die sich direkt hinter der Eingangstür befand, und stieß Flüche gegen seinen gedankenlosen und bequemen Mitbewohner aus.
Als er die Treppe hinaufstieg und sah, daß die Wohnungstür weit offen stand, wurde er noch wütender. »So kommt doch die ganze Kälte rein!« wetterte er, als er das kleine Wohnzimmer betrat und die Tür kräftig zuschlug. »Den ganzen Tag friere ich mir im Labor den Arsch ab, und zu Hause dann dieselbe Scheiße!« brummte er.
Ohne den Mantel abzulegen, ließ sich der schmächtige Rudolf Bruckner auf das Sofa fallen und blickte mürrisch ins Feuer.
»Bist du es, Rudolf?« rief eine Stimme aus dem kleinen Raum, der als Küche und Eßzimmer diente.
Bruckner gab keine Antwort.
Kurz darauf erschien ein kräftiger junger Mann mit kantigem Gesicht und entblößtem Oberkörper, auf dem sich deutlich seine wohlgeformten Muskeln abzeichneten. Er füllte mit seinen breiten Schul-

tern nahezu den Türrahmen aus, als er sich auf polnisch mit einem schwachen, nicht näher bestimmbaren Akzent an den Laboranten wandte. »Was ist los, Rudolf?«
»Du Arschloch«, brummte sein Freund, der nicht aufblickte, »du bist wirklich das dümmste Arschloch, das mir je begegnet ist. Ich schrubbe mir die Finger wund, um hier alles so sauber wie möglich zu halten, und du kommst hier mit deinen verdammten triefenden Füßen rein und schließt nicht einmal die Tür, damit dieses lausige Loch warm bleibt. Du weißt doch, wie schlecht ich die Kälte vertrage.«
»Rudolf, Rudolf.« Sergej ging auf das Sofa zu und zeigte sich unbeeindruckt. »Es war so warm, als ich heimkehrte, daß ich das Fenster geöffnet habe, um ein bißchen frische Luft hereinzulassen. Komm schon, so schlimm ist es nun auch wieder nicht, oder?«
Er legte seinen breiten, kräftigen Arm um Bruckners Schulter und tätschelte ihn zärtlich. »Erzähl mal, wie war dein Tag?«
Bruckner lehnte sich seitlich auf dem Sofa zurück und legte seinen Kopf auf ein Kissen. »Derselbe Mist wie immer. Was für eine langweilige, undankbare Arbeit! Sergej, ich bin das Labor so leid. Ich würde alles geben, um rauszukommen.«
»Es gibt Tage, da sprichst du anders.«
»Ja, an meinen verrückten Tagen. Aber die Ärzte gehen mir auf die Nerven. Wer weiß, was sie vorhaben? Wer kann sie durchschauen?«
»Was ist denn passiert?«
»Oh, eigentlich nichts Besonderes. Vor ein paar Tagen habe ich entdeckt, wie die beiden nachts im Labor an irgendwas arbeiteten, und nachdem sie gegangen waren, beschloß ich, mir alles mal näher anzusehen. Verdammt noch mal, so wie sie sich anstellen, muß wirklich irgendein Geheimnis dahinterstecken.«
»Was hast du denn gefunden?«
»Nichts. Eine wertlose Proteus-Kultur. Wer weiß, was sie damit anfangen wollen? Zur Hölle mit ihnen, mir ist es auch egal.«
»Ich mache dir was zu trinken.«
Rudolf Bruckner klagte weiter: »So kann es einfach nicht weitergehen! Irgendwo muß doch ein Ausweg sein!«
»Wenn du so redest, machst du mir angst, und das weißt du. Hier,

bitte schön.« Sergej reichte seinem Freund ein Glas Wodka und setzte sich zu ihm auf das Sofa.
Bruckner murrte und nahm einen Schluck.
»Heute habe ich Schweineschnitzel besorgt«, fuhr Sergej fort und überlegte, was er sagen konnte, um seinen Freund aufzumuntern. »Frische Schweineschnitzel, und es war kein Problem, sie zu bekommen; keiner hat mich gesehen. Außerdem haben wir noch drei Kartoffeln. Hilf mir beim Kochen, Rudolf, es wird dir gefallen. Und nachher massiere ich dich dann. Gegen eine Massage hast du doch nie was einzuwenden.«
Bruckner erwiderte nichts und trank noch einen Schluck Wodka. Noch etwas machte ihm Sorgen, etwas, was nichts mit dem seltsamen Verhalten der Ärzte zu tun hatte. Aber er konnte es seinem Mitbewohner nicht sagen, denn was dem Laboranten zusetzte, konnte er niemandem anvertrauen, nicht einmal seinem einzigen Freund.
Rudolf Bruckners eigentliche Aufgabe in Sofia war nicht die Laborarbeit, sondern Spionage. Die Anstellung im Krankenhaus diente nur der Tarnung, in Wirklichkeit arbeitete Bruckner für den SD, den Nachrichtendienst der SS. Man hatte ihn ein paar Monate nach der Invasion hierhergeschickt, als der Widerstand in Polen um sich zu greifen begann, und Bruckners Auftrag hatte in den vergangenen anderthalb Jahren darin bestanden, Partisanen aufzustöbern und Informationen über sie an den örtlichen Kommandanten, Dieter Schmidt, weiterzuleiten.
Doch Bruckners Arbeit war bisher nicht sehr erfolgreich gewesen, und zwar aus dem einfachen Grund, daß es ihm schwerfiel, Freunde zu gewinnen.
Er wußte, daß ein guter Spion die Gabe besitzen mußte, sich in die Reihen jener einzugliedern, die er ausspionieren sollte, er mußte Vertrauen gewinnen, um unauffällig Geheimnisse ausspähen zu können. Aber Bruckner war der ihm zugedachten Aufgabe nicht gewachsen. Obwohl er die Ausbildung und den Scharfsinn hatte, um als Spitzel für den Geheimdienst zu arbeiten, gebrach es dem Laboranten an den notwendigen menschlichen Eigenschaften, um erfolgreich sein zu können, und – was noch schlimmer war – er wußte es.
Diese Erkenntnis wühlte ihn jetzt auf, und er brütete über seine Unzulänglichkeit, die er durch nichts zu kompensieren vermochte.

Die Sabotageakte in der Gegend waren offensichtlich auf das Wirken einer Widerstandsgruppe zurückzuführen, und sie mußte irgendwo in der Nähe sein, hatte ihr Hauptquartier vielleicht sogar in Sofia selbst. Aber wie sollte man sich dort einschleusen? Wie ihr Vertrauen gewinnen und ihre Geheimnisse erfahren? Bruckners Vorgesetzte übten Druck auf ihn aus, die Partisanen zu finden und sie an Schmidt auszuliefern.
Er blickte finster in sein Glas. Bisher hatte er nicht ein einziges Mal etwas über die Aktivitäten der Widerstandsbewegung in Sofia herausfinden können, und wenn er nicht bald Ergebnisse vorwies, dann war es möglich, daß er bei seinen Vorgesetzten in Ungnade fiel.
Er dachte über die Ärzte nach, über ihre merkwürdigen Umtriebe, und über den Priester, der bei ihnen im Labor gewesen war. Er beschloß, fortan ein wachsameres Auge auf sie zu haben.

Unterwegs mußten sie immer wieder anhalten, um auf deutsche Patrouillen aufzupassen, und so waren sie eine ganze Weile geritten, als sie den Waldrand erreichten und vor sich die weiten, weißen Felder erblickten.
»Wo sind wir?« flüsterte Leokadja, die das erste Mal wieder sprach, seit sie die Höhle verlassen hatte.
David, der über die sanft gewellten, schneebedeckten Felder und Weiden in die Ferne blickte, fröstelte es in der Abenddämmerung, die ihn in ein lavendelfarbenes Licht hüllte.
»Der Hof meines Vaters ist in der Nähe«, sagte er mit schwermütiger, gramerfüllter Stimme. »Seit er in Schutt und Asche gelegt wurde, bin ich mehrmals hierher zurückgekehrt. Eigentlich ist alles zerstört, bis auf eine alte, baufällige Scheune, wahrscheinlich dachten die Deutschen, daß es nicht die Mühe wert ist, sie zu demolieren. Das Haus gibt es natürlich nicht mehr.«
David starrte auf die weiße Decke, die sich bis zum Horizont erstreckte, und registrierte auch die dunklen Einsprengsel, bei denen es sich um Bauernhöfe handelte. Aus einigen Kaminen stieg spiralförmig Rauch auf; diese Höfe waren noch bewohnt, weil die Deutschen die Ernte brauchten.
»Sie behaupten, daß es keine jüdischen Bauern gibt, daß wir alle Schneider und Juweliere sind. Aber mein Vater war Bauer, er liebte

seinen Boden und seine Tiere, nichts ging ihm über die Arbeit auf der eigenen Scholle. Er sparte jeden Pfennig, um mich an die Universität von Krakau zu schicken; ich sollte Mathematiker werden.«
Mit einem sanften Druck gegen die Flanken spornte David das Pferd an, und sie ritten geschwind über die weißen Felder, deren weiße Pulverschneedecke die Geräusche der Hufe dämpfte.
Leokadja, die sich an David klammerte, hielt Ausschau nach deutschen Patrouillen, aber schließlich gelangten die beiden zu den Ruinen des Ryż-Hofs, ohne entdeckt zu werden.
David sprang ab und half dann Leokadja beim Absitzen, indem er seine Hände um ihre schlanke Taille legte. »Ich will mich ein wenig umsehen.« Sie verstand und nickte.
Während die beiden nachdenklich durch den Schnee stapften, ging das Zwielicht rasch in eine matte Dämmerung über. Eine ganze Weile standen sie schweigend vor dem düsteren Fundament des Hauses. Leokadja beobachtete David, wie er den Kopf neigte und die Hände faltete. Dabei fühlte sie, wie ihr Herz sich für ihn öffnete.
Als David sein stummes Gebet beendet hatte, war es schon völlig dunkel geworden, und die winterliche Landschaft bot mit ihren weißen Bäumen und schimmernden Sternen einen märchenhaften Anblick. Nachdem sie wieder zu dem Pferd zurückgegangen waren, blickten sie einander in der Finsternis an und fühlten, wie sich die Ruhe der Landschaft auf sie übertrug. Das Pferd schnaufte und scharrte im Schnee, weil es zu frieren begann und ungeduldig wurde. David hob eine Hand, streichelte zärtlich die breite Flanke und murmelte etwas auf jiddisch.
»Was hast du gesagt?« wollte Leokadja wissen.
»Ich habe ihr gesagt, daß ich sie nicht zwingen werde, heute nacht zurückzureiten. Wir werden hierbleiben müssen; zumindest die nächsten Stunden.«
»Einverstanden.«
David nahm die Zügel und führte das Pferd zu der verfallenen Scheune, durch deren zerbrochene Bretter ein eisiger Wind pfiff. Drinnen fand er etwas feuchtes Heu und einige Jutesäcke in einer Ecke. Er rief nach Leokadja. »Hier drinnen finden wir Schutz, und das Pferd kann fressen. Vielleicht können wir ja sogar Brennmaterial auftreiben...«

Plötzlich jagte etwas Weißes schnell wie ein Pfeil unter dem Heu hervor und lief zwischen seinen Beinen hindurch.
»Was ist denn das?« flüsterte Leokadja aufgeregt.
David starrte dem Tier nach und begann dann zu lachen. »Eine Ente! Nein, keine Ente – ein Abendessen!«
Sogleich eilte er davon und hetzte hinter dem Vogel her, wobei er wie verrückt im Schnee hin und her hüpfte. Leokadja lachte, als sie sah, wie David hochsprang und in einer Gischt aus Schnee landete. Als er sich umdrehte und aufsetzte, hielt er die Ente im Nacken fest und jubelte grinsend: »Unser Essen!«
»Gib es mir.« Leokadja nahm ihm die Ente ab, der er den Hals umgedreht hatte, und zückte ein Messer, das sie am Gürtel trug.
»Mach uns Feuer, ich werde mich um den Braten kümmern.«
David fiel es nicht schwer, im Boden der Scheune eine Grube auszuheben und sie mit Steinen zu umgeben, die er unter dem Schnee fand. Auch das Anzünden des Feuers bereitete ihm keine Schwierigkeiten: Er riß ein paar Bretter aus einer der Scheunenwände, machte Kleinholz daraus und entzündete die trockenen Teile mit einem Streichholz. Dann nährte er die Flammen, indem er noch etwas Heu und Reisig hinzufügte, so daß jetzt ein wunderbares, beständiges Feuer für Leokadja brannte. Als David die Ente auf einen langen, geraden Stock spießte und sie über das Feuer hängte, staunte er über das Geschick, mit dem Leokadja das Tier bratfertig gemacht hatte.
»Bald können wir essen«, freute er sich. »Du hast wirklich hervorragende Arbeit geleistet.«
»Als der Krieg ausbrach, war ich ein Stadtmensch«, entgegnete sie, auf einem Jutesack neben ihm sitzend, »aber ich habe in den letzten zwei Jahren Dinge gelernt, von denen ich niemals gedacht hätte, daß sie eines Tages für mich wichtig würden.«
Er blickte sie an. Tausend Fragen brannten ihm auf der Zunge, aber er schwieg.
Leokadja lächelte fast schüchtern. »Es war nicht leicht für mich; für Frauen ist es niemals leicht.«
»Und was bewegt dich?« fragte er sanft.
»Die Hoffnung, eines Tages meinen Mann zu finden. Er wurde von den Deutschen verschleppt...« Sie seufzte tief. »Wer weiß, was ihm geschehen wird.«

»Es ist jetzt zwei Jahre her?«
»Ja.«
David drehte den Spieß und schürte das Feuer, damit es besser brannte. Dann wandte er seine Aufmerksamkeit wieder Leokadja zu.
»Du weißt, was mich antreibt, nicht wahr?«
»Ja«, flüsterte sie.
»Du weißt«, erklärte er mit einem traurigen Lachen, »daß der Krieg einen Menschen völlig verändern kann. Bis das alles passierte, war ich eigentlich kein richtiger Zionist, doch dann habe ich gesehen, was die Nazis meinem Volk antun, und das hat mich verändert. Abraham und ich, wir waren früher anders.«
»Das weiß ich.«
»Und mein Kampf richtet sich nicht gegen die Gois, auch wenn Brunek und die anderen das denken. Ich bin eigentlich nicht wirklich gegen irgendwen, Leokadja, ich bin für mein Volk. Kannst du das verstehen?«
Sie zuckte mit den Schultern. »Am Ende läuft es auf das gleiche hinaus. Egal was uns bewegt, wir kämpfen. Ich habe andere Gründe als du, aber meine Mittel sind dieselben; das ist es, was im Augenblick zählt.«
»Stimmt wohl.«
»Weißt du, es ist das erste Mal.«
»Das erste Mal was?«
»Es ist das erste Mal, daß du mich mit meinem Namen angeredet hast.«
Er schaute ihr lange und verwundert in die Augen. Dann meinte er, fast zögernd: »Es fiel mir nicht schwer; dein Name ist wunderbar.«
»Wir sollten nichts gegeneinander haben, David.«
Er starrte auf seine Hände, seine Gesichtszüge drückten Unsicherheit aus. Und als er sprach, kamen seine Worte fast gezwungen: »Leokadja, in meinem Herzen ist kein Platz für die Liebe, und ich weiß, daß für dich das gleiche gilt. Du und ich, wir sind uns irgendwie ähnlich. Wir leben für einen einzigen Zweck. Für den Kampf.«
»Das weiß ich.«
Er blickte verwirrt zu ihr auf. »Du weißt doch, warum ich diese Nachtzüge stoppen muß, nicht wahr?«
»Ja.«

»Man hat meine Eltern in einem dieser Züge fortgebracht. Ich konnte sie nicht retten, aber andere kann ich retten.«
»Ich verstehe.« Als sie das Jugendliche an ihm gewahrte, die ungestümen Regungen seines Herzens, fühlte Leokadja sich auf einmal um weit mehr als sieben Jahre älter. Wir kommen aus so verschiedenen Welten..., dachte sie.
Als das Schweigen für ihn fast unerträglich wurde, stand David schnell auf und schaute sich in der Scheune um. »Wir werden zwei Betten machen müssen. Du kannst die Jutesäcke haben und hier beim Feuer schlafen. Ich werde in die Ecke dort gehen, es gibt noch genug Heu, um...«
Plötzlich erhob sich auch Leokadja. Sie schmiegte sich eng an ihn und schüttelte den Kopf.
»Stimmt was nicht?« fragte er.
»Ich will mit dir schlafen.«
Plötzlich war sie wieder da, diese Verwirrung auf seinem Gesicht, als sie sich an ihn preßte, die Arme um ihn legte und ihre Lippen zärtlich auf die seinen drückte. Er erwiderte ihr Verlangen und schlang jetzt ebenfalls, zuerst zurückhaltend, dann voller Leidenschaft seine Arme um sie.

14

Kepplers Arm begann zu schmerzen, als er Anna an diesem Abend von zu Hause abholte. Er hatte sich um Punkt neun Uhr unten an der Treppe eingefunden, und während er sich in die Hände blies, um sie zu wärmen, rieb er sich immer wieder über die empfindliche Stelle an seinem Arm. Als Anna die Tür öffnete und nach draußen trat, breitete sich ein warmes Licht über den Schnee aus. Keppler vergaß sofort sein Unbehagen und lächelte. »Du bist wunderschön«, hauchte er, während sie vorsichtig die vereiste Treppe hinunterstieg.
Als sie ihn erreicht hatte, keuchte Anna völlig atemlos: »Ich hatte solche Angst, daß der Ball verboten wird, weil sie doch gestern die Brücke zerstört haben und...«
Keppler zeigte sich nicht beeindruckt. »Es ist ja nicht in Schmidts

Gebiet geschehen, doch ich möchte wetten, daß heute abend in Sandomierz keine Feste stattfinden! Aber laß gut sein, *moja kochana*, Brücken und Bomben sollen uns nicht den Spaß verderben.«
Bald spazierten sie die schneebedeckte Straße hinunter. Als sie sich dem Weißen Adler näherten und den schneidenden, heftigen Wind von der Weichsel her spürten, griff Anna instinktiv nach dem Arm ihres Begleiters und schmiegte sich wärmesuchend an ihn. Dabei gab er ein kurzes, reflexartiges Stöhnen von sich.
»Was ist los, Hans?«
»Nichts. Mein Arm schmerzt ein wenig; ich muß mich wohl irgendwo gestoßen haben.« Er lächelte ihr beruhigend zu, doch als sie ihren Weg durch die eiskalten Straßen fortsetzten, stellte er zu seinem Schrecken fest, daß nicht nur die Schmerzen in seinem Oberarm stetig zunahmen, sondern daß er auch Kopfschmerzen bekam.
Der Weiße Adler war im achtzehnten Jahrhundert die Residenz eines polnischen Grafen gewesen und befand sich am Rande der Stadt. Das im Sommer von Rasenflächen in sattem Grün umgebene Landhaus, an dessen einer Seite man in mehreren Schuppen Wagen, Droschken, Pferde und Fahrräder abgestellt hatte, war nun in eine dicke Schneedecke eingebettet. Während das junge Pärchen den mit Steinplatten belegten Weg zum Hotel hinaufging, hörte es bereits die schwungvollen Melodien, die von der Kapelle gespielt wurden, und das entfernte Aufstampfen vieler Füße. Aus jedem Fenster und jeder Tür schien helles Licht, Rauch stieg aus zwei Kaminen, ein Geruch, der eine Mischung aus gedünstetem Kohl, gebratenem Schweinefleisch und gekochtem Kürbis sein mußte, wurde ihnen von dem aus dem Osten wehenden Wind in die Nase getrieben.
In dem großen Raum, der als Speise- und Tanzsaal diente, gab es keinen einzigen freien Tisch mehr; lediglich ein paar Stühle waren noch aufzutreiben. Keppler bahnte sich einen Weg durch die Menge, die sich um die Tür und die Bar versammelt hatte, und es gelang ihm, zwei Stühle zu ergattern und sie an einen Tisch heranzurücken, an dem schon drei Personen saßen, die den Tanzenden zuschauten. Noch bevor Anna ihren Mantel abgelegt hatte, ließ er sich auf seinen Stuhl fallen.
Sein Kopf schmerzte inzwischen fürchterlich.

»Hans?« Eine kühle Hand legte sich auf die seine. »Hans, was ist los?«
Er blickte in Annas besorgt wirkende Augen. »Mit geht es gut«, antwortete er und schrie gegen den Lärm an, den die Fünf-Mann-Kapelle machte. Ein Schwarm ausgelassener Tänzer legte eine wilde Polka aufs Parkett.
»Bist du sicher? Deine Gesichtsfarbe ist irgendwie anders.«
»Ich brauche nur einen Wodka«, entgegnete er knapp und um Beherrschung bemüht.
Als er sich endlich, unter Schonung seines wunden Armes, aus seinem Mantel befreit hatte, kam ein Kellner mit einem Tablett vorbei. Hans reichte ihm etwas Geld und erhielt zwei Gläser von dem dampfenden Wodka, der mit Honig gewürzt war.
Das Getränk würde, ja mußte ihm guttun. Dies war eine besondere Nacht, in der er sich amüsieren, Musik hören und Anna in seine Arme schließen wollte. Wann würde sich ihm wieder eine solche Gelegenheit bieten? Vielleicht längere Zeit nicht mehr. Wenn ihn nur sein Arm nicht so sehr geschmerzt hätte. Und dann noch diese Kopfschmerzen, die immer heftiger wurden. Was sollten all die...?
Die Musik dröhnte ihm in den Ohren, die Hitze des Saales schien mit jedem Tanz zuzunehmen, so daß Hans sich wiederholt mit dem Finger über den Kragen seines Pullovers fuhr. Die Menge kreischte und johlte und vergaß sich völlig in dieser Nacht des rasenden Vergnügens: Jung und Alt schienen gemeinsam die Hakenkreuze vergessen zu wollen, die über jedem Eingang hingen. Und Hans Keppler wollte auch dabeisein, wollte mit Anna über die Tanzfläche wirbeln und sie lachen hören, den ersten Kuß von ihr bekommen. Aber er konnte nicht. Als wäre er mit seinem Arm und seinem berstenden Kopf nicht schon genug gestraft, fing er jetzt auch noch an, fürchterlich zu schwitzen.
»Hans, was ist los?« Anna drehte sich jetzt um und blickte ihn besorgt an. »Du siehst nicht gut aus.«
»Ich werde wohl eine Erkältung oder eine Grippe ausbrüten.«
Sie beugte sich vor und legte ihre geschulte Hand auf seine Stirn. »Du hast ein bißchen Fieber. Möchtest du lieber wieder nach Hause gehen?«
»Nein, nein, es ist nicht so schlimm, wirklich. Nur mein Kopf tut mir

ein bißchen weh. Noch ein Schluck, und ich werde mich gleich besser fühlen.«

Als der Kellner wieder vorbeikam, nahm Hans noch zwei Wodkas und stürzte ein Glas in einem Zug hinunter. Aber als die Kapelle mit einer bekannten Mazurka aufwartete und er aufstand, um mit Anna auf die Tanzfläche zu gehen, wurde ihm plötzlich übel. »Mein Gott!« dachte er entsetzt. »Hoffentlich haben sie mir nicht echte Fleckfiebererreger gespritzt!«

Er ließ sich wieder auf seinen Stuhl zurückfallen, und Anna wischte ihm das Gesicht mit einem parfümierten Taschentuch ab. Sie flüsterte ihm irgend etwas zu, doch er nahm seine Umgebung kaum noch wahr.

Nein, Szukalski würde mir das nicht antun! Oder? Nein, es ist verrückt! Warum sollte er mich töten wollen?

Obwohl es Anna war, die ihm ins Ohr sprach, hörte er Szukalskis Stimme. »Die schlimmste Komplikation, die auftreten kann, ist, daß Ihr Körper völlig unerwartet reagiert, mit möglicherweise tödlichen Folgen.«

»Anna...«, hörte Keppler sich sagen. »Würde es dir was ausmachen, wenn wir doch gehen. Ich fühle mich wirklich ziemlich krank.«

Sie warf schnell ihren Mantel über und half auch Hans, seinen Mantel anzuziehen, und griff dann nach seiner Hand, während sie sich durch die Menge drängten. Als sie draußen an der frischen Winterluft waren, fiel Keppler das Atmen etwas leichter.

»Könnten wir sofort zu meiner Großmutter gehen? Ich muß mich unbedingt hinlegen...«

Sie eilten durch dieselben menschenleeren Straßen zurück, über die sie zum Ball gegangen waren, und wurden von einem patrouillierenden Soldaten angehalten, der schnell ihre Papiere kontrollierte und sie dann weitergehen ließ, da er Annas Geschichte glaubte, daß Keppler betrunken sei.

Als sie das Haus seiner Großmutter erreichten, konnte er sich kaum noch auf den Beinen halten. Seine Schwäche war vor allem auf die schauerliche Angst zurückzuführen, die ihn beschlichen hatte: Er fürchtete, daß Szukalski ihm wirklich Fleckfieber übertragen hatte.

Hans Kepplers Großmutter erschien in einem abgetragenen Morgenmantel an der Tür. Sie und Anna führten ihn zu der schmalen impro-

visierten Schlafstatt, die er als Bett in ihrem kleinen Wohnzimmer benutzte. Hans legte sich auf das Bett, dessen vertraute Behaglichkeit er in den sieben letzten Nächten genossen hatte, und drückte sich die schwergewordene Hand auf die Stirn.
»Geh rüber zu *Pan* Dombrowski«, sagte die Großmutter zu Anna, während sie Hans aus dem Mantel half. »Er hat Telefon, und es brennt noch Licht.«
Anna gelang es sofort, Jan Szukalski an den Apparat zu bekommen, der im Krankenhaus noch eine Spätvisite machte. Als der Doktor eintraf, bedeutete er den beiden Frauen, den Raum zu verlassen. Diese gingen daraufhin in die Küche, um Tee zu kochen. Dann setzte sich Szukalski zu Keppler aufs Bett und musterte ihn mit forschendem Blick.
Nach einem Augenblick meinte er: »Sie spielen nicht nur; Sie fühlen sich wirklich nicht gut, oder?«
»Glauben Sie mir, Doktor: Ich sterbe.«
»Zeigen Sie mal Ihren Arm.«
Die Injektionsstelle war rot und geschwollen und extrem tastempfindlich.
»Die Reaktion ist heftiger, als ich gedacht hätte.«
»Ich fühle mich furchtbar, Herr Doktor.«
»Das könnte ein gutes Zeichen sein, Keppler.« Szukalski blickte zur Küche und senkte die Stimme. »Es könnte bedeuten, daß eine heftige Abwehr-Reaktion vorliegt, was genau das wäre, was ich mir wünsche. Aber wir werden Sie heute nacht erst einmal ins Krankenhaus bringen, und ich erzähle Anna und Ihrer Großmutter, daß ich Fleckfieber vermute.«
Keppler drehte den Kopf so, daß sein Blick, der fast wütend wirkte, den von Szukalski traf. »Habe ich Fleckfieber, Doktor?«
Szukalski wägte ab, bevor er antwortete. Seine dunklen Augen wie auch sein vornehmes Gesicht drückten seine gewöhnliche, berufsbedingte Distanz aus, so daß Keppler nicht erkennen konnte, was in ihm vorging. Dann erklärte Szukalski mit wohlbedachten Worten: »Nein, haben Sie nicht; und sobald wir im Krankenhaus sind, werde ich Ihnen ein paar Medikamente verabreichen, die Ihre Beschwerden lindern.«
Erneut wurde das Telefon von Dombrowski benutzt, um den einzigen

Sanitätskarren des Krankenhauses zu rufen, der von einem Pferd gezogen wurde. Dann brachte Szukalski so einfühlsam wie möglich Kepplers Großmutter die »schlechte Nachricht« bei.

Bruckner und Sergej lagen im Bett entspannt nebeneinander. Das warme Essen, der Wodka und das Bad hatten beiden ein Gefühl von Wohlbehagen und Wärme gegeben, und das einzige Geräusch, das die Ruhe der Nacht störte, ging von der Heizung aus.
Wahrscheinlich wäre die Hitze unerträglich gewesen, wenn die Männer nicht nackt gewesen wären.
Nachdem er eine Weile an die dunkle Decke gestarrt und sich noch einmal die außergewöhnlichen Ereignisse vor Augen gehalten hatte, die zu seiner jetzigen Situation geführt hatten, stemmte sich Sergej aus dem Bett und ging in die kleine Küche. Dort begann gerade ein Topf Wasser zu kochen, in den er für ein paar Sekunden eine Flasche mit Massageöl eintauchte. Als er zurückkehrte, reichte er seinem Freund ein Wasserglas voll Wodka. Bruckner stürzte das Getränk pur hinunter und ließ sich dann zurückfallen, um das angenehme Prickeln im Magen zu genießen.
Sergej legte eine Hand auf Bruckners Gesäßhälfte und stieß ihn leicht an, damit er sich umdrehte.
»Ich bin froh, daß ich dich getroffen habe«, murmelte Bruckner in sein Kopfkissen, »mein Leben war vorher so öde. Es ist schon ganz angenehm, einen persönlichen Sklaven zu haben.« Er gab ein kurzes, trockenes Lachen von sich. »Auch wenn du ein elender Deserteur bist.«
»Du darfst so was nicht sagen, auch nicht im Scherz.«
»Warum denn nicht, es stimmt doch. Und wenn mir je danach wäre«, er schnippte mit den Fingern, »dann könnte ich dich der Gestapo ausliefern. Was, glaubst du, würden sie mit dir anstellen, Sergej? Du weißt doch, daß die Wehrmacht bei der Roten Armee keine Gefangenen macht. Sie erschießen sie oder lassen sie wie Hunde im Schnee verhungern.«
»Und was würden sie mit dir tun? Du hast mir geholfen, mich zu verstecken. Du hast mir sogar den Job im Restaurant besorgt und jedem erzählt, ich sei ein polnischer Flüchtling aus der Ukraine.«
»Stimmt, du hast recht. Aber ich würde dich nicht ausliefern, Sergej,

nicht solange du lieb zu mir bist. Die Schultern bitte, ah ja, das ist gut. Und das ganze kostbare Essen, das du mitgehen läßt. Solange wir uns umeinander kümmern, *kochany* Sergej, werden wir ein angenehmes Leben haben. Aber wenn mir je etwas zustoßen sollte, dann...«
Die sehnigen Muskeln am Arm des Russen traten hervor, als er etwas fester massierte. Bruckner beendete seinen Satz nicht mehr. Sergej war sich nur allzu deutlich seiner Überlebenschancen bewußt, wenn Bruckner stürbe. Nicht etwa, daß ihre Beziehung glücklich und von Liebe erfüllt gewesen wäre – Bruckner war dafür viel zu kalt und berechnend –, aber wenigstens verriet er nicht seine Identität und bot ihm ein angenehmes Versteck, das einem Konzentrationslager oder dem langsamen Tod im Schnee bei weitem vorzuziehen war.
Als sie aus der Ferne das Mitternachtsgeläute der Kirchenglocken hörten, seufzte Sergej versonnen und murmelte: »Ein glückliches neues Jahr, *moy kochany*.«

Als Keppler endlich in einem Bett am äußersten Ende der Männerstation untergebracht war, ging Szukalski mit zwei weißen Tabletten und einem Glas Wasser zu ihm.
Keppler, von Panik ergriffen und fast wahnsinnig, musterte die Pillen mißtrauisch. Sein Gesicht glänzte vor Schweiß. »Ist das Gift?«
»Ja«, versetzte Szukalski, »und nach fünfzehn Minuten werden Sie tot sein. Um Gottes willen, natürlich ist es kein Gift, das sind Aspirin-Tabletten. Vertrauen Sie mir und nehmen Sie sie.« Alles, nur kein Vertrauen, war in den Augen des jungen Mannes zu lesen, als er die Pillen nahm und sie mit einem Würgen hinunterschluckte.
»Obwohl Sie sich in den nächsten vierundzwanzig Stunden besser fühlen werden«, erklärte der Doktor mit leiser, tuschelnder Stimme, »möchte ich, daß Sie so tun, als ob es Ihnen weiterhin schlecht geht, wenn eine der Schwestern kommt, um nach Ihnen zu sehen oder Ihnen Medikamente zu verabreichen.« Szukalski sah sich auf der Station um: Nur die Hälfte der Betten war mit schlafenden Patienten belegt, während die anderen Betten auf künftige Kranke warteten. Die diensthabende Schwester befand sich im Augenblick außerhalb der Station. Dennoch wagte Szukalski kaum zu flüstern: »Übermorgen werde ich Ihnen ein Medikament auf Bauch und Brust auftragen, das zu einem Ausschlag führen wird. Das Charakteristi-

sche für Flecktyphus ist eben ein Hautausschlag, und wir müssen dieses Theater so wirklichkeitsgetreu wie möglich spielen, selbst vor den Schwestern. Ich muß Sie warnen, daß jeder hier im Krankenhaus ein Spitzel von Dieter Schmidt sein könnte, dem ich einen Bericht über Ihren Fall schicken werde, weil es sich um eine ansteckende Krankheit handeln könnte, die schon bei Verdacht gemeldet werden muß. Wir müssen jetzt jeden Schritt genau durchdenken, verstehen Sie?«
Keppler nickte.
Szukalski beugte sich noch etwas weiter herunter und murmelte: »Und wenn Dieter Schmidt oder einer seiner Leute auftauchen sollte, nur keine Angst. Wahrscheinlich werden sie mindestens genausoviel Angst haben wie Sie, wenn man berücksichtigt, wie sehr sie eine Ansteckung fürchten. Wahren Sie in jedem Fall den Schein.«
»Versprochen«, wisperte Keppler, der bald darauf einschlief.

Als sie am nächsten Morgen eng umschlungen aufwachten, stellten David und Leokadja fest, daß sie das neue Jahr gemeinsam begonnen hatten. Wortlos, denn es gab nichts zu sagen, brachen sie ihr Lager ab und ritten in der frühen Morgendämmerung zum Fluß zurück.
Ein paar Kilometer südlich der Höhle hielt David das Pferd im sicheren Dickicht eines Waldes an, band es fest und führte Leokadja unter den Bäumen hindurch. Als sie am Waldrand ankamen, bemerkte sie, daß er sie zu den Gleisen zurückgebracht hatte, die sich vor ihnen in der Ferne verloren. Als sie den Mund öffnete, um etwas zu sagen, bedeutete er ihr mit einer Geste, sie solle schweigen. Dann lauschte er.
Bald darauf hörten sie das Pfeifen eines herannahenden Zuges. David legte sich flach auf den Schnee, und Leokadja, die überlegte, warum er sie hierher geführt hatte, tat es ihm gleich.
Eine Minute später tauchte der schwarze Zug hinter der Biegung auf und stampfte an den versteckten Spähern vorbei. Es handelte sich um einen langen Güterzug mit vielen versiegelten, unheimlichen Viehwaggons; einige waren allerdings auch offen und nur mit ein paar Brettern verschlagen, so daß man die Ladung erkennen konnte. Aber statt Vieh transportierte dieser Zug Menschen, die man so eng

zusammengepfercht hatte, daß Hände und Arme zwischen den Brettern eingeklemmt waren. Man sah, wie sich gelegentlich ein Gesicht an eine Öffnung drückte, um nach Luft zu schnappen. Und während der Nachtzug langsam an ihnen vorbeirumpelte, hörten David und Leokadja einen Schrei, eine Wehklage der Verdammnis. Die beiden warteten ab und beobachteten still die Waggons und blieben noch lange schweigend liegen, als der Zug längst fort war. Nach einer Weile wandte Leokadja sich sanft an ihn: »David, wir müssen gehen; sie werden sich Sorgen um uns machen.«
Aber er rührte sich nicht. »Das ist unsere Armee«, stieß er zwischen seinen Zähnen hervor, »diese Züge müssen wir anhalten. Und ich werde es tun, auch wenn mir keiner hilft.«

Um sich nicht auffällig zu verhalten, versuchte Dr. Szukalski die nächsten zwei Tage, seinem neuen Patienten nicht mehr als die übliche Aufmerksamkeit zukommen zu lassen. Er hatte inzwischen festgestellt, daß im Zusammenhang mit Keppler seine arme Großmutter das größte Problem darstellte. *Pani* Lewandowska, ganz außer sich und voller Selbstanklagen ob des Unglücks ihres Enkels, hielt die ganze Zeit Wache in dem kargen Wartezimmer außerhalb der Krankenstation. Obwohl er immer wieder betonte, daß ihre Anwesenheit den Verlauf der Krankheit in keiner Weise beeinflussen könne und daß es ihm den Umständen entsprechend gutgehe, konnte Szukalski die alte Frau nicht dazu überreden, heimzugehen. So gerne er sie auch über die wahre Situation aufgeklärt und ihren Schmerz mit der Nachricht gelindert hätte, daß die Krankheit ihres Enkels nur vorgetäuscht sei, wagte Szukalski doch nicht, sie ins Vertrauen zu ziehen.
Das andere Problem war Anna Krasinska, die Kepplers Erkrankung ebensowenig fassen konnte und von Berufs wegen freien Zugang zu seinem Bett hatte. Obwohl sie eigentlich auf der Frauenstation eine Etage höher arbeitete, nutzte Anna jede Gelegenheit, um ihn zu besuchen und zu sehen, wie es ihm ging. Und darin bestand eine Gefahr, denn als Krankenschwester hatte sie Erfahrung im Umgang mit Fleckfieberkranken.
Keppler selbst rettete die Situation, indem er Anna mitteilte, daß er sich zu krank fühle, um Besuch zu empfangen, und daß er, wenn sie ihn in diesem Zustand sehe, nur noch kränker werde. Und obwohl es

Anna schwerfiel, diesen Wunsch zu akzeptieren, hatte sie ihm schließlich entsprochen.
Dieter Schmidt dagegen erwies sich als der letzte, dem irgendeine Besorgnis hätte gelten müssen. So wie er Szukalskis Bericht über das Auftreten von Fleckfieber auf dem Wilk-Hof gleichgültig aufgenommen hatte, verhielt er sich jetzt auch bei dem zweiten Fall. Daß es sich bei dem möglichen Opfer um einen Angehörigen der Waffen-SS handelte, interessierte ihn nicht; das einzige, woran ihm lag, war, daß Jan Szukalski den Kranken isolierte und auf diese Weise eine Verbreitung der Seuche verhinderte. Die ganze Aufmerksamkeit des SS-Kommandanten galt den Widerstandskämpfern, die sein Gebiet unsicher machten.
Am Abend vor Kepplers vierter Nacht im Krankenhaus traten Szukalski und Dr. Duszynska mit einer Flasche Essigsäure an sein Bett und verteilten mit Hilfe eines Applikators Säuretüpfelchen über Kepplers Brust, Unterleib und Schultern. Am nächsten Morgen berichtete die Oberschwester von einem frischen Ausschlag bei dem angeblichen Fleckfieberpatienten, und Szukalski leitete diese Information an Dieter Schmidt weiter. Dabei betonte er ausdrücklich, daß es sich mit großer Wahrscheinlichkeit um einen Fall von Fleckfieber handle. Szukalski teilte dasselbe auch *Pani* Lewandowska und Anna Krasinska mit, die, so schien es, in den letzten Tagen an Gewicht verloren hatte.
Sosehr es ihn auch reute, den Kummer der beiden Frauen zu verlängern, machte Szukalski sich denoch entschlossen daran, den letzten und entscheidensten aller Schritte des Experiments zu unternehmen: den Weil-Felix-Test.
Drei quälend lange Tage verstrichen, bevor Szukalski Keppler eine Blutprobe abnehmen konnte. In diesen drei Tagen hatte der junge Mann immer wieder über Schmerzen und Schwindelgefühl geklagt und unter dem unangenehm juckenden Hautausschlag leiden müssen, von dem man ihn nicht erlösen konnte.
Seit dem Neujahrsmorgen vor einer Woche hatte Keppler sich eigentlich ausgezeichnet gefühlt und sich deshalb immer wieder daran erinnern müssen, den Anschein des Krankseins zu wahren, was ihm gegenüber den anderen Schwestern und seiner Großmutter auch nicht schwerfiel. Aber wenn es in den ersten Tagen seiner Krankheit

darum ging, seine Rolle auch vor Anna zu spielen, mußte er sich auf eine Weise zusammennehmen, die fast seine Kräfte überstieg.
Sie war so süß und begehrenswert. Nicht ein einziges Mal hatten sie sich bisher geküßt, nicht einmal hatte er es übers Herz gebracht, ihr seine Gefühle für sie zu offenbaren und zu sagen, wie sehr ihn ihre Liebe stärkte. Immer wenn sie ängstlich und von Sorgen gezeichnet an seinem Bett saß, drängte es ihn bis zur Verzweiflung, sie in seine Arme zu schließen und ihr die Wahrheit zu gestehen.
Statt dessen versenkte er sein Gesicht ins Kopfkissen, stöhnte und klagte und überließ meistens ihr das Reden. Mit einem schwachen Lächeln blickte er auf ihre Blumen und dankte ihr für die köstliche Schokolade, die sie ihm besorgt hatte und die er, wie er immer wieder beteuerte, so gerne essen würde, wenn er sich nur nicht so krank fühlte. Und wenn sie ihn dann verließ, die Augen von Tränen verschleiert, voller Sorge, ob er diese gefürchtete Krankheit überleben würde, da konnte Hans Keppler nicht anders, als sein Gesicht ins Kopfkissen drücken und weinen. Auch aus diesem Grunde hatte er Anna schließlich gebeten, ihn nicht mehr zu besuchen.
Szukalski nahm Keppler am siebten Morgen Blut ab, genau an dem Tag, an dem er sich wieder zum Dienst in Auschwitz hätte melden sollen. Die Blutprobe wurde an das von den Deutschen kontrollierte Laboratorium in Warschau geschickt. Am 9. Januar 1942 erreichte Dr. Szukalski dann ein Telegramm.
Als er den Umschlag aufriß und die Ergebnisse las, wich jede Farbe aus seinem Gesicht. Nur drei Worte kamen ihm über die Lippen: »Herr im Himmel!...«

15

Maria Duszynska hatte das beige Wolltuch, das man ihr zu Weihnachten geschenkt hatte, sorgfältig verpackt und trug es fest unter dem Arm. Sie ging rasch die schmale Straße hinunter, die zu dem Geschäft der alten Frau führte, die gelegentlich für sie schneiderte. Es war ein wunderbarer Tag, aber obwohl die Sonne ihre wärmenden Strahlen vom hellblauen Himmel nach unten entsandte, war die Eis-

schicht über dem Kopfsteinpflaster nicht abgeschmolzen. Die Straße führte direkt zum Marktplatz, den sie überqueren mußte, um zum Haus der Näherin auf der anderen Seite zu gelangen. Maria trat aus dem Dunkel der kleinen Straße heraus und war schon einige Schritte über den Platz gegangen, als sie den Auflauf vor dem Rathaus bemerkte.
Und als sie den gerade errichteten Galgen erblickte, blieb sie plötzlich stehen.
Aus einem Eingang in der Nähe tauchte plötzlich ein deutscher Soldat auf und richtete seine Waffe auf sie. »Mach schnell!« brummte er und befahl ihr, weiterzugehen.
»Aber was ist denn...?«
»Los, rüber; zu den anderen!«
Maria starrte fassungslos auf die Maschinenpistole.
»Schnell!« herrschte der Soldat sie an und trat näher, als wolle er ihr mit der Waffe einen Stoß versetzen. »Los, da rüber! Tempo, Tempo!«
Während sie vorwärtstaumelte, wurde ihr plötzlich vor Angst der Mund trocken. Dr. Duszynska nahm nur schemenhaft wahr, daß auch andere Menschen auf ähnliche Weise an dem Ort zusammengetrieben wurden, wo sich der Galgen befand, so daß jetzt ungefähr einhundertzwanzig Zuschauer, bewacht von ungefähr dreißig SS-Männern, auf dem Platz versammelt waren. Als sie schließlich am Rande der Menschenmenge zu stehen kam, den arroganten Soldaten nur einige Schritte hinter sich, sah Maria Duszynska, was sie sehen sollte.
Zwei Männer und eine Frau, denen man die Hände auf dem Rücken gefesselt hatte und deren bleiche Gesichter in einer merkwürdigen Art und Weise vor plötzlicher trauriger Fassungslosigkeit erstarrt waren, standen auf einem kleinen abgesperrten Stück des Platzes, das die Gestapo geräumt hatte. Der jungen Frau, die nur eine dünne Bluse und einen kurzen Rock trug, hatte man mit einem rauhen Strick ein Schild um den Hals gehängt, auf dem in deutscher und polnischer Sprache zu lesen war: »Wir sind Partisanen. Wir haben der Wehrmacht Benzin und Lebensmittel gestohlen.«
Auf dem Gesicht der jungen Frau zeigte sich keine Regung, nichts deutete auf ihre Gefühle hin. Sie stand wie hypnotisiert vor der Menge.

Der ältere der beiden Männer, der ungefähr dreißig Jahre alt sein mochte, war halb verhungert und trug einen ungepflegten Bart, der das zitternde Kinn bedeckte. Er starrte mit unverkennbarem Schrecken auf den Galgen mit seinen drei Schlingen, die von einem breiten Balken herunterbaumelten. Der andere dagegen, ein junger Mann mit zarten Zügen, der wohl nicht älter als zwanzig Jahre war und ebenfalls keine warme Kleidung gegen die Kälte trug, flehte den Hauptmann an, das Leben der Frau zu verschonen.

Maria Duszynskas Magen zog sich zusammen, während sein leidenschaftliches Flehen über die unheimlich stumme Menge zu ihr herüberdrang.

»Bitte, bitte, sie hat nichts gestohlen! Sie hat doch kein Unrecht begangen! Nur er und ich sind die Schuldigen! Sie ist unschuldig, sie wußte nichts von dem, was wir taten. Bitte, bitte, um Gottes willen, wir haben doch Kinder!«

»Ruhe!« rief jemand von der Plattform des Gerüsts herunter, und alle blickten in die Richtung, aus der die Stimme gekommen war. Dieter Schmidt stellte sich in Siegerpose breitbeinig vor die Menge und schlug mit seinem Peitschengriff immer wieder auf einen Schenkel. Selbst aus der Ferne konnte Dr. Duszynska die finstere Bösartigkeit in seinen Augen erkennen, ein unheilvolles Flackern und Glühen, das an einen aktiven Vulkan gemahnte. Sein eckiges, stumpfes Gesicht war vor Erregung erstarrt, wenn man auch in den Winkeln seines schmallippigen Mundes sein klammheimliches Vergnügen erkennen konnte. Und während er sprach, leuchtete die tiefe Narbe, die seine linke Wange teilte, auf eine unnatürliche Weise. »Das sind Partisanen! Es sind dreckige, schmutzige, verlauste Schweine, die wegen ihrer Verbrechen gegen das Reich hingerichtet werden!«

Maria Duszynska spürte, wie sich eine eigenartige Lähmung in ihrem Körper ausbreitete, die von ihren Füßen aufstieg und sie allmählich in eine Salzsäule verwandelte. Der Soldat hinter ihr mußte sie, im Gegensatz zu einigen anderen, nicht mit der Waffe stoßen, um sie zum Zusehen zu zwingen, denn es war ihr einfach unmöglich, ihre schreckensgeweiteten Augen von dem Schauspiel abzuwenden. Und das Schweigen, in das sich die Menge hüllte, ein tieferes Schweigen, als sie es je in einer Kirche vernommen hatte, war so furchteinflößend wie ein lautes, entfesseltes Brüllen.

Dieter Schmidt fuhr fort: »Dies soll denen als Exempel dienen, die mit dem Gedanken spielen, ein Verbrechen gegen das Reich zu begehen. Und wenn ihr so dumm sein solltet, zu glauben, daß euch so etwas nicht zustoßen kann, weil ihr unschuldig seid, dann merkt euch eins: Auch wenn ihr nicht aktiv an Aktionen gegen das Reich teilnehmt, werdet ihr als ebenso schuldig betrachtet werden, wenn ihr euch nicht gegen solche Aktionen stellt. Ihr seid fett und selbstgefällig geworden, das Reich war zu nachsichtig. Ab heute gilt: Wenn einer von euch ein Verbrechen gegen uns begeht, dann wird auch sein Nachbar hingerichtet!«
Die Menge schwieg betroffen.
Schmidt befahl seinen Leuten, die Gefangenen auf das Gerüst zu bringen. Die Frau und der junge Mann bewegten sich wie in Trance, die Gesichter reglos. Der ältere Mann, der vollkommen apathisch war, mußte an den Armen hochgezerrt werden. Unter jedem Opfer befand sich eine Falltür, aber der Strick war gerade so bemessen, daß sie möglichst kurz fielen, so daß sich ihr Todeskampf vor aller Augen abspielte.
Von Grauen erfüllt, beobachtete Maria, wie Schmidt den dreien die Schlingen um den Hals legte und sich dabei mehr Zeit zu nehmen schien als nötig. Der einzige, dem der fürchterliche Anblick erspart blieb, war der ältere Mann, unter dem sich die Falltür als erster öffnete. Die anderen beiden mußten dabei zusehen, wie er sich in den letzten Sekunden seines Todeskampfes wand und zuckte und wie am Ende seine Schließmuskeln erschlafften und er sich besudelte.
Dann kam der junge Mann an die Reihe. Und schließlich die junge Frau. Sie hatte nicht einen einzigen Laut von sich gegeben.

Jan Szukalski starrte immer noch ungläubig auf das Telegramm in seiner Hand, als er glaubte, ein leises Scharren an der Tür zu hören. Er blickte auf und spitzte die Ohren. Er hatte sich wohl getäuscht. Dann wandte er sich wieder seinem Telegramm zu. Da bemerkte er erneut das Scharren.
Als er dieses Mal aufblickte, sah er, wie die Tür sich einen Spalt öffnete, dann einen weiteren Spalt, so als versuche ein Windhauch in den Raum einzudringen. Neugierig geworden, erhob er sich vom Schreibtisch und ging zur Tür.

Als er sie schließlich ganz öffnete, erblickte er draußen Maria Duszynska. Seine Freude, sie zu sehen, war so groß, daß er zuerst gar nicht ihren verwirrten Gesichtsausdruck wahrnahm; auch ihr merkwürdig mechanischer Gang, mit dem sie auf seine Aufforderung hin den Raum betrat, fiel ihm nicht auf, da er sich sofort wieder von ihr abwandte. Erst als er sich anschickte, ihr das Telegramm in die Hände zu drücken, bemerkte er den seltsamen Ausdruck auf ihrem Gesicht. Er blieb sofort stehen.
»Maria, was ist los?«
Sie öffnete den Mund, und er glaubte zu hören, wie sie »Jan...« flüsterte.
»Maria!« Er ergriff ihren Arm und führte sie zu einem Stuhl, aber anstatt Platz zu nehmen, starrte Dr. Duszynska ihn immer noch mit leerem Blick an.
»Was ist denn los mit Ihnen, Maria?« Jan Szukalski fragte sich angesichts Marias Blässe, ob er nicht eine Leiche vor sich habe. »Was ist passiert?«
»O Jan«, seufzte sie völlig außer sich. »Dieter Schmidt, er...«
»Erzählen Sie doch«, Jan legte eine Hand auf ihren Arm, seine Stimme nahm einen drängenden Ton an, »erzählen Sie mir, was geschehen ist.«
»Er hat gerade drei Menschen gehängt.«
»Wie bitte!«
»Auf dem Marktplatz. Beim Rathaus. Zwei Männer und eine Frau. Er hat sie einfach aufgehängt!«
»O mein Gott...« Szukalski wandte sich von ihr ab.
»Er sagte, es seien Partisanen und daß sie dem Reich Benzin und Lebensmittel gestohlen hätten. Und er hat auch gesagt, daß sie von jetzt an jeden hängen, wenn er nur einen Partisanen zum Nachbarn hat!«
Szukalski fuhr herum, und bevor Maria noch mehr erzählen konnte, hob er die Hand, in der sich noch das Telegramm befand, und reichte es ihr.
Maria hielt ihre Tränen zurück und blickte auf das kleine gelbe Papierstück. Vorsichtig, so als könne sie sich die Finger daran verbrennen, nahm sie das Telegramm und starrte es eine Weile an. Schließlich begann sie, es zu lesen. Ihre Hände zitterten so stark, daß sie

einige Sekunden brauchte, um den Inhalt zu erfassen. Als sie das letzte und entscheidende Wort las, ließ Maria ihren Tränen freien Lauf.
»O Jan«, murmelte sie leise, »das Ergebnis ist positiv... Positiv!«
»Ein wertloses Experiment, das zwei Jahre her ist«, kommentierte Szukalski ruhig, »und jetzt kann ich damit Leben retten.«
Maria blickte auf. Auf ihrem Gesicht zeigten sich rote Flecken, ihre Lippen zitterten, ihr Blick war rührend wie der eines Kindes. Sie wiederholte immer wieder dasselbe Wort: »Positiv...«
»Der alte Wilk wird niemals erfahren, wie sehr er uns geholfen hat. Es ist der OX-19-Stamm, Maria. Und mit ein bißchen Glück und Ausdauer könnten wir es schaffen, die größte Fleckfieberepidemie seit Jahren auszulösen.«

Bevor er Keppler die Neuigkeiten überbrachte, ermahnte Szukalski ihn, seine Freude zu zügeln und sich bedrückt zu geben. Dann fuhr er mit seinen Ausführungen fort: »Jetzt beginnt eine neue Phase, Keppler. Ich werde Schmidt berichten, daß Sie eindeutig an Fleckfieber erkrankt sind, daß Sie Ihren Dienst nicht versehen können und daß Ihre Vorgesetzten warten müssen, bis Sie wieder genesen sind.«
Keppler nickte, erleichtert, daß er die neun Tage des Wartens hinter sich hatte und das Experiment gelungen war. »Und meine Großmutter?«
»Ich habe ihr gesagt, daß die Ergebnisse meine Diagnose bestätigen. Natürlich ist sie nicht glücklich, aber ich habe ihr versichert, daß Sie eine Überlebenschance haben.«
»Und Anna?«
»Anna ist Krankenschwester. Sie weiß um Ihre Aussichten.«
»Was werden Sie jetzt tun, Doktor?«
»Jetzt müssen einige Probleme gelöst werden. Um die Wahrheit zu sagen, Keppler: Ich hätte niemals gedacht, daß wir überhaupt so weit kommen; für mich schien es zu schön, um wahr sein zu können. Aber nun sind wir an diesem Punkt angelangt und müssen jetzt entsprechend vorsichtig vorgehen. Zuerst einmal werden Sie noch eine Weile das Bett hüten, und Dr. Duszynska und ich werden mit Unterstützung von Pfarrer Wajda einen Weg finden müssen, um unsere ›Epidemie‹ zu verbreiten.«

Piotr Wajda blickte auf seine großen Hände, während Jan Szukalski redete. Sie waren jetzt schon eine Stunde hier unten, und der Geruch wurde ihnen fast unerträglich. Aber irgend etwas beunruhigte den Priester, etwas, was er bedauerte, aussprechen zu müssen, auch wenn es unvermeidlich war. Als der Doktor ihm die Neuigkeiten berichtet hatte, versetzte Piotr Wajda ohne jede Umschweife: »Wir können den Jungen nicht wieder den Nazis überlassen.«
Und er war nicht überrascht, als Szukalski entgegnete: »Ja, daran habe ich auch schon gedacht.«
»Jan, wir beide wissen doch ganz genau: Wenn er Sofia verläßt und außerhalb unseres Einflußbereiches gerät, besteht eine große Wahrscheinlichkeit, daß alles auffliegt. Vielleicht wird er ja wirklich nichts sagen und das Geheimnis für sich behalten. Aber seine fürchterlichen Alpträume und daß er im Schlaf spricht, all das stellt eine große Gefahr dar. Denken Sie nur daran, wenn er nach Auschwitz zurückkehrt...«
Jan nickte. »Piotr, wie gesagt, ich habe bereits darüber nachgedacht. Wenn wir mit unserem Plan fortfahren wollen, darf er Sofia nicht verlassen. Niemals!« Jan zögerte einen Augenblick, aber seine Stimme klang stark und fest. »Nichts wird mich jetzt mehr aufhalten, nicht jetzt, wo ich sehe, wie mein Impfstoff die Einwohner von Sofia vor den Todeslagern retten kann.«

Jan Szukalski stand vor dem Bild der Heiligen Jungfrau, die von ihrem Platz zwischen Kamin und Fenster auf ihn herabblickte. Als gläubiger Mensch wandte er sich einerseits um Hilfe an die Mutter Gottes, während er gleichzeitig, als analytischer und pragmatisch denkender Mensch, Trost im Werk und Verstand seines Nationalhelden Adam Mickiewicz suchte. Die Worte des Dichters ließen ihn nicht mehr los, wühlten ihn auf, wie es ein schlichtes Gebet niemals vermocht hätte.
»Nun geht meine Seele in meinem Land auf...«
Er wandte sich um und betrachtete die beiden Personen, die ihm an seinem Schreibtisch gegenübersaßen. Er fühlte, wie Dankbarkeit und Freude ihn erfüllten. Es war nicht leicht für sie gewesen, sich zu dieser späten Stunde durch die streng kontrollierten Straßen von Sofia zu stehlen. Für ihn waren sie inzwischen zu Kameraden geworden, denen er sich auf eine besondere Art und Weise viel enger verbunden fühlte als jemals einem anderen Menschen in seinem Leben.

Er stellte fest, daß er selbst für Katarina, der seine unverbrüchliche Liebe galt, nicht die leidenschaftlichen Gefühle hegte, die er für seine beiden Kameraden übrig hatte: für den Priester, der seit vielen Jahren sein Freund war, und für seine engagierte Stellvertreterin, die er, so begann es ihm zu dieser mitternächtlichen Stunde allmählich zu dämmern, völlig unterschätzt hatte.
Seit einem Jahr kannte er Maria Duszynska nun schon, und zum erstenmal spürte er, daß er sie nicht nur bewunderte, sondern am liebsten nicht mehr von ihrer Seite weichen würde.
»Laßt uns fortfliegen...«, murmelte Szukalski mehr bei sich als zu seinen Gefährten. »Gelobt sei Gott, wir haben noch Flügel zum Umkehren. Laßt uns fliegen und von nun an nie mehr die höheren Sphären verlassen.«
»Was haben Sie gesagt?«
Er lächelte Piotr Wajda an. »Ich habe Mickiewicz zitiert. Er schaffte es immer, die Gedanken, die mich bewegen, in die richtigen Worte zu fassen.«
»Ich werde Ihnen sagen, was mich bewegt«, erwiderte der Priester und schaute auf die Uhr. »Ich frage mich, wo der Junge bleibt.«
Szukalski gefiel es nicht, daß Piotr Wajda so nervös war. Das Vorhaben, das sie in dieser Nacht zusammenführte, verlangte von allen absolute Selbstbeherrschung. Dennoch vermochte er dem Priester nachzuempfinden. Es würde keine angenehme Sache werden. Für keinen von ihnen.
»Ihre Entscheidung war richtig«, erklärte er ruhig.
Aber Wajda hatte ihn nicht gehört. Er starrte auf das Bild der Madonna.
Um Punkt Mitternacht vernahmen sie das erwartete Klopfen an der Tür.
»Treten Sie nur ein, Hans«, forderte Szukalski Keppler sanft auf, während er die Tür öffnete, »Sie kommen pünktlich.«
Der junge Mann schlüpfte herein. Er hatte seinen Pullover und eine Hose angezogen und knautschte seine Mütze in den Händen.
»Hat man Sie gesehen?« erkundigte sich Szukalski leise.
Keppler schüttelte den Kopf und schaute sich um. Er bemerkte sofort die unangenehme Stimmung, die in der Luft lag, und er fühlte sich unwohl, als er die reglosen Gesichter des Priesters und der Ärztin sah.

Er brauchte nicht lange, um festzustellen, daß irgend etwas anders war als sonst.
Er ließ rasch seinen Blick durch den ihm bekannten Raum schweifen, bis er schließlich auf einem Waschbecken in einer Ecke haften blieb. Er hatte das Becken, die Schüssel, den Stapel weißer Handtücher und die wenigen Waschutensilien, die dem Doktor gehörten, schon vorher gesehen; das einzige, was neu war, war das leuchtende und saubere, weit geöffnete Rasiermesser.
Während Keppler es anstarrte, stand Dr. Duszynska auf und ging zur Tür, die sie verriegelte, um sich dann anschließend davor aufzustellen.
Keppler richtete seinen Blick jetzt auf Szukalski. »Was ist los?« fragte er.
Szukalskis Gesicht war wie immer ausdruckslos, ebenso seine Stimme. Er zeigte sich als wahrer Vertreter seines Berufs. »Hans«, sagte er, »bitte setzen Sie sich.«
»Was ist denn passiert? Ist etwas schiefgelaufen? Die Testergebnisse waren doch positiv, Sie haben doch...«
»Ja, das waren sie. Aber da gibt es noch etwas...« Szukalski seufzte. »Hans, nur wir vier hier im Raum wissen von dem Experiment und daß es ein Erfolg war. Jetzt haben wir eine Chance, die Deutschen glauben zu machen, daß hier in Sofia und Umgebung eine Fleckfieberepidemie herrscht. Wenn alles gelingt, dann werden die deutschen Gesundheitsbehörden selbst diese Gegend zu einem Quarantänegebiet erklären und alle Militärbewegungen um uns herumleiten. Und wenn wir Glück haben, dann wird sogar das militärische Besatzungspersonal auf das absolut Notwendige reduziert. Es steht jetzt in unserer Macht, Tausende von Menschenleben vor den Nazis zu retten.«
Szukalskis Augenwinkel zuckten. Keppler fuhr herum und sah, daß Pfarrer Wajda neben dem Waschbecken stand.
Keppler blickte erneut auf die breite Schüssel und das geöffnete Rasiermesser. Aus einem ihm unerfindlichen Grund fing er plötzlich an zu zittern.
»Hans«, fuhr Szukalski eintönig fort, »Dieter Schmidt hat mir gesagt, daß Sie bei Ihren Vorgesetzten Bericht erstatten müssen, sobald Sie von der Krankheit genesen sind.«

»Ja, aber...«
»Ich kann nichts mehr für Sie tun, Keppler.«
»Aber ich werde nicht zurückkehren! Ich schwöre!«
Szukalski schüttelte den Kopf. »Ihre Chancen, einfach wegzulaufen, sind jetzt viel schlechter als noch vor zwei Wochen. Inzwischen haben Sie die Aufmerksamkeit Schmidts auf sich gezogen, er wird sich nach Ihnen erkundigen und fragen, wie es Ihnen geht, damit er Ihre Vorgesetzten informieren kann. Eine Flucht wäre jetzt sehr schwierig, wenn nicht sogar unmöglich.«
»Aber ich werde es versuchen!«
»Hans, ich habe den Eindruck, Sie verstehen nicht. Wir können nicht riskieren, daß Sie Sofia verlassen. Sehen Sie das denn nicht? Das Leben Tausender steht auf dem Spiel. Die Gefahr, daß Sie reden würden, können wir nicht akzeptieren.«
»Aber ich werde nicht reden!«
Keppler blickte auf die erstarrten Gesichter und spürte, wie er plötzlich weiche Knie bekam. Er fiel zu Boden und hielt sich dabei am Tisch fest. »Bitte lassen Sie mich gehen...«, flehte er.
»Wir haben versucht, Ihnen zu helfen, Keppler«, versetzte Szukalski düster. »Aber jetzt beginnen Ihre Probleme erneut. Nur daß Sie dieses Mal... Sie wissen einfach zu viel. Ihr Leben steht gegen das von Tausenden.«
Als Pfarrer Wajda mit grimmiger Entschlossenheit das Rasiermesser zückte und Dr. Duszynska ihren Rücken gegen die Tür drückte, sagte Jan Szukalski ruhig: »Wir drei haben bereits alles besprochen, Keppler. Besser ein Leben opfern als so viele andere. Es gibt nur eine Lösung für uns, an der kein Weg vorbeigeht. Keppler, um unseres Planes willen müssen Sie sterben...«

16

David hatte sich hingesetzt und vergrub das Gesicht in den Händen. Die anderen, die sich um das Lagerfeuer versammelt hatten, hörten, wie er murmelte: »Ich will dieses Mörderschwein umbringen!«
Moisze Bromberg blickte den Jungen besorgt an. Dann meinte er ru-

hig: »David, du hättest nicht nach Sofia gehen dürfen, nicht am hellichten Tag.«
David blickte ruckartig auf, seine Augen funkelten, Tränen rannen ihm übers Gesicht. »Und warum nicht!« rief er. »Habt ihr etwa gedacht, ich warte, bis ihr sagt, ich kann gehen?«
»Es war zu gefährlich...«
»Es ist niemals ungefährlich, Moisze! Ich bin es leid, immer nur herumzusitzen und nichts zu unternehmen, während jeden Tag immer mehr unserer Brüder umgebracht werden!« Davids Stimme wurde schrill und klang von den Höhlenwänden wider. »Es waren unschuldige Menschen, Moisze! Was hatten sie denn schon getan? Mein Gott, sie haben doch nur Essen gestohlen! Sie sahen aus, als seien sie gefoltert worden. Bestimmt von Schmidt, der etwas über uns erfahren wollte. Verstehst du denn nicht? Versteht denn keiner von euch?«
»Doch, ich«, erklang eine sanfte Stimme.
David blickte in das zarte Gesicht Abrahams und mußte sich zusammennehmen, um nicht zu weinen. Ja, dachte er traurig, du verstehst mich, mein Freund. Und Leokadja auch. Aber die anderen alle... David ließ seinen Blick anklagend über die Runde schweifen. »Wie könnt ihr einfach nur so herumsitzen und den Dingen ihren Lauf lassen?«
Matuszek betrachtete seine breiten Hände und seufzte bedrückt. »David hat recht. Wir müssen etwas tun.«
Aber Antek, der polnische Soldat, der gewöhnlich wenig sprach, meinte: »Ich bin nicht einverstanden, Brunek. Ich denke, wir sollten uns trennen und uns eine Zeitlang in die Berge zurückziehen.«
Der Hauptmann schaute ihn einen Augenblick an und wandte sich dann an Moisze. »Was ist deine Meinung?«
»Als Esther und ich die Höhle entdeckten, dachten wir nur daran, uns zu verstecken. Wir wollten uns retten, denn wir waren keine Kämpfer. Aber« – er schüttelte unsicher den Kopf – »vielleicht hat David recht. Wir sollten weiterhin mit aller Härte und Entschlossenheit gegen die Nazis vorgehen, solange es uns möglich ist. Den Deutschen nur dann und wann einen Nadelstich zu versetzen, käme passivem Widerstand gleich, was mir als Reaktion nicht ausreichend zu sein scheint.«

David schnaubte verächtlich. »Passiver Widerstand, das ist ein Widerspruch in sich!«
Brunek schaute wieder zu Antek. »Wenn wir uns auflösen«, erklärte der Hauptmann, »dann erst, nachdem wir Sofia für die Nazis zu einem heißen Pflaster gemacht haben. Wir werden ihr kostbares Depot in die Luft jagen.«
Antek hielt dem Blick seines Vorgesetzten einen Augenblick stand, dann nickte er: »Wir werden kämpfen.«
»Aber mit so wenigen Leuten...«, gab Moisze zu bedenken.
»Entweder begnügen wir uns mit dem, was wir haben«, meinte Brunek, »oder wir suchen uns Hilfe.«
»Und wo?« wollte jemand wissen.
Der Hauptmann überlegte einen Augenblick und sagte: »Wie wäre es denn mit Sofia selbst, Moisze? Wer könnte uns dort helfen?«
»Es hat keinen Sinn, Brunek. Edmund Dolata war unser Verbindungsmann zur Stadt. Er hatte genug Einfluß, aber jetzt wird er jede Sekunde von Schmidts Leuten beschattet. Er kann uns nicht helfen.«
»Aber es kommt doch bestimmt jemand in Frage? Jemand, den die Leute achten und dessen Meinung ihnen wichtig ist. Vielleicht ein Priester?«
Jetzt mischte sich Ben Jakobi in das Gespräch ein: »Ich kenne Pfarrer Wajda schon seit vielen Jahren. Er ist Pazifist, Brunek, das weiß ich. Seine einzige Sorge dürfte darin bestehen, seine Gemeinde lebend durch den Krieg zu bringen. Wenn Piotr Wajda sich überhaupt äußern würde, dann gegen bewaffneten Widerstand.«
»Gibt es denn keine prominenten Anwälte oder Ärzte? Bürger hören oft auf den Ratschlag von...«
»Auch Jan Szukalski wird nicht kämpfen«, versetzte Moisze. »Er ist so sehr damit beschäftigt, Leben zu retten, daß er wohl vergessen haben dürfte, was Kämpfen bedeutet. Er wird mit dem Priester einer Meinung sein und sich zum Wohl der Stadt so lange wie nötig mit den Deutschen arrangieren.«
»Gibt es denn keinen, der zum Kampf bereit ist? Was du beschreibst, ist eine Stadt von Feiglingen!«
»Nein, Brunek, es sind keine Feiglinge, sondern lediglich Menschen, die glauben, daß es besser ist, durch Schweigen am Leben zu bleiben

als durch Widerstand zu sterben. Und auch ich überlege nicht selten, mein Freund, ob nicht auch Esther und ich es dem Priester und dem Arzt gleichgetan hätten, wenn wir in Sofia hätten bleiben dürfen, anstatt uns verstecken zu müssen. Manchmal frage ich mich sogar, ob...« Moisze richtete seinen Blick auf das abgemagerte und müde Gesicht seiner Frau, deren Haut im Schein des Feuers unnatürlich bleich wirkte. »Manchmal frage ich mich, was für eine Meinung wir hätten, wenn wir noch in Sofia lebten. Vielleicht würden auch wir dann nicht kämpfen. Es scheint doch so einfach, sich mit den Deutschen abzufinden und keinen Ärger zu machen.«
»Ärger!« entfuhr es David. »Sie haben heute drei Unschuldige gehängt, und das einzige, was dir dazu einfällt, ist Ärger?«
»Bitte!« ging nun Brunek dazwischen, um zu schlichten. »Kein Streit unter uns! Einverstanden: Wir sind auf uns selbst gestellt, und Sofia kann uns nicht helfen.« Er musterte die Bewohner der Höhle, die sich in ihren dicken Mänteln aneinander schmiegten und dampfende Hühnerbrühe tranken, um sich warm zu halten. Auf dem eisigen Höhlenboden hockend, versuchten sie, am Lagerfeuer Behaglichkeit zu erfahren. Alle bis auf eine. Leokadja Ciechowska saß auf einem Felsen und reinigte ihr Gewehr mit einer gleichgültigen, ausdruckslosen Miene.
»Schön«, meinte Antek. »Wenn ihr das Munitionsdepot zerstören wollt, dann werden uns auch andere Widerstandsgruppen helfen.«
Dem stimmte Brunek zu. Dann erklärte er den anderen: »Auf unserem Weg vom Norden hierher sind wir auf andere Gruppen von unabhängigen Widerstandskämpfern gestoßen, so wie ihr. Es gibt da eine Gruppe nicht weit von hier, östlich von Sandomierz und südlich von Lublin. Wir sollten Kontakt zu ihnen suchen und schauen, inwiefern sie uns helfen können.«
»Und dann?« wollte Moisze wissen. »Wie sollen wir es zustande bringen? Dieses Depot ist eine richtige kleine Festung und schwer bewacht. Wir könnten nicht einmal in seine Nähe gelangen. Ein bißchen mehr Planung als für die Brücke wird schon nötig sein.«
»Da hast du völlig recht, mein Freund. Für ein solches Vorhaben werden wir wohl einen raffinierten Plan benötigen...«

»Heute haben also zehn Personen den Impfstoff erhalten«, stellte Dr. Szukalski fest, als er mit Dr. Duszynska durch den düster beleuchteten Flur von der Ambulanz zu seinem Büro ging.
»Ja. Und ich habe darauf geachtet, ihn nur an Patienten zu verabreichen, die über Symptome klagten, wie sie bei Fleckfieber auftreten.«
»Ja, ich auch.« Jan blickte über seine Schulter, und als er sah, daß der Gang menschenleer war, fuhr er fort: »Wir sollten am Anfang zurückhaltend vorgehen und darauf achten, daß sich unsere Epidemie nach demselben Muster entwickelt wie eine echte Epidemie. Ein paar Einzelfälle hier und da mit zunehmender Tendenz jeden Monat bis zum Frühling. Anschließend ein Abklingen über den Sommer und Herbst mit darauffolgender Verschlimmerung im Winter.«
»Wissen Sie, Jan«, meinte Maria leise, »erst heute ist mir klargeworden, daß wir einen Weg beschreiten, von dem es bis zum Kriegsende kein Zurück mehr gibt.«
»Wenn der Krieg je zu Ende geht.«
»Oder bis man unsere List aufdeckt.«
»Ich denke, daß wir so lange sicher sind, wie wir unser Geheimnis für uns behalten. Wenn wir den Patienten sagen, daß sie Fleckfieber haben und daß wir nur eine Proteinbehandlung an ihnen vornehmen, dann werden wir ihnen keine Informationen liefern, die jemandem nützen, der skeptisch ist. Nehmen wir Dieter Schmidt. Er könnte diese Patienten noch so sehr foltern, das einzige, was er aus ihnen herausbekommen würde, wäre, daß sie Fleckfieber hatten und daß ihnen Proteine verabreicht wurden. Und warum sollte er überhaupt auf die Idee kommen nachzufragen? Außerdem wird es hier wie gewöhnlich genug echte Fleckfieberfälle geben, so daß unsere künstlichen Kranken sich nur ins Gesamtbild fügen.«
Sie kamen an der Tür zu seinem Büro an und blieben stehen. Maria blickte sich um und sagte dann ruhig: »Wenn wir morgen auf Visite gehen, sollten wir den Impfstoff an jeden verabreichen, der todkrank ist. Fünf Patienten hier im Krankenhaus sterben gerade an Krebs, und von drei weiteren weiß ich, daß sie in den nächsten Monaten sterben werden.«
Szukalski nickte. »Sie haben recht, wir sollten bei allen für ein positives Testergebnis sorgen. Ich will den Eindruck erwecken, daß die meisten Todesfälle bei uns auf Fleckfieber zurückzuführen sind. Je

bösartiger wir die Epidemie darstellen können, desto größer ist die Wahrscheinlichkeit, daß die Deutschen unser Gebiet unter Quarantäne stellen.«

Es war bitterste Ironie, daß auf einer Wand von Dieter Schmidts Büro ausgerechnet ein Bild von Marschall Pilsudski prangte, des Nationalhelden Polens im Kampf gegen die Bolschewisten. Das Wandgemälde wurde zwar zum größten Teil von einer Fahne mit einem riesigen Hakenkreuz bedeckt, aber an den Rändern konnte man noch andeutungsweise erkennen, daß es für Polen schon bessere Zeiten gegeben hatte.

Mit einer Tasse Tee in der Hand, die allmählich kalt wurde, saß der Hauptsturmführer an seinem Schreibtisch und las gerade den letzten Morgenrapport zu Ende. Nichts Neues über die Widerstandsbewegung. Absolut nichts. Nicht einmal seine Geheimagenten, die er in allen Bereichen von Sofia eingesetzt hatte, fanden Zugang zum Untergrund.

Was Dieter Schmidt außerdem ärgerte, war die zunehmende Zahl von Berichten über mögliche Fleckfieberfälle. Es waren zwar nicht so viele, daß man sich hätte Sorgen machen müssen, und außerdem handelte es sich nur um mögliche Fälle, die noch durch Laboruntersuchungen bestätigt werden mußten, aber auf dem Wilk-Hof hatte es immerhin einen Toten gegeben. Und außerdem war da noch der Fall des jungen Waffen-SS-Mannes, der hier seinen Urlaub verbracht hatte.

Dieter Schmidt nahm sich vor, Szukalski daran zu erinnern, daß man ihn zur Verantwortung ziehen würde, wenn die Seuche bedrohliche Ausmaße annähme, und legte dann die Berichte in der untersten Schublade seines Schreibtisches ab. Danach entfernte er die Tasse und den Unterteller. Nun war alles so, wie er es gerne hatte, der Schreibtisch aufgeräumt bis auf eine einzige Lampe, ein Telefon, eine Ausgabe von *Mein Kampf* und seine Dienstwaffe. Einst hatte er Himmlers Schreibtisch genauso gesehen und sich sofort ungeheuer beeindruckt gezeigt. Wer nichts zu verheimlichen hatte, ließ alles einfach herumliegen und verriet so, was er trieb. Aber ein Mann, dessen Schreibtisch frei war, zeigte, daß er etwas zu verbergen, ja, Geheimnisse hatte und folglich Macht besaß.

Es war auch Schmidts Idee gewesen, den Schreibtisch etwas zu erhö-

hen, nur um ein paar Zentimeter, und ebenso seinen Stuhl. Selbst wenn es einem Besucher nicht bewußt wurde, daß der Kommandant wie ein erhabener Richter auf ihn herabblickte, so war die psychologische Wirkung doch enorm.
Und Dieter Schmidt benutzte gerne psychologische Kniffe, um seine Macht zu erhöhen. Wie zum Beispiel die Blutflecken auf dem Parkettboden vor seinem Schreibtisch.
Es klopfte an der Tür. Ein uniformierter Adjutant trat ein, schlug die Hacken zusammen und sein Arm schnellte zum Hitlergruß empor. Jetzt sei die Zeit, informierte er seinen Kommandanten, zu der er ihn noch einmal an den Besucher erinnern sollte, der draußen im Vorzimmer warte.
Schmidt blickte auf die Uhr und nickte zustimmend. Der Adjutant war wirklich außerordentlich pünktlich. Und er hatte ein tadelloses Gedächtnis. Schmidt nahm sich vor, ihn zu belohnen. Bei dem Besucher, den er erwähnt hatte, handelte es sich um einen älteren Herrn, der vor genau drei Stunden mit einem Gesuch in sein Hauptquartier im Rathaus gekommen war. Dem Adjutanten war befohlen worden, den Besucher drei Stunden warten zu lassen, ihm aber zwischendurch immer wieder auszurichten, daß der Kommandant ihn jede Minute empfangen werde.
Schmidt war fest davon überzeugt, daß die Zeit seine wertvollste Waffe war. Er hatte in Berlin gelernt, daß das heimtückischste Mittel gegenüber einem hartnäckigen Gefangenen darin bestand, ihn einfach der zermürbenden Anspannung des Wartens auszusetzen.
Schmidt bat Besucher, die zu ihm kamen, grundsätzlich nicht sofort zu sich herein. Statt dessen ließ er sie im Vorzimmer warten und grübeln und ihnen zwischendurch immer wieder versichern, daß es nicht mehr lange dauere. Seiner Ansicht nach brachte es die Menschen genau in die von ihm gewünschte Verfassung, wenn sie genug Zeit bekamen, um sich immer wieder mit ihren Ängsten und Befürchtungen auseinanderzusetzen, und so in eine gewisse Anspannung verfielen.
»Sagen Sie ihm, er kann hereinkommen.«
Ein alter Mann mit einem auffällig weißen Haarschopf und faltigem Gesicht schleppte sich mit Hilfe des Adjutanten in den Raum und näherte sich voller Demut dem Schreibtisch. Als er nach unten

guckte und die Blutflecken auf dem Boden sah, weiteten sich seine Augen.
Schmidt würdigte den Besucher zuerst keines Blickes, sondern schien damit beschäftigt, seine manikürten Fingernägel zu untersuchen. Dann inspizierte er die Aufschläge an seiner Uniform; beim geringsten Anzeichen von Abnutzung würde er sich eine neue machen lassen. Als genügend Zeit verstrichen war, blickte er zu dem greisen Polen auf. »Was wünschen Sie?« fragte er auf deutsch.
Schmidt war überrascht und verärgert, als die Antwort in korrektem Deutsch erfolgte. Ein weiterer seiner Kniffe bestand darin, seine Opfer in einer Sprache stammeln und stottern zu lassen, die ihnen nicht vertraut war. Aber dieser gerissene alte Pole sprach Deutsch wie ein Deutscher. »Ich bin gekommen, Herr Hauptmann, um die Genehmigung zu erbitten, nach...«
»Herr Hauptsturmführer«, korrigierte Schmidt ihn in einem barschen Tonfall.
»Jawohl.« Der alte Mann fuhr sich mit der Zunge über seine bläulichen Lippen, »Herr Hauptsturmführer. Ich bin gekommen, um die Genehmigung zu erbitten, nächsten Monat nach Warschau fahren zu dürfen.«
»Warum?«
Der Filzhut, den der alte Mann in den Händen hielt, war vor drei Stunden noch eine elegante Kopfbedeckung gewesen; inzwischen hatte er ihn völlig zerdrückt. Die knorrigen, braun gefleckten Finger kneteten den Filz, als handle es sich um Brotteig. »Ich soll eine Auszeichnung erhalten...«
»Ihre Papiere!«
»O ja, ja bitte, Herr Hauptsturmführer!« Er wühlte in seiner Manteltasche und zog einen lädierten Umschlag hervor, den er vorsichtig auf den Schreibtisch legte.
Dieter Schmidt starrte den Mann kalt an.
Dieser trat sofort vor, riß den Umschlag auf und verteilte die darin enthaltenen Papiere und Unterlagen über die Schreibtischfläche. »Ich bin Professor Korzonkowski«, erklärte er hastig. »Ich habe früher Chemie an der Hochschule unterrichtet und soll nächsten Monat in Warschau eine Auszeichnung bekommen. Ich würde gerne eine Reisegenehmigung erhalten.«

»Eine Auszeichnung.«
»Für Verdienste um die Lehre.« Der Professor lief rot an. »Viele meiner Studenten sind Ärzte, Professoren, Ingenieure und... Nun...« Er lief jetzt noch röter an. »Die Akademische Gesellschaft würde mich gerne in Warschau ehren. Dafür habe ich mein ganzes Leben gearbeitet. Diese Anerkennung würde am Ende für mich...« Korzonkowskis Stimme verstummte unter den kalten Blicken Schmidts.
»Verstehe.« Schmidt trommelte mit den Fingern rhythmisch auf dem Schreibtisch und starrte den alten Mann weiter an. Er schien irgendeine Rechnung aufzustellen. Schließlich meinte er: »Ich sehe keinen Grund, warum Sie nicht gehen sollten. Sie sollen Ihre Auszeichnung bekommen.«
Professor Korzonkowski ließ die Schultern sinken, als falle jede Anspannung von ihm. »Danke schön, Herr Hauptsturmführer«, atmete er auf.
»Sie haben ein äußerst fruchtbares Leben geführt. Ich gewähre Ihnen Ihre Reise.« Schmidt stand auf und fixierte den alten Mann weiterhin mit seinem kalten, abweisenden Blick. »Sie haben wirklich Grund zu feiern. Jemand, der so herausragend ist wie Sie und mit seinem Wissen seinem Land dient. Wahrlich, das muß belohnt werden.« Schmidt zog die obere Schublade seines Schreibtisches ein wenig heraus. »Sagen Sie, Herr Professor, mögen Sie Schokolade?«
Der alte Mann war völlig fassungslos und geriet fast aus dem Gleichgewicht. »Wie bitte? O ja, natürlich, ich mag Schokolade.«
»Und es ist so schwierig, welche aufzutreiben, nicht wahr? Möchten Sie ein Stückchen?« Schmidts Finger glitten nach unten zu einer Schachtel, die in buntes Papier eingewickelt war. »Sie kommt aus Holland. Milchschokolade mit Mandeln.«
Der alte Mann strahlte jetzt. »Wie nett von Ihnen, Herr Hauptsturmführer!«
»Ich möchte, daß Sie die Augen schließen und den Mund öffnen. Und dann sagen Sie mir, ob Ihnen die Schokolade schmeckt.« Der alte Professor stand vor dem Gestapo-Mann, die Hände an den Hüften. Er öffnete den Mund wie ein kleiner Vogel, der mit einem Wurm gefüttert wird.
Dann griff Dieter Schmidt schnell nach seiner Waffe, steckte sie in den Mund des alten Mannes und zerfetzte ihm den Hinterkopf.

Als sie zu Szukalski kam, saß er an seinem Schreibtisch und hielt ein Blatt Papier in der Hand.

»Maria, wir haben schlechte Neuigkeiten. Die Deutschen haben vor zwei Tagen Dr. Zająckowski geholt.«

»O nein.« Sie ließ sich in einen der Sessel zurückfallen und faltete die Hände in ihrem Schoß. Sie bemerkte, wie Szukalski im grellen Licht des Nachmittags älter als dreißig Jahre wirkte.

»Sie haben ihn in der Nacht geholt«, erklärte er, »und seine Familie hat seitdem nichts von ihm gehört. Sie erwarten auch nicht mehr, je noch etwas von ihm zu hören.« Ludwig Zająckowski, ein älterer Herr, schlicht und einfach in seiner Lebensführung, hatte in einem kleinen Dorf zwanzig Kilometer nördlich von Sofia gewohnt, ungefähr dort, wo Weichsel und San zusammenfließen. Er war für die abgelegenen Höfe und verstreuten Dörfer im Tal der Weichsel zuständig gewesen und hatte seine Pflicht fast dreißig Jahre lang mit Hingabe und fachlichem Können erfüllt. Und nun war er in den Händen der Gestapo.

»Aber warum denn?« Dr. Duszynska kannte Dr. Zająckowski. Sie hatte als Chirurgin oft mit ihm in seinem Bezirk zusammengearbeitet.

»Ja, warum?« gab Szukalski zurück. »Sie behaupten, daß er versucht habe, Informationen über die Konzentrationslager zu sammeln und zu verbreiten.«

»Und stimmt das, Jan?«

»Ich weiß nicht. Ludwig war immer ein Freund offener Worte. Ich bin sicher, daß er aufgeschrien hätte, wenn er von Auschwitz und Treblinka Wind bekommen hätte. Armer alter Narr!«

»Und jetzt?«

»Ich weiß nicht. Der Mann, der mir die Nachricht überbrachte, berichtete mir, wie er aufgeschnappt habe, was einer der Deutschen zu Ludwig gesagt hat: Wenn ihm so sehr daran gelegen sei, etwas über Konzentrationslager zu erfahren, dann würden sie ihm die Gelegenheit geben, eines dieser Lager kennenzulernen und es aus der Nähe zu studieren.«

»O mein Gott...«

»Sie werden wohl auch von dem alten Professor Korzonkowski gehört haben. Er hat früher an der Hochschule Chemie unterrichtet. Er soll gestern zu Schmidt gegangen sein, um eine Reisegenehmigung nach Warschau zu beantragen.«

»Und?«
»Er ist nicht wieder zurückgekehrt.«
»Jan! Ich habe fast den Eindruck, daß uns Dieter Schmidt in einen Aufstand treiben will, um einen Vorwand zu haben, uns alle zu ermorden.«
Szukalski schüttelte finster den Kopf.
»Doch eines verstehe ich nicht, Jan: Dieter Schmidt haßt Sie mehr als jeden anderen, aber warum hat er sich noch nicht an Ihnen vergriffen? Warum hat er Sie nicht verhaftet, gedemütigt und hingerichtet? Sie wissen doch, wie gerne er das täte.«
»Ich denke, daß er mich braucht.« Szukalski lachte kurz und trocken. »Es ist schon ziemlich paradox: Auf der einen Seite würde er mich am liebsten liquidieren, andererseits liegt ihm an meinem Überleben.«
»Wie meinen Sie das?«
»Der Grund ist ganz einfach der, daß ich Arzt bin. Schmidt mag ein Monster sein, aber er ist nicht so dumm, daß er sich und seine kleine Armee um die Möglichkeit ärztlicher Hilfe bringt. Maria, Sie und ich sind im Umkreis von vielen Kilometern die einzigen Ärzte hier, von einigen Militärärzten einmal abgesehen.«
»Dann sind Sie ja sicher vor ihm.«
»Leider nein. In Schmidts abartigen Überlegungen bin ich ein guter Wachhund, der auf den Hof aufpaßt. Ein räudiger, übler Köter vielleicht, aber wenigstens einer, der für Sicherheit sorgt. Aber« – Szukalski hob einen Finger – »wenn der Hund nur einmal seinen Herrn beißt, dann wird er ihn schnell aus dem Weg schaffen. Und ich glaube, daß Schmidt nur darauf wartet, daß ich eines Tages einen Fehler mache, damit er mir die Schlinge um den Hals legen kann. Und meiner Frau und meinem Sohn dazu.«
Dr. Duszynska schauerte, und zu Szukalskis Überraschung ergriff sie seine Hand und blickte ihm direkt in die Augen. »Es ist alles ein Alptraum«, meinte sie ruhig. »Und es gibt keinen Weg, ihn zu beenden.«
»Nein, doch erleichtern können wir unser Schicksal schon, und genau das versuchen wir ja. Mit der Epidemie. Aber wir müssen noch mit einem anderen Problem fertigwerden.«
»Und das wäre?«
»Wie wir Zajączkowskis Distrikt versorgen. Es ist ein weites Gebiet

mit vielen Menschen, die isoliert leben, und einigen wenigen, überall verstreuten Siedlungen. Man wird dort medizinische Versorgung benötigen.«
»Das ganze Gebiet ist zu groß für uns, Jan.«
»Wir werden es versuchen müssen. Und gleichzeitig können wir dann einige Proteinbehandlungen durchführen.«
Dr. Duszynska nahm dieses Vorhaben skeptisch auf. »Sie wollen sagen, wir sollten die Epidemie so weit verbreiten?«
Szukalski lächelte spitzbübisch. »Warum nicht? Die Annahme, daß sich die Seuche so weit ausbreitet, ist doch nicht so unlogisch. Außerdem: je größer das Quarantänegebiet, desto besser.«
Sie dachte über sein Vorhaben nach und entgegnete dann: »Sie haben sicherlich recht; und jetzt, wo wir tiefsten Winter haben, ist die Zeit am besten. Die Gesundheitsbehörden werden um so weniger zweifeln, je mehr sich unsere Epidemie im Winter verbreitet, wo Seuchen ja sowieso gehäuft auftreten.«
»Ich möchte gerne, daß wir die Verhaftung Dr. Zajaçkowskis zu unserem Vorteil nutzen. Wenn man ihn nicht abgeholt hätte, hätten wir nicht die Gelegenheit bekommen, das befallene Gebiet zu erweitern. Jetzt ist es möglich. Es lindert den Schmerz über seine Verhaftung, wenn man weiß, daß er damit unserem Plan gedient hat.«
Eine Zeitlang saßen sie schweigend und starrten auf die Staubkörnchen im goldenen Sonnenlicht, das durch das Fenster fiel. Beide schöpften einen kurzen Augenblick Trost aus ihren ineinander gelegten Händen. Aber dann zog Szukalski plötzlich seine Hand zurück und durchbrach die Stille. »Ich werde gehen müssen«, meinte er bedrückt, »ich werde in Zajaçkowskis Gebiet gehen und tun, was ich kann.«
Maria starrte ihn aus ihren weit aufgerissenen, grauen Augen an und wußte, was er als nächstes sagen würde.
»Sofia und das Krankenhaus sind in Ihren Händen, während ich weg bin. Vielleicht drei oder vier Tage, höchstens eine Woche. Ich werde bis dahin so viele Leute wie möglich impfen. Nach sieben oder zehn Tagen werde ich dann zurückkehren und ihnen Blut für den Weil-Felix-Test abnehmen und bei der Gelegenheit noch ein paar weitere impfen. Wenn wir so vorgehen, schätze ich, daß wir gegen Ende des Monats ungefähr tausend bestätigte Fleckfieberfälle haben werden.«

Dieter Schmidt fuhr auf dem Rücksitz seines Mercedes-Kabrioletts stolz durch die Straßen von Sofia. Viele wußten nicht, daß er aus einer armen Familie in München stammte und ironischerweise der Sohn eines Metzgers war. Katholisch erzogen, war Schmidt nur allzu glücklich gewesen, daß er seine Prägungen aus der Kindheit während seiner militärischen Ausbildung allmählich abgelegt hatte. Nach seiner Berufung in die SS hatte er sich bereitwillig den neuen heidnischen Kulten hingegeben, die Reichsführer Himmler propagierte. Obwohl er seine Abstammung wie vorgeschrieben bis ins Jahr 1750 hatte belegen können und so den Nachweis erbracht hatte, daß er, rassisch gesehen, ein reiner Deutscher war, schämte sich Dieter Schmidt dennoch seiner Herkunft.

Er genoß die Ausfahrten in der noblen Karosse. Während diese, gefolgt von zwei Soldaten auf Motorrädern, langsam durch die Straßen von Sofia rollte, erfreute sich Dieter Schmidt an seinem Auftritt und an den Reaktionen der Passanten von Sofia, die stehen blieben, um ihren Herrn vorbeifahren zu sehen. »Da hinten«, befahl er ruppig seinem Fahrer und wies mit seiner Stockpeitsche zur Kirche. »Viel zu lange schon habe ich dem werten Pfarrer keinen Besuch mehr abgestattet.« Der Fahrer grinste und steuerte den Wagen vor die Sankt-Ambroż-Kirche. Schmidt stieg die Stufen hinauf und wartete oben, während ihm einer der beiden Unteroffiziere, die ihn auf den Motorrädern begleitet hatten, das Portal öffnete. Ohne seine Mütze abzulegen, trat er ein.

Ein oder zwei Bauern knieten versunken in den Bänken und beteten, aber sonst wirkte die Kirche einsam und verlassen. Schmidt ließ seinen Blick über die Symbole schweifen, die er zu verachten gelernt hatte. Liturgien, Heiligenverehrung, Andachten, Rosenkränze und Meßfeiern riefen nur seinen Abscheu hervor. Die ganze Kirche stank nach Papismus und erinnerte ihn an seine Ängste im Beichtstuhl, an die verdammenden Predigten von der Kanzel, an schwarz gewandete Priester und die Allmacht der Kirche, die er haßte. Dieter Schmidt nahm die Macht der Kirche und ihrer Priester nur aus einem einzigen Grund hin: Sie halfen in seinen Augen dabei, das Volk ruhig und unwissend zu halten.

Es dauerte nicht lange, bis sich die schwarze Gestalt Pfarrer Wajdas aus einem Seitengang näherte. Allein schon wegen seiner breiten,

kräftigen Statur stellte er für den zu kurz geratenen Dieter Schmidt eine Provokation dar.
»Guten Tag, Herr Hauptsturmführer«, begrüßte Piotr Wajda ihn in ausgezeichnetem Deutsch. »Was verschafft mir die Ehre Ihres Besuchs?«
Dieter Schmidt haßte den Priester fast so sehr wie Szukalski. Dieser Mann war wie ein Aal und konnte trotz seiner katholischen Ignoranz erstaunlich gerissen sein. »Ich habe Sie eine ganze Weile schon nicht mehr besucht, Wajda. Ich dachte mir, Sie würden sich vielleicht Sorgen um mich machen.«
»Ich mache mir Sorgen um Sie, Herr Hauptsturmführer. Ich sorge mich um Ihre Seele. Sind Sie hier, um die Beichte abzulegen?«
Schmidts Gesicht zuckte, und die gezackte Narbe auf seiner Wange begann einen Augenblick zu glühen. Wenn er seine Wut gezeigt hätte, hätte dies für den Priester einen Sieg bedeutet, und dennoch fiel es ihm schwer, sich im Zaum zu halten. »Ihr Priester seid schon immer ein herablassendes Pack gewesen«, erwiderte er ungerührt. »Warum müßt ihr stets das Schlechteste von einem Menschen annehmen? Warum denken Sie, sobald Sie jemanden ansehen, daß er ein Sünder sein muß? Ist es nicht christlicher, zuerst davon auszugehen, daß der Mensch gut ist? Sie müssen der Menschheit mehr Vertrauen schenken, Wajda.«
Schmidt schob sich an dem Priester vorbei und ging langsam den Mittelgang des Kirchenschiffs hinunter. Seine Schritte hallten vom Steinboden wider, und das Echo der Stockpeitsche, mit der er gelegentlich gegen seine dicken Oberschenkel schlug, verfolgte ihn. Als er sich dem Altar näherte, wandte er sich wieder um und blickte Piotr Wajda an.
Der Priester reagierte schließlich mit dem schwachen Ansatz eines Lächelns. »Wir sind uns eben nur der Schwäche des Menschen bewußt. Und wir wissen, daß niemand fehlerlos ist. Wir müssen alle einem Höheren Rede und Antwort stehen, Herr Hauptsturmführer.«
Schmidt verzog die Lippen zu einem höhnischen Grinsen. »Und wie mächtig, glauben Sie, wäre Ihr Gott jetzt, wenn ich Sie auf der Stelle erschießen ließe?«
»Wenn Sie mich erschießen ließen, Herr Hauptsturmführer, wer

würde dann die Einwohner von Sofia überzeugen, sich ruhig wie Schafe zu verhalten?«

Jetzt verwandelte sich Dieter Schmidts Grinsen in ein kaltes Lächeln. »Wir verstehen uns, Wajda, und das ist gut so. Verfüttern Sie nur Ihre heiligen Oblaten und vernebeln Sie den Tölpeln mit Weihrauch das Hirn. Dann steht den Toren wenigstens nicht der Sinn nach Aufstand. Obwohl...« Er schlug sich mit dem Stock mehrmals nachdenklich gegen den Schenkel. »Ich bin sicher, Wajda, daß Sie als erster erfahren würden, wenn es in dieser Stadt irgendwelche Anwandlungen von Widerstand gäbe, nicht wahr? Katholiken erzählen ihrem Priester doch alles in diesen kleinen Kästen, in denen sie wie Halbgötter thronen. Junge Männer flüstern ihnen ihre geheimsten sexuellen Begierden zu, Verheiratete gestehen Ehebruch, und Partisanen berichten von Aufstandsplänen. Und wenn Sie von solchen Plänen hören würden, dann würden Sie doch sicherlich diese Erkenntnisse an mich weitergeben, oder nicht?«

»Es steht mir nicht an, die Heiligkeit der Beichte zu brechen, Herr Hauptsturmführer. Es ist ein Amtsgelübde, daß ich niemals enthüllen darf, was ein Gemeindemitglied mir unter der Obhut der Beichte anvertraut.«

Schmidt lachte meckernd auf. »Es wäre sehr interessant, wie lange Sie an diesem Gelübde unter der Obhut der Folter festhalten, Wajda! Priester, Sie sind so gerissen wie Sie dickköpfig sind, aber ich werde Ihnen daraus keinen Vorwurf machen. Predigen Sie nur weiter Unterwerfung, und ich werde Sie noch ein Weilchen leben lassen.«

Man hörte ein schlurfendes Geräusch im Dunkeln, und beide Männer drehten sich um und sahen die Gestalt Bruder Michals hinter den Säulen hervortreten. Bruder Michal, der eine Kutte trug, war erst am Vortag eingetroffen und trug gerade ein Weihrauchgefäß zum Altar.

»Wer ist das?« erkundigte sich Schmidt und wies seine beiden Wachen, die hinten in der Kirche standen, an, den Mönch festzuhalten.

»Es ist der Franziskanerbruder, den ich in meinem Bericht an Sie erwähnt habe. Sein Kloster nahe der tschechoslowakischen Grenze wurde zerstört, und er ist hierher gekommen, um Schutz zu suchen.«

»Ach so, der Taubstumme.«
Die drei Gestapo-Männer musterten eingehend die gebeugte, unterwürfige Gestalt Bruder Michals, der seine Schulter ängstlich hochzog. Die Kapuze an seiner Kutte warf einen Schatten auf den oberen Teil seines Gesichtes, der untere war unter einem Bart verborgen.
»Mit diesem Mönch und Ihrem Küster könnten Sie wirklich ein Horrorkabinett eröffnen und auf Jahrmärkten auftreten, Wajda.« Die Wachen, die dem Mönch ihre Maschinenpistolen in den zitternden Leib drückten, lachten.
»Ist er nützlich?« fragte Schmidt.
»Ja, als Kalligraph ist er recht geeignet. Und er kann Gemälde restaurieren. Die Kirche braucht unbedingt jemanden, der...«
»Meine Zeit ist zu kostbar, Wajda, als daß ich sie mit Ihnen und Ihren verunstalteten Kreaturen verbringen könnte. Erinnern Sie sich aber an das, was ich Ihnen über Partisanen gesagt habe, und denken Sie heute abend vor dem Einschlafen noch einmal über meine Warnung nach. Es sei denn, da gibt es noch eine andere kleine Kreatur, die Sie mit ins Bett nehmen, hm?«
Die Wachen lachten wieder und machten dann mit ihrem Kommandanten kehrt und folgten ihm nach draußen. Pfarrer Wajda und Bruder Michal sahen den Deutschen hinterher. Und als sie die Kirche verlassen hatten und diese somit wieder ein heiliger Ort war, blickten sich die beiden Männer an.

In den nächsten vier Tagen war Maria Duszynska alleine für das Krankenhaus verantwortlich. Über all der Zeit, die sie damit verbrachte, auf Visiten zu gehen, Notfälle zu behandeln, Entbindungen vorzunehmen und die Proteus-Injektionen zu verabreichen, hatte sie nur wenig Gelegenheit, über ihre zunehmende Einsamkeit zu grübeln und sich die entmutigende Tatsache vor Augen zu führen, daß sie seit Weihnachten immer noch nichts von Maximilian Hartung gehört hatte.
Am schlimmsten war es für sie, wenn sie spät abends heimkehrte und wieder keinen Brief von ihm gefunden hatte und von ihrem kalten Bett aus zusah, wie die Schneeflocken sanft gegen die Fensterscheiben schwebten und sich auflösten. In diesen kurzen Augenblicken der Besinnung mußte sie immer an ihn denken, und mit jedem Tag, den

Szukalski weg war und von Max keine Nachricht eintraf, fühlte sie sich einsamer. Während Szukalskis Abwesenheit nahm Maria allen Patienten Blut ab, die zur ersten Gruppe der Geimpften gehörten, verpackte die Blutproben und schickte sie nach Warschau. In zwei Tagen sollte sie erfahren, ob die Weil-Felix-Reaktion wie bei Keppler positiv ausfallen würde.

Jan Szukalski kehrte am Morgen des fünften Tages zurück und sah müde und abgespannt aus. Er hatte sich um Zajączkowskis Patienten gekümmert und fast ununterbrochen Tag und Nacht Wunden genäht, gebrochene Knochen gerichtet, Medikamente verabreicht und Proteus-Bakterien gespritzt. Es gab sogar einige echte Fleckfieberfälle, was für diese Jahreszeit nicht ungewöhnlich war, und er schickte die entsprechenden Blutproben an das von den Deutschen kontrollierte Labor.

Er hatte in dem weiten Gebiet, das zwanzig Kilometer weiter nördlich lag, zweihundertdreißig Patienten gespritzt und beabsichtigte, noch mehr zu impfen, wenn er in einer Woche zurückkommen würde, um Blutproben zu entnehmen.

»Sergej, ich verstehe einfach nicht, was da los ist, wirklich«, sagte Rudolf Bruckner plötzlich.
»Ach, sprichst du wieder von dieser Sache?« Der muskulöse Russe warf die letzten Gewürze in einen Topf, in dem er Kohl kochte und wischte sich den Schweiß und Dampf von der Stirn. »Vielleicht bildest du dir ja alles nur ein.«
»Nein, das tue ich nicht!« rief Bruckner aus dem Wohnzimmer. Er saß in einem bequemen Sessel vor dem Feuer, seine Füße auf einem Schemel und ein Glas Wodka in der Hand. Er hatte sein schmales Gesicht skeptisch verzogen. Seit Tagen schon ließ ihm dieses Problem keine Ruhe. »Ich habe dir doch gesagt, daß Gläser aus dem Labor verschwunden sind.«
»Wer sollte denn daran Interesse haben?«
»Das weiß ich nicht, aber die Ärzte haben wieder lange im Labor gearbeitet. Wirklich sehr lange. Doch wenn ich später nachsehe, finde ich keinen Hinweis auf das, was sie tun.«
»Immerhin sind es ja Ärzte, Rudolf.«
»Natürlich, aber für diese Art von Arbeit haben sie doch einen Labo-

ranten eingestellt. Wenn so was einmal vorkommt, könnte ich es vielleicht noch verstehen, aber so oft! Ich sage dir, Sergej: Irgend etwas ist faul an der Sache.«
Sergej legte den Deckel wieder auf den Topf und trocknete sich die Hände ab. Dann ging er zur Tür und meinte: »Du machst dir zu viele Sorgen, du nimmst deine Arbeit zu ernst. Wieso kannst du sie nicht einfach mal vergessen?«
»So einfach ist das nicht, Sergej. Wirklich nicht.«
Nein, wirklich nicht, dachte Bruckner, als Sergej in die Küche zurückging, um das Rindfleisch in Scheiben zu schneiden. Du weißt ja auch nicht, daß ich Dieter Schmidt Berichte abliefern muß und ihm nicht einfach diese Geschichte von den paar gestohlenen Teströhrchen und Bechergläsern auftischen kann. Er würde sich ja regelrecht über mich lustig machen. Was er sowieso schon tut.
Bruckner führte das Glas an die Lippen und warf den Kopf in den Nacken. Er spürte, wie ihm der Wodka die Kehle hinunterrann. Dieter Schmidt ließ niemals eine Gelegenheit aus, Bruckner daran zu erinnern, daß er in seinen anderthalb Jahren Untergrundarbeit in Sofia nicht einen einzigen Hinweis gegeben hatte, der zu den geheimen Widerstandsgruppen in Sofia geführt hätte. Und deshalb hatte Schmidt nur Verachtung für ihn übrig. Und aus diesem Grund würde Bruckner auch nicht das gestohlene Labormaterial erwähnen. Vielleicht handelte es sich um einen Anhaltspunkt, vielleicht aber auch nicht. Aber wenn wirklich etwas dahinterstecke und er mehr als einen unbedeutenden Benzindiebstahl aufdecken konnte, dann war es die Sache wert, daß man sie weiter verfolgte. Er würde es Schmidt schon zeigen. »Ich denke, ich werde mich mal etwas genauer umschauen«, sprach er laut, damit Sergej ihn hörte.

Endlich trafen die Ergebnisse der ersten Gruppe von Patienten aus dem Zentrallabor von Warschau ein.
Alle waren positiv.
Jeder, der eine Injektion erhalten hatte, war dabei, es gab nicht einen einzigen Ausfall.
Eine Woche darauf kehrte Szukalski wieder in die umliegenden Gebiete zurück.

17

Abraham Vogel stand am Ufer der Weichsel, einige hundert Meter stromabwärts vom Höhleneingang, als er über das zugefrorene Flußbett zwei Gestalten aus den Wäldern heraustreten sah. Auch aus der Ferne erkannte er, daß sie zerlumpte braune Uniformen der polnischen Armee trugen und daß die beiden Männer, wer immer sie auch sein mochten, sich in Schwierigkeiten befanden. Reglos beobachtete er, wie sie sich, einander abstützend, über das Flußufer schleppten.
Die Schneeschauer nahmen mit der Abenddämmerung allmählich an Heftigkeit zu und ließen den jungen Juden unter seinem schweren Mantel und seiner Lammfellmütze frösteln. Die zwei Männer, die auf ihn zukamen, waren bei weitem nicht so warm angezogen wie er. Beiden fehlte eine Kopfbedeckung, und nur einer trug Handschuhe.
Er hob einen Arm und rief ihnen zu: »He, ihr da!«
Die zwei Soldaten versteckten sich sofort hinter einem Baum, machten ihre Gewehre bereit und zielten auf die andere Flußseite.
»Nicht schießen!« rief Abraham, der vorsichtig über die steile Böschung zum Fluß abstieg. Durch den Schneevorhang konnte er auch erkennen, daß die beiden Männer Schwierigkeiten hatten, ihr Gewehr hochzuhalten. »Ich bin ein Freund!«
Die Soldaten blieben still, duckten sich und hielten ihre Gewehre im Anschlag. Einer von ihnen war völlig bleich und hatte blau angelaufene Lippen. Er lehnte am Baum, um sich abzustützen.
Abraham bewegte sich vorsichtig über die kompakte Eisdecke und benutzte seine Waffe, um das Gleichgewicht zu halten. Mit seinem dicken Mantel, seiner Fellmütze und den gefütterten Handschuhen sah er aus wie ein Bär, der sich mühsam auf seinen Hinterbeinen vorwärts schleppt. »Ich bin ein Freund. Nicht schießen!«
Nach einem Augenblick der Stille meldete sich einer der Männer: »Dann leg deine Waffe nieder!«
Abraham hatte sich ein Pistolenhalfter um die Hüfte geschlungen. Er überlegte noch einmal kurz, folgte dann aber ihrer Aufforderung und löste, mitten auf dem gefrorenen Fluß stehend, den Gürtel und ließ ihn langsam aufs Eis gleiten. »Und jetzt komm zu uns!« befahl einer der Soldaten, der kniete. Abraham kam dem Befehl nach und streckte weiter seine Hände aus, um das Gleichgewicht zu halten.

Als er sich ihnen bis auf ein paar Meter genähert hatte und sich nun bemühte, die Uferböschung hinaufzusteigen, verließ der Mann, der gesprochen hatte, endlich seine Deckung. Er musterte Abraham von oben bis unten und senkte dann sein Gewehr. »Wer bist du?« fragte er mit nordpolnischem Akzent.
»Ich heiße Abraham Vogel.«
Der Mann machte keinen Hehl aus seiner Überraschung. »Ein Jude? Mit einem Gewehr?«
Abraham wandte sich nun von ihm ab, und sein Blick richtete sich auf den anderen Mann, der sich mit geschlossenen Augen am Baum abstützte. »Dein Freund sieht nicht gut aus.«
»Ja, das stimmt. Stan und ich haben lange nichts mehr gegessen.«
»Woher kommt ihr?«
Der Soldat musterte den jungen Juden aufmerksam. »Das würde ich dich gerne fragen. Aber ich denke, du wirst dich irgendwo verstekken.«
»Wir haben ein Lager nicht weit von hier.«
»Partisanen?«
»Wir können euch Essen und einen warmen Platz zum Schlafen bieten.«
Der Soldat starrte noch kurz in das zarte, fast schöne Gesicht Abrahams, dann hängte er sich das Gewehr wieder über die Schulter und streckte eine Hand vor. »Każik Skowron, Leutnant der polnischen Armee.«
Sie schüttelten sich die Hände.
Stanisław Poniatowski, der sich bemühte, aufzustehen, hauchte schwach: »Wir sind froh, dich zu treffen, Abraham Vogel. Du bist die Antwort auf unsere Gebete.«
Każik grinste und trat zu seinem Kameraden, um ihn zu stützen. »Gott hat wirklich Sinn für Humor. Zwei Katholiken bitten ihn um Hilfe, und er schickt einen Juden!«
Als Abraham sie über den gefrorenen Fluß zurückführte, blieb er kurz stehen, um seine Waffe wieder an sich zu nehmen, und brachte sie dann zur Höhle. Während er Stanisław durch die enge Öffnung half, riß Każik vor Erstaunen die Augen weit auf. »Aber..., wir sind doch vor einiger Zeit an dieser Klippe vorbeigekommen! Und da gab es noch keine Öffnung! Ich weiß noch, daß wir über den Fluß gekom-

men sind und...« Er verstummte, als er sah, wie ihn plötzlich die Bewohner der Höhle durch die Glut des Feuers anstarrten. Dann fiel sein Blick auf Esther Brombergs Topf mit gekochtem Sauerkraut, und er leckte sich die Lippen.
»Kommt!« wurden sie von Moisze empfangen, der sogleich aufsprang. »Setzt euch und eßt!«
Brunek Matuszek eilte ihnen entgegen, um Stanisław zu helfen, während Esther sich sofort daranmachte, das Essen zu servieren. Durch das betörende Aroma von Kümmel, Dill und Sauerkraut kehrten die Lebensgeister in die beiden Soldaten zurück, und sie nahmen Platz, nachdem sie von dem Eintopf gekostet hatten.
»Oh, Kartoffeln«, murmelte Stanisław, der alles so gierig verschlang, daß er sich fast verschluckte. »Wann haben wir das letztemal Kartoffeln...?«
Während die Neuankömmlinge aßen, erklärte Abraham den anderen, wie er sie gefunden hatte und um wen es sich handelte.
»Wir kämpften nordöstlich von hier«, sagte Każik und fuhr sich mit dem Ärmel über den Mund. »Wir bildeten noch ein kleines Widerstandsnest nach der Besetzung. Wir haben die ganze Zeit gekämpft, aber am Ende hat man uns aufgerieben. Nur Stan und ich konnten fliehen; außerdem war da noch ein anderer Kamerad, aber wir mußten ihn nicht weit von hier zurücklassen, weil er verwundet war. Wir haben ihm eine provisorische Unterkunft gebaut und uns dann auf den Weg gemacht in der Hoffnung, Hilfe zu finden. Man sagte uns, daß es hier in der Nähe Bauernhöfe gibt.«
»Ja, die gibt es«, entgegnete Brunek, »aber es wäre nicht ratsam gewesen, sich ihnen zu nähern. Die Deutschen kontrollieren dieses Gebiet sehr streng, denn Sofia, die nächstgelegene Stadt, ist für sie sehr wichtig.«
»Erzählt uns, wo euer Freund ist«, forderte Moisze sie auf. »Wir werden jemanden losschicken, um nach ihm zu sehen.«
Każik hörte jetzt auf, sein Essen hinunterzuschlingen, und senkte die Schale. »Ich glaube nicht, daß ich in der Lage bin, euch die genaue Richtung zu beschreiben. Stan und ich haben einen Schuppen für ihn gebaut und ihn dann getarnt. Ihr würdet ihn niemals erkennen, selbst wenn ich eine Beschreibung versuchen würde. Und ich bin auch nicht sicher, ob ich euch sagen könnte, wie ihr hinkommt. Ich erinnere

mich an Grenzsteine, an einen Baum und an einen Felsen. So werde ich ihn finden. Aber wir haben ihm ein Stück Brot und unseren letzten Schluck Wodka dagelassen, außerdem hat er meinen Schal und meine Handschuhe. Vielleicht sollten wir bis zum Anbruch der Nacht warten, wenn die Nazis hier wirklich alles so genau kontrollieren, wie ihr sagt.«
»Es ist jetzt schon fast Nacht«, meinte Brunek. »Wir werden bald aufbrechen.«
Während die zwei Soldaten sich satt aßen, wurde es in der Höhle still. Sie führten die Schalen an ihre Lippen und tranken alles bis auf den letzten Tropfen, dann wischten sie sich den Mund mit dem Handrükken ab.
Brunek Matuszek, der dem knisternden Feuer lauschte und fühlte, wie die Abendkälte von draußen allmählich in die Höhle eindrang, musterte die Fremden. Er bemerkte ihr wirres Haar, die Bartfetzen an ihrem Kinn, die durchgewetzten, zerlumpten Uniformen und ihre mit Kleidungsstücken umwickelten Füße, die in verschlissenen Stiefeln steckten. Sie sahen aus wie viele andere, die er mit der Zeit gesehen hatte. Das war von Polens einst großer Armee übriggeblieben. Der Anblick zerriß ihm das Herz.
»Wohin wolltet ihr denn gehen?« erkundigte sich Moisze, der ihnen jetzt Hühnerbrühe anbot.
»Wir wollten versuchen, die rumänische Grenze zu erreichen.«
Er schüttelte den Kopf. »Viel zu weit. Und zu viele Deutsche.« Kažik wandte sich an Stan. Die Erschöpfung und Hoffnungslosigkeit standen ihm ins Gesicht geschrieben. »Wohin werden wir nun gehen, mein Freund?« murmelte er.
»Ihr könnt so lange bei uns bleiben, wie ihr wollt«, erklärte Brunek. »Wir stehlen Essen. Manchmal läßt uns auch ein mutiger Bürger von Sofia etwas zukommen. Wir sind für die nächsten drei Monate versorgt.«
»Ihr sollt gesegnet sein«, flüsterte Stanisław.
Kažik, der seine Hände am Feuer wärmte und sie gelegentlich rieb, ließ langsam den Blick über die Höhle schweifen. Als er Leokadja bemerkte und sie länger anschaute, hörte er Brunek sagen: »Wir alle hier kämpfen, auch die Frauen. Sie sind für uns wie Kameraden.«
Kažik lächelte und nickte: »Verstehe.«

»Wir können ausgebildete Soldaten gut gebrauchen«, fuhr der Hauptmann fort. »Habt ihr nicht gesagt, ihr kommt von der Infanterie? Dann könnt ihr ja mit Waffen umgehen.«
Każik war überrascht. »Ihr habt Waffen?«
»Mörser und Handgranaten. Aber wir müssen unsere Leute richtig ausbilden, denn sie sind keine gelernten Soldaten.«
»Da sind wir genau die Richtigen.«
»Ausgezeichnet!« Brunek schlug sich auf die Knie und stand auf. Er lächelte seinen neuen Kameraden zu. »Ihr braucht trockene Sachen. Und dann diese Stiefel!« Er blickte fragend zu Esther Bromberg. »Gewiß haben wir ein paar...«
»Ich werde gleich nachsehen. Wenn sie zu uns gehören sollen, dann werden sie sich besser anziehen müssen als jetzt!«
Każik erhob sich ebenso und bedachte Brunek mit einem ernsten Blick. »Ihr seid gute Leute. Wir werden an eurer Seite kämpfen und auch mit euch sterben, wenn es nötig ist.«
Der Hauptmann legte dem Infanteristen seine schwere Hand auf die Schulter. »Wir heißen euch willkommen. Aber was euren Freund betrifft, den wir holen müssen: Wieviel Hilfe braucht ihr?«
»Es ist wohl besser, wenn ich alleine gehe«, lehnte Każik das Angebot ab. »So komme ich schneller voran und kann mich, wenn nötig, verstecken. Eine Begleitung würde mich vielleicht behindern, und zwei sieht man eher als einen.«
»Gut. Benötigt er medizinische Versorgung? Wir haben zwar keinen Arzt, aber Ben ist Apotheker, und wir haben ein paar Medikamente, die du für ihn mitnehmen könntest.«
»Nein, nicht nötig, es ist nur eine Fleischwunde, und er hat nicht viel Blut verloren. Was er braucht, ist etwas zu essen.« Każik schwieg kurz und blickte zu Stanisław hinunter. »Ich werde nicht lange brauchen«, sagte er ruhig. »Ruh dich jetzt aus; du hast es verdient.« Und dann schlüpfte er aus der Höhle.

Dieter Schmidt schritt vor den drei Männern auf und ab. Er hatte sein Gesicht zu einer häßlichen Grimasse verzogen und schlug sich mit dem Peitschengriff immer wieder gegen den Oberschenkel. Die drei Männer zeigten eine gespannte Aufmerksamkeit. Zwei von ihnen trugen deutsche Uniformen und hatten ein wachsames Auge auf den

dritten Mann, der sich, in eine zerlumpte polnische Uniform gekleidet, zwischen ihnen befand.
Schließlich blieb Schmidt stehen und fuhr herum. »Schwein!« brüllte er plötzlich und erschreckte die drei Männer. »Du bezeichnest dich als Polen! Ich nenne dich ein Schwein!«
Każik fixierte einen Punkt über Schmidts Kopf. Er schluckte schwer. Der SS-Kommandant musterte ihn mit höhnischer Verachtung. »Hervorragend«, murmelte er zufrieden, »wirklich ganz hervorragend.« Dann richtete er seinen Blick auf die beiden deutschen Soldaten, die stolz vor ihm standen. »Dies ist wahrlich ein Anlaß, euch zu beglückwünschen. Solch ein Fang!« Er verzog den Mund zu einem eisigen Grinsen. »Los, Schwein, noch einmal deinen Namen!«
»Każik Skowron«, murmelte der Leutnant, der Schmidt immer noch nicht anschaute.
Der Kommandant warf den Kopf in den Nacken und brach in ein derbes, wahnsinniges Lachen aus. »Każik Skowron! Wie barbarisch! Auf was für eine eklige Art vollkommen!« Sein Lachen verstummte so urplötzlich wie es aus ihm herausgebrochen war, und er hob seine Stockpeitsche und richtete sie auf den Unterleib des Gefangenen. »Sehr schön, polnischer Soldat, wenn du also Każik heißt, dann will ich dich von jetzt an auch so nennen.«
Schließlich senkte der Infanterist seinen Blick und grinste. Każik Skowron, dessen Name in Wahrheit Adolf Kummer war – so wie Stanisław eigentlich Rudolf Fliegel hieß –, schmunzelte zusammen mit seinem Führungsoffizier.
»Für Ihre ausgezeichnete Schauspielkunst haben Sie wirklich Anerkennung verdient«, lobte Schmidt die beiden Soldaten und befahl ihnen dann, den Raum zu verlassen.
»Danke schön, Hauptsturmführer«, entgegneten sie und entfernten sich. Dann wandte er seine Aufmerksamkeit wieder dem Spion zu. »Ich kann es noch gar nicht fassen, wie gut alles geklappt hat. Der Plan war perfekt.«
»Ihre beiden Männer haben ihre Rolle ausgezeichnet gespielt. Die Idee, mich von ihnen im Wald verhaften zu lassen, war sehr gut, Hauptsturmführer.« Und Każik Skowron alias Adolf Kummer faßte sich an die Hüfte, wohin ihn ein Soldat geschlagen hatte, und fügte hinzu: »Fast zu gut.«

»Ich weiß, daß die Idee ausgezeichnet war. Mir fiel ein, daß einer der Partisanen Ihnen folgen könnte, und wenn er beobachtet hätte, wie Sie in die Stadt spazieren und ins Hauptquartier gehen, dann wäre er wohl argwöhnisch geworden. So aber werden sie, falls sie Ihnen gefolgt sind, auf jeden Fall annehmen, daß Sie verhaftet wurden, und keinen Verdacht schöpfen.«

»Aber man hat mich nicht gesehen, Hauptsturmführer; ich habe mich versichert. Wenn ich zurück bin, werde ich ihnen sagen, daß ich meinen Freund tot vorgefunden und ihn beerdigt habe.«

»Sehr gut.« Dieter Schmidt ging hinter seinen Schreibtisch zurück und setzte sich. »Sie werden jetzt zurückkehren und sich mit Rudolf Fliegel in die Gruppe eingliedern. Gewinnen Sie ihr Vertrauen! Machen Sie bei einigen Sabotageakten mit. Bleiben Sie bei ihnen, bis ich mich zu einem Schlag entschließe.«

»Und warum wollen Sie nicht gleich alle verhaften?«

Schmidt schüttelte langsam den Kopf. »Ich vermute, daß diese Gruppe mit anderen zusammenarbeitet, und ich will, daß Sie bei ihnen leben und alles herausfinden, was möglich ist. Ich will nicht nur diese Gruppe, sondern ich möchte wissen, wer sonst aus dieser Gegend noch am Widerstand beteiligt ist. Von wem erhalten sie ihre Befehle? Besteht eine Verbindung mit Warschau? Bekommen sie Hilfe aus Sofia? Ich will so viel herausfinden wie möglich. Und wenn wir es schaffen, dann garantiere ich Ihnen, daß es hohe Auszeichnungen für uns alle geben wird. Halten Sie mich über jeden Schritt der Partisanen auf dem laufenden.«

»Jawohl, Hauptsturmführer!« versicherte Każik Skowron. Dann schlug er die Hacken zusammen und verabschiedete sich mit dem Hitler-Gruß, um sich wieder den Partisanen anzuschließen.

18

Während spätwinterliche Stürme Südostpolen erbarmungslos heimsuchten, ging die Entwicklung in Sofia in zwei verschiedene Richtungen.

Obwohl sie von den draußen tosenden Stürmen in ihrem Wirken eingeschränkt wurden, entwickelten die Widerstandskämpfer in der Höhle langsam und überlegt ihren Plan, das Munitionsdepot von Sofia anzugreifen und zu zerstören. Es war ein gewaltiges Unternehmen, gefährlich und ohne Erfolgsgarantie, doch jeder der Partisanen verschrieb sich dem Vorhaben mit ganzem Herzen und Entschlossenheit. Kontakte mit einer anderen Gruppe im Norden wurden geknüpft, geheime Boten, die sich durch die winterliche Schneelandschaft stahlen, stellten eine dauerhafte Verbindung sicher. Ein vorläufiger Termin für den Hauptangriff wurde festgelegt, und jeder Tag in der Höhle wurde damit verbracht, die Ausbildung abzurunden und die notwendigen Vorbereitungen zu treffen.

Nachdem sie wieder zu Kräften gekommen waren, hatten sich die neuen Kameraden Każik und Stanisław als sehr hilfreich erwiesen, und ihre militärische Ausbildung und Erfahrung im Umgang mit Waffen stellten einen Segen für die Zivilisten dar. Die zweite Entwicklung bestand darin, daß Dr. Szukalski seine Tätigkeit auf sechs weitere Dörfer und Weiler ausdehnte und ungefähr tausend vorgetäuschte Fleckfieberfälle verursachte, für die er die gesamte produzierte Menge des ersten Proteus-Impfstoffs benötigte. Eine zweite Charge wurde in der Krypta der Kirche hergestellt, denn sie wagten es nicht mehr länger, im Krankenhauslabor zu arbeiten, und die Herstellung einer dritten Charge wurde bereits vorbereitet. Jan Szukalski hoffte, bis zum Spätfrühjahr ungefähr fünftausend Fleckfieberfälle in Sofia und Umgebung vortäuschen zu können.

Und das Zentrallabor reagierte, wie sie es sich gewünscht hatten.

Das Interesse erwachte und nahm rasch zu, weil immer mehr Blutproben aus Sofia positiv getestet wurden. Die zuständigen Ärzte wunderten sich über die hohen Titer der Krankheitsfälle in Sofia, die einen Hinweis auf eine hochvirulente Spielart der Krankheit darstellten. Und der Labordirektor Fritz Müller kommentierte die Ergebnisse gegenüber seinen Kollegen trocken: »Bei diesen Werten brauchen wir uns über die Endlösung für Sofia keine Sorgen zu machen. Das Fleckfieber wird schon alles für uns erledigen!«

Aber die ansteckende Erkrankung bot aus einem ganz anderen Grund Anlaß zu viel mehr Sorgen. »Zum Teufel mit den Polen«, entfuhr es dem Direktor, als er die letzten Ergebnisse betrachtete. »Wenn sie so dreckig sind, dann verdienen sie auch den Tod. Aber Sofia und Umgebung sind eine Zwischenstation für unsere Truppen, und viele unserer Leute werden dort auf dem Weg an die Ostfront ausgerüstet. Es besteht die Gefahr, daß sie Fleckfieber mitschleppen, und man kann sich ja ausmalen, was das in Zusammenhang mit dem tödlichen russischen Winter bedeutet!«

Und deswegen wurde im Zentrallabor von Warschau beschlossen, das Gebiet angesichts so vieler Fleckfieberfälle in solch kurzer Zeit und wegen der hohen Virulenz der Krankheit zu einem Seuchengebiet zu erklären.

Der Direktor schickte sofort ein Telegramm nach Krakau:

EMPFEHLEN, SOFIA UND UMGEBUNG IN EINEM UMKREIS VON ZWANZIG KILOMETERN ZU EINEM FLECKFIEBERSEUCHENGEBIET ZU ERKLÄREN. SCHLAGEN VOR, ALLE TRUPPENBEWEGUNGEN NACH LUBLIN UMZULEITEN UND DAS IN DEM GEBIET STATIONIERTE MILITÄR AUF FÜNFUNDZWANZIG PROZENT SEINES JETZIGEN BESTANDES ZU VERRINGERN.

Der Generalgouverneur Hans Frank unterschrieb persönlich den Befehl an den Militärbefehlshaber von Sofia, die Truppenstärke zu reduzieren und alles überflüssige Personal nach Krakau zu schicken. Landwirtschaftliche Produkte aus dem Gebiet durften nicht mehr länger beschlagnahmt werden, sondern hatten innerhalb des vorgeschriebenen Umkreises zu verbleiben, die Kontakte zu allen Zivilisten sollten auf ein Minimum beschränkt werden.

Dieter Schmidt wurde bleich, als er den Befehl las. Sein Bezirk ein Quarantänegebiet! Und dann noch fünfundsiebzig Prozent seiner Leute wegschicken! Was dachten die eigentlich, wie er die Kontrolle über die Stadt aufrechterhalten und gleichzeitig die Sicherheit des Depots gewährleisten sollte? Sofia war zu wichtig und von zu vitalem Interesse, als daß man es so lange unter Quarantäne stellen konnte. Die Frühlingsoffensive nahte. Den ganzen Winter über hatte man Benzin und Artillerie ins Depot gebracht, um nach dem Tauwetter alles weiterzutransportieren. Und was sollte jetzt geschehen? Wie sollte er mit den wertvollen Informationen verfahren, die er über die Partisanen sammelte? Was erwartete das Oberkommando?

Aber etwas anderes bedrückte den Kommandanten von Sofia viel mehr. Dieter Schmidt hatte niemals in seinem Leben persönlich mit Fleckfieber zu tun gehabt.

Zwei Monate war es schon her, daß Hans Keppler gestorben war, doch Anna Krasinska trauerte immer noch.
In diesen unseligen Zeiten des Krieges und der Besatzung durch die Deutschen hielt man seine Gefühle im Zaum und ließ sich von nichts berühren. Aber Anna hatte den Fehler begangen, sich von der entwaffnenden Art Hans' bereits nach einigen Tagen einnehmen zu lassen, und sich in ihn verliebt. Sie hatten nie ein Wort darüber verloren, und doch war Anna sicher, daß Hans dieselben Gefühle für sie gehegt hatte.
Aber jetzt war es zu spät, und in ihrer Einsamkeit und Trauer hatte Anna es sich angewöhnt, zweimal täglich die Sankt-Ambroż-Kirche aufzusuchen. Jeden Morgen und jeden Abend warf sie sich vor der Heiligen Jungfrau Maria auf die Knie, entzündete eine Kerze und betete einen Rosenkranz für die Seele des einzigen Mannes, den sie je geliebt hatte. Und sie schwor sich im Angesicht der Jungfrau Maria, daß sie keinen Mann mehr so lieben würde wie Hans Keppler.
In den letzten Tagen hatte sich Anna allerdings zunehmend unwohl gefühlt, wenn sie friedlich vor der Mutter Gottes kniete und ihre Gebete sprach. Sie hatte sich mehrere Male aus ihrer Versenkung gelöst und ihren Blick rasch umher schweifen lassen, aber sie war stets alleine gewesen. Dennoch konnte sie sich nicht der unbestimmten, ja schauerlichen Ahnung erwehren, daß jemand sie beobachtete.
Und heute beschlich sie dieses Gefühl erneut.
Die Perlen zwischen den Fingern, kniete sie in der Kapelle der Heiligen Jungfrau nieder und flüsterte und murmelte. »Heil dir Maria, voll der Gnade, der Herr ist mit...«
Das Gefühl, beobachtet zu werden, wurde jetzt stärker. Langsam und unheimlich bewegte sich etwas in den Schatten, die sie umgaben. Heimtückischen Nebelschwaden gleich kroch es um die Säulen und drohte sie zu verschlingen, so daß sie sich gezwungen sah, ihren Rosenkranz zu beenden. Irgend jemand war in der Nähe. Heute spürte sie es stärker als jemals zuvor. Anna starrte auf die Perlen ihrer Gebetskette, die einst ihrer Großmutter gehört hatten und die mit den Jahren erst geschmeidig geworden waren. Es handelte sich um kostbare, importierte Perlen, deren Verbindungen aus reinem Silber waren. Sie blickte auf.
Ein Schatten verlor sich in der tiefen Finsternis, aber nicht schnell

genug, als daß sie nicht die auffällige braune Kutte, die schlaff ins Gesicht hängende Kapuze und die unter den langen Ärmeln verschränkten Hände bemerkt hätte.

Anna blickte wieder auf ihre Perlen und versuchte erneut, fast zitternd, mit ihrem Rosenkranz fortzufahren, wo sie ihn unterbrochen hatte.

»Geheiligt sei dein Name, dein Reich komme, wie im Himmel so auf...«

Erneut liefen ihr Schauer über den Rücken.

Er war dort, beobachtete sie. Es war der komische Mönch, der Taubstumme, dessen traurige Geschichte fast jeder Kirchgänger von Sofia kannte. Wie er dem harten Winter getrotzt hatte, um vor den Deutschen zu fliehen, die sein Kloster zerstört und seine Brüder ermordet hatten. Wie er schließlich zu Pfarrer Wajda gekommen und von diesem aufgenommen worden war.

Aber warum spionierte er sie aus?

Anna drehte sich zum zweitenmal um, und dieses Mal zog sich der Mönch zu ihrer Überraschung nicht in den Schatten zurück. Reglos und schweigend stand er da, eingetaucht in das irreale Licht der Kerzen wie eine Geistererscheinung, und starrte sie an.

Auch sie konnte ihren Blick nicht von seiner Gestalt lösen, die sie an ein Gespenst aus finstersten Zeiten erinnerte.

Eine scheinbar unendlich lange Zeit blickten sie sich so an, und als der Mönch endlich einen Schritt auf sie zutat, sprang sie sofort auf.

»Was wollen Sie?« flüsterte sie und umgriff den Rosenkranz so fest, als wäre er ein Schutzschild.

Der Mann entgegnete nichts, sondern bewegte sich fast schwebend auf sie zu. Sie blieb wie angewurzelt stehen und überlegte, ob sie schreien sollte. Da streifte der stumme Mönch plötzlich die Ärmel seiner braunen Kutte zurück, bewegte die Hände zum Kopf und zog seine Kapuze nach hinten.

Sie starrte ihn ungläubig an.

Ihr Blick wanderte von der Tonsur auf seinem Schädel zum Gesicht, das sie kaum erkennen konnte. Es wirkte dünn und bleich, und der Bart, den der Mönch trug, schien nicht sehr alt zu sein. Aber die Augen, diese auffälligen blauen Augen, die an die Farbe von Kornblumen im Sommer erinnerten, hatte sie schon vorher gesehen.

Anna hatte vor Staunen den Mund weit aufgerissen, der stumme Mönch schaute sie nur traurig an. Nachdem eine Ewigkeit zwischen ihnen verstrichen war, fand Anna schließlich ihre Stimme wieder und flüsterte: »Hans...«

Dr. Jan Szukalski erschrak heftig, als Hauptsturmführer Dieter Schmidt plötzlich in sein Büro stürzte. Der bedrohliche Anblick seiner Eskorte mit ihren Maschinenpistolen sowie der Zorn, der in Schmidts Augen flackerte, ließen den Doktor sofort aufstehen.
»Herr Hauptsturm...«
»Schnauze! Setzen Sie sich wieder und hören Sie, was ich Ihnen zu sagen habe!«
Szukalski, der Schmidt noch nie mit so wenig Selbstbeherrschung erlebt hatte, setzte sich entsetzt wieder hin.
Der SS-Kommandant kam sofort zur Sache und verlas die neuen Befehle, die er soeben aus Krakau erhalten hatte. »Wenn ich Sie nicht bräuchte, um die Epidemie unter Kontrolle zu halten«, zischte er, »würde ich Sie auf der Stelle dafür erschießen lassen, daß Sie das alles nicht verhindert haben!« Während der Kommandant fortfuhr, entspannte sich Szukalski in seinem Sessel. Er hatte noch nie Angst auf dem Gesicht des Hauptsturmführers gesehen. Er fand den Anblick interessant.
»Ich werde Sie für jede Nichtbeachtung meiner Verfügungen persönlich verantwortlich machen, Szukalski. Merken Sie sich, daß niemand dieses Gebiet ohne meine Erlaubnis verläßt. Alle Züge, die hier normalerweise durchfahren, werden versiegelt und dürfen nicht anhalten. Der Bahnhof wird geschlossen.«
Er breitete brüsk eine Militärkarte auf dem Schreibtisch aus und wies mit einer Hand auf einen roten Kreis. »Die meisten Transporte werden dieses Gebiet umgehen, aber einige müssen hier durch. Aber sie werden nicht anhalten, und alle landwirtschaftlichen Produkte müssen hier verbleiben.« Jan Szukalski blickte ungläubig auf die Karte. Es war zu schön, um wahr zu sein. Um Sofia war in einem Radius von zwanzig Kilometern ein Kreis gezogen, ein roter Strich, der so viel wert war wie eine dicke Mauer. Und Dieter Schmidt erklärte ihm gerade, daß die Stadt in Zukunft in Ruhe gelassen werden sollte.
»Ich stelle Posten an allen Straßen auf, die aus dem Gebiet führen,

und sie haben den Befehl, auf jeden zu schießen, der es ohne meine ausdrückliche Genehmigung verlassen will.«
Szukalski ließ seine Hände in den Schoß fallen. Er versuchte, seine Aufregung zu zügeln.
»Sie sind verantwortlich für alle notwendigen öffentlichen Warnungen und Informationen an die Bevölkerung. Jeder muß sich über die einzuhaltenden Hygienemaßnahmen im klaren sein und wissen, wie man Läuse bekämpft. Ich will, daß diese Epidemie aufhört. Ist das klar?«
»Ja«, entgegnete Szukalski leise.
Als Dieter Schmidt seine Anordnungen erteilt hatte, stellte er sich stramm hin und blickte auf den Polen herunter. »Das hätten Sie niemals zulassen dürfen, Szukalski.«
»Ja, Herr Hauptsturmführer.«
Beide verschlossen einen Augenblick die Augen, und dann meinte der Krankenhausdirektor ruhig: »Herr Hauptsturmführer, haben Sie oder einer Ihrer Männer schon jemals Fleckfieber gehabt?« Schmidt trat unbewußt einen Schritt zurück. »Das soll wohl ein Scherz sein! Diese Schweinekrankheit, Szukalski! Nur Schweine kriegen Fleckfieber! In Deutschland hat es schon seit über fünfundzwanzig Jahren keine Epidemie mehr gegeben!«
»Was nicht gerade gut ist. Also nicht, daß es in Deutschland keine Epidemie gegeben hat, Herr Hauptsturmführer, sondern daß keiner Ihrer Leute jemals mit der Krankheit direkt zu tun hatte. Das bedeutet nämlich, daß Sie und Ihr Stab nicht die notwendige Immunität besitzen, die eintritt, wenn man mit der Krankheit in Kontakt war. Diese Fleckfiebererreger scheinen besonders gefährlich zu sein, Herr Hauptsturmführer, wir haben schon mehrere Tote. Jemand, der nie mit der Krankheit konfrontiert wurde, läuft wirklich Gefahr, sie nicht zu überleben, wenn er sie erst hat. Und ich denke, ich sollte gerade Sie warnen, Herr Hauptsturmführer, denn in diesem Augenblick befinden sich siebenundzwanzig Fälle in unserem Krankenhaus, mindestens sieben davon im Endstadium.«
»Wie bitte?« Schmidt trat noch einen Schritt zurück. »Sie wollen sagen, daß ich Kontakt mit Fleckfieberkranken hatte!« Die vier bewaffneten Männer, die den Kommandanten begleiteten, tauschten nun besorgte Blicke aus.

»Wahrscheinlich waren Sie immer weit genug entfernt, Herr Hauptsturmführer, aber ich würde schon sagen, daß die Möglichkeit besteht. Achten Sie darauf, daß Sie alle Ihre Kleidungsstücke in Ihrem Hauptquartier unter heißem Dampf reinigen. Ich werde Ihnen morgen früh sofort eine Kopie meiner offiziellen Hygieneanweisungen zukommen lassen. Sie sollten Zivilisten so weit wie möglich aus dem Weg gehen, um zu verhindern, daß Sie oder Ihre Männer mit der Krankheit in Berührung kommen. Und das wichtigste, Herr Hauptsturmführer: Meiden Sie Menschenansammlungen.«
Dieter Schmidt bekam eine Gänsehaut und wandte sich mit bleichem Gesicht an seine Männer: »Habt ihr alles gehört und verstanden?« Sie nickten energisch. Und zu Szukalski gewandt, meinte er: »Ich höre morgen von Ihnen, Herr Doktor.«
»Da seien Sie völlig unbesorgt, Herr Hauptsturmführer. Mein Eid verlangt, daß ich jedem helfe, ob Freund oder Feind.«

Sie lagen im Bett seiner Großmutter und starrten an die Decke, Anna schmiegte sich an seine Brust. Das Haus war still, denn Kepplers Großmutter war nach der Nachricht von seinem Tod zur Familie in Essen gezogen. Seit Keppler ihr seine lange und verwickelte Geschichte erzählt und ihr die Hintergründe erklärt hatte, hatten sie kein Wort mehr miteinander gesprochen. Er hatte nichts ausgelassen, nicht einmal Auschwitz.
Er hatte ihr von seiner Beichte bei Pfarrer Wajda berichtet, von seinem ersten Treffen mit Szukalski und von der Entscheidung, die sie letztlich gefällt hatten. Er hatte geschildert, wie sie seinen Tod vortäuschten, damit er von seinen militärischen Pflichten befreit wurde, wie Szukalski ihm eine kahle Stelle auf dem Kopf schor und Pfarrer Wajda ihm eine neue Identität und Kleidung besorgte. Sie hatten den Leichnam eines Patienten, der an einer Lungenentzündung gestorben war, verbrannt und die Asche nach Essen geschickt, damit er dort mit militärischem Zeremoniell beigesetzt würde. Dann hatte er auch von dem Labor in der Krypta gesprochen und darüber, was die Ärzte unternahmen, um Sofia vor der Endlösung zu retten. Schließlich hatte er ihr auch gestanden, wie er sie jeden Tag in der Kirche beobachtet hatte und wie er die Situation am Ende nicht mehr aushalten konnte.

Er hatte mit seinem Geständnis gewartet, bis sie miteinander geschlafen hatten, denn er hatte befürchtet, daß sie ihn zurückweisen würde, sobald sie die Wahrheit über ihn erführe, und deshalb fühlte er sich jetzt schuldig. Er warf sich vor, Annas Liebe unter Vorspiegelung falscher Tatsachen gewonnen zu haben. Anna dagegen schwieg aus anderen Gründen, als Keppler sie sich ausmalte. Es war in erster Linie ein Schock, der sie jetzt vom Sprechen abhielt, aber noch etwas anderes hinderte sie für den Augenblick daran, sich zu seinem Geständnis zu äußern.
Als er drei Zigaretten geraucht hatte und Anna immer noch nichts sagte, als sie sich nicht einmal bewegte, seufzte oder sonst irgendwie die Stille durchbrach, da konnte Hans das Schweigen nicht mehr ertragen. Mit bedrückter Stimme wandte er sich in der Dunkelheit an sie: »Du verachtest mich jetzt, nicht wahr?«
Anna, die durch den Klang seiner Stimme, aber auch durch seine Worte selbst erschrak, schwieg weiter und blinzelte mit den Augen. Schließlich begriff sie, was er meinte, und so richtete sie sich schnell auf einem Ellenbogen auf und blickte ihn an: »Wie bitte?« flüsterte sie ungläubig.
»Ich bin dir deshalb nicht böse«, fuhr er fort und wandte den Blick von ihr ab.
»Hans, so etwas darfst du nicht sagen! Wie kommst du denn darauf, daß ich dich hasse?«
Er rollte den Kopf auf ihre Seite und betrachtete ihr Gesicht im matten Licht. Sie war schöner als jemals zuvor. Der junge Mann war überzeugt, daß er noch nie einen glücklicheren Moment erlebt hatte.
»Du meinst wegen deiner Vergangenheit?« fragte sie ihn leise. »Du hast geglaubt, daß ich dich deshalb hasse?«
Er nickte stumm.
Anna lachte kurz und gar nicht bedrückt. »Aber das ist doch absurd. Das einzige, was zählt, ist, daß du geflüchtet bist, Hans, daß du zu anständig warst, um noch weiter mitzumachen. Die, die ich verabscheue, *moy kochany*, sind die, die immer noch dort sind, die bleiben und alles hinnehmen und sich sogar daran... weiden.«
»Anna...«, murmelte er und drückte ihr zärtlich eine Hand auf die Wange. »O Anna...«
»Ich liebe dich, Hans«, wisperte sie. Das spärliche Licht aus dem Ne-

benraum ließ ihre Tränen glänzen. »Und nichts wird je etwas daran ändern. Niemals, *moy kochany*. Ja, ich liebe dich um so mehr, als du den Mut hattest, dich aus diesem Alptraum zu lösen und dich zu offenbaren. Und dafür, daß du dein Leben riskierst, um diese Stadt zu retten... O Hans!« Anna beugte sich zu ihm herunter und küßte ihn auf den Mund.
Hans umarmte sie und zog sie an sich. Er spürte, wie die Leidenschaft erneut in ihm erwachte, und zitterte vor Verlangen, als er sie in seinen Armen hielt. Aber als sie versuchte, sich von ihm zurückzuziehen, ließ er sie los. Reden war jetzt genauso wichtig wie der Austausch von Zärtlichkeiten. »Du hast so lange geschwiegen«, flüsterte er.
Sie legte ihm einen Finger auf die Lippen und schüttelte den Kopf.
»Aus anderen Gründen, *moy kochany* Hans. Ich habe über das nachgedacht, was du mir erzählt hast. Über das Lager.«
»Nein...«
»Laß mich jetzt sprechen, Hans. Ich hatte keine Vorstellung, ja wirklich nicht den Hauch einer Ahnung, daß solche Dinge geschehen. Und dennoch glaube ich, daß du mir die Wahrheit erzählst. Ich glaube dir, und gleichzeitig tue ich es nicht. So habe ich noch nie empfunden.«
»Anna, als ich in Auschwitz war, habe ich auch meinen Augen geglaubt und gleichzeitig gezweifelt. Ich weiß, was in dir vorgeht.«
»Aber...« Sie überlegte angestrengt. »Was ich nicht verstehe, ist die Endlösung, die du erwähnt hast. Was ist das? Und... warum gibt es sie?«
Keppler wandte sein Gesicht ab und richtete den Blick auf das kleine Nachttischschränkchen, in dem seine Großmutter einst einige persönliche Dinge aufbewahrte. Er griff nach den Zigaretten. Während er eine anzündete und den Rauch in die Finsternis blies, erklärte er: »Was es damit genau auf sich hat, weiß ich auch nicht. Wozu ich aber in diesem Zusammenhang etwas sagen kann, das sind die Dinge, die ich persönlich kennengelernt habe. Die Konzentrationslager.«
Er zog noch einmal an der Zigarette, stieß den Rauch aus und überlegte seine nächsten Worte. »Bevor Polen erobert wurde, versuchte man, die Juden aus Deutschland zu vertreiben. Wußtest du das?«
»Ich habe davon gehört. Vor allem von Juden, die nach Sofia kamen.«

»Das Reich wollte keine Juden auf seinem Gebiet und entfernte sie deshalb systematisch nach sorgfältig ausgearbeiteten Plänen aus Deutschland. Viele Juden gingen nach Amerika oder England. Aber die meisten kamen hierher, Anna, nach Polen oder Rußland; fast alle deutschen Juden hat man in unser kleines Land getrieben. Nun, nachdem der Plan ausgeführt war, gliederte Hitler neue Gebiete wie Westpolen ins Reich ein, und so entstand erneut das Problem, was man mit den Juden anfangen sollte. Es schien so, daß sich mit jeder Ausdehnung des Reiches die Judenfrage immer wieder aufs neue stellte.«
Er zog noch ein paarmal an der Zigarette und drückte sie dann auf dem kleinen Teller aus, den er als Aschenbecher benutzte. Dann fuhr er mit ernster Stimme fort. »Vorher hatten die Deutschen den Juden helfen wollen, Deutschland zu verlassen. Himmler hat sogar einige Zeit mit dem Gedanken gespielt, Madagaskar für sie als Zufluchtsstätte zu wählen, wie ein Reservat für die amerikanischen Indianer. Zu dieser Zeit stellte die Gestapo Visa aus, sorgte für den Transport und bezahlte in einigen Fällen sogar die Reisekosten. Aber dann erweiterten sich die Grenzen des Reiches, so daß sich immer mehr Juden inmitten einer Nation befanden, die sie nicht wollte. Und so kam die Frage auf, was man mit dieser großen Anzahl unerwünschter Menschen anfangen sollte. Es war einfach nicht mehr möglich, sie in andere Länder abzuschieben.« Trotz des fahlen Lichts konnte Anna sehen, daß Hans kreidebleich war. Er setzte seine Erklärungen fort. »Hitler und seine Leute trafen sich zu einer Konferenz, um sich mit dem Problem zu befassen, und so kam es schließlich zur Endlösung.« Keppler blickte Anna jetzt direkt in die Augen. »Liquidierung.«
»Es ist zu grausam, um es sich vorzustellen«, entgegnete sie mit schwacher Stimme.
»Die SS bekam den Auftrag, den Plan auszuführen. Und die SS betrachtete diese Aufgabe nicht als Pflicht, *moja kochana*, sondern als Privileg.«
»Aber wie viele Juden wollen sie denn auf diese...?«
Jetzt legte er ihr einen Finger auf die Lippen, seine Gesichtszüge waren schmerzverzerrt. »Nicht nur Juden, Anna, sondern alle, die das Reich für Untermenschen hält. Auch die Polen gehören dazu.«
»Sie können uns doch nicht einfach alle töten!«
»Nein, so verschwenderisch gehen die Nazis auch wieder nicht mit

Menschenleben um. Uns Polen werden sie als Sklaven benutzen. Zumindest bis wir alle tot umfallen.«
Plötzlich verlor sie völlig die Fassung und brach an seiner Brust in Tränen aus. Er legte die Arme um ihren schlanken, zitternden Leib und wartete geduldig, bis sie sich wieder beruhigte. Es bedrückte ihn sehr, daß er sie mit solch grauenhaften Berichten belasten mußte.
»Ich fühle mich, als wäre ich eben erst aus einem furchtbaren Traum aufgewacht«, schluchzte sie, während sie sich von ihm zurückzog und sich die Tränen abtrocknete. »Diese armen Menschen! Und du mußtest dir alles mitansehen!«
Er kniff die Augen zusammen. Nein, er hatte ihr noch nicht einmal alles gestanden. Er brachte es einfach nicht übers Herz. Die medizinischen Experimente in Auschwitz, abstoßende Versuche an Insassen, die mehr der Folter als der Wissenschaft dienten. Und der beliebte Zeitvertreib von Offizieren, der darin bestand, jüdischen Mädchen Strychnin zu injizieren und sich an ihrem Todeskampf zu weiden. Die allerscheußlichsten Taten hatte er ihr eigentlich vorenthalten, denn davon zu wissen, hätte sie nur noch mehr bedrückt. Es reichte, daß Anna das Wesentliche des Alptraums begriff.
»So, jetzt weißt du alles, Anna, meine Liebste«, flüsterte er. »Die ganze Geschichte. Vergib mir, daß ich dir wehgetan habe.« Während sie ihre letzten Tränen abtrocknete, blickte sie ihn zärtlich an. Hans lebend wieder zu haben, bedeutete für sie ein Wunder. »Laß mich dir helfen«, bat sie leise, aber inständig. »Laß mich dir und den Ärzten helfen.«
»Nein«, antwortete er energisch. »Sie dürfen niemals erfahren, daß du weißt, was sie tun. Selbst ich, der ich ihnen einen Eid geleistet habe, mußte ›sterben‹, damit sie ihren Plan fortführen konnten. Was sollten sie mit noch jemandem anfangen, der ihr Geheimnis kennt? Ich befürchte sogar, daß sie die Sache ganz aufgeben würden, aus Angst, du könntest sie verraten. Ein Geheimnis, das von fünf Menschen geteilt wird, ist doch eigentlich keins mehr, oder? Und ich werde sie nicht um ihr Gefühl der Sicherheit bringen. Nicht nach allem, was sie für mich getan haben.«
Sie nickte zustimmend und fügte dann hinzu: »Aber wenn du etwas brauchst, *moy* Hans, aus dem Krankenhaus oder woher auch immer, und wenn ich helfen kann, dann laß es mich bitte wissen.«

Er gab keine Antwort, denn er wurde plötzlich von der Zartheit ihres unschuldigen Gesichts und ihrer sanften Stimme überwältigt. Er legte die Arme um sie, drückte leicht gegen ihre Schultern und zog sie dann noch einmal auf sich.

Rudolf Bruckner stand im Labor, die Arme in die Seiten gestemmt. Seine neueste Erkenntnis war besorgniserregend. Äußerst besorgniserregend.
Gestern hatte er seine Vorräte an Erlenmeyer-Kolben gezählt. Heute fehlte einer. Und er konnte ihn nirgendwo finden. Zwar hatte er immer noch keinen Hinweis auf die Widerstandskämpfer gefunden, die sich in der Umgebung versteckten. Aber falls das medizinische Personal von Sofia an einem subversiven Plan beteiligt war, war er mehr denn je entschlossen, herauszufinden, um wen es sich handelte und was sie vorhatten.
Er verließ das Labor und ging den Gang hinunter, der zum Büro Jan Szukalskis führte.

19

Die Widerstandskämpfer wechselten sich jeden Tag bei der Beobachtung des Depots ab und stellten fest, daß ständig mehr und mehr Benzin und Waffen für die Frühlingsoffensive herantransportiert wurden. Trotz der Quarantäne ging es im Depot gewohnt lebhaft zu. Versiegelte Züge fuhren, unter strikter Einhaltung der Hygienemaßnahmen gegen Fleckfieber, ein und aus.
»Wie auch immer«, meinte Brunek Matuszek eines Abends, »die Deutschen können nichts heraustransportieren, solange die Quarantäne nicht aufgehoben wird. Es ist eine Sache, Vorräte zu bringen, aber eine andere, sie weiterzuverschicken. Die Deutschen werden es nicht riskieren, Fleckfieber an die Ostfront zu verschleppen, die ja sowieso schon in Bedrängnis ist.«
»Wie lange wird die Quarantäne dauern?« fragte Każik Skowron.
»Es gibt keine Möglichkeit, es zu erfahren. Aber eins ist gewiß: Die Deutschen dürften eine Großoffensive gegen die Russen planen, so-

bald der Frühling anbricht. Deshalb häufen sie so viel Treibstoff und Waffen an, und deshalb müssen wir uns auch beeilen. Sobald die Quarantäne aufgehoben wird, wird man alles, was im Depot gelagert ist, schnell zur Front schaffen, und dann gibt es nichts mehr, was wir in die Luft jagen könnten.«

Und so verbrachten sie ihre Zeit damit, sich an den Waffen zu üben, die sie aus dem Zug gestohlen hatten, und sie hofften, daß ihre beharrlichen Vorbereitungen sich auszahlen würden, wenn es zum Ernstfall käme.

Abends reinigten sie die Höhle, in der sie lebten, und ihre Kleider, die sie auf Läuse untersuchten, und obwohl keiner von ihnen erkrankte oder über Fleckfiebersymptome klagte, befragte Ben Jakobi die Partisanen täglich auf eventuelle Symptome der Erkrankung.

»Ich weiß, daß wir ein großes Risiko auf uns nehmen«, meinte Brunek, »aber wir können jetzt nicht wegen einer möglichen Seuchengefahr auseinandergehen. Wir bleiben zusammen, bis wir das Depot genommen haben, danach können wir uns trennen.« Er stand im Mittelpunkt des Kreises, den die Gruppe bildete, und zeigte auf eine Rohskizze, die er in den Staub gezeichnet hatte. »Hier seht ihr die ungefähren Umrisse der Anlage und die Ziele, die uns besonders interessieren. Dort befinden sich zwei große Benzintanks, neben denen nachts zwei Tankwagen parken, und zwar normalerweise hier«, erklärte er. »Außerdem sind mehrere hunderttausend Liter Benzin in Behältern in diesem Bereich gelagert, und der Munitionsvorrat und das Lager mit den Artilleriegranaten ist in diesen zwei Bunkern, die fast vollkommen unterirdisch liegen. Ich glaube nicht, daß eine Mörsergranate das Dach zerstören kann, aber wenn wir es schaffen, den Eingang mit einer Granate zu treffen, dann könnten wir die ganze Anlage in die Luft jagen.

Hier bei den Werkstätten befinden sich fast fünfzig Panzer, die mit neuen Kanonen ausgerüstet werden. Unsere Ziele sind klar. Treibstoff- und Munitionsvorräte haben absoluten Vorrang.«

Er stellte sich aufrecht hin und blickte jeden an. Ihre Gesichter wirkten durch die Glut des Feuers hindurch reglos. »Wir werden vor dem Morgengrauen angreifen, wenn es noch dunkel ist«, fuhr er fort. »Dann werden alle bis auf die Wachen schlafen. Die Mörser stellen wir fünfhundert Meter weiter hinten auf und werden um fünf Uhr

mit dem Beschuß beginnen. Wir bilden zwei Gruppen am Haupttor, die mit Granaten und Maschinenpistolen bewaffnet sind. Die Kasernen und der Bereich um das Treibstofflager werden fünf Minuten mit Sperrfeuer aus den Mörsern belegt. Währenddessen jagen wir das Tor mit einer Handgranate in die Luft, und wenn das Sperrfeuer aufhört, werden wir mit unseren Waffen hineinstürmen. Bromberg mit seiner Gruppe wird zum Benzinlager rennen und versuchen, so viele Tanks wie möglich zu zerstören, bevor ihm die Munition ausgeht. Moisze?«
Der fünfundvierzig Jahre alte Jude nickte.
Brunek setzte seine Ausführungen fort: »Antek und ich werden mit unserer Gruppe zu den Munitionsbunkern vorstoßen. Każik und Stanisław führen eine Gruppe an, die zu uns aufschließen wird und übriggebliebene Benzinlager und Werkstätten zerstört. Zehn Minuten stehen uns zur Verfügung, um alles zu erledigen, dann werden die Mörser wieder mit dem Beschuß anfangen und auf den Kasernenhof und die Munitionsbunker feuern. Zwei Gewehrschützen werden die Soldaten auf den Wachtürmen ausschalten, indem sie die Scheinwerfer zerschießen. Wir müssen schnell zuschlagen und uns dann so rasch es geht wieder zurückziehen.«
»Übermorgen stoßen noch vierzig Leute zu uns, alles zuverlässige Partisanen, die mit uns kämpfen und danach wieder verschwinden werden.«
Brunek blickte ein letztes Mal in die Runde. »In drei Tagen ist es soweit.«

Sie saßen an einem kleinen Tisch und waren die einzigen Gäste in einem kleinen Restaurant am Stadtrand. Maria Duszynska vergrub das Kinn in den Händen und hörte Jan Szukalski zu.
»Inzwischen haben wir genau viertausend Fleckfieberfälle gemeldet«, erklärte er ruhig, »aber da es mittlerweile auf April zugeht, sollten wir besser die Anzahl der gemeldeten Fälle reduzieren. Maria?« Er berührte sie am Arm. »Maria, hören Sie mir zu?«
Sie richtete den Blick auf ihn. »Hm, wie bitte? Oh, es tut mir leid, Jan.«
»Jedenfalls müssen wir es jetzt langsamer angehen lassen.«
»O ja, natürlich.« Sie setzte sich auf ihrem Stuhl zurück und legte die

Hände in den Schoß. Sie hatte an Maximilian Hartung gedacht. Und daran, daß sie immer noch nichts von ihm gehört hatte.
Das Restaurant war eine angenehme Oase der Ruhe, auf der sie sich von der Krankenhausarbeit erholten. Es hieß schlicht und einfach *Restauracja* und gehörte einer Familie aus der Provinz Swiebodzin, deren Küche man in Sofia sehr schätzte. Die Atmosphäre war raucherfüllt, der herbe Duft von Zwiebeln, Knoblauch und Kümmel lag in der Luft. Jan und Maria saßen vor Krügen mit dunklem, schäumendem Bier.
»Noch nichts gehört von ihm?« erkundigte sich Szukalski.
Maria schüttelte den Kopf. »Wahrscheinlich hat er viel zu tun.« Jan nickte.
Der Hauptgang des Menüs wurde aufgetragen, zwei Teller mit Würsten und scharfem Sauerkraut. Nachdem sie von ihrem Essen gekostet hatte, meinte Maria: »Ja, die Epidemie ist in vollem Gange. Glauben Sie, daß die Partisanen sich deshalb so lange nicht mehr gemeldet haben?«
Er schüttelte den Kopf. »Ich glaube eher, daß der Winter sie abgehalten hat und daß sie sich, wer immer sie auch sind, jetzt im Frühjahr wieder bemerkbar machen werden. Und wenn man bedenkt, wie viele Wochen sie nichts mehr unternommen haben, glaube ich kaum, daß sie mit einer kleinen Sache in den Frühling starten.«
Maria kaute nachdenklich. »Das macht mir Sorgen, Jan.«
»Ja, mir auch«, pflichtete er ihr bei. »Ich traue ihnen nicht. Ich wünschte, ich wüßte, wer sie sind!«
Maria ließ den Blick durch das Restaurant schweifen. »Die Sache mit der Quarantäne ist immer riskant«, sagte sie fast flüsternd, »und eine große Aktion der Partisanen könnte alles verderben und Hunderte von Deutschen hierher bringen. Wir werden nicht gebraucht, Jan, nur dieses Depot. Wenn die Partisanen etwas Spektakuläres unternehmen, dann würden die Nazis uns auslöschen, Fleckfieber hin oder her.«
»Ja, daran habe ich auch gedacht. Ich wünschte, ich könnte Kontakt zu ihnen aufnehmen und ihnen sagen, was wir hier machen.«
»Bestimmt glauben sie, daß wir feige sind, weil wir nicht mit ihnen kämpfen.«
»Feige...« Jan Szukalski schaute finster auf seinen Teller.

»Jan«, wandte sie sich leise an ihn.
Er blickte auf.
»Wie lange, glauben Sie, werden wir dieses Spiel spielen können?«
»Wahrscheinlich so lange, wie die Deutschen annehmen, daß wir gegen eine wirklich schwere Krankheit anzukämpfen haben.«
»Sind Sie sicher, daß es keine anderen Blutuntersuchungen auf Fleckfieber gibt, die spezifischer sind?«
»Nicht, daß ich wüßte.«
»Ist es möglich, daß es eine Behandlung gegen Fleckfieber gibt, von der wir noch nichts gehört haben?«
»Kann ich nicht sagen. Aber letztes Jahr habe ich in einem Bericht über eine Konferenz in Genf gelesen, daß die Schweiz ein neues Pestizid mit der Bezeichnung DDT entwickelt hat.«
»Davon habe ich auch gehört, glaube ich.«
»Es tötet Körperläuse ab und soll sehr wirksam sein, um die Verbreitung von Fleckfieber zu verhindern.«
»Besitzen die Deutschen DDT?«
»Bestimmt. Aber ich bezweifle, daß sie genug haben, um es in größerem Maße einzusetzen. Sonst wären sie durch unsere Epidemie nicht so fürchterlich besorgt.«
»Und was, wenn sie uns befehlen, es einzusetzen?«
»Maria, ich glaube, wir sollten uns über dieses Problem erst Gedanken machen, wenn es sich stellt.«

Trotz der eisigen Kälte an diesem Abend hatte sich Dieter Schmidt völlig nackt vor seinem großflächigen Spiegel aufgestellt. Die Lampe von seinem Nachttischschrank stand auf dem Boden und hüllte ihn in ihr Scheinwerferlicht, während er mit einem kleinen Handspiegel in der einen Hand und einem Kamm in der anderen gewissenhaft sein Schamhaar absuchte.
Seit Ausbruch der Epidemie hatte sich Schmidt diese Untersuchungen zweimal täglich zur Angewohnheit gemacht. Abgesehen davon, nahm er zusätzlich zweimal täglich ein kochend heißes Bad und wechselte dreimal am Tag die Kleidung, und außerdem hatte er sich den Kopf kahlscheren lassen. Während er sich langsam mit dem Kamm durch das kurze, gekräuselte Haar fuhr, inspizierte er genauestens jede Nische und Furche seiner Genitalien und zeigte sich am Ende

seiner Untersuchung zufrieden, daß sich dort keine Läuse verbargen. Als nächstes trat er näher an den Spiegel heran, legte einen Arm über den Kopf und kontrollierte seine Achselbehaarung. Nachdem er beide Achselhöhlen überprüft und die Erkundung seines Körpers beendet hatte, war er erleichtert, daß er einen weiteren Tag im Kampf gegen das Fleckfieber erfolgreich bestanden hatte.
Einen Kampf hatte er gewonnen, ja, aber der Krieg war nicht beendet. Er stellte die Lampe wieder auf den Nachttisch und suchte so sorgfältig wie vorher sich selbst seine Matratze und die Bettfedern ab. Dann richtete er sein frisch bezogenes Bett. Bevor er sich schlafen legte, ging er in das kleine Badezimmer nebenan, um sich seinen provisorischen Dampfreiniger anzusehen. Er hatte eigenhändig einen kleinen Kohleofen installiert, der einen Abzug nach draußen hatte. Auf seiner schmalen, flachen Oberfläche befand sich ein großer Topf, der bis zum Rand mit Wasser gefüllt war, das stetig kochte. An eigens in die Decke gebohrten Haken hingen Holzkleiderbügel, von denen seine Uniformen schlaff herunterbaumelten, die durch ein zylinderförmig gefaltetes Segeltuch beständig heißem Dampf ausgesetzt wurden.
Diese Vorrichtung hatte Schmidt selbst erfunden. Nachdem er Szukalskis Liste mit den Vorsichtsmaßnahmen erhalten hatte, die es gegen Läuse zu treffen galt, hatte Schmidt sich darangemacht, alle Maßnahmen äußerst penibel durchzuführen. Er traute keinem seiner Adjutanten, was die Erhaltung seiner Gesundheit betraf.
Eines wußte Schmidt ganz sicher: Wenn er sich Fleckfieber holen sollte, dann hätte er fast keine Überlebenschance.
Auch der Adjutant, der ihm sein Essen brachte, hatte Vorsichtsmaßnahmen zu beachten. Sein Kopf mußte kahlgeschoren sein, und das Tragen von Handschuhen war Pflicht. Er durfte die Räume des Kommandanten auch nicht zu weit betreten. Obwohl Schmidt an seine Leute strikte Anweisungen hinsichtlich der einzuhaltenden Regeln erteilt hatte und obwohl er immer wieder feststellte, daß diese auch äußerst genau befolgt wurden, wollte er sich auf kein Risiko einlassen.
Er war zwar immer noch jeden Tag in seinem Büro und zeigte damit sein Pflichtgefühl als oberster Herrscher über dieses Gebiet, aber auf seine täglichen Ausfahrten im Mercedes und seine Überraschungsbesuche an verschiedenen Orten in der Stadt wie im Krankenhaus und

in der Kirche hatte er inzwischen verzichtet. Er war nicht so närrisch, seine Gesundheit für diese Gewohnheiten aufs Spiel zu setzen.
Tausende in Sofia und Umgebung litten an der scheußlichen Krankheit, viele von ihnen waren nach Szukalskis täglichen Berichten schon daran gestorben, nicht wenige davon Deutsche. Und alles war die Schuld dieses Schweins! Wenn dieser Hund von Szukalski sich als nur einigermaßen kompetent erwiesen hätte, dann wäre die Seuche niemals ausgebrochen. Seinetwegen bestand das Leben Dieter Schmidts nur noch aus lächerlichen Ritualen.
Es entrüstete den SS-Kommandanten, so ohnmächtig, so völlig hilflos zu sein. Seine Vorgesetzten übten Druck auf ihn aus, die Epidemie zu beenden, damit das Depot wieder uneingeschränkt genutzt werden konnte. Aber wie? Szukalski gab doch sein Bestes und bekämpfte die Krankheit energisch. Einen Trost jedoch gab es für Dieter Schmidt. Er wußte jetzt, wer die Partisanen waren und wo sie sich versteckten. Und dank seiner beiden Spione Każik und Stanisław wußte er auch von dem Plan, das Depot anzugreifen. Selbst der Tag und die Stunde des Angriffs waren ihm bekannt.
Er mußte sich eingestehen, daß er der Epidemie nicht so Herr werden konnte, wie das Oberkommando es wünschte. Aber er würde bald mit dem größten Erfolg seiner Laufbahn aufwarten.

Anna Krasinska mußte nicht erst das Licht einschalten, um den gewünschten Schrank zu finden. Sie kannte sich in dem Laboratorium aus wie in ihrer Westentasche, und selbst in dieser Dunkelheit hatte sie keine Mühe, sich darin zu orientieren. Was sie benötigte, lag im Schrank auf dem zweiten Regalbrett, und sie war sicher, daß sie es aus dem Laboratorium schmuggeln könnte, ohne daß jemand es bemerkte.
Anna hatte sich Dr. Szukalski inzwischen anvertraut, da sie befürchtete, Hans zu verlieren. Es bedrückte den jungen Mann, daß er dem Priester nicht die Wahrheit über seinen nächtlichen Aufenthaltsort sagen konnte, und er wurde immer nervöser, wenn er sich nach Mitternacht zum Haus seiner Großmutter schlich. Außerdem hatte er das Gefühl, seine Freunde zu verraten, weil er hinter ihrem Rücken eine fünfte Person in den Fleckfieber-Schwindel eingeweiht hatte. Anna befürchtete, daß er auf Dauer dem Druck des schlechten Gewis-

sens nicht standhalten könnte, und hatte daher insgeheim beschlossen, selbst nach einer Lösung zu suchen.
Als sie in Dr. Szukalskis Büro saß, hatte sie zunächst noch die größten Bedenken und trug ihm nur zögernd ihr Anliegen vor. Doch zu ihrer Überraschung und Erleichterung zeigte sich der Doktor sehr verständnisvoll und bedauerte nur, daß Hans mit dem Problem nicht eher zu ihm gekommen war.
Bei der nächsten Zusammenkunft der vier in der Krypta der Kirche brachte Jan Szukalski einen Gast mit.
»Sie kann uns nützlich sein«, erklärte Szukalski den anderen, als sie inmitten der Sarkophage im Kreis saßen. »Maria und ich riskieren jedesmal Kopf und Kragen, wenn wir etwas aus dem Laboratorium schmuggeln. Anna wird es unauffälliger tun können, und außerdem kann sie noch anderes aus dem Krankenhaus beschaffen. Ich werde sie in die Fleckfieber-Abteilung versetzen. Auf Dauer ist es verdammt schwer, die vorgetäuschten Krankheitssymptome so aufrechtzuerhalten, daß die Krankenschwestern keinen Verdacht schöpfen. Wenn Anna erst einmal auf der Station arbeitet und diese Aufgabe übernimmt, werden wir eine Sorge weniger haben.«
Szukalskis Stimme klang leise und beruhigend. »Hans, ich hoffe, daß Sie uns künftig größeres Vertrauen entgegenbringen. Sollten wieder irgendwelche Probleme auftreten, dann müssen Sie uns sofort benachrichtigen. Ich bitte Sie nur um eines. Wenn Sie wieder zum Haus Ihrer Großmutter gehen, dann sagen Sie Pfarrer Wajda unbedingt vorher Bescheid. Und lassen Sie ihn auch wissen, wann Sie wieder zurück sind.«
Nachdem sie gefunden hatte, wonach sie suchte, verbarg Anna den Gegenstand unter ihrem Mantel, schlich zur Labortür, öffnete sie einen Spalt und spähte hinaus in die Halle. Alles war dunkel und menschenleer. Leise schlüpfte sie hinaus, schloß die Tür hinter sich und eilte durch den Korridor zum Ausgang. Rudolf Bruckner, der wieder in seinem Versteck unter der Treppe kauerte, richtete sich auf und folgte ihr.
Ein leichter Aprilregen setzte ein, als Bruckner hinaustrat. Er blieb stehen, um seinen Mantelkragen hochzuschlagen und dem Mädchen Zeit zu geben, einen Vorsprung zu gewinnen. Er steckte die Hände in die Taschen seines Trenchcoats. Das Metall der Pistole, die er vom

Sicherheitsdienst erhalten hatte, fühlte sich kalt an. Dann ging er der jungen Frau in einem Abstand von hundert Metern unauffällig nach.

Anna lief in raschem Tempo und warf gelegentlich einen Blick über die Schulter. Die Straßen waren naß und schlüpfrig und um diese Zeit wie ausgestorben. Anna bemerkte den Mann nicht, der ihr im Schutze der Dunkelheit folgte, und lief zielbewußt über den Marktplatz auf die Kirche zu. Sie warf einen schnellen Blick hinter sich auf das Rathaus, sah aber keine Wachen davor stehen. Nur wenige Fenster waren erleuchtet. Seit Ausbruch der Epidemie vor drei Monaten hatten die Besatzungstruppen ihre Präsenz spürbar eingeschränkt. Rudolf Bruckner wahrte den Abstand zwischen sich und der jungen Frau. Er folgte ihr nicht über den freien Platz, sondern trat in eine Einfahrt, um zu sehen, wohin sie ging. Etwas überrascht beobachtete er, wie sie die Treppe von Sankt Ambroż hinaufeilte, das schwere Portal aufzog und in die Kirche schlüpfte. Da er annahm, daß sie hineinging, um eine Kerze anzuzünden oder kurz mit dem Priester zu sprechen, verharrte Bruckner im Schutz der Einfahrt, zündete sich eine Zigarette an und wartete darauf, daß das Mädchen wieder herauskam.

Doch als er nach einer Weile vom Stehen kalte Füße bekam, beschloß er, einen Blick in die Kirche zu werfen und nachzuschauen, was sie dort eigentlich tat. Er war sich ganz sicher, daß sie einen Gegenstand aus dem Laboratorium entwendet hatte, den sie unter dem Mantel versteckt hielt. Ganz langsam zog er das mächtige Eichenportal auf, schlich ins Innere des Gotteshauses und versteckte sich sofort hinter einer Säule. Er spitzte die Ohren und blickte angestrengt in das Kirchenschiff. Außer ein paar flackernden Kerzen und den großen Blumensträußen, die den Altar schmückten, konnte Bruckner in der Kirche nichts erkennen.

Er stahl sich hinüber zu einem Seitenschiff und ging dort langsam in Richtung Apsis; dabei hielt er die Pistole in seiner Manteltasche fest umklammert. Schweißperlen traten ihm auf die Oberlippe, und vor Aufregung bekam er Herzklopfen.

Wenige Meter vor der Tür zur Sakristei blieb er stehen, drückte sich gegen die kalte Steinwand und lauschte. Kein Laut war zu hören, nicht die leiseste Bewegung.

Mit angehaltenem Atem näherte er sich langsam der Sakristeitür, bis er davorstand. Vorsichtig drückte er die Tür auf, beugte sich ganz leicht vor und spähte hinein.
Die Sakristei war leer.
Seine Finger schlossen sich fest um die Pistole, als er den kleinen Raum betrat. Er würdigte die wallenden Meßgewänder, die an ihren Kleiderständern hingen, kaum eines Blickes und schritt quer durch das Zimmer auf eine andere Tür zu. Sie war angelehnt, und dahinter brannte Licht.
Er stieß die Tür leicht mit der Fußspitze an, so daß sie sich einen Spalt breit öffnete und er hineinsehen konnte. Pfarrer Wajdas Arbeitszimmer war ebenfalls leer. In einem Ofen an der Wand prasselte ein loderndes Feuer. Auf dem Schreibtisch lag ein Buch, und daneben stand ein Glas Wein. Das deutete darauf hin, daß der Priester bald zurückkommen würde.
Rudolf Bruckner wischte sich den Schweiß von der Stirn und schlich auf Zehenspitzen zurück zur Sakristei. Plötzlich fiel sein Blick in der Dunkelheit auf einen winzigen Lichtpunkt dicht vor seinen Füßen. Er beugte sich hinunter, um genauer nachzusehen, und entdeckte, daß sich im Boden der Sakristei ein kleines Loch befand, durch das eine kupferne Röhre verlief. Er folgte dem Verlauf der Röhre und stellte fest, daß sie mit einem kleinen Weihwasserbecken in einer Ecke verbunden war.
Rudolf Bruckner kniete nieder und preßte sein Ohr gegen den Fußboden. Gedämpftes Gemurmel drang zu ihm empor.
Bruckner blickte verwirrt auf. Die Geräusche ebenso wie die geheimnisvolle Kupferleitung kamen offensichtlich aus einer verborgenen unterirdischen Kammer. Aber wo war diese Kammer? Er stand auf und tastete die Wände der Sakristei nach einer versteckten Öffnung ab, fand aber nichts. So verließ er den kleinen Raum und wandte sich, einer Eingebung folgend, dem hinteren Teil des Altars zu. Gewissenhaft überprüfte er die Wände der Apsis, und als er hinter das hoch aufragende Kruzifix und die düsteren Fresken trat, kam er schließlich an eine kleine Tür, die unauffällig in eine Nische eingelassen war. Er stieß sie auf und entdeckte eine Wendeltreppe, die nach unten führte.
Bruckner zog die Pistole aus seiner Manteltasche und stieg langsam die Stufen hinunter.

Angewidert verzog er das Gesicht, als ihm ein muffiger, lehmiger Geruch in die Nase stieg, und wenn seine Hand hin und wieder mit dem feuchten, glitschigen Bewuchs der Steinwand in Berührung kam, zog er sie rasch zurück. Vorsichtig nahm er in der Finsternis eine Stufe nach der anderen und dachte dabei, daß es wohl so sein müßte, wenn man blind wäre.
Erleichtert bemerkte Bruckner gleich darauf einen schwachen Lichtschein. Ein leises Gemurmel drang an sein Ohr und verriet ihm, daß er schon fast unten angelangt war. Heftig schwitzend und gegen einen starken Harndrang ankämpfend, erreichte er die letzte Stufe und stutzte, als er die Szene vor sich sah.
Ungläubig starrte Bruckner durch einen kurzen Gewölbegang auf die Laboreinrichtung, die auf einem langen Tisch und zum Teil auch auf dem Boden ausgebreitet war. Staunend betrachtete er die Steinsärge, die in Wandnischen übereinandergestapelt und mit mittelalterlichen Grabplatten bedeckt waren, die elektrischen Glühbirnen, die nicht nur diese Epitaphe aus Marmor erleuchteten, sondern ebenso einen Eisschrank und einen Inkubator.
Dieses Szenarium war an sich schon grotesk genug. Aber zu allem Überfluß erblickte er in dem Raum einen in eine braune Kutte gewandeten Mönch in enger Umarmung mit einer Krankenschwester. Bruckner schnappte hörbar nach Luft, worauf Bruder Michal und Anna sich erschreckt aus ihrer Umarmung lösten und herumfuhren. Mit dem Finger am Abzug seiner Pistole trat Bruckner vollends in den Raum.
»Keine Bewegung, ihr beiden!« zischte er.
Während er sich weiter in dem Raum umsah und seinen Blick prüfend über die Laborausrüstung schweifen ließ, unter der er all die Gegenstände erkannte, die er schon lange vermißt hatte, herrschte Bruckner sie an: »Was geht hier eigentlich vor?«
Hans Keppler setzte ein entwaffnendes Lächeln auf. »Wie Sie sehen, ist dieser Raum eine Grabkammer. Wir präparieren hier Leichname unter Anwendung eines besonderen Verfahrens.«
»Aha...« Bruckner streckte die Hand aus und nahm einen gläsernen Gegenstand vom Tisch. »Was zum Teufel ist das? Was machen Sie hier unten?«
Wieder ergriff der Mönch das Wort. Seine Stimme klang noch immer

ruhig und fest. »Das habe ich Ihnen doch gesagt. Wir machen Versuche zur Präparierung von Leichen. Sehen Sie sich doch einmal um. Diese mittelalterlichen...«
»Schluß mit dem Unsinn! Wenn Sie glauben, Sie könnten mich an der Nase herumführen, dann haben Sie sich getäuscht. Es ist irgendein Impfstoff. Ich kann nicht genau sagen, wofür, aber ich bin Laborant und erkenne auf den ersten Blick, wenn ich Fläschchen mit Impfstoff vor mir habe.«
Er musterte die Gesichter der beiden und versuchte, sich einen Reim auf all das zu machen. Und plötzlich erkannte er die Zusammenhänge. Die merkwürdigen Aktivitäten von Dr. Szukalski und Dr. Duszynska. Die Proteus-Kultur. Diese angebliche Fleckfieberepidemie, die noch kein einziges Todesopfer unter den Leuten gefordert hatte, die er persönlich kannte.
Er blickte den Mönch argwöhnisch an. »Kenne ich Sie nicht irgendwoher?«
»Das kann ich mir nicht vorstellen. Ich bin ein Flüchtling.«
»Ach, ja...« Bruckner dachte einen Augenblick nach und versuchte sich an die Geschichte zu erinnern, die er über einen Mönch gehört hatte, der in der Kirche Sankt Ambroż Zuflucht gesucht hatte. Dann lachte er kurz auf. »Jetzt fällt es mir wieder ein. Der Taubstumme!«
Anna und Hans tauschten Blicke aus.
»Jetzt weiß ich, wer Sie sind«, fuhr Bruckner fort und grinste hämisch. »Sie sind dieser SS-Mann, der sich um die Weihnachtszeit hier herumgetrieben hat. Derjenige, der angeblich an Fleckfieber starb. Da sieh mal einer an...« Er nickte mit unerträglicher Selbstgefälligkeit und wich einen Schritt in Richtung Treppe zurück. »Das ist ja hochinteressant! Sehr einfallsreich, das mit der Fleckfieberepidemie! Ich bin sicher, der Hauptsturmführer wird sich brennend dafür interessieren. Er liebt das Geheimnisvolle! Ein SS-Deserteur, der ein Mönch geworden ist. Und eine vorgetäuschte Fleckfieberepidemie! Heute scheint wirklich mein Glückstag zu sein!«
Das höhnische Grinsen wich aus seinem Gesicht, als er mit der Pistole auf die Treppe wies. »Los!« bellte er. »Vorwärts! Wir drei machen jetzt einen kleinen Spaziergang über den Marktplatz und statten dem Kommandanten einen Besuch ab.«

Ding... dong...
Der alte Żaba lag zusammengekrümmt auf seiner Strohmatte, hielt sich die Ohren zu und stöhnte im Schlaf. Er hatte einen bösen Traum.
Dong...
Die schweren Glocken der Kirche schollen durch die Nacht wie ein gespenstisches Höllengeläut, das von jeder Spitze, von jeder Kreuzblume und von jedem Stützpfeiler des gotischen Mauerwerks widerhallte. Żaba stöhnte abermals und schlug die Augen auf. Er zwinkerte ein paarmal im Rausch und versuchte, seinen Blick auf das niedrige Blechdach seiner kleinen Hütte zu richten und sich zu erinnern, wo er war.
Als das düstere Läuten endlich in sein wodkagetränktes Bewußtsein vordrang, stöhnte der alte Küster erneut und wälzte seinen mißgestalteten Körper aus dem Bett. Während er in seine einzige Hose schlüpfte und einen Mantel über sein Flanellhemd warf, murmelte er: »Diese Bälger! Diesmal verpasse ich ihnen eine Tracht Prügel, die sie nicht so schnell vergessen werden! Sie wecken ja wahrhaftig die ganze Stadt!« Brummend fuhr er mit nackten Füßen in seine schmutzigen alten Schuhe und schlurfte mit offenen Schnürsenkeln aus der Wellblechhütte in die Nacht hinaus.
Der Küster neigte seinen verkrümmten Körper in die Richtung, die er seit jeher gewohnheitsmäßig einzuschlagen pflegte, und reckte den Hals, um an der Rückseite der Kirche emporzuschauen. Angestrengt blickte er zu den spitzen Türmen auf, die sich gegen den bedeckten Himmel abzeichneten. Die Glocken klangen jetzt lauter. Sie läuteten langsam und feierlich in dem würdevollen Rhythmus, den Żaba gewöhnlich Totenmessen vorbehielt.
Er fluchte ärgerlich vor sich hin. Nachdem er aus seiner Hütte eine Kerosinlaterne geholt und sie mit einem Streichholz angezündet hatte, eilte er in die Kirche, so schnell seine krummen Beine ihn trugen.
Drinnen wirkte das Glockengeläut noch lauter. Es hallte an den Wänden wider und erfüllte das hohe Gewölbe mit einem schaurigen Getöse.
»Sie werden die ganze Stadt aufwecken!« brummte er, während er mühsam durch das Seitenschiff zum vorderen Teil der Kirche

schlurfte, wo der Glockenturm stand. Das Licht seiner Laterne warf unheimliche Schatten an die Wände. Żabas groteske Gestalt tanzte geisterhaft über den grauen Stein. »Sie plagen mich mit ihren Streichen! Aber diesmal sind sie entschieden zu weit gegangen. Um zwei Uhr morgens meine Glocken zu läuten.«
Als er die Tür zum Glockenturm erreicht hatte, stellte er fest, daß sie angelehnt war.
Die Glocken läuteten langsam weiter.
Aha! dachte er zornentbrannt. Sie sind also immer noch da drinnen! Ich habe sie auf frischer Tat ertappt, die Mistkerle! Wenn ich erst mit ihnen fertig bin, werden sie ihre Gesichter nur noch zur Beichte hier zeigen!
Er zog die Tür auf und leuchtete in den Treppenschacht. Er lauschte. Kein Geräusch von Schritten. Und noch immer erschollen die Glocken.
Indem er sich seitwärts bewegte und sein lahmes Bein nachzog, erklomm Żaba langsam die ausgetretenen Stufen, die zum Glockenturm hinaufführten. Gleich darauf erreichte er die obere Tür, und auch diese war leicht angelehnt.
Die Glocken schallten jetzt noch viel lauter als zuvor. Lärmend, mißtönend. Sie hämmerten in seinen Ohren und dröhnten in seinem Kopf. Er fragte sich, wie die Lausbuben das aushalten konnten.
Die zweite Tür riß Żaba mit einem Ruck auf und steckte den Kopf in den Turm. Er hielt die Laterne hoch und versuchte, an der Spitze des Turms die Glocken zu erkennen. Doch alles um ihn herum war dunkel. Und vor ihm schwang das Glockenseil zu seiner Verwunderung lose hin und her.
Er blickte sich vorsichtig um. In diesem winzigen Raum, wo es kaum genug Platz für eine zweite Person gab, konnte sich unmöglich jemand verstecken. Und doch war niemand zu sehen. Żaba war alleine im Glockenturm.
Verwirrt betrachtete er das Seil, das träge vor seinem Gesicht baumelte, und überlegte, was die Glocken wohl in Bewegung versetzt haben mochte. Als das Seil sich vor ihm herabzusenken begann, rieb er sich erstaunt die Augen. Doch als er sie wieder öffnete, glitt das Seil noch immer herab.
Żaba schrie auf, als eine unförmige, schwarze Gestalt mit einem auf-

gedunsenen, roten Gesicht vor ihm auftauchte. Es war Rudolf Bruckner.

Dieter Schmidt wälzte sich schlaftrunken aus dem Bett und tastete nach dem Telefon. »Was ist los?« brummte er gereizt in den Hörer. »Was ist das für ein Krach?«
Er hörte mit schläfrig geschlossenen Augen zu, als der diensthabende Offizier erklärte, daß die Glocken von Sankt Ambroż läuteten.
»Dann schicken Sie doch jemanden hin, um den Lärm abzustellen, Sie Idiot!« brüllte Dieter Schmidt. »Und stellen Sie den Verantwortlichen an die Wand! Wie zum Teufel soll ich bei diesem Lärm schlafen können?«
Vier Soldaten setzten sich sofort zur Kirche in Marsch. Mit gezogenen Waffen stürmten sie durch die doppelten Eichenportale und hielten jäh inne, als sie den alten Żaba erblickten, der gegen die Wand gepreßt stand und wirres Zeug murmelte.
Sie eilten zu ihm hin und wollten ihn zur Rede stellen, doch vergebens. Das ohnehin schon entstellte Gesicht des verwachsenen alten Küsters war vor Angst verzerrt, und er brachte nichts heraus als ein unverständliches Gestammel. Rasch stiegen die Soldaten die Treppe des Glockenturms hinauf und stießen am Ende auf die am Glockenseil auf- und niederschwingende Leiche Rudolf Bruckners. Einer von ihnen besaß genug Geistesgegenwart, das Seil anzuhalten. Die Glocke hörte sofort auf zu läuten, und der Körper schwebte sanft auf den Boden. Den vier Männern drehte sich bei seinem Anblick fast der Magen um.
Bruckners Augen traten aus den Höhlen, und seine Haut war merkwürdig blau angelaufen. Sie schnitten das Seil durch, so daß er mit einem dumpfen Aufprall zu Boden fiel.
Die Gewehre im Anschlag starrten die vier SS-Männer noch immer verwundert auf den Leichnam, als sie hörten, wie sich jemand auf der Treppe mit schnellen Schritten näherte. Sie drehten sich um und sahen Pfarrer Wajda die schmalen Stufen hinaufeilen. Hastig knöpfte er sich den Kragen seiner Soutane zu.
»Was geht hier vor?« fragte er zuerst auf polnisch. Als er die Soldaten sah, wiederholte er die Frage auf deutsch. Er hatte den Satz kaum zu Ende gesprochen, als sein Blick auf das schauerliche Antlitz Bruckners

fiel. Unwillkürlich wich er einen Schritt zurück und bekreuzigte sich.
»Großer Gott!« flüsterte er. »Was ist das?«
Einer der SS-Männer kniete sich hin und klopfte flüchtig die Taschen des Toten ab. Er zog die Ausweispapiere des Laboranten hervor und fand in der Tasche des Trenchcoats ein verknittertes Blatt Papier, auf dem nur zwei Zeilen standen. Der Soldat warf einen Blick darauf und reichte es wortlos an den Priester weiter.
Pfarrer Wajda starrte entgeistert auf die Notiz, die auf deutsch verfaßt war:
»Ich kann nicht länger mit dem leben, was ich bin. Möge Gott mir vergeben.«
»Ich verstehe nicht«, sagte Piotr Wajda und sah zu den Soldaten auf. »Was ist hier los? Wer ist das?«
Die vier Männer zuckten mit den Schultern und traten nervös von einem Fuß auf den anderen. Nur der Priester war imstande, das grausam verzerrte Gesicht des Toten anzusehen.
»Offensichtlich hat dieser Mann Selbstmord begangen«, meinte der Anführer der SS-Männer.
»Ja, das sehe ich auch. Aber warum? Und wer ist er?«
»Ich weiß es nicht, Herr Pfarrer«, erwiderte der Soldat.
Die anderen drei stampften in dem engen Raum unruhig mit den Füßen. Sie fühlten sich unbehaglich und hatten es eilig, wieder hinauszukommen. In Anbetracht der Fleckfieberepidemie, die in der Stadt wütete, war es keinem von ihnen angenehm, so nahe mit einem Polen zusammenzustehen.
»Aber warum hat er sich dazu ausgerechnet meinen Glockenturm ausgesucht?« fragte Wajda lauter.
Der Anführer zuckte abermals mit den Schultern. »Ich glaube, er war ein Homosexueller.«
Pfarrer Wajda ließ seinen Blick noch einmal über das verzerrte Gesicht und den leblosen Körper schweifen und meinte schließlich: »Ja, Herr Unterscharführer, Sie haben wohl recht. Jetzt erinnere ich mich an diesen Mann...«
Wajda schüttelte traurig den Kopf. Dieser Mann hatte sich im Widerspruch zur kirchlichen Lehre das Leben genommen. Er würde kein kirchliches Begräbnis erhalten.
»Würden Sie sich bitte um die Angelegenheit kümmern?« bat er den

Unterscharführer. »In diesem Fall muß wohl der Kommandant darüber befinden, was weiter mit der Leiche geschieht.«
Der Unterscharführer erteilte einem seiner Untergebenen einen knappen Befehl. »Schaffen Sie diesen Leichnam hier heraus, und setzen Sie einen Bericht an den Hauptsturmführer auf.«

20

Den ganzen Tag über trafen Mitglieder der Partisanengruppe aus dem Norden in der Höhle ein; manche kamen zu zweit oder zu dritt, viele allein. Moisze Bromberg empfing sie am Eingang und gab ihnen die ersten Anweisungen. Dann verwies er sie an Ben Jakobi, dessen Aufgabe es war, ihnen zu erklären, daß sie ein unter Quarantäne stehendes Gebiet betreten hatten und daß sie ihn sofort davon unterrichten sollten, wenn bestimmte Krankheitssymptome bei ihnen aufträten. Danach wurden die Neuankömmlinge den einzelnen Gruppen zugeteilt, mit Waffen ausgerüstet und von ihrem Gruppenleiter in ihre Aufgaben während des Angriffs eingewiesen. Sie waren allesamt erfahrene Kämpfer und mit den deutschen Artilleriewaffen bestens vertraut. Kurz vor Mitternacht rief Brunek sie zusammen und inspizierte seine fünfundsechzig Mann starke Streitmacht.
»Wir werden uns eine Stunde nach Mitternacht in kleinen Gruppen auf den Weg machen. Zusammenkunft um Punkt vier Uhr morgens an den verabredeten Plätzen. Der erste Gewehrschuß ist das Zeichen zum Angriff. Jetzt ruht euch noch ein wenig aus. Die ersten Gruppen schwärmen bald aus; die übrigen folgen in angemessenen Abständen.«
Wie alle anderen nahmen Każik und Stanisław je einen Satz Handgranaten und ihre Maschinenpistolen und begaben sich zum Höhlenausgang. Sie sollten unter den ersten sein, die sich auf den Weg machten. Still und nachdenklich lehnten sie sich etwas abseits von den anderen gegen die stark gewölbte Höhlenwand. Die Nacht schien sich unerträglich langsam dahinzuziehen. Einige wenige, die es konnten, schliefen. Die übrigen starrten gespannt und bange in die Dunkelheit. Endlich stand Moisze Bromberg auf und ergriff das Wort: »Es ist Zeit, aufzubrechen. Każik, Sie und Stanisław gehen als erste.«

Während sie sich bereitmachten und ihre Ausrüstung zusammenpackten, stieß Stanisław an die niedere Decke. »*Verflucht!*« zischte er und rieb sich den Kopf.
David Ryż, der sich auf einem Packen Granaten in der Nähe ausruhte, spitzte die Ohren. Er beobachtete, wie Kazik und Stanisław ihre Ausrüstung aufsammelten und dann durch die Höhlenöffnung nach draußen schlüpften.
Nachdem sie fort waren, sah David Abraham nachdenklich an und murmelte: »Laß uns als nächste gehen.«
Im Nu waren sie auf den Beinen und suchten eilig ihre Waffen zusammen. Leokadja, die das dritte Mitglied ihrer Gruppe sein sollte, beobachtete sie aus einem entfernten Winkel der Höhle heraus und runzelte die Stirn. Sie waren noch nicht an der Reihe zu gehen.
David und Abraham waren verschwunden, bevor jemand ihren Aufbruch bemerkte, und bis Leokadja aufspringen und hinauseilen konnte, waren sie schon fort.
Abraham folgte David den Pfad hinauf, bis sein Freund auf halbem Weg stehen blieb und sich ruckartig umdrehte. »Abraham, ich denke, irgend etwas stimmt hier nicht!«
Abraham versuchte, Davids Gesicht in der Dunkelheit auszumachen, doch eine dichte Wolke hatte sich vor den Mond geschoben, so daß er kaum etwas erkennen konnte. »Was willst du damit sagen?«
»Gerade eben in der Höhle habe ich Stanisław auf deutsch fluchen hören, als er sich den Kopf an der Decke stieß.«
»Na und? Es gibt doch viele Polen, die Deutsch sprechen.«
»Das schon. Aber irgendwie kam es mir in diesem Fall merkwürdig vor. Sag, Abraham, wenn du dir mit dem Hammer auf den Daumen schlagen würdest, würdest du dann auf deutsch oder auf polnisch fluchen?«
»Hm, und was hast du jetzt vor?«
»Wir müssen ihnen folgen.«
»Warum? Sie gehen doch nur zu der Anlage.«
»Meinst du wirklich?« David wandte sich rasch um und lief weiter den Pfad hinauf. Abraham folgte ihm dicht auf den Fersen.
Gerade als sie den Berggipfel erreichten, hörten sie das ferne Geräusch eines Motorrads durch die Bäume. David und Abraham tauschten Blicke aus. »Los«, flüsterte David.

Der Pfad, dem sie nun folgten, war ein anderer als der, den sie nach Sofia hätten einschlagen sollen. Das Motorengeräusch führte sie durch ein dichtes Waldstück, bis sie schließlich eine kleine Lichtung im Unterholz erreichten. Vorsichtig spähten David und Abraham durch die Bäume und sahen Kazik Skowron, der rittlings auf einem deutschen Motorrad saß und eben dabei war, den Motor warmlaufen zu lassen.

»Was jetzt?« flüsterte Abraham.

»Ich weiß nicht. Ich kann Stanisław nirgendwo sehen.« Sie duckten sich und ließen die Beutel mit den Granaten sachte in den Schnee fallen, während sie ihre Gewehre weiter im Anschlag hielten.

»Vielleicht könnt ihr ihn jetzt sehen«, ertönte eine Stimme hinter ihnen.

Die beiden jungen Juden fuhren herum und sahen direkt in die Mündung von Stanisławs Maschinenpistole.

»Mach den Motor aus!« rief er Kazik auf deutsch zu. »Wir haben Besuch. Na los, ihr heldenhaften Partisanen, Flossen hoch!«

»O Gott...«, stöhnte Abraham, der seine Waffe fallen ließ und langsam die Arme hob.

»Ihr dreckigen Schweine!« stieß David hervor, während er sein Gewehr wegwarf und aufsprang. »Ihr seid Deutsche! Spitzel!«

»Wie scharfsinnig von dir, Jude. Aber jetzt dreht euch um. Ihr müßt ein wenig graben.«

Stanisław richtete seine Maschinenpistole auf Abraham und stieß ihn mit dem Lauf an. Wankend stand Davids Freund auf und taumelte auf die kleine Lichtung. David lief mit düsterem Gesicht und erhobenen Händen hinterher.

»Von euren Freunden braucht ihr keine Hilfe zu erwarten«, sagte Kazik. Er stieg vom Motorrad ab und kam auf sie zu. »Sie werden heute nacht ihr blaues Wunder erleben. Und sie können unsere Schüsse nicht hören. Ihr könnt euch deshalb die Hoffnung aus dem Kopf schlagen, daß sie kommen und euch retten. Wie schade! Für Juden seid ihr doch recht nette Jungs.«

»Hier herüber!« bellte Stanisław. »Auf die Knie! Fangt an zu graben!«

»Was sollen wir graben?« fragte David.

»Euer Grab natürlich, was denn sonst? Vorwärts!«

Die beiden deutschen Soldaten hielten ihre Maschinenpistolen, die aus dem Waffenvorrat der Partisanen stammten, auf die Köpfe der jungen Männer gerichtet und sahen zu, wie David und Abraham mit bloßen Händen den Schnee beiseite schaufelten.
»Schneller!« befahl Każik. »Wir haben nicht die ganze Nacht Zeit. Und wenn das Loch fertig ist, zieht ihr eure Kleider aus und kniet euch davor. Wie ihr vielleicht schon bemerkt habt, ist es ziemlich schmerzhaft, den Schnee mit bloßen Händen wegzukratzen. Je schneller ihr grabt, desto eher werdet ihr von dieser Qual befreit sein.«
Mit zusammengekniffenen, blutleeren Lippen schlug David Ryż wie rasend seine Nägel in den Schnee, während Abraham sich langsamer und fast wie im Traum bewegte.
Sie hatten gerade bis auf den gefrorenen, harten Grund hinuntergegraben, als Każik rief: »Das genügt! Juden brauchen kein richtiges Grab. Jetzt zieht eure Kleider aus! Schnell!« David erhob sich langsam und starrte die Deutschen trotzig an, während Abraham auf den Knien verharrte und an den Knöpfen seines Mantels nestelte.
Im nächsten Augenblick hallte ein Schuß durch die Nacht, und eine Kugel zerschmetterte Stanisławs Kopf. Erschreckt fuhr Każik Skowron herum und erhielt den zweiten und dritten Schuß in Gesicht und Brust. Er strauchelte einen Moment, blickte verwirrt um sich und brach dann im Schnee zusammen. Leokadja stand am Rande der Lichtung, das rauchende Gewehr noch immer im Anschlag.
David packte Abraham und zog seinen vor Schrecken wie gelähmten Freund auf die Füße. »Es war nicht leicht, euch zu finden«, erklärte die junge Frau und eilte auf die Männer zu. »Ich mußte dem Geräusch ihrer Stimmen folgen.«
David entfernte sich rasch. »Das ist nicht der Weg zum Depot«, rief Leokadja und rannte ihm nach.
»Diese beiden Schweine sagten etwas davon, daß unsere Leute heute nacht ihr blaues Wunder erleben würden«, erwiderte David über die Schulter hinweg, als die beiden anderen zu ihm aufgeschlossen hatten.
»O Gott, du glaubst doch nicht...«
»Ich wette, sie haben Schmidt alles gemeldet, und mein Gefühl sagt mir, daß er keine Zeit damit verschwenden wird, am Depot auf uns zu warten.«

Rutschend und stolpernd rannten die drei durch die Dunkelheit. Sie befanden sich fast zwei Kilometer von der Höhle entfernt.

Als sie den Anfang des Pfades erreichten, der zum Höhleneingang hinunterführte, schlug ihnen eine unheimliche Stille entgegen. Während sie die steilen Felswände und die Bäume absuchten und angestrengt auf das leiseste Geräusch lauschten, flüsterte David: »Wo sind die Wachposten?«
»Irgend etwas stimmt hier nicht. Mir ist ganz komisch zumute«, murmelte Leokadja.
Der Wald wirkte merkwürdig bedrohlich, und die drei wurden das Gefühl nicht los, von tausend unsichtbaren Augen beobachtet zu werden.
»David, was ist passiert?« fragte Leokadja und trat dicht an ihn heran.
Mit finsterer Miene starrte der junge Mann weiter in die Dunkelheit. Als sein Blick auf eine leblose Gestalt in den Büschen fiel, ließ er sich auf die Knie nieder. Das von Entsetzen gezeichnete Gesicht des alten Ben Jakobi starrte ihn an. Sein Schädel war zertrümmert worden. David schlug sich die Hände vors Gesicht und murmelte mit erstickter Stimme ein jüdisches Totengebet.
Leokadja und Abraham knieten sich ebenfalls neben die Leichen, und plötzlich beschlich sie alle eine furchtbare Vorahnung von dem, was sie in der Höhle finden würden.
David stand auf. »Verteilt euch und gebt mir Rückendeckung«, stieß er hervor. »Ich gehe hinunter.«
Langsam und vorsichtig schlich er sich heran, immer darauf bedacht, die Totenstille nicht zu stören. Wenn hin und wieder ein Zweig unter seinem Fuß knackte, erstarrte er und lauschte. Dann setzte er seinen Weg fort. In der Nähe des Eingangs blieb er stehen und machte das verabredete Zeichen – drei lange Pfeiftöne. Er bekam keine Antwort.
Den Körper flach gegen die Wand gepreßt, wand er sich um den scharfen Felsvorsprung. Sein Atem ging schnell und flach. Als er auf der Höhe des Eingangs angelangt war, stand er einen Augenblick still und horchte. Dann stürmte er mit vorgehaltenem Gewehr hinein.
Da das Feuer erloschen und die Höhle mit beißendem Rauch erfüllt

war, konnte David nur schwer die Gestalten erkennen, die in grotesken Stellungen über den Höhlenboden verstreut lagen. Er ging zwischen ihnen hindurch und zählte zehn übel zugerichtete Leichen, die man einfach dort liegengelassen hatte.
Esther Brombergs Körper war von Kugeln durchsiebt. Die alte *Pani* Duda hatte eine eingedrückte Gesichtshälfte. Dem kleinen Jungen namens Icek war die Kehle durchgeschnitten worden. Wo David auch hinsah, bot sich ihm ein Bild des Grauens. Welch einen sinnlosen Tod waren sie alle gestorben!
In der Mitte der Höhle war das Feuer mit einem Haufen Kleidern erstickt worden. Wie benommen starrte David darauf, bis ihm mit Schrecken bewußt wurde, was hier geschehen sein mußte.
»Oh, mein Gott...«, flüsterte jemand hinter ihm. Leokadja trat sachte zwischen den Leichen hindurch und beugte sich zu jeder einzelnen hinunter, um sie auf mögliche Lebenszeichen zu untersuchen. Dann stellte sie sich neben David.
»Ihre Kleidung«, sagte er mit rauher Stimme, »die Deutschen haben sie gezwungen, ihre Kleider abzulegen, bevor sie sie abführten.«
David beugte sich hinunter und entdeckte auf dem schwelenden Feuer die Mäntel von Brunek Matuszek und Moisze Bromberg. »Sie können noch nicht weit sein. Wir waren nicht allzu lange weg«, stellte er fest.
»Die Waffen!« rief Leokadja plötzlich.
David blickte rasch zu ihr auf und sah die Panik in ihren Augen. Dann rannte er wortlos um den brennenden Kleiderhaufen und eilte in den hinteren Teil der Höhle. Abraham und die junge Frau standen einen Augenblick reglos da und vernahmen scharrende, kratzende Geräusche. Gleich darauf hörten sie David rufen: »Sie sind noch hier!«
Als er wieder hervorkam, trug er einen Beutel Granaten in der Hand.
»Ich glaube nicht, daß Każik und Stanisław, oder wie auch immer sie in Wirklichkeit hießen, je von unserem geheimen Waffenversteck erfahren haben.«
»Sie haben nur das gesehen, was wir bei dem Angriff auf das Depot verwenden wollten. Andernfalls hätten Schmidts Leute alles mitgenommen.« Leokadja streckte die Hand aus und faßte ihn am Arm. »Was werden wir jetzt tun?«
Er hielt Abraham die Handgranaten hin, der sie wortlos entgegen-

nahm. »Wir werden versuchen, sie einzuholen«, erklärte er mit ausdrucksloser Stimme.
Es hatte wieder angefangen zu schneien. Dichte Flocken rieselten sanft auf die weiße Winterlandschaft. Doch vermochte dieses Bild des Friedens den drei jungen Leuten, die in die eisige Nacht hinausmarschierten, keinen Trost zu spenden. Sie spürten nicht die schneidend kalte Luft und die Schneeverwehungen, in denen sie stellenweise bis über die Knie versanken, denn ihre ganze Aufmerksamkeit war auf einen Pfad gerichtet, der von der Höhle wegführte, einen Trampelpfad, der von zweiundfünfzig nackten Fußpaaren und zahllosen Stiefelabdrücken festgetreten worden war. Hin und wieder sah man auf dem Weg frische Blutspuren.
Schließlich mündete der Pfad in eine schmale Landstraße, wo sich in Schneematsch und Neuschnee frische Spuren von Lkw-Reifen eingegraben hatten.
»Was jetzt?« flüsterte Leokadja.
David blickte zu ihr auf. Ein seltsames Funkeln lag in seinen Augen, das sie nie zuvor bei ihm bemerkt hatte, und seine Stimme klang wie die eines Fremden, als er sagte: »Ihr zwei wartet hier. Ich komme gleich zurück.«
Bevor sie ihm noch weitere Fragen stellen konnten, war er schon auf und davon. Er rannte durch den knirschenden Schnee in die Richtung, aus der sie gekommen waren. Ungeachtet der Gefahr, daß man ihn leicht sehen konnte, hastete er über weite Felder und tauchte schließlich in den Wald ein, wo er sich mit ausgestreckten Armen einen Weg durchs Unterholz bahnte. Gleich darauf stieß er völlig außer Atem auf die Leichen von Każik und Stanisław. David eilte an ihnen vorbei, schwang sich auf das Motorrad und ließ den Motor an, dessen lautes Aufheulen die Stille der Nacht zerriß.
Zwanzig Minuten später war er zurück auf der Landstraße und fand Leokadja und Abraham noch an derselben Stelle, wo er sie verlassen hatte.
»Steigt auf!« befahl er. »Vielleicht können wir sie noch retten! Wenn wir die Laster einholen können...«
David gab Gas und jagte die Straße hinunter, noch bevor seine beiden Freunde richtig Platz genommen hatten. Leokadja, die ihre Arme fest um ihn geschlungen hatte, saß hinter ihm und preßte ihr windge-

peitschtes Gesicht gegen seinen Rücken. Abraham kauerte mit den Granaten im Beiwagen und hielt sich krampfhaft am Gehäuse fest.
David brauste mit Vollgas die holprige Straße hinunter, die Augen unverwandt auf die Reifenspuren geheftet.
Als sie den Stadtrand von Sofia erreichten, zeigten sich am östlichen Himmel bereits die ersten grauen Streifen der herannahenden Morgendämmerung. David stellte den Motor ab und ließ die Maschine in ein Wäldchen unweit eines dunklen Lagerhauses rollen. Dann stieg er leise ab, bedeutete seinen Kameraden, ihm mit ihren Gewehren zu folgen, und verschwand zwischen den Bäumen.
Lautlos stahlen sich die drei durch die menschenleeren Straßen. Sie huschten im Zickzack von einer Toreinfahrt zur nächsten und blieben immer wieder stehen, um zu lauschen. Ihr Ziel war der Marktplatz. Sie vermuteten, daß die Laster zum Gestapo-Hauptquartier fuhren, denn dort wurden Gefangene gewöhnlich verhört. Wenn sie die Lastwagen noch beim Abladen erreichen könnten, wäre es vielleicht möglich, einen Überraschungsangriff durchzuführen und einigen ihrer Kameraden in der allgemeinen Verwirrung zur Flucht zu verhelfen. Doch während sie an der Mauer von Sankt Ambroż entlangschlichen, wurden David und seine Gefährten plötzlich durch Maschinenpistolenfeuer aufgeschreckt, dem entsetzte Todesschreie folgten.
Im Schatten der Kirche wie erstarrt, blickten die drei mit Grauen auf die Szene vor ihnen.
In der Mitte des Marktplatzes, zwischen Bänken und Gehwegen und gefrorenen Springbrunnen, lagen, auf einem Haufen übereinander, die nackten, blutigen Leichen ihrer Landsleute. Auf der anderen Seite des Weges standen Soldaten in einer Reihe. Sie senkten ihre Gewehre, während Dieter Schmidt aufgeplustert vor ihnen hin- und herstolzierte.
David, Abraham und Leokadja hörten seine Stimme durch die Stille hallen. »Bringt Dolata und seinen Rat hierher! Sagt ihnen, auf dem Marktplatz warten einige Säuberungsarbeiten auf sie!«
David schaute durch einen Tränenschleier hindurch auf seine Armbanduhr: Sechs Uhr. Der Angriff auf das Waffendepot hätte schon seit einer Stunde vorüber sein sollen. Die Explosion in der Morgendämmerung hätte von den deutschen Munitionsbunkern herrühren

sollen, und diese armen, nackten Teufel hätten dem Feind eine herbe Niederlage beibringen sollen. Ohne einander anzusehen und ohne ein Wort zu sprechen, wandten sich die drei von dem grausigen Geschehen ab und schlichen durch die Dunkelheit zurück zum Stadtrand, wo sie das Motorrad bestiegen und in den Wald zurückkehrten.

Drei Tage später war es ein wenig wärmer geworden, und anstelle von Schnee ging nun ein eisiger Nieselregen nieder. Die drei einsamen Partisanen waren damit beschäftigt, die versteckten Waffen, die von den Deutschen nicht entdeckt worden waren, in ein anderes Versteck unter einer kleinen Steinbrücke zu bringen. Sie nahmen auch das wenige in der Höhle zurückgelassene Essen und ein paar Decken mit.
Jede Nacht wechselten sie ihr Versteck, denn aus Angst, daß die Deutschen sie finden könnten, wagten sie nicht, an einem Ort zu bleiben. Und obgleich kein Wort darüber gefallen war, wußten sie alle drei, für wen die versteckten Waffen bestimmt waren. Ihr ganzes Sinnen und Trachten war nur auf ein einziges Ziel gerichtet: Sie würden eine neue Truppe aufstellen und Rache nehmen.
Eine Nacht vor dem geplanten Angriff kauerten sie in der spärlichen Wärme eines Schuppens und hörten David zu, der ihnen die letzten Anweisungen gab.
»Wenn alles gutgeht, werden wir eine starke Truppe zusammenbekommen, das Vorratslager der Deutschen überfallen und uns dann nach Norden in die Berge zurückziehen. Eine Bergfestung müssen wir haben. Es gibt da eine kleine Brücke, die über eine Schlucht in den Hügeln führt. Ich habe oft Züge darüberfahren sehen. Wenn wir vor der Brücke einen Baum über die Schienen fällen, dann müssen sie den Zug anhalten und aussteigen, um den Baum zu entfernen. Diese Züge werden von nur etwa zehn Soldaten bewacht. Zwei davon sitzen gewöhnlich vorne beim Lokomotivführer und die übrigen im letzten Wagen. Wenn der Zug bremst, wird Leokadja eine Handgranate auf den hinteren Wagen schleudern. Das wird dir, Abraham, und mir, Gelegenheit geben, ins Führerhaus zu springen. Du wirst sie in Schach halten, während ich die Güterwagen öffne und die Gefangenen befreie.«
»Kann es wirklich so einfach sein?« fragte Leokadja

»Ja, aber nur, wenn wir die Wachen schnell genug überwältigen. Wir werden den Überraschungseffekt auf unserer Seite haben. Danach können uns die Leute aus den Waggons helfen. Wir werden in der Nähe genug Waffen deponieren, um einige der Leute damit auszurüsten, für den Fall, daß wir uns den Rückzug erkämpfen müssen.«
Am nächsten Tag waren die Wolken verschwunden, und ein herrlicher Frühlingsmorgen schickte seine warmen Strahlen über die Schneedecke, die langsam abschmolz.
David, Leokadja und Abraham warteten in ihren Stellungen nahe den Eisenbahnschienen. In der Ferne sah man schon die Rauchschwaden und die dunklen Umrisse einer gewaltigen Lok. »Woher wollen wir wissen, daß dieser Zug nicht Vieh oder Waren anstatt Menschen transportiert?« fragte Abraham.
»Ich werde es erkennen«, erwiderte David düster. »Sei unbesorgt...«
Beim Anblick des mächtigen Baums, der über den Schienen lag, setzte der Lokführer die Geschwindigkeit herab und brachte den Zug zum Stehen. Aber zu Davids Entsetzen war es viel weiter hinten, als sie geplant hatten.
»Verdammt!« zischte er. »Jetzt müssen wir uns aufteilen. Ich werde durch den Wald zurückrennen und versuchen, auf den Kohlewagen zu klettern. Gott, hoffentlich kann Leokadja den hinteren Wagen noch mit der Handgranate treffen.«
Während David ungesehen am Zug entlangrannte, schleuderte Leokadja die erste Handgranate auf zwei Wachen, die ausgestiegen waren, um nachzusehen, was los war. Die Granate traf die Vorderräder des Wagens und brachte ihn zum Entgleisen. Sie verletzte jedoch keinen der Soldaten, die nun auf der anderen Seite hinauskletterten und hastig in Deckung gingen. David gelang es, den Lokführer und den Heizer gefangenzunehmen, während Abraham die beiden vorderen Wachen entwaffnete, die von der Explosion im hinteren Teil des Zuges überrascht worden waren.
Die beiden Wachen wurden von Abraham in Schach gehalten. David bedeutete Leokadja, weitere Handgranaten zu werfen, um die hinteren Soldaten abzulenken, während er die Waggontüren öffnete.
Die verzweifelten Schreie aus dem Innern der Waggons ließen keinen Zweifel daran, daß es sich bei der Ladung um Menschen handelte.

Eilig rannte David von Waggon zu Waggon, schlug mit dem Kolben seiner Maschinenpistole gegen die Riegel und stieß die Türen auf.
»Los!« brüllte er im Vorbeirennen. »Kommt heraus! Folgt mir!« David schwenkte seine Waffe über dem Kopf. »Kommt heraus! Ihr könnt euch retten!«
Er gab Leokadja zu verstehen, daß sie weitermachen solle, doch sie bedeutete ihm, daß ihr Vorrat an Granaten zu Ende sei.
David öffnete zwei weitere Waggons und warf dann einen raschen Blick über die Schulter. Was er sah, ließ ihn vor Schrecken erstarren.
Niemand hatte den Zug verlassen.
Er sah sie dort drinnen, zusammengekauert, so weit weg von der offenen Tür wie nur möglich, zerlumpte, verängstigte Menschen, die ihn mit bleichen, ausdruckslosen Gesichtern anstarrten.
»Kommt heraus!« schrie er abermals. »Kommt heraus, und rettet euer Leben! Die Deutschen werden euch hinrichten! Sie haben euch belogen! Ihr fahrt in den sicheren Tod! Wir haben Waffen für euch! Ihr könnt kämpfen! Ihr könnt frei sein!«
Doch sie rührten sich nicht, gaben keinen Laut von sich, und David Ryż, vor Verwirrung und Verwunderung wie gelähmt, starrte entgeistert in die hohlwangigen Gesichter, die mit vor Angst geweiteten Augen auf ihn hinabschauten.
Plötzlich vernahm er einen Schrei hinter sich. Er fuhr herum und sah Leokadja in der Gewalt eines SS-Offiziers, der ihr eine Pistole an die Schläfe hielt. Langsam kam der Offizier auf David zu und schob dabei die junge Frau wie einen Schutzschild vor sich her. »Waffe weg, junger Mann!« befahl der Deutsche ruhig. »Und du, da drüben«, sagte er zu Abraham, »wirf dein Gewehr auch weg.«
Unfähig, sich zu bewegen, blickte David erneut zu den Menschen auf, die in den Güterwagen kauerten. Die Stimme des SS-Mannes hallte in der einsamen Stille des Waldes wider. Und da begriff der junge Jude endlich, was geschah.
Wieder ertönte die geduldige, aber unnachgiebige Stimme des SS-Offiziers: »Legt eure Waffen nieder, wir wollen euch nicht töten. Wir sind keine Barbaren.« Als er auf gleicher Höhe mit dem jungen Mann angelangt war, konnte David das Entsetzen in Leokadjas Augen erkennen.

»Diese Leute«, fuhr der Deutsche fort, »drohten im Warschauer Getto Hungers zu sterben. Wir haben ihnen Unterkunft, Verpflegung und nützliche Arbeit versprochen. Warum sollten sie aussteigen wollen?«
Hilflos ließ David die Arme sinken. Von ferne nahm er undeutlich wahr, wie der Baumstamm von den Gleisen gerollt wurde. Und über ihm, schweigend und reglos, die geisterhaften Gesichter der für Auschwitz bestimmten Juden, die teilnahmslos auf ihn hinabstarrten.
»David«, flehte Leokadja, »du kannst dir den Weg freischießen! Kümmre dich nicht um mich! Rette dich!«
Der junge Jude blickte weiter unverwandt auf die Menschen im Güterwagen, die sich so weit sie konnten von ihm zurückdrängten. Und er hörte seine eigene Stimme sagen: »Versteht ihr denn nicht...«
»Los jetzt«, fiel ihm der SS-Offizier ungeduldig ins Wort. »Wir haben bereits Verspätung. Wir wollen euch nicht töten. Laßt jetzt einfach die Waffen fallen.«
Andere Soldaten kamen nun durch die Bäume auf sie zu. Sie hielten ihre Gewehre auf David und Abraham gerichtet. Einer von ihnen rief: »Warum wollt ihr an diesem gottverlassenen Ort euer Leben lassen? Ihr könnt doch mit uns kommen und dabei helfen, eine neue Welt zu erschaffen.«
David stand wie betäubt. Die Stimme des Deutschen schien aus weiter Ferne zu kommen: »Warum wollt ihr an diesem gottverlassenen Ort euer Leben lassen...«
Dann dachte er an Brunek Matuszek und Moisze Bromberg und an den unwürdigen Tod, den sie gefunden hatten. Er dachte daran, was er durch sein Fernglas im Lager von Auschwitz gesehen hatte. Er dachte an Tapferkeit und Heldenmut, und für einen Augenblick kam ihm der Gedanke, sich den Weg aus dieser Klemme freizuschießen und im Glanz von Ruhm und Heldentum zu sterben.
Doch dann sah er wieder in die ausgemergelten, mitleiderregenden Gesichter über ihm – die Gesichter seines Volkes – und spürte, wie ihm die Maschinenpistole aus den Händen glitt.
»Sehr gut«, meinte der Offizier und ließ die junge Frau los. David bewegte sich wie im Traum, während er von ferne hörte, wie die Waggontüren zugeschlagen wurden. Mechanisch schwang er sich in den

Güterwagen. Dann zog er Leokadja hinauf und nahm sie in die Arme. Abraham kauerte neben ihnen an der Wand des düsteren Waggons. Er hatte das Gesicht in den Armen vergraben und weinte. David hörte die Tür zuschlagen, und gleich darauf wurde es stockfinster um ihn her.
Der Zug ruckte an und setzte seine langsame, unbarmherzige Fahrt fort.

21

Es war eine bitterkalte Nacht. Sintflutartiger Aprilregen peitschte durch das Weichseltal, und über der ganzen Landschaft lag ein eintöniges Grau. Die Einwohner von Sofia, besonders diejenigen, die gezwungen worden waren, das Massengrab für die zweiundfünfzig Partisanen zu schaufeln, schauten in tiefer Trauer hinaus auf das trostlose Wetter. Die Hinrichtung hatte jedermann erschüttert, besonders nachdem bekannt geworden war, wie mutig diese zweiundfünfzig gegen die Nazis gekämpft hatten.
Von den fünf Männern, die zu dieser späten Stunde in Edmund Dolatas Wohnzimmer saßen, hatten vier ein schlechtes Gewissen, denn diese vier hatten die Partisanen perönlich gekannt, hatten sie mit Nahrung versorgt und ihnen bei einer Gelegenheit sogar geholfen, deutsche Waffen von einem gesprengten Zug wegzutransportieren.
»Wir sind ebenso schuldig wie sie«, sagte Edmund Dolata, der ganz nahe ans Feuer herangerückt war und dem es doch nicht warm werden wollte. »Wir haben mit ihnen zusammengearbeitet und ihnen geholfen. Wir gehörten ebenso zu ihnen wie jedes Mitglied ihrer Gruppe.«
Einer der anderen vier, der in dem spärlichen Licht mit gesenktem Kopf dasaß, erwiderte leise: »Was willst du damit sagen, Edmund? Daß wir mit ihnen hätten sterben sollen?«
»Nein, Jerzy. Ich meine nur, daß sie selbst im Angesicht deutscher Maschinenpistolen geschwiegen haben. Bis zuletzt versuchten die Nazis, aus ihnen herauszubekommen, wer in Sofia sie unterstützt hatte, doch sie gaben uns nicht preis.«

»Was hätte es ihnen auch genützt, unsere Namen zu nennen?« entgegnete Jerzy Krasinski und hob den Kopf. »Sie hätten ihr Leben damit nicht gerettet.«
»Ich weiß nicht, Jerzy.« Dolata begann unruhig im Zimmer auf und ab zu gehen. »Jedenfalls ist es wichtig für mich. Sie haben Schmidt unsere Namen nicht verraten.«
Es trat eine Stille ein, die das Knacken des Feuers vor dem Hintergrund des prasselnden Regens noch lauter scheinen ließ. Durch die Fenster blickte man auf die Stadt, die unter dem tosenden Frühlingsgewitter in einen ruhelosen Schlaf versunken war. Der grausige Anblick auf dem Marktplatz hatte sich vielen Leuten tief ins Gedächtnis gegraben und ließ sich durch nichts verdrängen.
Plötzlich hielt Dolata inne und meinte mit fester Stimme: »Ich denke, wir schulden ihnen etwas.«
Seine Gefährten sahen einander an und richteten den Blick dann wieder auf Dolata. In dem dämmrigen Licht des Kamins, dem einzigen, das in Dolatas Wohnung brannte, war es schwierig, in den Gesichtern zu lesen, und doch teilte sich die gedrückte Stimmung allen fünf Männern mit. Eine erdrückende Schuld lastete auf ihnen, weil sie nichts getan hatten, um diesen zweiundfünfzig Männern und Frauen zu helfen.
»Sie waren Partisanen«, ließ sich eine heisere Stimme vernehmen. Es war Feliks Broninski, Sofias Postmeister und ehemaliges Mitglied in Dolatas Stadtrat. »Sie kannten das Risiko, das sie eingingen. Sie kannten die Gefahren.«
»Ja«, gab Dolata bitter zurück, »und wir kannten sie ebenfalls. Deshalb haben sie die Nazis bekämpft und wir nicht.«
»Willst du damit sagen, daß wir Feiglinge sind?«
Dolata starrte in die Gesichter seiner Kameraden.
»Edmund«, sagte Jerzy Krasinski, »es ist nicht feige, wenn man überleben will. Ich habe Frau und Tochter, die ich beschützen muß, und ich will, daß sie diesen Krieg unbeschadet überstehen.«
Dolatas Stimme wurde lauter. »Diese Männer und Frauen, die auf dem Marktplatz niedergemetzelt wurden, wollten Polen die Freiheit zurückgeben!«
»Das ist doch unmöglich. Keine Macht wäre stark genug, die Nazis aufzuhalten.«

»Jerzy«, Edmund Dolata setzte sich Krasinski gegenüber und rang nervös die Hände, »du verstehst mich nicht richtig. Die Widerstandsbewegung denkt nicht, daß sie die Nazis aus Polen vertreiben kann. Aber sie kann ihnen den Aufenthalt hier doch tüchtig verleiden! Die Leute, die von Schmidt massakriert wurden, waren einst unsere Nachbarn! In Jakobis Apotheke hast du doch immer deine Hämorrhoiden-Salbe gekauft...«
»Edmund...«
»Laß mich ausreden! Diese bemitleidenswerten Männer und Frauen versuchten, den Nazis das Leben schwerzumachen, bevor stärkere Mächte den Kampf übernehmen würden. Vielleicht werden die Russen gegen die Wehrmacht nicht verlieren. Vielleicht holen sie zum Gegenschlag aus. Und vielleicht werden uns die Alliierten bald zu Hilfe kommen – möglicherweise die Amerikaner. Unser Untergrund kann die Deutschen nicht besiegen, aber er kann sie doch bei der Festigung ihrer Macht behindern, bis Hilfe eintrifft!«
Diese schmerzliche Wahrheit versetzte den Männern einen Stich. Dolata hatte recht. Die Deutschen wurden von der Widerstandsbewegung behindert; ihre Streitkräfte wurden durch Partisanenangriffe aufgehalten oder sogar zurückgeworfen.
»Edmund«, begann Ludwig Rutkowski, Sofias ehemaliger Polizeichef, »warum hast du uns heute nacht hierhergerufen?«
Der kleine, kahlköpfige Mann richtete sich vor den vier sitzenden Männern auf, holte tief Atem und sagte feierlich: »Ich will ihren Kampf fortsetzen.«
Wie von der Tarantel gestochen, sprangen Feliks Broninski, Ludwig Rutkowski und Jerzy Krasinski auf. »Das kann doch nicht dein Ernst sein!« riefen sie wie aus einem Munde. Nur ein Mann blieb scheinbar ungerührt sitzen und hörte, wie Dolata ruhig weitersprach. »Wenn die Nazis schon unsere Herren sein müssen, dann sollen sie wenigstens kein angenehmes Leben führen. Dafür können wir sorgen. Wir fünf haben die Macht und den Einfluß, zusammen mit den einfachen Bürgern einen wirksamen Untergrund hier in Sofia zu organisieren.«
»Aber Edmund«, wandte Ludwig Rutkowski ein, »wenn man einmal von der Hinrichtung absieht, erging es uns in Sofia wegen der Fleckfieberepidemie doch nicht allzu schlecht. Seit die Quarantäne über die

Stadt verhängt wurde, sind nur noch wenige Soldaten hier stationiert, und Schmidt läßt sich kaum mehr blicken. Wir haben jetzt mehr als genug zu essen, weil die Deutschen uns keine Lebensmittel mehr abnehmen.«
»Ja, und wenn die Quarantäne aufgehoben wird? Wir alle wissen, wie dringend die Nazis dieses Munitions- und Ersatzteillager benötigen. Wenn die Quarantäne fällt, wird es in Sofia mehr Deutsche geben, als wir es je für möglich gehalten hätten. Wie friedlich wird es dann wohl zugehen?«
»Eine Fleckfieberepidemie kann lange dauern«, gab der fünfte Mann zu bedenken, der bis dahin geschwiegen hatte.
»Ich vertraue auf die Ärzte dieser Stadt, daß sie der Krankheit so schnell wie möglich ein Ende bereiten«, entgegnete Dolata.
»Wenn Szukalski schlau wäre«, brummte der Polizeichef Rutkowski, »dann würde er das Fleckfieber einfach weitermachen lassen, damit die Quarantäne anhält, bis der Krieg vorüber ist!«
Jerzy Krasinski fuhr herum. »Wie kannst du nur so etwas Ungeheuerliches sagen, Ludwig! Heilige Maria, unserm eigenen Volk eine solche Krankheit zu wünschen! Deiner eigenen Familie, Himmel noch mal!«
»Ruhig Blut, meine Herren.« Dolata hob die Hand. »Ich bin sicher, Ludwig hat es nicht so gemeint. Bitte setzt euch wieder, meine Freunde, und laßt uns vernünftig miteinander reden.«
Während Jerzy und Ludwig sich noch immer herausfordernde Blicke zuwarfen, nahmen die vier Männer wieder Platz. In der Stunde ihres Beisammenseins hatte nur einer von ihnen seine Meinung noch nicht geäußert. Die anderen sahen ihn erwartungsvoll an.
»Sag uns, was du denkst, Jan«, forderte Edmund Dolata ihn schließlich auf.
Dr. Szukalski seufzte tief. »Ich weiß, daß ich mich nicht geäußert habe, meine Freunde, aber bitte glaubt nicht, daß mir die Sache nicht nahegeht. Ganz im Gegenteil. Sie lastet so schwer auf mir, daß ich gar nicht weiß, wo ich anfangen soll.«
»Nur ein einfaches Ja oder Nein«, entgegnete Ludwig Rutkowski entschieden. »Bist du bereit, mit uns zu kämpfen oder nicht?«
Dolata ahnte, daß es gleich zum Streit kommen würde. Deshalb stand er auf und ging zu einem Schrank, der an einer dunklen Wand stand.

Er öffnete ihn und holte fünf kleine Gläser und eine Flasche hervor. Als er zurückkam, stellte er die Gläser auf dem niedrigen Tisch zwischen den Männern ab und schenkte aus der Flasche Wodka ein. »Es ist eine kalte Nacht«, murmelte er. »Und es könnte auch eine lange werden.«
Die fünf tranken den Wodka in einem Zug hinunter, und als die Gläser wieder auf dem Tisch standen, fuhr Ludwig Rutkowski fort: »Jan, du bist ein Mann, dessen Meinung wir hochachten. Fast jeder in Sofia respektiert dich und schätzt dein Urteil. Deshalb hat Edmund dich heute abend zu unserem Treffen gebeten. Jetzt hast du gehört, was er uns sagen wollte, und hast unsere Ansichten dazu vernommen. Wir wollen jetzt nur noch wissen, was du darüber denkst.«
Szukalskis Augen waren voller Trauer, als er aufblickte und seine Kameraden über den Couchtisch hinweg ansah. Seine Stimme klang schwermütig. »Ludwig, ich war ebenso betroffen wie ihr, als ich heute morgen erfuhr, was Dieter Schmidt während der Nacht auf dem Platz angerichtet hatte. Ich habe die Leichen gesehen, Ludwig. Und ich kann euch versichern, meine Freunde, als Arzt bin ich mit dem Tod bestens vertraut. Ich habe ihn in allen Erscheinungsformen erlebt, vom schönen, friedvollen Entschlummern bis zu der Obszönität, mit der diese zweiundfünfzig Menschen von Schmidt hingerichtet wurden. Noch nie hat mich der Anblick des Todes so tief erschüttert wie heute morgen.«
»Dann wirst du sicher auch kämpfen wollen«, warf Feliks Broninski ein.
»Laß Jan ausreden«, meinte Jerzy Krasinski und füllte die Gläser nach.
Mit wohlüberlegten Worten fuhr Szukalski fort: »Ja, Feliks, ich will kämpfen. Aber ich muß euch sagen, daß ich die Mittel, mit denen ihr vorgehen wollt, nicht gutheiße.«
»Dann willst du also doch nicht kämpfen«, versetzte Ludwig ärgerlich.
»Ich will kämpfen, meine Freunde, und eigentlich tue ich jetzt schon nichts anderes. Ich führe bereits seit mehreren Monaten einen Kampf gegen die Nazis.«
Die anderen blickten erstaunt auf.
Jan erhob sich von seinem Stuhl, ging hinüber zur Feuerstelle und

lehnte sich gegen den Kaminsims. Über dem Kamin stand eine Alabasterstatue der Heiligen Jungfrau, auf die Jan nun beim Sprechen seinen Blick richtete. »In dem Augenblick, als ich die Leichen auf dem Marktplatz sah, wußte ich, daß ich mein Geheimnis früher oder später preisgeben müßte. Das wurde mir klar, als ich die Gesichter der Bürger von Sofia sah. Die ohnmächtige Wut, die ich darin las, und das plötzliche Verlangen zu töten. Durch sein demütigendes Regiment hat Dieter Schmidt bei vielen Männern dieser Stadt das Bedürfnis nach Vergeltung hervorgerufen, bei Männern, die wie ihr versuchten, mit den deutschen Besatzern in Frieden nebeneinander zu leben. Aus diesem Grund habe ich den Entschluß gefaßt, euch vier in mein Geheimnis einzuweihen.«
»Geheimnis?« hörte er Dolata sagen.
Der Arzt wandte sich zu ihnen um. »Ich hatte gehofft, es niemals enthüllen zu müssen, denn je weniger davon wissen, desto besser ist es gehütet. Doch jetzt haben sich die Verhältnisse in Sofia geändert, und ich kann nicht zulassen, daß sich Nazis und Zivilisten offen bekriegen.«
»Warum nicht, Jan? Was ist das für ein Geheimnis?«
Bevor der Doktor antworten konnte, fiel ihm Feliks Broninski ins Wort. »Wir haben keine andere Wahl, Jan! Es ist höchste Zeit, daß wir anfangen, uns zu wehren! Ich für meinen Teil werde mich von Schmidt nicht mehr länger wie Vieh behandeln lassen! Ich habe auch meinen Stolz! Um Himmels willen, Jan, in dieser Gruppe waren Frauen! Frauen, die Gewehre trugen und ihr Leben aufs Spiel setzten, um den Nazis die Hölle heiß zu machen, während ich friedlich in meinem Bett schlief! Was glaubst du, wie ich mich jetzt fühle?«
Szukalskis Stimme blieb ruhig. »Gewalt ist nicht der richtige Weg, Feliks. Gewalt erzeugt nur noch mehr Gewalt. Du siehst ja selbst, wie es diesen armen Menschen ergangen ist. All ihre Heldentaten, ihre Sabotageakte und Überraschungsangriffe, was haben sie ihnen eingebracht?«
»Jan«, sagte Edmund Dolata ruhig, »wir wollen Rache. Daß wir unser Leben dabei riskieren, müssen wir in Kauf nehmen. Es gibt keinen anderen Weg.«
Jan Szukalski lächelte geheimnisvoll. »Doch, meine Freunde, es gibt einen anderen Weg.«

»Was meinst du damit?«
»Ich habe euch doch gesagt, daß ich schon seit mehreren Monaten gegen die Nazis kämpfe und daß ich ein Geheimnis habe. Und in meinem Kampf habe ich kein Blut vergossen; niemand ist dabei zu Tode gekommen. Und es ist ein großangelegter Kampf, der über bloße Störmanöver, wie ihr sie vorschlagt, bei weitem hinausgeht.«
»Und wie sieht dieser Kampf aus?«
Szukalski starrte nachdenklich auf das Glas in seiner Hand, setzte es an die Lippen und stürzte den Inhalt auf einmal hinunter. Dann meinte er schlicht: »Es gibt keine Fleckfieberepidemie in Sofia.«
Zuerst sagte keiner ein Wort. Dann fragte einer der Männer im Flüsterton: »Was?«
Er sah sie an. »Ihr habt ganz richtig gehört, meine Freunde, es gibt keine Fleckfieberepidemie in Sofia.«
Dolata runzelte die Stirn. »Aber die Quarantäne...«
»Die Quarantäne ist echt, die Krankheit nicht.«
»Ich verstehe nicht«, meinte Jerzy Krasinski verwirrt.
Jan Szukalski trat vom Kamin weg und setzte sich wieder zu den anderen. Während er die Gläser abermals mit Wodka füllte und das seine sofort austrank, begann er in einem leisen, gleichbleibenden Ton zu sprechen: »Meine Stellvertreterin Maria Duszynska und ich haben im letzten Dezember eine Möglichkeit gefunden, in Blutproben den Fleckfiebererreger vorzutäuschen, obwohl er in Wirklichkeit gar nicht vorhanden ist. Ich möchte mich hier nicht mit technischen Einzelheiten aufhalten, doch soviel steht fest: Die deutschen Behörden in Warschau sind davon überzeugt, daß hier eine gefährliche Fleckfieberepidemie wütet.«
»Jan«, unterbrach ihn Dolata. »habe ich das richtig verstanden? Du und Dr. Duszynska, ihr habt vorsätzlich eine Fleckfieberepidemie vorgetäuscht? Aber warum denn?«
»Aus genau dem Grund, den du eben schon angesprochen hast. Quarantäne.« Jan wandte sich dem ehemaligen Polizeichef zu. »Und aus dem Grund, den du vorhin genannt hast, Ludwig, um nämlich die Nazis von uns fernzuhalten. Du hast gesagt, wenn es nach dir ginge, könnte die Quarantäne so lange dauern wie der Krieg.«
Ludwig nickte stumm. Sein Gesicht war starr vor Staunen.

»Aber mein Onkel«, widersprach Jerzy, »er kam doch deswegen ins Krankenhaus! Es war auf der Isolierstation!«
Der Arzt schüttelte den Kopf. »Wir haben ihm nur gesagt, daß er Fleckfieber hat. In Wirklichkeit hatte er nur eine Magenverstimmung von zu stark gewürztem Essen.«
»Aber es gab doch auch Todesfälle! Und überall in der Stadt werden Zettel zur Gesundheitsvorsorge verteilt. Und meine Frau leidet an Fieber...« Feliks Broninskis Stimme wurde schwächer. »Heilige Maria... das kann doch nicht alles nur ein Possenspiel sein!«
»Genau das ist es aber.«
»Unmöglich!« ereiferte sich Ludwig.
»Wenn ich es dir sage. Wir stehen doch unter Quarantäne, nicht wahr? Und seitdem halten sich weniger Deutsche hier auf, richtig? Wir haben sie davon abgehalten, ihr Munitions- und Ersatzteillager zu benutzen. Wir haben verhindert, daß die Erträge aus unserer Landwirtschaft weggeschafft werden. Und die Truppenzüge halten hier nicht mehr, um zu entladen. Warum beharrst du also darauf, daß es nicht möglich ist?«
Edmund Dolata stand langsam auf und ging zum Fenster. Er zog den schweren Vorhang etwas beiseite und warf einen Blick hinaus in den Regen. Die Straße war dunkel und menschenleer. Das nasse Pflaster wirkte kalt und furchterregend. Er wandte sich um und sah Szukalski eindringlich an. »Und es hat im Zusammenhang mit Fleckfieber keine Todesfälle gegeben?« fragte er.
»Maria und ich haben alle Sterbeurkunden gefälscht.«
Im Zimmer herrschte Totenstille.
»Wer weiß noch davon?« erkundigte sich Dolata.
»Insgesamt nur fünf Leute.«
»Fünf!« platzte Feliks heraus. »Nur fünf Leute haben es geschafft, eine so weitverbreitete Epidemie zu inszenieren? Wie lange wolltet ihr das Spiel denn fortführen?«
»So lange wie möglich. Wir haben nie jemandem davon erzählt, weil wir Angst hatten, daß das Geheimnis herauskommen könnte.«
»Warum hast du es uns jetzt aber doch erzählt, Jan?« fragte Dolata.
»Weil ich euch davon abhalten mußte, eine Dummheit zu begehen. Ich empfand die gleiche Wut wie ihr, als ich die Toten sah. Ich wußte

auf Anhieb, was in euch vorging. Und als ihr dann anfingt, über Widerstand und Kämpfen zu reden...«
»Laß uns dir helfen, Jan.«
Szukalski sah Ludwig Rutkowski an und lächelte. »Ich nehme eure Hilfe gerne an, meine Freunde. Die Epidemie hat zu große Ausmaße angenommen, und uns fällt es immer schwerer, sie zu handhaben.«
»Was können wir tun?«
»Ich befürchte, daß viele Bürger von Sofia den Partisanenkampf fortführen wollen. Das dürfen wir nicht zulassen. Dadurch werden sie die Nazis derart in Wut versetzen, daß sie am Ende ganz Sofia dem Erdboden gleichmachen. Eure Aufgabe wird darin bestehen, diesen Leuten – denjenigen, von denen ihr glaubt, daß es notwendig ist – von dem Schwindel zu erzählen. So wird ihnen klar, daß in Sofia ein Kampf im Gange ist und daß sie selbst an der Schlacht gegen den Feind teilhaben.«
Dolata trat vom Fenster weg und ging wieder im Zimmer auf und ab. »Du hast recht, Jan. Wir müssen dafür sorgen, daß die Quarantäne bestehenbleibt, und dazu diejenigen einweihen, denen wir vertrauen...«
»Vergewissert euch aber, daß sich darunter keine Sympathisanten der Nazis befinden.«
Dolata blieb hinter der Couch stehen und lächelte den Arzt an. »Ich weiß, wem ich vertrauen kann, Jan. Ebenso wie ihr anderen es wißt. Die Nachricht wird mit größter Vorsicht verbreitet. Wir werden da ganz geordnet und methodisch vorgehen, das versichere ich dir. Wie ich die Leute in dieser Stadt kenne, Jan, werden sie sich deinem Kampf begeistert anschließen. Die Deutschen werden sich von so vielen Kranken umgeben sehen, daß sie alles daransetzen werden, sich von uns fernzuhalten!«
Jan Szukalski nickte erleichtert. Als er sich vorbeugte, um die fünf Gläser mit dem Rest des Wodkas zu füllen, winkte Feliks Broninski ab. »Wir hatten schon drei, Jan. Das ist mein Höchstmaß.«
Aber Szukalski hob sein Glas zum Toast und meinte ernst: »Ich denke an das alte Sprichwort, meine Freunde, das da lautet: Das erste Glas ist für mich, das zweite für meine Freunde, das dritte für die gute Laune und das vierte Glas«, er lächelte grimmig, »ist für meine Feinde.«

Die Nachricht wurde langsam und systematisch verbreitet. Jedes Mitglied aus Dolatas früherem Stadtrat baute schrittweise ein geheimes Kommunikationsnetz auf, das aus kleinen Gruppen Eingeweihter bestand. Schon bald mußte Szukalski sich nicht mehr den Kopf darüber zerbrechen, was zu tun sei, um die Stadt so krank erscheinen zu lassen, wie es die Laborbefunde anzeigten. Dafür sorgten jetzt die Bürger von Sofia selbst. Geschäfte schlossen mit dem Hinweis auf Krankheitsfälle in der Familie. Frauen taten freiwillig Dienst als Krankenschwestern auf den überfüllten Stationen des Krankenhauses. Jan Szukalski und Maria Duszynska wurden zu Krankenbesuchen in die Häuser gerufen. Eine unheimliche Ruhe senkte sich allmählich auf Sofia herab.

Zwei Wochen nach der Hinrichtung der Partisanen standen vier Angehörige der Gestapo von Sofia schweigend vor der Wohnung über dem Textilgeschäft. Lautlos bezogen sie links und rechts von der Tür Stellung und beobachteten mit schußbereiten Gewehren, wie ihr Anführer einen Schritt zurückwich und mit einem donnernden Krach die Tür eintrat.
Sergej Wassilow, der eben von der Wohnzimmercouch aufstehen wollte, starrte verständnislos in die Mündungen von vier auf ihn gerichteten Maschinenpistolen. Zwei der Männer durchsuchten ihn unsanft. Dann wurde er in den Schnee hinausgeführt und in einen wartenden Mercedes gestoßen.
Hauptsturmführer Dieter Schmidt begrüßte ihn mit einem frostigen Lächeln und wies den verwirrten Russen an, hinter der Linie stehenzubleiben, die zwei Meter vor seinem Schreibtisch auf dem Fußboden gezogen worden war. »Es wäre traurig für uns beide, Herr Wassilow, wenn Sie mich anstecken würden«, sagte Schmidt in einem überraschend liebenswürdigen Ton.
Hilflos musterte Sergej den furchteinflößenden kleinen Mann hinter dem Schreibtisch und fragte sich, worum es eigentlich ging, ob es vielleicht etwas mit Rudolfs Verschwinden vor zwei Wochen zu tun hatte.
»Sagen Sie mir, mein Freund«, begann der SS-Kommandant in einschmeichelndem Ton, »wer sind Sie eigentlich?«
»Sergej Wassilow, Herr Hauptsturmführer«, antwortete der Russe zögernd auf deutsch.

Schmidt verzog den Mund zu einem Lächeln. »Das weiß ich. Was ich meine ist, was sind Sie?«
Sergej begann zu zittern. »Ich... ich...«
»Ein russischer Deserteur?« fragte Dieter Schmidt höflich. »Ist es das?«
»O nein! Herr... Hauptsturmführer...«
»Ich verstehe. In welcher Beziehung standen Sie zu Rudolf Bruckner?«
Sergejs Augen weiteten sich verwirrt. »Stand...?« wiederholte er ängstlich.
Schmidt blickte den Russen durchdringend an. »Sie wissen doch, daß er tot ist.«
Alle Farbe wich aus dem Gesicht des Deserteurs, und als er in sich zusammenzusacken drohte, trat eine Wache vor und stieß ihm mit dem Gewehrlauf in die Seite. Sergej sah das Bild des Kommandanten vor seinen Augen verschwimmen.
»Das wußte ich nicht«, flüsterte er auf russisch.
»Sind Sie ein Deserteur der Roten Armee?« wiederholte Schmidt, aus dessen Stimme die Freundlichkeit zunehmend schwand.
»Nein...«, widersprach Sergej kaum hörbar.
Schmidt brach in ein schallendes Gelächter aus, das den Russen erschauern ließ. »Nun komm schon, du störrischer Esel! Siehst du diesen Ordner auf meinem Schreibtisch?« Er schlug mit dem Peitschengriff aus Hirschhorn darauf.
Der Russe beugte sich vor und blickte mißtrauisch auf den Aktendeckel. Sein Name stand in großen Buchstaben auf der Vorderseite. »Ja.«
»Wir wissen, wer du bist, Wassilow! Sieh her, wieviel wir über dich gesammelt haben! Es mögen wohl gut zwanzig Seiten sein! Wir wissen, wer du bist, woher du kommst und warum du hier bist! Aber wir haben noch nicht alles. Wir brauchen noch eine weitere Auskunft.«
Sergej Wassilow schloß die Augen und stellte sich vor, daß alles nur ein Alptraum war. Dieter Schmidts schneidende Stimme trat für einen Augenblick in den Hintergrund. Seine Gedanken kreisten um die unfaßbare Nachricht von Rudolfs Tod...
»Schau mich gefälligst an, wenn ich mit dir rede, du Schwein!« brüllte Schmidt.
Als Sergej die Augen aufschlug, rann ihm eine Träne über die Wange.

»Du hast eine Information, die wir haben wollen. Entweder du rückst damit auf der Stelle heraus, oder ich lasse dich durch meine Männer verhören. Wenn du uns die Wahrheit sagst und zur Zusammenarbeit bereit bist, wird es wesentlich angenehmer für dich sein. Denk daran, Wassilow«, Dieter Schmidt schlug abermals auf den Aktendeckel, »wir haben schon jetzt mehr als genug Beweise gegen dich, um dich zu hängen.«
Mit einer wegwischenden Bewegung seiner Stockpeitsche ließ Schmidt den verzweifelten Mann abführen. Gleich darauf erschien ein Adjutant am Schreibtisch des Kommandanten, nahm den Ordner, entfernte die zwanzig leeren Seiten daraus und warf den Aktendeckel in den Papierkorb.
Das Verhör mit Sergej Wassilow zog sich über mehrere Stunden hin. Er war ein zäher, abgehärteter Mann, aber er hatte nicht die leiseste Ahnung, was Schmidt aus ihm herauspressen wollte. Daß Bruckner ein Agent des deutschen Sicherheitsdienstes gewesen war, hatte Wassilow nicht gewußt. Hätte Rudolf daher irgendeine wertvolle Information mit in den Tod genommen, so konnte sein Zimmergenosse nicht darüber Bescheid wissen. Nach fünf Stunden grausamster Folter gestand Sergej Wassilow, mehr tot als lebendig, er sei aus der Roten Armee desertiert, habe als Homosexueller einen Agenten der Gestapo vergewaltigt und trage durch seine perversen Neigungen die Schuld an Rudolf Bruckners Selbstmord.
Am nächsten Morgen wurde Sergej Wassilow als Spion gehängt.

Mit dem Aufbrechen des Eises auf der Weichsel wurde es richtig Frühling, und noch immer hielt die Fleckfieberquarantäne an. Bis zum Sommer des Jahres waren angeblich über vierhundert Menschen gestorben, und mehrere tausend hatten tagelang mit dem Tod gerungen. Die Tatsache, daß niemand die Krankheit wirklich gehabt hatte und daß Jan Szukalski und Maria Duszynska Totenscheine fälschten, war ein Geheimnis, das nahezu jedem in der Stadt mit Ausnahme des deutschen Kommandanten und seiner Leute bekannt war.
Eigentlich hätten die fünf ursprünglichen Verschwörer nun etwas Zeit zum Verschnaufen gehabt, doch zwei von ihnen wurden von anderen Sorgen geplagt.
Da war zum einen Maria Duszynska, die noch immer wehmütig den

Erinnerungen an die glücklichen Tage mit Max Hartung in Warschau nachhing.

Eine schwere Zeit war es auch für Pfarrer Wajda, der von einem quälenden Kummer verzehrt wurde. Nächtelang kniete er vor der Marienstatue, die schweißnassen Finger krampfhaft um seinen Rosenkranz geklammert, und blickte in solcher Verzweiflung zum Himmel auf, daß jeder, der ihn so gesehen hätte, von seinem Anblick erschüttert gewesen wäre. Doch Piotr Wajda war Geistlicher und als solcher mit dem Gewissen und der geplagten Seele vertraut. Deshalb konnte er seinen inneren Schmerz gut vor anderen verbergen. Erst wenn er allein war, fiel die Maske von ihm ab, und er litt Höllenqualen.

Einen Katholiken vom Sakrament der Beichte auszuschließen, bedeutete mithin, ihm die Teilnahme am heiligen Abendmahl zu verwehren. Dies wiederum bedeutete, daß er nicht am Leib Christi teilhaben konnte und dadurch des elementarsten Bestandteiles seines Glaubens beraubt war. Wäre dieser Verzicht für einen einfachen Gläubigen schon schlimm gewesen, so bedeutete er für einen Priester, der als solcher für die Verwandlung des Brotes in den Leib Christi verantwortlich war, die Hölle auf Erden.

Piotr Wajdas Problem bestand darin, daß er eine Sünde begangen hatte, die er nicht beichten konnte.

Folglich konnte er nicht die innere Reinheit erlangen, die ihm den Empfang des Sakraments ermöglicht hätte. Während ein Laie auch ohne die Teilnahme an diesem heiligsten aller katholischen Rituale normal weiterleben konnte, war dies für einen Priester unmöglich. Er mußte die Feier des heiligen Abendmahls abhalten und die eucharistische Gabe dabei selbst einnehmen. Wenn er aber das Abendmahl an andere verteilen und die Beichte anderer entgegennehmen wollte, so mußte er selbst vor Gott rein sein. Doch Pfarrer Wajda fühlte sich nicht rein. Und er sah keine Möglichkeit, die Absolution zu erlangen.

Piotr Wajda hatte einen Menschen getötet. Rudolf Bruckner. Diese Tat konnte er nicht beichten. Er konnte einem Priesterkollegen keine Information anvertrauen, die Dieter Schmidt nur zu gern durch Folter aus ihm herauspressen würde. Um seine Brüder zu schützen, mußte Pfarrer Wajda das Geheimnis weiter mit sich herumtragen und dadurch die ewige Verdammnis seiner Seele in Kauf nehmen.

Wie sehr er darunter litt, konnte niemand auch nur erahnen.

Mit dem Sommer kamen die Nebelbänke, die sich frühmorgens über das Weichseltal legten und Sofia in ein trügerisches Schweigen hüllten. Und wie im Frühling dauerte die Fleckfieberepidemie an. Zwar ging die Zahl der Opfer leicht zurück, aber die Quarantäne wurde aufrechterhalten.

Der Druck, den das Oberkommando auf Dieter Schmidt ausübte, machte ihm das Leben unerträglich. Die Quarantäne hatte den Vorstoß der Wehrmachtstruppen in die Ukraine nachhaltig beeinträchtigt. Ihre Panzer hätten zur Reparatur nach Sofia gebracht werden sollen; der dort gelagerte Treibstoff wurde dringend benötigt; Ausrüstung und Verpflegung für die Soldaten hätten von Sofia herangeschafft werden sollen. Doch trotz des strategischen Werts, der Sofia unbestritten zukam, wagten die Deutschen es nicht, die Stadt zu betreten. Zu groß war ihre Angst, die ansteckende Krankheit an die Front zu verschleppen. Der SS-Kommandant konnte wenig tun. Die Epidemie hatte sich über ein zu großes Gebiet ausgebreitet und wütete mit unverminderter Heftigkeit. Außerdem versuchten Sofias Ärzte mit allen Mitteln, der Krankheit Herr zu werden.

In der hochsommerlichen Hitze wurden überall Kegelbahnen eröffnet, um die sich Bürger von Sofia in kleinen Gruppen versammelten. Diejenigen, die in den vorausgegangenen Monaten wegen Fleckfieber im Krankenhaus oder zu Hause behandelt worden waren, galten als immun gegen die Krankheit und konnten somit gefahrlos mit anderen zusammenkommen.

Jede Fabrik und jede größere Firma besaß eine eigene Kegelbahn. Der Parkettboden wurde für gewöhnlich hinter dem Gebäude auf einem Rasenstück ausgelegt. Darauf stellte man die neun Kegel, die mit hölzernen Kugeln ohne Grifflöcher umgestoßen werden mußten. Jungen, die am Ende der Bahn saßen, richteten die umgefallenen Kegel wieder auf und verkündeten den Spielstand. Die Polen trafen sich an warmen Tagen, tranken ihr starkes Bier und forderten sich gegenseitig heraus, als ob ihre einzige Sorge darin bestünde, beim Kegeln die höchste Trefferzahl zu erlangen.

Die deutschen Besatzer sahen dem Treiben aus sicherer Entfernung zu. Das einzige, was für Dieter Schmidt noch zu tun blieb, war, mit Argusaugen darüber zu wachen, daß kein neuer Widerstand aufkeimte.

Die traditionellen polnischen Feiertage kamen und gingen: Allerheiligen, Weihnachten, Silvester und Ostern. Der Winter brachte einen Anstieg der Fleckfieberfälle, die allesamt vom Warschauer Labor bestätigt wurden. Die Quarantäne wurde fortgesetzt. Regelmäßig erhielten die Einwohner von Sofia von den Ratsmitgliedern Anweisungen und spielten weiter ihre Rolle. Bis zum April 1943.

Die beiden Männer saßen gemütlich bei einer Schlachtplatte mit Sauerkraut und leerten gemeinsam mehrere Gläser Bier. Sie kamen so selten zusammen, daß sie es jedesmal besonders genossen, wenn sich doch hin und wieder ein Treffen ergab.
Dr. Fritz Müller, rangältester Sanitätsoffizier im Warschauer Laboratorium für Volksgesundheit, schüttelte den Kopf. »Du führst ein aufregendes Leben, mein Freund«, meinte er anerkennend. »So viele Orden! Alle Achtung!« Er lächelte und warf einen bewundernden Blick auf den Kragen seines Freundes, zwischen dessen Rangabzeichen das begehrte Ritterkreuz mit dem Eichenlaub prangte. »Und jetzt befehligst du auch noch eine Einsatzgruppe! Ich bin beeindruckt!«
Der andere Mann lächelte verlegen. Das Lob war natürlich schmeichelhaft, doch die Leistungen, die sich hinter den Orden verbargen, waren bei weitem nicht so ruhmreich, wie der Sanitätsarzt es darstellte. »Es ist nett von dir, daß du das sagst, alter Freund«, erwiderte er bescheiden. »Aber ich strebe nach höheren Auszeichnungen. Ein Mann ohne Ehrgeiz steht schon mit einem Fuß im Grab.«
Dr. Müller nickte nachdenklich. »Wir müssen alle für etwas kämpfen. Da hast du recht. Was sollten wir auch sonst tun?« Er nahm sein Glas und hielt es über den Tisch. »Auf das Reich!« Sein Freund hob ebenfalls das Glas und wiederholte: »Auf das Reich!«
Sie stürzten das Bier hinunter und aßen wieder ein paar Happen. Nach einer Weile sagte der Kommandant der Einsatzgruppe: »Wenn man dich so von meinem Leben reden hört, Fritz, könnte man meinen, daß dein eigenes Leben todlangweilig ist. Schließlich bist du doch ein Befehlshaber in der SS, genauso wie ich.«
Fritz Müller, ein Mann in den frühen Dreißigern, zuckte mit den Schultern. »Alles ist relativ, mein Freund. Ich finde die Arbeit im Labor faszinierend. Dich würde sie wahrscheinlich zu Tode langwei-

len. Doch hin und wieder flattert mir ein Problem auf den Schreibtisch und läßt mich nicht mehr los.«
»Was zum Beispiel?«
»Zum Beispiel eine rätselhafte Fleckfieberepidemie.«
Der andere Mann blickte überrascht auf und ließ das tropfende Stück Wurst sinken, das er eben zum Mund führen wollte. »Ach ja?«
»In diesen schweinischen Ländern kommen solche Dinge, wie du weißt, immer wieder vor«, fuhr Dr. Müller fort. »Aber diese Epidemie erfordert unser besonderes Augenmerk. Noch nie habe ich eine solche Virulenz erlebt. Und glaube mir, ich bin froh, daß wir die Gegend beizeiten unter Quarantäne gestellt haben. Wer weiß, was andernfalls mit unseren Truppen an der Ostfront passiert wäre, wenn eine derartige Fleckfieberwelle sie erreicht hätte? Ich schätze die Sterblichkeitsrate auf dreißig bis vierzig Prozent.«
»Tatsächlich!«
»Gott sei Dank haben wir die Seuche eingedämmt«, fuhr der Doktor fort. »Der Gebietskommandant hat mir versichert, daß sie sich nicht über die von uns festgesetzten Grenzen hinaus ausbreiten wird. Aber trotzdem...« Er hielt den Kopf schief und starrte auf seinen halb gegessenen Schinken. »Es fällt in meinen Verantwortlichkeitsbereich, dafür zu sorgen, daß sie nicht weiter um sich greift.«
»Wo ist diese Epidemie, Fritz?«
»In einer Region südöstlich von hier. Etwa auf halbem Weg zwischen Warschau und Krakau, aber etwas weiter in Richtung Ukraine. In der Mitte liegt ein Städtchen namens Sofia.«
SS-Sturmbannführer Maximilian Hartung hob jäh den Kopf.

22

»Hast du Sofia gesagt?«
»Ja, warum?«
»Was für ein Zufall«, entfuhr es Max Hartung, dessen Miene sich schlagartig verdüsterte.
»Was hast du denn plötzlich, Max?«
Nachdem er einen Augenblick nachdenklich dagesessen hatte, sah er

auf und antwortete langsam: »Weißt du, vor etwas mehr als einem Jahr war ich dort, um Partisanen aufzuspüren. Aber zu dieser Zeit gab es da noch kein Fleckfieber.«
Maximilian Hartungs Stimme wurde leiser. Sein Gesicht nahm einen abwesenden Ausdruck an, beinahe so, als hätte er Müllers Gegenwart vergessen.
»Max, was ist los mit dir?«
Hartung stellte sein Glas ab, stützte sein Kinn auf die Hände und sah sein Gegenüber prüfend an. Fritz Müller hatte ein rundes Gesicht mit kleinen Kulleraugen und trug sein hellblondes Haar so kurzgeschoren, daß er schon aus geringer Entfernung den Eindruck erweckte, ganz kahl zu sein. Er war groß und schlaksig, doch im Gegensatz zu seinem Freund, der für seine »Sonderbehandlungen« und »Liquidierungen« Orden erhalten hatte, war der Arzt nicht das, was man als imposante Erscheinung bezeichnet hätte. Während Max Hartung die breiten Schultern und muskulösen Arme des geborenen Kämpfers und Führers besaß, hatte Fritz Müller das blasse, etwas weichliche Aussehen eines Menschen, der niemals die Sonne sieht.
Noch immer schien Hartung seinen Freund eingehend zu mustern, doch in Wirklichkeit nahm er ihn gar nicht wahr. Statt dessen sah er sich plötzlich einem anderen Gesicht gegenüber, und die Stimme, die daraus sprach, war nicht die des deutschsprechenden Doktors, sondern der leichte Singsang einer jungen Polin. Und sie sagte: »Vor einiger Zeit glaubte er, einen neuen Impfstoff gegen Fleckfieber entwickelt zu haben. Aber dann merkte er, daß er auf dem falschen Weg war. Wenn es etwas gibt, für das sich Jan Szukalski mit Leib und Seele einsetzt, so ist es, Seuchen wie Fleckfieber von Sofia fernzuhalten.«
Die Frau von damals war Maria Duszynska gewesen. Und bei dem Mann handelte es sich um Jan Szukalski.
Max Hartung senkte den Blick und starrte auf seinen Teller mit kalt gewordenem Sauerkraut. Da war auch noch etwas anderes, woran er sich jetzt erinnerte...
Die letzte Nacht, die er zusammen mit Maria verbracht hatte. Er hatte halbwach auf ihrem Bett gelegen, während sie neben ihm schlief. Und dann hatte sie plötzlich ein Wort ausgestoßen: Fleckfieber.
Sie müsse wohl im Schlaf gesprochen haben, hatte sie ihm später er-

klärt. Sie habe von einem Fall geträumt, der sie tags zuvor beschäftigt habe. Und doch wunderte er sich über den merkwürdig heiteren Ton, in dem sie dieses Wort ausgestoßen hatte.
»Max?«
Verwirrt blickte er zu seinem langjährigen Freund auf. »Du mußt entschuldigen, Fritz. Ich war in Gedanken in Sofia. Gewisse Erinnerungen von damals gehen mir einfach nicht aus dem Sinn. Und jetzt hast du sie wieder in mir wachgerufen. Verzeih, ich verderbe unser gemütliches Beisammensein.«
»Schon gut, Max. Komm, wir bestellen noch zwei Bier.« Fritz Müller winkte einem vorbeigehenden Kellner. Dann wandte er sich wieder seinem Freund zu. »Wer hätte das gedacht, Max, du ein Sturmbannführer in der SS! Und Befehlshaber einer Einsatzgruppe mit der Aufgabe, das Land für die Expansion des Reichs zu säubern!«
Max Hartung setzte wieder sein bescheidenes Lächeln auf und wartete, bis der Kellner die neuen Gläser abgestellt hatte. Als der Mann gegangen war, sagte er leise: »Es ist wahrhaftig eine Drecksarbeit, Fritz. Wehrlose Leute in Gräben zu schießen. Aber es ist notwendig. Untermenschen sind für das Reich untragbar. Sie haben keine Daseinsberechtigung. Aber welchen Ruhm ernte ich dabei?«
»Du bekommst doch Orden, Max.«
»Orden, ja, aber meinem Rang nach bin ich immer noch Major und habe seit zwei Jahren keine Beförderung mehr erhalten.«
»Du willst höher hinaus?«
»Ja«, antwortete er mit fester Stimme, »das will ich.«
Fritz Müller lehnte sich zurück und nahm einen langen Zug aus seinem Glas. Hartungs kalte, berechnende Augen, sein energisches, aristokratisches Kinn und sein stattlicher, stahlharter Körper verrieten dieselbe rücksichtslose Entschlossenheit, die Fritz schon als Kind an seinem Freund bemerkt hatte. Schon damals hatte er gewußt, daß Max Hartung nicht nur ein Mitläufer, sondern auch ein Anführer sein würde. Man brauchte ihn nur anzusehen, wie er in seiner schwarzen Uniform einherstolzierte und die Blicke aller Damen auf sich zog. Und jetzt wollte er noch mehr...
»Was schwebt dir dabei vor, Max?«
»Ich will wirkliche Macht, Fritz.« Maximilian Hartung beugte sich vor, und ein Ausdruck eisiger Entschlossenheit trat in seine Augen.

»Ich will nicht mein Leben lang Befehlshaber einer Vernichtungstruppe bleiben.«
»Max...«
Hartung hob abwehrend die Hand. Er wollte nicht mehr sagen. Es gab Dinge, die er für sich behalten wollte und die er auch keinem engen Freund wie Fritz Müller je anvertrauen würde. Vor langer Zeit, als er in der Hitlerjugend gewesen war und die Nationalsozialisten im deutschen Volk einen neuen Nationalstolz weckten, hatte Maximilian Hartung sich mit Leib und Seele einer einzigen Sache verschrieben: dem Ruhm des Reiches und der Verherrlichung seiner selbst. Nein, Orden und Ränge reichten ihm nicht aus. Er wollte Anerkennung von Männern wie Himmler und Goebbels und sogar vom Führer persönlich. Max Hartung hatte es sich zum Ziel gesetzt, ein bedeutender Mann zu werden, und diesem Ziel war er bereit, alles zu opfern. Bisher war es ihm gelungen, ohne große Anstrengung auf der Erfolgsleiter nach oben zu klettern. Doch jetzt wollte er mehr. Er wollte Reichsprotektor von ganz Osteuropa werden, und er war fest entschlossen, einen Weg zu finden, wie er diesen Plan verwirklichen konnte.
Wieder mußte er an Sofia denken, und plötzlich erinnerte er sich auch an den Besuch bei den Szukalskis am Weihnachtsabend vor mehr als einem Jahr. Maria und er hatten für die Feier Wein und Kuchen mitgebracht. Durch einige geschickt plazierte Bemerkungen über die Widerstandsbewegung war es ihm gelungen, Jan Szukalski einen Kommentar zur politischen Lage zu entlocken. Wie hatte er damals doch gesagt... »Manchmal denke ich, daß mir eine Epidemie lieber wäre als dieser Krieg; so könnten wir wenigstens die Deutschen fernhalten.«
Max richtete seinen Blick wieder auf Müller. »Sag mal, Fritz, ist es möglich, eine Epidemie schlimmer erscheinen zu lassen, als sie in Wirklichkeit ist?«
»Wie bitte?«
Das Gesicht Maria Duszynskas erschien flüchtig vor seinen Augen und löste sich ebenso schnell wieder auf. Es war ihm in all den Jahren nicht schwergefallen, Liebe und Freundschaft für seine Ziele zu opfern. Maximilian Hartung hatte nie einen Menschen geliebt, und er würde es auch niemals tun.
»Ist es möglich, einige wenige Fleckfieberfälle in einer Gegend zu einer Epidemie aufzubauschen?«

Fritz Müller hob seine blassen, fast durchsichtigen Brauen. »Warum fragst du?«
Der Sturmbannführer blickte nachdenklich drein. Er erinnerte sich an einen Bericht, den er vor knapp einem Jahr gelesen hatte. Darin war von einer Widerstandsgruppe die Rede gewesen, die man in der Nähe von Sofia aufgespürt und hingerichtet hatte. Mehr als fünfzig Leute, die einen Sprengstoffanschlag auf das Munitionsdepot geplant hatten. Der Bericht hatte Max Hartung damals in Wut versetzt und bereitete ihm auch heute noch Verdruß.
Vor anderthalb Jahren war er nach Sofia entsandt worden, um dort nach Partisanen zu fahnden. Er hatte sich bei einigen Leuten in Schlüsselpositionen lieb Kind gemacht – daß er dabei seine alte Freundin Maria wiedergetroffen hatte, war allein einem glücklichen Zufall zu verdanken gewesen – und hatte mehrere Tage lang versucht, Anzeichen für die Existenz einer Untergrundbewegung zu entdecken.
Aber er hatte nichts gefunden. Und so hatte er Sofia mit dem falschen Eindruck verlassen, daß es dort keinen Widerstand gäbe. Fünf Monate später hatte er dann den überraschenden Bericht von Schmidts glänzendem Erfolg gelesen.
Hartung war von seinen Vorgesetzten damals milde dafür getadelt worden, daß er die Partisanen bei seinem Besuch in der Stadt nicht aufgespürt hatte, und es war ihm bis heute ein bitterer Nachgeschmack davon zurückgeblieben.
»Einfach nur so, Fritz, ist es möglich, eine Seuche schlimmer erscheinen zu lassen, als sie wirklich ist?«
»Nun, ich denke schon.« Der Doktor zögerte. »Darüber müßte ich einmal nachdenken.«
»Und könnte man nicht auch einfach eine Fleckfieberepidemie vortäuschen, obwohl es gar keine gibt?«
»Das ist eine interessante Frage, Max. Ich nehme an, daß du gute Gründe hast, sie zu stellen. Also gut, laß mich überlegen. Wenn ich den Anschein erwecken wollte, als sei eine Fleckfieberepidemie ausgebrochen, so würde ich wahrscheinlich das Blutserum einer Person nehmen, die an schwerem Fleckfieber erkrankt ist, würde es auf mehrere Proben verteilen und jede davon mit dem Namen eines anderen Patienten versehen. Dann würde ich diese Proben hierher ins Warschauer Labor zum Weil-Felix-Test schicken.«

Ein eisiges Leuchten zeigte sich in Max Hartungs graublauen Augen, und Fritz wußte, was es bedeutete. Er hatte es schon oft gesehen. Deshalb hörte er aufmerksam zu, als sein Freund mit unveränderter Stimme zu sprechen begann:
»Fritz, ich denke, an der Epidemie in Sofia ist irgend etwas faul. Genaugenommen glaube ich überhaupt nicht, daß es dort eine Epidemie gibt. Frag mich nicht, warum, es ist nur so ein Gefühl. Ich denke, daß ein Haufen polnischer Schweine dich und dein Labor zum Narren hält!«
»Max...« Der Doktor stürzte das restliche Bier hinunter und stellte das Glas geräuschvoll auf den Tisch zurück. »Das kann doch wohl nicht dein Ernst sein. So etwas ist nicht möglich.«
»Warum nicht? Du hast doch selbst gesagt...«
»Ich weiß, was ich gesagt habe, Max, aber du vergißt eines. Die Blutproben, die wir aus Sofia erhalten, weisen eine extrem hohe Antikörper-Konzentration auf. Das bedeutet, wir haben es mit einer besonders virulenten Erregerart zu tun. Wenn das Blut des gleichen Patienten auf mehrere Proben verteilt würde, dann müßte der Gehalt an Antikörpern zumindest annähernd gleich sein. Das trifft aber bei den Proben aus Sofia nicht zu, was darauf schließen läßt, daß es sich um das Blut unterschiedlicher Patienten handelt.«
»Bist du sicher? Gibt es keine Möglichkeit, die Proben so zu manipulieren, daß man nur meint, man habe es mit individuell verschiedenem Blut zu tun?«
Fritz spürte, wie ihn Hartungs Ausstrahlung gefangenhielt.
»Ich denke schon, daß es möglich wäre«, überlegte er vorsichtig. »Wenn jemand schlau genug ist, zusätzliches Blut der gleichen Blutgruppe von einer anderen Person dazuzumischen und...«
»Genau das tun sie!« fiel ihm Hartung ins Wort.
»Oh, nun komm schon, Max, du hast doch keinerlei Anhaltspunkte dafür. Eine vorgetäuschte Fleckfieberepidemie? Niemand wäre verrückt genug, auch nur den Versuch zu wagen! Wie lange könnten sie erwarten, damit ungestraft davonzukommen?«
»Ich weiß nicht, Fritz. Ich habe nur so ein Gefühl...«
»Max«, entgegnete der Arzt mit ernster Miene und beugte sich vor, »es ist unmöglich, in einer Stadt dieser Größe eine Epidemie vorzutäuschen und noch dazu die umliegenden Gehöfte und Dörfer mitein-

zuschließen. Die Leute würden dahinterkommen und mit anderen darüber reden. Irgendwie würde die Kunde nach draußen sickern, und es würde bekannt, daß es in der Stadt gar keine Krankheit gibt.«
»Es sei denn«, begann Max und verzog seine schmalen Lippen zu einem wölfischen Grinsen, »es sei denn, die Leute sind an dem Schwindel beteiligt.«
»Wie bitte?« Überrascht hob Müller die Augenbrauen und starrte seinen Freund ungläubig an.
»Wäre es denn so unvorstellbar, Fritz? Hör zu, das Oberkommando sucht schon seit geraumer Zeit nach einer Möglichkeit, das Munitions- und Ersatzteillager in Sofia wieder nutzbar zu machen. Niemand hat bisher mit einer Lösung aufwarten können, weil niemand das Risiko eingehen wollte, sich zu Nachforschungen in die Quarantänezone zu begeben. Weißt du, was ich tun werde, Fritz! Ich werde mich freiwillig dazu bereiterklären, nach Sofia zu gehen, um mich mit allen Kräften dafür einzusetzen, daß den Truppen diese Einrichtung so schnell wie möglich wieder zur Verfügung steht.«
»Spaß beiseite! Du darfst das Quarantänegebiet nicht betreten, Max...«
»Und ich will, daß du mich begleitest, Fritz, denn deine Behörde wird den Beweis führen, daß es in dieser Stadt keine Epidemie gibt. Wir nehmen Laboranten, Ausrüstung und zwei SS-Einheiten mit schwerer Artillerie mit.«
»Aber es ist ein verseuchtes Gebiet! Du würdest uns alle der Gefahr aussetzen, uns mit Fleckfieber zu infizieren!«
»Nein, Fritz.« Max spürte, wie er seltsam ruhig wurde. Es war mehr als eine unmittelbare Erkenntnis, die ihn jetzt antrieb; es war ein dringendes Bedürfnis. Das Bedürfnis, sich an der Stadt zu rächen, die ihn zum Narren gehalten hatte. »Wir werden sie als ein Nest dreckiger Widerstandskämpfer entlarven, mit deren Liquidierung wir dem Reich gewiß einen großen Dienst erweisen können.«
»Und mir hast du dabei wohl die Aufgabe zugedacht, dieses schmutzige Pack zu untersuchen?«
»Nein, Fritz. Du wirst dir dort überhaupt niemanden näher ansehen müssen. Du mußt nur von angeblich Kranken Blutproben nehmen und sie vor Ort überprüfen. Von tausend gemeldeten Fleckfieberpatienten wählst du nach dem Zufallsprinzip einige aus. Jan Szukalski

mag ein paar Leute dazu überreden, sich krank zu stellen, aber er kann unmöglich ihr Blut krank erscheinen lassen!«
Fritz Müller nickte unsicher. Er war noch immer nicht ganz überzeugt.
Zufrieden mit sich selbst lehnte Max Hartung sich zurück. Er dachte an die Auszeichnungen, die er für die Aufdeckung des Schwindels und die Wiedernutzbarmachung der militärischen Einrichtung erhalten würde. Das Oberkommando würde ihn für die Rückgabe des Munitionsdepots gewiß reich belohnen.
Vielleicht würde ihm dieser Schritt eine Beförderung eintragen und ihn sogar ganz nach oben bringen.

»Dr. Szukalski?« fragte eine schüchterne, fast entschuldigende Stimme. »Dr. Szukalski, verzeihen Sie die Störung.«
Jan sah von der Fieberkurve auf, die er gerade vervollständigte, und erblickte die gebeugte, unterwürfige Gestalt eines Krankenpflegers namens Bernhard.
»Ja, was gibt es?«
»Kann ich Sie einen Moment sprechen?« Der alte Mann sah sich vorsichtig nach allen Seiten um. »Unter vier Augen?«
In der Stimme des Mannes lag etwas Dringliches, so daß Jan rasch erwiderte: »Natürlich. Ich bin gleich in meinem Büro. Gehen Sie doch schon vor, und nehmen Sie Platz.«
»Ganz wie Sie meinen, Herr Doktor«, murmelte er und trottete gehorsam davon.
Szukalski beendete seine Eintragungen und betrat genau fünf Minuten später sein Büro. Der alte Mann stand nervös am Fenster und schaute auf den Gehsteig hinunter.
»Was kann ich für Sie tun, Bernhard?« Szukalski lief um den Schreibtisch herum und setzte sich.
Der Krankenpfleger rang die Hände und suchte nach Worten. »Es ist wegen meiner Frau, Herr Doktor«, begann er schließlich. »Sie hat etwas gefunden, und sie meint, es könnte für Sie wichtig sein.«
Die Furcht im Gesicht des Mannes ließ Jan aufhorchen. Er spürte, wie er sich innerlich anspannte. »Was hat sie gefunden, Bernhard?«
»Sie kennen doch das Gestapo-Hauptquartier, Herr Doktor?«
»Ja.«

»Und Sie wissen auch, daß meine Frau abends dort saubermacht... ich meine die Büros und so... Aber sie wird nicht dafür bezahlt.«
»Ja, das weiß ich, Bernhard.« Szukalski sah den Mann prüfend an. Das Gesicht des Krankenpflegers war kreidebleich geworden. »Nun, Herr Doktor, wir haben etwas über die... äh über die Fleckfieberepidemie erfahren.«
Szukalski musterte ihn vorsichtig. »Ja und weiter?«
»Na ja, es lag im Papierkorb, und meine Frau kann lesen... Sie ist eben neugierig, wenn Sie wissen, was ich meine, Herr Doktor. Sie hat das hier gefunden und meinte, Sie sollten es sehen.«
Er griff mit seiner klobigen Hand in die Tasche seines weißen Kittels und zog ein verknittertes, gelbes Stück Papier daraus hervor. Er reichte es Szukalski und zog rasch die Hand zurück, als hätte er sich daran verbrannt. »Sie sagt, es ist aus einer Maschine gekommen.«
»Ja, das stimmt...« Jan glättete den Zettel und blickte stirnrunzelnd auf eine zweizeilige Mitteilung in Deutsch. »Man nennt diese Maschine einen Fernschreiber, Bernhard.«
»Wissen Sie, Herr Doktor, meine Frau spricht deutsch, weil sie aus Unislaw stammt. Das liegt ganz im Westen, müssen Sie wissen. Und als sie dann diesen Zettel sah, da mußte sie gleich daran denken, was wir über Fleckfieber gehört hatten...« Der Mann geriet außer Atem.
Szukalski spürte, wie sein Herz einen Schlag aussetzte, als er die Nachricht las:

SS-HAUPTSTURMFÜHRER DIETER SCHMIDT. SCHICKEN KONTINGENT ZUR UNTERSUCHUNG DER TYPHUSEPIDEMIE. ANKUNFT DREIZEHNTER MAI 1943. BITTEN UM VOLLE UNTERSTÜTZUNG.

Wie vom Donner gerührt, starrte er auf die knappe Mitteilung und meinte, sein eigenes Todesurteil zu lesen, bis ihn Bernhards demütige Stimme wieder aufrüttelte.
»Jedermann weiß von der... ähm... und meine Frau, nun ja, sie hat es mit der Angst bekommen und...«
»Bernhard«, Szukalski war überrascht, wie ruhig seine Stimme klang, »weiß noch jemand von dieser Nachricht?«
»Nein, Herr Doktor, nur meine Frau und ich.«
»Es besteht überhaupt kein Grund zur Sorge, Bernhard. Wir haben nichts zu befürchten. Es handelt sich nur um ein kleines Ärzteteam.

Nur eine Routineuntersuchung. Und wenn irgendeiner Ihrer Freunde Sie fragen sollte, wer die Fremden sind, dann sagen Sie ihnen einfach, es seien Ärzte, die gekommen sind, um die Epidemie zu bestätigen. Verstehen Sie, Bernhard?«
»Jawohl, Herr Doktor.«
»Danke Bernhard, Sie haben mir sehr geholfen.«
Als der Pfleger gegangen war, zündete Szukalski ein Streichholz an, hielt die Flamme an die Ecke des gelben Stück Papiers und warf es in den Aschenbecher. Die Gedanken überschlugen sich in seinem Kopf, während er beobachtete, wie der Zettel schwarz wurde, sich zusammenrollte und langsam zu Asche zerfiel.
Der Ermittlungstrupp würde in zwei Tagen eintreffen.

Das kalte Licht der nackten Glühbirnen, die von der gewölbten Decke herabhingen, erzeugte unheimliche Schatten auf den Steinwänden. Die fünf Verschwörer saßen in einem engen Kreis in der klammen Krypta von Sankt Ambroż. Piotr Wajda, der als letzter zu ihnen stieß, nahm auf seinem Klappstuhl Platz und sah Jan Szukalski erwartungsvoll an.
Szukalski räusperte sich und begann mit ruhiger Stimme zu sprechen: »Liebe Freunde, siebzehn Monate sind nun schon vergangen, in denen uns das Glück hold war. Niemand von uns wird bestreiten, daß wir unseren Plan erfolgreich durchgeführt haben. Während die Nazis weiterhin Menschen zur Endlösung in die Todeslager deportieren, haben die Bürger von Sofia bisher relative Schonung genossen. Doch jetzt scheint unsere Glückssträhne zu Ende zu sein. Ich gebe offen zu, meine Freunde«, fuhr er fort, während er den Blick über die Gesichter der Anwesenden gleiten ließ, »daß ich im ersten Augenblick, nachdem ich die Fernschreiber-Nachricht gelesen hatte, am liebsten meine Familie genommen und mich aus dem Staub gemacht hätte. Die Deutschen werden morgen kommen und eine saubere Stadt vorfinden. Sie werden entdecken, daß wir sie die ganze Zeit an der Nase herumgeführt haben, und dann wird unser Leben keinen Pfifferling mehr wert sein.«
»Warum sollen wir dann nicht fliehen?« ließ sich Anna leise vernehmen.
»Für uns gibt es kein Entrinnen«, entgegnete Maria, deren blasses

Gesicht sich gespenstisch gegen ihren schimmernden Haarkranz abzeichnete. »Wir haben jedermann glauben lassen, daß die schlimmste Fleckfieberepidemie aller Zeiten hier in Sofia wütet. Wenn wir davonlaufen, werden die Deutschen sofort wissen, daß es ein Schwindel war, und als Vergeltung werden sie möglicherweise jeden einzelnen Bewohner der Stadt umbringen. Doch wenn wir bleiben, dann können wir immerhin hoffen, daß die Nazis sich damit zufriedengeben, nur uns zu bestrafen.«
Jan Szukalski nickte ihr anerkennend zu. Er war voller Bewunderung für ihren Mut. Doch er erkannte auch die offenkundige Angst in ihrem Gesicht.
»Aber sie würden doch wohl nicht eine ganze Stadt auslöschen, oder?« wandte Anna ein, die sich ängstlich an Kepplers Hand klammerte. »Ich meine, die ganze Stadt...«
»Ihr habt doch alle von einem Mann namens Reinhard Heydrich gehört«, ergriff der Priester das Wort. »Er war Himmlers Stellvertreter und seine rechte Hand. Im Juni letzten Jahres wurde er in den Straßen von Prag ermordet, und man vermutete, daß die Attentäter aus dem nahegelegenen Dorf Lidice stammten. Die SS-Truppen übten daraufhin grausame Vergeltung. Sie fielen in Lidice ein, machten das Dorf dem Erdboden gleich, töteten alle Männer, verschleppten die Frauen in Konzentrationslager und verteilten die Kinder auf Lebensborn-Familien. Das geschah vor einem Jahr. Heute weist nichts mehr darauf hin, daß dort einst ein Dorf gestanden hat.«
»Oh, mein Gott...«
»Maria hat recht«, meinte Jan. »Wir müssen bleiben. Jetzt zusammenzupacken und davonzulaufen würde die Deutschen auf Dinge aufmerksam machen, die sie vielleicht noch gar nicht wissen.«
»Woran denken Sie?«
»Ich meine, vielleicht vermuten sie ja gar keine Scheinepidemie. In der Mitteilung war davon jedenfalls nicht die Rede. Vielleicht kommen sie überhaupt nicht, um uns zu überprüfen. Bedenkt, daß mit der Abriegelung dieser ganzen Gegend auch das Munitionsdepot stillgelegt worden ist. Ich möchte wetten, daß sie herkommen, um eine Möglichkeit zu suchen, es wieder nutzbar zu machen.«
»In Ordnung. Jan, aber was, wenn sie nun doch irgendwie hinter den Schwindel gekommen sind?« fragte Piotr Wajda.

»Piotr, wenn die Deutschen eine inszenierte Fleckfieberepidemie vermuten, dann denken sie, daß wir dazu Blutproben von echten Fleckfieberfällen auf mehrere Proben verteilen und sie mit den Namen anderer Leute versehen. Sie wissen nichts von Proteus. Da bin ich mir sicher. Wahrscheinlich haben sie vor, die wahren Fleckfieberopfer bewußt zu meiden und nur von scheinbaren Fleckfieberfällen stichprobenweise Blut zu nehmen. Sie versprechen sich wohl davon, mit einer Menge negativer Ergebnisse aufwarten zu können.«

»Aber was ist, wenn sie nun doch über Proteus Bescheid wissen?« wandte Keppler ein.

»Der einzige Weg, wie sie von unserem Impfstoff hätten erfahren können, wäre, daß jemand das Geheimnis ausgeplaudert hätte. Doch das bezweifle ich, denn jedermann in Sofia erinnert sich nur zu gut an die Hinrichtung der Partisanen auf dem Marktplatz. Unser Geheimnis ist gewiß wohlbehütet.«

»Aber wenn das Geheimnis nun doch durch irgendeinen Zufall nach draußen gedrungen ist, dann gibt es für uns keine Hoffnung mehr«, erwiderte der Priester.

»Dann sollten wir fliehen«, sagte Anna wieder.

Dr. Szukalski schüttelte den Kopf. »Das dürfen wir nicht. Wir haben dieser Stadt gegenüber eine Verantwortung übernommen. Wir haben ihre Bewohner in etwas hineingezogen, an dem wir allein die Schuld tragen. Wir können sie jetzt nicht im Stich lassen, erst recht nicht, da wir wissen, was in Lidice passiert ist. Wenn die Deutschen unseren Schwindel tatsächlich aufdecken, bleibt uns nur die Hoffnung, daß sie ihre Wut nur an uns fünfen auslassen und es dabei bewenden lassen.«

»Was ist mit Dolata und seinem Rat?« fragte Piotr Wajda.

»Ich habe keinem von ihnen je Einzelheiten über unser Vorgehen verraten. Sie wissen nur, daß wir eine Möglichkeit gefunden haben, bei den Labortests falsch positive Ergebnisse herbeizuführen. Wenn Edmund Dolata verhört wird, kann er den Deutschen keine einzige entscheidende Information geben.«

Anna sah mit großen, ängstlichen Augen zu ihm auf. »Was werden wir tun?«

Jan Szukalski musterte die Gesichter seiner Gefährten und staunte über den Mut, den er darin erblickte. Er hätte gerne mehr für sie

getan, als ihnen nur eine schwache Hoffnung zu geben. Doch er konnte nicht mehr sagen als: »Wir werden bei der Untersuchung mitmachen, als hätten wir nichts zu befürchten. Wir werden die Delegation voll und ganz unterstützen.«
»Aber wie...«
Mit erhobener Hand gebot er Ruhe, und seine Augen leuchteten einen Augenblick auf. »Meine Freunde, ich habe einen Plan.«

23

SS-Sturmbannführer Maximilian Hartung hatte nur fünfzig Mann für seine Unternehmung in Sofia gewinnen können. Aber das schreckte ihn nicht ab. Die neuen Panzer, die sich auf dem Weg nach Lublin befunden hatten, waren für Hartungs Auftrag umgeleitet worden, und auf die Panzer hatte er sowieso mehr gerechnet als auf die Soldaten. Hartung verfolgte nämlich einen ganz bestimmten Plan: Hätte sich die Epidemie erst einmal als Schwindel herausgestellt, so wollte er die Panzer dazu benutzen, die Stadt Sofia dem Erdboden gleichzumachen.
Dr. Fritz Müller sah der Unternehmung mit sehr viel weniger Entschlossenheit entgegen. Allerdings war er von der ganzen Begleitmannschaft – einschließlich der vier anderen Ärzte und der beiden Laboranten, die die Untersuchungen und Tests durchführen sollten und die jetzt hinter Hartung und Müller im offenen Geländewagen fuhren – der einzige, der noch immer Zweifel an der Mission hegte.
Drei große Militärlaster folgten den Geländewagen. Sie zogen Feldgeschütze mit sich und transportierten die Männer der Einsatzgruppe, die allesamt schon früher unter Max Hartungs Befehl gedient hatten und ihrem Befehlshaber blindes Vertrauen entgegenbrachten. Sie waren ebenso sicher wie er, daß es in der Stadt kein Fleckfieber gab und daß ihnen ein ruhm- und beutereicher Tag bevorstand.
Hartung besaß die charismatische Fähigkeit, jedermann von nahezu allem überzeugen zu können. Als er mit seinem Verdacht an seine Vorgesetzten herangetreten war, hatte er daher rasch die Erlaubnis erhalten, zunächst zu ermitteln und dann, wenn nötig, die Gegend zu

zerstören. Allerdings hatte er ihnen noch vor Antritt seiner Mission das feierliche Versprechen abgenommen, daß ihm die Entlarvung der Partisanen als volles Verdienst angerechnet würde und er mit einer Auszeichnung rechnen könne. Nur ein Mann war nicht völlig überzeugt, und dieser Mann saß im Auto neben ihm.

»Mir ist die ganze Sache noch immer nicht ganz geheuer, Max, das muß ich dir sagen.« Fritz Müller sprach leise genug, daß nur sein Sitznachbar ihn hören konnte, und warf dabei einen schrägen Blick auf die strahlende Landschaft und die Weichsel, auf deren glänzender Oberfläche sich das Sonnenlicht reflektierte. »Du hast noch immer keinen Beweis und folgst nur einem Verdacht.«

»Ja, das stimmt, aber ich täusche mich selten. Und denk daran, welch großen Dienst du dem Reich damit erweist. Unsere Vorgesetzten wissen es wohl zu schätzen, daß wir ihnen eine Möglichkeit aufgezeigt haben, das Munitions- und Ersatzteillager wieder für die Wehrmacht nutzbar zu machen. Denk an die Ehre!«

»Ich weiß, Max, ich weiß. Aber trotzdem... sich unnötig dem Risiko einer solchen Krankheit auszusetzen... Kein einziger unter uns ist auch nur im geringsten dagegen immun.«

Aber Max lachte nur.

Die zehn Panzer hatten sich eine halbe Stunde früher auf den Weg gemacht, so daß sie bereits auf dem Marktplatz Stellung bezogen hatten, als Hartung mit seiner Truppe in die Stadt einfuhr. Ihre massiven Kanonen waren direkt auf die Kirchen gerichtet. Die offenen Geländewagen rollten vor das Gestapo-Hauptquartier, während die drei Transportlaster hinter den Panzern hielten.

Es war ein träger, lieblicher Sommermorgen, aber nur wenige Einwohner der Stadt hielten sich draußen auf. Die Nachricht von der herannahenden Delegation hatte sich tags zuvor wie ein Lauffeuer verbreitet, so daß die meisten sich nicht vor die Tür wagten und ängstlich hinter den Gardinen hervorspähten. Erst kürzlich hatten sie von dem Schicksal des Warschauer Gettos erfahren.

Dieter Schmidt hatte auf der Treppe seines Hauptquartiers Haltung angenommen und hieß die hohen Gäste mit dem Parteigruß willkommen. SS-Sturmbannführer Hartung erwiderte den Gruß und stellte den Kommandanten dann seinen Begleitern vor. Alles verlief höflich, reserviert und, wie Schmidt mit Sorge bemerkte, äußerst steif.

Dr. Szukalski und Dr. Duszynska, die schon früh am Morgen ins Hauptquartier zitiert worden waren, saßen in einem Raum neben Schmidts Büro und hielten den Blick ängstlich auf die angelehnte Tür gerichtet. Durch den schmalen Spalt konnten sie die Besucher nacheinander eintreten sehen. Plötzlich gab Maria einen erstickten Schrei von sich.
»Was ist los?« flüsterte Szukalski und versuchte, in der kleinen Menge, die sich vor der Tür versammelt hatte, den Grund ihres Entsetzens zu erkennen.
»Ich glaube es einfach nicht...«, stieß sie hervor und faßte sich krampfhaft an die Brust. Über dem rasierten Kopf des untersetzten Dieter Schmidt ragte das ebenfalls kahlgeschorene Haupt Maximilian Hartungs. »Jan...« Maria erhob sich langsam; ihre Stimme bebte. »O Jan...«
»Was haben Sie denn nur?« Er trat einen Schritt auf die Tür zu und sah im nächsten Augenblick das Gesicht, das sie wie gebannt fixierte. »Aber das ist doch...«
»Max«, flüsterte sie heiser. Maria griff nach Szukalskis Hand und hielt sie fest umklammert: »O Jan, er ist mit ihnen gekommen! Er ist einer von ihnen!« Sie blickte zu ihm auf; Tränen der Verwirrung quollen aus ihren Augen.
Die beglückende Vorstellung, ihren Geliebten eines Tages wieder in die Arme zu schließen, war plötzlich einem Alptraum gewichen.
Die Menge teilte sich etwas, und beide Ärzte erkannten zur gleichen Zeit die schwarze Uniform, die Hartung trug.
Schlagartig wurde Maria alles klar. Sie fuhr herum und brach mit einem röchelnden Laut auf der Holzbank zusammen.
»O mein Gott«, murmelte Jan Szukalski, unfähig, den Blick von dem SS-Offizier zu wenden. »Heiliger Jesus, er ist wirklich einer von ihnen.« Er drehte sich um und schaute auf Dr. Duszynska hinab.
»Maria...«
Aber sie konnte ihn nicht hören. Wie zu Eis erstarrt, saß sie auf der Bank, ihr Gesicht kreidebleich, ihr Mund halb geöffnet, ihre Augen starr wie die einer Puppe.
»Maria«, redete er sanft auf sie ein, während er sich neben ihr niederließ und tröstend ihre Hand ergriff, »wir wissen es doch gar nicht sicher. Er könnte ebensogut hier sein, um uns zu helfen.«

Obgleich ihr Körper stocksteif und ihr Gesicht leichenblaß war, konnte sie noch sprechen. »Nein, Jan, nicht in dieser Uniform. Jetzt wird mir alles klar. Während der letzten siebzehn Monate habe ich ihm ständig geschrieben und mich immer gefragt, warum ich nie etwas von ihm hörte. Und damals während unserer Studienzeit, als er plötzlich ohne ein Wort des Abschieds verschwand und zwei Jahre später ganz plötzlich und ohne Vorankündigung wieder auftauchte. Ich verstehe es jetzt. Er ist einer von ihnen.«
Sie hätte ihren Tränen jetzt gerne freien Lauf gelassen, doch sie hatte keine Gelegenheit mehr dazu. Die Tür flog auf, und im Türrahmen erschien die prächtige, herausfordernde Gestalt Maximilian Hartungs.

Piotr Wajda und Anna Krasinska konnten von ihrem Beobachtungsposten am Fenster im zweiten Stock des Krankenhauses gerade noch die Vordertreppe des Rathauses erkennen. Es war sehr wichtig für ihren Plan, daß sie die deutsche Delegation sahen, sobald sie das Gebäude verließ.
»Kümmern Sie sich doch schon einmal um die Vorbereitung der Spritzen« schlug der Priester vor. »Ich werde hier am Fenster die Stellung halten.«
Anna nickte und entfernte sich. Da sie um diese Zeit die einzige diensthabende Schwester auf der Isolierstation war, konnte sie relativ ungestört arbeiten und wurde auch nicht vom Zittern ihrer Hände behindert, wie sie es befürchtet hatte. Für die bevorstehende Aufgabe brauchte Anna absolute Ruhe und Konzentration.
Je zwanzig Milligramm Morphiumsulfat mußten in sieben Spritzen aufgezogen und dann auf einem sauberen Tuch zur schnellen Verabreichung bereitgestellt werden.
Zwanzig Milligramm waren zwar eine starke Dosis, aber noch nicht tödlich. Andererseits reichte die Menge aus, um einen Erwachsenen extrem krank erscheinen zu lassen.
Während sie arbeitete, prüfte sie im Geiste noch einmal nach, ob sie auch nichts vergessen hatte. Die Bettwäsche war zwei Tage lang nicht gewechselt worden. Die Bettpfannen waren alle voll und standen entweder auf den Nachttischen oder auf dem Boden. Die Wäschekörbe quollen über mit fleckigen Laken. Der Linoleumboden war seit zwei

Tagen nicht mehr gereinigt worden und bot für ein sonst so sauber gehaltenes Krankenhaus einen erbärmlichen Anblick.
Die Räumlichkeiten starrten vor Dreck und Unordnung, und über allem lag ein widerlicher Geruch. Anna war zufrieden. Genau so wollten sie es haben.
Piotr Wajda hielt noch immer am Fenster Wache, bereit, sich auf das verabredete Zeichen hin zu entfernen.

Kaum hatte Hartung die Tür aufgestoßen, da erschien neben ihm im Eingang auch schon der rotgesichtige, polternde Schmidt.
»Szukalski!« platzte er ohne Umschweife heraus. »Diese Herren berichten mir, daß Sie sich des Betruges schuldig gemacht haben! Sie sagen, es gibt keine Fleckfieberepidemie in dieser Stadt! Stimmt das? Verflucht noch mal, stimmt das?«
Szukalski blieb ruhig. Seine Stimme klang sicher und beherrscht.
»Ich glaube, da liegt ein Irrtum vor, Herr Hauptsturmführer.«
»Irrtum?« Der Kommandant stürzte ins Zimmer und machte Anstalten, auf den Doktor loszugehen, aber Hartung stellte sich ihm in den Weg.
»Hauptsturmführer«, meinte er mit einem Lächeln, »es ist doch ganz eindeutig, daß die Schweine lügen. Es bleibt ihnen ja auch gar nichts anderes übrig. Sie unternehmen einen letzten Versuch, ihre wertlose Haut zu retten. Jetzt würde ich vorschlagen, daß wir das Problem so angehen, wie man es von Männern der SS erwartet. Sind Sie einverstanden?«
Schmidt starrte Hartung mit unverhohlenem Haß an und richtete dann seinen wütenden Blick auf Szukalski. In diesem Moment war Jan beinahe froh, daß Hartung hier war.
Hinter den beiden Offizieren trat ein dritter blaßblonder Mann ein, der ebenfalls eine SS-Uniform trug. Hartung stellte ihn höflich vor, worauf alle fünf Platz nahmen. Mit einem Fußtritt schloß Schmidt die Tür hinter ihnen. In abwartender Haltung saßen sie sich gegenüber.
»Dr. Szukalski«, begann Max näselnd, »es ist vorbei.«
»Was ist vorbei?«
»Ihre Fleckfieberepidemie.«
»Ach ja? Haben Sie uns ein Heilmittel gebracht? Vielleicht etwas DDT?«

»Sie wissen verdammt gut, was...«, bellte Schmidt los und wurde abermals von dem Kommandanten der Einsatzgruppe unterbrochen. Hartung heftete seinen harten, kalten Blick auf Maria und verzog die Mundwinkel zu einem Lächeln. »Du hast mich als erste darauf gebracht, Liebchen. Erinnerst du dich, was du mir damals so unbekümmert über Fleckfieber gesagt hast? Und dann Sie, Herr Doktor«, er wandte sich zu Szukalski um, »wie war das doch gleich mit der Epidemie, die Sie sich herbeiwünschten, um die ›Nazis‹ aus der Stadt fernzuhalten? Am Weihnachtsabend. Na, entsinnen Sie sich?«
Maria schwieg. Seit sie erkannt hatte, wer Hartung wirklich war, hatte sie hin und her überlegt, warum gerade er sich mit dieser Sache befaßte. Schließlich war ihr der Abend eingefallen, den sie zusammen im Weißen Adler verbracht und in ihrem Bett beschlossen hatten. Aber Maria Duszynskas Gedächtnis war ausgezeichnet. Weder sie noch Szukalski hatten versehentlich wichtige Einzelheiten an Hartung verraten, das wußte sie genau. Das Geheimnis um die Proteus-Bakterien war noch immer sicher.
»Wie dem auch sei«, fuhr Max belustigt fort und weidete sich sichtlich an dem Schrecken und dem Schmerz auf Marias Gesicht, »Sie können jetzt ruhig alles zugeben, ansonsten könnte es ziemlich unangenehm für Sie werden.«
»Da gibt es nichts zuzugeben, Herr Sturmbannführer« erwiderte Szukalski, dessen gelöstes, selbstsicheres Auftreten Dr. Müller unruhig auf seinem Stuhl hin- und herrutschen ließ. »Sie kommen mitten in der schlimmsten Fleckfieberepidemie, die ich je erlebt habe. Hoffentlich sind Sie immun.«
»Du jagst uns keine Angst ein, Schwein«, versetzte Hartung höhnisch grinsend.
»Darf ich auch einmal ein Wörtchen sagen?«
Alle drehten sich zu Fritz Müller um. »Sie kennen mich, nicht wahr, Dr. Szukalski, Dr. Duszynska?«
»Natürlich, Herr Doktor. Ihr Name stand auf vielen unserer Testergebnisse. Es ist uns ein Vergnügen, Sie kennenzulernen.«
»Es ist uns zu Ohren gekommen, Herr Doktor, daß Sie hier in Sofia keine wirkliche Fleckfieberepidemie haben, sondern dies lediglich vortäuschen, indem Sie Blutproben fälschen. Stimmt das?«
»Was meinen Sie mit ›fälschen‹?«

»Mit ›fälschen‹ meine ich, Sie nehmen das Blut eines Fleckfieber-Patienten, verteilen es auf mehrere Proben und versehen es mit den Namen von Gesunden.«
Szukalski, der sich seiner Sache jetzt ziemlich sicher war, erlaubte sich einen Blick ernster Entrüstung. »Wie bitte, Herr Doktor? Ich fälsche doch keine Blutproben! Und ebensowenig erfinde ich eine Krankheit, wo es keine gibt. Sie sagen, Sie haben noch andere Ärzte mitgebracht. Und Laboranten und Ausrüstung. Darf ich Ihnen einen Vorschlag machen? Lassen Sie uns auf der Stelle ins Krankenhaus hinübergehen, und ich werde Ihnen das Fleckfieber und meine Aufzeichnungen darüber zeigen.« Szukalski hob die Stimme. »Ich werde Ihnen zeigen, daß ich nichts zu verbergen habe. Und wenn Ihnen das nicht genügt, meine Herren, dann können Sie auch willkürlich eines oder mehrere Dörfer auswählen, und wir werden die Fleckfieberopfer gemeinsam aufsuchen. Sie können untersuchen, wen Sie wollen, und so viele Blutproben nehmen, wie es Ihnen gefällt. Das Krankenhauslabor steht Ihnen zur Verfügung. Sie werden sich selbst von dem Ausmaß unserer Epidemie überzeugen.«
Müller warf einen nervösen Blick auf Hartung.
»Alles Bluff«, kommentierte Max mit unverändertem Lächeln. »Tun wir doch einfach, was er sagt. Wir besuchen sein Krankenhaus und fahren dann zu einem beliebigen Gehöft oder in ein Dorf. Ich werde Ihnen allen beweisen, daß dieser Mann nur blufft.« Er richtete seinen durchdringenden Blick auf das unbewegte Gesicht Szukalskis und versuchte ihn durch die hypnotische Kraft seiner Augen aus der Fassung zu bringen.
Doch Szukalski ließ sich nicht einschüchtern und hielt dem eisigen Blick des Einsatzgruppenleiters stand, ohne mit der Wimper zu zukken. Dann erhob er sich und meinte fast etwas respektlos: »Sollen wir gehen, meine Herren?«

Pfarrer Wajda beobachtete gespannt, wie Jan Szukalski, der als letzter der Gruppe das Rathaus verließ, oben auf der Treppe stehenblieb und sich am Kopf kratzte. »In Ordnung, Anna, da ist das Signal«, murmelte der Priester. »Sie sind auf dem Weg ins Krankenhaus.
Gemeinsam injizierten sie das Morphium sieben ausgewählten Patienten.

Es war Szukalskis Idee gewesen, den kurzen Weg zu Fuß zu gehen, und alle waren gleichermaßen froh darüber, ein wenig frische Luft und Sonne zu tanken. Die Soldaten, die in den Panzern saßen oder an den Lastwagen lehnten, lachten und tuschelten untereinander, als sie die kleine Prozession die ruhige Straße hinunterkommen sahen. Viele von ihnen schlossen bereits Wetten darüber ab, wie lange es wohl dauern würde, die Stadt zu zerstören.
Szukalski, der die dreizehnköpfige Gruppe mit leicht hinkendem Gang anführte, plauderte ununterbrochen mit den Ärzten, stellte ihnen fachliche Fragen und sorgte für eine Atmosphäre des Vertrauens. Immer wieder hob er die interessante Architektur und Geschichte von Sankt Ambroż hervor, wies die Besucher auf die malerischen gepflasterten Straßen hin und erzählte eine lustige Geschichte über die Errichtung der Reiterstatue Kosciuszkos auf dem Marktplatz. Auf diese Weise zog er den Spaziergang in die Länge, damit das Morphium seine volle Wirkung entfalten konnte.
Als Maria Duszynska sah, daß ihr Kollege einen kleinen Teil der Gruppe unterhielt, verlangsamte sie ihren Schritt, bis sie mit Max auf gleicher Höhe war. Nachdem sie eine Weile nebeneinander hergelaufen waren, meinte sie beiläufig: »Wie ich sehe, haben Sie einen neuen Anzug, Herr Sturmbannführer. Ist das heutzutage die übliche Garderobe für einen gutgekleideten Danziger Geschäftsmann?«
»Es ist die Garderobe, die der gutgekleidete Danziger Geschäftsmann bereits seit drei Jahren trägt, meine liebe Frau Doktor.«
»Sehr beeindruckend, das muß ich sagen. Sie erinnern mich darin an einen aufgeplusterten Kampfhahn. Obwohl ich mich nicht entsinnen kann, daß Sie schon damals so großspurig aufgetreten sind.«
»Nimm dich in acht, Liebchen. Ich habe nichts gegen dich persönlich. Diese Uniform und das Reich sind mein Leben. Du warst für mich nur ein unbedeutender Zeitvertreib.«
»Oh, da läßt mich wohl mein Gedächtnis im Stich, Herr Sturmbannführer. Haben Sie mir in der letzten Nacht, die wir zusammen verbrachten, nicht ganz andere Dinge gesagt?«
Hartung brach in Gelächter aus. »Du bist nicht die erste, Liebchen, und du wirst auch nicht die letzte sein. Und um die Wahrheit zu sagen, du warst auch in den vier Tagen, die ich hier in Sofia verbrachte, nicht die einzige.«

Hätte er ihr eine Ohrfeige versetzt, der Schlag hätte nicht schmerzhafter sein können. Ihr war, als gäbe der Boden unter ihren Füßen nach, doch sie versuchte, nicht zu wanken, und ging mit erhobenem Kopf und aufrechter Haltung weiter. »Da warst du ja stark beschäftigt«, bemerkte sie mit gespielter Gleichgültigkeit.
»Mehr als du denkst. Erinnerst du dich an den Zigeuner?«
Maria blieb unvermittelt stehen. »Wie bitte?«
Max packte sie unsanft am Arm und zog sie weiter. »Halten wir nicht unnötig die Gruppe auf. Geh bitte weiter. Ich erzähle dir von dem Zigeuner. Er hat nicht gelogen. Seine Geschichte war in allen Punkten wahr. Meine Gruppe hat damals seine Sippe vernichtet. Als du mir gegenüber erwähntest, daß einer von ihnen entkommen sei und seine Geschichte überall herumerzähltest, da mußte ich doch etwas dagegen tun, oder?«
Maria zwang sich, nach vorne zu schauen, und hielt ihren Blick starr auf den Rücken des Laboranten gerichtet, der vor ihr lief. »Was hast du getan?« hörte sie sich fragen.
»Ich habe in dieser Nacht einen Weg gefunden, ins Krankenhaus zu gelangen – erinnerst du dich, als ich Champagner besorgen wollte? Dann habe ich mich auf die Station geschlichen und den Mann mit seinem Kopfkissen erstickt. Ich habe gut daran getan, zumal er mich wiedererkannte.«
»Ich verstehe...«
Von da an legten sie den Weg zum Krankenhaus schweigend zurück. Dr. Szukalski warf einen Blick auf seine Armbanduhr, als sie das Gebäude durch den Haupteingang betraten. Es war ihm gelungen, den Spaziergang auf fünfzehn Minuten auszudehnen. Das Morphium hatte somit reichlich Zeit gehabt, seine Wirkung zu entfalten.
Er zeigte den Deutschen zunächst das überfüllte Erdgeschoß, wo die gewöhnlichen Patienten lagen. Danach besichtigten sie die Küche und das Labor.
»Ich bewundere aufrichtig Ihren Mut, meine Herren«, meinte Szukalski beiläufig, »daß Sie sich auf einen bloßen Verdacht hin in ein Seuchengebiet wagen. Ich nehme an, daß Sie bereits alle gegen Fleckfieber immun sind?«
Die Ärzte, die in den letzten zehn Minuten auffallend schweigsam gewesen waren, antworteten ihm nacheinander leise: »Ich nicht.«

»Ich auch nicht.«
»Ich auch nicht.«
Er sah sie einen Augenblick mit gespielter Verblüffung an und erwiderte dann: »Ist das wahr? Dann bin ich doppelt beeindruckt, meine Herren. Ich sehe schon ein, daß Sie Ihre Vermutungen haben; aber sich einer möglichen Ansteckung mit Fleckfieber auszusetzen, nur um eine Sache zu beweisen, das erscheint mir doch ein wenig leichtsinnig.«
Alle sahen Max Hartung an, dessen Gesicht unbewegt blieb.
»Nun gut«, fuhr Szukalski fort, »dann will ich Ihnen jetzt die schwersten Fleckfieberfälle zeigen, die wir oben auf der Isolierstation haben. Wegen der Epidemie behandeln wir die meisten Leute zu Hause. Wir haben hier einfach nicht genug Platz und nehmen nur die Patienten auf, die ständige Pflege erfordern. Da es nun aber töricht wäre, wenn Sie sich alle der Ansteckungsgefahr aussetzten, würde ich vorschlagen, daß Sie eine Person bestimmen, die mich auf die Station begleiten soll. Diese kann dann die Blutproben für Ihre Labortests nehmen. Was halten Sie davon?«
»Das ist doch alles Bluff«, versetzte Hartung. »Wir kommen alle mit.«
Jetzt ergriff Müller, der die ganze Zeit über geschwiegen hatte, das Wort: »Es mag Bluff sein, Max, aber ich will nicht alle meine Leute einer möglichen Ansteckung mit Fleckfieber aussetzen, nur um deinen Standpunkt zu beweisen. Zwei werden genügen. Dr. Kraus, würden Sie mich bitte begleiten? Und Sie auch«, er deutete auf einen der Laboranten. »Die übrigen können hierbleiben.«
Als die Gruppe die Treppe zur Isolierstation hinaufstieg, stieß Piotr Wajda, der sie kommen hörte, absichtlich eine Bettpfanne um, deren Inhalt sich über den Fußboden ergoß. Bevor sie oben anlangten, sagte Szukalski: »Jetzt muß ich Sie warnen. Wegen der vielen Seuchentoten leidet unser Krankenhaus an akutem Personalmangel. Dr. Duszynska und ich sind nur deswegen immun, weil wir früher bereits an Fleckfieber erkrankt waren. So, da wären wir.«
Sie erreichten die oberste Treppenstufe, wo ihnen sofort ein widerlicher Gestank entgegenschlug. Sichtlich angeekelt, setzten sie ihren Weg fort, und das erste, was sie sahen, als sie die Station betraten, waren von Krankheit gezeichnete Körper, die unter besudelten Laken

mühsam atmeten, und die matte, gebeugte Gestalt eines Priesters, der einem hoffnungslosen Patienten die Sterbesakramente spendete.
»Passen Sie auf, wo Sie hintreten«, warnte Szukalski.
Langsam gingen die sechs – Maria und Jan, Müller und seine zwei Assistenten und als letzter Hartung, der darauf bestanden hatte mitzukommen – zwischen den beiden Bettreihen hindurch. »Suchen Sie sich einen Patienten aus, Dr. Müller«, forderte Szukalski ihn auf, »und ich werde seine Bettwäsche zurückziehen, damit Sie ihn ansehen können. Sie wollen den Patienten ja ganz gewiß nicht berühren oder ihm zu nahe kommen, zumal es uns nicht möglich war, den Lausbefall völlig unter Kontrolle zu bekommen.«
Sie deuteten auf einen Mann, und als die Bettlaken zurückgezogen waren, konnten die beiden deutschen Ärzte ihre Bestürzung nicht verbergen. Auf dem todgeweihten Körper des armen Opfers zeigte sich der typische Fleckfieberausschlag. Als Szukalski ihren Gesichtsausdruck sah, schickte er im Geiste ein Stoßgebet zum Himmel: Gott sei Dank, daß es Essigsäure gibt!
Sie gingen weiter zum nächsten Patienten. Dieser war fast bewußtlos, hatte eine aschfahle Haut und schwitzte heftig. In einer Stimme, die nicht seine war, wies Müller den Laboranten an: »Nehmen Sie Blut von diesem hier, von dem dort drüben und von diesen fünfen da. Machen wir jetzt, daß wir aus dieser Jauchegrube herauskommen.«
Als sie sich vor dem Krankenhaus wieder zusammenfanden und die warme Sommerluft in tiefen Zügen einsogen, fragte Szukalski: »Möchten die Herren jetzt eines unserer Dörfer besuchen? Die Wahl liegt natürlich ganz bei Ihnen.«
Alle Besucher außer einem stimmten diesem Vorschlag zu. Nur Müller schwieg.
Er spürte die Wut in sich aufsteigen, wollte sich aber nichts anmerken lassen, und aus Angst, die Beherrschung zu verlieren, vermied er es, Hartung anzusehen. Widerstrebend zog er ein kleines Notizbuch aus der Manteltasche, holte tief Luft und sagte: »Aus unseren Aufzeichnungen geht hervor, daß es um ein Dorf namens Slavsko herum extrem viele Fleckfieberfälle gibt.«
Szukalski konnte sich ein Lächeln nicht verkneifen. »Wie ich sehe, haben Sie über unsere Meldungen genau Buch geführt.«
»Sie müssen verstehen, Herr Doktor, daß es als Amtsträger der ober-

sten deutschen Gesundheitsbehörde unsere Pflicht ist, uns über die Ausbreitung von Krankheiten auf dem laufenden zu halten. Wir haben schon lange, bevor der Herr Sturmbannführer uns über seine Vermutungen in Kenntnis setzte, über diese Gegend Buch geführt. Wir wollen nach Slavsko fahren.«
»Sehr gut.« Szukalski machte auf dem Absatz kehrt und ging der Gruppe wieder voran in Richtung auf das Rathaus. Dabei riskierte er einen raschen Blick hinauf zum Fenster der zweiten Etage des Krankenhauses. Dies war das Signal, daß der nächste Teil des Plans beginnen konnte.
Daß die Wahl auf Slavsko gefallen war, kam Szukalski sehr gelegen. Er wußte, daß die Delegation es auf keinen Fall ihm überlassen hätte, ein Dorf auszusuchen, da man ihn verdächtigt hätte, es für seine Zwecke »herzurichten«. Doch Slavsko war ein besonders schmutziges, notleidendes Dorf und würde einen ausgezeichneten Hintergrund für sein Possenspiel abgeben. Als sie die Treppe hinuntergingen, gab Müller einem seiner Laboranten Anweisung, im Krankenhaus zurückzubleiben und mit den eben genommenen Blutproben den klassischen Test durchzuführen. Dann eilte er den anderen nach.
Nachdem Piotr Wajda von seinem Platz am Fenster das verabredete Zeichen gesehen hatte, verließ er das Krankenhaus durch den Hintereingang und schlug eilends den Weg zum Weißen Adler ein.

Der deutsche Laborant räumte sich eine Arbeitsfläche frei und baute den mitgebrachten Ständer mit Reagenzgläsern auf, wobei er peinlich darauf achtete, in jedes Glas genau die richtige Menge Salzlösung abzufüllen. Er arbeitete schnell und geübt. Rasch verdünnte er das Serum mit der Salzlösung und gab dem Gemisch eine kleine Menge Proteus-X-19-Suspension als Antigen bei.
Einen Augenblick später schüttelte er den Kopf, als er, halb verwundert, halb verärgert, feststellen mußte, daß alle Reagenzgläser von der Verdünnung 1:20 bis zur Verdünnung 1:1280 den klassischen Bodensatz und die Verklumpung der bakteriellen Suspension zeigten.
»Donnerwetter!« murmelte er ungläubig. »Positiv bis hin zur höchsten Verdünnung!«
Hastig schrieb er die Ergebnisse in sein Notizbuch, machte hinter sich

sauber, packte seine Ausrüstungsgegenstände in den Transportkoffer und verließ das Krankenhaus, so schnell seine Beine ihn trugen, in Richtung Gestapo-Hauptquartier.

Der dicke Adlerwirt kam mit einer unter seinen wabbeligen Brüsten gebundenen Leinenschürze aus der dampfenden Küche und trat auf Piotr Wajda zu. »Guten Tag, Herr Pfarrer«, begrüßte er ihn, während er sich die fettigen Hände an der Schürze abwischte, die von Schweineblut und Soßenflecken starrte, »sind Sie gekommen, um mein Haus zu segnen? Das hoffe ich doch; seit der Krankheit läuft das Geschäft nicht mehr so gut.«
Wajda setzte seinen viereckigen Hut ab und begrüßte den Mann mit einem Handschlag. Sie kannten einander schon seit zwanzig Jahren. Er hatte diesen Mann getraut, seine Kinder waren allesamt von ihm getauft worden und hatten aus seiner Hand die heilige Erstkommunion empfangen. »Bolislaw«, begann er leise und sah sich in dem leeren Gastraum um; zu dieser Tageszeit herrschte nur wenig Betrieb, »ich möchte dich um einen Gefallen bitten.«
»Mich?« Die kleinen Schweinsaugen des Mannes weiteten sich. »Sie wollen mich um einen Gefallen bitten?« Er brach in ein glucksendes Gelächter aus. »Nach all den Jahren, die ich bei Ihnen die Beichte ablege – ›Vergeben Sie mir, Herr Pfarrer, denn ich habe gesündigt‹ – kommen Sie zu mir...« Der Wirt verstummte, als er den ernsten Gesichtsausdruck des Priesters sah.
»Es ist etwas, was nur du tun kannst, Bolislaw«, sagte Pfarrer Wajda ruhig. »Ich brauche deine Hilfe.«
Der dicke Mann nahm die gleiche ernste Haltung an und legte eine Hand auf seine verschwitzte Brust. »Selbstverständlich, Herr Pfarrer, alles, was Sie wollen. Das wissen Sie doch. Aber wenn ich mir die Bemerkung erlauben darf, Herr Pfarrer, Sie sehen aus, als könnte Ihnen ein Gläschen Wein nicht schaden.«
Ein flüchtiges Lächeln huschte über das Gesicht des Priesters, bevor er leise, fast bedauernd erwiderte: »Was ich brauche, Bolislaw, ist ein Festessen.«

Im vordersten Wagen herrschte eine unheilvolle Ruhe, was sich automatisch auf die Stimmung in den folgenden Fahrzeugen übertrug. Da

Hartung, Müller und Szukalski seit der Abfahrt vom Rathaus-Hauptquartier kein Wort mehr gewechselt hatten, wagten auch die anderen nicht zu sprechen. Die Stunde der Wahrheit stand unmittelbar bevor. Was sie im Krankenhaus gesehen hatten, konnte durchaus ein Teil des Schwindels gewesen sein, von dem der Sturmbannführer gesprochen hatte. Doch hier draußen, in einem Dorf, das Dr. Müller selbst ausgesucht hatte, würde sich zeigen, ob Hartungs Vermutungen gerechtfertigt waren.

Piotr Wajda schlug eine militärische Gangart ein, als er auf den Mann zuschritt, der der Kommandant der Panzergruppe zu sein schien. Hin und wieder blickte er zum strahlendblauen wolkenlosen Himmel auf und erweckte dadurch ganz den Eindruck eines harmlosen Spaziergängers.
Als er sich jedoch dem Offizier näherte und ihn mit einem entwaffnenden Lächeln grüßte, griffen einige der Soldaten spontan zu ihren Gewehren.
»Guten Tag, Herr Hauptmann«, rief er in akzentfreiem Deutsch. Der Offizier wandte sich an seinen Adjutanten und murmelte: »Was zum Teufel will er wohl?«
Der Feldwebel, der sich auf eine Zigarette zu seinem Kommandanten gesellt hatte, während die Truppe auf die Rückkehr des Sturmbannführers wartete, schnaubte verächtlich: »Wahrscheinlich will er wissen, warum Sie letzten Sonntag nicht in der Kirche waren.«
Der Offizier drückte mit dem Stiefel seine Zigarette aus, trat einen Schritt nach vorn und bellte: »Was wollen Sie?«
»Herrlicher Tag heute, nicht wahr, Herr Hauptmann?«
Die beiden Deutschen wechselten Blicke.
»Ich meine, es ist doch ein Jammer für Sie, daß Sie alle so an Ihre Fahrzeuge gefesselt sind. Die Sonne scheint, Gott lächelt auf uns alle herab, und heute ist ein Feiertag.«
Der Offizier musterte den Priester argwöhnisch. »Wovon reden Sie eigentlich?«
»Ich rede davon, daß ich mit Ihnen mitfühlen kann. O ja, ich bin ein Pole, und Ihr seid Deutsche. Aber schließlich bin ich Geistlicher, und Gott ist mein höchster Gebieter. Verstehen Sie, was ich meine?« Er lächelte breit. »Die Bürger von Sofia werden heute im Park neben der

Kirche ein Essen im Freien veranstalten. Da drüben.« Er deutete über die Schultern der Männer, die sich umdrehten und gegen die Sonne zu dem einladend grünen Rasengrund neben Sankt Ambroż hinüberblinzelten. Einige Polen waren dabei, lange Holztische aufzustellen, während Frauen emsig Tischtücher darüberbreiteten und Teller verteilten. Ein mit dampfenden Töpfen und Messingkannen beladener Wagen wurde herangerollt. »Ich bin nur gekommen, um Ihnen zu sagen, daß Sie alle herzlich dazu eingeladen sind.«

Der deutsche Offizier wandte sich wieder dem Priester zu und betrachtete ihn abermals mißtrauisch. »Aha, wir sollen also alle weggehen«, knurrte er, »damit ihr in aller Seelenruhe unsere Panzer sabotieren könnt?«

»Wirklich, Herr Hauptmann, Sie enttäuschen mich. Es hat mir nur leid getan, daß Sie hier in der Sonne schwitzen müssen. Es war allein meine Idee, Sie einzuladen. Niemand hat mich dazu gedrängt. Ich sehe nur nicht gerne mit an, daß Männer stundenlang herumstehen und hungern müssen. Und wir haben so viel – mehr als wir essen können. Und sehen Sie, da drüben werden wir sitzen, gerade vor Ihren Augen... Ich würde mir die ganze Zeit über Vorwürfe machen.«

»Sie wissen doch, weshalb wir hier sind?«

»Allerdings, aber ich nehme es Ihnen persönlich nicht übel. Schließlich handeln Sie ja nur auf Befehl, nicht wahr? Sehen Sie, als Priester bringe ich es einfach nicht fertig, mich an gutem Essen, Bier und Wodka zu laben, während Sie hier stehen und zuschauen müssen. Das geht gegen mein menschliches Empfinden. Ich würde mich freuen, wenn Sie dem Festmahl als meine Gäste beiwohnten. Es werden übrigens auch eine Menge hübscher Mädchen dort sein.«

Der Offizier sah seinen Feldwebel an. »Meint er es ernst?« fragte er und deutete abfällig mit dem Daumen auf den Priester. Der Unteroffizier wirkte unschlüssig. »Klingt doch ganz nett, Herr Hauptmann. Bier und Mädchen. Wer weiß, wann der Sturmbannführer wieder zurück sein wird?«

»Nun«, meinte Wajda leichthin, »ich wollte Ihnen mit der Einladung nur etwas Gutes tun. Natürlich liegt es ganz bei Ihnen, ob Sie sie annehmen oder nicht. Sie können auch nur einige Ihrer Leute gehen lassen oder sich abwechseln, ganz wie Sie wollen, Herr Hauptmann.

Auch alleine sind Sie uns willkommen. Jedenfalls haben Sie Ihre Panzer von dort drüben ständig im Auge. Es wird ein heißer Tag werden, und ich wette, überdies ein langweiliger. Im Park unter den Bäumen werden wir gemütlich bei Musik und Wodka sitzen und uns an Kartoffelpfannkuchen, Grillwürstchen und ofenfrischem Brot mit Butter gütlich tun. Wenn Sie natürlich Angst vor Fleckfieber haben ...«
Der Hauptmann stieß ein trockenes Lachen hervor. »In dieser Stadt gibt es kein Fleckfieber, Herr Pfarrer, gerade deswegen bin ich ja hier. Was glauben Sie wohl, warum wir die Panzer mitgebracht haben? Um Blutproben zu nehmen? Sturmbannführer Hartung hat uns versichert, daß es keine Epidemie gibt und daß wir heute abend ein Gebäude nach dem anderen in Schutt und Asche legen werden. Was halten Sie davon, Herr Pfarrer?«
Wajda blieb gelassen und freundlich. »Das liegt allein in Gottes Hand. Ich kann nur so viel sagen, daß wir heute hier in Sofia ein Fest feiern und die Leute Sie gerne daran teilhaben lassen wollen.«
Aber der Offizier entgegnete nur: »Wir sind nicht die Narren, für die ihr uns haltet.«

Als der Wagenkonvoi in das Dorf Slavsko einfuhr, sahen sich die Ärzte voller Abscheu an. Auf den ersten Blick erkannten sie, daß dieses Dorf eines der ärmsten und schmutzigsten war, das sie hätten wählen können.
Bereits die Fahrt von Sofia war nicht gerade angenehm gewesen. Der Weg nach Slavsko führte über holprige Landstraßen voller Schlaglöcher, in denen noch von den Frühlingsregenfällen das Wasser stand. Mehrmals waren die Autos im Schlamm steckengeblieben, so daß die ganze Gesellschaft aussteigen und schieben mußte.
Als die hohen Besucher schließlich mit schmutzigen Stiefeln und schlammbespritzten Uniformen am Ziel ankamen, vermochte der Anblick des Dorfes ihre Stimmung kaum zu heben.
Nicht mehr als eine Anhäufung strohgedeckter Lehmziegelhütten, glich Slavsko einem mittelalterlichen Weiler, um den sich einige Gehöfte gruppierten. Bauern standen im Schatten ihrer Behausungen und starrten mit offenen Mündern auf die vorbeifahrenden Wagen, die mit lautem Hupen Hühner und Maultiere von der Straße vertrieben.

Szukalski fragte: »Soll ich Ihnen die Leute zeigen, die in den letzten Monaten an Fleckfieber erkrankt sind, oder wollen Sie selbst von der Liste der Fleckfieberopfer wählen?«

Dr. Müller rückte seine Brille zurecht und versuchte, einige der Schlammspritzer von seiner Uniform zu wischen. Zu seinem Verdruß rieb er sie aber nur noch tiefer in den Stoff ein. »Gott bewahre! Wir wollen nicht mehr Zeit hier verschwenden als unbedingt nötig. Zeigen Sie uns die Leute, Doktor, ich bitte Sie darum. Wir werden Blutproben von ihnen nehmen und im Krankenhaus den Weil-Felix-Test durchführen. Meiner Meinung nach ist das zwar vertane Zeit, aber wir müssen Sturmbannführer Hartung zufriedenstellen. Im Grunde ist das hier seine Unternehmung.«

»Also gut, dann schlage ich vor, wir beginnen mit der Familie dort drüben.« Er deutete nach rechts, und alle drehten den Kopf. Aus einem schlammigen Feld erhob sich eine primitive Behausung, aus deren Kamin schwache Rauchschwaden aufstiegen. Sonst wirkte alles still und leblos. »Vor zwei Monaten hatte die ganze Familie Fleckfieber, und ein alter Onkel ist auch daran gestorben. Ich bin sicher, sie sind noch immer Weil-Felix-positiv.«

Szukalski stapfte durch den Morast auf die Hütte zu. Die anderen wechselten unsichere Blicke und folgten ihm zögernd. Nur Max Hartung, der noch immer der festen Überzeugung war, daß es keine Epidemie gab und daß der Schwindel in Kürze aufgedeckt würde, schritt beherzt drauflos.

Gleich darauf standen sie geschlossen vor der Tür, und als Szukalski anklopfte, warfen sich die deutschen Ärzte abermals besorgte Blicke zu. Ihre Unruhe nahm von Minute zu Minute zu. Eine zahnlose alte Frau öffnete ihnen die Tür, und als sie Dr. Szukalski erkannte, lächelte sie und begann sofort in einem starken ländlichen Dialekt, den die Deutschen nicht verstanden, auf ihn einzureden. Szukalski übersetzte für die Besucher. »Sie sagt, daß ihr Sohn, dem ich eine Protein-Therapie verordnet habe, noch immer sehr schwer an Fleckfieber erkrankt ist. Aber sicherlich wollen Sie sich selbst davon überzeugen, meine Herren.«

Er nahm seinen Hut ab und zog den Kopf ein, bevor er durch die niedrige Türöffnung in die Hütte trat. Dabei erklärte er der alten Frau, daß die Herrschaften gerne einen Blick auf ihren Sohn werfen

wollten. Als die Deutschen einer nach dem anderen vorsichtig die lehmige Türschwelle überquerten, bemerkte Szukalski beiläufig über die Schulter hinweg: »Nehmen Sie sich in acht, meine Herren, die Ritzen und das Dachstroh dieser alten Hütten sind häufig Brutstätten für allerlei Ungeziefer.«
Sogleich rückten die Ärzte enger zusammen.
Die Wohnstube war der auf dem Wilk-Hof nicht unähnlich – unbefestigter Fußboden, Kalkwände, Kochkessel über der Feuerstelle – nur gab es darin weniger Fenster und keinen Dachboden. Es war eine einfache Hütte, die von der alten Frau, ihrem Sohn und noch zwei älteren Vettern bewohnt wurde. Sie schliefen in einer Ecke zu viert nebeneinander auf demselben Strohhaufen. Die ganze Einrichtung bestand aus einem grobbehauenen Tisch und einem einzigen Stuhl. Von der Decke hing ein geräucherter Schinken, um den ein paar Fliegen surrten.
Szukalski und seine Begleiter nahmen fast den ganzen Raum ein, als sie um den auf dem Stroh ruhenden Mann herumstanden. Müller befahl dem Laboranten, Blut abzunehmen, eine Aufgabe, die der Mann in größter Eile verrichtete, während einer der Ärzte den Patienten flüchtig untersuchte.
Eine peinliche Stille lag über der Gruppe. Prüfend ließ Müller seinen Blick von Szukalski zu Hartung und wieder zu Szukalski schweifen, und als er den undurchdringlichen Gesichtsausdruck beider Männer sah, begann er sich zu fragen, was hier eigentlich wirklich vor sich ging.
Als sie wieder draußen waren, atmeten alle erleichtert auf. Szukalski dankte der Frau und schloß die Tür hinter sich. Da konnte Müller sich nicht mehr zurückhalten und platzte heraus: »Mein Gott, was für ein verwahrlostes Gesindel!«
Szukalski runzelte die Stirn. »Was haben Sie denn erwartet, Herr Doktor? Dies ist eine ländliche Gegend. Die Leute sind bettelarm. Jetzt sehen Sie selbst, wie es hier um Hygiene und Gesundheitsvorsorge bestellt ist. Ist es da ein Wunder, wenn wir mit einer solchen Fleckfieberepidemie zu kämpfen haben?«
Müller warf einen ärgerlichen Blick zu Hartung hinüber. Die Mauer des Schweigens, die der SS-Mann um sich herum aufbaute, brachte seine innere Wut allmählich zum Überschäumen. Er wandte sich an

den Arzt, der die kurze Untersuchung vorgenommen hatte, und fragte: »Was ist Ihre Meinung?«
Der Arzt machte ein ratloses Gesicht. »Das ist schwer zu sagen, Herr Doktor. Der Mann leidet ganz eindeutig an einer ernsten Krankheit. Und seine Symptome könnten auf Fleckfieber hindeuten. Aber, um die Wahrheit zu sagen, ich wollte ihm nicht zu nahe kommen...«
»Ja, das kann ich gut verstehen. Im Grunde kommt es auch nur auf die Bluttests an, Dr. Kraus. Die Untersuchung des Patienten ist eigentlich nur eine Formalität.« Und an Szukalski gewandt, meinte er: »Sollen wir fortfahren, Herr Doktor?«
»Ganz wie Sie wünschen. Ich muß Sie jedoch darauf aufmerksam machen, daß Sie damit ein großes Risiko eingehen.«
»Der Herr Sturmbannführer hat mir aber versichert, daß es kein Fleckfieber gibt und daß wir vollkommen sicher sind«, erwiderte Müller mit einem wütenden Blick auf Hartung. Szukalski lächelte. »Dann ist ja alles in Ordnung, meine Herren. Machen wir also weiter.«
Nachdem die zweite Hütte sich als ebenso schmutzig erwiesen hatte wie die erste, übertrug Müller es nur einem Arzt und einem Laboranten, Szukalski in die folgenden zu begleiten. Der Rest der Gruppe wartete draußen unter den neugierigen Blicken der Dörfler. Eine besorgniserregende Stille lag über dem Ort. Als der Wind drehte, erfüllte der Gestank von Exkrementen und Urin die Luft, und die Ärzte wußten, daß die Ursache dafür ganz in der Nähe lag. An der Rückseite mehrerer Hütten türmten sich Abfallhaufen, in denen grunzende Schweine herumstöberten. Der Dreck und die Armut des Weilers wurden den Deutschen immer unerträglicher, und als Szukalski aus der letzten Behausung hervortrat, wünschten sie sich nichts sehnlicher, als diesen schrecklichen Ort auf dem schnellsten Wege zu verlassen.
Die ganze Zeit über hatte Hartung kein Wort gesprochen.
»Möchten Sie noch mehr sehen, meine Herren?« fragte Szukalski auf dem Weg zu den Autos.
Müller schaute in die mißvergnügten Gesichter seiner Kollegen und meinte: »Sind alle Dörfer wie dieses hier?«
»Ich kann mit Ihnen hundert Dörfer besuchen, und sie werden sich kaum von diesem hier unterscheiden. Oh, passen Sie auf, wo Sie hintreten, Dr. Müller.« Szukalski faßte den Doktor am Arm und lotste

ihn um einen etwas versteckt verlaufenden Jauchegraben herum. »Ich möchte nur, daß Sie sich davon überzeugen, daß ich hier ganz gewiß keine Fleckfieberepidemie vortäusche. Bitte nehmen Sie so viele Blutproben aus so vielen Dörfern, wie es Ihnen beliebt.«
Hartung, der den anderen vorausging, hatte Szukalskis Warnung nicht gehört und landete mit einem Stiefel in dem Jauchegraben, der die Gülle von einem nahe gelegenen Schweinekoben entsorgte. Er glitt aus und fiel zurück. Zwar konnte er gerade noch verhindern, daß er ganz in den Kot eintauchte, aber sein Mantel und seine Hände blieben von der klebrigen Mischung aus Schlamm und Schweinefäkalien nicht verschont.
Der Sturmbannführer rappelte sich eilig auf und sah sich nach etwas um, woran er seine Hände abwischen konnte. In diesem Augenblick drehte Szukalski sich abrupt um und sagte: »Ich würde Ihnen empfehlen, Dr. Müller, Ihre Kleidung gründlich zu reinigen, sobald wir wieder in Sofia sind. Die Ansteckungsgefahr, der Sie hier ausgesetzt waren, ist enorm hoch. Sie wissen wohl ebensogut wie ich, daß es zuweilen schon genügt, den Staub in einer dieser Hütten einzuatmen, um sich Fleckfieber zuzuziehen.«
Szukalski stieg in den ersten Wagen ein, und die übrigen verteilten sich auf die drei folgenden Fahrzeuge. Fritz Müller starrte wütend auf Hartung, der sich die Hände an einem Büschel Stroh abwischte, und stieß hervor: »Ich kann nicht glauben, daß ich mich von dir zu so einem Wahnsinn habe überreden lassen.«
Doch der SS-Mann blieb gelassen. Während er seine verschmierten Finger in aller Seelenruhe durch das Heu zog, erwiderte er zuversichtlich: »Es gibt kein Fleckfieber hier, Fritz, und wir werden dieser Posse bald ein Ende bereiten. Szukalski wird seinen Bluff bis zum bitteren Ende fortsetzen. Er ist ein eigensinniger, schlauer Fuchs, der bis zuletzt kämpfen wird, obwohl er bereits weiß, daß er besiegt ist. Ich glaube auch, daß er Zeit schinden will, um sich etwas auszudenken, wodurch er seine Haut retten könnte. Er weiß ganz genau, wenn die Bluttests erst einmal durchgeführt sind und negative Ergebnisse zeigen, werden meine Panzer seine wunderschöne Stadt dem Erdboden gleichmachen. Es ist ein spannendes Theaterstück. Ich hätte nicht erwartet, daß er seine Rolle anders spielt.«
Bevor sie in den Wagen einstiegen, musterte Müller seinen Freund

mit einem vernichtenden Blick und meinte beiläufig: »Du hast doch hoffentlich nichts dagegen, wenn ich nicht mit dir im vordersten Wagen nach Sofia zurückfahre, Max? Du stinkst leider wie ein Misthaufen.«
Eine Stunde später erreichte der Konvoi Sofia. Als sie vor dem Gestapo-Hauptquartier hielten, glaubten sie ihren Augen nicht zu trauen.

24

Das Essen im Freien hatte die Ausmaße eines Gelages angenommen. Lange, mit leuchtend bunten Tischtüchern bespannte Tafeln bogen sich unter riesigen Essensmengen; das meiste davon war von den Bürgern der Stadt herangeschafft worden, um die vom Weißen Adler bereitgestellten Speisen zu ergänzen. Frauen trugen das Essen auf, während die Männer sich ihre Teller mit dampfendem Gemüse, deftigem Schinken, Pellkartoffeln, Sauerkraut, Würstchen, heißen, sämigen Suppen und Bergen von frischem Brot vollschaufelten. Wodka und Bier flossen in reichlichen Mengen. Akkordeon- und Geigenspieler erschienen, um das Fest musikalisch zu untermalen. Der kleine grüne Park zur Linken von Sankt Ambroż wimmelte von lärmenden und lachenden Menschen jeden Alters; Kinder und Hunde spielten im Gras, und überall zwischen den Kleinstädtern und Bauern tummelten sich die deutschen Soldaten, die dem Befehl von Sturmbannführer Maximilian Hartung unterstanden.
Ärzte, Laboranten und sogar Hartung selbst starrten reglos und ungläubig auf das Schauspiel. Noch bevor einer von ihnen reagieren konnte, kam der Laborant, der zurückgeblieben war, die Stufen des Hauptquartiers hinuntergeeilt.
»Herr Doktor!« rief er außer Atem und rannte auf den zweiten Wagen zu, in dem Fritz Müller noch immer wie angewurzelt saß und mit offenem Mund auf das Festgelage starrte. »Herr Doktor! Hier sind die Testergebnisse der Krankenhauspatienten. Die Serum-Tests sind allesamt positiv. Jeder einzelne von ihnen. Ich habe mir nicht einmal die Mühe machen müssen, sie durch das Wasserbad zu ziehen, und die nächtliche Kühlung können wir uns auch schenken. Die Erreger

haben sofort Klumpen gebildet. Es besteht kein Zweifel, Herr Doktor, jede der Testpersonen im Krankenhaus hat Fleckfieber!«
Sichtlich bemüht, nicht die Beherrschung zu verlieren, antwortete Müller in ruhigem Ton: »Wir haben zwanzig weitere Proben. Bringen Sie sie hinüber ins Krankenhaus, und beginnen Sie sofort mit den Tests. Ich möchte, daß Sie und Ihr Kollege gleichzeitig daran arbeiten und mir die Ergebnisse so schnell wie möglich mitteilen.«
»Jawohl, Herr Doktor!« Die Laboranten eilten davon.
Müller stieg aus und trat in steifer Haltung auf Hartung zu. »Die sieben Fälle waren positiv«, sagte er mit gepreßter Stimme. »Alle positiv.«
Der Sturmbannführer schenkte der Meldung seines Freundes kaum Beachtung. Sein durchdringender Blick war auf das Schauspiel im Stadtpark geheftet. Schließlich meinte er leise: »Das überrascht mich nicht. Szukalski mußte damit rechnen, daß Sie sie untersuchen würden. So ist es ganz logisch, daß er die echten Fleckfieberfälle im Krankenhaus untergebracht hat. Er kann den Schwindel jedoch unmöglich in allen Dörfern und auf allen Gehöften der Gegend durchziehen. Ich versichere dir, Fritz, in ein paar Minuten wirst du selbst sehen, daß ich recht hatte.«
Müller blickte hinüber zu Szukalski, der mit einem der anderen Ärzte offensichtlich eine entspannte Unterhaltung führte. »Er sieht nicht beunruhigt aus, Max. Er macht sogar einen ziemlich selbstsicheren Eindruck. Die ganze Sache gefällt mir nicht. Dieses Dorf war einfach furchtbar! Wirklich, ich kann nicht fassen, daß ich mich in ein solches Dreckloch habe lotsen lassen!«
Müller wandte sein wutverzerrtes Gesicht in die Richtung, in die Hartung starrte, und beim Anblick der feiernden Soldaten zischte er: »Und was zum Teufel geht da drüben eigentlich vor sich?«
»Entschuldige mich einen Augenblick, Fritz«, erwiderte Hartung gelassen. »Ich werde nachsehen.«
Dr. Müller spürte, wie sich jeder Muskel und jeder Nerv seines Körpers zum Zerreißen spannte, als er die große, anmaßende Gestalt Max Hartungs über die Straße auf die Stelle zuschreiten sah, wo die verwaisten Panzer standen, die nur von ein paar Mann notdürftig bewacht wurden. Als er eine Stimme hinter sich hörte, fuhr er herum.

Es war Dieter Schmidt. »Nun, Herr Doktor? Was haben Sie herausgefunden?«
Müllers kalte, blaßblaue Augen blickten prüfend in das Gesicht des SS-Kommandanten. Den Arzt überlief ein Schauder. Irgend etwas stimmte nicht in dieser Stadt. Irgend etwas war faul.

Sie warteten vor dem Gestapo-Hauptquartier, bis die Testergebnisse eintrafen. Und als die beiden Laboranten ihrem Vorgesetzten bleich und zitternd Meldung machten, verlor der deutsche Arzt endgültig die Beherrschung. »Hartung!« brüllte er.
Der Sturmbannführer beratschlagte sich gerade mit dem Panzeroffizier, wie man bei der Zerstörung der Stadt am besten vorgehen sollte. Als er seinen Namen hörte, blickte er überrascht auf.
»Komm hierher!« schrie Müller. Der Offizier verzog sich an die Festtafel. Hartungs Miene verdüsterte sich. Die Besorgnis stand ihm ins Gesicht geschrieben, als er über die Straße auf die Gruppe zueilte.
»Was ist...«
»Positiv!« kreischte Müller. »Du blöder Kerl! Jeder einzelne Fall in diesem Dorf ist positiv!«
Hartung wurde kreidebleich. »Aber das ist doch nicht mög...«
»Zum Teufel mit dir, Hartung!« brüllte Müller, dem vor Zorn die Halsschlagadern hervortraten. »Du aufgeblasenes Arschloch! Du nach Scheiße stinkender, großtuerischer, aufgemotzter, unausstehlicher Laffe! Hast du gehört, was ich gesagt habe?«
Der Sturmbannführer ließ seinen Blick flüchtig über die Gesichter der Umstehenden schweifen. Alle waren von heillosem Schrecken gezeichnet. »Aber das...«
»In deinem Wahn hast du uns alle in Gefahr gebracht, uns mit Fleckfieber anzustecken!«
»In meinem Büro können wir unsere Kleider über heißem Dampf desinfizieren«, schlug Dieter Schmidt gespielt kleinlaut vor.
Sichtlich bemüht, nicht völlig die Fassung zu verlieren, wandte Dr. Müller sich an Szukalski und fragte: »Haben Sie DDT?«
»Es ist uns schon seit langem ausgegangen, Herr Doktor«, antwortete Szukalski, der seine innere Hochstimmung meisterhaft verbarg. »Die wenigen Lieferungen, die wir aus Deutschland bekamen, reichten nicht aus, um die Ausbreitung der Krankheit zu verhindern.«

»Hartung!« stieß Müller zwischen den Zähnen hervor. »Jetzt ist es aus! Reichsprotektor wolltest du werden! Daß ich nicht lache! Wenn ich erst meinen Bericht über deinen idiotischen Auftritt hier verfaßt habe«, Müller schnappte nach Luft und rümpfte die Nase vor dem Schweinegeruch, der Hartung noch immer anhaftete, »dann werden sie dich wohl zum Scheißprotektor ernennen und dich auf einem Misthaufen stationieren!«

Er drehte sich zu seinen Kollegen um. »Tun Sie, was der Hauptsturmführer sagt. Lassen Sie Ihre Kleider ausdämpfen! Das gilt für alle!«

Dann wandte er sich mit erhobenem Zeigefinger wieder Hartung zu. »Und was dich betrifft...« Fritz Müller brach mitten im Satz ab und erstarrte. »O mein Gott...«, keuchte er.

»Was ist los, Herr Doktor?« fragte jemand.

Müller blickte über den Marktplatz auf den Park neben der Kirche. »Großer Gott...«, flüsterte er wieder.

Und bevor irgend jemand etwas sagen oder tun konnte, rannte Fritz Müller schon über die Straße auf die parkenden Panzer zu.

»Herr Hauptmann!« brüllte er, heftig mit den Armen fuchtelnd. »Herr Hauptmann!«

Der Panzerkommandant hielt im Kauen inne und schaute verwundert zu dem Mann auf, der da angerannt kam. Er hatte ein halbgegessenes Wurstbrot in der einen und eine Flasche Bier in der anderen Hand.

»Was gibt es, Herr Doktor? Kann der Spaß beginnen?«

»Holen Sie Ihre Männer dort weg!« kreischte Müller.

»Meine Männer dort wegholen...«

»Sofort, Herr Hauptmann. Rufen Sie sie auf der Stelle zurück!«

»Aber warum denn?« Der Panzerkommandant warf einen raschen Blick über Müllers Schulter und sah Hartung stumm neben einem der Geländewagen stehen. Er wirkte seltsam betreten. »Was ist los, Herr Doktor? Meine Männer wollten sich vor dem Einsatz doch nur noch ein wenig stärken. Die Stadtbewohner dachten, sie könnten ihr Leben mit ein wenig Essen und Trinken erkaufen, aber...«

»Diese Stadtbewohner, Herr Hauptmann, sind mit Fleckfieber verseucht!«

»Mit Fleckfieber ver...« Der Hauptmann wich einen Schritt zurück. »Aber man hat uns doch gesagt, es gebe hier keine Fleckfieberepidemie, und wir sollten die Stadt dem Erdboden gleichmachen!«

»Wie es scheint, ist da einem der Herren ein ziemlich schwerwiegender Fehler unterlaufen, und wir waren die ganze Zeit der Gefahr ausgesetzt, uns mit Fleckfieber zu infizieren.« Müller schaute zu der ausgelassenen Festgesellschaft hinüber, sah, wie die Frauen die Braten zerlegten, das Brot aufschnitten und über den Suppenschüsseln lachten. Und er sah die Soldaten des Reichs, die willig alles in den Mund steckten, was ihnen angeboten wurde.
Fritz Müller fühlte sich plötzlich hundeelend.
In einem bedeutend ruhigeren Ton sagte er: »Herr Hauptmann, wir sind in ernster Gefahr hier. Bitte trommeln Sie Ihre Männer zusammen und lassen Sie sie vor dem Rathaus Aufstellung nehmen.«
Der Hauptmann ließ das Brot und die Flasche fallen und befahl seinem Feldwebel, die Männer im Laufschritt antreten zu lassen.

Die Szene hätte durchaus komische Züge gehabt, wäre sie nicht von Angst überschattet gewesen. Die gesamte Delegation stand völlig entblößt in Dieter Schmidts Büro, während ihre Kleidung über heißem Wasserdampf gereinigt wurde. In spannungsgeladenem Schweigen untersuchten sie sich gegenseitig auf Läuse und benahmen sich bei dieser demütigenden Verrichtung so gespreizt, daß es fast schon grotesk wirkte.
Das seltsame Schweigen wurde gebrochen, als einer der Ärzte aufstöhnte: »Gott im Himmel, ich habe eine gefunden!« und eine Laus aus seinem Schamhaar klaubte. »Dabei bin ich nur mal hinter eine dieser Hütten pinkeln gegangen, und schon habe ich Läuse!«
Das genügte, um Müller, der auf der Seite stand und lange Zeit geschwiegen hatte, erneut überkochen zu lassen. »Du bist so still, Sturmbannführer«, meinte er spöttisch. »So schweigsam habe ich dich ja noch nie erlebt. Gewöhnlich weiß man gar nicht, wie man dich abstellen soll.«
Alle Augen richteten sich auf den SS-Mann, der unbeweglich dastand und keine Miene verzog.
»Hast du nichts zu sagen, Hartung?« fuhr Müller unerbittlich fort. »Oder versagt dir die Stimme, wenn man dir deine schicke schwarze Uniform wegnimmt? Weißt du, was du uns angetan hast? Du hast uns alle einer Krankheit ausgesetzt, die für jeden einzelnen tödlich enden kann. Und das nur wegen deines verdammten Ehrgeizes! Du

würdest deine eigene Mutter umbringen, wenn es deiner Karriere nützt. Aber eines verspreche ich dir: Von diesem Tag an bist du ein Nichts! Dafür werde ich schon sorgen...«
Müller sprach immer weiter, sein Zorn und seine Angst brachen wie ein Wasserfall aus ihm hervor, und der stumme Schrecken, der jedermann im Raum tief in den Gliedern saß, machte sich in seinen Worten Luft. Doch Maximilian Hartung hörte nichts davon. Der SS-Mann hielt seinen durchtrainierten, muskulösen Körper aufrecht, während seine Augen einen Punkt fixierten, den man durch das Fenster von Schmidts Büro gerade noch erhaschen konnte. Es war das graue Steindach des Krankenhauses von Sofia. Und während Maximilian Hartung haßerfüllt auf das Gebäude starrte, tat er einen fürchterlichen Schwur.

Ruhe und Frieden kehrten wieder in Sofia ein, und Jan Szukalski wurde wie ein Held gefeiert. Doch er wollte sich das Verdienst am Sieg über die deutsche Delegation nicht allein zurechnen lassen. Bescheiden erklärte er: »Eigentlich waren wir mit dem Schwindel nur deswegen erfolgreich, weil die Deutschen, wie geplant, mitspielten. Ich hatte mich fest darauf verlassen, daß ihre Angst vor der Krankheit sie davon abhalten würde, die Patienten allzu gründlich zu untersuchen. Wenn Dr. Müller und seine Kollegen nicht so sehr um ihre eigene Sicherheit besorgt gewesen wären, hätten sie bei einer näheren Prüfung schnell festgestellt, daß die angeblichen Fleckfieberkranken ausgezeichnet Theater spielten. Statt dessen verließen sich die vorsichtigen Deutschen aber lieber auf die Ergebnisse des Weil-Felix-Tests. Sie meinten, wenn sie selbst die Blutproben abnähmen und die Tests durchführten, müßte das Resultat in jedem Fall richtig sein. Nicht wir haben uns vor den Deutschen gerettet, sondern die Deutschen haben uns vor sich gerettet.«
Auch in der folgenden Zeit spritzen Maria Duszynska und Jan Szukalski weiter ihren Proteus-Impfstoff, während Hans Keppler und Anna in der Krypta für Nachschub sorgten. Der Sommer verging wie im Flug, ruhig und ungestört vom Schreckgespenst des Krieges, das in allen anderen Städten und Dörfern Polens namenloses Unheil anrichtete. Szukalski erstattete Dieter Schmidt jeden Tag Bericht. Die Epidemie nahm den erwarteten Verlauf, und die Bürger von Sofia gaben

weiterhin vor, Opfer der schlimmsten Fleckfieberepidemie in der Geschichte Polens zu sein.

Kurz nach seiner Rückkehr nach Warschau wurde Maximilian Hartung das Kommando über seine Einsatzgruppe entzogen, und er wurde als Unterkommandant des Konzentrationslagers nach Majdanek in die Nähe von Lublin versetzt.

Er übernahm das Unterkommando mit dem für ihn typischen Pflichtbewußtsein und fand zu seiner grausamen Befriedigung schnell heraus, daß Majdanek das ideale Ventil für die Wut und den Haß war, die seit seiner schmachvollen Niederlage in ihm gärten. Es dauerte nicht lange, bis ihm seine Grausamkeiten im Lager einen Namen eingetragen hatten, den er bis an sein Lebensende beibehalten sollte: Der Bluthund von Majdanek. Ende 1943 wurde ihm klar, daß seine Karriere zu Ende war, wenn die Ostfront erst unter dem russischen Vorstoß zusammenbrach. So sah Max Hartung seine einzige Chance in den Krematorien von Majdanek.

Er beraubte die Todgeweihten ihrer Wertsachen und hortete sie mit der Zeit zu einem beträchtlichen Schatz an Diamanten und Gold.

Der Frühling 1944 verhieß Polen endlich die erhoffte Wende. Die Rote Armee trieb die Deutschen immer weiter aus dem Land. Hitlers Streitkräfte waren dabei, den Krieg zu verlieren. In allen Städten und Dörfern Polens gingen Gerüchte um, wonach das Ende des Krieges bereits absehbar sei, und die Hoffnung, endlich dem deutschen Joch zu entrinnen, ließ nicht nur die Bewohner von Sofia neuen Lebensmut fassen.

Jan Szukalski stand am Fenster seines Büros und schaute über die sonnengebleichten Gebäude und das junge Laub der Bäume. Dabei fiel ihm ein ähnlicher Tag vor einem Jahr ein, als er mit der deutschen Abordnung nach Slavsko hinausgefahren war. Er erinnerte sich jetzt wieder an den Schrecken, der ihn damals erfüllt hatte, und staunte über den Unterschied zwischen diesem Tag und dem vor einem Jahr.

Heute konnte er auf die zweieinhalb Jahre seiner »Epidemie« zurückschauen und wußte, daß Sofia den Sieg davongetragen hatte.

»Ich fahre morgen nach Krakau«, sagte er zu Maria Duszynska, die hinter ihm stand, »zu diesem Symposium über Infektionskrankhei-

ten, von dem ich Ihnen erzählt habe. Schmidt hat mir die Reiseerlaubnis gegeben.«
»Da bin ich aber überrascht.«
»Ich nicht. Ich habe ihm gesagt, ich wolle mich dort nach einer Möglichkeit umhören, um die Epidemie einzudämmen.«
»Werden Sie lange fort sein?«
»Ich denke nicht. Nur die zwei Tage, die die Konferenz dauert. Aber ich muß irgendwie nach Sandomierz kommen, um den Zug zu nehmen. Ich weiß nicht, wie lange das dauern wird. Pfarrer Wajda kann mich bis an die Grenze des Quarantänegebiets fahren. Von dort aus kann ich zum Zug laufen.«
Szukalski trat vom Fenster weg und lächelte Maria Duszynska an. Er fühlte sich heute ausgesprochen wohl. »Es ist erstaunlich, nicht wahr? Wenn man darüber nachdenkt, zweieinhalb Jahre Ruhe vor den Nazis.«
Maria erwiderte sein Lächeln. Der Schmerz, den Maximilian Hartung ihr seinerzeit zugefügt hatte, war längst vergessen. Nach seiner schimpflichen Abfahrt aus Sofia hatte sie sogar gefunden, daß die Gewißheit über seine wahre Identität ihr plötzlich neue Freude am Dienst im Krankenhaus und an der Zusammenarbeit mit Szukalski bescherte. »Seien Sie aber nicht zu siegessicher, Jan. Wir können immer noch entdeckt werden.«
»Ja, ich weiß. Aber in diesen Tagen steht nicht mehr die ganze Stadt auf dem Spiel wie noch vor einem Jahr. Die Nazis fallen immer weiter zurück. Sie sind in der Defensive. Hitler braucht jeden verfügbaren Mann an den beiden Fronten. Ich glaube nicht, daß er Menschenpotential und Artillerie dazu heranziehen würde, um eine unbedeutende Stadt auszulöschen. Nicht im Augenblick.«
»Aber *wir* sind noch in Gefahr.«
»Natürlich, das sind wir immer gewesen und werden es vielleicht auch immer sein. Aber davon hat sich keiner von uns abschrecken lassen. Als Partisan muß man eben mit der Gefahr leben.«
»Das Wort gefällt Ihnen, nicht wahr? Und Sie mögen auch die Vorstellung, daß Sie ein Partisan gewesen sind.«
»Niemand wird je wissen, wie stolz ich darauf bin, für mein Land gekämpft zu haben. Es gibt mir hier drinnen ein gutes Gefühl.« Er klopfte sich auf die Brust.

»Ist doch eigentlich seltsam. Wir werden die Erfahrungen aus unserer Schlacht nie mit jemandem teilen können. Es ist die einzige Schlacht, die zum Sieg führte, ohne daß auch nur ein einziger Schuß abgefeuert wurde.«
»Wir haben Tausende Menschenleben gerettet, Maria, und nur darauf kommt es an.«
Er schaute wieder aus dem Fenster auf die blühenden Blumen.
Piotr Wajda fuhr Szukalski bis an den Rand der Quarantänezone. Am Kontrollpunkt auf der Landstraße zeigte Szukalski den diensthabenden Wachen seine Reiseerlaubnis und ließ dann geduldig die Behandlung mit DDT über sich ergehen, das die Soldaten ihm in Hose und Nacken sprühten. Auch sein kleiner Koffer wurde geöffnet und bestäubt.
Bevor er sich auf den Weg machte, rief Szukalski Wajda zu: »Holen Sie mich übermorgen um die Mittagszeit wieder hier ab.« Dann lief er die vier Kilometer vom Kontrollpunkt bis nach Sandomierz, wo er zwei Stunden später den Zug nach Krakau bestieg.
Krakau hatte sich verändert.
Panzer und Artillerie waren allgegenwärtig, und auf den Straßen sah man mehr Soldaten als Zivilbevölkerung. Überall lagen Scherben herum, die vom Kampf des Widerstandes zeugten. Häuser waren mit Brettern vernagelt, und in den vernachlässigten Gärten wucherte das Unkraut. Die Hauswände waren mit wütenden Parolen beschmiert.
Doch nicht so sehr das äußere Erscheinungsbild der Stadt hatte sich verändert, denn eigentlich war Krakau von der Verwüstung, die andere polnische Städte getroffen hatte, weitgehend verschont geblieben. Es war vielmehr die hier herrschende Stimmung, die Szukalski auffiel. Während die Bewohner des friedlichen Sofia ihr normales Leben hatten fortführen können, hatten die Menschen in Krakau die ganze Härte der deutschen Besatzung zu spüren bekommen.
Erinnerungen kamen in ihm hoch, an die glückliche Kindheit, die er hier verbracht hatte. Er ging am Czartoryski-Palast vorbei und mußte an die Studenten denken, die sich einst auf diesen Gehsteigen getummelt hatten und für ein paar Zloty Geige und Akkordeon spielten. Als er den Alten Markt, den großen, gepflasterten Platz im Zentrum der Stadt, betrat, sah er dort nicht die Besatzungssoldaten und die

schlammbespritzten Panzer. Statt dessen sah er die Fahnen und Apostelfiguren am Fronleichnamstag, als er dort mit seinen Eltern niedergekniet war und gebetet hatte. Als er den Blick über die imposante Architektur der Tuchhallen schweifen ließ, sah er nicht die roten Hakenkreuzfahnen, sondern den Blumenmarkt, der früher hier abgehalten wurde, und er stellte sich seine Mutter vor, die stehen blieb, um einen kleinen Strauß auszusuchen.
Szukalski wandte sich ab und ging weiter. Dies hier war ein anderes Krakau als das, wo er geboren und aufgezogen worden war. Das Krakau von damals existierte nicht mehr.
Er kam zu den Mauern des Kazimierz, des Krakauer Gettos, die mit gelber Farbe und den obszönen Verwünschungen von Antisemiten beschmiert waren. Stacheldraht bewehrte die dicken Mauern, und Szukalski erinnerte sich, wie er damals mit seiner Mutter durch den jüdischen Markt geschlendert war und wie fasziniert er als Junge von den Gestalten mit den langen, schwarzen Mänteln, den Pelzhüten und den Korkenzieherlocken neben jedem Ohr gewesen war. Diese Juden waren jetzt alle fort.
Jan Szukalski schlug den Weg zur Jagellonischen Universität ein, wo am nächsten Tag das Symposium stattfinden sollte. Seit 1939, dem Jahr, in dem alle Lehranstalten geschlossen worden waren, fanden natürlich auch an Krakaus berühmter Universität keine Vorlesungen mehr statt, und die Polen hatten keinen Zugang mehr zu höherer Bildung. Aber dieses Symposium wurde unter deutscher Schirmherrschaft abgehalten und hauptsächlich von Deutschen besucht. Zu diesem Anlaß war ein Hörsaal des alten Gebäudes geöffnet worden.
Als er das Standbild Kosciuszkos auf dem Wawel-Hügel sah, wurden noch mehr schmerzliche Erinnerungen in ihm wach. Wie er im Schatten der fünfhundert Jahre alten Mauer gesessen und seine Medizinbücher gewälzt hatte. Wie er manchmal den Unterricht geschwänzt hatte, um in den Tatra-Bergen Skifahren zu gehen. Wie er einen Tag, nachdem er sein Abschlußdiplom erhalten hatte, in dem kleinen Café auf der anderen Seite der Straße Katarina begegnet war.
Aber es nützte nichts, über jene glücklichen Tage nachzudenken, das wußte Szukalski. Er war aus einem sehr wichtigen Grund in Krakau und konnte sich den Luxus nicht leisten, Erinnerungen an die Vergangenheit nachzuhängen.

totenstill vor, obwohl die Zuhörer begeistert Beifall klatschten und den Vortrag untereinander kommentierten. Der Schlußsatz des Redners machte Jan Szukalski allem anderen gegenüber taub.
»... die falsch positiven Ergebnisse, die zuweilen bei anderen Tests auftreten, können somit verhindert werden...«
Wie in Trance stand Jan auf und eilte zum nächstgelegenen Ausgang. Auf dem leeren Gang vor dem Hörsaal hielt er inne und lehnte sich gegen die Wand, während er sich die ganze Tragweite dieser schrecklichen Entdeckung vergegenwärtigte. Das war es. Deshalb war er nach Krakau gekommen.
Der Weil-Felix-Test konnte jetzt überprüft werden. Und jede Blutprobe, die nicht von einem wirklichen Fleckfieberpatienten stammte, würde unausweichlich zu einem negativen Ergebnis führen. Die Deutschen konnten nun herausfinden, daß die Proben aus Sofia gefälscht worden waren, und der Schwindel würde unweigerlich auffliegen.
Jan wäre auf der Stelle abgereist, hätte es da nicht noch eine wichtige Frage gegeben, die unbeantwortet geblieben war. Und da die Antwort auf diese Frage für seine nächsten Schritte entscheidend war, mußte er wohl oder übel noch eine Weile ausharren.
In der Mittagspause wurde für alle anwesenden Ärzte Essen ausgegeben, und trotz einiger Schwierigkeiten konnte sich Szukalski einen Platz an dem Tisch sichern, an dem die beiden Rickettsien-Experten saßen. Während der freundlichen Unterhaltung fand er Gelegenheit, seine Frage zu stellen.
Sie aßen Pellkartoffeln mit Sauerrahm und diskutierten dabei über die jüngsten Fortschritte in der Medizin. Szukalski, der sich bis dahin nur unwesentlich an dem Gespräch beteiligt hatte, beugte sich vor und sprach die beiden Wissenschaftler an.
»Ihre neuesten Forschungsergebnisse haben mein größtes Interesse geweckt, meine Herren. Können Sie mir sagen, wie lange es dauern wird, bis der Agglutinationstest und der Test zur Komplementbindungs-Reaktion allgemein zur Anwendung kommen?«
Der Mikrobiologe aus Berlin antwortete: »Ich denke, in ein paar Monaten wird es soweit sein. Die Tests sind in der Durchführung etwas langwierig und teuer, doch unbedingt zuverlässig, wenn man mit der Diagnose im Zweifel sein sollte.«

Jan Szukalski verbarg seine Hände unter dem Tisch und preßte sie zusammen. Er versuchte, mit unbeschwerter Stimme weiterzusprechen. »Und wie lange nach Verschwinden der Symptome kann man mit diesen Tests Fleckfieber nachweisen?«
Jetzt ergriff der andere Wissenschaftler das Wort. »Hier liegt ein weiterer Vorteil unserer Tests gegenüber den bisher gebräuchlichen«, meinte er lächelnd. »Wie Sie wissen, Herr Kollege, sind die Antikörper gegen Fleckfieber drei Monate nach Abklingen der Krankheit mit dem Weil-Felix-Test nicht mehr nachweisbar, so daß er für die Analyse des Blutes eines ehemaligen Fleckfieberpatienten sechs Monate später praktisch wertlos ist. Mit der Komplementbindungs-Reaktion wird es nun möglich sein, die Antikörper über mehrere Monate, vielleicht sogar Jahre hinweg, nachzuweisen.«
Szukalski starrte die beiden Männer entgeistert an. Seine Hände waren so fest ineinander verkrampft, daß sie schmerzten.
Vielleicht über Jahre hinweg... Das bedeutete, daß man alle angeblichen Fleckfieberpatienten in Sofia nachträglich überprüfen und dabei herausfinden konnte, daß kein einziger die Krankheit wirklich gehabt hatte...
»Ich möchte Ihnen zu Ihrer Arbeit gratulieren«, hörte er sich sagen und wunderte sich, daß er noch lächeln konnte. »Wirklich eine großartige Leistung.«
Er blieb nicht bis zum Ende des Symposiums und verließ Krakau voll Sorge und Schwermut. Er hatte schon vorher gewußt, daß er bei dem Expertentreffen etwas erfahren könnte, was ihm und Maria zu denken geben würde. Aber mit solchem Sprengstoff hatte er nicht gerechnet. Jetzt konnte der Weil-Felix-Test nicht nur doppelt überprüft werden; es war nun auch möglich, Patienten zu untersuchen, deren Fleckfiebererkrankung schon lange zurücklag. Und das mit Tests, die unwiderlegbar waren.
»... Ich denke, die Tests werden in ein paar Monaten allgemein verfügbar sein...«
Obwohl Szukalski in großer Sorge aus Krakau abreiste, tröstete er sich damit, daß kein ihm bekannter Kollege aus seinem Fachgebiet dem Symposium beigewohnt hatte. Doch darin irrte er sich. Einer hatte daran teilgenommen; ein Mann namens Fritz Müller.

Da die meisten Hotels entweder geschlossen oder für Polen verboten waren, mußte Dr. Szukalski ein kleines Zimmer in einem Privathaushalt nehmen, der zur Aufbesserung seines Einkommens Untermieter akzeptierte. Nachdem er der Frau des Hauses den unverschämten Preis von drei Zloty bezahlt hatte, obwohl diese lieber Reichsmark gehabt hätte, zog Szukalski sich für die Nacht zurück.

Als er die Aula betrat, in der das Symposium über Infektionskrankheiten stattfinden sollte, war Jan zuerst erfreut über die große Besucherzahl. Doch bei näherem Hinsehen und Hinhören stellte er rasch fest, daß der Veranstaltung nur wenige Polen und Tschechen beiwohnten. Die meisten Teilnehmer waren Deutsche. Während er im hinteren Teil des Saals Platz nahm, dachte er an seine Kollegen aus seiner Krakauer Zeit und fragte sich, wo sie jetzt wohl sein mochten.
Er schlug das Programmheft auf und überflog die Liste der Vorträge, die vor der Versammlung gehalten werden sollten. Der vierte Titel auf der Liste weckte seine Aufmerksamkeit. »Komplementbindungs-Reaktion bei Rickettsien.«
Nachdem er lange bei dem Titel verweilt war, zog Szukalski einen Bleistift aus der Tasche und kreiste ihn ein. Die wissenschaftliche Abhandlung sollte von ihrem Verfasser, einem berühmten Berliner Mikrobiologen, persönlich vorgetragen werden und war auf zehn Uhr angesetzt. Jan Szukalski mußte noch zwei Stunden warten.
Abermals las er den Titel und spürte, wie er sich innerlich anspannte. Fleckfieber gehörte zu den Krankheiten, die durch Rickettsien übertragen wurden.
Szukalski ging auf der Liste weiter. Und wieder fiel ihm ein Titel ins Auge: »Untersuchungen zum Agglutinationsverhalten von Rickettsien bei Fleckfieber.« Der Vortrag sollte kurz vor Mittag gehalten werden.
Jan sah sich im Saal um. Die meisten Plätze waren jetzt besetzt, der Lärm legte sich allmählich, und die Mediziner unterhielten sich leise murmelnd.
Er umrahmte den zweiten Titel und las den Rest der Liste. Das übrige Programm setzte sich aus Vorträgen über Typhus, Hepatitis und Cholera zusammen. Aber diese Themen interessierten Szukalski nicht so sehr wie die beiden, die er eingekreist hatte. Nur für diese war

er hergekommen. Um herauszufinden, welche Veränderungen auf dem Gebiet der Bekämpfung infektiöser Krankheiten im Gange waren.

Die Eröffnungsreden begannen, und Dr. Szukalski hörte den gut ausgearbeiteten Vorträgen mit halbem Ohr zu. Wieder schwelgte er in Erinnerungen an die Tage, als er in eben dieser Aula gesessen und hastig Notizen zur Vorlesung mitgekritzelt hatte. Um zehn Uhr konzentrierte er sich wieder auf das Podium und beugte sich neugierig vor, als der deutsche Wissenschaftler seinen Platz am Lesepult einnahm. Mit leiernder Stimme begann der Mann seine Abhandlung über die »Komplementbindungs-Reaktion bei Rickettsien« zu verlesen und brachte die ersten Minuten damit hin, seine Untersuchungsmethode zu erläutern und auf die Anzahl der getesteten Fälle hinzuweisen. »Der Test ist in nahezu allen klinischen Fleckfieberfällen positiv und stimmt zu hundert Prozent mit den Ergebnissen des Weil-Felix-Tests überein. Es gab in meiner Testreihe keinerlei falsch positive Resultate.«

Der Mann beendete seinen Vortrag, trat ab, und Szukalski klatschte mit den übrigen Zuhörern Beifall. Während der nächsten beiden Vorlesungen ließ er seine Gedanken nicht mehr ziellos umherschweifen. Die Schlußworte des Berliner Mikrobiologen gingen ihm nicht aus dem Kopf und stürzten ihn in tiefe Nachdenklichkeit: »Es gab in meiner Testreihe keinerlei falsch positiven Resultate.«

Endlich trat der andere Wissenschaftler, auf dessen Vortrag er gewartet hatte, zum Rednerpult. Nervös und angespannt beugte Jan sich vor.

Wie die vorangegangenen Redner berichtete auch dieser Mann zunächst lang und breit über seine Theorien und Forschungsmethoden, bevor er ganz zum Schluß bei dem Punkt anlangte, auf den Jan voller Ungeduld gewartet hatte.

»Der Test ist von großem Wert für die Unterscheidung zwischen murinem und epidemischem Fleckfieber. Sowohl beim Rickettsien-Verklumpungstest als auch bei der Komplementbindungs-Reaktion werden spezielle Rickettsien verwendet. Die falsch positiven Ergebnisse, die zuweilen bei anderen Tests auftreten, können somit verhindert werden.«

Szukalski sank in seinem Stuhl zurück. Der Saal kam ihm plötzlich

25

Der Augenblick, dem sie seit zweieinhalb Jahren mit Schrecken entgegensahen, war schließlich gekommen.
Die Verschwörer saßen in vertrauter Runde in der Krypta der Kirche und blickten im Dämmerlicht in die Gesichter derer, die zu lieben und zu achten sie während der langen Monate gelernt hatten. Die Gefahren, denen sie gemeinsam begegnet waren, hatten die fünf eng zusammengeschweißt und sie in einer Art Blutsbruderschaft vereint. Und weil nun das Ende nahte, mit dem sie immer rechnen mußten, war die Stimmung gedrückt, als Szukalski mit trauriger Stimme zu sprechen begann:
»Was ich in Krakau erfahren habe, meine Freunde, bedeutet für uns das Ende. Wie es scheint, hat die Wissenschaft eine Methode gefunden, mit der unser Schwindel aufgedeckt werden kann. Unter Anwendung der neuen Komplementbindungs-Reaktion werden die Deutschen feststellen, daß wir sie hinters Licht geführt haben. Ich denke nicht, daß uns mehr als zwei Monate bleiben, bis man uns auf die Schliche kommt.«
Die Angst und die Unsicherheit, die die Neuigkeit bei den Versammelten hervorrief, wurden etwas abgemildert, als Szukalski von den Zuständen in Krakau und von den schrecklichen Dingen berichtete, die er dort über die Konzentrationslager gehört hatte. Während das übrige Polen furchtbar unter den Deutschen gelitten hatte, war Sofia vom Schlimmsten verschont geblieben. Dieser kleine Trost – das Wissen um ihren unermeßlichen Sieg – half ihnen, mit der Niederlage fertig zu werden, die ihnen bevorstand.
»Was werden wir jetzt tun?« fragte Hans Keppler.
Szukalski wägte seine nächsten Worte sorgsam ab. Er erhob sich und wandte sich von den vier anderen ab, die erwartungsvoll zu ihm aufblickten. Nachdem er einen Augenblick nachgedacht hatte, antwortete er leise: »Wir werden Pläne für unsere Flucht machen müssen.«
Anna hielt vor Schrecken den Atem an.
»Sie meinen, wir sollen Sofia verlassen?« frage Piotr Wajda fassungslos.
Jan drehte sich um und lächelte seinen Freund an. »Sie haben es die

ganze Zeit über gewußt, Piotr. Tun Sie doch jetzt nicht so, als seien Sie überrascht.«
»Jan«, entgegnete Piotr bedächtig, »wir haben immer gesagt, wir würden die Stadt niemals im Stich lassen. Warum reden wir jetzt plötzlich davon?«
»Ich rede nicht davon, sie im Stich zu lassen, Piotr. Ich meine nur, wir sollten die Epidemie beenden und dann verschwinden. Das ist ein Unterschied. Wenn wir der Epidemie selbst ein Ende bereiten, bevor die Deutschen unseren Schwindel entdecken, dann besteht die Aussicht, daß sie nie davon erfahren. Wir hatten vorher nie die Möglichkeit wegzugehen, weil Sofia sonst in die anfängliche Misere zurückgefallen wäre, das heißt, die Deutschen hätten wieder alle Nahrungsmittel gestohlen, unliebsame Personen deportiert und anderes mehr. Aber ich denke nicht, daß dies jetzt noch passieren wird. Die Russen rücken jeden Tag weiter vor, und die Nazis verlieren zusehends an Boden. Bald wird es soweit sein, daß die Quarantäne aufgehoben werden kann und die Stadt trotzdem noch sicher ist. Ich denke, dieser Tag wird bald da sein.«
»Aber wir können doch nicht einfach aufstehen und gehen...«
»Nein, Piotr, das werden wir auch nicht. Zumindest nicht alle von uns. Und nicht auf einmal. Zuerst müssen wir die Epidemie ausklingen lassen, ohne Verdacht zu erregen. Wir müssen unbedingt verhindern, daß die Deutschen die Komplementbindungs-Reaktion auf unsere Proben anwenden, und ich glaube, das würden sie nur dann tun, wenn sie Verdacht schöpfen. Hat die Epidemie erst einmal ein scheinbar natürliches Ende genommen, dann werden uns die Deutschen wohl einfach vergessen.«
»Jan.«
Er schaute auf Maria. »Ja?«
»Warum müssen wir dann überhaupt fort? Wenn die Nazis auf dem Rückzug sind und wir damit rechnen können, daß die Russen uns bald befreien, warum sollten wir Sofia verlassen? Wir können die Epidemie einfach zurückgehen lassen, die Quarantäne wird aufgehoben, und wir sind sicher vor...«
Szukalski schüttelte den Kopf. »Das habe ich mir auch zuerst überlegt. Aber dann fielen mir gewisse Leute ein.« Er hob warnend den Zeigefinger. »Dieter Schmidt sinnt auf Rache. Das weiß ich schon

lange. Maria und ich sind ihm ein Dorn im Auge, seit die Epidemie ihren Anfang nahm. Er wartet nur auf den richtigen Augenblick, um uns seinen Mißerfolg hier heimzuzahlen. Dies wird dann der Fall sein, wenn die Quarantäne aufgehoben wird und wir nicht mehr länger gebraucht werden.«
»Sie sprachen von Leuten«, murmelte Pfarrer Wajda und wußte bereits, was Szukalski sagen würde.
»Maximilian Hartung. Wir alle wissen, daß er Sofia mit Rache im Herzen verließ. Wenn die vermeintliche Ansteckungsgefahr erst einmal gebannt ist, wird er wohl nicht zögern, zurückzukommen.«
»Warum sollte er?« fragte Anna. »Er glaubt doch auch, daß die Epidemie echt war.«
»Das schon, aber ich bin sicher, er gibt uns die Schuld an seiner Demütigung. Vielleicht irre ich mich, aber ich habe keine Lust, es darauf ankommen zu lassen. Kurz und gut, ich glaube, es ist an der Zeit, daß einige von uns Sofia verlassen.«
Eine unheimliche Stille kehrte ein. Es war, als ob Szukalskis Worte noch immer drohend in der Luft hingen, und in den Gesichtern spiegelte sich offene Besorgnis. Das leise Summen des Inkubators erfüllte den Raum.
Nach einem langen, bedrückenden Schweigen, sagte Piotr Wajda schließlich: »Ich muß bleiben, Jan.«
»Ja, das weiß ich. Und auch ich kann nicht einfach weg. Wir werden hier gebraucht, und unser Verschwinden würde Verdacht erregen.«
»Ich möchte auch bleiben«, flüsterte Maria.
Doch Szukalski schüttelte den Kopf. »Sie müssen fortgehen, Maria, ebenso wie Hans und Anna.«
Als Keppler etwas erwidern wollte, gebot Szukalski ihm mit einer Handbewegung Schweigen. »Ich habe die Entscheidung getroffen, und es gibt nichts mehr daran zu rütteln. Sie und Anna sind hier nicht länger vonnöten. Der Impfstoff, den wir haben, reicht uns bis zum Sommer. Danach wird es keine Epidemie mehr geben. Für Sie bleibt hier nichts mehr zu tun. Und Maria, Sie müssen gehen, weil jetzt Ihre einzige Chance ist, die Stadt zu verlassen, ohne Mißtrauen zu erwecken. Bitte, meine Freunde, ich brauche auch jetzt eure volle Unterstützung. Wir haben zweieinhalb Jahre so gut zusammengearbeitet,

es wäre doch schade, wenn wir uns jetzt über einen solchen Punkt streiten würden.«
Er lächelte sie wehmütig an und wünschte, er hätte ihnen noch mehr sagen können. Schließlich meinte er nur: »Denkt darüber nach, was ich euch gesagt habe, und kommt morgen nacht wieder. Wir werden uns dann einen Fluchtplan überlegen.«

Etwas ließ Fritz Müller keine Ruhe mehr, seitdem er von dem Symposium über Infektionskrankheiten aus Krakau zurückgekommen war.
Er saß in seinem Büro im Warschauer Zentrallabor und dachte wieder darüber nach, wie aufgeregt Jan Szukalski das Symposium verlassen hatte.
Fritz hatte Szukalski kurz vor Beginn der Vorträge im Hörsaal entdeckt und sich vorgenommen, ihn während der Mittagspause anzusprechen. Als Mediziner, der auf seine Standesehre hielt, machte ihm der peinliche Reinfall, den er damals ohne sein direktes Verschulden in Sofia erlebt hatte, schwer zu schaffen. Schon seit langem hegte er den Wunsch, Szukalski sein Bedauern darüber auszusprechen, daß es dazu gekommen war. Er war zwar Deutscher und Mitglied der NSDAP, doch nichtsdestoweniger gehörte er der Ärzteschaft an und brachte deshalb auch Jan Szukalski eine gewisse Achtung entgegen, obgleich dieser ein Pole war.
Fritz Müller hätte den Fall wohl als erledigt betrachtet, wäre Jan Szukalski bis zum Ende des Symposiums geblieben und hätten sie Gelegenheit gehabt, sich zu einem ungezwungenen Gespräch zusammenzufinden. Doch der Pole war nach dem Mittagessen verschwunden und nicht mehr in den Hörsaal zurückgekehrt.
Vor Verlesung der beiden Abhandlungen über Fleckfieber hatte Jan Szukalski entspannt und ruhig gewirkt. Danach hatte er sich beim Mittagessen zu den Autoren dieser speziellen Arbeiten gesellt, wobei sein Gesicht und sein Verhalten eine gewisse Nervosität verrieten. Unmittelbar danach war er dann verschwunden.
In seinem Büro las Fritz Müller jetzt noch einmal die Titel dieser beiden Vorträge und erkannte plötzlich den Grund für Szukalskis Unruhe. Es gab jetzt neuere und genauere Tests, mit denen Fleckfieber nachgewiesen werden konnte.

Müller klopfte gedankenverloren mit dem Füller auf den Schreibtisch. Vielleicht bildete er sich alles nur ein. Es konnte etwas ganz anderes sein, was Szukalski an diesem Tag so durcheinandergebracht hatte. Doch der leitende Arzt des von Deutschen kontrollierten Zentrallabors in Warschau würde schon herausfinden, was der wirkliche Grund für die überstürzte Abreise seines Kollegen gewesen war.
Müller wußte, daß gut zwei Monate vergehen würden, bevor er die Ausrüstung und die Reagenzien zur Durchführung des Komplementbindungs-Reaktionstests bekommen konnte. Hätte er eine Möglichkeit gesehen, in der derzeitigen Situation nach Berlin durchzukommen, wäre er persönlich hingefahren, um sich das für den Test notwendige Material zu beschaffen. Doch da er im Augenblick nichts tun konnte, griff er zum Telefon und wählte die Nummer des Labors.
»Ich möchte, daß Sie von jetzt an alle Proben aufheben, die wir aus Sofia und Umgebung bekommen. In etwa zwei Monaten werden wir einige spezielle Tests mit ihnen durchführen.«
Nachdem er aufgelegt hatte, dachte er an seinen alten Freund Maximilian Hartung, von dem er seit dessen Versetzung nach Majdanek nichts mehr gehört hatte. Und plötzlich verspürte er den Wunsch, wieder einmal mit ihm zu sprechen.

Die Verschwörer trafen sich in der folgenden Nacht in der Krypta von Sankt Ambroż.
»Maria, ich möchte, daß Sie Ende der Woche reisefertig sind«, sagte Szukalski. »Ich werde Schmidt erzählen, daß man ein Krebsleiden bei Ihnen festgestellt hat und daß Sie zur Behandlung nach Warschau müssen. Es wird wohl nicht schwierig sein, eine Reisegenehmigung für Sie zu bekommen.«
Maria blickte in einer Mischung aus Kummer und Schmerz zu ihm auf. »Ich würde lieber bleiben und bis zum Ende durchhalten«, versicherte sie sanft. »Ich habe keine Angst.«
»Das weiß ich. Aber Sie haben doch bis zum Ende durchgehalten. Wir haben Tausende vor dem sicheren Tod bewahrt, doch jetzt müssen wir uns selbst retten. Warschau ist die beste Adresse für Krebsbehandlungen. Werden Sie sich Ende der Woche bereithalten?«
»Ja«, murmelte sie.
»In Ordnung.« Szukalski räusperte sich und merkte, daß es ihm

schwerfiel, den Blick von ihren großen, ausdrucksvollen Augen zu wenden. »Hans? Ist Ihnen etwas eingefallen?«
»Ja, Doktor.« Keppler ergriff Annas Hand. »Anna und ich haben uns einen Plan ausgedacht. Wir werden Samstagnacht gehen.«
»Gut.« Szukalski nickte nachdenklich. »Gut...«, wiederholte er. Dann wandte er sich an Pfarrer Wajda, der niedergeschlagen dasaß, und fragte leise: »Piotr?«
Der Priester hob den Kopf und erwiderte mit einem traurigen Lächeln: »Ich kenne meine Aufgabe, Jan.«
Die beiden Männer sahen sich lange an.

Maximilian Hartung kochte vor Haß und Wut, als er Fritz Müllers Brief las.

SS-Sturmbannführer Maximilian Hartung; KZ Majdanek.
Lieber Max,
vielleicht muß ich mich am Ende noch bei Dir dafür entschuldigen, daß ich Dich in Sofia so schlecht behandelt habe, und besonders, daß Dir auf mein Betreiben das Kommando über die Einsatzgruppe entzogen wurde. Unlängst war ich in Krakau...

In seinem trostlosen Büro in der Hölle von Majdanek starrte Maximilian Hartung noch lange, nachdem er zu Ende gelesen hatte, auf den verwirrenden Brief. In seiner Seele tobte eine so unbändige Wut, daß er für einen Augenblick nicht mehr klar denken konnte.
Seit über einem Jahr ertrug er nun schon die Erniedrigung seiner Versetzung nach Majdanek, wo er persönlich dafür verantwortlich war, fünfzigtausend Juden und andere von den Nazis als Untermenschen eingestufte Personen in den Tod zu schicken. Und während dieser ganzen Zeit hatte er immer und immer wieder den schmachvollen Tag in Sofia durchlebt.
Ihn dürstete nach Rache.
Nach einer Weile raffte er sich auf und verfaßte eine Antwort an Müller.

Lieber Fritz,

wenn sich Deine Vermutung als wahr herausstellen sollte und die Komplementbindungs-Reaktion mit Blutproben aus Sofia negativ

ausfällt, dann laß es Szukalski auf keinen Fall wissen. Melde ihnen weiterhin positive Ergebnisse, damit sie keinen Verdacht schöpfen, daß wir ihrem Schwindel auf der Spur sind.
Ich will ihnen persönlich auf dem Kopfsteinpflaster ihres malerischen Marktplatzes die Hirnschale zerschmettern. Besonders diesem elenden Dreckskerl Szukalski und seinem scheinheiligen Priesterfreund. Ich erwarte, von Dir zu hören, sobald sich Dein Verdacht bestätigt hat.

Max.

Die fünf waren in einer Stimmung, wie sie sie nie zuvor erlebt hatten, und keiner von ihnen hätte an diesem traurigen Samstagabend in Worte fassen können, was in ihm vorging.
Szukalski sah Maria an, wie sie vor ihm in der Krypta stand, einen Mantel über dem Arm und einen kleinen Koffer unter dem anderen. Sie mußte den Anschein erwecken, als wolle sie nur für eine Woche wegbleiben, denn Schmidt hatte ihr keine längere Frist zugestanden. Pfarrer Wajda würde sie zum nördlichen Quarantäne-Kontrollpunkt fahren, von wo aus es nicht mehr weit bis zum Zug nach Warschau war.
Szukalski und Duszynska blickten einander im Dämmerlicht der Krypta an und brachten kein Wort heraus.
Hans Keppler trat nervös von einem Fuß auf den anderen.
»Dieter Schmidt hegt keinen Verdacht«, meinte Piotr Wajda beruhigend. »Für ihn geht alles so weiter wie bisher. Auch wenn die Russen nur dreihundert Kilometer östlich von uns stehen und die Alliierten von Westen her auf dem Vormarsch sind, Schmidt ist und bleibt davon überzeugt, daß sich nichts ändern wird. Der Mann ist entweder blind oder irregeleitet.«
»Leben Sie wohl, Jan«, flüsterte Maria, ihr Gesicht so nahe an seinem, daß sie seinen Atem spüren konnte.
Er faßte nach ihrer Hand und drückte sie zärtlich. Dann ließ er sie los und sagte: »Von nun an werden sich unsere Wege trennen. Ich wünsche Ihnen Sicherheit und Glück, Dr. Duszynska. Und ich wollte, ich könnte Ihnen eine Medaille verleihen oder...«
Sie lachte leise auf. »Für den Augenblick wäre ich schon zufrieden, es bis zum nördlichen Kontrollpunkt zu schaffen.«

»Was werden Sie in Warschau anfangen?«
»Ich weiß es noch nicht. Früher hatte ich viele Freunde dort. Sogar Verwandte. Aber wer weiß, ob sie noch da sind? Ob die Stadt überhaupt noch steht? Nach allem, was ich gehört habe, werde ich in ein Warschau zurückkehren, das nichts mehr mit dem Warschau gemein hat, das ich vor fünf Jahren kannte.«
»Ist es wirklich erst fünf Jahre her?«
»Ja, Jan, fünf Jahre, seit ich zum erstenmal den Fuß in Ihr Büro setzte und Sie mich ablehnten, weil ich eine Frau war.«
Er hob überrascht die Augenbrauen.
»Sie denken wohl noch immer, ich hätte das nicht bemerkt. Aber ist schon gut, Jan, die Vergangenheit liegt hinter uns. Jetzt müssen wir nach vorne schauen und eine Zukunft finden, die uns eine Weile Sicherheit bietet. Wenn ich nach Warschau durchkomme, werde ich versuchen, irgendwie Kontakt mit Ihnen aufzunehmen...«
»Nein, Maria, das ist zu gefährlich. Wenn Sie das Datum auf Ihrer Reiseerlaubnis erst einmal überschritten haben, wird Dieter Schmidt nach Ihnen fragen. Dann wird er mich ständig überwachen, um herauszufinden, ob ich von Ihnen höre. Es ist das beste, wenn wir keinen Kontakt aufnehmen.«
»Aber wenn der Krieg zu Ende ist...«
»*Wenn* er eines Tages zu Ende ist. Wir werden sehen, Maria, wir werden sehen.«
Überrascht von seiner plötzlichen Traurigkeit, wandte Szukalski sich jäh von Maria ab und räusperte sich, bevor er sich Keppler zuwandte.
»Sie sehen aus, als hätten Sie beschlossen, wieder in die Schlacht zu ziehen, Hans.«
Er trat aus dem Dunkel ins Licht, wo die anderen vier nun deutlich die graue Uniform der Waffen-SS sahen, in der er gekommen war. Sie war noch so sauber und makellos wie an dem Tag, als er sie abgelegt hatte. »Ja, Doktor, in meine eigene Schlacht. Anna und ich haben beschlossen, uns nach Rumänien durchzuschlagen. Wir halten dies für unsere einzige Chance.«
»Durch die Berge und Wälder«, bemerkte Pfarrer Wajda.
»Ja, Herr Pfarrer. Es ist Frühling. Anna und ich könnten es schaffen.«
»Wie wollen Sie aus Sofia herauskommen?« erkundigte sich Szukalski.

»Heute abend werde ich mir von Dieter Schmidt ein Motorrad borgen.«
»Borgen?«
»Borgen«, wiederholte er mit einem Lächeln und hielt ein kleines Bleirohr hoch.
»Ah ja«, sagte Szukalski und erinnerte sich wieder an den Morgen, als er in sein Büro kam und dort einen blutjungen, fast kindlich wirkenden Soldaten vorfand. In zweieinhalb Jahren war Hans Keppler zu einem stattlichen, gutaussehenden Mann herangereift, in dessen Augen sich die ganze leidvolle Erfahrung seines jungen Lebens widerspiegelte. »Ja...«, sagte Szukalski wieder.
Er nahm sich einen Moment Zeit, um jedes Gesicht noch einmal zu betrachten. Dann meinte er leise: »Vielleicht wird niemand außerhalb der Stadt je erfahren, was wir in diesen letzten zweieinhalb Jahren hier in Sofia getan haben. Nur die Leute von Sofia selbst wissen, wie wir sie gerettet haben und wovor. Aber ich möchte, daß ihr alle wißt, wie stolz ich darauf bin, an eurer Seite für unser Volk gekämpft zu haben.« Die Stimme versagte ihm, und er mußte eine Pause einlegen, bevor er weitersprechen konnte. »Wie bei so vielen guten Dingen ist der Anfang schwierig und ungewiß und das Ende schmerzlich. Und von dieser Stunde an wird jeder für sich selbst sein und Gott für uns alle.«
Sie umarmten sich ein letztes Mal und wünschten sich viel Glück. Dann verließen sie einer nach dem anderen die Krypta, um ihrem ungewissen Schicksal entgegenzugehen.
SS-Rottenführer Hans Keppler stand im Schatten der Kosciuszko-Statue auf dem Marktplatz und beobachtete den Wachposten, der vor dem verschlossenen Tor des Fuhrparks auf und ab patrouillierte. Es war ein kleines, dem Gestapo-Hauptquartier angeschlossenes Lager, das früher den staatlichen Fuhrpark und die Stallungen der Stadt Sofia beherbergt hatte. Jetzt diente es als Garage für Schmidts Mercedes und die Militärfahrzeuge. Um ein Uhr morgens herrschte wenig Betrieb; alles war friedlich und ruhig.
Endlich trat das ein, worauf Keppler gewartet hatte. Eine Außenposten-Wache fuhr auf einer Beiwagenmaschine vor und hielt an, um Meldung zu machen. Der andere Wachsoldat schob langsam das Rolltor auf und winkte den Motorradfahrer zu den Zapfsäulen hinüber.

Nachdem er das Zweirad aufgetankt und ein paar Worte mit dem Torwächter gewechselt hatte, begab sich der Außenposten-Soldat ins Hauptquartier.

Das Tor zum Fuhrpark stand noch immer offen, und jetzt sah Keppler seine Chance. Er flitzte über den Marktplatz und stürmte in den Hof, wo er dem aufgeschreckten Wachposten durch wildes Fuchteln bedeutete, ihm zu folgen. Gleich darauf hielt er einen Finger vor den Mund, um Ruhe zu gebieten.

Der Torwächter war über das plötzliche Auftauchen eines fremden Soldaten in Waffen-SS-Uniform sichtlich verblüfft und hielt seine Maschinenpistole im Anschlag, während er dem Eindringling nacheilte.

Keppler rannte direkt auf den Wartungsschuppen zu und blieb kurz vor dem Eingang stehen, um der Torwache heiser zuzuflüstern: »Los, Mann! Hier drinnen ist ein Dieb! Fassen wir ihn!«

Keppler stürzte in den dunklen Raum und duckte sich sofort neben der Tür. Als der Torwächter hereinkam, holte Hans mit dem Bleirohr aus und schlug dem Mann mit voller Wucht gegen die Kehle. Der Wachposten fiel hin und faßte nach seinem zerschmetterten Kehlkopf. Rasch stieß Keppler seinen Helm weg und versetzte ihm einen zweiten Schlag auf den Hinterkopf. Der Wachsoldat war auf der Stelle tot.

Keppler wartete ein paar Sekunden in der Totenstille der Werkstatt und lauschte auf das rasende Pochen seines Herzens. Als er das Zittern seiner Hände bezwungen und sich versichert hatte, daß niemand aufmerksam geworden war, stahl er sich rasch zu dem Motorrad, ließ den Motor an und fuhr durch das Tor davon.

Nachdem sie am nördlichen Kontrollpunkt ihre Reisegenehmigung vorgezeigt hatte, ließ Maria geduldig die Desinfektion mit DDT über sich ergehen. Dann überquerte sie die Grenzlinie und blieb stehen, um Pfarrer Wajda noch einmal zuzuwinken.

Traurig lächelnd winkte er zurück und sah Dr. Duszynska nach, wie sie sich über die Landstraße entfernte. Bald würde sie dort auf die langen Flüchtlingszüge stoßen, die sich ziellos durch Polen bewegten.

Hans Keppler war nicht allein, als er wenig später mit dem Motorrad über die holprige Landstraße fuhr. Im Beiwagen saß ein anderer Waffen-SS-Soldat, ebenfalls ein Rottenführer, dessen Uniform der seinen aufs Haar glich. Tatsächlich war es Kepplers Ersatzuniform, die er damals mit nach Sofia gebracht hatte.

Während sie an diesem schneidend kalten Morgen unter Birken und Pappeln hindurchfuhren, kam es ihm fast wie eine Ironie des Schicksals vor, daß er eine Zeitlang erwogen hatte, beide Uniformen zu vernichten. Jetzt würden sie ihnen möglicherweise das Leben retten. Und das Grau stand Anna übrigens sehr gut.

Die Frühnebel lichteten sich, und ein herrlich klarer Morgen brach an, als die Frühlingssonne über den Ausläufern der Karpaten aufging. Trotz seiner Müdigkeit fühlte sich Hans frei und glücklich. Sie waren die ganze Nacht hindurch gefahren und hatten noch einen langen Weg bis zur rumänischen Grenze vor sich. Doch allein die Tatsache, daß sie Sofia und die Sperrzone unbeschadet hinter sich gelassen hatten, machte ihn ganz zuversichtlich.

»Ich denke, wir sollten uns langsam nach einem sicheren Rastplatz für den Tag umsehen«, sagte er zu dem Soldaten im Beiwagen. »Ich möchte jeden Kontakt vermeiden, bis wir außerhalb Polens sind.«

Bisher war es ihnen gelungen, die Kontrollpunkte auf staubigen Feldwegen geschickt zu umfahren, und sie waren keinem einzigen Deutschen begegnet. Doch Hans wußte, wenn sie erst die Gebirgsregion erreichten, mußten sie auf der Hauptstraße bleiben, sonst gäbe es mit dem Motorrad kein Vorwärtskommen mehr.

Ein Ulmenwäldchen, das einen Kilometer abseits des Weges lag, schien einen guten Schutz vor Passanten zu bieten. Keppler lenkte das Motorrad von der Straße weg über eine ausgedehnte, üppige Wiese auf das Gehölz zu. Sie parkten das Gefährt unter den Bäumen und tarnten es mit Zweigen. Dann drangen sie mit ihrer spärlichen Habe ins Dickicht ein, um einen Ruheplatz zu finden.

Ein aufgeschreckter Hirsch brach aus seinem Versteck unter den Zweigen hervor und ließ Keppler blitzschnell zu seiner Pistole greifen, bevor er merkte, daß keine Gefahr drohte. Sie breiteten eine Decke auf dem grasbewachsenen Boden aus, aßen herben Käse und hartes Brot, das sie als Wegzehrung mitgebracht hatten, und schliefen bald darauf eng umschlungen ein.

Am späten Vormittag wachten sie wieder auf. Nach einem weiteren kleinen Imbiß streiften sie durch das Gehölz und genossen den herrlichen Tag. Obgleich die größten Gefahren und Strapazen noch vor ihnen lagen, wollte das junge Paar jetzt nur für den Augenblick leben und an nichts anderes denken. Als sie an einen schmalen Flußlauf kamen, der eisiges Wasser von den fernen Karpaten heranführte, watete Hans hinein und fing mit bloßen Händen zwei Fische.

Am Nachmittag legten sie sich noch einmal zur Ruhe. Später entzündeten sie zum Braten des Fischs ein kleines Lagerfeuer, das sie vor Einbruch der Dämmerung sorgfältig austraten. Als es schließlich völlig dunkel geworden war, verstauten die beiden Flüchtlinge ihre Habe im Beiwagen und kehrten auf die Straße zurück, die zur rumänischen Grenze führte.

Um diese Zeit waren nur wenige andere Reisende auf der Straße unterwegs. Deutlich zeichneten sich im Schein des Vollmonds die Berge gegen den Himmel ab. Große Wolkenbänke brauten sich am Horizont zusammen und verliehen dem Himmel etwas Bedrohliches, als Hans und Anna auf den letzten deutschen Kontrollpunkt vor der Grenze zusteuerten.

Hans beobachtete den Verlauf der Telefondrähte und beschloß, das Risiko einzugehen, sie vorsorglich zu kappen. Der letzte und entscheidendste Teil ihres Fluchtplans hing einzig und allein von ihrer Fähigkeit ab, die Grenzwachen, und sei es nur für einen Augenblick, von der Geschichte zu überzeugen, die Keppler ihnen auftischen würde. An einer Stelle, die nach seiner Einschätzung etwa fünf Kilometer von dem Kontrollpunkt entfernt liegen mochte, hielt er das Zweirad an, erklomm den Mast und durchtrennte Telefon- und Telegrafenleitungen. Kepplers Hände wurden feucht, und sein Mund war wie ausgetrocknet, als sie sich der Wachstation mit dem Schlagbaum näherten, der den Ankömmlingen die Durchfahrt versperrte. Der Grenzposten lag in einem engen Tal, was ein Umfahren der Barrikaden unmöglich machte. Keppler fühlte sich plötzlich wie ein im Netz gefangener Fisch. Auch für ihn gab es jetzt kein Zurück mehr, sondern nur noch den Weg nach vorn in die Arme der mit Maschinenpistolen bewaffneten Wachen, die das Motorengeräusch gehört hatten und schußbereit dastanden, als er heranfuhr.

Hans hatte diese Situation vorausgesehen und begann sofort seine Rolle zu spielen. »Heil Hitler!« rief er den Wachen zu, während er an den Straßenrand fuhr und das Motorrad neben dem Wachhaus abstellte.
Die Wachen, beide Soldaten der regulären Armee, erschraken, als sie die beiden SS-Männer sahen und beeilten sich, den Gruß zu erwidern: »Heil Hitler!«
»Kommen Sie herein!« forderte Keppler sie in dienstlichem Tonfall auf und marschierte auf das Wachhaus zu, als führe er das Kommando.
Die verwirrten Soldaten folgten ihm in die kleine Baracke. Anna, die die ganze Zeit über geschwiegen hatte, stieg aus dem Beiwagen, hielt den beiden Wachen aber den Rücken zugewandt und gab vor, Gepäck auszuladen.
»Wir entbinden Sie von Ihrem Dienst hier«, erklärte Hans gebieterisch. »Sie haben sich sofort bei Ihrer Einheit zurückzumelden. Es findet ein organisierter Rückzug statt – oder vielmehr eine Umgruppierung nach hinten. Die Russen haben den Zbrucz überwunden und werden innerhalb von vierundzwanzig Stunden in dieser Gegend hier einfallen. Sie nehmen keine Gefangenen.«
Die Wachen machten ein entsetztes Gesicht.
»Die SS hat den Auftrag, bis zum letzten Mann standzuhalten. Bringen Sie beide sich in Sicherheit, solange noch Zeit ist.«
»Jawohl, Rottenführer. Ich werde unser Motorrad holen.«
Einer der Wachposten rannte aus der Baracke hinter eine Barrikade aus Strauchwerk und warf den Motor eines Zweirads an. Der zweite Wachsoldat grüßte Keppler und eilte seinem Kameraden nach. Als Anna sah, daß beide Männer das Wachhaus verlassen hatten und sich zur Abfahrt bereitmachten, rannte sie in die Baracke zu Hans.
Die beiden standen über den Schreibtisch gebeugt und studierten die daraufgeheftete Landkarte, während sie auf die Abfahrt des Motorrades warteten. Die Maschine dröhnte und krachte aus ihrem Versteck hinter dem Gestrüpp.
Plötzlich flog die Tür auf. Der größere der beiden Wehrmacht-Soldaten stand im Eingang und hielt seine Maschinenpistole schußbereit auf Kepplers Brust gerichtet.
»Hände hoch, alle beide!« bellte er. Über die Schulter rief er: »In

Ordnung, Karl, stell das Motorrad ab! Ich habe jetzt beide zusammen!« Der Mann grinste Hans und Anna hämisch an. »Für wie dumm haltet ihr uns eigentlich? Habt ihr wirklich geglaubt, wir würden zwei Deserteure nicht auf Anhieb erkennen?«

26

Maria Duszynska kehrte in ein verwüstetes, vom Krieg gebeuteltes Warschau zurück. Mit Bestürzung stellte sie fest, wie sehr die Stadt sich verändert hatte und wie wenig aus den Tagen ihrer Kindheit oder aus ihrer Studienzeit geblieben war. Die Zerstörung war unfaßbar. Ganze Häuserblocks lagen in Schutt und Asche. Das Getto war völlig dem Erdboden gleichgemacht. An ihrem ersten Morgen in der Stadt, nachdem sie aus dem überfüllten Zug gestiegen war, lief sie wie in Trance durch Viertel, die sie früher wie ihre Westentasche gekannt hatte, durch Alleen, die einst Prachtstraßen gewesen waren. Jetzt gab es dort keine Spur mehr von dem alten, romantischen Warschau, das ihr vertraut war.
Sie ging zuerst zum Haus ihrer Mutter, wo sie erfuhr, daß die meisten ihrer Verwandten Warschau verlassen hatten. Keiner der Nachbarn konnte ihr sagen, wohin sie gegangen waren. Marias einziger Bruder war verschollen, nachdem die Gestapo ihn eines Nachts unter dem Vorwurf, ein Partisan zu sein, verhaftet und mitgenommen hatte. Maria war sich nur einer Sache sicher: Der kleine Geldbetrag, den sie aus Sofia hatte mitnehmen dürfen, würde nicht sehr lange ausreichen.
Warschau war eine Stadt der Heimatlosen und Vertriebenen. Viele von ihnen stammten aus Städten im Norden und Westen, wo ihr Besitz von den Deutschen konfisziert worden war. Sie drängten sich in Mietskasernen, verrichteten niedere Arbeiten, wo es welche gab, und führten einen tagtäglichen Kampf ums nackte Überleben.
Dr. Duszynska erkannte, daß sie zu ihrem eigenen Überleben eine von ihnen werden mußte. Und nachdem sie einen Morgen lang mit ihrem kleinen Koffer durch die Stadt gelaufen war, fand sie eine Pension, in der man ihr für eine unerhörte Summe ein enges, schmutziges

Mansardenzimmer zur Verfügung stellte. Sobald sie sich dort eingerichtet hatte, unternahm sie den nächsten Schritt.
Ihre Unterkunft lag nicht weit vom Universitätskrankenhaus, das sie bequem zu Fuß erreichen konnte. In den geruhsamen zweieinhalb Jahren in Sofia hatte sie ganz vergessen, wie es war, sich einer solchen Konzentration von deutschen Soldaten gegenüberzusehen. Sie suchten Warschau heim wie eine Rattenplage und hielten Maria oft an, um ihre Papiere zu kontrollieren.
Auch die Universität hatte sich verändert. Sie war schon vor einigen Jahren geschlossen worden, und man hatte die Eingänge mit Brettern vernagelt. Wandschmierereien und eingeschlagene Fensterscheiben verschandelten das einst stolze Gebäude, und auf den Gehwegen wucherte Unkraut. Aber das Krankenhaus war noch in Betrieb, ganz wie sie es vorausgesehen hatte.
Erwartungsvoll überquerte sie die Straße und bezog vor dem Gebäude Stellung. Hier hatte sie ihre Praktika abgelegt und ihre Doktorwürde erhalten, und so hoffte sie, hier jemanden zu treffen, den sie von früher kannte.
Tag für Tag hielt sie sich vor dem Krankenhauseingang auf, blieb aber nie lange auf einer Stelle stehen, um keine Aufmerksamkeit zu erregen. Und jeden Abend kehrte sie enttäuscht in ihre bedrückende Mansarde zurück.
Sie war schon nahe daran aufzugeben, als sie vier Tage später endlich ein vertrautes Gesicht erblickte.
Die junge Frau, eine alte Bekannte, die als Laborantin in Marias damaligem Übungslabor gearbeitet hatte, erkannte sie sofort und war außer sich vor Freude, sie wiederzusehen. Sie gingen auf der Stelle in ein kleines, verräuchertes Café, und nachdem sie einen Augenblick überlegt hatten, wo sie anfangen sollten, erzählten sie sich ihre jeweilige Geschichte.
Sie habe ihren Mann bei Straßenkämpfen verloren, berichtete die junge Frau. Danach habe sie sich mit einer Anstellung im Zentrallabor allein durchschlagen müssen und sei in der Lage gewesen, ihre kleine Wohnung einen Kilometer vom Krankenhaus entfernt zu halten. Ihre Geschichte war kurz und sehr einfach. Weiter gab es nichts zu sagen.
Auch Marias Geschichte fiel nicht länger aus: Wegen des russischen

Vorstoßes habe sie ihr Zuhause im Südosten verlassen müssen und wisse nun nicht, wohin sie gehen sollte. Von Dr. Szukalski, Sofia und der Epidemie erwähnte sie nichts. Noch am gleichen Abend zog Maria, deren Geld schon fast völlig aufgebraucht war, bei der jungen Frau ein und erfuhr in den folgenden Stunden, daß die Laborantin Beziehungen zum Widerstand unterhielt. Zuerst war Maria erschrocken, daß die Frau so offen darüber sprach, und noch dazu mit jemandem, den sie fünf Jahre lang nicht gesehen hatte. Doch sie begriff schnell, wie weitverzweigt die Organisation der Partisanen hier war und welch große Unterstützung sie in der Bevölkerung genoß. In Warschau gehörte der Widerstand zum täglichen Leben. Sie unterhielten sich die ganze Nacht bei einem Teller Suppe und einer Flasche Wodka, bis Maria ihrer Freundin gestand, daß sie in Wirklichkeit kein Flüchtling sei, sondern vor etwas davonlaufe, über das sie nicht reden könne, und daß ihre Papiere bald ungültig würden. Sie fügte hinzu, es sei wohl nicht klug, wenn sie ihre wahre Identität beibehalte oder versuche, Arbeit als Ärztin zu finden.

Ohne weitere Fragen zu stellen – denn ähnliche Geschichten hatte sie schon hundertfach gehört –, versprach die junge Frau, ihr zu helfen. Maria brauche eine neue Identität, die Berechtigung zum Bezug von Lebensmittelmarken, eine Arbeit. Das Tempo und die Reibungslosigkeit, mit der dies alles vonstatten ging, überraschten Maria. Bereits am nächsten Tag waren ihre neuen Papiere fertig, und sie bekam ein Färbemittel, um ihre Haarfarbe zu verändern. Sie mußte der jungen Frau versprechen, daß sie einen Teil ihres ersten Lohns an sie abtreten würde, der der Widerstandsbewegung zukommen sollte. Maria erklärte sich, ohne zu zögern, mit allem einverstanden. Mit einem neuen Namen, schwarzem Haar, einer Hornbrille und alten Kleidern verwandelte sie sich in eine reizlose alte Jungfer, deren Geschichte lautete, daß sie vor den näherrückenden Russen geflohen war.

Warschau war Durchgangsstation für Tausende Flüchtiger, so daß niemandem die Anwesenheit einer Arbeiterin mehr im Krankenhauslabor auffiel. Wegen der großen Zahl Verwundeter, mit denen das Krankenhaus überfüllt war, und dem sich daraus ergebenden gewaltigen Arbeitspensum auf allen Stationen, fiel es Maria relativ leicht, in der Anonymität unterzutauchen.

Jan Szukalski wurde von Woche zu Woche unruhiger. Mit peinlicher Sorgfalt studierte er die täglichen Berichte aus dem Warschauer Labor auf Bemerkungen, die darauf hindeuteten, daß entweder der Komplementbindungs-Reaktionstest oder der Rickettsien-Agglutinationstest bereits zur Verfügung stand. Er wußte, daß ihm ernste Gefahr drohte, sobald die neuen Tests angewandt wurden und die positiven Ergebnisse des Weil-Felix-Tests widerlegten. Jedem Laboranten würde auf Anhieb klar, daß die ganze Epidemie letztendlich doch ein Schwindel gewesen war, genau wie Hartung es seinerzeit vermutet hatte.
Szukalski hatte den Entschluß gefaßt zu fliehen, sobald es einen Hinweis darauf gab, daß die neuen Tests im Gebrauch waren. Bis dahin wollte er die Bevölkerung von Sofia weiter mit seinem Proteus-Impfstoff schützen.

Maria Duszynska brauchte nicht lange, bis sie sich in dem großen, belebten Labor auskannte, und schließlich gelangte sie auch in die Abteilung, wo Laboranten mit den zahlreichen Blutproben aus Ost- und Zentralpolen den Weil-Felix-Test durchführten. Nachdem sie sich nun tagtäglich nach einem gewissen Schema durchs Labor bewegte und sich mit den anderen Arbeitern oberflächlich bekanntgemacht hatte, konnte sie schließlich, ohne Verdacht zu erregen, wie zufällig vor das Zentralregister treten, in dem alle Testergebnisse verzeichnet waren, und einen Blick auf die täglichen Eintragungen werfen.
Sofia tauchte hier häufig auf, und der Name Szukalski erschien daneben. Die Zahl der gemeldeten Fälle verringerte sich in genau dem Maße, wie es von ihm geplant war. Und es beruhigte sie zu wissen, daß er noch am Leben war.

Unter den Offizieren in Majdanek hatte sich die Nachricht verbreitet, daß es bald notwendig werden könnte, das Lager wegen des fortdauernden russischen Vormarsches zu räumen. Das Todeslager sollte jedoch bis zur letzten Minute uneingeschränkt weiterbetrieben werden.
Maximilian Hartung haßte seinen Dienst in Majdanek, nicht wegen des Tötens, sondern weil er beim Oberkommando in Vergessenheit

geraten war. Er war ein Verstoßener, der wußte, daß er bald um sein Leben rennen mußte. Deutschland war dabei, den Krieg zu verlieren, und es war nicht zu erwarten, daß die Alliierten die Notwendigkeit der Massenvernichtung einsehen würden. Er durfte sich auf keinen Fall gefangennehmen lassen, denn mit der SS würde keiner zimperlich verfahren. Und doch waren diese trüben Aussichten für Hartung weniger schlimm als das unerträgliche Schweigen von Fritz Müller in Warschau. Was war seit ihrem Briefwechsel geschehen? Wann würden die speziellen Tests, die Fritz erwähnt hatte, endlich eintreffen? Wann endlich bekäme er Gewißheit?
Während er darüber nachdachte, gingen ihm immer wieder die Namen derer durch den Kopf, die er in Sofia noch einmal besuchen wollte, und er malte sich aus, welche Grausamkeiten er ihnen zufügen würde, wenn er ihrer erst habhaft würde. Dr. Jan Szukalski. Dr. Maria Duszynska. Pfarrer Piotr Wajda. Vielleicht auch noch andere? Wenn es andere gab, die ihnen halfen, würde er ihre Namen bis zum letzten herausbekommen. Er wußte, daß er mit den feinen Foltertechniken, die er während seines Jahrs in Majdanek gelernt hatte, jedes Geständnis aus ihnen herauspressen konnte.

Maria arbeitete weiterhin in dem Labor in Warschau und achtete stets darauf, niemandem zu begegnen, den sie von früher her kannte, als sie in demselben Krankenhaus als Ärztin gearbeitet hatte. Doch das lag schon fast fünf Jahre zurück, und beinahe alle Gesichter hatten sich verändert. Die meisten Polen, bis auf diejenigen in untergeordneten Positionen, waren durch Deutsche ersetzt worden. Einmal hatte sie Fritz Müller bei einer seiner unregelmäßigen Laborinspektionen gesehen, doch sie hatte sich ferngehalten, und er hatte sie nicht bemerkt.
Es war Ende Mai, als Maria eine neue Apparatur bemerkte, die am anderen Ende des großflächigen Laboratoriums aufgebaut wurde. Als sie sich beiläufig danach erkundigte, erfuhr sie, daß die neuen Komplementbindungs-Reaktionstests als Ergänzung zum Weil-Felix-Test jetzt anlaufen sollten.
Ihr Herz setzte einen Schlag aus, als sie die Neuigkeit vernahm. Sie wußte, es konnte sich nur noch um wenige Tage handeln, bevor herauskäme, daß mit den Blutproben aus Sofia etwas nicht stimmte.

Sie beugte sich wieder über ihre Arbeit, die darin bestand, Spenderblut für den OP auf seine Verträglichkeit zu überprüfen, und tat so, als sei sie davon völlig in Anspruch genommen. In Wirklichkeit aber galt ihre ganze Aufmerksamkeit dem geschäftigen Treiben am anderen Ende des Raums.
Bald verbreitete sich im ganzen Labor die Nachricht, daß der Komplementbindungs-Reaktionstest wesentlich genauer sei als der zuvor durchgeführte Weil-Felix-Test und daß bis dahin alle Proben, die Weil-Felix-positiv gewesen waren, völlig mit den positiven Ergebnissen der Komplementbindungs-Reaktion übereinstimmten.
Später am Tag jedoch schlug die Stimmung am anderen Ende des Raums plötzlich um. Eine anfängliche leichte Verwirrung wich völliger Fassungslosigkeit, als sich definitiv herausstellte, daß alle Blutproben aus Sofia bis auf eine einzige Weil-Felix-positiv waren, bei der Komplementbindungs-Reaktion aber negative Ergebnisse zeigten.
Dann hörte Maria einen der Laboranten nach Dr. Müller rufen. Wenig später beobachtete Maria, wie sich der große, blasse Arzt über die neuen Apparaturen und Reagenzgläser beugte und die verblüffenden Ergebnisse persönlich überprüfte. Selbst von dort, wo sie stand, konnte Maria die Zornesröte sehen, die an seinem Hemdkragen hinaufkroch und schließlich sein ganzes Gesicht überzog. Und sie nahm auch die unterdrückte Wut in seinen Augen wahr.
Leider konnte sie nicht verstehen, was er sagte, aber sein Verhalten und seine Gestik deuteten darauf hin, daß das Rätsel von Sofia gelöst war.
Ihre Hände begannen zu zittern. Wankend entfernte sie sich von der Werkbank, über der sie gearbeitet hatte, und duckte sich hinter eine Reihe von Laborschränken, wo sie sich keuchend gegen eine Wand lehnte. Von ihrem Versteck konnte sie den verwunderten Gesichtsausdruck der Laboranten sehen. Dann fiel ihr Blick auf das Zentralregister, in dem alle Resultate festgehalten wurden. Später am Nachmittag würde es weggeholt, und die Ergebnisse würden per Fernschreiber an die jeweiligen Gestapo-Hauptquartiere gesandt, aus deren Bezirken die Blutproben stammten. Dort würden die Ergebnisse dann an die betreffenden Ärzte verteilt.
Es dauerte nicht lange, bis sich die Aufregung legte und Dr. Müller aus dem Labor stürmte. Die Laboranten schüttelten den Kopf und

machten sich wieder an die Arbeit. Bald kehrte wieder Ruhe ein, und alles nahm seinen üblichen Lauf.
Maria beschloß, einen kleinen Rundgang durchs Labor zu machen. Wenige Augenblicke später erreichte sie das andere Ende des Raums, und während sie mit den Laboranten ein paar scherzhafte Bemerkungen austauschte, gelang es ihr, einen Blick ins Zentralregister zu werfen. Was sie sah, ließ sie völlig erstarren.
Dr. Müller hatte nur die Weil-Felix-Tests eingetragen. Die Ergebnisse der Komplementbindungs-Reaktion waren nicht aufgeführt!
Sie hatte keine Ahnung, wie lange sie dort gestanden und wie betäubt auf das Buch gestarrt hatte. Doch als sie sich schließlich losriß und an ihren Arbeitsplatz zurückkehrte, an dem sie die Kreuzproben machte, arbeitete ihr Gehirn auf Hochtouren.
Fritz Müller hatte die Resultate der Komplementbindungs-Reaktion nur aus einem Grund nicht nach Sofia gemeldet: Szukalski sollte sich in Sicherheit wiegen, damit die Gestapo Zeit hatte, ihn zu verhaften.
Die Gedanken in ihrem Kopf überschlugen sich. Während sie mit mechanischen Handgriffen die Kreuzproben vornahm, prüfte sie im Geist jede Möglichkeit, die sie hatte.
Alle Wege der Nachrichtenübermittlung – Telefon, Telegramm – schieden von vornherein aus. Sie war seit zwei Monaten aus Sofia fort. Dieter Schmidt würde aufpassen und nur darauf warten, daß sie sich mit Szukalski in Verbindung setzte. Wie – wie um alles in der Welt konnte sie ihn warnen? Dann fiel es ihr ein.
Maria Duszynska würde ihre Botschaft durch die Deutschen selbst übermitteln lassen.
An dem Schreibtisch, wo über sämtliche Labortests Buch geführt wurde, holte sie das Register für Blutbilder hervor und trug pflichtbewußt ihre eigenen Ergebnisse ein, die sie während des Tages gewonnen hatte. Dann tastete sie langsam und vorsichtig nach dem Register, in dem die Ergebnisse aus den verschiedenen Agglutinations-Tests aufgeführt waren.
Die letzte Eintragung, mit dem Nachnamen des Patienten an erster Stelle lautete: Czarnecka, Danuzsa. WF+
Maria zog einen Bleistift aus ihrem weißen Kittel, beugte sich wie zufällig vor und fügte der Liste, die am Abend nach Sofia telegrafiert werden sollte, eine letzte Eintragung bei: Totenkopf, Jan. KB+

Maximilian Hartung hörte grimmig schweigend zu, als Fritz Müller ihm mit gezwungener, erstickter Stimme die haarsträubende Neuigkeit überbrachte. Die Verbindung war schlecht, aber die Entschuldigung kam außergewöhnlich deutlich durch das Telefon. Ein triumphierendes Lächeln umspielte Hartungs Mundwinkel, als sein Freund geendet hatte und er ihm nun seinerseits mitteilte, was sie jetzt unternehmen würden.

Jan Szukalski betrachtete die übliche Liste mit den Testergebnissen, die gerade vom Gestapo-Hauptquartier herübergeschickt worden war. Seit nunmehr fast zweieinhalb Jahren hatte er beinahe täglich solche Listen gelesen, doch diese hier war kürzer als die anderen. Und er wußte, daß die nächste noch kürzer sein würde und so weiter, bis die Epidemie auf scheinbar natürliche Weise abgeklungen wäre. Danach hoffte er, rechtzeitig aus Sofia wegzukommen, bevor die Deutschen herausfanden, was hier geschehen war.
Es war ein schwüler, diesiger Tag, der den bevorstehenden heißen Sommer ankündigte. Szukalski lehnte sich auf seinem Stuhl zurück und überflog rasch die Liste, die wie immer nur positive Ergebnisse verzeichnete. Bald schweiften seine Gedanken ab, und die Namen auf der Liste verschwammen ihm vor den Augen, während er seinen Träumereien nachhing.
Erst als sein Blick auf die letzte Zeile fiel, wurde er schlagartig in die Wirklichkeit zurückgeholt. Statt »WF+« hatte der Fernschreiber versehentlich »KB+« getippt.
Nun ja, dachte Jan achselzuckend, vielleicht war dem Mann ja einfach ein Tippfehler unterlaufen.
Doch dann sah er den Namen, der dem Befund voranging. Jan Totenkopf.
Er kratzte sich am Kopf. Der Name war ihm gänzlich unbekannt. Szukalski hatte mehrere Patienten mit deutschen Familiennamen, doch ein Totenkopf war nicht darunter, und gewiß hätte er sich an jemanden erinnert, der den gleichen Vornamen hatte wie er. Er stand von seinem Schreibtisch auf und begann mit seiner Morgenvisite im Krankenhaus. Die Krankenschwestern begleiteten ihn, als er von Bett zu Bett ging, die Patienten untersuchte und Anweisungen für die Behandlung gab.

Die letzte Eintragung ließ ihm keine Ruhe.
Nach Beendigung der Visite kehrte er in sein Büro zurück und nahm sich noch einmal den letzten Namen auf der Liste vor. Dann sprach er den Namen laut aus und versuchte sich zu erinnern, wann er je eine Person dieses Namens behandelt hatte. Und als er ihn laut las, »Totenkopf, Jan. KB+«, da fiel es ihm plötzlich auf, daß es sich womöglich gar nicht um einen Namen, sondern um eine Mitteilung handelte. Und was er jetzt las, lautete: »Totenkopf, Jan. Komplementbindungs-Reaktion positiv.«
Dies konnte nur eines bedeuten: Daß die SS den Komplementbindungs-Reaktionstest hatte. Jemand in Warschau warnte ihn, und Jan Szukalski wußte, daß dieser Jemand nur Maria sein konnte.
Zum erstenmal, seitdem vor einem Jahr die Delegation zur Untersuchung der Epidemie nach Sofia gekommen war, spürte er wieder, wie ihm der Schrecken in die Glieder fuhr.
Er mußte schnell handeln.
Piotr nickte ernst, als er die Liste las, die Jan ihm zeigte, und meinte mit düsterer Stimme: »Ich fürchte, Sie haben recht. Es kann nichts anderes bedeuten. Maria hat sich irgendwie ins Laboratorium eingeschleust und warnt Sie, Jan. Wie es aussieht, werden Sie keine Zeit mehr haben, die Epidemie ausklingen zu lassen, wie Sie es ursprünglich vorhatten. Sie müssen so schnell wie möglich fort.«
»Piotr«, erwiderte Szukalski mit erstickter Stimme, während er im Halbdunkel der Krypta auf und ab ging, »ich weiß nicht, was ich tun soll. Ich bin hin- und hergerissen zwischen dem Wunsch, meine Haut zu retten, und der Verantwortung, die ich den Patienten gegenüber habe. Ich sorge mich nur um Alex und Katarina. Wenn es eine Möglichkeit gäbe, sie herauszubringen...«
»Nicht ohne Sie, Jan, und das wissen Sie auch. Es wäre ihr sicherer Tod, wenn sie versuchten, alleine zu entkommen. Und wen kennen Sie schon, der sie aus Sofia herausschmuggeln würde? Nein, Jan, wenn nicht für Sie selbst, dann wenigstens für diese beiden. Fliehen Sie!«
Szukalski rang verzweifelt die Hände. »Piotr...« Die Stimme versagte ihm.
»Hören Sie mir zu!« Der Priester stand auf und legte seinem Freund beruhigend eine Hand auf die Schulter. »Sie haben nicht mehr viel

Zeit. Sie wissen, daß Maria Ihnen diese Nachricht geschickt hat, um Sie vor drohender Gefahr zu warnen, und nicht nur, um Ihre Neugierde zu befriedigen. Und wenn Müller jetzt den Komplementbindungs-Reaktionstest hat, dann haben Sie keine Zeit mehr zu verlieren. Nehmen Sie Ihre Familie und gehen Sie, Jan. Wenn Sie bleiben, sind Sie ein toter Mann. Und Ihrer Frau und Ihrem Kind wird dasselbe geschehen. Wie schonungsvoll, denken Sie wohl, wird Schmidt mit Katarina verfahren, wenn...?«
»Aber einfach fliehen!« rief Jan und fuhr herum. »Meine Patienten im Stich lassen!«
»Für sie ist gesorgt. Die Krankenschwestern sind ja noch hier, und die Russen sind auch nicht mehr weit.«
»Und was ist mit Ihnen, Piotr? Was wäre, wenn die Deutschen herausbekämen, welche Rolle Sie bei dem Ganzen gespielt haben?«
Wajda lächelte matt. »Und wer sollte es ihnen sagen? Es ist niemand mehr übrig, der mich denunzieren könnte, Jan. Ich bin sicher. Sie sehen, alter Freund, Sie müssen fort, und sei es nur, um meinen Hals zu retten. Sie stellen eine große Gefahr für mich dar. Sie werden Sie foltern, um herauszufinden, wer noch...«
»Also gut«, murmelte Szukalski.
»Gehen Sie sofort nach Hause, halten Sie sich nicht mehr im Krankenhaus auf, und machen Sie sich fertig zum Aufbruch. Sagen Sie Katarina nichts. Sagen Sie ihr nur...«
»Katarina wird keine Fragen stellen, Piotr. Wenn ich ihr sage, wir müssen gehen, wird sie mir vertrauen.«
»Ich hole Ihr Auto vom Krankenhaus und komme gleich bei euch vorbei.«

Dieter Schmidt, der gerade sein Abendessen beendet hatte, trat hinaus auf die Stufen des Rathauses und schaute über den Platz. Wie ruhig, dachte er bei sich, wie ruhig und öde! Der Frühlingsabend war warm und angefüllt vom Duft Tausender Blüten. Er hatte das dringende Bedürfnis, seinen Kragen zu lockern. Die Uniform wurde ihm allmählich zu eng, und als er auf seinen vorstehenden Bauch hinabsah, dachte er mit Abscheu: Nichts kann man tun, nur herumsitzen und essen. Drei Jahre in derselben beschissenen kleinen Stadt, und die Russen schon fast vor der Tür.

Der SS-Kommandant erging sich in Selbstmitleid, als plötzlich der Fernmeldeoffizier mit einer telegrafierten Nachricht auf ihn zurannte.

AN KOMMANDANT, SOFIA. SS-HAUPTSTURMFÜHRER DIETER SCHMIDT
NEHMEN SIE FEST UND INHAFTIEREN SIE ZWECKS VERHÖR: DR. JAN SZUKALSKI UND DR. MARIA DUSZYNSKA. WERDE MORGEN FRÜH EINTREFFEN.
SS-STURMBANNFÜHRER M. HARTUNG

27

Solch ein Gefühl der Befriedigung und Freude hatte Dieter Schmidt das letzte Mal empfunden, als er damals im Gestapo-Hauptquartier in Berlin eine Beförderung und ein Lob seiner Vorgesetzten für ausgezeichnete Arbeit erhalten hatte. Doch selbst das war schwach, verglichen mit dem Hochgefühl, das ihn überkam, als er die Nachricht von Hartung gelesen hatte. Es war der genußvollste Augenblick in Dieter Schmidts Leben. Er jubelte fast vor Freude, als er die Treppe seines Hauptquartiers hinaufstürmte. Und während er seine Männer mit knappen Befehlen zum Appell antreten ließ, malte er sich schon aus, wie er Szukalski bestrafen wollte.

Maximilian Hartung ließ sich von seinem Dienst in Majdanek für ein paar Tage freistellen, mit der Begründung, er müsse sich in Sofia um ein »dringendes Vernichtungsproblem« kümmern. Er setzte sich in den Wagen und begab sich auf direktem Weg nach Warschau, wo er um Mitternacht ankam und Fritz Müller in Begleitung zweier Unteroffiziere zusteigen ließ. Ohne sich länger aufzuhalten, fuhr er, von süßen Rachephantasien beschwingt, sofort nach Sofia weiter.

Um zwei Uhr morgens verließ Dieter Schmidt das Gestapo-Hauptquartier und stieg in seinen wartenden Mercedes. Nachdem er das Fernschreiben erhalten hatte, hatte er rund um Szukalskis Haus Wachen postiert und seinen Männern angekündigt, daß es in der Nacht zu Verhaftungen käme. Ein bewaffnetes Truppenkontingent wartete hinter dem Befehlsfahrzeug. Der Vollmond warf seine blassen Strah-

len über den Marktplatz und tauchte die dort versammelte Gruppe in ein düsteres Licht. Auf Schmidts Befehl setzte sich der Zug in Bewegung und rollte in feierlichem Ernst auf Szukalskis Haus zu. Schmidt war so aufgeregt bei dem Gedanken, den Doktor in seine Gewalt zu bringen, daß er sich kaum beherrschen konnte.
Der kleine Konvoi hielt mitten auf der engen Straße vor dem Haus, und die Fahrer ließen die Motoren absichtlich aufheulen. Durch den Lärm geweckt, spähten die Nachbarn zaghaft hinter den Gardinen hervor.
»Sichert die Rückseite!« befahl Schmidt einigen Soldaten. Die übrigen bezogen vor dem Haus Stellung, bereit, beim kleinsten Anzeichen von Widerstand von der Waffe Gebrauch zu machen. Flankiert von zweien seiner größten Männer, trat Schmidt persönlich an die Haustür und klopfte mit dem Griff seiner Stabpeitsche laut dagegen.
»Aufmachen, Szukalski! Geheime Staatspolizei! Wenn du nicht aufmachst, lasse ich die Tür eintreten!«
Schmidts Stimme verhallte in der Stille der Nacht.
»Verflucht!« zischte er leise.
Dieter Schmidt schlug noch einmal gegen die Tür, und diesmal so fest, daß der Griff der Peitsche abbrach und auf die Straße flog.
»In Ordnung!« rief er und wich von der Treppe zurück. Den wartenden SS-Männern brüllte er zu: »Schießt die Tür auf!« Sie feuerten mit ihren Maschinenpistolen auf die Tür und traten sie dann ein.
»Schafft ihn heraus!« rief Schmidt. »Auf der Straße soll er kriechen!«
Er winkte sechs Männern hineinzugehen, und befahl ihnen, die Wohnung, wenn nötig, zu demolieren.
Hauptsturmführer Dieter Schmidt stand draußen und lauschte ungeduldig, während seine Männer Möbel zerschmetterten, Schränke aufbrachen, Glasgeschirr zerschlugen und Vorhänge herunterrissen. Zu seiner Bestürzung vernahm man aber keine Schreie überwältigter Opfer.
»Holt die Äxte und schlagt alles kurz und klein!« kreischte er, obwohl er insgeheim schon wußte, daß Szukalski gewonnen hatte. Nachdem er der Zerstörung des Hauses eine Stunde lang zugeschaut hatte und schließlich die Erfolglosigkeit dieses Unternehmens einsah, befahl er, das Gebäude anzuzünden. Danach zogen sie weiter zur Wohnung Maria Duszynskas, die er ebenfalls seit Erhalt des Telegramms über-

wachen ließ. Doch Schmidt wußte, daß die Suche nach ihr zu nichts führen würde, da er ihr selbst vor zwei Monaten die Genehmigung für eine Reise erteilt hatte, von der sie nie zurückgekehrt war. Nach einer sinnlosen Durchsuchung des Krankenhauses kehrten Schmidt und seine entmutigten Männer ins Gestapo-Hauptquartier zurück, um die Ankunft von SS-Sturmbannführer Maximilian Hartung abzuwarten.

»Was soll das heißen, sie sind weg?« brüllte Hartung, dem vor Erregung die Halsschlagadern hervortraten.
Fritz Müller saß erschöpft und überdrüssig in Schmidts Büro und sah so aus, als wäre er die ganzen zweihundert Kilometer von Warschau zu Fuß gelaufen. Er schüttelte nur schweigend den Kopf, während die beiden Männer stritten.
»Er ist nirgends zu finden, Sturmbannführer«, verteidigte Schmidt sich zaghaft und wich einen Schritt zurück. »Duszynska hat die Stadt vor zwei Monaten verlassen und hätte eigentlich nur eine Woche wegbleiben dürfen. Sie hatte Krebs und...«
»Gott! Diese Unfähigkeit! Kein Wunder, daß es dem Pack gelungen ist, Sie so lange zum Narren zu halten! Sie haben nicht einmal Kontrolle darüber, wann jemand kommt und geht!« Der ganze aufgestaute Zorn brach aus Hartung hervor und entlud sich über Schmidt. »Ich kann nicht glauben, wie Sie das zulassen konnten!«
Schmidt schrumpfte buchstäblich unter dem Hagel obszöner Kraftausdrücke, die Hartung auf ihn niederprasseln ließ. Er hielt Mund und Augen geschlossen und wartete, daß das Unwetter vorüberzog. Schließlich sagte der Sturmbannführer mit leiser, drohender Stimme: »In Ordnung, Schmidt. Ich gebe Ihnen eine letzte Chance, Ihren Fehler wettzumachen. Es gibt noch eine Person in dieser Stadt, die weiß, wo Szukalski ist. Dieser scheinheilige Hurenpriester Wajda. Nehmen Sie ein paar Männer mit, und suchen wir ihn jetzt!«
Wenig später drang eine kleine Gruppe – Hartung, Schmidt, Müller und sechs Soldaten mit Maschinenpistolen – durch den Haupteingang von Sankt Ambroż und verteilte sich im hinteren Teil des Kirchenschiffs, da sie mit einem Partisanenangriff aus dem Innern der Kirche rechneten.
Piotr Wajda, der den Lärm hörte, stand langsam von seinem Schreib-

tisch auf, glättete seine Soutane, rückte das goldene Kruzifix auf seiner Brust gerade und trat in den Altarraum hinaus.
»Suchen Sie jemanden, Herr Hauptsturmführer?« rief er, wobei seine Stimme durch die leere Kirche hallte.
Die düstere Abordnung bewegte sich argwöhnisch durch das Mittelschiff auf den Altar zu.
»Und Sie, Herr Doktor, und sogar der ruhmreiche Sturmbannführer!« rief Wajda von seinem Platz auf der letzten Stufe vor dem Altar. »Alle sind Sie gekommen! Welch eine Überraschung! Ich habe Sie natürlich erwartet, aber doch nicht ganz so schnell.«
»Dreckskerl!« schnauzte Hartung. »Wo ist Szukalski? Und Duszynska? Wo sind sie, und wer war sonst noch an eurem Affentheater beteiligt?«
»Affentheater?«
»Du weißt verdammt gut, wovon ich spreche, du heuchlerisches Schwein! Ich rede von eurer zum Himmel stinkenden vorgetäuschten Fleckfieberepidemie!«
Der Priester musterte die Männer unter sich. »Sie müssen nicht so schreien, Herr Sturmbannführer. Und es besteht auch überhaupt keine Notwendigkeit, mich einzuschüchtern. Ich werde Sie nach bestem Wissen unterstützen. Und wie recht Sie doch haben! Es war tatsächlich eine vorgetäuschte Epidemie!«
Hartung und Müller wechselten Blicke.
»Und Sie, Herr Doktor«, fuhr Wajda glattzüngig fort, »möchten Sie wissen, wie es uns gelang? Durch einen Impfstoff, das ist alles. Durch einen einfachen Impfstoff, der den Weil-Felix-Test positiv ausfallen läßt.«
Müller starrte in einer Mischung aus Zweifel und Bewunderung zu dem Priester auf. »Ein Impfstoff...«
»Ja, allerdings einer, der den Deutschen nicht bekannt ist. Würden Sie gerne sehen, wo der Impfstoff hergestellt wurde und wie wir ihn bereiteten? Und Sie, Herr Hauptsturmführer, möchten Sie gerne wissen, was sich zweieinhalb Jahre lang direkt vor Ihrer Nase abgespielt hat? Und Sie, Herr Sturmbannführer, würde es Sie interessieren, zu erfahren, wer sich vor einem Jahr hinter Ihrem Rücken ins Fäustchen lachte und wo die Betreffenden jetzt sind?« Er lächelte engelhaft. »Kommen Sie mit mir. Ich werde Ihnen alles zeigen.«

Wajda wandte ihnen den Rücken zu und näherte sich dem hinteren Teil der Apsis. Als einer der bewaffneten Soldaten das Gewehr anlegte, um zu schießen, hielt Hartung ihn sanft zurück. »Warten Sie noch. Gehen wir ihm nach.«
Die kleine Gruppe folgte dem Priester, der zu der verborgenen Tür ging und den Schlüssel in dem großen, eisernen Schloß herumdrehte. Die Tür sprang auf, und dahinter kam die Wendeltreppe zum Vorschein, die zur Krypta hinunterführte. Pfarrer Wajda betätigte einen Schalter, worauf die Lichter angingen, und stieg dann langsam die Stufen hinunter. »Sehen Sie, meine Herren? Wir haben sogar elektrisches Licht«, erklärte er triumphierend.
»Wohin führt er uns?« flüsterte einer der SS-Männer, als sie ihm hintereinander die Steintreppe hinunterfolgten.
Endlich kamen sie unten an, und neun Augenpaare blickten sich erstaunt um.
»So, da wären wir. Dies, meine Herren, ist unser Labor.«
Wajda durchquerte den kleinen Raum und stellte sich auf die andere Seite des mit Instrumenten beladenen Tischs. Dann wandte er sich wieder seinen Gästen zu. »Ich kann Ihnen jetzt alles sagen, meine Herren, weil ich weiß, daß Sie Sofia nichts mehr anhaben können. Die Russen sind schon zu nahe, und Sie müssen jetzt an Ihre eigene Sicherheit denken. Was mich selbst und die anderen betrifft, die an dem Betrug beteiligt waren, nun ja«, er zuckte mit den Schultern, »wir waren uns über die Konsequenzen stets im klaren. Nur in bezug auf die Stadt mußte ich zuerst sichergehen, daß ihr nichts geschehen würde.« Piotr Wajda beschrieb nun ausführlich, wie der Impfstoff entdeckt worden war, wie man ihn herstellte, warum er den Weil-Felix-Test durcheinanderbringen konnte und wie die »Epidemie« organisiert worden war.
»Das ist ja ganz unglaublich!« entfuhr es Fritz Müller, als der Priester geendet hatte.
»Unglaublich, ja«, versetzte Hartung finster, »aber leider hast du bei deiner spannenden Geschichte eine Kleinigkeit vergessen, Priester.«
»Ach wirklich?«
»Die unbedeutende Tatsache, wer deine Mitverschwörer waren und wo sie sich jetzt aufhalten.«

»Nun, in diesem Punkt muß ich Sie leider enttäuschen, meine Herren, denn sehen Sie, sie sind alle bereits sicher außerhalb Polens, und ich bin der einzige, der noch übrig ist.«
»Aber du weißt, wo sie sind, nicht wahr?«
Piotr Wajda blickte geradewegs in Hartungs kalte, schieferblaue Augen. »Wie ich schon sagte, sie befinden sich außerhalb Polens und sind für Sie unerreichbar.«
»Ich kann dich zum Reden bringen, Priester.«
Der Pfarrer lächelte und schüttelte langsam den Kopf. »Wohl kaum. Und ich denke, Herr Sturmbannführer, daß Sie tief im Herzen wissen, daß Sie mich durch nichts zum Reden bringen werden.«
Hartung starrte noch einen Augenblick in die ruhigen Augen des Priesters. Dann explodierte er plötzlich und brüllte den umstehenden Männern aus vollem Hals Befehle zu. Im Nu erfüllte Maschinenpistolenfeuer die Luft, während die Kugeln Piotr Wajdas Körper zerrissen. Unheimlich hallte der Donner an den Steinsärgen wider. Doch als die Waffen schwiegen, sah Maximilian Hartung mit einer Mischung aus Grauen und Wut, daß Pfarrer Piotr Wajda mit einem heiteren Lächeln auf den Lippen gestorben war.

New York City – Die Gegenwart

»Maria...«, flüsterte er. »Sind Sie es denn wirklich? Und Sie leben!«
»Ja, Jan.« Ihre Stimme zitterte, und sie konnte die Tränen kaum zurückhalten.
Erst seit ein paar Minuten saßen sie in seinem Büro zusammen, hatten sich zunächst nur über den Schreibtisch hinweg angesehen, gefühlt, wie Jahre und Jahrzehnte an ihnen vorüberzogen und die Erinnerung allmählich zurückkommen ließen. Dann hatte Dr. John Sukow in plötzlicher Erkenntnis die Hände vors Gesicht geschlagen und war lange so sitzen geblieben.
»Ich habe Sie gesucht«, sagte sie ruhig. »Ich habe die Hoffnung nie aufgegeben, daß sie am Leben sind und irgendwie aus Polen fliehen konnten.«
»Mein Gott, ich kann es noch gar nicht glauben... Sie wiederzusehen...«
»Wie sind Sie entkommen, Jan?«
»Ironischerweise war es ganz einfach für uns. Piotr Wajda hat Katarina, Alex und mich in das Dorf Dobra gefahren, wo wir uns acht Monate versteckten, bis die Russen Polen bis nach Auschwitz befreit hatten. Wir hatten ursprünglich vorgehabt, nach Sofia zurückzukehren, aber die Russen behandelten die Polen so grob, daß wir uns den Menschen anschlossen, die nach Deutschland flohen. Von dort aus wanderten wir zwei Jahre später nach Amerika aus. Wir änderten unsere Namen – was Sie ja auch getan haben, wie ich sehe – und leben seither in New York. Aber Maria, was ist mit Ihnen? Was ist Ihnen passiert? Ich glaubte die ganzen Jahre über, Sie seien tot!«
»Dann haben Sie also meine Nachricht aus dem Labor erhalten...«
»Allerdings! Ich fand sie zunächst verwirrend, aber als ich sie schließlich entschlüsselte, habe ich mich unverzüglich aus dem Staub gemacht. Aber erzählen Sie mir über sich!«
»Ich habe mich dem Widerstand angeschlossen und im Warschauer Aufstand aktiv mitgekämpft. Danach war ich nur eine unter Hunderttausenden Heimat- und Namenloser. Unter falschem Namen gelang es mir, nach England zu fliehen, und dort lebe ich seither als

Leiterin eines Krankenhauses. Aber wissen Sie, Jan, ich hatte von anderen Flüchtlingen erfahren, daß Sie noch rechtzeitig aus Polen herausgekommen sind. Es hieß, daß Sie als Spezialist für Infektionskrankheiten in den Vereinigten Staaten arbeiten. Ich habe lange vergeblich nach Ihnen gesucht, war bei so vielen Ärzten...«
Jans Blick fiel auf das Foto auf der Titelseite des *Buenos Aires Herald*. Das Gesicht, obgleich älter, war unverwechselbar das ihres ehemaligen Freundes Maximilian Hartung. »Wir haben uns wegen ihm andere Namen zugelegt, nicht wahr?«
»Ja, er war wohl der Grund. Irgendwie habe ich immer gewußt, daß Max den Krieg überleben und entkommen würde. Und ich hatte immer das Gefühl, daß er bis ans Ende seiner Tage auf Rache sinnen würde. Ich wußte, daß auch Sie Ihren Namen geändert haben mußten. Deshalb war die Suche nach Ihnen so schwierig. Aber als ich das hier gesehen hatte«, sie tippte auf die Zeitung, »da drängte es mich mehr denn je, Sie zu finden, Sie nach all den Jahren ausfindig zu machen. Er ist tot, Jan. Wir müssen ihn nicht mehr fürchten.«
Dr. Szukalski nahm die Zeitung und überflog noch einmal die Spalte, die den Tod des Juwelenhändlers schilderte. »Wie ironisch. Er wurde nicht allein durch eine Gewehrkugel getötet, sondern auch durch den Biß eines großen Hundes, der ihn am Hals packte. Das nenne ich Gerechtigkeit. Der Bluthund stirbt in den Fängen eines Hundes.«
Sie verweilten einen Augenblick bei diesem Gedanken, dann blickte Jan wieder die Person an, die ihm am Schreibtisch gegenübersaß. Jahrzehnte älter, das Gesicht einer alten Frau, doch noch immer eindeutig das hübsche Gesicht von Maria Duszynska. »Und Pfarrer Wajda? Wissen Sie etwas...?«
»Er ist als Märtyrer gestorben. Max Hartung hat schließlich doch noch einen von uns zu fassen bekommen. Ich erfuhr von dem Vorfall durch Gerüchte, die nach Müllers Rückkehr im Labor umgingen. O ja, ich sehe, Sie sind überrascht. Müller ist noch einmal nach Sofia zurückgekehrt. Das haben Sie wohl nicht gewußt. Und Hartung auch. Eigentlich wollten sie uns an den Kragen, doch zu ihrem Ärger mußten sie feststellen, daß wir uns schon davongemacht hatten. Sie haben Sie wohl nur um Stunden verfehlt.«
»Barmherziger Gott!« murmelte er auf polnisch.
»Sie waren sich sicher, aus Piotr herauspressen zu können, wo sie uns

finden können. Doch natürlich verriet er nichts, und so töteten sie den Wehrlosen in der Krypta in einem Kugelhagel aus ihren Maschinenpistolen. Meinen Sie nicht auch, daß er es irgendwie so gewollt hat, Jan? Hartung ist nicht wieder nach Majdanek zurückgekehrt«, fuhr sie fort, ohne Szukalskis Antwort abzuwarten. »Er und Müller planten, sich gemeinsam nach Südamerika abzusetzen, aber Müller wurde im Warschauer Aufstand getötet. Hartung entkam, wie Sie ja wissen, erkaufte sich den Weg in die Freiheit mit dem Gold aus den Zähnen toter Juden. Er ließ sich in Südamerika als Schmuckfabrikant nieder, führte aber zeit seines Lebens ein Schattendasein, da er wußte, daß die Israelis ihn als Kriegsverbrecher suchten.«

»Jetzt haben sie ihn wohl endlich gefunden.«

»Ja, Jan, das haben sie wohl.«

»Was geschah mit Anna und Keppler? Haben Sie je etwas über sie in Erfahrung bringen können?«

Jetzt erhellte sich ihre Miene, und sie verzog den Mund zu einem breiten Lächeln. »Ich stehe in Kontakt mit ihnen, Jan. Sie leben in Essen, in Westdeutschland, und haben eine Familie. Wie es scheint, ist ihnen die Flucht durch Rumänien geglückt. Sie haben mir aber eine ziemlich aufregende Geschichte erzählt, wonach sie von den Grenzwachen mit Waffengewalt festgehalten worden seien. Hans hatte ihnen vorgelogen, die Russen seien im Anmarsch, als ganz zufällig wirklich ein russisches Truppenkontingent auftauchte. So ergab es sich, daß die Grenzwachen mit nach Rumänien flohen! Nach dem Krieg fand Hans seine Eltern und seine Großmutter wieder. Ob Sie es glauben oder nicht, Hans Keppler ist jetzt leitender Angestellter bei Krupp.«

Jan lehnte sich entspannt in seinem Stuhl zurück; ein Lächeln umspielte seine Lippen. »Haben Sie je erfahren, was mit Dieter Schmidt geschah?«

»Tot. Zwei Wochen nach Piotrs Tod und Hartungs Rückkehr nach Warschau veranstaltete Schmidt eine wilde Razzia auf dem Land. Er verhaftete und verhörte Leute wegen der Epidemie und wollte unbedingt Antworten aus ihnen herausbekommen, die ihn zum Helden machen sollten. Nach allem, was ich hörte, soll der Kerl ziemlich gewütet haben. Und während sich Dieter Schmidt in einem der entlegenen Dörfer aufhielt, Jan, infizierte er sich wirklich mit Fleckfieber und

starb daran. Ich sah mit eigenen Augen das Ergebnis seines Komplementbindungs-Reaktionstests im Labor.«
»Mein Gott... Maria, Maria...« Jan Szukalski erhob sich hinter dem Schreibtisch und trat ans Fenster. Er blickte hinunter auf das Leben und Treiben im Central Park und meinte für einen Augenblick, die gepflasterte Straße aus einer längst vergangenen Zeit zu sehen. »Wie lange ist das alles schon her! Und doch... Ich sehe noch alles vor mir, als wäre es gestern gewesen. Ich habe in den letzten paar Jahren nicht oft darüber nachgedacht, aber mein Gott, Maria, wie lebhaft haben Sie mir alles ins Gedächtnis zurückgerufen...«
Sie erhob sich ebenfalls und stellte sich neben ihn.
Er sprach ruhig weiter. »Das waren wir, im Kampf für unser Vaterland. Fünf Partisanen...«
»Vielleicht sollten wir noch zwei weitere mit einschließen.«
»Zwei weitere?«
»Ja, Weil und Felix. Weil war Tscheche und Felix Pole. Und haben Sie gewußt, Jan«, sie senkte die Stimme zu einem Flüstern, »haben Sie gewußt, daß sie beide Juden waren?«
Szukalski lachte leise. »Was meinen Sie, ob sie wohl die Art und Weise gebilligt hätten, wie wir von ihrem berühmten Test Gebrauch machten?«
Und Maria antwortete sanft: »Ich denke, sie wären stolz auf uns gewesen.«

Barbara Wood

**Bitteres
Geheimnis**
Roman
Band 10623

**Der Fluch der
Schriftrollen**
Roman
Band 12031

**Haus der
Erinnerungen**
Roman
Band 10974

Herzflimmern
Roman
Band 8368

**Lockruf der
Vergangenheit**
Roman
Band 10196

Das Paradies
Roman
Band 12466

**Rote Sonne,
schwarzes Land**
Roman
Band 10897

Seelenfeuer
Roman
Band 8367

**Spiel des
Schicksals**
Roman
Band 12032

Sturmjahre
Roman
Band 8369

Traumzeit
Roman
Band 11929

Barbara Wood/
Gareth Wootton
Nachtzug
Roman
Band 12148

Fischer Taschenbuch Verlag

Sophia Farago
Maskerade in Rampstade
Roman
Band 11430

Auf die dringende Bitte ihres Jugendfreundes George Willowby reist die selbstbewußte junge Adlige Sophia Matthews von Winchester nach Rampstade Palace in York, dem Herzogsitz von Georges Großmutter. Kurz vor der Ankunft dort eilt ihr nach einem Kutschenunfall ein stattlich wirkender Straßenräuber-Hauptmann zu Hilfe und geleitet Sophia bis zum nahe gelegenen Adelssitz Grandfox Hall, wo sie gastfreundliche Aufnahme findet. Jojo, der Straßenräuber, verabschiedet sich allerdings am Portal. Nach diesem Zwischenfall erreicht Sophia Rampstade Palace. George bittet sie, sich gleich gegenüber der kränklichen reichen Herzogin als seine Verlobte auszugeben, damit diese ihn in ihrem Testament zum Haupterben bestimmt. Dadurch glaubt er sich seinem Cousin und Erbschaftsrivalen, dem benachbart wohnenden Earl of Cristlemaine, im Vorteil. Die auf sympathische Weise selbstbewußte Sophia geht mit spielerischer Leichtigkeit darauf ein und amüsiert sich vor allem auf einem inzwischen stattfindenden Maskenball, auf dem auch Jojo, der Straßenräuber, wieder auftaucht...

Fischer Taschenbuch Verlag

Sophia Farago
Die Braut des Herzogs
Roman

Band 11495

Der Herzog von Wellbrooks ist einer der tonangebenden Dandys im London der Regency-Zeit. Damals lag England im Krieg mit Napoleon, ein Kampf, der erst in Waterloo endete. In den adligen Zirkeln von London geht indessen das gesellschaftliche Leben seinen gewohnten Gang: Debütantinnen-Bälle, Tea-Partys, Wettrennen mit Pferden. Auch Wellbrooks frönt allerlei Vergnügungen in einer Zeit, die für ihren lockeren Lebensstil noch heute berühmt und berüchtigt ist. Erschien der vermögende, gutaussehende und hochadlige Wellbrooks auf einem der zahllosen Debütantinnen-Bälle, so war ihm die Aufmerksamkeit der Damenwelt gewiß. Die Mütter drängten sich um ihn, um ihm ihre jungen Töchter vorzustellen – denn der unverheiratete Wellbrooks war zweifellos der begehrenswerteste Junggeselle Londons. Um diesem Ansturm auf seine Person zu entgehen, macht Wellbrooks auf Anraten seiner lebensklugen Großmutter der ihm völlig unbekannten Miss Olivia Redbridge einen Heiratsantrag, mit der Absicht einer Vernunftsehe. Olivia lebt bei Bath auf dem Lande, führt den Gutshaushalt ihres verwitweten Vaters und ist mit dem mondänen Treiben in der Hauptstadt überhaupt nicht vertraut. Als Olivia nun zur Ballsaison erstmals nach sechs Jahren wieder nach London kommt, und die beiden sich kennenlernen, sind sie voneinander sehr beeindruckt...

Fischer Taschenbuch Verlag

Alice Ekert-Rotholz

Füchse in Kamakura
Japanisches Panorama
Band 11897

Fünf Uhr Nachmittag
Roman
Band 11898

Die Pilger und die Reisenden
Roman
Band 11899

Die letzte Kaiserin
Roman
Band 11895

Wo Tränen verboten sind
Roman
Band 11433

Fischer Taschenbuch Verlag

Pearl S. Buck

Antwort auf das Leben
Erzählungen
Band 8327

Die erste Frau
Novellen
Band 11664

Die Frauen des Hauses Wu
Roman
Band 8387

Die Frau des Missionars
Roman
Band 11665

Die Frau, die sich wandelt
Roman
Band 8329

Geheimnisse des Herzens
Erzählungen
Band 8331

Land der Hoffnung, Land der Trauer
Roman. Band 8325

Letzte große Liebe
Roman. Band 8335

Die Liebenden
Erzählungen
Band 8328

Morgens im Park
Erzählungen
Band 8333

Die Mutter
Roman. Band 11662

Nächsten Samstag und auf ewig
Erzählungen
Band 8326

Ostwind – Westwind
Roman
Band 11661

Ruf des Lebens
Erinnerungen an mein China
Band 10197

Wie Götter werden
Roman
Band 8334

Eine wunderbare Frau
Roman
Band 8332

Zurück in den Himmel
Erzählungen
Band 8336

Meine schönsten Erzählungen der Bibel
Altes Testament
Band 8323
Neues Testament
Band 8324

Fischer Taschenbuch Verlag

Kriminalromane
Eine Auswahl

Harriet Ayres (Hg.)
**Schönen Tod noch,
Sammy Luke**
Zehn mörderische
Geschichten
Band 10619

P. Biermann (Hg.)
**Mit Zorn, Charme
& Methode**
oder: Die Aufklärung ist weiblich!
Erzählungen
Band 10839
**Wilde Weiber
GmbH**
Band 11586

Elisabeth Bowers
Ladies' Night
Band 8383

Fiorella Cagnoni
Eine Frage der Zeit
Band 10769

Martine Carton
**Nofretete und
Die Reisenden
einer Kreuzfahrt**
Band 10211
**Victoria und
Die Ölscheiche**
Band 11672

Anthea Cohen
**Engel tötet
man nicht**
Band 8209

Sabine Deitmer
Kalte Küsse
Band 11449
**Auch brave
Mädchen tun's**
Mordgeschichten
Band 10507
Bye-bye, Bruno
Wie Frauen morden
Band 4714

Sarah Dunant
Der Baby-Pakt
Band 11574
Fette Weide
Band 12343

Ellen Godfrey
Tödlicher Absturz
Band 11559

Sue Grafton
**Detektivin,
Anfang 30,
sucht Aufträge**
Band 10208
G wie Galgenfrist
Band 10136
H wie Haß
Band 12197
**Sie kannte
ihn flüchtig**
Band 8386

Ingrid Hahnfeld
Schwarze Narren
Band 11076

Fischer Taschenbuch Verlag

fi 507 / 8 a

Kriminalromane
Eine Auswahl

Christa Hein
Quicksand
Band 11938

Janet LaPierre
Grausame Mutter
Band 11032
Kinderspiele
Band 11373

Doris Lerche
der lover
Von Männern,
Mord und Müsli
Band 10517

Val McDermid
Kickback
Band 11712
**Mörderbeat
in Manchester**
Band 11711

Maureen Moore
**Mit gemischten
Gefühlen**
Band 10289

Marcia Muller
**Dieser Sonntag
hat's in sich**
Band 10908
Letzte Instanz
Band 11649
Mord ohne Leiche
Band 10890
Niemandsland
Band 10912
Tote Pracht
Band 10913
Wölfe und Kojoten
Band 11722

Meg O'Brien
**Heute hier,
morgen tot**
Band 11784
Lachs in der Suppe
Band 11139
**Lauter
Ehrenmänner**
Band 10975

Lillian O'Donnell
**Hochzeitsreise in
den Tod.** Band 10889
Tanz der Gefühle
Band 12194

Maria A. Oliver
Drei Männer
Band 10402
Miese Kerle
Band 10868

Annette Roome
**Karriere
mit Schuß**
Band 10875
Liebe mit Schuß
Band 12132

Viola Schatten
**Schweinereien pas-
sieren montags**
Band 10282
**Dienstag war die
Nacht zu kurz**
Band 10681

Fischer Taschenbuch Verlag

fi 507 / 8 b

Kriminalromane
Eine Auswahl

Viola Schatten
**Mittwochs war
der Spaß vorbei**
Band 11297
**Donnerstags
war's beinah aus**
Band 11592
**Kluge Kinder
sterben freitags**
Band 11620

Katrin & Erik Skafte
**Lauter ganz
normale Männer**
Ein Krimi –
nur für Frauen
Band 4732

Julie Smith
**Blues in
New Orleans**
Band 10853
**Die Jazzband
spielt das Requiem**
Band 12431

Julie Smith
**Ein Solo für
den Sensenmann**
Band 11615
**Huckleberry
kehrt zurück**
Band 10264
**Ich bin doch
keine Superfrau**
Band 10210
Die Sauerteigmafia
Band 10475
**Stumm wie
ein Fisch**
Band 11720
Touristenfalle
Band 10212

Marie Smith (Hg.)
**Die Lady ist
ein Detektiv**
Band 10500
**Der Detektiv
ist eine Lady**
Band 10501

Jean Warmbold
**Der arabische
Freund.** Band 12024

Barbara Wilson
Mord im Kollektiv
Band 8229

Mary Wings
Himmlische Rache
Band 12153

Gabriele Wolff
Armer Ritter
Band 12069
Himmel und Erde
Band 11394
Kölscher Kaviar
Band 11393
Rote Grütze
Band 12530

Gabriele Wolff (Hg.)
**Still und starr
ruht der See**
Kleine Frauenkrimis
zum Fest. Bd. 12071

Fischer Taschenbuch Verlag